EL CLUB DE LOS
PSICÓPATAS

LA TRAMA

EL CLUB DE LOS PSICÓPATAS

John Katzenbach

Traducción de Alejandra Ramos

El papel utilizado para la impresión de este libro ha sido fabricado a partir de madera
procedente de bosques y plantaciones gestionadas con los más altos estándares ambientales,
garantizando una explotación de los recursos sostenible con el medio ambiente y beneficiosa para las personas.

El club de los psicópatas

Título original: *Jack's Boys*

Primera edición: octubre, 2021
Primera reimpresión: diciembre, 2021
Segunda reimpresión: enero, 2022
Tercera reimpresión: febrero, 2022

D. R. © 2021, John Katzenbach

D. R. © 2021, Penguin Random House Grupo Editorial, S. A. U.
Travessera de Gràcia, 47-49, 08021, Barcelona

D. R. © 2022, derechos de edición mundiales en lengua castellana:
Penguin Random House Grupo Editorial, S. A. de C. V.
Blvd. Miguel de Cervantes Saavedra núm. 301, 1er piso,
colonia Granada, alcaldía Miguel Hidalgo, C. P. 11520,
Ciudad de México

penguinlibros.com

Penguin Random House / Colin Landeros, por el diseño de portada
D. R. © 2021, Alejandra Ramos Aragón, por la traducción

ISBN: 978-607-380-685-5

Impreso en México – *Printed in Mexico*

MARY:

El pasado es el presente, ¿no?
Es el futuro también.
Nos engañamos para escapar de él,
pero la vida no nos lo permite...

Segundo acto, escena dos.
Largo viaje hacia la noche,
de EUGENE O'NEILL*

---

* Obra escrita en 1941-1942. Primera representación de 1956. Premio Pulitzer en 1957, otorgado de forma póstuma.

PRIMERA PARTE

Un lunes, 12:47 p.m., hora central europea...

El joven oficial a cargo de reconstruir los accidentes de tránsito en la pequeña ciudad francesa de Cressy-sur-Marne sentía un intenso odio hacia su trabajo, pero lo disimulaba con su acostumbrado comportamiento apacible. Era la primera misión que le asignaban desde que se unió a la fuerza, diecisiete meses atrás, y pensó que sería una manera rápida de impulsarse y dar el salto a otra división más interesante y agitada. Armas. Persecuciones automovilísticas. Esposas y enérgicos interrogatorios a criminales. Pero no. Ese era un empleo sin futuro, carente de todo, excepto: «Este vehículo viajaba en los carriles que van hacia el norte e ignoró un letrero de alto total. Chocó con el camión que pasaba hacia el este en la carretera 9. La medición de las marcas de derrape y la evaluación de las declaraciones de los testigos indican que el vehículo culpable se desplazaba a una velocidad mayor que la marcada en los postes...», etcétera, etcétera, etcétera *ad nauseam*.

Un accidente igual al siguiente.

Y cuando una colisión tenía como consecuencia heridas serias o fatalidades, lo cual habría sido más interesante, la investigación de seguimiento siempre se la asignaban a un oficial veterano.

Esta práctica lo frustraba en extremo.

Había pasado toda la mañana en el sitio de la colisión más reciente, equipado con una cinta métrica, tomando fotografías y tratando de no oír la indignación y las acusaciones que acompañaban a casi todos los siniestros viales: «¡Fue tu culpa!», «¡No, no lo fue! Si hubieras prestado atención…». Se preguntaba todo el tiempo cuándo podría hacer su transferencia de la división de tránsito a algo más emocionante, como narcóticos u homicidio, incluso robo u ofensas sexuales: *cualquier* sitio donde ya no tuviera que escuchar a gente mentir sobre luces rojas, luces verdes, señales de alto, rotondas y quién tenía la preferencia de paso. Para cuando recolectó todas las declaraciones y mediciones, y regresó a su escritorio, se le había ido medio día. Los otros miembros de la unidad salieron a almorzar, por lo que se encontraba solo en el pequeño laberinto de escritorios.

Encendió su computadora. Inició sesión.

Tenía la intención de subir sus fotografías y empezar a hacer los diagramas: la parte preliminar del reporte que se enviaría a las compañías de seguros.

Sin embargo, la bienvenida se la dio una fotografía del tamaño de la pantalla.

Estuvo a punto de caerse de la silla.

Un cadáver.

A todo color.

Sujetó con fuerza los bordes de su escritorio y se inclinó hacia el frente.

Una mujer joven. Más o menos de su edad.

Vio que le habían cortado la garganta.

Tenía los ojos abiertos. Mirando hacia el cielo. En blanco. Fríos. Una violenta muerte había remplazado el miedo en su rostro.

Joven.

Cabello oscuro. Ojos negros. Profundas manchas de sangre café rodeaban su cabeza hundida en la tierra arenosa.

Desnuda.

Le habían arrancado del cuerpo la ropa en tiras que luego dejaron en un montón junto a su torso.

Parecía estar en un campo terregoso. No podía ubicar el lugar. No se parecía a ningún sitio conocido.

En la parte inferior de la fotografía había algo escrito.

Se quedó mirando.

Árabe. Cirílico. Sánscrito. Y varios caracteres japoneses o chinos. Todos unidos formando una combinación de palabras indescifrables. Nada de francés. Ni siquiera algo de alemán o español que hubiera podido traducir con lo que recordaba de sus días en la escuela y de las clases de idiomas.

El joven oficial de tránsito observó la fotografía con detenimiento.

«Debe ser falsa —pensó—. Alguien me está jugando una broma, pero no es primero de abril.»

Parecía real.

Su primer reflejo fue tirarla al cesto de la basura. Eliminarla de su computadora. Retomar su trabajo.

No lo hizo. Con los ojos aún fijos en la imagen, abrió una ventana nueva en la pantalla e inició un programa de traducción. Modificó el teclado para pasarlo al árabe y tecleó los símbolos con dificultad. El resultado fue:

¿No desearías...

Pasó a cirílico; fue difícil en ese teclado, no estaba seguro de haber hecho el cambio de la manera correcta. La traducción apareció:

saber quién...

De inmediato cambió a sánscrito.

mató a la chica...

Le tomó algunos minutos descifrar que las palabras finales estaban en caracteres de chino mandarín. La traducción era:

El joven oficial tenía la boca seca. Sintió que su respiración se volvía más superficial. Nunca había sentido miedo en su trabajo y, en realidad, no creía estar espantado sino genuinamente perturbado.

Volvió a observar la fotografía. Era hábil en la informática, no un experto, pero sabía lo suficiente para no tardar en encontrar la dirección IP donde se había originado la imagen. Cuando vio que se había generado a través de la sección de *comentarios* de una influyente agencia italiana de relaciones públicas dedicada a varias causas e individuos, que incluían desde políticos africanos destituidos hasta obstinadas empresas petroleras que trataban de evitar su responsabilidad financiera por derrames marítimos; por segunda vez pensó que estaba siendo objeto de una elaborada broma.

No le parecía lógico.

Volvió a ver la imagen.

Estaba a punto de moverla a la papelera de la computadora. Movió el cursor sobre ella, pero se detuvo. Bajó las manos poco a poco. «No seas estúpido. Alguien necesita enterarse de esto», pensó. Así que, en lugar de tirarla, levantó el auricular del teléfono sobre su escritorio y llamó a un detective de Crímenes Graves por la línea interna de las oficinas. Era un detective al que solamente había visto una o dos veces, pero esperaba que lo recordara.

—Sargento —le dijo al hombre que contestó su llamada, tratando de ocultar las dudas y el nerviosismo que contendían en su voz—, tengo algo que creo que usted debería ver.

1

Ese mismo lunes. Unas horas más tarde en
una sala privada de chat electrónico...

Delta escribió:

> Misión cumplida, como lo prometí. Y aquí hay un encabezado para no-
> sotros: «Flics franceses fabulosamente fastidiados por fantástica foto-
> grafía».

Bravo y Easy teclearon de inmediato emojis de pulgares arriba.
Sabían que *flics* era el término coloquial en Francia para referirse a
los policías.

Delta continuó:

> Tengo una pregunta para todos.
> ¿Alguien ha experimentado con las técnicas más recientes de impre-
> sión de huellas, en especial, con el levantamiento de muestras útiles de
> la piel muerta? ¿La Gestapo en verdad puede hacer eso?

Charlie respondió unos segundos después:

> Posible, pero no probable. Todavía es muy ambiguo para los expertos en
> tecnología. Incluso para los del FBI, Interpol y Scotland Yard. A veces lo
> intentan, cuando se constata que a la víctima la sujetaron en un punto

fácil de identificar. Ha habido muy pocos positivos a lo largo de los años…
pero todavía perseveran de vez en cuando. Revisen el arresto y acusa-
ción de Juan Carlos Ramírez en Madrid hace seis años. El idiota mató a
su esposa, de quien estaba distanciado, y afirmó que el culpable había
sido el amante, lo cual no explicaba por qué la huella de su dedo índi-
ce estaba en la garganta de ella. Es decir, ¿no era una maldita obviedad?

Los otros sabían que Charlie conocía la historia de los temas
que les interesaban.

Bravo interrumpió poco después:

Buenas noches, Delta y los demás. Charlie está en lo correcto, sin lugar a dudas. Otro ejemplo de gente que piensa que la magia que hacen en programas de televisión como CSI es producto de la vida real y
no de la imaginación de algún escritorzuelo tratando de hacer parecer
a los miembros de la Gestapo como los expertos que no son. Sin embargo, si se usan guantes apropiados, se pueden eliminar hasta las posibilidades más remotas. Una advertencia: a veces, incluso los guantes
quirúrgicos de la mejor calidad dejan huellas parciales porque son demasiado finos y los aceites corporales o el sudor pueden penetrar el
látex. Lo recomendable es usar dos pares. O usar un segundo par de
guantes de cuero sobre los de látex. Deshágganse de ellos de la manera correcta después de usarlos. Lean el artículo publicado en *Journal
of Forensic Research,* volumen 23, edición 8, de marzo del año pasado.

Bravo era el mejor de todos para leer y explicar reportes
científicos. Los otros notaron que inició su comentario con
«Buenas noches», pero estaban conscientes de que podría no ser
de *noche* donde él se encontraba.

Easy dijo de inmediato:

No hay problema. Solo. No. Suden.

Era el más bromista del club.

Delta respondió al instante:

> LOL. Cierto. Gracias a todos. Súper. Me perdí ese artículo. Por supuesto, me pierdo casi todos. Es mi culpa. ¿Qué haríamos sin Bravo y su voracidad como lector? En fin, como se mencionó, es un consejo genial.

Tal vez Delta era más joven que el resto, pero en lo personal varios tenían sus dudas. Y quizá había mentido cuando escribió: «Me perdí ese artículo», ya que con frecuencia sonaba más bien como un tipo estudioso. Le gustaba usar un lenguaje hasta cierto punto a la moda, sobre todo un habla coloquial estereotipada. Más de un miembro del club pensaba que había adoptado esta forma de hablar de Internet o de estudiar diálogos de novelas juveniles. Nadie nunca lo mencionó, pero uno o dos especulaban que podría ser maestro de preparatoria. En cualquier caso, reconocían que empleaba un lenguaje adolescente de forma aleatoria para ocultar su verdadera edad y por eso daban por hecho que su tono, y todas sus construcciones y matices, eran falsos. Nunca lo increparon por ello.

No había ninguna razón importante para hacerlo. Cada uno, a su estilo, tomaba medidas similares para ocultar quién era en realidad. Sabían que los otros habían hecho lo mismo, así que la situación estaba equilibrada. Además, disfrutaban de las cosas que hacía Delta cuando no estaba escribiendo *omg* o *wtf*. Había establecido un elevado nivel de logros en el campo de interés común y a todos les deleitaba la idea de ponerse a su altura.

Easy escribió:

> Me gusta esa palabra: voracidad. Nos va bien, ¿no creen?

Delta envió el emoji de las manos aplaudiendo.
Entonces empezaron a despedirse:

> Hasta pronto, muchachos. Debo irme. Necesito preparar el siguiente proyecto. Tal vez deba partir dentro de poco.

Bravo le advirtió:

Delta, recuerda que lo que a menudo hace tropezar a tipos como nosotros no es el planeamiento y la ejecución, sino la limpieza posterior.

Easy añadió:

Cierto.

Alpha, encargado de moderar el chat, habló por todos al escribir:

Ansioso de ver los resultados.

Era una tautología. No era necesario aclararlo. Como tampoco era necesario aclarar que cada uno estaba involucrado en
su *proyecto* personal e igual de impaciente por presumirlo a los
demás.

Delta respondió:

Pronto. Pronto, muchachos. Ustedes siempre me dicen que no debo
precipitarme. Estoy tratando de hacer las cosas con calma.

Todos sabían que era cierto. No lo expresaban de forma
abierta, pero opinaban que Delta solía abordar los proyectos
con prisa y que era un poco impulsivo al tratar de satisfacer sus
deseos.

Alpha continuó:

Bien. Excelente. Reunámonos todos en línea en dos días. Misma hora. Y,
Delta, tal vez puedas compartir algunos detalles entonces.

Hubo una ráfaga de okeys.

Pero de pronto, antes de que pudieran salir y cerrar la sesión
del chat electrónico, vieron un nuevo e inesperado mensaje en
sus pantallas:

Socgoal02 se ha unido a la conversación.

Este nombre de usuario les era desconocido a todos. Hasta ese momento nadie había invadido su privacidad. Demasiadas capas de codificación. Sus conversaciones habían sido inmaculadas desde que crearon la sala de chat. Los detalles se compartían y se ocultaban. Esta nueva presencia los perturbó a todos. Repentinos brotes de ansiedad ante la idea de verse expuestos. Ninguno era propenso al pánico, pero en ese instante los cinco empezaron a dar el clic electrónico para salir. Aunque no antes de ver:

Socgoal02 escribió:
¿Quiénes son, muchachos? ¿Son reales? Me parecen un montón de chiflados. Perturbados. Enfermos, enfermos, enfermos...

Dos años antes, Alpha se sintió sorprendido y complacido en igual medida cuando Bravo —el primero de lo que luego sería un grupo de cinco— respondió a su publicación inicial. No esperaba que le contestaran tan rápido, en especial, tomando en cuenta los *firewalls* que había instalado para garantizar un anonimato absoluto mientras conversaban en el sitio. Al principio, Alpha solo deseaba añadir algo a un blog personal, pero la necesariamente discreta naturaleza de su primera conversación en línea lo hizo cambiar de opinión muy pronto. Por eso creó por medios electrónicos la sala privada de chat e invitó a Bravo a que se uniera. En los meses siguientes se sumaron Charlie, Delta y Easy, quienes también respondieron de manera intrigante a aquella primera publicación de Alpha. No eran mafiosos ni novatos, pero eran inteligentes, sofisticados, elocuentes y jóvenes para ser asesinos. Alpha sería la *éminence grise* del grupo.

El límite fue cinco. Alpha creía que manejar a más sería difícil y los haría vulnerables. Después de sus primeras conversaciones tentativas por este medio electrónico, y de que los otros desplegaran sus *acreditaciones* para que él estuviera seguro de que ninguno era un ansioso y astuto detective en un país lejano o a la vuelta de la esquina en su propio vecindario, Alpha insistió en cerrar la participación con esas cinco identidades. Los hombres no tuvieron inconveniente en respetar ese límite. El cinco, número non, les pareció peculiar y apropiado. Un equipo de baloncesto. Cercano, a pesar de que nunca se habían encontrado cara a cara, debido a la naturaleza de lo que compartían. Como sucedía en los grupos de apoyo para adictos o alcohólicos en recuperación, o para víctimas de crímenes, todos parecían poseer cualidades y experiencias que podían ayudar a los otros. Cada uno era capaz de responder a las distintas preguntas de carácter específico que surgían de vez en cuando. No tardaron mucho en creer que eran amigos o, al menos, una *especie* de amigos, ya que en su vida personal cada uno había usado los contactos sociales de manera diferente, con necesidades diversas y enfocándose en finalidades distintas. No estaban seguros del nombre de los otros ni de su edad ni ubicación. Solo de vez en cuando llegaban a relacionar algún impactante encabezado de los diarios o un desgarrador reporte noticioso en televisión con preguntas que se habían hecho en el club y eso les daba cierta idea. Hasta ese momento, nadie había tenido el mal gusto de preguntar respecto a estas conexiones. También preferían usar el inglés para comunicarse, nunca nadie preguntó si sería más fácil hacerlo en sueco, finlandés o japonés. En privado, sabían que todos eran estadounidenses porque las actividades cotidianas que decían realizar eran tan típicas como la tarta de manzana, el Cuatro de Julio y el Super Bowl. Incluso asesinar.

Esta secrecía absoluta era algo en lo que insistía Alpha, el más reflexivo e intelectual de los cinco, y era producto de su obsesiva necesidad personal de privacidad. En efecto, concebir el *Lugar especial de Jack* resultó para Alpha casi una indulgencia: era un diseño para poner a prueba sus propias habilidades en electrónica, su noción personal de la aventura y su abrumadora necesidad de sentir que todo el tiempo se estaba burlando de las autoridades. Estaba obsesionado con probar que, sin importar cuán inteligentes se creyeran los policías, nunca podrían rastrearlo a través de nada que hubiera escrito, dicho o mostrado. Demasiadas capas de identidades falsas. Demasiadas posibilidades matemáticas.

Alpha adoraba las computadoras.

También adoraba a Jack.

Sí, Jack. Por Jack el Destripador.

De ahí venía el nombre del club.

Se llamaban a sí mismos *Muchachos de Jack*.

Alpha creía que Jack era un perdurable ejemplo de alguien que había eludido y burlado a la policía. Fue tan exitoso en estas actividades que, más de cien años después, la gente aún seguía tratando de determinar su identidad y en Londres era posible hacer un tour guiado del Destripador. Los científicos y los detectives aficionados se hacían llamar *evisceratólogos* y se regodeaban en la especulación y la teoría, además de hacer análisis gramaticales de todas las frases sin excepción contenidas en los extensos reportes de Scotland Yard sobre el Destripador. En una ocasión, una famosa autora estadounidense de historias de detectives escribió todo un libro en el que afirmaba haber resuelto el misterio de la identidad de Jack, pero tras analizar a profundidad a su principal sospechoso, los detectives aficionados la desmintieron rápida y concienzudamente.

Alpha sabía que los otros cuatro miembros sentían el mismo tipo de conexión espiritual con Jack que él.

Y estaba en lo cierto. Al igual que al famoso Destripador, a Bravo, Charlie, Delta y Easy les gustaba correr riesgos en un ámbito en el que otros hombres con sus mismas peculiares tendencias privilegiaban el anonimato y trataban de dejar muy poco, o nada, al azar o al descubierto.

Aunque era una contradicción, a los cinco les gustaba el *azar*.

Además de diferenciarlos de la mayoría de las descripciones encontradas en los estudios académicos realizados sobre gente como ellos, esta cualidad habría confundido a cualquier analista del FBI.

La primera publicación de Alpha, lo que provocó la necesidad de crear la sala de chat, fue un modesto manifiesto titulado:

Por qué hago lo que hago

Un documento breve. Construido de forma minuciosa. Tres borradores escritos a mano antes de publicarlo. No era un tratado disperso sobre Dios, la naturaleza y el colapso del mundo en general, como el escrito por Ted Kaczynski. Alpha recordaba que hasta cierto punto al Unabomber lo identificaron porque, como había estudiado en Harvard, utilizó de forma correcta el punto y coma en sus escritos, y estos resultaron demasiado distintivos, personales y, por supuesto, reconocibles.

Bravo encontró la sección de comentarios al final del manifiesto y respondió:

Siento lo mismo.

Esa simple frase los unió. Motivó un ágil intercambio entre sus teclados y después se transformó en la sala de chat.

En sus escritos, Alpha usó el eufemismo *aquietar* en lugar de *matar*.

Como en: «lo que por fin acepté que deseaba hacer… No, más bien, lo que necesitaba hacer al cien por ciento, lo que se me exigía de manera absoluta que hiciera con mi vida, era *aquietar* a Molly. O a Sally. O… Necesitaba hacerlas completa, integral y enteramente mías. Y cuando lo fueron, empecé a transformarme en quien siempre debí ser».

Bravo subrayó esto y respondió:

Lo sé. Sientes una grandeza absoluta en tu interior. Está esperando surgir. La clave es descubrir la manera precisa de liberarla.

Aquietar fue el primer eufemismo que se adoptó en la sala de chat. En las subsecuentes semanas, durante las cuales Charlie, Delta y Easy se unieron, se llegó a un meditado acuerdo respecto a otros términos. *Adquirir* en lugar de *secuestrar*. En lugar de *tortura* usaron *importunar*. Y se refirieron a toda la policía —de los distraídos escuadrones rurales de fuerza menor, a las sofisticadas y súper competentes unidades en Nueva York, Roma, Tokio o Los Ángeles— como la *Gestapo*. Aunque siempre hablaban de las técnicas de una manera oblicua, era un lenguaje que ellos podían entender al instante porque, a pesar de ser muy distintos, se reconocían como cortados con la misma tijera. Ninguno de los cinco era tan ingenuo como para creer que un experto en ciencias del comportamiento del FBI, una División Especial de Scotland Yard o sus contrapartes policiacas en París, Berlín, Madrid, Buenos Aires, Róterdam o Ciudad de México no reconocerían de inmediato la verdadera naturaleza de sus conversaciones. Sin embargo, su discurso era suficientemente inexacto para parecerle tedioso y aburrido a casi cualquier otra persona.

Lo que no resultaba aburrido eran las fotografías que publicaban de vez en cuando y que deleitaban a todos.

Una de las mayores alegrías que compartían era publicar sus propios ejercicios de fotografía especializada en los sitios de Internet de departamentos de policía elegidos al azar. *Estaciones de polis,* les llamaban. De la región del Ártico correspondiente a Alaska, a la salvaje pampa en la Patagonia. De Christchurch a Cantón. Al igual que el investigador de tránsito en Cressy-sur-Marne, una mañana del todo ordinaria un pobre policía en un departamento encendería la computadora de su oficina esperando encontrar otro día de aburridos reportes de incidentes triviales y vería un cuerpo empapado en sangre o un miembro cortado con un pie de foto que dijera:

¿Reconoces esto?

O:

Incluso mejor: ¿No te gustaría saber quién lo hizo?

Los textos estaban en varios idiomas. Japonés en una ocasión. Swahili. Árabe. Rara vez en inglés. Se tenía la precaución de que ciertas características no identificables aparecieran en todas las imágenes. A Alpha le agradaba que en lugar de solo hacerlo él, cinco pares de ojos examinaran las fotografías en busca de indicios delatores antes de enviarlas. Responsabilidad compartida.

Precisión compartida. En más de una ocasión habían vetado una imagen debido a que uno de los *Muchachos de Jack* notó que algo *podría* ser reconocible. Una planta de cierta especie al fondo. Una prenda distintiva. La ubicación de una herida. También se turnaban para hacer la publicación final. Nunca la realizaba el perpetrador. Se la pasaba a alguno de los otros después del análisis, pero todos disfrutaban de igual manera del acto y se deleitaban con la destreza informática de quien enviaba las imágenes.

En una ocasión, como parte de una broma, además de la fotografía de uno de los cadáveres de Charlie, Easy incluyó unas coordenadas de GPS en un país, pero las envió a una *estación de polis* en un continente distinto, a miles de kilómetros de distancia: a un segundo país que era enemigo político del primero. Era como enviar a policías en Teherán información sobre un cadáver en los alrededores de Denver.

Cuando se reunieron en línea, rieron al imaginar el shock y la consternación en la *estación de polis* que habían elegido, y las dificultades de esta al tratar de comunicarse con la estación cercana al lugar donde fue localizada la víctima.

Luego, los *Muchachos de Jack* se desvanecían en Internet y regresaban a su oculta vida personal.

A pesar de que esas fotografías eran borradas del *Lugar especial de Jack* tras haber sido compartidas con los otros, y de que desaparecían pronto entre los vapores de Internet, los *Muchachos de Jack* ya las habían grabado con fuego en su imaginación. Pero ninguno era ingenuo: sabían que nada desaparecía del mundo electrónico para siempre o por completo. Y aunque esto les resultaba excitante —casi embriagante, ya que todos acogían el peligro—, saberlo se sumó a su repentina ansiedad cuando vieron el siguiente mensaje del intruso:

Socgoal02 escribió:
O sea, ¿ustedes qué son, muchachos? ¿Un montón de vejestorios desgastados que quieren verse súper inteligentes? ¿Que fingen ser verdaderos asesinos? ¿Una especie de club de tipos raros que se calientan con enfermas fantasías de asesinato? Montón de pervertidos.

Alpha leyó la burla y en cuestión de segundos sus dedos empezaron a volar sobre el teclado. Estaba en lo que él llamaba oficina, un sitio que alguna vez fue un sórdido y mohoso sótano, pero que modificó de acuerdo con sus singulares necesidades. Ahí había colocado las cuatro distintas pantallas de computadora que ahora tenía enfrente. Nunca había ejecutado en el *Lugar especial de Jack* el algoritmo rastreador instalado varios años antes. No le parecía necesario. Una especie de *honor de ladrón* le había impedido usarlo con Bravo, Charlie, Delta o Easy. Imaginaba que, de todas maneras, ellos habían tomado las medidas informáticas necesarias para contrarrestarlo, que hacían rebotar sus mensajes a través de varios servidores en todo el mundo. En el caso de este intruso, supo que la situación sería distinta. Por un segundo se maldijo a sí mismo por no haber hecho más pruebas de actualización para el algoritmo.

Sabía que debía mantener a *Socgoal02* en línea y conectado durante algunos minutos. Lo suficiente para que el rastreador, si acaso funcionaba, hiciera su trabajo.

Alpha tecleó:

> Esta es una sala privada de chat. Al entrar en ella estás violando nuestra privacidad, varias leyes estadounidenses y tratados internacionales. Debes disculparte ahora mismo y salir de inmediato.

Alpha tenía claro que, si acaso había alguna, eran muy pocas las leyes que regían la presencia de *Socgoal02* sin importar lo irritante que esta fuera en Estados Unidos, Gran Bretaña, Europa Occidental o Latinoamérica. También sabía que al exigir una disculpa podría instar al intruso a responder de otra manera.

Los otros, que también permanecieron en el sitio, notaron esto.

Y los cuatro supieron enseguida que Alpha necesitaba que el intruso continuara ahí suficiente tiempo para lo que fuera que planeara hacer.

Bravo escribió:

> Mira, muchacho, estás cometiendo un tremendo error. ¡Lárgate ahora!

Sabía que la mejor manera de lograr que alguien continuara haciendo algo estúpido era diciéndole que dejara de hacerlo.

Delta lo comprendió también.

Escribió:

> No sabes en qué tipo de problema te estás metiendo.

Socgoal02 contestó:

> ¡Ah! Veo que en realidad son un club de damitas. ¿Acaso las incomodé, señoras? ¿Saben? Tal vez crean que son muy buenos en lo que hacen, pero yo sería mejor asesino que todos ustedes cualquier día de la semana. Puñado de novatos.

Easy añadió al instante:

> Muchacho, suenas como si tuvieras doce años y este es un sitio para adultos.

No hubo respuesta inmediata de parte de *Socgoal02*.

Charlie lo intentó:

> Mira, quienquiera que seas, no querrás meterte con nosotros.

Entonces, *Socgoal02* contestó:

> ¿Ah, sí? Pues ya lo hice. Los veo luego, club de losers.

Y entonces vieron:

> Socgoal02 ha dejado la conversación.

Todos dejaron de teclear. Los embargaba la rabia y toda una variedad de emociones y pensamientos.

Alpha tuvo que imponerse para organizarlos.

Cuando desarrolló el *Lugar especial de Jack* también implantó varios planes de contingencia en caso de que surgiera algún tipo de dificultad. Con el paso de los años, sin embargo, bajó la guardia porque sintió que todo lo que había hecho iba más allá de lo necesario para protegerse a sí mismo y a los demás.

Alpha escribió:

Gracias a todos. Se quedó el tiempo suficiente. Creo que lo tengo.

Dejó que esta afirmación ardiera en Internet.

Delta formuló la pregunta que todos tenían en mente:

¿Policía?

Alpha respondió:

No. Justo lo que parecía ser. Un estúpido adolescente estadounidense con demasiado tiempo libre. De la Costa Este. Nueva Inglaterra. Noten esto: Socgoal02. Si estuviera en Europa su nombre de usuario habría sido Footgoal02, ¿no?

Easy respondió enseguida:

Estás en lo correcto. Buena observación.

Ponderaron sus sentimientos. Cada uno controló su ira. En unos cuantos segundos ya se habían tranquilizado. El ritmo cardiaco de todos volvió a la normalidad.

Bravo tecleó:

¿Pero cómo sucedió? No había pasado nunca.

Alpha reflexionó por un instante. Luego escribió:

No estoy seguro. Pero créeme que lo voy a averiguar.

Easy añadió:

Tal vez sea un estúpido adolescente, pero nos encontró.

Delta escribió:

Quizá por accidente.

Bravo respondió:

Nunca habíamos tenido este tipo de accidente.

Alpha consideró todo. Su imaginación estaba agitada. Respiró hondo y tecleó:

Necesitamos ser cautelosos. Y creativos. Creo que debemos implementar el Plan Manson de contingencia.

Los *Muchachos de Jack* hicieron una pausa. Luego actuaron con agilidad y resolución. Cerraron la sesión del *Lugar especial de Jack* sin hacer ningún otro comentario.

2

Un martes...

Como solía suceder en esa época del año, casi todos los pensamientos de PM1 se relacionaban con el suicidio. Suicidio al despertar tras una noche de sueño inquieto rebosante de pesadillas. Suicidio al tomar su descanso para almorzar. Suicidio en la noche frente al televisor viendo una serie de comedia. Estos pensamientos lo habían incomodado cada octubre desde 1968. En otros meses desaparecían pronto, pero en octubre daba por hecho que continuarían inundando su imaginación hasta que muriera de viejo en su cama en casa o conectado a máquinas en un hospital, aniquilado por una horrible enfermedad, o que por fin decidiría actuar respecto a la insistente exigencia de matarse a sí mismo. Cada octubre fantaseaba sobre cómo hacer que el suicidio pareciera accidente. A menudo, ya muy noche frente a su escritorio, limpiaba su pistola incluso si esta no lo necesitaba, e imaginaba una *descarga involuntaria*. O, si estaba pescando con moscas casi al final de la temporada, consideraba resbalarse y caer en una corriente rauda y dejarse arrastrar sumergido en las aguas heladas. Imaginaba que una noche húmeda y lluviosa fingía perder el control de su automóvil y se estrellaba contra un árbol.

Los inconvenientes de sus fantasías:

Un disparo: rápido, pero dejaría un desastre sangriento y con carga emocional que los otros, quienes le importaban, tendrían que limpiar.

Ahogamiento: aterrador, desagradable. No se creía capaz de no luchar contra la corriente. Y para la gente que formaba parte de su vida sería una gran dificultad buscar su cuerpo entre los incontables kilómetros de un río.

Un accidente automovilístico: salvaje e incierto. Difícil garantizar que no sobreviviría por capricho, que no quedaría paralizado o convertido en vegetal, en una carga para esos mismos seres amados en su vida.

Por eso no había hecho nada.

Aún no.

Quería. Pero siempre encontraba una razón para postergar esta elección un año más. A veces pensaba que sus excusas eran poco sólidas, pero de todas formas las usaba en la discusión que se desarrollaba en su mente.

«No puedo. No este año. Todavía me necesitan. Pero quizá no por mucho tiempo más. En ese caso no sería una tontería.»

Y cada vez que decidía no suicidarse ese octubre, se disculpaba en voz alta: frente a un espejo en un baño, mientras conducía solo en su automóvil o caminaba por una calle, incluso viendo la televisión por la noche, silenciando al comentarista que narraba jugada por jugada un juego de futbol que no le importaba un ápice, y diciendo como siempre:

—Lo siento, Freddy. No este año. Pero algún día. Lo prometo.

Ross Mitchell siempre sentía una punzada cuando pronunciaba el nombre de su amigo. *Frederick Douglass Larkin*, nombrado así en homenaje al gran orador. Freddy era un desgarbado y demasiado amigable hombre negro que había cruzado la tácita división racial para convertirse en amigo de Ross durante aquella guerra en la que ninguno de los dos quería participar. En 1968 tenían más o menos la misma edad, alrededor de dieciocho años. Freddy era operador de radio y Ross soldado de infantería. Ambos fueron asignados al mismo pelotón el mismo día. Freddy le explicó a Ross que, según decían, la esperanza promedio de vida de un operador de radio en un tiroteo en esa época era de cinco segundos. El radio que Freddy cargaba pesaba más de veinticinco kilos y en la parte superior tenía una antena que le ofrecía al enemigo un buen blanco para apuntar. El operador de radio tenía que caminar junto al teniente, así que, ni al ejército norvietnamita ni al Vietcong les tomó mucho tiempo averiguar cómo decapitar a un pelotón con un solo disparo bien situado de mortero. Freddy sabía que iba a morir en la selva. En un entrenamiento, un capitán escribió el número cinco en la pizarra y les dijo: «La probabilidad de enfrentar una situación peligrosa es elevada». Todos en la clase sabían lo que significaba situación peligrosa. Al llegar al país, un sargento canoso y cansado de combatir le había dicho a Freddy: «Escuchen, estúpidos: si alguno de ustedes bebe y se embriaga, todos se joden». Esta descripción evocaba el mismo sentimiento, pero era mucho más realista.

Ross estaba decidido a mantener vivo a su amigo.

No sabía cómo hacerlo. Solo tenía claro que era una misión sobreentendida.

«En octubre. Un gran esfuerzo a través de la selva. Exhaustos, fumamos cigarrillos, recargados en un árbol.

»—¿Qué tan lejos? —preguntó Ross.

»—No mucho —contestó Freddy mientras levantaba el aparato de radio—. Estamos a unos cuantos taconeos de la base. Así que tu pobre y cansado trasero blanco tal vez pueda lograrlo, incluso si me viera obligado a cargarte los últimos cien metros.»

El comentario hizo reír a Ross.

Cuando el sargento gritó: «Prepárense. Vamos a avanzar», Ross se colocó en la parte de atrás junto a su superior y Freddy se ubicó al lado del teniente.

Menos de una hora después, un francotirador había atravesado con un solo disparo el estómago de Freddy. También logró dispararle en la cabeza al teniente y hacer estallar el pecho del hombre que los guiaba antes de acorralar al resto del pelotón con disparos de armas automáticas apuntadas con eficacia.

«Ross, Ross, me muero. Ayúdame, por favor…»

Era la misma súplica que escuchaba cada octubre.

Sabía que, en realidad, Freddy nunca pronunció esas palabras. Solo había llorado presa del dolor y el pánico a, quizás, unos veinte metros del resto del pelotón. Suficientemente cerca para que sus gritos se oyeran. Suficientemente lejos para que ayudarlo fuera casi imposible.

Ross se arrastró hacia adelante. Empujó a través de un enredo de maleza y lodo mojado al mismo tiempo que oía los disparos cruzar el aire por encima de su cuerpo. En dos ocasiones el sargento tiró de él y lo hizo regresar a su posición.

«—¡Permanezca agachado, Mitchell! ¡Maldita sea! ¡¡Agáchese!!»

Y Freddy volvía a gritar. Desde donde estaba escondido, Ross podía ver al teniente y al francotirador, ambos inmóviles. Pero era Freddy a quien escuchaba. Su amigo se había deslizado hasta la parte trasera de una pequeña berma y continuaba oprimiendo su herida con ambas manos.

«—Ross. Ross…»

No podía soportarlo.

«—Maldita sea, iré por él.»

El sargento lo sujetó por tercera vez, pero Ross se contoneó y logró liberarse. Se arrodilló con dificultad, levantó su M-16 y, soltando una descarga en modo automático, roció balas en todas direcciones con la esperanza de obligar al francotirador a agacharse y cubrirse. Entonces corrió. Se acuclilló como un animal presa del pánico perseguido por un depredador. Las balas salpicaron el follaje a su alrededor, rebotaron en tres troncos y cayeron en el lodo emitiendo un ruido sordo. Los otros integrantes del pelotón abrieron fuego también, dispararon con salvajismo, inundaron el aire con tiros sin dirección. Los hombres gritaban y disparaban mientras Ross seguía corriendo. Sentía como si todo sucediera en cámara lenta. Ahora, cincuenta años después, podía reproducir cada momento en su cabeza. En cámara lenta aún.

Era como si su amigo no pesara nada. Si acaso medio kilo. Ross lo cargó y regresó al lugar desde donde el pelotón lanzaba la ráfaga de disparos que los cubrían. Cada uno de sus tambaleantes pasos parecía durar una eternidad y, al mismo tiempo, le daba la impresión de que avanzaba como en una carrera.

«La muerte debe aligerarte», pensó.

Su amigo murió extendido sobre sus hombros.

En las semanas y meses que siguieron, hasta que su viaje llegó a su fin, Ross se arriesgó de forma continua.

Y también mató.

Con la mayor frecuencia y de la manera más viciosa posible.

Solicitó cargar la ametralladora M-60 y el teniente de reemplazo sabía muy bien por qué lo hacía. A Ross le gustaba esa arma pesada porque permitía matar más y con mayor facilidad. Los días de su viaje fueron pasando y él empezó a lanzar granadas. También sacaba su arma de mano. Si hubiera podido usar el cuchillo Ka-Bar o sus propias manos para matar, lo habría hecho. Nunca contabilizó a sus víctimas. Nunca dijo por qué era tan adicto a matar, pero todos los integrantes del pelotón lo sabían. No importaba cuántos enemigos eliminara, el hueco en su interior no se colmaba nunca. E incluso después de tantos años, en octubre, ya muy noche, a veces escuchaba a Freddy decir:

«Había muchas cosas que deseaba hacer. No quería morir».

En realidad, Freddy nunca dijo eso. No era su estilo. Sin embargo, Ross sabía que era cierto. Y continuaba escuchando cada palabra como si su amigo estuviera de pie a su lado.

Trató de contarle esto a su terapeuta en el hospital local de Asuntos de los Veteranos. Lo intentaba cada octubre. Hacía una cita, llegaba al consultorio, se sentaba, permanecía incómodo una hora y luego se iba. Regresaba la semana siguiente. Hacía lo mismo. Continuaba solicitando citas y callando respecto al *porqué* de su depresión hasta que octubre se desvanecía y se transformaba en la frescura de noviembre, y él ya tenía enfrente las fiestas navideñas.

Algunos años antes, como muchos hombres ahora canosos, Ross había viajado al Monumento a los Veteranos de Vietnam, en Washington, D.C. Sin embargo, se detuvo un panel antes de llegar al lugar donde sabía que estaba el nombre de Freddy grabado sobre mármol negro. Cayó de rodillas sollozando, con las manos temblorosas, incapaz de moverse. Su esposa tomó el ramo de flores y la medalla de la Cruz de la Armada de Ross y los colocó debajo del nombre de Freddy tal como él tenía la intención de hacerlo. Siempre odió el hecho de que le hubieran otorgado una medalla, de todas formas. A pesar de que no logró salvar a su amigo. «No tenía opción. Nunca la tuve. Tenía que ir por él. Era mi amigo. ¿Qué más podía hacer? ¿Qué más habría podido hacer cualquiera?» Era una medalla que premiaba su bravura y su estupidez, que lo premiaba por haberse arriesgado en un momento en que ninguna acción habría mantenido vivo a nadie. Ese día, su esposa lo dejó llorar todo el tiempo que necesitó hacerlo antes de ponerse de pie, avanzar tambaleante y quedarse mirando el nombre de Freddy. Ross levantó el dedo y trazó con él las letras grabadas.

Mientras lo hacía, susurró:

—Debí ser yo quien estuviera al frente de la columna. Era mi bala. Mi nombre es el que debería estar en este muro y tú deberías estar aquí de pie llorando. Lo lamento, Freddy. Pero voy a regresar por ti de nuevo. Pronto. Estoy envejeciendo. No me queda mucho tiempo. Estaremos juntos en breve.

Hizo una pausa como si esperara oír la afable voz de su amigo:

«No, no, no hay problema, Ross, mi compañero. Continúa con tu vida. Vive por ambos.»

Pero tampoco oyó eso.

Hizo su saludo y se alejó cojeando a pesar de que no estaba lastimado, de que ni siquiera tenía el tobillo un poco torcido. Las rodillas, sin embargo, las sentía débiles, como si fueran a dar de sí. Permitió que su esposa lo ayudara a salir de ahí. Kate temía que cayera al piso y no pudiera levantarse nunca más.

Esa fue su única visita al monumento.

A veces Ross pensaba que la vida que había esperado vivir cambió por completo cuando Freddy murió. No creía que la que había vivido hasta entonces fuera la vida que se suponía que debía tener, aunque resultaba difícil precisar *en qué* era distinta.

Solo sabía que lo era.

A lo largo de los años, después de la guerra, Ross conoció a personas a las que consideró sus *amigos*. Gente con la que trabajó en la oficina de ingreso a la universidad hasta la primavera pasada, cuando se retiró y le otorgaron aquella cena con pollo, un certificado de regalo y un reloj barato de oro falso. Hombres de su equipo de baloncesto al mediodía en el club deportivo, quienes tenían su misma edad y presumían gustosos de antiguas y, quizá ficticias, hazañas atléticas. Vecinos con los que había organizado parrilladas. Gente del coro de la iglesia con la que había cantado *Nuestro Dios es una fortaleza poderosa*. Sentimiento que no experimentaba ni por un instante porque, en realidad, la religión le daba lo mismo. Cantar, sin embargo, le gustaba, y por eso formaba parte del coro. Ninguna de esas personas le importaba en verdad, o al menos, no de la manera en que alguna vez le importó su compañero marine. A ninguno de ellos les había mencionado que sirvió durante la guerra. No quería oír esa repetitiva frase producto de la cursilería y de la compasión por los veteranos: «Gracias por tu servicio». En el antebrazo derecho tenía tatuado el famoso símbolo del Cuerpo de Marina: el mundo, el águila y el ancla. Siempre que usaba camisas de manga corta lo cubría con un trozo de cinta adhesiva. No porque le avergonzara el tiempo que pasó con los marines, ya que de hecho estaba orgulloso, sino porque no quería hablar de ello. Más de cincuenta años después, el tema de Vietnam aún supuraba en carne viva en su ámbito: un mundo de académicos que consumían granola crujiente. Por eso guardó para sí su pasado como asesino del Cuerpo de Marina, incluso cuando sucedió el 9/11 y las aventuras militares en Irak y Afganistán se volvieron conversación constante en su pequeño pueblo en Nueva Inglaterra.

Sabía a lo que se enfrentarían esos soldados.

La muerte.

La gente a su alrededor, con todo y sus fervientes opiniones, con sus argumentos razonados y sus intensas pasiones a favor y en contra, no lo sabía.

Por eso, en esta tarde de octubre creía, como siempre, que había logrado ocultarles bien todos sus pensamientos suicidas y sus depresiones a las dos personas que más le importaban. Y que estaban esperándolo: PM2 y Connor.

PM2 era Kate, su esposa.

Connor era su nieto huérfano y vivía con ellos.

Connor les había puesto esos apodos, PM1 y PM2, algunos años antes, un día deprimente, poco después de llegar a su modesto hogar en los suburbios y de que le hubieran mostrado su nueva habitación. Mamá y papá no estaban ahí. Nada de *abuelita* o *abuelo*. Por eso él tuvo que inventar algo diferente. Pariente Materno Uno y Pariente Materno Dos. Y lo pronunciaba así: *Peme uno* y *Peme dos*.

Abreviaturas de niño. Los apodos se les quedaron para siempre.

Connor tuvo problemas a lo largo de los años. Lágrimas. Berrinches. Orina en la cama cuando era pequeño. Terrores nocturnos. A veces, días y días sin hablar. Después, a medida que pasaron lo años, se fue convirtiendo en un solitario. Pocos amigos. Vida social mínima. Silencio. Poca disposición a hablarles a sus abuelos sobre su vida. Un niño con ira.

Los psicólogos a los que Ross y Kate habían consultado con frecuencia les dijeron que Connor estaba *actuando*. Que era *inevitable*. Que era «la reacción esperada en casos de abandono abrupto en la niñez y los traumas asociados con este».

—Mejor sorpréndame, doctor —solía contestar Ross.

También les habían dicho: «Crecerá y superará muchas de estas dificultades».

Pero Ross no estaba seguro de ello.

«Habrá algunas que no superará jamás.»

De eso sí estaba convencido.

Desde el instante en que Connor llegó y se hicieron cargo de él, Kate y Ross ya se esperaban ese tipo de dilemas. Era un niño que quedó condenado a los conflictos emocionales desde los cinco años, desde el segundo en que perdió a sus padres. Aunque, bueno, *perdió* no era la palabra correcta: los asesinó un conductor ebrio que atravesó la línea central de la carretera a una velocidad ridícula. Fue por la tarde. Un día de primavera sin nada en particular, algunas flores floreciendo en el jardín, clima templado y deslumbrante luz solar, justo después de las 5 p.m., cuando su joven y muy embarazada madre, maestra de escuela primaria, acababa de recoger en su automóvil compacto a su padre, agente de seguros, porque a la camioneta le estaban poniendo frenos nuevos en el taller. Iban camino al jardín de niños para recoger a Connor.

Hija. Única. Producto del amor. Concebida en una apasionada noche universitaria poco después de que él regresó de Vietnam y cuando Kate era una estudiante de dieciocho años en su primer semestre y experimentaba su recién encontrada libertad, alejada de sus restrictivos, conservadores y católicos padres tipo «no sexo, no anticonceptivos, no bikini, mejor un traje de baño de una sola pieza y cúbrete esos brazos». Kate y Ross le dieron a su inesperada bebé el nombre de Hope porque fue precisamente esperanza lo que les hizo sentir cuando, sorprendidos, descubrieron que en realidad se amaban. Así, tiempo después los padres de Kate también llegarían a querer a su yerno porque su amor por su hija era genuino.

Ross y Kate no tuvieron tiempo para el luto. Hope estaba muerta en más de una manera. El hueco que ese conductor ebrio había cavado en sus vidas tendrían que relegarlo a un lugar sombrío dentro de ellos mismos porque en ese momento debían recoger a Connor, explicarle lo que había sucedido aunque en realidad ninguna explicación resultaba lógica, hacer los arreglos para el funeral y, días después, vestirlo con un ajustado saco color azul marino y una pequeña corbata de clip, y tomar su mano durante una ceremonia en la que se hablaría mucho de ser «arrancada demasiado joven, en la flor de la vida». La pareja ignoró su propio dolor porque era obvio que la vida de Connor era la única prioridad.

«¿Cómo hacemos que esto sea *normal*?»

«¿Quién lo sabe?»

El conductor ebrio sobrevivió a la vertiginosa colisión frontal con solo una pierna fracturada. Perdió su licencia de conducir y un juez le ordenó pasar seis meses encerrado en la cárcel del condado, ir a rehabilitación y a reuniones de AA… por tercera vez. No fue un gran castigo por lo que había hecho. El día que se conmemoró el primer aniversario del accidente, Connor, de seis años, decidió asesinarlo. No le comunicó su decisión ni a PM1 ni a PM2 aunque estaba bastante seguro de que PM1 estaría dispuesto a ayudarlo. Sabía que primero tendría que crecer. Terminar sus estudios. A los seis años calculó que tendrían que pasar unos veinte antes de que pudiera matar. Estaba seguro de que a los veintiséis años sería increíble y ridículamente viejo, pero le parecía lo más sensato. Podía contar los años que faltaban con sus pequeños dedos: mano derecha, mano izquierda, mano derecha, mano izquierda y listo. Dejaría que pasara el tiempo, sería más alto, más fuerte y su voz cambiaría. Ahora, casi doce años después, un poco más allá de la mitad de su cuenta regresiva para asesinar, estaba terminando la preparatoria.

Ya no era un niño.

Pero la decisión infantil de matar no cambió nunca.

Y cuando sentía que lo embargaba una pérdida incontrolable y deforme, cuando percibía una lúgubre vacuidad en su interior, superaba el momento recordando que, sin duda, los días de aquel alcohólico estaban contados.

Connor espiaba en secreto al conductor ebrio a través de Facebook y otras plataformas de redes sociales. Era como una tarea escolar que nunca terminaba. Tomaba fotos del hombre a escondidas y se mantenía al día. Sabía su dirección. Conocía a los miembros de su familia con los que no tenía una buena relación. Sabía dónde trabajaban. En qué escuelas estudiaban. Dónde trabajaba él cuando no lo habían despedido de un empleo y estaba buscando otro. Sabía qué le gustaba beber y a dónde iba a mentirles a otros alcohólicos que también asistían a reuniones de AA. Si alguien le hubiera preguntado al azar: «¿Qué hace el ebrio a las 3:30 de la tarde de un jueves?», Connor habría podido responder con una precisión de cien por ciento. A veces seguía al individuo a su casa y se quedaba afuera en la oscuridad, mirando hacia dentro por las ventanas. Odiaba al hombre que planeaba matar pero, al mismo tiempo, quería conocerlo mejor que nadie en este planeta.

En su laptop guardaba notas sobre él. Tenía una carpeta exhaustiva.

En su tiempo libre, Connor estudiaba cómo asesinar.

Sabía que quería matar al conductor ebrio y salirse con la suya. En su mente, la ecuación era sencilla: «Me robó a mi mamá y a mi papá, así que tengo derecho a matarlo. Pero no tiene por qué costarme mi futuro. Es simple justicia. Cruda. Con esto quedaremos a mano». Por eso veía programas de televisión como *Lecciones del crimen* o *Mindhunter* o *Broadchurch*. Leía no ficción, libros sobre crímenes de la vida real. *A sangre fría* y *Por mandato del cielo* y *Un extraño a mi lado*. Tomaba notas. Imaginaba que sus planes exigían que cuando fuera a la universidad estudiara una licenciatura en justicia criminal. A eso le seguiría una temporada en la escuela de derecho para estudiar derecho penal, o una maestría en City University, en Nueva York. O en la escuela John Jay de Justicia Penal.

Obtendría un título de doctorado en asesinato.

Pasaba horas explorando la Dark Web en busca de inspiración. Decapitaciones de ISIS y fotografías de resultados del uso de gas nervioso. El mal en todo tipo de formas flagrantes pero mundanas. Cuando lo que veía se convertía en un peso demasiado grande o en algo demasiado nauseabundo, regresaba a sus tareas escolares de costumbre. Tarea de matemáticas. Estudios sociales y sus clases de historia.

Connor tenía aspiraciones respecto a su educación. También tenía aspiraciones respecto a matar.

Sabía que en la habitación que usaba como oficina, en una caja fuerte de acero para armas, PM1 guardaba un rifle .30-06 de caza y una pistola calibre .357. La combinación de la caja fuerte era la fecha del cumpleaños de PM2. Así que, en su mente, esas armas ya estaban disponibles para el día del asesinato cuando este por fin llegara.

Tenía la intención de estar perfectamente equipado.

Sin embargo, en ese instante, en esa hermosa tarde de principios del otoño en que los vibrantes colores se transformaban en los árboles y la ligera sensación de ardor invernal aún permanecía en su piel tras el recorrido matinal a la escuela, sus padres muertos, su futuro académico y la venganza planeada estaban lejos de la mente de Connor.

Ahora enfrentaba un penalti.

Era el arquero.

«Derecha. Izquierda. Centro. Arriba. Abajo.

»Toma una decisión.»

El árbitro lo estaba sermoneando: «Los talones en la línea de meta, no te muevas hasta que golpeen el balón…», todas las cosas que él ya sabía. Miraba directo a los ojos al jugador que haría el tiro, estaba calculando el ángulo desde el que se acercaría al balón. «En realidad nadie espera que detengas un penalti.» También sabía eso. Aun así, se concentró mucho y se puso en los zapatos del tirador. «No quieres lanzar demasiado alto y fallar, ¿verdad? No. Lanza el balón y hazlo volar por encima de la portería o bombéalo amplio y el recuerdo permanecerá contigo y arruinará tu forma de jugar durante el resto del juego. Se va a quedar con el balón, a tratar de dirigirlo por la zona baja y hacerlo entrar hacia la esquina. ¿Cuál esquina? Siempre es difícil hacer pasar el balón por encima de tu cuerpo, pie derecho hacia esquina izquierda. Pero si quiere hacer eso, va a dar un pequeño paso cuando se acerque. El tiro más seguro: solo golpea con fuerza el balón dirigido a la derecha. Muy bien. Entonces es la derecha. Tan buena conjetura como cualquier otra…»

El árbitro silbó y el pateador avanzó. Sin apresurarse. Bajo control. Con elegancia.

«Derecha», gritó Connor en su interior.

Se lanzó con fuerza en esa dirección, estiró su largo cuerpo en paralelo al piso, los brazos extendidos.

Oyó a la multitud vitorear.

«Maldita sea.»

Por un instante permitió que la fresca y húmeda tierra masajeara su rostro.

Cuando se puso de pie, vio al otro equipo abrazar al pateador.

«Izquierda.

»Mierda.»

Se sacudió un poco de lodo del jersey y luego sacó el balón del fondo de la red y lo lanzó hacia el centro del campo. Miró a las líneas laterales y vio a PM1 y a PM2 observándolo. Encogió los hombros y notó que PM1 había levantado el puño triunfante para alentarlo un poco. Ayudó. Luego miró a los otros grupos de espectadores en las líneas laterales y vio a Niki. Ella lo saludó agitando con suavidad la mano y Connor pensó: «No importa cuántos goles deje pasar, ella seguirá amándome. Creo que me amará incluso después de que haya asesinado al conductor ebrio. Hemos hablado de ello con suficiente frecuencia y estoy seguro de que no le causa conflicto. Y yo siempre la amaré a ella». Pensó que PM1 y PM2 también lo seguirían amando, pero la situación era distinta. Nunca les había contado sus planes. «Ellos siempre me querrán, no importa lo que haga.» Decidió que no permitiría que le volvieran a meter gol en ese partido, le daba igual cuán permeable fuera la defensa que tuviera frente a él. Si pudiera elegir, no permitiría que le metieran otro gol, ni ese día, ni el siguiente, ni ningún otro en el futuro. Sabía que era imposible en el aspecto físico, pero le agradaba poder prometérselo a sí mismo.

Cuando terminó el juego, Connor fue directo a donde se encontraba su maleta deportiva y guardó sus apestosos guantes acolchados de arquero en un estuche diseñado para ellos. Estaba dispuesto a dejar que Niki lo abrazara aun estando sucio y sudoroso porque a ella no parecía importarle y, además, con frecuencia lo había abrazado estando ambos envueltos en un tipo distinto de sudor. PM2 también lo abrazaría, PM1 solo le daría una palmada en la espalda.

Se colgó sobre los hombros la maleta deportiva y cruzó el campo de juego hacia donde lo esperaban los tres.

Niki todavía tenía puesto su traje deportivo color azul marino y verde. Corrió un poco, se reunió con él a unos tres metros de PM1 y PM2 y lo abrazó.

—Lo hiciste increíble —le susurró al oído. Él negó con la cabeza, pero adoraba escuchar su suave voz—. ¿Estudiamos juntos más tarde? —agregó Niki.

—Por supuesto. En cuanto me quite esta ropa, me dé una ducha y tal vez coma algo.

—Tengo que entregar un ensayo, pero después podría quedarnos tiempo para... —Niki titubeó, miró por encima de su hombro a PM1 y PM2, quienes ya se acercaban—, para seguir estudiando —añadió sonriente.

Ambos sabían a qué se refería.

PM2 se acercó y abrazó a Connor.

—Salvaste el juego para todos —exclamó. Como alguna vez fue capitana de su equipo colegial de volibol, entendía la dinámica del futbol.

—Fue empate —respondió Connor en tono sombrío.

PM1 estrechó con vigor la mano de Connor.

—1-1, no está mal. Los oponentes jugaron mucho mejor que nosotros —admitió PM1.

—Aun así... —musitó Connor.

—Un empate es como besar a tu hermana —dijo su abuelo.

—Eso es un cliché, PM1 —exclamó Connor sonriendo—. Y no tengo hermana, así que no sabría qué se siente besar a una.

Ross se rio.

—Bueno, es un poco como besar a tu abuela. Para ella, que la bese su nieto es algo especial, pero para ti tal vez no lo sea tanto.

Todos rieron al escucharlo.

—Debo regresar al gimnasio para asearme —explicó Connor.

—Ve —dijo PM1—. Te esperaremos en el estacionamiento.

—Niki y yo vamos a estudiar juntos más tarde. Quiere que le ayude con un ensayo.

Niki asintió.

—¿Sobre qué es tu ensayo? —preguntó Kate.

—Sobre el libro *The Things They Carried* de Tim O'Brien —contestó.

PM1 pensó: «Sé todo acerca de ese libro. Sé todo respecto a lo que escribió O'Brien. En especial en octubre».

—Iré a verte en cuanto termine de cenar —dijo Connor.

Niki vivía a dos casas.

—No te quedes hasta demasiado tarde —advirtió PM2—. Y, Niki, querida, por favor saluda con cariño a tus padres de nuestra parte.

—Por supuesto —contestó Niki, aunque dudaba poder hacerlo porque no estarían en casa.

Mientras esperaban en el estacionamiento, Kate volteó a mirar a Ross.

—Lo lamento, cariño, pero tengo que regresar al hospital un par de horas más. Los dejaré, a ti y a Connor, en la casa. ¿Puedes calentar la lasaña que quedó y cenar con él? No regresaré tarde, pero tengo que ir.

Ross asintió.

—No hay problema.

—¿Seguro estarás bien?

—Por supuesto.

Ross no pidió explicaciones adicionales. Sabía por qué Kate tenía que regresar a la Unidad de Cuidados Intensivos. No de manera específica, claro, pero había una sola razón por la que regresaría en la noche aunque su turno hubiera terminado. Él pensaba que debería retirarse porque había sido enfermera de cuidados intensivos por décadas y su pensión sería sustancial, pero también sabía que nunca accedería. O, por lo menos, que no lo haría sino hasta el día en que no pudiera recordar la dosis correcta de un medicamento para un paciente o cómo colocar los monitores cardiacos correctos, o un catéter. En ese instante saldría de ahí y no miraría atrás. Aunque el día no había llegado aún, Ross tenía la sospecha de que se acercaba.

A pesar de tener sesenta y tantos, Kate Mitchell no parecía abuela en absoluto. Su cabello aún era grueso, de un rubio arenoso, matizado con un gris elegante y suntuoso que ella nunca se molestaba en teñir. Era diligente con el ejercicio porque le gustaba mantenerse esbelta. Clases de yoga y pilates. Con mucha frecuencia se tomaba algo de tiempo para correr varios kilómetros antes de regresar al hospital. No le molestaba que la rodilla le doliera de vez en cuando ni que la espalda le diera problemas, ni siquiera le incomodaba notar una nueva arruga por la mañana al verse al espejo. Le encantaba desafiar a la vejez y luchar contra ella.

Ya había oscurecido cuando se estacionó, pero las luces de la entrada del hospital lanzaban un cono resplandeciente cerca de la bahía de ingreso de las ambulancias.

Se movió con paso rápido sobre el piso vinílico negro. Notó a la enfermera de triaje en la Sala de Urgencias y se dirigió sin desviarse a los elevadores para ir a la UCI, en el segundo piso.

Sin embargo, en lugar de entrar al ámbito antiséptico, brillante y mecánico de la Unidad de Cuidados Intensivos, Kate entró a una pequeña capilla multiconfesional ubicada al final del corredor.

En el interior reinaban una oscuridad y un silencio inquietantes. Doce reclinatorios vacíos de madera oscura miraban hacia un altar, y ahí, sobre una mesa, había una pequeña cruz cristiana, una estrella de David dorada y una luna creciente musulmana con su estrella plateada. Frente a los emblemas religiosos había otra mesa con veladoras encendidas. Los recipientes eran de un color rojo translúcido. Al lado había veladoras apagadas junto a cajas de fósforos disponibles para cualquiera que los necesitara.

Kate sabía:

«Un lugar al que la gente puede venir con la esperanza de que su Dios preferido escuche sus oraciones. La capilla les ofrece opciones: Jesús o Yahvé o Alá. O quizá los tres.»

La nueva paciente de la Unidad de Cuidados Intensivos, al fondo del corredor, era una niña de nueve años. Cáncer infantil.

Tumor cerebral. Tres operaciones y quimioterapia, tratamientos que no habían funcionado de la manera que los oncólogos esperaban. La niña todavía tenía una oportunidad, pero solo la mitad. 50-50.

Kate no rezó.

Fue a la mesa de las veladoras y encendió una nueva al mismo tiempo que susurraba el nombre de la niña.

Luego dio un paso hacia atrás y, levantando la voz con furia, dijo:

—¿Esto es parte de tu gran plan? ¿Un hermoso y maravilloso designio para nosotros? ¿Repartes dolor y pena constantes a una niña que nunca le hizo daño a nada ni a nadie y que tiene todo el derecho, ¡todo el maldito derecho!, de crecer y llegar a ser algo? ¿Qué crees que podría llegar a ser? ¿Doctora? ¿Profesora? Apuesto que sería algo benéfico. ¿Y qué me dices de todo el miedo y la impotencia que les has hecho sentir a los pobres padres? ¿En verdad lo merecen? ¿Qué hicieron para enojarte tanto? ¿Qué endemoniada voluntad de Dios es esta? ¿Te parece lógica?

Cada palabra rebosaba ira.

—Si no puedes encontrar en tu celestial corazón una razón para salvar a esta niña, jódete, jódete y jódete. Parece que no puedes manejar esto, o sea, ¿qué tan difícil es? Eres Dios, después de todo y, bueno, no puedes hacer esto, así que entonces ve y jódete y que se jodan las oraciones, la esperanza y todo lo demás. Depende de ti. Muestra un poco de maldita clemencia, carajo. Y si no, pues jódete, jódete, jódete.

Retrocedió.

Se sintió mejor.

No sabía si la niña sobreviviría a esa noche, pero al menos en su pensamiento le había dejado claro lo que estaba en juego a cualquier Dios que estuviera escuchando. «Nada de oraciones como "Por favor, por favor, salva a mi niña" —pensó Kate—. Eso nunca ayuda». Sabía que el «Llévame a mí en su lugar» tampoco funcionaba jamás. Así que tal vez la cólera serviría. Giró de golpe y salió de la capilla, se dirigió a la UCI decidida a hacer lo que fuera necesario para mantener a la niña con vida. Creía que una noche podía convertirse en dos, y dos en más noches. En los años que llevaba en la UCI había sido testigo de demasiada muerte, pero en más de una ocasión también había visto una vida ser salvada. A veces le parecía que la línea entre las dos vías era tan delgada como un hilo.

Los padres de Niki Templeton, hippies de épocas pasadas, eran dueños y administradores de un restaurante muy popular de comida sana en su pequeño pueblo. Era un lugar decorado con helechos en maceta y sencillas sillas de madera estilo Shaker que con frecuencia estaba repleto de estudiantes, antiguos hijos de las flores, de otrora radicales miembros de Estudiantes por una Sociedad Democrática, académicos con la cabeza en las nubes, artistas salpicados de pintura y supuestos terapeutas «de la era moderna». Uno de estos últimos, por cierto, tenía afuera de su consultorio —lugar por el que Niki pasaba todos los días camino a la escuela—, un colorido letrero decorado con flores y con la promisoria oferta: «Terapia para parejas con buenas relaciones». Ella odiaba este tipo de pretensión. «Entonces qué, ¿las parejas que hacen cita aquí nunca discuten ni pelean? ¿No hay luchas, peleas encarnizadas ni gente noqueada? ¿Pasmosos movimientos de karate? ¿Nada de ojos ennegrecidos, moretones rojo purpúreo ni llamadas del 911 al Departamento de Policía? Si esas parejas no se hicieron nada de eso, ¿entonces para qué consultar a un terapeuta?»

También odiaba el arroz integral.

El kale. El tofu.

Las verduras al vapor.

A ella le gustaban las hamburguesas poco cocidas y jugosas. Con papas fritas. De McDonald's o de Burger King. Una comida que obstruyera las arterias coronarias como las que sus padres nunca servían en casa y que en verdad los horrorizaban.

La gran contradicción radicaba en que Niki era una altísima y ágil joven de cabellera rubia con tonos rojizos, tan delgada como rama de sauce, con musculosas y largas piernas que habrían provocado los celos de una gacela. Corredora de campo traviesa entregada a la velocidad y a sesiones de entrenamiento que desvanecían de su cuerpo cualquier rebanada dc pastel de chocolate que se permitiera. Y para consternación de sus padres, que apreciaban el esfuerzo por encima del logro, le encantaba vencer a los otros en toda carrera, e incluso, presumirles de vez en cuando sus logros a las chicas a las que les ganaba.

No le importaba que la odiaran.

En secreto y no tan en secreto, estaba de acuerdo con cualquier modesto acto de rebelión y en cualquier forma que se le presentara. Adoraba la rebelión a la antigua usanza. Los libros que leía. *Rebeldes. Fahrenheit 451.* Las películas que descargaba de forma ilegal de Internet. *Thelma y Louise. Rebelde sin causa. Los cuatrocientos golpes.* La música que escuchaba. The Clash o Nirvana, mientras que las otras adolescentes de su escuela escuchaban a Adele o a Beyoncé. Si sus padres se acercaban, ponía 2Chainz o algo de Trap Music como Outkast o Ghetto Mafia, porque sabía que odiaban esa música. Trataba de rebelarse con la ropa que usaba. Los *piercings* en sus orejas. Un mechón púrpura en su cabello. El desinhibido sexo que tenía con Connor.

Alardeaba de todo esto. Pensaba que su vida era como los jeans rotos que usaba en la escuela a pesar de los mandatos administrativos en contra. En la preparatoria, en más de una ocasión la enviaron a la autoridad disciplinaria más alta y ella había llegado, sin sostén y con un top ceñido que dejaba ver sus pezones, a escuchar un sermón sobre «el código de vestimenta adecuado, los buenos modales y las regulaciones escolares» que volvería a ignorar desde ese instante. Lo que la salvaba era que su promedio la ponía por encima de todos sus compañeros de clase.

Por último, amaba a Connor con una intensidad que a veces la asustaba.

Lo amó desde el momento en que lo vio llegar al hogar de Ross y Kate, a dos casas de la suya. Tenía cinco años como él, pero ella vestía jeans de niño manchados de lodo porque había estado jugando fuera de casa. Connor se veía asustado y triste, sin embargo, su mirada cautivó la de ella y ambos se observaron por un instante, lo suficiente para que Niki alcanzara a hacer una tentativa de saludo agitando la mano antes de que Kate metiera a Connor arrastrando a casa. Niki les insistió a sus padres para que la llevaran al funeral algunos días después. Permaneció sentada en la funeraria con un vestido rosa muy elaborado y relucientes zapatos negros de charol sabiendo que él la vería y que esa misma semana ella iría a la casa de los Mitchell y diría: «Hola, soy Niki y vivo a dos casas en esta misma calle, y tú y yo nos vamos a amar por siempre». Solo que, al final, reemplazaría la segunda parte de la oración con: «¿Puedes salir y venir a jugar?».

Y sin embargo, Niki sabía que significaba lo mismo.

Era la única persona con la que Connor había compartido su plan de matar. Fue cuando tenían trece. Más o menos por la misma época de su primer beso serio, el beso que ambos sabían que pronto los llevaría a mucho más. Niki se asustó cuando él le contó, pero esa sensación solo duró un minuto. Entendió de inmediato que hasta que Connor no matara al conductor ebrio y reestableciera el orden de las cosas, no sería libre.

Así que en este, como en la mayoría de los otros planes que él sugería, ella se negaba en el fondo, pero, por fuera, se mostraba dispuesta a ayudarlo. Cuando Connor estaba con ella, era ingenioso, divertido y sensible. Niki sabía que no les mostraba estas cualidades a otros y eso la hacía amarlo aún más.

Estaba en su habitación cuando lo oyó tocar la puerta del frente. Bajó las escaleras y, desde detrás de la puerta, dijo en un juguetón tono cantarín:

—¿Quién anda ahí?

Connor sonrió y miró a la cámara.

—Hannibal Lecter —contestó—. Hola, Clarice —añadió siseando y haciendo su mejor imitación posible de Anthony Hopkins en *El silencio de los inocentes*.

Niki se rio.

—Oh, doctor Lecter, esperábamos con ansia su visita.

Un rápido abrazo en la puerta.

—Estuviste genial hoy.

—Gracias. Escuché que dejaste una estela de humo en la pista durante tu carrera.

—No fue muy difícil, solo mantuve paso veloz hasta que restaba kilómetro y medio, ya sabes, quería ver si estaban dispuestas a castigarse un poco más antes de que alguna mostrara si le quedaba un poco de furor. Pero nadie lo hizo. Fácil para mí. Difícil para ellas.

Connor sabía que para Niki, ganar significaba más de lo que estaba dispuesta a reconocer.

—¿Y qué hay con tu ensayo? ¿Cuándo debes entregarlo?

—A más tardar el viernes. Lo tengo bajo control, pero de todas formas me gustaría que lo leyeras y que me digas si crees que se puede mejorar.

—Claro.

Ambos eran excelentes estudiantes.

—En verdad me gustó ese libro cuando lo leí —comentó Connor—. Creo que voy a tratar de leer algo más de lo que escribió O'Brien sobre la guerra.

Lo que no dijo fue: «Porque PM1 peleó en ella y me gustaría entender lo que hizo». Daba la impresión de que las experiencias de combate de su abuelo como marine eran historia del pasado, pero, al mismo tiempo, un suceso actual: una contradicción que resultaba lógica aunque extraña.

—¿Comiste suficiente? —preguntó Niki. Sabía que los adolescentes varones eran un pozo de hambre sin fondo.

Él sonrió.

—Sí, pero ¿tienes algo con azúcar y chispas de sabores?

Connor estaba consciente de que eso era poco probable en el hogar de los Templeton. Niki lo golpeó en el brazo.

—Creo que hay un poco de pastel de zanahoria sin gluten que ni siquiera los ratones se comerían —dijo ella.

—Entonces mejor paso. Vamos a ver tu ensayo.

Su relación era equilibrada. Connor era bueno con las frases y las interpretaciones, la poesía y la ficción. Ambos eran excelentes en historia, y Niki era un as en ciencias, además de muy talentosa con los pinceles. A menudo bromeaban diciendo que, entre los dos, podrían ser el estudiante perfecto. Juntos cubrían todas las bases.

Ambos eran adeptos a las redes sociales y las computadoras. Esto significaba sobre todo que tenían que arreglar los torpes errores que cometían los padres de Niki cuando trataban de cambiar de servicio de *streaming* de video para ver una película, o que debían explicarle algo simple de Internet a PM1 y reír en cuanto lo vieran estallar por la frustración y empezar a decir obscenidades sin control. También significaba que con frecuencia se sentaban lado a lado en la cama de Niki, con los hombros tocándose, navegando con sus laptops en los reinos más tenebrosos de Internet. Algunas de las cosas que veían conmocionaban a Niki, pero ella nunca lo mostraba, ni siquiera si por la noche las imágenes la hacían dar vueltas en la cama. Connor consideraba estas incursiones una «investigación para asesinar». Niki las veía como una manera de «ayudar a Connor cuando decida asesinar al conductor ebrio».

Estaban sentados lado a lado cuando él se topó en el mundo virtual con el *Lugar especial de Jack* y dijo: «Oye, mira esto».

3

Cerca de la medianoche...

Alpha esperó a que los otros siguieran el protocolo.

La primera parte del *Plan Manson* consistía en cerrar el acceso anterior al *Lugar especial de Jack* y reemplazarlo con un nuevo sistema de ingreso. Esto exigía que cada miembro enviara su señal en designaciones a través de una serie aleatoria de contraseñas y servidores dispersos en todo el mundo, de Hong Kong a Kiev y a Buenos Aires, y que, por último, esta llegara de forma electrónica a la sala de chat. Era algo que no le tomaba demasiado tiempo a ninguno de los cinco, ya que cada uno había establecido con anticipación los *firewalls* y las cuentas ficticias necesarias para que cualquiera que monitoreara su actividad cayera enseguida en un laberinto de desviaciones y callejones sin salida de Internet. Si alguien rastreara las computadoras de Alpha, Bravo, Charlie, Delta y Easy, descubriría que todas estaban centralizadas en un café Internet ubicado en Nueva Delhi.

Pero, obviamente, no estaban ahí sentados uno junto al otro.

Esta destreza informática era una experiencia que los cinco habían desarrollado y de la que estaban orgullosos en extremo. El pirata informático típico se emociona al tratar de entrar a zonas que antes eran seguras. Un banco. El ejército. El *Washington Post*. La Unidad de Ciencias del Comportamiento del FBI. Como muchos piratas, los miembros del *Lugar especial de Jack* podían, con cierta facilidad e ingenio, realizar algunas de estas incursiones. Era un talento que usaban para burlarse de la policía en todo el mundo, pero no pasaba a más. No les interesaba que un curioso experto en informática de la Agencia de Seguridad Nacional o de American Express comenzara a buscarlos. Eso no los entusiasmaba. Lo que en realidad los hacía bailar era la capacidad de evitar ser identificados en Internet: verlo como un universo en el que podían viajar de forma anónima. Para ellos era como caminar con sangre escurriéndoles de las manos por una calle repleta de gente en la ciudad y permanecer invisibles. Era una sensación casi tan poderosa como la de *adquirir* a otro ser humano y llevar a cabo con él sus deseos. *Casi* la misma emoción. *Casi* la misma excitación.

Se consideraban los asesinos más modernos.

Asesinos para el nuevo milenio. Cultivados en informática. Expertos en redes sociales. Adeptos a la ciencia. Ejecutores de crímenes antiguos con la precisión del siglo XXI.

En unos instantes, Bravo, Charlie, Delta y Easy habían regresado al recién constituido *Lugar especial de Jack* y esperaban con ansia que Alpha iniciara la conversación.

Alpha miró la pantalla de su computadora y sintió la emoción de la hermandad. Le parecía que el hecho de que se hubieran encontrado los unos a los otros, aunque cada uno fuera un solitario entregado a su propio estilo, conllevaba un gran valor emocional. Tal vez tenían empleos, compañeros de trabajo, esposas, hijos, primos, padres y amigos falsos en sus respectivas vidas, pero todos consideraban a los demás miembros del chat como su verdadera familia. En el *Lugar especial de Jack* los cinco desplegaban su vida real mientras, en todos los demás lugares, la habían ocultado con gran pericia. Eran cinco personas que operaban en el mundo, pero fuera del mundo; en la sociedad, pero profundamente solos. Todos se dedicaban a ser parte de algo más grande. Sus crímenes los hacían sentirse relevantes, pero el *Lugar especial de Jack* y formar parte de sus *Muchachos* los hacía sentirse incluso colosales. Esa peculiar e inigualable arrogancia homicida los alentaba a hacer lo que tanto les gustaba y a compartirlo con los otros.

Y la posibilidad de perder eso era lo que encolerizaba a Alpha.

Alpha, el filósofo de la muerte, el experto en matar, titubeó. Meditó sobre el sutil desconcierto que había provocado la breve, irritante y burlona intrusión de *Socgoalo2* en la relación de los cinco. «Nos llamó "damitas", "señoras". Pensó que éramos aspirantes a asesinos.»

Luchó contra la casi abrumadora urgencia de desestimar la intrusión y de retomar las cosas como eran antes.

Pero él lo sabía: «No es posible».

Algo había cambiado. En medio de una sinfonía de Beethoven se oyó a alguien desafinar.

No sabía con precisión qué era, pero lo perturbaba de manera profunda. Sentía una oleada interna de *necesidad*, de reparar lo que se había fracturado. De soldar una pequeña grieta para sellarla, para reestablecer la *seguridad*.

Para los cinco.

Sentía que era una deuda inmediata que tenía con los otros.

Así que tecleó:

Ahora que los cinco estamos aquí...

Primera pregunta:

¿Todos están bien?

¿Nadie perdió los estribos?

Delta respondió sin demora:

Solo inquieto. No me gusta que me tomen por sorpresa.

Easy escribió:

Ni lo menciones.

Y Charlie añadió:

Nunca había sucedido. No estoy tan preocupado, pero secundo a Delta: nada de sorpresas. Aquí los únicos que sorprenden somos nosotros.

Delta tecleó:

Suscribo.

Bravo participó al final:

Estoy aquí. Nada que añadir. Opino lo mismo.

Alpha se quedó mirando las respuestas por un instante, repasando la situación en su mente. Por último, escribió:

Gracias a todos. Opino lo mismo.
Es fundamental:
para continuar haciendo lo que amamos y necesitamos, debemos permanecer seguros en Internet. Para continuar siendo quienes somos. Para seguir dejando nuestra marca. Y para preservar la integridad de lo que compartimos.

Todos sabían lo que significaba «dejar nuestra marca» y también sabían a lo que Alpha se refería con *integridad*. Las palabras en las pantallas desencadenaron una ardiente sensación de excitación y placer. Era como si con unas cuantas frases evocara todo lo que habían logrado y todo lo que esperaban llegar a ser. Varios sonrieron. Estaban convencidos de que Alpha también era un legítimo psicólogo de la muerte.

El líder continuó:

Nunca, nadie, en ningún lugar, había penetrado el Lugar especial de Jack. Esto parece más un accidente que un acto deliberado, pero temo que pueda volver a suceder a pesar de todos mis dispositivos de seguridad. Es alarmante, por decir lo menos. Es muy probable que Socgoal02 recuerde las teclas que oprimió por error y que lo condujeron hasta aquí, así que podría regresar sin ser invitado. También podría hacer algo más y poner en riesgo nuestro estatus. No sabemos qué tipo de contactos pueda tener, a quién conozca ni cuáles sean sus inclinaciones. Tampoco sabemos a quién podría contarle sobre el Lugar especial de Jack. No estamos seguros de nada, y creo que todos valoramos la certeza en lo que hacemos. ¿Estamos en riesgo? No lo sé. ¿Podríamos vernos expuestos? Tal vez sí. Tal vez no.

Los *Muchachos de Jack* reconocieron la palabra *contactos* por lo que significaba: *Gestapo*.

La manera en que Alpha empleó *inclinaciones* también captó su atención. Era la esencia de sus dudas.

Y cuando vieron *expuestos*, todos pensaron lo mismo: «Yo no, gracias».

Tal vez deberíamos solo desaparecer.

¿Deberíamos nada más decir adiós y regresar a donde estábamos, a lo que hacíamos? ¿Solos? ¿Desearnos buena suerte y hasta luego? Como saben, puedo clausurar el Lugar especial de Jack con un par de pulsos en el teclado, sería como colocar una carga de demolición electrónica. Tengo buenos argumentos para hacerlo.

Pero…

Parece limitado.

Parece cobarde.

Y nosotros no somos así.

No podemos ser quienes somos y hacer lo que hacemos sintiendo temor, ¿cierto?

Y aun así, tal vez esa sea la mejor estrategia. Quizá tomar el camino de mayor sabiduría nos exija ser prudentes.

Alpha escribió todo esto, pero sabía cómo responderían los otros.

Opiniones inmediatas.

Bravo:

No.

Easy:

De ninguna manera. Permíteme repetirlo: de ninguna puta manera.

Delta:

> Por ninguna razón.

Charlie:

> No es lo que prefiero. Ni ahora. Ni nunca.

Sus ágiles respuestas fueron justo lo que Alpha esperaba, pero de todas formas era reconfortante verlas en la pantalla. Una suerte de solidaridad visual.

Creía que todos decían la verdad respecto al tema tratado. De forma individual no tenían problema en mentir, ni en engañar o ser deshonestos en pos de ejecutar sus planes más ambiciosos. Sin embargo, las reglas del *Lugar especial de Jack* eran distintas. Incluso si ocultaban quiénes eran tras una ficción, la verdad sobre lo que compartían en el sitio y la manera en que expresaban lo que hacían en la vida resultaba primordial. Les otorgaba un estatus en el club, era lo que los mantenía unidos. De una extraña manera, la posibilidad de *compartir* se había vuelto embriagante. Cada vez que uno de ellos asesinaba a un desconocido, los otros absorbían y apreciaban esa muerte. Era como si resplandecieran con cada éxito individual. La comunicación era una droga a la que, alentados por Internet, se habían vuelto adictos. Alpha sabía que los *Muchachos de Jack* se mostrarían reticentes a renunciar a su comunidad.

Charlie, como adivinando los pensamientos de Alpha añadió:

> Nunca hubo un lugar así para personas como nosotros. A menos de que los demás quieran hacerlo, a mí no me gustaría partir sin haber luchado.

Delta se unió a la declaración:

> No es mi estilo.

Easy escribió:

> Correctamundo.

Todos notaron la palabra inventada que usó Samuel L. Jackson en *Pulp Fiction* de Quentin Tarantino. Dos de ellos rieron a todo volumen.

Alpha miró las respuestas y sintió una oleada de lealtad. Una unidad y responsabilidad compartida tipo: «estamos en esta madriguera juntos y todos dependemos de todos».

Así que tecleó:

> Muchachos, son lo máximo.

Delta respondió enseguida:

> Ja, ja. Claro, lo somos.

Easy escribió:

> Y, ¿cuál es el plan, Stan?
> Dínoslo hoy, Roy.
> Al autobús, Gus.
> Escúchenme bien:
> hay cincuenta formas de eliminar al intruso.

Alpha reconoció las modificaciones a la letra de la canción de Paul Simon. Sonrió y supuso que los otros estarían haciendo lo mismo. Tarareó varios de los versos hasta que pudo seguir el ritmo de la canción.

Entonces respondió:

> ¿Estamos todos de acuerdo en que Socgoal02 debe ser castigado por sus insultos? ¿O deberíamos solo ignorarlo?
> Me pregunto: ¿Acaso cruzó la línea?
> ¿Deberíamos darle una lección a este chico facineroso? ¿Una lección

inolvidable? ¿Una última enseñanza?

Cuatro «Sí» llenaron su pantalla.

Alpha se preguntó si los *Muchachos de Jack* estarían tan enojados como él. La respuesta le llegó enseguida.

Charlie escribió:

> Este es nuestro espacio. Nuestra conexión. Socgoal02 lo violó. Se burló. Fue infantil. Irrespetuoso. Estos chicos no tienen modales. Los jóvenes de ahora piensan que pueden actuar con impunidad y andar jodiendo a todos en Internet. Nuestro lugar en la Dark Web es una entidad viva, un ser que respira. Creo que deberíamos enseñarle, a él y a cualquiera que haga lo mismo, que en este mundo nada sucede sin consecuencias. Sin consecuencias en verdad espantosas.

Alpha tecleó:

> Este es un tipo de desafío muy distinto a los que hemos considerado en el pasado. En varios sentidos, está fuera de nuestros parámetros habituales. Piénsenlo y háganme saber si desean continuar.

Un instante. Dos. Quizás un minuto.
Entonces:

> Sí.
> Sí.
> Sí.
> Sí.

Easy añadió:

> Yes. Oui. Yawohl. Da. Sí, en el idioma que mejor funcione.

Alpha exhaló un poco. Se sintió aliviado.
Continuó:

Bien, entonces creo que ha llegado el momento de iniciar la segunda fase del Plan Manson.

Delta escribió:

Danos los detalles. ¿Qué tienes en mente?

Alpha sonrió y agregó:

De acuerdo, aquí va la parte B del Plan Manson. Solo lo armé de forma teórica en las últimas veinticuatro horas, así que es un borrador y las sugerencias son bienvenidas como siempre. En mi opinión, se trata de esto:
uno de nosotros debe investigar a Soacgoal02 en línea. Averiguar cómo es su presencia en redes sociales y analizar qué nos dice esta sobre su personalidad.

Luego:

Otro de nosotros debe analizar su vida cotidiana en su comunidad. ¿Qué hay de predecible? ¿Cuál es su horario? ¿En qué momento es más vulnerable?

Después:

Otro tendrá que coordinar toda la información encontrada. Entonces deberemos discutirla aquí, en línea. Aún queda el mayor problema: necesitamos trabajar con mucha más agilidad de la acostumbrada porque no sabemos de lo que Socgoal02 sería capaz, ni cuándo podría hacer algo. Sé que la premura y la impulsividad arruinan los planes, pero debemos actuar pronto.

A continuación:

Uno de nosotros debe hacer un proyecto preliminar y, una vez que estemos todos de acuerdo, deberíamos diseñar el final perfecto para Socgoal02, así como un escape adecuado de la escena. Yo me inclino por el tipo de estrategia implementada por la persona a quien rendimos tributo con el nombre de este plan. Lo que funcionó en agosto de 1969 en Cielo Drive, L.A., funcionará de nuevo si nos esmeramos. Producirá todo tipo de situaciones confusas para la Gestapo. No sabrán cómo interpretar lo que encontrarán.

¿A todos les parece aceptable?

Una vez más, respuestas prontas. Todos conocían a Sharon Tate. Cuatro «sí» más.

Alpha continuó:

Por último:

uno de nosotros lo llevará a cabo de acuerdo con el plan diseñado por todos.

Pensemos en cinco generales que coordinarán un ataque en un solo campo de batalla, pero con múltiples frentes.

Tomando en cuenta las habilidades personales, a cada uno le he asignado un elemento distinto del proceso.

Con base en los éxitos aquí presentados y aclamados por todos, creo que Bravo es el mejor preparado para el acto final. Pero atención: aunque es experto en invasiones a hogares, es crucial que solo confronte a Socgoal02 hasta el último momento. Llega, ejecuta y sale. Más o menos como un mercenario anónimo cumpliendo una misión. No es nuestro estilo, pero en esta situación me parece indispensable. También creo que todos estamos de acuerdo en que Socgoal02 deberá enterarse en sus últimos instantes de con quién se metió y cuál terminó siendo el costo real. Luego, una vez que estemos libres y a salvo, deberíamos hacérselo saber al mundo también. Será delicioso. Será una lección para otros como él: «Ten cuidado con a quién insultas». Quizá Bravo podría videograbar todo el acontecimiento con su iPhone, ¿no? Creo que a todos nos agradaría. Algo que podamos compartir. Y luego publicar.

Los cuatro escribieron:

Sí, de acuerdo con esto último.

Alpha terminó:

La organización y el cuidado de los detalles que tanto disfrutamos se dividirá entre nosotros cinco. No habrá ninguna conexión con Bravo excepto por lo que le hagamos saber al final. Llegado el día, le presentaremos el esquema que hayamos diseñado y entonces podrá hacer algunas preguntas, pero hasta ese momento, permanecerá aislado. Lo siento, Bravo, tendrás que esperar. Esta separación nos protegerá a todos del riesgo de ser arrestados. En nuestro Helter-Skelter no habrá un Tex ni una Squeaky que puedan quebrarse ante la presión. Bravo será quien corra el mayor riesgo, pero nuestra pericia en común para ocultar todo rastro debería protegerlo por completo. Solo tendrá que preocuparse por la escena inmediata y por salir de ahí de forma segura. Si hacemos esto, la eliminación de Socgoal02 parecerá el fallecimiento más aleatorio de todos los tiempos. ¿Cuál es la probabilidad de sufrir un ataque de tiburón? O mejor aun, ¿de que a alguien le caiga un rayo mientras lo ingiere un tiburón? ¿Es una probabilidad de varios millones a uno? Resultará inexplicable incluso para el poli más sofisticado y, créanme, no hay muchos de esos en este pueblito. Además, ¿justo a quién conducirá el rastro? A un fuego fatuo.

Alpha titubeó y miró sus palabras en la pantalla. Sabía que a todos les agradaría la descripción: *fuego fatuo.*
Delta fue el primero en responder.

Vaya, eso es genial.

Luego Charlie:

Estoy de acuerdo.

Después Easy:

Yo también, de acuerdo.

Y por último, Bravo:

Gracias a todos. Me siento profundamente honrado de que me hayan confiado la etapa final. No los decepcionaré.

Alpha terminó la sesión escribiendo:

Comencemos.

4

Bravo...

Bravo se mantuvo en calma, pero odió cada segundo de la espera.

Sentía impaciencia.

Sentía angustia.

Sentía emociones que debió reprimir.

A partir de que las *tareas para el asesinato* fueron repartidas, empezó a experimentar una ansiedad electrizante y le costó trabajo conciliar el sueño, lo cual no era común en él. Era como un jugador en la línea lateral que entraría al juego con el marcador final aún por definirse. Quería actuar. «Páseme el balón, entrenador.»

Se levantó sin demora para el turno de las siete de la mañana. Siguió su bien establecida rutina. Tomó una ducha, se cepilló los dientes, se cepilló el cabello cada vez más delgado, se puso ropa de trabajo limpia, preparó el desayuno y bebió dos tazas de café antes de salir. Por fuera era un día como cualquier otro. Por dentro, era todo lo contrario. Pensar en lo que le iban a pedir que hiciera lo atormentaba. Los dedos le hormigueaban. Le preocupaba un poco que sus pensamientos lo excitaran sexualmente. En sus dos aventuras de asesinato anteriores se había apegado de forma meticulosa a un plan que diseñó a conciencia. «Haz esto. Haz aquello. Presta atención. Evalúa y observa. Precisión matemática. Precisión militar. Minuciosidad y atención. Luego actúa como un artista en escena, cada movimiento fue escrito con anticipación, nada queda al azar. Una explosión de creatividad y muerte con poco riesgo real.» Este asesinato, en cambio, prometía ser *casi* espontáneo. «Cuatro cuerdas moviendo una marioneta.» Bravo se dijo a sí mismo que debía permanecer tranquilo, enfocarse en la tentadora energía que llegaría y esperar los reportes preliminares que le enviarían los otros *Muchachos de Jack*. Por eso, a lo largo de toda esa mañana se ocupó en la oficina realizando la más ordinaria y rutinaria de las tareas: trabajo administrativo y cálculos. Lo que casi todos los demás en el departamento de envíos odiaban, pero que él había aprendido a amar. A la hora del almuerzo se mantuvo alejado de los otros empleados en la cafetería; masticó ruidosamente un sándwich de queso y jamón un poco rancio, y releyó por centésima vez algunos de sus pasajes predilectos de *American Psycho* en su ejemplar maltratado, subrayado y lleno de esquinas dobladas. Le había arrancado la portada al libro y la había reemplazado con una cubierta de tamaño similar del clásico *Rebecca, la de la granja Sunnybrook,* que se robó de la sección infantil de la biblioteca local. Tenía una gran sonrisa en el rostro. Le parecía que el personaje de Patrick Bateman era comiquísimo, un Falstaff del asesinato. En más de una ocasión tuvo que reprimir la risa.

Cuando terminó su turno, Bravo deslizó su tarjeta en el reloj de registro.

Trató de intercambiar algunos cumplidos falsos con compañeros de trabajo y declinó sus poco sinceras invitaciones para que fuera con ellos a beber una cerveza y un *shot* en un bar cercano. Sabía que todos se sentirían aliviados de que rechazara la oferta. Estaba al tanto de que lo consideraban «raro», un «tipo que no sabía trabajar en equipo». Ninguno de ellos tenía idea del alcance de su pericia y de su conocimiento científico. Había ocultado de forma escrupulosa su intelecto y se entregaba a la insulsez y al deliberado error ocasional. Estaba consciente de que mantener una existencia libre de sospechas era fundamental.

Sin embargo, como Bravo se decía a sí mismo con frecuencia: «El diablo está en los detalles». Por eso pensaba que después de desaparecer a *Socgoal02* debería hacer un esfuerzo y ser más extrovertido en el trabajo. Sabía que sería justo lo que le recomendarían los *Muchachos de Jack*. Reunirse con sus compañeros en una cueva masculina construida en algún sótano para ver un partido. O tal vez asistir a alguna de las muchas salidas patrocinadas por la empresa u ofrecerse como voluntario para la distribución de juguetes que organizaban en Navidad para los rebaños desfavorecidos. Nada demasiado evidente que pudiera atraer un tipo distinto de atención, solo un poco más de camaradería y amistad. Disminuir esa sensación que tenían algunos de «es un tipo espeluznante».

Veía este esfuerzo como una vacunación. Prevenir la atención de la misma manera en que un médico trata de prevenir la enfermedad. Bravo creía que era una cualidad esencial en toda la gente que pensaba como él.

Claro, con «gente que pensaba como él» se refería a *asesinos*.

Sabía de lo que eran capaces los *Muchachos de Jack*.

«Asesinatos de excelencia.»

«Homicidios de un nivel superior.»

Cuando se deslizó con sutileza en el asiento, frente al volante de su camioneta Toyota adquirida cuatro años atrás, la lluvia amenazaba con caer. Le gustaba su camioneta. Era tan ordinaria y anodina como él. Gris oscuro, como los cielos que ahora lo cubrían. Interior negro, como el de él mismo, decía en broma. Con algunos defectos, una abolladura cerca del panel trasero. El más ordinario de los vehículos para el más exótico de los conductores.

—Especial —dijo en voz alta.

Pensó que llevar a cabo el asesinato le daría una cantidad considerable de mérito y reconocimiento, y que mejoraría su estatus en el *Lugar especial de Jack*. A veces le daba temor que los otros lo estuvieran dejando atrás en términos de frecuencia y de cantidades. Por eso, lo que tenía frente a sí era la mejor situación posible: haría lo que más le gustaba en la vida y, por si fuera poco, las únicas personas que significaban algo para él en el mundo lo admirarían aun más.

Estuvo a punto de golpear el volante de felicidad.

Ahora debía ir a casa y esperar la oportunidad para conectarse al *Lugar especial de Jack*.

Pero también tenía que apaciguar su emoción.

Una vez más, dijo en voz alta:

—Controla a tus caballos, vaquero. Tienes que dejar que los otros hagan su tarea —sabía qué podía hacer para concentrarse—. Es hora de visitar a la tía Marian.

Movió la palanca y se dirigió a la florería.

«Rosas —pensó—. Rosas rojas y claveles blancos. Un bonito arreglo que contraste con el cielo gris, aunque los pétalos solo duren uno o dos días antes de comenzar a marchitarse y morir.»

Bravo escuchó la Radio Pública Nacional en su recorrido de noventa y tres kilómetros, desde el acceso vehicular de su casa hasta la entrada al cementerio, a dos pueblos de distancia.

El ramo de flores estaba en el asiento del copiloto.

Atravesó el arco de piedra y condujo sin prisa por un estrecho camino flanqueado por lápidas y mausoleos. Lo recibieron algunos ángeles esculpidos. Querubines de granito y mármol con trompetas, tocando hacia el cielo música que no podía oírse. Oscurecía con rapidez a su alrededor, la superficie del camino resplandecía por la lluvia reciente y la vacuidad del cementerio parecía sumarse a las sombras ahí reunidas. Por experiencia, sabía que la muerte pasaba pronto de lo ruidoso y eléctrico a un deprimente silencio. Se preguntó si los policías de homicidios lo habrían notado.

Bravo detuvo su camioneta a un lado del camino y tomó el arreglo.

Caminó por un sendero conocido hasta llegar a una solitaria lápida color gris plomizo.

«Marian Wilson. Nacida el 19 de junio de 1930. Fallecida el 2 de abril de 2012.»

Bravo se arrodilló y colocó con delicadeza el ramo de flores sobre la tumba. Juntó las manos como si estuviera orando, en caso de que alguien lo observara. Luego se levantó y se persignó sin saber el orden correcto: si de derecha a izquierda o de izquierda a derecha.

Dio un paso atrás. Sonrió con aire burlón y pensó: «Sería bonito agregar algunas palabras a la lápida. Algo como: "En verdad conveniente y útil de una manera que nunca imaginó"».

Su idea lo hizo sonreír.

No conoció a Marian Wilson en vida.

Lo único que sabía era que pasó su vida entera sin imaginar que, al morir, le ayudaría a un asesino.

Todo lo que conocía sobre ella lo leyó en su obituario. Una joven viuda de la guerra de Corea y querida maestra de jardín de niños que con frecuencia recibía a niños que la iglesia congregacional local le hacía llegar para que los acogiera de forma temporal. «Una santa», dijo Bravo, bromeando en su interior. Pero si alguien llegara a preguntarse por qué ponía flores en su tumba, podría decir sin problema: «La maestra Marian me acogió por un periodo breve cuando yo era niño y fue muy amable conmigo».

Por supuesto, no era verdad.

Levantó la vista. Bravo no estaba ahí para colocar flores en el lugar del descanso final de la maestra Wilson. Las tumbas que en verdad había ido a visitar estaban justo al centro de su campo visual, dos hileras más allá.

Se estremeció de placer.

«La familia Anderson.

»Padre.

»Madre.

»Hija de catorce años.»

Su primera invasión a un hogar, siete años atrás.

Una noche larga. «Gloriosa.»

Tres víctimas.

De pie junto a la tumba de Marian Wilson, sintió su piel ruborizarse, notó cómo se tensaba su respiración. Se sentía como una mujer que el día de su aniversario de bodas recuerda aquella primera noche en la cama con su esposo y un anillo en el dedo.

Aunque no estuvo presente en el funeral, imaginaba con claridad la tarde en que, dos semanas después de su visita al hogar de los Anderson, los tres ataúdes bajaron al hueco en la tierra. Imaginó que escuchaba cada una de las palabras de los panegíricos. En realidad, había estado en su trabajo, a kilómetros de distancia, terminando un turno en que no hubo «nada fuera de lo ordinario». Entendía, por instinto, que algún predicador habría usado la palabra «ilógico» al decir su discurso junto a los tres ataúdes.

«No, no lo era.

»Resultaba lógico de una manera perfecta y maravillosa.

»Solo que no para ellos ni para los policías ni para nadie que hubiera conocido a la familia.

»Era lógico para Bravo. Para Alpha.

»Y, por supuesto, para el resto de los *Muchachos de Jack.*»

Le resultaba difícil separarse de los recuerdos guardados en la tierra a dos hileras de distancia. Sabía que no debía visitar el lugar donde estaban enterrados, pero Marian Wilson le proveía suficiente protección. Ya casi era de noche, Bravo no quería que el guardia de seguridad al que le tocara cerrar el cementerio lo viera parado junto a una tumba, pero con la mirada fija en otras tres. «Es hora de irse —pensó—. Ve a casa. Come algo. Luego espera en línea a los otros en el *Lugar especial de Jack.*» Quería averiguar si había avances.

Esperaba que así fuera.

Charlie…

—¡Idiota! —exclamó en voz alta. Ofuscado, continuó—: Existen el corrector ortográfico y todo tipo de programas para cotejar. ¡Incluso Word te corrige! Con todo esto, ¿cómo puedes cometer errores tan estúpidos y elementales?

Su voz como de navaja se propagó en la pequeña oficina. Habría intimidado a cualquiera frente a él.

Solo que no hubo nadie que oyera su largo suspiro cuando pasó de la furia a la resignación.

Las oraciones incompletas lo fastidiaban en extremo.

«Mi», adjetivo posesivo sin acento, usado en lugar de «mí», pronombre personal, lo hacía estallar de cólera, pero era algo que nunca le mostraba a nadie más que a sí. Otros usos torpes y construcciones deformes también incendiaban su imaginación. Los pronombres indefinidos y los errores de concordancia entre sujeto y verbo. Odiaba casi toda la ficción moderna porque los autores ignoraban demasiadas convenciones. Solo leía obras de su propio campo, la antropología, o de campos correlacionados como la historia o la arqueología, y por supuesto, obras de su ámbito oculto de conocimiento. Cada vez que iniciaba un semestre, Charlie les daba a todos sus grupos nuevos un sermón sobre la importancia de que en sus trabajos escritos hubiera precisión gramatical. Dibujaba ejemplos en la pizarra. Citaba oraciones de ensayos que había recibido en semestres pasados. Les imploraba a los estudiantes que no siguieran el mal camino de sus predecesores. Los amenazaba con bajarles la calificación en caso de errores o incluso reprobarlos si estos le resultaban indignantes o si los cometían con frecuencia.

Nunca lo hizo.

Sabía que todos estaban muy conscientes de ello. Era una broma permanente, cada palabra de su sermón de la primera clase la escuchaban riéndose. Muchos decían: «Seríamos incapaces de cometer ese error», pero él sabía de forma categórica que lo cometerían. Su constante disposición a perdonar los excesos y las faltas de los estudiantes era en buena medida lo que lo hacía tan popular.

Además, sus clases eran animadas y abundaban los chistes. Eran como una rutina de Stand Up Comedy.

Marcó un gran círculo rojo alrededor de la ofensiva frase en el papel que tenía frente a él.

«En un mundo perfecto, con esto obtendría una C como máximo», pensó.

«Pero este mundo no es perfecto. Es impreciso, está lleno de fallas y carece de aventura.

»Mi otro mundo sí es perfecto.»

Negó con la cabeza y continuó leyendo.

Una o dos formulaciones burdas más y el ensayo de esa estudiante de segundo año merecería una F y una amonestación que implicara «reescribir todo y volver a enviarlo para obtener una calificación aprobatoria».

Pero nunca solicitó algo así.

En lugar de eso, escribió frente a la frase encerrada en el círculo:

«Sandra, ¿está usted tratando de provocarme un infarto? Esto es una franca crueldad gramática. Tortura sintáctica. ¿Quiere que le preste mi ejemplar de *Elementos de estilo* de Strunk y White? Si lo leyera de cabo a rabo estaría usted invirtiendo sabiamente su tiempo…»

Sabía que el humor serviría para que la estudiante recordara su error. No creía que lo volviera a cometer, pero tampoco abriría *Elementos de estilo*. Asimismo, calificaría su ensayo con una B+ para alentarla.

Los alumnos de Charlie sentían que era muy generoso con las calificaciones y que los motivaba con sus comentarios, por eso siempre recibía las mejores evaluaciones en Califica a tus maestros y otros detestables sitios de crítica anónima en Internet. A veces, en su tiempo libre, rastreaba varios de los comentarios relacionados con su nombre para ver si algún estudiante lo adulaba o se sentía contrariado. Supuestamente, en esos sitios se ocultaban los nombres, pero para él no era difícil penetrar la seguridad y descubrir quién había escrito cada opinión. En realidad, era algo que no le importaba demasiado, por eso descartaba de modo sumario los raros ataques violentos que a veces encontraba. «¿A quién le importa lo que piensen? Son niños y son estúpidos. Yo no.»

De hecho, Charlie había publicado varias críticas muy severas a su propio desempeño solo para opacar su perfección real. Sus clases siempre estaban repletas debido a su reputación de «profesor de buen trato que califica bien», y a que eran un prerrequisito para las especialidades. A esa demanda se sumaba el hecho de que él era uno de los encargados de los programas de estudios en el extranjero del departamento. Todos los estudiantes querían pasar por lo menos un semestre fuera del país estudiando otras culturas. Y de ser posible, querían combinar dicho ejercicio académico con beber cerveza y tomar el sol en la playa, así como con una desinhibida y salvaje práctica sexual lejos de sus inconformes padres.

Encargarse de esta sección del departamento le daba a Charlie la oportunidad de viajar a muchos lugares en el verano y en los ocasionales semestres sabáticos, ya que tenía el pretexto de ir a inspeccionar destinos apropiados para los estudiantes. Miembros de tribus yoruba en África. Indios mayas en Centroamérica. Esquimales en Yukón.

Los gastos de esos viajes los deducía de sus impuestos federales. Era una ironía exquisita: como los viajes le daban la oportunidad de matar, el gobierno al que tanto detestaba le estaba pagando por hacerlo, en cierta medida.

Le agradaba en particular la técnica que los policías llamaban *ataque con captura*.

En sus viajes, mientras exploraba lugares con significativas oportunidades culturales de estudio, Charlie identificaba en secreto una ubicación privada. Bosque. Pantano. Selva. Sembradíos de maíz. Un sitio solitario y abandonado. Luego determinaba un punto en el que pudiera tener varias horas de privacidad absoluta a prueba de gritos y esconder lo que consideraba «residuo necesario».

Después atravesaba calles, barrios bajos, centros comerciales, mercados… y elegía un blanco.

Las prostitutas siempre servían.

Una niña en una ocasión.

En otra, la empleada de una tienda que caminaba a casa de noche.

Luego, una joven estudiante esperando el autobús.

Y otras.

Cuando terminaba, se iba. Registraba su salida del hotel. Iba al aeropuerto. Abordaba el avión. Desaparecía. No regresaba nunca. Pero claro, siempre podía enviar a sus estudiantes a ese lugar.

A Charlie le agradaba ser un relámpago.

Sabía que eso contradecía la apariencia de respetado y bien

organizado académico que tenía en la universidad. Dicha contradicción, sin embargo, era justo lo que lo vigorizaba. En la institución donde enseñaba lo consideraban demasiado normal, nada particular. Un tipo bueno, lo suficiente al menos. Un mérito del departamento, pero un mérito modesto. Pocas participaciones en los comités de la facultad. Pocas publicaciones. Pocas subvenciones. Ningún periodista de *National Geographic* tocando a su puerta en busca de su saber. Ninguna cita breve en el *New York Times*.

Pero en su explosivo mundo de matanza, era un coloso.

A menudo pensaba: «Nadie tiene un sistema para matar tan bien diseñado y original como el mío».

Charlie dejó a un lado el ensayo de la estudiante de segundo año y se reclinó en la silla de su escritorio, juntó las manos detrás de su cabeza y se estiró. «Sandra, Sandra, Sandra», pensó. «Fuiste demasiado afortunada al conocerme aquí, en esta agradable y segura universidad, y no en la selva guatemalteca, el interior australiano o el Peloponeso.» Apenas diecinueve años. Talla pequeña, atractiva, ansiosa por ser la mejor estudiante, aunque quizá no destinada a serlo. Se contentaría con ser una estudiante decorosa en su camino a un aburrido trabajo común, un matrimonio con un supuesto buen tipo, un par de hijos, un divorcio cuando el marido la engañara con la secretaria, y una casa en un suburbio cualquiera.

De pronto se dio cuenta: «Me encantaría matarla».

Por un instante imaginó a Sandra, su alumna de segundo año, clavada debajo de él, en algún lugar vacío, idóneo. Unos cuantos grillos y otros sonidos nocturnos serían el telón de fondo. Tal vez monos aulladores o guacamayos. Sus manos encontrarían su garganta. Quizá tendría un cuchillo apoyado en su barbilla. Podría arrancarle la ropa. Su piel estaría caliente. Suave. Temblorosa. Imaginó sus senos. Su entrepierna. Su sangre. Se deleitó imaginando el pánico en su mirada.

Incluso podría decirle las últimas palabras que escucharía: «Es "mi", no "mí", perra...».

La lección de gramática más difícil de todas.

Exhaló poco a poco. «No hay manera de que eso suceda», pensó.

Charlie entendía que hacer lo que quería y lo que amaba cerca de donde vivía era demasiado peligroso. La estudiante de segundo año no sería un blanco anónimo y fácil de olvidar. La policía local. La policía estatal. Sus padres. El cuerpo de seguridad de la universidad. Las estaciones locales de noticias y los diarios: todos se volverían locos con el asesinato. La pequeña Sandra de segundo se convertiría en *cause célèbre,* y él no permitiría eso. «Nunca sucedería. Al menos, no por mi autoría. Tal vez tenga un novio que…» Interrumpió su tren de ideas en cuanto se dio cuenta de que ese pensamiento le hacía sentir celos. Volteó a la pared donde tenía un mapa del mundo con chinches. Era obvio que se trataba de lugares aprobados para las estancias en el extranjero de los estudiantes. Algunas ubicaciones, sin embargo, señalaban exploraciones más personales. Chinches azules para indicar personas que no significarían nada para nadie en sitios a los que él nunca regresaría.

Volteó al otro lado de la habitación donde se encontraba solo y recordó varios de sus éxitos. No los consideraba personas ni víctimas. Los veía como marcas de conteo, como pequeñas líneas agrupadas de cuatro en cuatro y cruzadas por una quinta, en la hoja de cálculo más necesaria de todas.

Charlie sonrió.

Envidiaba a Bravo. Deseaba que lo hubieran elegido para la tarea de matar aunque sabía que era la etapa de mayor riesgo de toda la operación. A pesar de todo, estaba decidido a que sus esfuerzos en favor de su compañero fueran perfectos, y a que los otros miembros de los *Muchachos de Jack* reconocieran la perfección que él le añadiría al plan. Había un honor genuino en ello. Estatus. Respeto merecido y respeto ganado. Suponía que Bravo ya se había dado cuenta de ello también.

—De acuerdo, *Socgoal02,* veamos quién eres en realidad —susurró.

Facebook. Instagram. Snapchat. Twitter. Todos los tipos disponibles de redes sociales en el mundo estaban en la punta de sus dedos. Se estiró y sacó de su portafolios una pequeña pero poderosa laptop. Era una máquina destinada de forma exclusiva a sus tareas de asesinato. Había tomado muchas clases en el centro de informática de la universidad para adquirir la considerable pericia que ahora tenía. Encendió la laptop y, en unos cuantos segundos, ya había creado una identidad falsa, canalizada a través de rutas electrónicas que desafiarían incluso al investigador más tenaz. En cuanto llegó con seguridad a su destino, se enfocó en la tarea inmediata: piratear toda huella electrónica que *Socgoal02* hubiera creado en su vida.

«No sabrá que estuve aquí, siguiéndolo.

»No se enterará.

»Sino hasta que sea demasiado tarde.»

Charlie se dispuso a realizar la tarea.

Sus dedos se movieron con presteza.

Clic. Clic. Clic.

Las teclas de la laptop emitieron sonidos sutiles.

Y como en una prolongada escena artística de alguna lenta película extranjera, *Socgoal02* empezó a delinearse en la pantalla.

—Debiste ser más metódico —susurró Charlie mientras observaba una cándida fotografía de Niki Templeton y Connor Mitchell.

Estaban tomados del brazo, sonriendo. Él vestía un esmoquin y ella un traje de noche rojo con un profundo escote para la noche de graduación. «Qué conmovedor», pensó. «Un cliché adolescente.» Comenzó a deslizarse sobre las abundantes fotografías que habían publicado.

Se detuvo cuando vio una fotografía de Niki tomada justo después de una carrera. Sudorosa. Victoriosa. Su brazo alrededor de Connor. No era muy distinta de la fotografía que tenía sobre el escritorio: su esposa y él en una de sus vacaciones de *investigación*.

—¿Lo amas lo suficiente para morir por él? —le preguntó en voz baja a la imagen. Observó el rostro adolescente de Niki con más cuidado, sonrió y, con esa misma voz vecina del murmullo, como si le hablara al oído, añadió—: Porque creo que tal vez tendrás que hacerlo.

5

Delta...

—¡Ya voy, madre!

Delta se levantó del asiento frente a la computadora en la que estaba jugando *Masters of War* en Internet contra un niño sin nombre de Suecia que, según sus cálculos, tendría trece años y poca experiencia en el arte del asesinato de fantasía. De pie junto al teclado, abrió fuego con su arma virtual y obliteró el avatar del sueco con una lluvia de sangre de videojuego mientras veía cómo aumentaba su «puntaje de muertes». Entonces tecleó: «Nunca te acerques a esa esquina sin lanzar antes una granada. Muy mal. Pésima suerte. Tú pierdes y yo me largo». Apagó con sumo cuidado la pantalla. Aún le quedaban varias horas antes de volver a ingresar al *Lugar especial de Jack*. El insistente llamado de su madre penetró las paredes.

—Ya mierdas voy, maldita sea —susurró para sí—. Dame un minuto por el amor de Cristo.

Estaba desnudo. Antes de tomar los jeans y una camisa, se detuvo frente a un espejo de cuerpo completo y flexionó los músculos. Derecha. Izquierda. Posó hacia un lado y luego hacia el otro. Después giró y empujó su entrepierna hacia el espejo. Si oír a su madre gritando su nombre de forma incesante no lo hubiera distraído tanto, se habría masturbado. Se preguntó por qué ninguna de las enfermeras de cuidados para pacientes terminales había respondido de inmediato a los llamados de su progenitora, pero supuso que estarían ocupadas atendiendo a su padre en la alcoba principal, ajustando el flujo del oxígeno almacenado en el tanque al lado de él, limpiando cualquier fluido que sus deterioradas funciones corporales hubieran elegido emanar para ensuciar la cama esa tarde, o ayudándolo a tragar algún analgésico. Habiendo tantos disponibles, se preguntó por qué no se los empujaban todos de una vez por la garganta y le daban la bienvenida a lo inevitable. «Saluda a los ángeles de mi parte, papá.»

En todo caso, la enfermedad de su padre lo obligó a responder a los alaridos de su madre. Era la tercera vez que lo llamaba ese día. Demasiadas peticiones triviales y frecuentes. Constantes. Empezaban vacilantes por la mañana, aumentaban al mediodía, cobraban impulso en la tarde y duraban hasta bien entrada la noche. Como el chiquillo que gritaba «¡El lobo!», salvo que los gritos de ella eran para que: *1)* le diera un vaso de agua con solo dos cubos de hielo; *2)* cambiara el canal de televisión o ajustara el volumen; *3)* le diera el teléfono para llamar a una amiga de la que se había acordado de pronto, pero que quizás ya llevaba mucho tiempo muerta; *4)* le llevara algo de comer. Solo que, cuando se lo daba, no lo comía.

De haber podido, la habría matado.

Y también habría matado a su padre, quien necesitaba con desesperación que lo liberaran del dolor y el sufrimiento.

La verdad es que le entusiasmaba menos matar a su padre porque le agradaba la idea de que el viejo sufriera en sus últimos días. «Así que, mamá y papá: la venganza apesta ¿no?» Sin embargo, la muerte de su padre estaba tomando más tiempo de lo que esperaba desde que los empleados del hospital para pacientes terminales le dijeron seis meses. Máximo. Tal vez mucho menos.

«Aunque sería en extremo conveniente si pudiera llevar a cabo una matanza a fondo esta misma tarde —pensó Delta—: Madre. Padre. Quizás incluso un par de enfermeras del hospital.» En especial las que imaginaba que lo trataban con desprecio. Como si no supiera *nada* respecto a la muerte y ellas sí, cuando en realidad era todo lo contrario. Era un absoluto maestro de la muerte. Y cuando los hubiera asesinado a todos, cuando los hubiera terminado de cortar en trozos y tirado en donde nunca los encontrarían, podría establecerse y planear sus siguientes pasos desde la tranquilidad de la mansión de su familia, justo en las afueras de San Francisco, en Marin County. Mirando desde las alturas la acogedora, azul y resplandeciente amplitud del océano Pacífico.

Sonrió.

«Bueno, eso no va a suceder —pensó—. Nada de asesinatos hoy.

»En especial, nada de asesinatos familiares espontáneos, no planeados, impensados.

»Mala suerte. Sería agradable.»

Volvió a sonreír.

«Por supuesto, no sabemos si mañana tal vez suceda, ¿cierto?»

Rio en voz baja mientras tomaba con premura suficiente ropa para no conmocionar a los empleados del hospital. Esperó a que la incipiente erección disminuyera. Entonces caminó sin prisa por el corredor, pasó junto a un Picasso original que colgaba de la pared y se dirigió hacia el lugar desde donde lo llamaba su madre. Se preguntó si alguien tan viejo y frágil podría continuar rugiendo órdenes como ella. Cuando pasó junto a una escultura de Giacometti, decidió que saldría más tarde, cuando todos durmieran. Todos estarían drogados y dormidos, excepto la empleada del turno nocturno del hospital. Ella, sin embargo, estaría al lado de su cama, tal vez absorta en un libro o tratando de ver la televisión sin sonido. Y nunca lo oiría salir.

A cazar.

—Sí, madre, ¿qué sucede? —dijo con su voz más agradable, calmada y diligente de hijo—. ¿Otra almohada? Por supuesto. ¿Algo más? ¿Qué te parecería una buena taza de té?

«¿El té intenso oculta el sabor del veneno?», se preguntó en su interior.

Entonces pensó que podría preguntarles a los *Muchachos de Jack* sabiendo que no lo haría. El veneno, por costumbre, era una manera femenina de asesinar. Un asesinato al estilo del siglo XIX, en el salón principal, con sombrero de copa y un elaborado vestido.

No era el tipo de cosa que él hacía.

A Delta le gustaba la sangre.

Los indigentes. Un problema nacional que se ha exacerbado en particular en San Francisco. Esquizofrénicos. Bipolares. Alcohólicos. Calles repletas de vagabundos o de quienes nunca han tenido nada. Mucha gente oye voces o alucina. Llenan los refugios, las bibliotecas, los callejones de las zonas de lujo: de El Presidio a Chinatown. Fisherman's Wharf y la zona del estadio de los Giagantes, incluso cuando había un juego programado.

Hasta ahora, Delta había eliminado a cinco.

Cuatro hombres. Y una mujer que pensó que era hombre cuando le rebanó la garganta, pero al mirar más de cerca comprendió que era su primera víctima femenina.

Dudaba que alguien lo estuviera buscando. Sabía que la policía de San Francisco era sofisticada, pero también que, sin duda, tenía problemas más importantes que lo que parecía un asesinato anónimo de *indigente a indigente*. Lo sabía: «Mata a la gente correcta de la manera correcta, evitando los torpes rasgos distintivos que atraerían la atención de algún policía, y a nadie le importará en lo más mínimo».

Se consideraba una especie de ángel exterminador encargado de la limpieza en la ciudad. «Demonios, deberían darme una medalla de servicio a la comunidad por ayudar a asear las calles.»

Al menos, así le gustaba bromear consigo mismo.

Pero sabía que no haría ninguna broma, como lo hizo Easy, cuando Alpha y los otros le asignaran la tarea de diseñar el plan preliminar para matar a *Socgoal02*. Él sería serio en todos los aspectos porque deseaba que los otros aceptaran la mayor parte de su esquema. Imaginaba que sería el ejecutivo de este asesinato. Quería que la autoría principal fuera suya.

«Pistola. Cuchillo. Bomba. Sus propias manos.» No estaba seguro. Pensó que sería un desafío. *Socgoal02* no era un indigente viviendo en una caja de cartón en una calle vacía. Necesitaba ser asesinado de una manera que a los otros les resultara satisfactoria. Significativa.

Delta se preguntaba qué habría visto en él Alpha, el miembro principal del club. Qué le hizo decidir que era la mejor opción para el papel de planificador. «Algo en mi estilo. Algo en mi estilo de abordar las situaciones. Algo en la precavida y meticulosa forma en que elijo a la víctima y en mi decisión al actuar. Soy un cazador de sombras. Un ejecutor en la oscuridad. Esa es mi área de pericia. Esos son mis instintos. Son las cualidades que necesitará el asesino de *Socgoal02*.»

Su madre apuntaba en silencio al televisor.

—¿Quieres cambiar de canal? —preguntó él—. ¿Qué tal un poco menos de esas noticias que tanto te alteran y, en lugar de eso, una agradable telenovela?

Sin esperar a que su madre respondiera, tomó el control remoto y cambió los canales para pasar de insulsas cabezas parloteando sobre lo terribles que eran los liberales de Fox News, a la telenovela *Days of Our Lives*. Sabía que su madre no sería capaz de seguir la trama. «¿Qué están haciendo? ¿Qué dicen? ¿Qué sucede?», se preguntaría. Incluso tal vez la haría llorar.

Easy...

Sus supuestos hijastros regresarían pronto de la escuela, su supuesta esposa seguía en el hogar para ancianos cambiando otro pañal de adulto o limpiando los pisos, y él planeaba comenzar a trabajar en menos de una hora. Uno de los aparatos de aire acondicionado empotrado en la pared se había averiado y, además de no lanzar aire fresco, producía un ruido metálico. El implacable calor del sur de Florida se acumulaba de manera constante en el interior de la casa mientras que él, al igual que Delta, aunque este no lo sabía, se miraba en el espejo.

Con una tosca voz neoyorquina preguntó:

—¿Me hablas a mí?

Easy podía recitar todo el famoso y, según consta, improvisado discurso de *Taxi Driver*. De hecho, podía decir casi todos los diálogos de la película. Era su favorita por varias razones, y una de ellas, no la menos importante, era que él conducía un Uber, lo que lo hacía más o menos como el personaje del taxista Travis Bickle en el filme de Scorsese.

Easy manejaba para otros a pesar de tener una cuenta bancaria con casi medio millón de dólares que había ganado gracias a un afortunado boleto de lotería que raspó en algún momento. Nunca le había contado de esta ganancia a su concubina hondureña ni a sus dos irritantes hijos que aún estaban en preescolar y eran producto de una relación anterior que a ella no le sirvió para solucionar su estatus migratorio. Excepto por los ocasionales episodios de sexo violento que la mujer soportaba a cambio de la oportunidad de conseguir una Green Card, ella y sus hijos estaban ahí para cubrirlo de la misma forma que lo hacían una casa apenas por encima de los límites de la pobreza y su trabajo sin futuro viable.

—¿Me hablas a mí? —repitió mientras se movía un poco imitando los movimientos y las palabras de DeNiro—. Bueno, pues soy el único aquí.

Había empezado a sudar debido al calor del sur de Florida, pero no le importó. Oyó sobre el techo los motores de un avión que iba descendiendo al Aeropuerto Internacional de Miami. La ruinosa casa de hormigón con dos habitaciones en la que vivía estaba junto a una de las entradas a la pista principal. Le gustaba vivir en un lugar que era casi un barrio bajo porque era como esconderse a plena vista. Sabía que los embotellamientos ya se estaban formando en la 836 que llevaba a la ciudad, y que la carretera South Dixie quizás estaría repleta. El distrito financiero cerca de Brickell Avenue sin duda tenía un avance intermitente y ahí era donde esperaba hacer la mayor parte de sus ganancias de ese día. Se preguntó si algún pasajero abordaría su automóvil y lo haría ir a Miami Beach. Buen dinero. En especial cuando las carreteras elevadas que iban de la ciudad a la playa estaban repletas: las propinas en efectivo reflejaban la culpa que sentían los pasajeros después de haberse quedado parados sin poder avanzar ni retroceder, ni escapar de ninguna manera.

Una de las razones por las que le agradaba conducir un Uber era que le permitía entablar una relación muy íntima con cada camino de Dade County. Los conocía muy bien todos, desde la aglomeración a alta velocidad que de la 95 South, hasta el fluir de Mercedes-Benz y Porches que bajaban por Ingraham Highway desde Coconut Grove hacia las áreas residenciales de Coral Gables, Pinecrest y el sur de Miami.

En algún momento comprendió que no podía portar su pistola automática en una funda con resorte, como lo hacía Travis Bickle para que apareciera en su mano como por arte de magia. El personaje de la película tenía la evidente ventaja de que usaba una holgada chaqueta del ejército color oliva en la que ocultaba sus distintas armas. Easy no era tan afortunado. «Miami es demasiado caluroso, incluso con el aire acondicionado del automóvil en el nivel más alto. Incluso con una prenda debajo de la camisa para el sudor. ¿Y qué podría ser más sospechoso para un policía que un tipo con una pesada chaqueta estando a veintiséis grados centígrados?»

Easy tomó su mochila. Ahí llevaba su «computadora solo para matar» y una Smith & Wesson calibre .38 de barril corto. La pistola era para su protección personal en Miami. No era un arma que usaría para ningún asesinato en el futuro y tampoco la había utilizado en los tres anteriores. Todos universitarios. Dos chicas y un muchacho muy afeminado.

Con ellos usó una técnica diferente. Bolsa de plástico sobre la cabeza. Sellada con cinta Gaffer para verlos luchar, ahogarse y sofocarse mientras él se proporcionaba placer y luego les enviaba la película a los otros *Muchachos de Jack* para recibir sus entusiastas reseñas. Cinco estrellas. Easy conocía cada camino sin asfaltar que conducía a los Everglades. Lugares abandonados. Privados. Un paraíso de serpientes, caimanes, aves exóticas, mangares enmarañados y oscuridad retorcida. Un lugar sin cámaras de seguridad y poca cobertura para celulares. Un paraje antiguo, prehistórico. Un sitio excelente para el asesinato por placer.

Era un entorno que adoraba desde que era niño, desde aquella infancia que pasó en un parque de tráileres cerca del borde de la gran extensión de césped y pantano que colindaba con el extremo oeste de Dade County. Era una oscuridad a la que huía con frecuencia cuando su padrastro se cansaba de golpear a su madre y volteaba para golpearlo a él. O cuando no lo estaba forzando a practicarle sexo oral. «Cuando amas un lugar, este se vuelve ideal para probar tu valor», pensaba Easy. También le parecía que era afortunado. De sus tres víctimas, solo habían encontrado el cuerpo de dos. La tercera continuaba disolviéndose sin interrupción en el calor y la densa humedad de la profundidad de los Glades. Quizás los lagartos o la ratas seguían royendo el cuerpo. Creía que esto le daba licencia para dar otro golpe.

A veces se preguntaba a cuánta gente podría matar antes de que las autoridades comenzaran a notar lo que estaba haciendo. Le agradaba imaginar el momento en que la repentina comprensión los dejara estupefactos: «Escucha, creo que tenemos a una especie de asesino serial trabajando aquí…».

No me digas.

Este era un tema que los *Muchachos de Jack* a veces discutían en línea, aunque sin permitir que los otros se enteraran de sus respectivas cantidades reales. Jack el Destripador, en cuya memoria nombraron al club, se atribuyó a cuatro personas, pero pudo haber matado a muchas más. Se dice que Ted Bundy, quien terminó siendo capturado en el Estado del Sol, mató a treinta y tres, pero era difícil confirmarlo. También estaban aquellos tipos de Texas que asesinaron a veintiocho, y el ruso que mató a más de cien. Easy hizo el inventario de nombres y cifras en su cabeza. «Voy a superarlos a todos.»

Y al mismo tiempo, no le daba temor que lo atraparan y ejecutaran.

De hecho, una parte de él se deleitaba con la idea de ponerse de pie en una corte y proclamar su genialidad ante todos.

Podría reír y escupirles a las autoridades.

«Ja, ja. ¡No pudieron atraparme en años!

»Así que ahora, vamos, átenme a la silla eléctrica, hagan pasar un millón de voltios por mi cuerpo y véanme sonreír en mi camino a la salida, véanme reírme de ustedes.

»Quizá me den una medalla cuando llegue al infierno.»

Sacó una camisa polo bien planchada —una de las ventajas de tener una especie de esposa inmigrante que lavaba toda la ropa— y se dirigió a la puerta del frente.

«Algún poeta dijo que morir era solo parte de la vida —pensó—. Supongo que eso significa que matar es lo mismo.»

Easy conocía más de veinte lugares distintos alrededor de la ciudad donde podía captar señales públicas fuertes de wifi. El aeropuerto. Las universidades. Los centros comerciales. En los estacionamientos afuera de algunas bibliotecas. No era difícil partir de un lugar público para adentrarse en la confusión informática a través de varios servidores con distintas firmas y terminar en el *Lugar especial de Jack*.

Ya había empezado a cultivar un verdadero odio y furia contra *Socgoal02*. Le resultaba tentador saber que era un adolescente, que tenía más o menos la misma edad que sus otras víctimas. Ansiaba el momento en que le permitirían empezar a acecharlo: «Lo segundo mejor después de matar». En su mente, ya había empezado a elaborar un plan para observar sin ser visto, para medir sin ser notado. Sabía que sería complicado contenerse, no sujetar a *Socgoal02* de la garganta, no deslizar una bolsa de plástico sobre la cabeza de ese facineroso. A Easy le desilusionó saber que esa misión sería para Bravo. Resultaba lógico dejarle la mejor parte, eso lo reconocía, pero le parecía un poco injusto.

6

Tarde por la noche...

Ross trató de irse a acostar poco después de que Connor llegó a casa, pero no tuvo éxito. Lo vio dejar su mochila en un rincón, quitarse la chaqueta con capucha, tomar dos puñados de galletas de la cocina y decir con alegría: «Buenas noches». Esperó treinta minutos antes de levantarse y caminar en silencio hasta su habitación. Estaba preparado para decirle a su nieto que se alejara de la laptop y que se acostara a dormir, pero descubrió que ya estaba noqueado. Oyó por un momento su respiración. Pensó que algunas cosas nunca cambiaban. Durante años se quedó afuera de la habitación de Hope oyendo su respiración constante. Cuando fue bebé. Cuando fue niña. Cuando fue adolescente. Incluso después de que creció, se casó y se mudó. Escuchaba desde afuera de la habitación vacía e imaginaba que su hija dormía sin interrupción. A lo largo de los años hizo lo mismo con Connor. A veces pensaba que, aunque no era muy eficiente para demostrar lo mucho que amaba a una persona, al menos podía permanecer cerca y merodear para protegerla.

Kate no había regresado de la UCI aún.

No sabía si era buena o mala señal.

Temía las ocasiones en que regresaba triste, malhumorada y frustrada porque sabía lo que eso significaba. Le encantaba cuando regresaba casi bailando a casa, toda alegre y riéndose, porque también sabía lo que eso significaba. Kate externaba tanto sus emociones, que él a veces se preguntaba cómo lograba sobrevivir a su trabajo. La perspectiva trivial con que veía lo que hacía su esposa para ganarse la vida, le indicaba que debía separarse en lo emocional y lo psicológico de esos pacientes con tan altas probabilidades de morir. Comportarse de tal forma que nada contara. Comportarse de tal forma que permaneciera inmune a la muerte.

Pero nunca lo hizo.

Y él admiraba muchísimo eso de ella. Cuando era soldado, creía que sobrevivir implicaba que nada te importara. La frase que con frecuencia los otros gruñían en Vietnam tras una muerte o un desastre, era: «No significa nada», cuando en realidad, lo significaba todo. El cinismo a la enésima potencia. Kate era la prueba de una profunda verdad opuesta a ese «No significa nada».

Ross sabía que esa noche tendría problemas para dormir hasta que ella no regresara a casa.

Consideró encender el televisor. Ver comedias.

«No.»

Pensó en leer un libro. Le gustaban los thrillers.

«No.»

A veces, cuando no podía dormir, leía poesía. Prefería *Bajo Ben Bulben* de Yeats y a los grandes poetas de la Primera Guerra Mundial: Kilmer, Graves, Owen y Sassoon. «De repente todos empezamos a cantar.»

«No.»

Esa noche, PM1 bajó a su oficina en el sótano y se desplomó frente al escritorio. Por un momento consideró hacer el balance de su chequera o pagar facturas: todo ese aburrimiento le permitiría conciliar el sueño. Luego pensó que debería limpiar su Colt Python .357. «Es el Cadillac de las pistolas», le había dicho el vendedor. Pero casi al mismo instante reconoció que sería peligroso. Sentía las corrientes de la depresión deslizándose a través de él como olas del mar en una noche lúgubre, sabía que este era otro de esos momentos de octubre. Trató de escuchar la voz de Freddy, pero no estaba en su interior en ese momento. Los fantasmas se encontraban en silencio. Llegó a la conclusión de que lo mejor que podía hacer era ser paciente y sentarse a esperar a que llegara su esposa, la fatiga o la mañana. Se dio cuenta de que debería enfocar toda su energía en lo que necesitaba lograr para ayudarle a Connor a colocarse en un camino positivo que le permitiera a avanzar. «Encontrar la manera de acumular más dinero en mi cuenta para el retiro para poder pagar su educación y dejarle algo para después. Ayudarle con sus ensayos de la preparatoria. Recordar los favores que me deben los funcionarios de admisiones que conocí a lo largo de todos esos años que trabajé en la universidad, para que él pueda ingresar a una institución prestigiosa: con eso tendrá ganada la mitad de la batalla para lograr el éxito en la vida.» Ross imaginaba que en cuanto le pidiera a algún funcionario que le hiciera ese favor, Connor insistiría en que hiciera lo mismo por Niki.

«No hay nada de malo en ello.

»Lo haría con mucho gusto.»

Aunque Ross y Kate nunca hablaban del asunto porque discutir la vida amorosa de Connor les parecía una violación de su privacidad, ambos adoraban a Niki y esperaban que siguiera formando parte de sus vidas.

Sentado frente a su escritorio, flexionó los músculos de los brazos. Sacudió los dedos de los pies. Respiró hondo. Se quedó mirando la pared. Pensó que estaba al borde de la vejez, pero sabía que en su interior aún había un hombre suficientemente joven para ver a Connor crecer un poco más y convertirse en alguien.

Eso, creía, era lo mínimo que podía hacer.

Tarde, por la noche. A dos casas de ahí...

Niki estaba recostada mirando el techo y recordando cómo la mano de Connor había acariciado su seno mientras ella tenía la cabeza recargada sobre el pecho de él. Por un instante le preocupó que sus senos fueran demasiado pequeños. Atléticos. Entonces negó con la cabeza y se dio cuenta de lo mucho que le agradaba yacer desnuda junto a él porque parecía amar todas las partes de su cuerpo. Sonrió. Connor tenía un sexto sentido con el que podía anticipar cuándo llegarían sus padres a casa. Por eso la estrujó con dulzura por última vez, se levantó, se estiró para tomar las prendas que había dejado por ahí, le pasó a ella su sedosa ropa interior y se vistió. No con prisa, pero sin interrupciones, para que cuando los padres de ella atravesaran la puerta del frente después de haber servido la última comida vegana en su restaurante, los encontraran a ellos, los amantes adolescentes, sentados en la sala, lado a lado, con la mirada fija en las pantallas de sus respectivas computadoras sin un solo cabello despeinado, sin las mejillas sonrojadas o algo más que pudiera delatar lo que habían estado haciendo, estudiando con aire diligente para el siguiente examen o preparando la próxima tarea.

A Connor no le preocupaba tanto que los padres de Niki los pudieran encontrar desnudos en la cama, como que los sorprendieran examinando algún sitio de la Dark Web repleto de horrorosas imágenes de asesinatos.

Ella pensaba más o menos lo mismo.

Sus padres eran en extremo liberales en el aspecto político, sexual y moral, así que tal vez solo les darían un sermón un poco ridículo respecto a «protección adecuada y a cómo colocar de manera eficaz un condón en una erección», lo cual la habría avergonzado muchísimo más.

El sexo no los molestaría.

Pero las imágenes de asesinato sí.

Niki negó con la cabeza y se tocó el seno con la mano, justo de la misma manera en que Connor lo había hecho.

Así fue como reemplazó las imágenes que habían analizado esa noche con algo mucho más agradable.

No podía recordar el nombre del sitio. Era algo como Violentdeath.com o Tracksofakiller.com.

Lo que le molestaba no era la imagen a todo color y del tamaño de la pantalla con la cabeza decapitada del hombre.

Sino que, quienquiera que haya publicado esa fotografía, incluyera una pista de audio:

Risas.

Estrepitosas y desenfrenadas. Risa descontrolada. Eso fue lo que le incomodó. Le recordó que el mal en Internet adoptaba muchas formas distintas.

No sabía si a Connor también le perturbaban las imágenes. Le parecía que sí, pero él era mucho más eficiente que ella para ocultar el horror.

Niki cerró los ojos. Deslizó su palma de un lado a otro sobre su pezón. Estiró la otra mano hacia su entrepierna con la misma suavidad con que Connor lo había hecho, pero entonces se detuvo. Le pareció que debería guardar ese dulce recuerdo en caso de que le fuera imposible conciliar el sueño.

No estaba al tanto de que esa noche Ross también tenía problemas para dormir. Solo sabía que necesitaría esforzarse un poco para desviar lo que había visto y escuchado hacia algún compartimento en su interior. Y buena parte del esfuerzo consistiría en recordar la ternura en lugar de la matanza.

Casi al amanecer…

Catorce horas.

Kate sentía el agotamiento en cada fibra de su cuerpo.

Se sentía como los corredores de ultramaratones acercándose al final de una carrera de ciento sesenta kilómetros. Tambaleante, pero avanzando de forma inexorable, casi como zombi. Pero cuando vio el rostro del médico responsable en turno al revisar las notas que ella había escrito en el historial durante esa larga noche, sintió que su energía aumentaba y pensó: «Si tengo que luchar catorce horas más, lo haré».

En la habitación detrás de ella dormía la pequeña de nueve años.

Su padre y su madre estaban agotados, desparramados en dos sillas. Uno de ellos seguía despierto para sostener la mano de su hija, mientras el otro descansaba un poco. Cada cierto tiempo cambiaban, pero no dejaban de tocar la mano de la niña por más de un instante.

El médico responsable levantó la vista tras ver la hoja llena de números.

—Vaya a casa, Kate —dijo, sonriéndole con sutileza—. Duerma un poco. No hay nada más que pueda hacer esta mañana.

Ella asintió.

—¿Qué dije ayer? —preguntó el médico.

—Cincuenta-cincuenta —contestó ella.

—Ahora tal vez sea sesenta-cuarenta… No. Setenta-treinta —exclamó.

—¿Para bien o para mal?

—Para bien. Ahora salga de aquí. Si hay algún cambio le pediré a alguien que le llame, pero no lo habrá.

El médico volvió a sonreír, levantó la vista hacia las luces blancas en el techo. Kate sabía que sus pacientes le importaban muchísimo, igual que a ella.

—No quiero decir que hayamos dado un giro definitivo —explicó—, pero es posible. Quizá. No les diga a los padres. No quiero decepcionarlos si la situación cambia, pero los números son buenos.

Kate asintió de nuevo. Desde antes de hablar con él ya sabía todo lo que le acababa de decir, pero escucharlo de su propia boca lo hacía más real.

—Mantengamos los dedos cruzados —dijo él, aunque no era un comentario muy apropiado para un médico.

Kate pensó:

«O tal vez debamos vociferar un montón de obscenidades mirando al cielo. Tal vez todos esos *jódete* fueron los que captaron un poco la atención de alguien allá arriba.»

Le tomó algunos minutos reunir sus cosas y dar su informe a la gente que acababa de entrar para cubrir el turno de la mañana. Cada palabra que decía la hacía sentirse más cansada, pero al mismo tiempo, también la hacía ser más precisa. No iba a permitir que la fatiga le hiciera olvidar algún protocolo crítico. Esto exigía un poco de fortaleza de su parte, pero sabía que tenía una fuente casi inagotable de la misma. O al menos, eso esperaba.

7

Uno, dos, tres, cuatro, cinco en línea…

Alpha sospechaba que, al igual que él, todos estarían ansiosos por iniciar de lleno el proceso de asesinato. La espera le provocaba una emoción punzante. Una familiar oleada de emoción. El sonido del silbato al principio de un partido crucial. Era como si en su interior todo se acelerara y se desacelerara al mismo tiempo. Ritmo cardiaco normal, pausado, paciente. Mente moviéndose a mil kilómetros por hora. Calculando. Evaluando. Planeando. Era una sensación deliciosa que él acogía con un cálido abrazo mental.

La noche anterior estuvo despierto hasta tarde con la mandíbula contraída de furia por la intrusión de *Socgoal02*, pero enfocado en una sola idea que lo reconfortaba: había decidido que algún día escribiría las memorias del asesinato de *Socgoal02*. Este proyecto podría esperar hasta que fuera bastante anciano, cuando casi se tambaleara. Apenas *compos mentis*, pero con la *lucidez* justa para dictarle los asombrosos detalles a una secretaria en shock. Sabía que se convertiría en un éxito de ventas internacional. Los títulos se desbordaban en su cabeza. *El fin de Socgoal02* o *Por qué asesinamos a ese odioso adolescente*. La tarea en que se estaban embarcando era tan original, tan especial, que creía que cada uno de los pasos que daban deberían ser plasmados para la posteridad. Se recordó a sí mismo que tendría que tomar muchas notas y llevar un registro de todas las conversaciones en línea. De pronto comprendió que para llenar los huecos en la narración tendría que conceder algunas entrevistas extensas tras la muerte de *Socgoal02*. Le daría mucho gusto hacerlo y sabía que los otros *Muchachos de Jack* también querrían que su participación en el proceso fuera inmortalizada.

Siempre y cuando se preservara su anonimato.

Suponía que el FBI necesitaría un curso completo de varios meses de duración enfocado de forma exclusiva en este asesinato. Imaginaba sin dificultad a todos los jóvenes ansiosos por convertirse en agentes con sus rostros frescos en una sala de conferencias en Quantico, escuchando a alguien del Departamento de Ciencias del comportamiento enfatizar lo inusual que había sido la muerte de *Socgoal02*. En su mente escuchaba el monótono discurso del profesor: «Nunca cinco asesinos seriales, hombres que en general son solitarios y tienen poco contacto significativo con otros, y que en este caso solo se conocían entre sí por sus pseudónimos en Internet, habían conspirado para matar a un solo individuo».

Imaginó al conferencista preguntando:

«¿Qué fue lo que unió a estos hombres tan diferentes, con personalidades únicas?»

Alpha comprendía: «Tal vez seamos únicos, pero compartimos el mismo deseo. Es lo que nos hace geniales a todos, pero cada uno en su propio estilo».

Supuso que el profesor también explicaría:

«Nunca se descubrió el móvil de este asesinato.»

En la fría y calculadora mente de Alpha, el profesor ficticio carecía de imaginación. El verdadero móvil se encontraba entre los más antiguos del mundo. Absalón. Hamlet. «Hemos sido profundamente insultados. Nuestros principios fundamentales fueron cuestionados. Un estúpido e inconsciente adolescente se burló de nuestra única misión en la vida, de la esencia de lo que nos hace ser quienes somos. Un niño que no sabe nada sobre grandeza. Ni sobre cómo dejar una huella en la sociedad. ¿Cómo se vuelve trascendente un hombre ordinario? Nosotros descubrimos el camino y *Socgoal02* se burló. Nos ridiculizó. ¿Y qué buscamos ahora?

»Venganza.»

Para un hombre que se enorgullecía de pensar de manera racional, Alpha no estaba del todo consciente de que había permitido que la animosidad hacia *Socgoal02* se propagara de una manera salvaje, como hierba fuera de control en el jardín que él solía mantener bien podado y organizado. Tampoco se daba cuenta de que la ira que sentían los otros *Muchachos de Jack* aumentaba de una manera muy similar. Entre más se obsesionaban con *Socgoal02*, más se intensificaban sus sentimientos.

Sus dedos volaron sobre el teclado al escribir:

> Charlie, todos queremos saber:
> ¿Qué avances tienes en la investigación en línea?

Alpha emitió una sonora risa de satisfacción al ver la respuesta inmediata de Charlie.

> Avances significativos.

Una fotografía arrancada de Instagram llenó sus pantallas. Connor y Niki juntos riéndose de alguna broma. Charlie continuó:

> Socgoal02 tiene una presencia sustancial en línea. Lo que uno esperaría de un adolescente arrogante con demasiado tiempo libre y nadie que supervise su uso del Internet. Facebook. Instagram. Otras ubicaciones en redes sociales. Encontré muchas fotografías, a quién conoce, dónde vive, en qué escuela estudia, contactos y todo tipo de información personal sobre su vida. Su verdadero nombre es Connor Mitchell. Tiene una novia muy bonita llamada Niki Templeton, quien también parece estar interesada en asuntos similares en Internet. No fue difícil piratear sus cuentas. Tienen muchas. Su contraseña de Facebook, por ejemplo, es Nikilove. Solo necesité siete intentos para confirmarla. Luego pude ingresar a la cuenta de Gmail y leer muchos de los cursis correos amorosos que ha intercambiado con la novia.

Alpha interrumpió:

¿Ella también debería ser un blanco?

Hubo una pausa momentánea. Entonces respondió Charlie.

Sí. Tal vez. Tendríamos que discutirlo. Pero miren sus fotografías…

En las pantallas apareció una nueva serie de imágenes de Niki. Charlie continuó.

Creo que todos disfrutaríamos muchísimo controlarla un buen rato.

Alpha asintió y escribió:

Sin lugar a duda. Por favor continúa, Charlie.

Charlie no titubeó.

Para alguien que evidentemente sabe de informática, Socgoal02 es bastante descuidado con las contraseñas y con su información personal. Es probable que crea que está siendo escrupuloso, pero no es así. En absoluto. Tal vez sea como casi todos los estúpidos adolescentes en este sentido. Usa sistemas básicos de seguridad que pueden ser traspasados sin problema. Las versiones que todos pueden adquirir en una tienda por algunos centavos. Pude duplicar muchos de sus afortunados golpes en el teclado. Alpha, te enviaré esto por separado, así verás cómo tuvo acceso por accidente al Lugar especial de Jack.

Charlie continuó:

Incluso averigüé a quién sigue en Twitter. Parece que le gusta el futbol profesional y, por supuesto, sigue al Bayern Munich y al Manchester United. Creo que le agradan los arqueros de esos equipos: Peter Neuer y David de Gea. Les da Me gusta a sus fotografías. Parece ser muy culto y muy buen estudiante. Conseguí su promedio general de la preparatoria: 3.95. Poco menos que perfecto solo porque sacó B+ un semestre en un curso de Ciencias de la tierra. Le agrada el rock and roll. Nada sorprendente en ello, pero ¿Bruce Springsteen? Una generación distinta. Socgoal02 es huérfano. Lo están criando sus abuelos maternos. Kate y Ross Mitchell. Enfermera y académico retirado. Tal vez ellos son los admiradores de Springsteen y se lo transmitieron a él. En fin, sus padres murieron hace años cuando él era niño. Fue en un accidente automovilístico. Se publicaron artículos sobre su muerte en los diarios. Detalle interesante: Socgoal02 pasa mucho tiempo rastreando al conductor ebrio que estuvo en la cárcel por el accidente en que murieron sus padres.

Sigo tratando de piratear las cuentas de la novia. Ella es un poco más cuidadosa. Me las arreglaré, pero me va a tomar algo de tiempo.

Al analizar el rastro en línea de Socgoal02 encontré otro asunto en verdad digno de atención.

Charlie titubeó antes de seguir escribiendo. Estaba muy satisfecho con sus habilidades informáticas para investigar. «Debería renunciar a ese estúpido empleo como profesor y empezar a trabajar para la Agencia de Seguridad Nacional o la CIA. Ellos en verdad apreciarían lo que puedo hacer con una computadora y, quizás, estarían felices de ignorar mis otros intereses. Como matar. Si rastreara a los terroristas que están buscando ¿qué les importaría lo que hiciera en mi tiempo libre?», pensó.

Percibió el entusiasmo de los *Muchachos de Jack*. Imaginó a uno de ellos preguntándose en voz alta: «¿Cuál será el otro asunto "en verdad digno de atención"?».

Charlie tenía toda la razón respecto al entusiasmo. Antes de comenzar a teclear, vio que Delta había escrito:

¿Nos quieres mantener en suspenso?

Charlie tecleó:

Solo quería un modesto redoble de tambor virtual.

Easy añadió:

Jajajajajaja.

Y Charlie concluyó:

Socgoal02 pasa mucho tiempo en la Dark Web. Parece que le atrae la idea de asesinar. Demasiado. Así fue como nos encontró.

Bravo fue el primero en responder:

Me lleva el demonio.

Easy añadió:

Bueno, tarde o temprano a todos nos va a llevar. Pero es muy interesante.

Alpha retomó el control.

Intrigante en verdad. Charlie, ¿puedes decirnos más?

Charlie hizo una pausa, se concentró y escribió:

Estoy especulando, pero tal vez tenga que ver con el hecho de que Socgoal02 rastrea de forma meticulosa al hombre que mató a sus padres en aquel accidente. Quizá quiera matarlo. Me parece que todos podemos apreciar la ironía.

Delta escribió:

Genial. ¿Hay algo más?

Charlie esperaba esta pregunta.

Por supuesto. Toda la información que he recopilado en los últimos dos días sobre la vida de Socgoal02 hasta este punto la he guardado en un archivo electrónico seguro que les haré llegar a todos al Lugar especial de Jack. Llegará desde una cuenta ficticia e imposible de rastrear y podrán identificarlo como «Reporte más reciente del tiempo para las regiones costeras de Nueva Inglaterra». Contendrá varias páginas con mucha información real del Servicio Meteorológico Nacional sobre mareas, acción de las olas y pronósticos de viento. Vayan hasta la página tres. Ahí añadí la información de Socgoal02. Impriman una copia y eliminen el archivo.

Sentado frente a su escritorio, Alpha asintió. Su faceta práctica y planificadora surgió de inmediato. Contestó:

¿Es suficiente información para que Easy dé inicio a la inspección física de Socgoal02? ¿Podemos pasar a la fase dos?

Charlie:

Sí. Por supuesto.
Y tal vez a la fase tres. Me parece que tenemos la información necesaria para que Delta empiece a diseñar la aventura de Bravo.

Todos sabían lo que quería decir con *aventura*.

Charlie tomó el mouse de su computadora y lo deslizó por distintos lugares. Luego tecleó:

Aquí tienen, muchachos. Me pareció que les agradaría ver esto.

Oprimió una tecla.

En sus pantallas apareció una imagen de Connor Mitchell. Era una cándida fotografía de él tomada después de un partido de futbol. Cubierto de sudor pero victorioso. Sonreía sin reservas, levantando los brazos con aire triunfante. Dieron por hecho que, al igual que las otras, Charlie había robado esta fotografía de una cuenta de Facebook o Instagram. Tenían razón.

Los cinco miembros de los *Muchachos de Jack* se quedaron mirando sus pantallas. Cinco variaciones de la emoción. Cinco variaciones del deseo. Cinco variaciones de la indignación, aunque tal vez Bravo haya sido un poco más intenso. Sus piernas temblaban como las de un corredor después de una carrera corta. Sentía los dedos sujetando un arma. Formó una pistola con las manos y apuntó a la pantalla.

—¡Bang! Adiós, chiquillo facineroso —susurró antes de reír con nerviosismo.

Todos se tomaron un momento para volver a ver la fotografía y disfrutar en su interior de lo que se estaba poniendo en marcha. La imagen desencadenó recuerdos en cada uno de ellos. Estimuló fantasías sobre el futuro inmediato. Charlie esperaba estas reacciones. Compartió de nuevo la fotografía en que Connor y Niki estaban vestidos para su graduación.

Entonces Charlie concluyó la sesión:

Estoy enviando el archivo de la investigación ahora.

8

Connor...

Niki tenía una reunión programada después de la práctica con un consejero vocacional para elegir universidad y Connor sabía que tal vez esto la pondría de mal humor. No porque el consejero no fuera a nombrar escuelas famosas y muy competitivas a las que ella podría ingresar, como «Harvard o Yale, tal vez Williams o Amherst», sino porque sus padres la acompañarían a la sesión, y cuando ella nombrara alguna institución alternativa, un lugar más creativo y menos tradicional como «Bard u Oberlin», ellos se mostrarían condescendientes a pesar de su engañosa apariencia: ropa colorida y cabello largo. Ya podía Niki escucharlos: «Bueno, Niki, querida, es una buena idea, pero te has esforzado tanto...». Y entre más entendía que el prestigio les importaba mucho más que ella, empezaría a sisear y él tendría que pasar más tarde algún tiempo en el teléfono escuchándola quejarse de sus padres que «no entienden quién soy ni lo que quiero ser», y convencerla con dulzura de olvidar la hostilidad y retomar su usual actitud tranquila, diligente y encantadoramente rebelde. Así pues, Connor se dirigía a casa solo esta tarde, un poco adolorido por haberse lanzado como en clavado a la tierra durante la práctica del equipo y sabiendo lo que le esperaba esa noche.

Aunque no le inquietaba demasiado.

Pensar en la furia de Niki por el comportamiento de sus padres lo hizo sonreír.

Lo que más admiraba y envidiaba de ella era su pasión. Adoraba sus repentinos estallidos contra el cambio climático o contra las políticas de inmigración que hacían que los niños terminaran encerrados en jaulas. Su ira contra la injusticia racial en las cortes. El penetrante enojo que les dirigía a sus padres, quienes insistían en que fuera de cierta manera cuando ella deseaba con intensidad ser de otra. Connor a veces creía que Niki debió nacer en los cincuenta, así habría podido protestar por la guerra en que PM1 luchó o marchar por las calles en Selma acompañando a Martin Luther King Jr.

Él nunca se sintió así de enojado con PM1 o PM2. Por supuesto, a veces hacían o decían cosas que lo irritaban, pero eso sucedía muy rara vez y cualquier sentimiento de *enojo* se disipaba pronto. Su relación era distinta, peculiar. Era como si el vínculo entre ellos se hubiera forjado a través de una pena compartida y con el paso de los años se hubiera consolidado hasta transformarse en una relajada confianza. A veces Connor pensaba que el hecho de que sus padres hubieran muerto siendo él tan pequeño lo había privado de un elemento esencial del proceso de crecimiento, algo que Niki, en cambio, a menudo mostraba invadida por un entusiasmo que le enrojecía el rostro lo suficiente para que contara para ambos.

Esto era sobre lo que estaba reflexionando al caminar por una calle flanqueada por árboles. Como la distancia entre su casa y la escuela podía recorrerse a pie, PM1 se había rehusado con facilidad a la petición típica de los adolescentes: necesito un automóvil. De cualquier forma, Connor solo se lo había pedido algunas veces y sin mucho entusiasmo. «Tal vez cuando vayas a la universidad. Ya veremos», le contestaba siempre, y parecía razonable. En esencia, el joven coincidía con esta postura. No estaba seguro de desear la responsabilidad que implicaba conducir. Además, no era uno de esos chicos tipo «metamos a cinco amigos al auto y busquemos un adulto irresponsable dispuesto a comprarnos cerveza en la tienda cercana para que podamos embriagarnos en el bosque y meternos en problemas al tratar de conducir».

En una ocasión consideró lo anterior y llegó enseguida a una conclusión: «No voy a morir como mi mamá y mi papá. En un automóvil. Con alcohol de por medio».

Para alguien que pensaba con frecuencia en la muerte y en matar, la suya era una postura inusual, madura.

Varias casas antes de llegar a la suya, se detuvo.

Sabía que si daba vuelta a la izquierda podía llegar al centro de la ciudad. Era una caminata larga. Lo llevaría más allá del bar en donde el hombre que había matado a sus padres continuaba bebiendo cuando terminaba su turno laboral de ocho horas. Un poco más adelante encontraría el deteriorado complejo de departamentos donde vivía. Del otro lado del pueblo, a un par de kilómetros a pie, podría llegar a la modesta casa de la exesposa del hombre. Connor sacó su celular y vio la hora. Supuso que sus dos pequeños hijos ya habrían regresado de la escuela y estarían jugando afuera. Ambos nacieron en los años subsecuentes al accidente, antes de que la mujer sufriera suficiente maltrato y abuso del ebrio como para interponer una demanda de divorcio. Connor había leído todos los documentos legales del caso. Le agradaba ver a los niños jugar. Eran inocentes y sabía que no los asesinaría. A veces pensaba que también debería matar a su madre después de matar al padre porque, después de todo, ella sabía que era un alcohólico y que con frecuencia manejaba aunque no pudiera mantenerse en pie. Así que, aunque no en gran medida, contribuyó a la muerte de sus padres por no haberle quitado a su esposo las llaves del automóvil o haber hecho algo al respecto. Pero no estaba muy seguro de ello.

Eso la hacía culpable.

O «culpable hasta cierto punto».

Sin embargo, matarla dejaría huérfanos a los niños y Connor sabía que eso sería incorrecto. Ellos no tenían culpa de nada, además, tampoco quería que terminaran en el mismo camino en que él se encontraba. «Tal vez decidirían matarme cuando crezcan.» Podría parecerles justo a ellos, pero él no creía que lo fuera.

Connor miró hacia arriba. El cielo seguía claro, pero empezaban a formarse sombras grises no muy lejos de ahí. Se sentía la ligera frescura del aire otoñal. Un remolino de viento envolvió y levantó algunas hojas secas color marrón. Era como si el mundo que lo rodeaba amenazara con un cambio de estación. Después de la práctica se había duchado y puesto ropa limpia, pero de pronto se sintió sucio. Se recordó a sí mismo que tenía tarea y que Niki querría conectarse porque estaría enojada.

Luego giró hacia el centro del pueblo.

Hacia el ebrio.

Y hacia los pocos años restantes de una vida inútil próxima a extinguirse.

Había pasado más de una semana desde la última vez que Connor espió con diligencia al hombre, de que hizo su tarea de asesinato y actualizó el archivo llamado CE, por Conductor Ebrio, que guardaba en su laptop. Más de una semana desde que se puso al día con las rutinas del individuo. Dudaba que hubieran cambiado en lo más mínimo, pero sabía que sus planes para matarlo exigían que se mantuviera actualizado. «Ha pasado demasiado tiempo —pensó—. Debería ir allá y evaluar la situación.» También sabía que todo esto sería muchísimo más difícil cuando partiera a la universidad el próximo verano. De hecho, ya estaba planeando cómo seguir rastreando al conductor ebrio. Había pirateado su tarjeta de crédito y sus estados de cuenta. No para robarle, sino para observar. Si lograba monitorear *la manera* y el lugar en que el hombre gastaba dinero, sabría dónde encontrarlo la mayor parte del tiempo.

Se asomó al fondo de la calle. «Quizá lo volvieron a despedir del trabajo. Tal vez lo golpearon en una pelea de bar. O decidió empezar a conducir de nuevo a pesar de que lo tiene prohibido. Si lo hizo, tendré que acelerar mis planes y actuar antes de que mate a alguien más.» Todos estos pensamientos hicieron colisión en la mente de Connor mientras inspeccionaba la calle. De pronto sintió una oleada de fatiga por el entrenamiento y decidió postergar su investigación unos días. Empezó a caminar por la acera en dirección a su casa, pero tras unos pasos se detuvo.

Lo recorrió la abrumadora sensación de que algo andaba mal. Como si el conductor ebrio de pronto lo estuviera observando *a él*.

Volteó rápido sin saber de cierto lo que esperaba ver.

Todo normal a la derecha. Y a la izquierda. Lo usual al frente. Lo usual detrás.

Los árboles se curvaron un poco con la brisa. A lo lejos oyó una sirena, pero no tenía nada que ver con él.

El aire fresco alborotó su cabello. Se encogió de brazos, estiró el cuello de su camisa alrededor del suyo y empezó a caminar con vigor, ignorando la insistente sensación de que había olvidado algo importante.

9

Easy haciendo preparativos...

Easy recogió a una pasajera que iba al Aeropuerto Internacional de Miami. Sostuvo una animada y amigable charla con ella, por lo que al final del viaje le dio una generosa propina en efectivo. Luego, justo cuando iba saliendo del aeropuerto, recibió otra llamada en su celular para recoger a un viajero que acababa de llegar en el vuelo nocturno de Los Ángeles y quería ir a un hotel de moda en South Beach. Durante todo el recorrido de cuarenta y cinco minutos, que incluyó un prolongado retraso por un embotellamiento en la carretera elevada MacArthur provocado por el choque de dos automóviles, el pasajero insistió en que Easy le recomendara clubes nocturnos. En cada pregunta que hacía resultaba evidente que buscaba sexo. Prostitutas de alto nivel, ocupación bastante común en Miami. Easy notó el anillo de bodas en su dedo, le calculó unos cuarenta y tres años. Recitó una serie de nombres de clubes y sus direcciones mientras el pasajero los escribía con entusiasmo en las notas de su celular. Easy añadió algunos guiños, gestos y juegos de palabras para dejar claro a lo que se refería, pero sin violar ninguno de los estándares éticos de Uber, ya que el hombre podía ser en realidad un policía o detective privado haciendo una encuesta para la empresa. Esperaba que al bajar del automóvil lo calificara con cinco estrellas, pero supuso que dependería de que encontrara la compañía correcta para esa noche. A juzgar por el costoso traje italiano de lino y el Rolex en su muñeca, no creyó que se le dificultara.

A Easy lo habían calificado con cinco estrellas en muchas ocasiones, y eso le agradaba.

«Excepto por los tres pasajeros que viajaron en el maletero y tal vez no me habrían calificado tan bien», pensó.

Imaginó la reseña en línea.

«Solo le doy a Easy una estrella porque al final del viaje me violó, me torturó y me mató.»

Pensar en esto lo hizo sonreír.

Se detuvo en el estacionamiento afuera de la biblioteca de Coral Gables y buscó su lugar favorito bajo la sombra de un antiguo baniano que se extendía y bloqueaba el campo visual de la cámara de seguridad. Sacó su laptop y tecleó la dirección del servidor de la biblioteca. Era uno de sus sitios predilectos.

«Esto ya no es tan sencillo como solía serlo. Hace veinte años, acechar a una posible víctima no habría sido un problema. Ahora hay todo tipo de obstáculos y dificultades», pensó.

Viajar de forma anónima en Estados Unidos era difícil. Easy sabía que cada vez que alguien entraba a la carretera o compraba un boleto de tren, de avión o de autobús estaba siendo monitoreado.

«Siempre hay una computadora en algún lugar. Aunque la situación no es tan mala como en China», reflexionó. Ahí los programas de reconocimiento facial rastreaban a todas las personas de forma permanente. «O Londres, con sus malditas cámaras de vigilancia en cada esquina. Hoy en día sería complicado para Jack operar sin antes estudiar a fondo dónde se encuentra ubicada cada cámara y qué ángulos cubren. Y luego, esos dos idiotas que bombardearon el Maratón de Boston no se dieron cuenta de que todas las tiendas en Beacon Street tenían cámaras de seguridad.» Easy estaba consciente de que aunque Estados Unidos no era tan invasivo, de todas formas era difícil viajar sin que nadie se enterara de que lo estabas haciendo. Los boletos comprados con una tarjeta de crédito eran problemáticos de entrada, pero no llamaban tanto la atención como un boleto pagado en efectivo. Las huellas dactilares, no solo en el lodo o la tierra, también en una computadora. Podías ser solo una entre millones de personas viajando ese día, pero de todas formas estabas en una lista. En algún lugar. Y las carreteras estadounidenses, tan celebradas en canciones, en la poesía y en la literatura como listones que atraviesan todo el país y como ingrediente esencial de la libertad desenfrenada, ahora tienen transpondedores que miden distancias, así como lectores de matrículas que toman fotografías de cada vehículo que transita para que toda la gente pague peaje.

Todo esto enojaba un poco a Easy.

Él y los otros *Muchachos de Jack* estaban a favor de la privacidad absoluta en un mundo en el que la gente parecía cederla sin darse cuenta. Había leído con avidez el proyecto del *New York Times* sobre la pérdida de la privacidad y con cada párrafo que pasaba se sentía más y más frustrado.

—¿Sabes? La maldita Unión Estadounidense de las Libertades Civiles podría aprovechar nuestro conocimiento y experiencia cuando se enfrente en un tribunal a Facebook o Instagram o al Departamento de Justicia —reflexionó en voz baja.

Sonrió al pensar en la posibilidad de que un abogado ultraliberal de sangre azul educado en Harvard se levantara frente a un juez federal y dijera: «Su Señoría, nuestro siguiente testigo es un asesino múltiple de una eficiencia extraordinaria que requiere de una privacidad absoluta para poder continuar ejerciendo la profesión que ha elegido…».

Le encantaría poner su mano sobre la Biblia, jurar que diría «toda la verdad y nada más que la verdad» y explicarle al mundo entero la manera en que la insidiosa tendencia a convertirse en una sociedad controlada por un *Gran Hermano* infringe *sus* libertades civiles.

Sin embargo, las intrusiones gubernamentales y corporativas tan dominantes en todos los aspectos de la vida venían acompañadas de desafíos.

El mayor de ellos era: «Tengo que llegar al pueblito de *Socgoalo2* sin dejar un trazo reconocible».

Se recordó a sí mismo que debía asegurarse de que los otros *Muchachos de Jack* entendieran la dificultad que eso implicaba. Así, cuando resolviera el dilema, admirarían su ingenio.

«Por suerte estoy preparado para esto», pensó.

Easy abrió su mochila, hizo a un lado el revólver .38 de cañón corto y sacó dos carpetas que tenía guardadas.

Una contenía la investigación que había hecho Charlie en Internet.

—Hola, *Socgoal02* —dijo—, ¿estás jodido o qué?

Se tomó unos instantes para mirar la fotografía del adolescente. Quería memorizar cada ángulo. Mentón fuerte. Vivaces ojos color avellana. Sonrisa cautivadora. Cabello oscuro y más bien largo. En forma y esbelto. Atlético. Toda una vida frente a él.

—¿Listo para morir, *Socgoal02*? —preguntó—. No lo creo, la gente joven nunca lo está. —Se rio y continuó hablando en un tono cantadito—: Qué pena. Qué triste. Qué pena por ti...

Dejó a un lado esa carpeta y tomó la segunda.

Esta se encontraba repleta de artículos que él mismo había reunido de manera constante en los últimos años.

«Un modesto equipo de escape con ciertos elementos esenciales.»

Odiaba ese término: *Equipo de escape.*

Sin embargo, la prudencia exigía tener uno:

Tres licencias de conducir falsas. California, Nebraska y Maine.

Tres tarjetas de crédito bajo el mismo nombre. Se había tomado el tiempo necesario para asegurarse de que cada una de esas identidades falsas tuviera una excelente calificación crediticia.

Dos tarjetas de crédito robadas a víctimas. Nada más eran un respaldo y sabía que solo debería usarlas en caso de emergencia extrema.

Dos celulares desechables no activados hasta el momento.

Una tarjeta de identificación que le permitiría el acceso a una caja de seguridad en un pequeño banco local de Miami especializado en procedimientos financieros cuestionables y citado a tribunales en varias ocasiones por reguladores del gobierno. Una institución que había logrado con dificultad mantener su actividad pública de negocios. Easy imaginaba que criminales de distintos tipos depositaban ahí su dinero para ocultarlo. En la caja había 10 000 dólares.

Un pasaporte estadounidense bajo el nombre de un individuo que había muerto varios años antes. El número de seguridad social del mismo individuo.

Un pasaporte guatemalteco.

A Easy le encantaba este detalle en particular. El pasaporte alguna vez le perteneció al hijo mayor de su esposa —«esposa», porque así la veía, entre comillas—, pero él lo alteró con suma delicadeza. Adhirió su fotografía con pegamento extrafuerte y, utilizando una navaja de dibujante y un bolígrafo fino de tinta negra, modificó un poco el nombre y la fecha de nacimiento. Sabía que la cirugía que le había hecho al documento no pasaría con éxito una inspección cuidadosa realizada por un oficial de migración, sobre todo si este se tomaba el tiempo necesario para deslizarlo por algún artefacto electrónico de escaneo. Sin embargo, una parte de él quería ponerlo a prueba porque suponía que en el clima actual de inmigración, el hecho de que le encontraran un pasaporte falso solo significaría que los agentes del Servicio de Control de Inmigración y Aduanas lo llevarían a algún cuarto cerrado al público, tratarían de sacarle algo de información y, al fallar de forma dramática, lo amenazarían con deportarlo sin permitirle ver a un abogado y se sentirían frustrados por no poder averiguar quién era en realidad. Entonces lo meterían a un avión y enviarían su trasero de vuelta a Guatemala, donde desaparecería después de retirar el dinero en efectivo que había depositado en un banco de allá. Creía que había una alta probabilidad de que el gobierno lo ayudara a escapar, ya que parecían más interesados en deportar a un *ilegal* que reconocerlo a él como el asesino que era. «Cultivado en casa, nacido en Estados Unidos, rojo, blanco y azul, Segunda enmienda y Promesa de lealtad, cien por ciento asesino.»

A la faceta divinamente cínica de Easy le fascinaba este plan medio demente y medio genial.

«Permitamos que lo que me libere sea la imperturbable burocracia y una interminable serie de trámites burocráticos.»

—A ti te conservaré por si llegan malos tiempos —dijo Easy a viva voz mirando el pasaporte falso. Luego lo volvió a guardar en la carpeta.

Miró su teléfono celular, el cual estaba montado sobre el tablero de instrumentos de su pulcrísimo automóvil sedán último modelo. El aparato sonó para anunciar las solicitudes de viaje. La pantalla no solo le mostraba a Easy dónde lo esperaban los pasajeros, sino también el trayecto. Asimismo, llevaba un registro electrónico de sus recorridos.

—Vaya, hoy no vas a viajar conmigo —dijo, mirando al celular. Easy sabía que los teléfonos inteligentes modernos rastreaban al usuario de forma virtual a todos lados. En cuanto se les usaba se *enlazaban* con una torre celular cercana. De hecho se enlazaban con todas las solicitudes de Uber. También sabía que la policía había arrestado a más de un criminal debido al celular que llevaba en su bolsillo. «Pero a mí no», pensó, porque ya tenía un plan para deshacerse del aparato. Por otra parte, sabía que una de las ventajas de trabajar para Uber era que a los conductores se les exigía mantener sus vehículos inmaculados todo el tiempo. Por eso, después de guardar a las víctimas uno, dos y tres en el maletero, nadie le prestó atención a pesar de que pasó horas fregando todas las superficies que estas pudieron haber tocado. «Muchos productos limpiadores con base de amoníaco y cloro. Suficiente para neutralizar al luminol que a los especialistas de escenas de crimen les gusta rociar en áreas en las que quizá salpicó sangre incriminadora.» Además, a ninguno de sus pasajeros le había parecido extraño que el interior del maletero estuviera cubierto con una hoja de plástico. Ni siquiera al excitado hombre de negocios casado que acababa de dejar en South Beach. Quizá dio por hecho que la cubierta tenía como objetivo evitar que sus costosas valijas Louis Vuitton se ensuciaran de tierra o se dañaran.

—Bueno —caviló en voz alta—, si voy a realizar este viaje, ¿como quién lo haré?

Sabía la respuesta.

«Me dirigiré al noroeste convertido en un hombre de negocios de Maine. Divorciado y un poco envejecido. De vuelta al trabajo tras unas obscenas y pornográficas vacaciones en Key West, rebosantes de líneas de cocaína, clubes de drag, prostitutas y costosas comidas en la zona costera.»

A Easy le encantaban. Las vacaciones.

«Unas vacaciones de trabajo», se dijo. «Deberían permitirme deducir de impuestos los gastos de acechar a *Socgoal02*.» Rio a todo volumen al imaginar el rostro del contador de H&R, la empresa de asesoría para declaración de impuestos, cuando le explicara por qué le parecía que era un gasto legítimo de negocios. «Quizá no una deducción de tipo laboral. Me parece más un gasto del rubro de Entretenimiento.» A Easy le complacía saciarse con fantasías ocasionales.

Reunió sus objetos. Tomó la laptop y empezó a hacer las reservaciones.

De Miami a Nueva Orleans.

Un automóvil alquilado para regresar a Jacksonville. En una dirección errónea por completo. Dejar el automóvil y volar de Jacksonville a Atlanta en una aerolínea distinta y bajo otro nombre. El aeropuerto más grande en el Sur. Volar a Chicago. Alquilar un vehículo para ir a Cleveland. Luego tomar un vuelo local de Cleveland a Boston. Ahí se convertiría en el ficticio hombre de negocios de Maine.

Errático. Difícil de rastrear. Un camino sin sentido, serpenteante, recorrido por identidades diversas.

«Perfecto.»

La etapa difícil sería cuando llegara a Boston.

«La última parte del viaje al pueblo de *Socgoal02*.

»¿Autobús?

»No.

»¿Otro automóvil alquilado?

»No. Sí. Quizá. Pero no bajo el nombre del ejecutivo de Maine porque alguien que regresa a casa no necesitaría alquilar un automóvil.

»¿Robar uno?

»Riesgoso, demasiadas dificultades.»

Decidió postergar la decisión hasta llegar al Aeropuerto Logan de Boston.

«Los *Muchachos de Jack* apreciarán todo este trabajo de preparación», pensó.

Miró su equipo de escape.

Tenía sentimientos encontrados. Aunque estaba preparado para huir, pensaba que cualquier fuga era un acto de cobardía.

«Soy quien soy. Somos quienes somos.

»Nunca retrocederé.»

Comprender esto lo hizo entonar algunos compases de la canción de Tom Petty. «Un muchacho del norte de Florida que tocaba buen rock and roll.»

Easy creía que todo lo que estaba haciendo era como añadirle un signo de exclamación a la letra de la canción. La música para matar.

Delta elabora el plan...

Zodiaco. BTK. Green River. John Wayne Gacy. El famoso Ted, por supuesto. *A sangre fría* y *Badlands.* Los asesinatos infantiles de Atlanta y Chi Omega. *Peaky Blinders* y *La Mante.*

Las historias de asesinatos no dejaban de dar vueltas en la mente de Delta. Sacadas de la realidad. De la no ficción. De la ficción y las películas. Incluso de la televisión.

«Matar —pensó—, es increíblemente popular.»

Aunque no lo sabía, Delta estaba en una biblioteca igual que Easy en ese momento. Esa misma mañana, más temprano, atravesó el Golden Gate manejando para estar en la Biblioteca Pública de San Francisco en cuanto esta abriera sus puertas. Tuvo que luchar para atravesar una multitud de indigentes formados para usar las duchas portátiles que la ciudad proveía en ocasiones. Pasó junto a más gente dispersa en las escaleras y solo se detuvo para rodear a algunos que ya casi abandonaban la vida. Y todo el tiempo fue pensando: «Ese tipo de ahí con parálisis muscular en las manos sería una buena víctima. O ella, la vieja perra desaliñada que está hablando sola. O quizás ese de ahí con el letrero escrito a mano que dice "Ayúdeme, por favor, Dios lo bendiga"...», hasta antes de entrar a la biblioteca. No le tomó mucho tiempo encontrar un asiento cómodo frente a una de las trescientas y tantas computadoras disponibles para los usuarios. Frente a él tenía desplegado el archivo de *Socgoal02*. En realidad no le importaba que alguien viera lo que estaba haciendo porque nadie relacionaría al Delta frente a la pantalla, ni con los *Muchachos de Jack,* ni con el alegre rostro del adolescente a punto de morir.

Sin embargo, se sentía ansioso.

Para él era de suma importancia que el «plan de asesinato» que había sugerido fuera recibido con entusiasmo.

No tenía idea de que Easy, Charlie, Bravo y Alpha se enfrentaban a dudas muy similares. Solo sabía que su participación en «la muerte de *Socgoal02*» tenía que ser casi perfecta. Un diseño de verdadera excelencia.

Se acercó a la computadora y se hizo cargo de la primera tarea: crear una persona ficticia. El individuo que estaba usando la computadora pública no parecería ser Delta. Una vez que logró eso, lo cual no fue difícil, empezó a trabajar. Sabía cómo pasaría su día:

Leería recuentos de asesinatos.

Artículos de los diarios. Reseñas de libros. Algunas fotografías. Análisis de escenas de crímenes. Resúmenes y autobiografías escritas por detectives, investigadores de ciencias sociales, reporteros y psicólogos. Tan rápido como pudiera y lo más variado posible. «¿Qué confunde a la policía? Lo que ve y descifra de inmediato. ¿Qué pistas llevan a callejones sin salida? ¿Qué fragmento revelador de evidencia condujo a la *Gestapo* directo al asesino?» Delta tenía decenas de preguntas y necesitaba encontrar respuestas rápido. «El reloj hace tictac. Para los *Muchachos de Jack* y para *Socgoal02*.»

La computadora era eficaz para esto: encontraba una página por aquí, un párrafo por allá, una descripción o una evaluación truncada y reducida a su esencia mortal. Delta pasó con agilidad por todo tipo de estilos de asesinato en busca de la combinación que luego él reformularía para matar a *Socgoal02*. Quería robar información. Quería asegurarse de que cuando Bravo actuara su estilo no se pareciera al de ningún otro crimen, pero que se notara que había tomado prestado lo mejor de lo mejor.

Absorbió los detalles. Examinó los aspectos más insignificantes. Evaluó elementos. Era hábil en esto. Lo excitaba y lo fascinaba. Mientras leía se sentía parte de algo mayor, como si fuera un científico a punto de realizar un descubrimiento.

Enfoque total.

Concentración absoluta.

Una hora se convirtió en dos, dos en cuatro, y así durante todo el día. Delta no se levantó. No hizo una pausa para ir al baño, no almorzó, ni siquiera estiró las piernas o la espalda al percibir su rigidez. Cuando por fin se enderezó, afuera oscurecía con rapidez.

«Okey —pensó—, hay un plan. Creo que vigorizará a los *Muchachos de Jack*. Combina lo simple y lo complejo. Tal vez un tipo especial de genialidad.

»Adiós *Socgoal02*.»

Tiró todo lo que tenía en la computadora dando clic al ícono del cesto de basura y borró el historial de las páginas que había visitado. Lo remplazó con una serie de clics rápidos a través de varios sitios pornográficos, lo cual era una violación a las reglas de la biblioteca. Dejó esas búsquedas en el historial diario. Supuso que si alguien llegaba a revisarlo, lo que le llamaría la atención sería eso y no los sitios que en realidad había visitado. Pero la verdad era que no le importaba. Todo lo que necesitaba ya lo había escrito con un bolígrafo en un block de hojas amarillas. Los detalles y notas ya estaban ahí. «Anticuado pero fácil de destruir y, además, es mucho más privado.»

Delta reunió sus pertenencias.

Solo había una pregunta crucial que tendría que hacer al resto de los *Muchachos de Jack* y que podría tener impacto en su diseño.

«¿A cuánto daño colateral estamos dispuestos a arriesgarnos?»

Al decir *daño colateral* Delta se refería a:

«¿Quién más debería morir?».

10

Easy...

Aunque estaba ansioso por comenzar a acechar a *Socgoal02*, Easy tomó más precauciones de las necesarias antes de partir hacia el oeste de Massachusetts. Le había dicho a su «esposa» que saldría de la ciudad algunos días para ir al funeral de un primo, funeral al que decidieron no invitarla. Le explicó que muchos de sus parientes eran gente de derecha, antiinmigrantes recalcitrantes, y que el hecho de que su estatus migratorio fuera cuestionable los pondría en una situación incómoda. Ella aceptó esa justificación de la misma manera que aceptaba las explicaciones de todo lo que él hacía: con un hosco silencio. Sin que su «esposa» se diera cuenta, Easy dejó su celular en el maletero del auto de ella para que se enlazara con las solicitudes de viaje de Uber mientras manejaba por ahí sin darse cuenta de que iba dejando un rastro que *parecía* ser el de él.

Como lo había planeado, salió temprano en un vuelo matutino a Nueva Orleans y luego condujo al este en un automóvil alquilado. Después volvió a volar varias veces y a transportarse en auto usando identificaciones distintas en cada ocasión. Toda esa serie de vuelos y de desplazamientos terrestres lo cansaron muchísimo, por lo que se tomó algo de tiempo para maldecir a las aerolíneas por tratar a los pasajeros como ganado y a *Socgoal02* por hacerlo viajar y saltar a través de tantos aros. Matar en su propia ciudad era mucho menos costoso y, además, el clima de Miami era más agradable. Cuando aterrizó en Boston hacía frío y estaba lloviendo, el subsecuente trayecto en el automóvil alquilado fue complicado por la oscuridad y lo resbaloso del camino. «Una noche tipo Ichabod Crane», pensó. Casi oía tronar detrás de sí los cascos del semental del jinete sin cabeza. Tuvo cuidado de manejar dentro del límite de velocidad y eligió una ruta más larga, pero que no tuviera estaciones de peaje donde pudieran detectar su presencia con algún medio electrónico. Cuando por fin se registró en el Red Roof Inn, lo más barato que encontró en las afueras del pueblo de *Socgoalo2* en Nueva Inglaterra, un lugar cerca de la carretera interestatal donde no le harían muchas preguntas, supo que tenía que dormir un poco antes de dar inicio a su vigilancia.

Incluso hurgó con torpeza en su cartera cuando tuvo que entregar la tarjeta de crédito. «Fue un largo día —pensó—. Demasiado largo. Agotador. Pero ahora estoy aquí, listo para el rock and roll por la mañana.»

—¿Cuánto tiempo se quedará? —le preguntó con aire distraído el desatento empleado del mostrador.

—Un par de días —contestó Easy—. Es difícil saber cuánto tiempo me tomará cerrar el negocio. Ventas, ya sabe…

—Sí, ventas —dijo el empleado—, sé a lo que se refiere.

Easy tenía que ponerse en contacto con los *Muchachos de Jack* para hacerles saber que había llegado y que estaba listo para continuar con su misión. Estaba consciente de que para realizar su parte del trabajo de forma adecuada debía estar fresco y alerta.

«Nunca te involucres en un asesinato si no estás a cien por ciento en el aspecto físico y mental», pensó.

Estaba emocionado por los planes.

Antes de viajar, Easy había alcanzado a ver el críptico avance del plan que Delta les envió a él y a los otros, y que tanto los motivó. Delta publicó una simple oración en el *Lugar especial de Jack*.

Hola a todos, tengo un par de ideas que valdría la pena discutir.

Easy había contestado:

Estoy ansioso por ver las ideas de Delta. Mientras tanto, aquí tienen un poco de Willie Nelson porque, al igual que él, voy a viajar bastante. Realizaré un itinerario singular, imposible de rastrear.

A este comentario lo acompañó un enlace al video del cantante de música country y western interpretando uno de sus viejos temas: *On the Road Again*.

Charlie...

*Después de enviar por Internet su reporte
sobre la vida de* Socgoal02...

Charlie se sentía un poco inquieto.

No estaba seguro de si su inesperada ansiedad se debía a alguna falla no detectada en lo que estaban haciendo los *Muchachos de Jack* o a que no estaba a cargo de cada uno de los pasos del proceso.

Su esposa se encontraba en el piso de abajo, estaba en la alcoba calificando los ensayos de todos sus alumnos del curso Introducción a la Psicología Anormal: una cascada de trabajo que la hacía quejarse de manera constante. «Ahora le toca a ella romperse el lomo», pensó Charlie, quien mientras tanto ocupaba su tiempo en reflexionar sobre su próximo viaje al extranjero, su siguiente oportunidad de asesinato y la información que tenía respecto a *Socgoal02*.

La profesora solo sabía que su esposo estaba trabajando en la novela que, según él, llevaba algún tiempo tratando de escribir.

Charlie la oyó quejarse en voz alta. El sonido atravesó la duela de su vieja casa.

A veces se preguntaba qué haría la pobre para explicarle al director de su departamento su relación con él. Claro, si algún día llegaban a atraparlo.

«No me di cuenta... Nunca lo supe... No tenía idea...»

Blah, blah, blah. Casi se rio en voz alta. En su mente escuchaba la sonora voz y el asombro del director del Departamento de Psicología:

«—Pero usted daba clases de psicología anormal, es una experta en comportamientos anómalos y, al mismo tiempo, estaba casada con…»

«—No vi ninguna señal obvia que coincidiera con el aspecto clínico. Ninguno de los rasgos distintivos identificados por el FBI o por los dos profesores de la Universidad Northeastern que estudian a este tipo de asesinos aberrantes…».

Se vería forzada a cubrir su abyecto fracaso con un denso y pretencioso lenguaje académico.

Y esto lo hizo sonreír.

Charlie estaba en su oficina del ático, en el tercer piso de la casa de ambos. Su esposa *respetaba* su privacidad en ese lugar, pero él de todas maneras mantenía la puerta cerrada con llave. Con cerradura de seguridad y un bloqueo electrónico. Para entrar, la profesora necesitaría un martillo neumático. Charlie tenía enfrente buena parte de su investigación sobre la existencia en Internet de *Socgoal02*. Estaba en su *laptop para matar*, la que tenía toda la información encriptada y que él siempre guardaba consigo o en una caja fuerte. A su lado había un triturador de papel en el que dejaba caer cualquier nota escrita. Ahora podía empezar a borrar todas las rutas informáticas que había tomado para piratear la vida en línea del adolescente.

Oyó a su esposa estallar con otra queja. Una serie de obscenidades.

Esto lo hizo sonreír una segunda vez. «Muy parecido a lo que sufrí yo el otro día: No es "mi" sino "mí".»

En efecto, la única diferencia que veía entre la frustrante situación de su esposa y la suya, en el sentido académico, era que él fantaseaba con violar y asesinar a los estudiantes obstinados, y ella solo les daba una calificación baja y les sugería que consideraran otra especialidad.

Charlie se inclinó sobre el material en que estaba trabajando. *Socgoal02* parecía resplandecer, casi como si estuviera vivo frente a él. Cerró los puños. Sentía confianza, seguridad en sí mismo. «Perfecto —pensó—. Más inteligente. Mejor.»

Se meció en su costosa silla ergonómica frente al escritorio. Esto era lo que sabía respecto a sí mismo:

«Soy un asesino capaz de considerable violencia. Me deleito en esos momentos.

»Pero mi apariencia no me delata.

»Calvicie. Edad madura. Lentes. Cara de profesor distraído. Pantalones kaki y sacos de tweed. Manchas en mis corbatas. En forma, pero no atlético. Fuerte, pero sin una gran musculatura. Mi fuerza proviene de mi dedicación.»

Esta contradicción lo motivaba, lo alimentaba.

Volvió a mirar la imagen de *Socgoal02*. Sintió cómo aumentaba la rabia en su interior, así que tomó un lápiz y lo sujetó con fuerza para dominarla. El control era esencial para él, igual que para los otros *Muchachos de Jack*. Con frecuencia hablaban sobre sus distintos métodos para controlar sus deseos y a sus víctimas. Ambos iban de la mano.

Por un momento imaginó que bajaba las escaleras, se dirigía a la cocina y tomaba un cuchillo. Su esposa seguía calificando ensayos. Se vio a sí mismo interrumpiéndola. «Podría matarla. Tener sexo con su cuerpo inerte. Sin embargo, sería una acción no planeada y espontánea, y eso sería incorrecto. Estaría muerta, pero yo no podría salirme con la mía. Vendrían por mí y me llevarían en cuestión de minutos.»

Volvió a resoplar un remedo de risa.

Charlie era académico, tendía a la introspección y el análisis. Era el tipo de personalidad que trataba de analizar cada asunto desde todos sus ángulos.

A veces pensaba que debió ser joyero.

Le deleitaba explorar todas las facetas de un asesinato. Adoraba la precisión. Ser exacto y exigente lo satisfacía. En la vida. En tomar vidas.

Creía que los otros *Muchachos de Jack* tenían este mismo rasgo aunque algunos eran menos propensos a mostrarlo. Como Easy. Charlie pensaba que le gustaba fingir que sus asesinatos eran espontáneos cuando, en realidad, los planeaba de principio a fin. O Delta, quien debido al tipo de víctimas que elegía, a veces actuaba con una cautela extrema que, sin embargo, le producía satisfacción.

Charlie se quedó mirando la fotografía de *Socgoal02*. Era como si la estuviera pirograbando en su mente. Apretó los dientes y tomó el mouse de la computadora.

Hizo clic en su archivo.

Otra fotografía: «Niki, la novia».

Una tercera fotografía: «Los abuelos. Ross y Kate».

Miró la información que había recolectado sobre cada uno de ellos y, antes de regresar a la imagen de *Socgoal02*, leyó de nuevo el *reporte del clima* en el que había guardado todos los detalles.

—Se llama Connor Mitchell —susurró.

Entonces sacudió la cabeza con violencia. Continuó hablando en voz muy baja, ordenándose a sí mismo:

—No, no, no. No pienses en él como una persona. Es solo el imbécil que nos insultó: *Socgoal02*. Un niño rebelde, un idiota.

Y ahí estaba el dilema de Charlie.

Hasta ese momento solo había asesinado a desconocidos. Escogía a sus víctimas en una esquina, en un paradero de autobús o al verlas caminando por un sendero olvidado.

«Sin nombre. Sin identidad. Sin pasado ni futuro.»

Socgoal02 no era un desconocido.

Y esto lo perturbaba. Por eso le daba gusto que el elegido para llevar a cabo el asesinato fuera Bravo.

11

Alpha...

No permitiría que la impaciencia lo obligara a apresurarse.

Ni el deseo.

Ni la fascinación. Tampoco la curiosidad.

Y en especial, no permitiría que su creciente furia contra *Soc-goal02* lo apresurara.

Sin embargo, cada vez que Alpha pensaba en el adolescente y sus insultos, sentía bilis en la boca y a sus músculos los tensaba la *necesidad de matar*.

Entre más notaba que la rabia se apoderaba de él, más compostura se exigía a sí mismo.

Por eso esperó.

Creía, casi con un fervor religioso, que la capacidad de controlar sus desenfrenadas emociones también le permitiría dominar a otra persona en su camino a la muerte. De hecho, la frialdad que mostraba en cada asesinato lo excitaba. Entre más intenso era el sentimiento, más se forzaba a contenerse. «Nunca te apresures. Siempre saborea.» Estaba orgulloso de que su pulso nunca se acelerara cuando mataba. En esta ocasión sentía el mismo tipo de corriente eléctrica. «Esto se está armando poco a poco —pensó—. Con delicadeza. Precisión. Justo como yo lo deseaba.

»Es como una primera cita. Primer beso. Primera caricia. Primer orgasmo.

»Pero mejor.»

Alpha tenía la impresión de que era un poco más experimentado que el resto de los *Muchachos de Jack,* un poco mayor también. La admiración que mostraban por sus opiniones le proporcionaba una satisfacción infinita. «El más importante entre los iguales», pensaba. También le parecía que tenían el mismo nivel de educación, lo intuía por la forma en que se expresaban. Eran cultos, sofisticados. Hombres de dos mundos. Aquel donde se ganaban la vida, en el que sus colegas, familiares, vecinos y amigos los admiraban. Y el mundo en el que lo que hacían les causaba admiración a los otros *Muchachos de Jack.*

Aún faltaban varias horas antes de la siguiente reunión programada en el *Lugar especial de Jack.* Alpha quería aprovechar el tiempo, así que repasó una vez más todos los detalles del *reporte del clima* de Charlie. Trató de memorizarlos. Usó versos como mnemotecnia:

«La información no es obvia,
»pero Niki es su novia.
»Connor no es muy meticuloso,
»pero los Muchachos lo somos...
»Ross, quien es su abuelo,
»pronto estará en duelo.
»Su abuela Kate es enfermera,
»y me muero por conocerla...».

Sintió que empezaba a saber bien quién era *Socgoal02,* así que se dijo en broma que, tal vez en unos días, los *Muchachos de Jack* lo conocerían mejor que sus abuelos. Era como si absorbiera cada elemento de la presencia del adolescente en Internet, como un pintor que trabaja en un retrato con su modelo congelado frente a él. Añadiendo un trazo aquí, una sombra allá. Era capaz de transformar toda su ira en entendimiento. Como parte del proceso, Alpha se permitió fantasear brevemente con la novia de *Socgoal02.* Consideró varias posibilidades para ella. Esta era su faceta disciplinada en acción. Su faceta apasionada solo deseaba imaginar su rostro cuando se enterara de lo que les sucedería a ella y a su novio.

«Pánico. Terror. Miedo.»

Pero debía esperar el plan preliminar de Delta. Matar a *Socgoal02* era la prioridad, hacerlo arrepentirse de la manera en que se burló de sus superiores.

—Será un momento de aprendizaje —dijo Alpha en voz alta—, pero no se parecerá a nada de lo que le han enseñado en la escuela.

La idea de que murieran otros además de él lo tentaba aún más, pero quería mostrar control y autodisciplina.

«Si el plan no contempla asesinarla a ella o a los abuelos, bueno, que así sea.

»Pero sería mucho mejor si los incluyera.»

Se daba cuenta de que esto era pura autocomplacencia. Como ordenar dos postres en un restaurante caro. O como pedir una botella de vino costosa y hacer el cargo a una tarjeta de crédito para lidiar con él en algún momento indefinido en el futuro.

Alpha estaba en el sótano de su casa en la ciudad. Las pantallas sobre el escritorio y su elegante silla lo llamaban, pero él prefirió dirigirse a la zona diseñada para sus gustos particulares. De los ganchos en el techo colgaban algunos seguros y pesadas cadenas de acero. A un lado, junto a un cofre con herramientas, había un gran rollo de hojas de plástico de grosor industrial. En los cajones guardaba varios de sus artículos preferidos. De los más antiguos, como esposas y aplastapulgares, hasta lo más moderno como taladros eléctricos y sierras de calidad quirúrgica. En un cajón aparte había toda una serie de armas. Cuchillos. Navajas. Pistolas no rastreables. Sobre el cofre rojo de metal guardaba su álbum de recortes.

A la vieja usanza. Forrado en cuero. Grueso. Costoso. Comprado en una tienda en línea especializada en artículos de papelería.

Alpha lo levantó y lo sopesó. Una oleada de placer recorrió su cuerpo.

En el interior había diecisiete registros. Cada página estaba numerada con caligrafía elegante y una serie de símbolos del teclado elegidos al azar. Había memorizado el código criptográfico necesario para saber que cada serie representaba una fecha y una hora.

«La palabra "registros" no es del todo correcta», pensó.

Diecisiete momentos.

Diecisiete aventuras.

Diecisiete recuerdos.

Diecisiete pasos hacia la grandeza.

Hojeó con lentitud su álbum de recortes.

En el centro de cada una de las primeras diecisiete páginas de grueso papel había un mechón de cabello pegado con cinta adhesiva.

«Rojo.

»Caoba.

»Rubio.

»Café.

»Castaño.

»Negro.»

Diferentes tonalidades de cada color. Algunos lacios. Algunos rizados.

Conocía íntimamente los matices. Cada uno le recordaba un rostro. Nunca se molestó en aprender los nombres. Más que mujeres jóvenes, eran peldaños en su propio ascenso a la genialidad.

A su lado había un gran reloj de pared con números digitales en rojo. Lo miró y se dio cuenta de que aún le quedaba tiempo que matar antes de reunirse con los otros.

Decidió que las horas que le quedaban las pasaría haciendo algo que en verdad disfrutara. Se dirigió a un librero y encendió un sistema policiaco de escaneo que ocupaba toda una repisa. Fue saltando a través de las distintas jurisdicciones hasta que encontró algo intrigante. Un incendio que había activado tres alarmas. Se escuchaba la voz de un controlador hablando de la posibilidad de que hubiera víctimas atrapadas en una casa adosada a otras dos y envuelta en llamas. Alpha sacó su teléfono celular y abrió una aplicación de mapas.

«No hay mucho tránsito. Es un recorrido rápido, puedo atravesar la ciudad en veinte o treinta minutos —calculó—. Quizá si llego ahí pronto podré ver a algunos bomberos quedar atrapados en la casa. O negándose a entrar porque el incendio está fuera de control. O tal vez alguien ya se quemó vivo y lo están metiendo sin mayor ceremonia en una bolsa para cadáveres. También es posible que alguien siga gritando porque sabe que va a morir.»

Mientras reunía su chaqueta, las llaves del automóvil y una cámara, en caso de que hubiera oportunidad de tomar fotografías, se preguntó distraídamente si debería pedirle a Bravo que cortara un mechón del cabello de *Socgoal02* y se lo enviara para su álbum de recortes cuando el plan fuese completado.

Le pareció muy buena idea.

12

En cuanto Niki le mostró con exactitud a Connor cómo aplicar la fórmula correcta en el problema de distribución del calor, él pudo continuar haciendo la tarea con tranquilidad y ella se puso a trabajar en una pintura abstracta para Estudio Artístico, una materia optativa de último año. Él rio al ver que su novia había salpicado de brillantes colores su vieja blusa rasgada.

—Deberías entregar la blusa en lugar del lienzo —dijo. Niki lo miró como pensando: «Mira quién habla, Señor "no puedo resolver un simple problema de química"», y ambos sonrieron. Connor se estiró para acariciar su mano—. En realidad es bastante bueno —añadió.

Estaban en la habitación de ella. Sus padres se encontraban abajo viendo de nuevo *Butch Cassidy y Sundance Kid*. Niki calculaba que era la millonésima vez. Quería decirles que, sin importar cuántas veces la volvieran a ver, de todas formas los encantadores ladrones de banco morirían al final. De hecho preferiría que estuvieran en su restaurante porque su presencia limitaba sus actividades sexuales. Niki trazó con cuidado una gruesa línea negra a lo ancho del lienzo y abajo añadió una línea roja. Miró ambos trazos como tratando de evaluar el impacto que tendrían en alguien que analizara la pintura desde una perspectiva crítica. Un minuto después, se levantó, fue a su escritorio y tecleó «Mark Rothko» a toda velocidad en la laptop. Examinó las imágenes en la pantalla y agitó un poco la mano en el aire frente a ella como tratando de imitar una de las pinceladas del artista. Se quedó inmóvil en esa posición, cautiva en su pensamiento. Entonces volteó a ver a Connor y le preguntó:

—¿Cómo nos saldremos con la nuestra? —él supo de inmediato a qué se refería. Esa misma tarde, más temprano, habían estado hablando de *A sangre fría* de Truman Capote y de la manera en que los investigadores de Kansas acortaron la lista de sospechosos a los dos que terminaron ejecutados en la horca. Tal vez eran amantes. Tal vez no. Era difícil saberlo a partir de lo que había escrito Capote—. Lo que quiero decir, Connor, es que si te atrapan tu vida quedará arruinada —agregó Niki. Él asintió—. Y eso arruinaría la mía.

—Lo sé —confesó.

—¿Has pensado en ello? Porque yo sí.

—Sí —dijo Connor—. Yo también. En serio.

—¿Valdrá la pena?

—Sí —contestó sin pensarlo.

—¿De verdad? —preguntó ella de nuevo—. ¿Estás seguro? —insistió, mirándolo escéptica.

—No —contestó igual de rápido. Y luego añadió—: Tal vez valga la pena. Tal vez no. Creo que no lo sabré hasta que lo haya hecho. Me parece que esa es la verdadera naturaleza de la venganza. La mayor parte del tiempo no vale la pena. Como Clint Eastwood en *Los imperdonables*. Pero a veces sí la vale. Como al final de *La Odisea* de Homero. Cuando matan a los pretendientes.

—No es lo mismo —argumentó ella.

—No, pero es parecido. Piensa en lo que le estaban tratando de robar a Odiseo. Piensa en lo que me robaron a mí.

—De acuerdo —contestó Niki—. Solo quería…

Se detuvo. No estaba segura de lo que quería. Pero entonces comprendió que sí lo sabía: deseaba que Connor fuera capaz de superar ese asunto. Que siguiera viviendo. Que se encontrara a sí mismo. Que dejara de pensar en asesinar y empezara a pensar en su futuro. Volteó a ver las imágenes de Rothko. Los colores avanzando a lo ancho del lienzo, mezclándose de forma seductora.

Un solo trazo capaz de inspirar. Le complacía mucho más ver eso que cabezas cortadas.

Connor se levantó de su asiento. Guardó en su mochila el libro de química y algunos papeles sueltos de la tarea.

—Debo ir a casa —dijo.

—¿Te hice enojar? —preguntó Niki.

—No, en realidad no.

—Sí lo hice. Estás furioso. Lo lamento. Sé cuanto…

Se produjo un silencio entre ellos. Connor pareció triste por un instante. Niki odiaba eso. Le gustaba mucho más el Connor que reía. El Connor al que no le preocupaba nada. Incluso le gustaba el Connor intenso. La única faceta que temía era aquella en que de pronto se veía cansado y demasiado introspectivo.

—Necesito saber mucho más —dijo él—. Es decir, mucho, muchísimo más.

No agregó «respecto a matar», pero Niki lo entendió.

—Sabes bastante —le dijo.

—No lo suficiente —respondió él—. Me parece que el problema es que todo lo que leemos y averiguamos en Internet describe a la gente a la que terminaron atrapando, así como los aspectos policiacos. Lo forense. Vaya, algunas de estas cuestiones relacionadas con la ciencia son impresionantes. También los detectives. Varios son muy inteligentes. Pueden atar cabos. Y los testigos. Alguien ve algo y le cuenta a alguien más. O los errores. Estupideces que hace la gente. Alguien deja un poco de evidencia. O mira directo a la lente de una cámara de seguridad. A veces es súper claro desde el principio: alguien es asesinado, aquel es el sospechoso obvio, una cosa lleva a otra y lo arrestan. Entonces, ¿soy el sospechoso obvio? Tal vez. No lo sé. Para entonces habrá pasado demasiado tiempo desde que mató a mis padres. Y debe de haber más gente que quiera asesinarlo. ¿Quizá la exesposa? Creo que no tiene amigos y que la mujer lo dejó. Tal vez sus hijos lo odian. Continúa bebiendo todo el tiempo, me parece que es un ebrio detestable. Así que quizás hizo enojar lo suficiente a alguien. Nunca pensarán en mí porque estarán buscando a algún tipo con el que haya tenido una pelea a golpes o una discusión.

Se sacudió de hombros.

»—A veces la gente tiene muchísima suerte, como él cuando mató a mis padres. Siempre que leemos sobre una persona a quien llevaron a juicio y fue perdonada a pesar de que hizo algo terrible, bueno, es porque alguien más cometió un gran error, porque la evidencia se perdió o porque alguien mintió respecto a algo en un tribunal... y todo esto se transformó en una increíble suerte para el acusado. Pero no es algo con lo que yo pueda contar, ¿o sí?

—No —contestó Niki—. Nunca cuentes con la suerte. La suerte nunca salva a nadie.

Easy, esperando afuera...

La mirada fija.

«Ya era maldita hora —pensó con impaciencia—. Llevo todo el día aquí.»

Desde el automóvil alquilado, Easy vio a Connor salir de la casa de los Templeton y detenerse un momento para agitar la mano y despedirse de Niki antes de que ella cerrara la puerta del frente. El momentáneo atisbo de la adolescente delineada por la luz del fondo lo excitó. En ese instante comenzó a fantasear sobre violación y muerte, se estremeció al sentir el placer en potencia. Tuvo que controlarse y mirar hacia otro lado cuando lo que en realidad deseaba hacer era observar y tal vez volver a ver a Niki cuando subiera a su habitación, que estaba justo en la parte del frente de la casa. Quizá verla desvestirse. Un destello de su desnudez antes de que apagara la luz. Sin embargo, Easy sabía que estaba ahí para realizar una tarea específica, así que siguió con la mirada al adolescente caminando por la acera. *Socgoal02* se movió a paso lento entre las sombras.

Easy se levantó con suavidad del asiento, salió del automóvil y caminó hasta la acera del otro lado de la calle. Se reacomodó la gorra de beisbol y la sudadera con capucha. Estas prendas no le resultaban familiares, pero las vestía para ocultarse de cualquier cámara de seguridad que pudiera estar enfocada hacia él aunque no había visto ninguna todavía. Era un típico vecindario de confiada clase media, tan seguro que era poco probable encontrar alguna. Sin embargo, eso no significaba que no las hubiera. Maldijo el frío: no dejaba de ser un hombre de Florida. «Seguro estamos a punto de convertirnos en jodidos cubos de hielo», pensó, pero en realidad el clima era bastante templado. Continuó serpenteando en la oscuridad sin dejar de observar. Contó los pasos de Connor: «Veinte, treinta, cincuenta, sesenta y tres... y llega a la puerta de su casa».

Era casi como caminar a su lado. Se sentía como un fantasma detrás de él. Invisible.

«Podría tocarlo si quisiera.

»Matarlo.»

Lo vio entrar a su casa.

Quería reír a todo volumen.

«No necesitó llave. La puerta ni siquiera estaba cerrada. Solo entró sin siquiera tocar porque los abuelos esperaban que llegara a esta hora, porque confían en él. Debo apuntar eso.

»Qué estúpidos.

»¿No se dan cuenta de lo que podría estar acechando justo afuera?

»No, en absoluto. Por supuesto, no se dan cuenta.

»En Miami serías un tonto si dejaras la puerta sin seguro. Sería como invitar a los problemas a pasar. A problemas como yo.»

Easy trató de ver a alguno de los abuelos, pero Connor cerró la puerta detrás de sí antes de que él pudiera atisbar el interior. Siguió caminando y se recargó en un árbol. Exhausto pero entusiasmado.

Easy, mucho más temprano ese mismo día...

Su jornada de *investigación* había comenzado justo al amanecer. Se levantó y partió del Red Roof Inn cuando el sol empezaba a asomarse. Condujo con premura a la dirección que Charlie había provisto. Una ola de emoción lo embargó cuando *Socgoal02* salió de su casa con la mochila al hombro, jeans, abrigo y cara de «debí dormir un rato más». Lo siguió a la escuela y esperó afuera de los sólidos edificios de bloque de hormigón mientras el adolescente asistía a clases y luego a su práctica de futbol, y hacía lo mismo que todos los estudiantes de preparatoria hacían en un día común. «No lo sabes, *Socgoal02*, pero este es el último día ordinario que habrás tenido.» Permaneció toda la mañana en la parte trasera de uno de los estacionamientos para estudiantes, se mantuvo apretujado en el interior del vehículo y solo se movió cuando vio algo que le llamó la atención, como el par de chicos góticos vestidos con ropa negra y picos plateados que se estaban escabullendo para no entrar a clase. O como cuando tres chicas en jeans ajustados y abrigos salieron por una puerta lateral y fueron a una línea de árboles a fumar. «Cigarros electrónicos —pensó—. ¿Qué tan fácil es volver a los adolescentes adictos a una cosa o a otra? Las agencias de publicidad lo saben, maldita sea. Claro que lo saben.» Sin embargo, la mayor parte del tiempo la pasó observando la escuela y asegurándose de que ningún guardia de seguridad de segunda categoría lo notara. Cuando el aburrimiento por fin lo abrumó, se dijo: «De acuerdo, *Socgoal02* estará atrapado ahí hasta las 3 p.m. por lo menos» y decidió ir al hospital donde trabajaba la abuela. Midió con detenimiento la distancia y el tiempo del trayecto, segundo a segundo. Entró al hospital, fue a un quiosco cerca de la entrada y le compró un pequeño ramo de flores a una empleada distraída que apenas lo miró. Luego recordó la descripción que había hecho Charlie en línea con la fotografía de una mujer sonriente en pijamas quirúrgicos color azul claro y subió a la UCI. Caminó por el corredor como cualquier visitante. Tenía la esperanza de ubicar a Kate Mitchell e iba pensando: «Señora, su vida está a punto de cambiar muchísimo. Para peor». Pero no la vio. Admitió que le complacía estar rodeado de tanta muerte en potencia. Casi podía olerla.

Easy tiró las flores en un contenedor de basura afuera del hospital, abordó el automóvil y condujo de regreso a la casa de

Socgoal02, contando una vez más los kilómetros y cronometrando la distancia. Llegó poco después de la hora del almuerzo. Vio al abuelo regresar con los brazos llenos de bolsas de víveres tras haber hecho las compras. Unos minutos más tarde lo vio salir de nuevo y caminar hasta la casa de al lado. Alguien abrió la puerta, pero por el ángulo en que se encontraba no alcanzó a ver quién era. Vio al abuelo entrar y lo primero que pensó fue: «Viejo caliente. Tu esposa está trabajando y, entretanto, tú te tiras a la vecina…». Sin embargo, esa conjetura se esfumó de su mente en cuanto lo vio salir, unos instantes después, con un perro encadenado. El animal y el abuelo empezaron a avanzar rápido, a hacer algo de ejercicio. Easy los vio desaparecer al final de la calle.

«Vaya, un tipo amable —pensó Easy—. Sacando al perrito del vecino a pasear. No olvides levantar su mierda cuando cague en el hermoso césped suburbano.»

Easy odió de inmediato al perro.

«Maldito *goldendoodle*. No demasiado grande. No muy agresivo. Tal vez tampoco inteligente. Agitando la cola sin parar. Al menos no es un *pitbull*, un pastor alemán o un dóberman.

»Los perros pueden complicar la situación. Ladran. Muerden. Hacen mucho ruido. Bravo, si tienes que atravesar el jardín del vecino, deberás lidiar con el perro de inmediato. Será lo primero.»

Continuó pensando.

«¿Tal vez un poco de veneno para ratas en un trozo de carne un día antes para evitar riesgos? Lo suficiente para que lo lleven al veterinario y se quede ahí porque no sabrán qué es lo que lo hace vomitar.

»¿O quizá solo matarlo?

»¿Pistola con silenciador?

»Siempre es un tiro difícil. Los perros son un blanco complicado. Son rápidos. Su perfil es bajo. Y si solo quedan lastimados, empiezan a aullar. No, dispararle a un perro llamaría la atención. Un riesgo innecesario. Tal vez lo mejor sea atacar desde la otra casa. Espero que esos vecinos no tengan mascota.»

Este era Easy especulando. Nunca le había disparado a un perro. Y de hecho, tampoco a un humano. En realidad quería probar. A veces, cuando manejaba su Uber, albergaba la esperanza de que un pasajero le diera la oportunidad de usar el revólver calibre .38, aunque dudaba que fuera tan satisfactorio como los asesinatos que había cometido. Su estilo de matar era mucho más íntimo. A Easy le deleitaba que la muerte se produjera con lucha, asfixia, dilación.

Sabía, por ejemplo, que la muerte de *Socgoal02* exigiría intimidad.

Los minutos pasaron con lentitud. Estaba aburrido. Volvió a desear que Alpha le hubiera asignado la tarea del asesinato.

«Estoy aquí. Estoy listo. Nos ahorraríamos muchísimo trabajo si solo me hiciera cargo de esto ahora. Podría hacerlo esta noche. Regresar a casa mañana. Antes de que siquiera descubran el cuerpo. Como un ninja. Como un corte de navaja que no sientes. Como si no hubiese sucedido nada.»

Su situación casi lo abrumaba. Se debatía entre el deseo de matar y el deseo de impresionar a los otros.

Esperó hasta que sonó una campana que incluso él pudo oír desde la parte trasera del estacionamiento. El típico final del día. La quietud que estalla y se transforma en actividad. Una multitud de jóvenes saliendo por las amplias puertas del frente, algunos se dirigieron a los autobuses escolares amarillos. Otros descendieron al estacionamiento. Se encendieron motores. Un poco de carreras camino a las salidas. Algunos otros caminaron hacia el centro del pueblo en grupos compactos.

Easy buscó a *Socgoal02* entre los grupos de estudiantes.

Por un instante sintió angustia. «¡No está aquí! ¡Maldita sea! ¿Adónde fue?»

Pero luego, antes de que el pánico lo embargara por completo, lo distinguió:

«*Socgoal02*».

Salió unos minutos después que todos los demás.

Solo.

«Bien.»

Easy lo anotó.

«¿Dónde está la novia? Deberían regresar juntos a casa. Enamoraditos. Tomados de la mano.»

Ante el dilema de esperar a la joven o seguir a *Socgoal02*, Easy decidió enseguida apegarse a la misión: vigilar a su blanco el mayor tiempo posible. «Los *Muchachos de Jack* querrán toda la información sin importar qué tan relevante, trivial o intrascendente parezca. Nada de lo que yo vea será banal.»

Easy hace su trabajo…

Easy luchó contra la impaciencia y el hambre a lo largo de toda la jornada. Ahora necesitaba poner al día a todos. En especial a Delta.

Durante unos segundos trató de evaluar la información que había averiguado ese día.

«Jóvenes. Abuelos. El perro del vecino, pero está del lado opuesto a la casa de la novia, así que tal vez no será un obstáculo.»

Casi como si lo hubiera invocado, oyó a otro perro ladrar, pero como alguien lo calló, no pudo detectar de qué casa venía el ruido.

Easy consideró esto un dilema canino, maldijo el mundo de los suburbios que habitaba *Socgoal02* porque, por una parte, no había muchas casas con sistemas sofisticados de alarma y los abuelos dejaban la puerta del frente abierta para que su nieto entrara, pero por otra, había perros en todos lados y la gente cuidaba a sus vecinos. Añadió todos estos pensamientos a las muchas notas que estaba acumulando respecto a la rutina diaria de *Socgoal02* y de la gente más cercana a él.

Comprendió que tenía una enorme ventaja en cuanto a la vigilancia: la vida de un adolescente la definen la escuela, los deportes, la tarea. Muchas rutinas establecidas y horarios fijos. Cuando tienen tiempo libre suelen meterse en dificultades. «Eso es lo que sucedió cuando caíste en el *Lugar especial de Jack*. Niño estúpido de mierda. Debiste usar tu tiempo libre para manosear a tu novia. Pero en lugar de eso llegaste a un sitio donde no se suponía que debías ir. Y mira ahora lo que te costará la intrusión.» Easy habló en voz alta, como si se dirigiera a su blanco:

—¿Qué es lo que dicen por ahí, *Socgoal02*? Que las manos inquietas son el parque de juegos del diablo.

Notó que, al salir de la casa de su novia, *Socgoal02* no sacó de inmediato su celular para ponerse a revisar su correo, Twitter o Instagram mientras caminaba por la calle oscura como él habría esperado que lo hiciera.

Respiró con calma.

«Bien, ahora sé lo que hace en un martes típico.

»Necesito averiguar qué sucede los otros días.

»Y también identificar los momentos en que es vulnerable.»

Sabía que los otros querrían precisión absoluta en este aspecto.

—Buenas noches, *Socgoal02* —dijo.

Sacó de la mochila uno de sus teléfonos celulares desechables y tomó una serie rápida de fotografías del exterior de la casa. Pensaba que la preparación real exigiría que también tomara fotos de los lados y de la parte trasera, acercamientos de las puertas y de cualquier cerradura que hubiera. Sabía que tendría que encontrar tiempo para hacerlo sin que lo vieran y sin activar ninguna alarma del vecindario. «Continúa siendo inocente, Socgoal02. Ingenuo. Inconsciente.» Volvió a hablar en voz alta, pero fue apenas un susurro:

—¿Me escuchas? No lo creo. Bueno, nos vemos mañana, niño muerto.

Delta, más tarde esa misma noche...

Solo titubeó uno o dos segundos. Oyó muchos ruidos. Plomería. Calefacción. Interior. Exterior. Sin embargo, en la mansión reinaba el silencio. Las enfermeras estaban calladas. Su padre y su madre también. «Como si ya estuvieran muertos —pensó—. Tal vez morirán esta noche. Tal vez mañana.» Delta respiró hondo y se concentró en la pantalla de la laptop que tenía frente a él. Sentía una soledad deliciosa pero, al mismo tiempo, tenía la impresión de titubear frente a una puerta, de estar a punto de entrar a una fiesta. «Tengo un plan. Funcionará —se dijo, dándose un ligero empujón a sí mismo—. Aquí vamos.»

Hizo clic e ingresó una serie de contraseñas distintas. Algunos números y símbolos seleccionados de forma aleatoria que conocía de memoria. Así llegó al *Lugar especial de Jack*. Vio la frase conocida: «Delta se ha unido a la conversación».

Tecleó:

> Supongo que todos hemos imaginado diversos escenarios para lidiar con Socgoal02, ¿cierto?

Cuatro «sí».

Era tarde, Easy tenía que despertarse temprano para seguir a *Socgoal02* a la escuela otra vez, pero se le ocurrió que podría ser el momento adecuado para sugerir hacerse cargo del asesinato. Aunque no era del todo cierto, estaba a punto de escribir que ya había tenido dos, tres, o tal vez más oportunidades de matarlo, pero se contuvo. Se dijo que este era un esfuerzo grupal por parte de todos los *Muchachos de Jack*. De hecho se reprendió a sí mismo: «Aprende a trabajar en equipo». Era algo que no había practicado nunca en su vida. Le parecía que los otros tampoco.

Charlie miró alrededor en la oficina de su casa y pensó que *Socgoal02* merecía lo que Delta tuviera en mente, fuera lo que fuera. Sonrió cuando se dio cuenta de que, en su imaginación, había fundido en *Socgoal02* a todos los estudiantes que alguna vez despreció. Y disfrutó mucho esta ironía.

Bravo apenas podía contenerse. Tenía la impresión de estar a punto de ser lanzado al mar como un gran barco, solo faltaba que rompieran la botella de champán en su proa antes de sumergirse en las sombrías aguas que estarían bajo su mando. Grandioso. Majestuoso. Impresionante. Letal.

Alpha sentía que controlaba su ser por completo, pensaba que cada paso que él y los otros miembros de los *Muchachos de Jack* tomaran, cimentaría su grandeza. Tuvo una visión súbita: «Dentro de cien años seguirán hablando de los *Muchachos de Jack* y de lo que logramos. Así como todavía se habla del Jack en cuyo honor nombramos a este club».

Delta continuó:

> He estado revisando la excelente investigación realizada por Charlie en línea y también he considerado la especialidad de cada miembro. Para comprender con exactitud cómo preferiremos que esto se lleve a cabo, profundicé un poco en la manera en que cada uno aborda las situaciones de acuerdo con los testimonios aquí compartidos.

Sentados e inclinados hacia sus pantallas, los otros cuatro *Muchachos de Jack* sentían la emoción inundar de forma gradual su interior, su centro. Delta sabía que cada seductora palabra que escribía era como una corriente eléctrica que los recorría con ímpetu a todos y, al mismo tiempo, casi temblaba por la gran necesidad que tenía de impresionarlos con sus ideas. Pero debía mantenerse firme. Ser cauteloso. «No te apresures. Saborea, como siempre dice Alpha. Los cinco somos perfeccionistas en el arte de matar. Esto también tiene que ser impecable.»

Así pues, tecleó:

> Al principio creí que lo que mejor funcionaría sería un asesinato sencillo tipo «invasión del hogar». Entrar. Salir. Rápido. Eficiente. Hacer que parezca un robo tal vez. La Gestapo llegaría a esa conclusión enseguida porque la mayoría de los robos son demasiado estúpidos y torpes. Pero nosotros no somos ni lo uno ni lo otro.

Esta última frase hizo sonreír a todos.

> También comprendí algo crucial.

Esto los hizo enderezarse. En la mente de todos apareció la pregunta «¿qué?» al mismo tiempo.

> Para que todos podamos apropiarnos de esta muerte como deseamos, debe combinar aspectos del estilo único de cada uno. No puede ser

solo algo que yo haría o *solo* incluir las preferencias de Alpha, la forma de abordar la situación de Bravo, o *solo* el estilo de Easy o el diseño de Charlie. Debe combinar los mejores y más personales instintos de cada uno.

Cada vez que la usó, Delta destacó la palabra «solo». Luego escribió sin demora:

Esta muerte no puede llevarse a cabo de la manera en que solo uno de nosotros lo haría.

En los últimos instantes de Socgoal02 deberá haber un despliegue breve del estilo de cada uno.

Y toda esa diversidad nos mantendrá aislados y seguros. En especial a Bravo porque no estará repitiendo el camino que ya definió, sino actuando en lugar de cada uno de nosotros para luego añadir su toque especial.

Cuando todo llegue a su fin, quedarán nuestras delicadas firmas en la piedra sepulcral de Socgoal02. Y en mi humilde opinión, así es como debemos llevar a cabo este asesinato.

Hizo una pausa. Le gustó el toque literario. *Piedra sepulcral.* Aguardó. Casi contuvo el aliento mientras esperaba que aparecieran las respuestas.

Los *Muchachos de Jack* leyeron esto. La misma sensación electrizante de solidaridad los embargó a todos.

Alpha respondió enseguida:

Creo que Delta tiene razón. Una parte de cada uno. A más B más C más D más E, todo junto.

Una ecuación cuyo resultado sea la muerte.

Eso hará de este asesinato algo único.

Delta comprendió que necesitaba tocar un acorde mayor.

Antes de ejecutar el plan, cada uno debe identificar el elemento más importante de la muerte de Socgoal02 desde su perspectiva personal.

¿Qué es lo que más deseamos? ¿Qué queremos ver? ¿Qué necesitamos sentir? ¿Qué nos gustaría recordar? ¿Cómo queremos que sea su momento final para que podamos compartirlo?

De forma equitativa.

13

Kate miró a su esposo al otro lado de la mesa de la cocina y luego volteó a ver a su nieto. Ross no se había afeitado, tal vez quería dejarse una barba que no le había mencionado y permitir que su cabello creciera, lo que le hizo recordar el Woodstock de los sesenta. Leía con detenimiento la página de deportes de *The Boston Globe*. A pesar de tener una suscripción digital, a Ross le gustaba recibir la versión impresa en papel. Admitía que era anticuado y que después de leer el diario tenía que lavarse las manos para deshacerse de las manchas de tinta. La vista de Connor, también despeinado y con apariencia desprolija, parecía rebotar entre una tarea de matemáticas que estaba revisando de nuevo en la pantalla de su laptop y un punto no definido en el cielo, como si buscara guía celestial. Kate sabía que Ross no había estado durmiendo bien. Lo consideraba su *síndrome de octubre,* pero entendía que a medida que el clima se tornara más lúgubre, él se iría recuperando de la depresión. Le parecía una contradicción psiquiátrica, pero aceptaba la situación como era. A veces había deseado cambiar, sin que nadie se diera cuenta, la clave de la caja fuerte donde él guardaba su .357 y su rifle de caza 30-06, un arma que nunca usaba. «No soy cazador. Ya no», recordaba que le dijo Ross alguna vez, pero no se había deshecho del rifle.

Cuando miró a Connor por segunda vez lo vio masticando un panecillo sin prestar atención. Imaginó que cien pensamientos atravesaban a toda velocidad su mente, o tal vez ninguno. Trató de recordar su propia juventud, de ver si había aprendido algo que pudiera aplicar ahora y que le ayudara a penetrar el silencio de su nieto. Pero lo dudaba. Sus años de juventud se desvanecieron bastante rápido. Para ella, Connor era un muchacho transparente y un confuso misterio a la vez. Cercano y distante. Obvio y oculto. Ross, en cambio, portaba su depresión como una armadura. Cuando más vulnerable se sentía en lo emocional, más esquivo se mostraba. Más en esa época que el resto del año. «Se parecen mucho más de lo que creen, pero nunca se darán cuenta», pensó.

—Partido importante esta semana —murmuró Ross, a punto de sorber su café.

—Todos los partidos cerca del final de la temporada son importantes —respondió Connor sin despegar la vista de su tarea.

—Estaremos presentes en cada ocasión —afirmó Kate muy animada.

Pensó que habría sido agradable que Connor dijera «gracias» o «me parece genial» o algo, pero solo permaneció en silencio.

—¿Qué es eso? —preguntó de pronto Ross, señalando el problema matemático en la pantalla.

—Cálculo para el programa de Ubicación avanzada —contestó Connor.

Ross, de hecho, sonrió.

—No te puedo ayudar con eso. No soy tan inteligente.

Connor le respondió con una sonrisa radiante.

—Eso imaginé.

Kate suspiró. Era la más rutinaria de las conversaciones. Empujó hacia atrás su silla y se levantó de la mesa.

—Debo reunir mis cosas. Connor, te puedo dejar en la escuela si quieres, pero tengo que regresar a la UCI y no quiero llegar tarde. Habría que salir ahora.

—Prefiero caminar. Voy a verme con Niki para ir juntos a la escuela.

—De acuerdo —dijo Kate—. Ross, ¿tienes algo especial planeado para hoy?

Su preocupación por su esposo no era superficial. Desde que se retiró de la universidad, en la primavera, no se había propuesto realizar ningún proyecto interesante.

Ross levantó la vista y señaló la luz solar que entraba por las ventanas de la cocina.

—Soleado. Temperaturas templadas. Significa que las truchas del otoño saldrán de sus huevos en el río Deerfield —explicó—. Tal vez lleve mi caña de pescar y vea si puedo atrapar algo grande.

—O lo que sea —interrumpió Connor sin levantar la vista, pero con una segunda sonrisa a todo lo ancho del rostro.

Ross se rio un poco.

—Correcto. Lo que sea será bueno.

—De acuerdo —dijo Kate—. Diviértete.

Desde su perspectiva, pescar no era un proyecto del todo. «Escribir una autobiografía. Aprender fotografía. Aprender a bucear. Ser voluntario en un comedor para indigentes. Algo. Lo que sea.»

Se levantó de la mesa sin esperar un «gracias por preparar el desayuno». Volvió a mirar a su esposo y a su nieto, quienes de nuevo parecían ocupados en sus propios pensamientos —pescar, las páginas de deportes y una complicada tarea de matemáticas— y salió de la cocina hacia el corredor en busca de su morral y las llaves del automóvil.

Diez segundos después de que se fue Kate, Connor levantó la cabeza y volteó rápido hacia la puerta por donde acababa de salir.

—PM1, ¿más tarde puedo hablar contigo en privado?

—Por supuesto que puedes. Cuando gustes —dijo Ross—. ¿Qué sucede?

Connor respiró hondo.

—¿Me puedes decir qué se siente matar a un hombre? —preguntó.

—Interesante —dijo Alpha—. Muy, muy, muy interesante.

Cuando Alpha hablaba consigo mismo tenía la tendencia a susurrar con un llano acento del medio oeste. Creía que en público tenía distintos acentos que usaba de vez en cuando dependiendo de las circunstancias. Cuando se quejaba con la compañía de televisión por cable, por ejemplo, podía sonar como abogado. Y cuando habló con sus diecisiete víctimas, como interrogador nazi. Le encantaba sonar británico. Consideraba que su acento alemán era solo aceptable. En una ocasión fingió ser mexicano. Pero sobre todo se enorgullecía de sus diversos dialectos estadounidenses. Podía tener el colgado acento del sur profundo: «¿Taado's quieren gachas de maíz en s'orden?». O podía sonar como si fuera de la costa este, de Maine o de Boston, Massachusetts. Podía articular la antigua y conocida frase que probaba que era de esa zona: «Dehé mi aa-auto en el pahtio de Haaar-vard». Podía imitar al tosco John Wayne en la película *Amor equivocado,* pero también podía hacer la voz del oeste de Jimmy Stewart: «Sonríe cuando'm llames así, am'go». Su habilidad para habitar otras personalidades le hacía imaginar que en verdad pudo ser una gran estrella de Hollywood. Creía que era como un poderoso camaleón capaz de cambiar de colores a su antojo.

Estaba de pie en el sótano, cerca de su sistema de computadoras con múltiples pantallas y teclados, luces parpadeantes y costoso hardware de alta tecnología, pero luego se acercó un poco más al área a la que llamaba «Mi lugar para matar». Ahí había una elaborada instalación de cámaras diseñada con suma destreza para grabar todo lo que hacía en esa zona, pero sin mostrar ninguna indicación de *dónde* era. Podía ser *cualquier* sótano en cualquier lugar. Alpha estaba muy orgulloso de su creación. Adoraba los anuncios de televisión: «Fotografiado con iPhone 12». Le habría encantado mostrarle con exactitud a la gente lo que a veces *él* fotografiaba con su iPhone. Podía exhibir la calidad de sus asesinatos sin exponer sus puntos vulnerables. Era como si todo sucediera en un mundo privado y paralelo que él mismo había creado. En una ocasión le advirtió a Easy que era evidente que sus videos eran grabados en áreas cenagosas que cualquier observador, y en especial uno perteneciente a algún cuerpo policiaco, identificaría como los pantanos de Luisiana o los Everglades de Florida. «Flora y fauna —pensó—, te pueden hacer tropezar.»

Alpha se dio cuenta de que nunca había examinado los elementos singulares de ninguno de sus asesinatos.

«Me sorprendes, Delta. Nos has presentado una pregunta muy inteligente», pensó.

Aunque todos tenían distintos niveles de introspección respecto a sus necesidades y deseos, a ninguno le habían pedido que identificara el elemento *más importante* de lo que hacía y que, además, dicho elemento revelara algo respecto a *quién* era él.

Alpha se dio cuenta de que la pregunta formulada por Delta era, en esencia, la primera que cualquier investigador del comportamiento del FBI o profesor destacado de un programa de justicia criminal querría hacerles.

«Muy intrigante —insistió—.

»¿Qué es lo que más me gusta?

»Desglósalo:

»La selección.

»La caza.

»La captura.

»La posesión.

»El final.

»La eliminación.

»Las secuelas. Es decir, mostrar y contar el logro en el *Lugar especial de Jack* y, quizá, burlarme de la *Gestapo* para recordarles lo estúpidos que son.»

Alpha consideró todo lo anterior y se forzó a ir más allá:

«Desglósalo. Aún más.

»¿Sería ver al blanco por primera vez?».

Un momento especial. Una oleada de emoción.

«¿El momento en que fue secuestrada? ¿La primera vez que vi su mirada de pánico y miedo?»

Cada víctima era única en este aspecto.

«¿Qué tal cuando suplicó que la dejara ir?

»¿O cuando prometió, o más bien mintió, y dijo que no lo contaría nunca?

»¿O cuando suplicó por primera vez por su vida?»

Fueron momentos de exquisito deleite.

«¿O su primer grito amortiguado de dolor?

»¿O acaso fue cuando seleccioné la herramienta correcta?

»¿Al ver caer la primera gota de sangre?»

Alpha respiró con lentitud. Recordar elemento por elemento le permitió reproducir cada asesinato. Era la primera vez que experimentaba eso sin recurrir a su álbum de recortes y contemplar las páginas con los mechones de cabello. Pensó:

«¿Quizás es el primer grito que no puede oír nadie excepto yo?».

Continuó viendo a sus víctimas en el recuerdo.

«El momento en que por fin comprendió: no queda esperanza.

¿Tal vez la manera en que el último aliento abandonó su cuerpo?»

Sonrió.

«¿O fue ese momento perfecto en que tomé el mechón de cabello?»

Alpha se dio cuenta de que lo que Delta les había preguntado le exigía concentrarse en un solo instante de una ópera completa de su autoría. Una única nota entre toda una sinfonía. Después tendría que expresarle ese «Detalle Alpha» a Bravo para que lo incluyera en el drama al matar a *Socgoal02*. Bravo, en calidad de sustituto, podría actuar algunos segundos como él. Y luego, como Charlie, Delta y Easy. Alpha dio por hecho que los otros también estarían ponderando esta situación. Cada uno en su estilo era un entusiasta estudiante de la muerte. «Es parte de lo que nos unió al principio y de lo que consolida nuestro vínculo», pensó.

Sintió una dulce emoción. Se recordó a sí mismo que debía tomar notas para las memorias sobre el asesinato de *Socgoal02*.

Cada uno de los pensamientos de los cinco en ese momento necesitaría ser plasmado en las páginas que planeaba escribir.

Lo sabía: «El mundo querrá leer cada página. Cada oración. Cada palabra».

Alpha se acercó a su costosa silla giratoria y se sentó frente al equipo informático.

«De acuerdo —se dijo—. ¿Qué es lo que más deseas ver? ¿Qué se necesita incluir para que este asesinato se sienta tuyo?»

Y en ese momento lo supo.

14

Easy, aún observando…

Anotó la hora en que Kate salió de la casa.

Contó los minutos antes de que saliera *Socgoal02* con la mochila colgando de forma casual sobre su hombro. «Uno, dos, tres… siete.» Easy notó que el adolescente apresuró el paso al acercarse a la casa de la novia. «¿Retrasado? No. Solo ansioso.» Easy supuso que Niki debió de estarlo esperando junto a la ventana porque él solo había llegado a la mitad del camino a su puerta cuando ella salió. Vio que los adolescentes no se abrazaron del todo: ella solo chocó su hombro con el de *Socgoal02* de manera afectuosa. «Cuán inocentes. Cuán dulces. Cuán destinados a perecer.»

Easy no encendió el automóvil alquilado sino hasta que la joven pareja llegó casi al final de la calle y él ya casi no los veía. «Gracias a Dios la novia tiene cabello rubio y un mechón púrpura. Difícil de perder de vista.» Había algo de misterio respecto a dónde se dirigían y cuándo tenían que llegar. Manejó sin prisa y al mismo tiempo fue examinando con detenimiento los alrededores del vecindario, tratando de ubicar un punto del recorrido diario en el que pudiera secuestrar a uno o a ambos adolescentes en plena calle, si acaso ese fuera el plan aceptado al final. Pensó que después tendría que bajar del automóvil y caminar despacio a lo largo de la ruta entre las casas y la escuela. «Bravo y los otros deben saber que escudriñé el área.»

Easy se sintió un poco frustrado. El vecindario suburbano de *Socgoal02* estaba colmado de altos robles y casas de clase media separadas de la acera por abundantes arbustos y plantas que ocultaban el frente, sin embargo, las hojas no dejaban de caer y esto le daba una apariencia desnuda al conjunto. Se dio cuenta de que el follaje veraniego que podría bloquear la visión y el sonido desaparecía minuto a minuto. Se regañó a sí mismo por no conocer, como en Miami, una ubicación parecida a los Everglades, un lugar donde pudiera llevar a las víctimas *tras la adquisición*. El área alrededor del pequeño pueblo en el oeste de Massachusetts donde vivía *Socgoal02* estaba lleno de grandes parques y amplias zonas boscosas. «Pero no puedes circular por ahí buscando un buen lugar con uno o tal vez dos adolescentes forcejeando en la parte trasera de un automóvil alquilado», pensó.

Levantó la vista y notó que sus pensamientos lo habían distraído. *Socgoal02* y la novia estaban entrando a la zona escolar.

Vio las amplias puertas de la escuela cerrarse, casi como tragándose a *Socgoal02* y a su novia.

—Niki —susurró Easy para sí. Pero enseguida negó con la cabeza—. No permitas que tenga un nombre.

Decidió que a partir de ese momento solo se referiría a ella como *la novia*. Comprendió que necesitaba comunicarles su decisión a los otros para que también lo hicieran así. Se le ocurrió que tal vez a uno o dos de los *Muchachos de Jack* les gustaría conocer su nombre, saber quién era y lo que la muerte de *Socgoal02* significaría para ella, cuánto le afectaría. «Las lágrimas siempre son buenas. Las lágrimas valen algo. Alpha quiere que la muerte de *Socgoal02* se convierta en una lección. Bien, quizás ella sea quien deba contar la historia y seguir narrándola.»

Imaginó a *la novia* yendo a la universidad y contándoles a sus insulsas compañeras de la sororidad:

«Hubo una vez un chico al que amé y con quien cogía de vez en cuando, pero lo mataron porque insultó a gente con la que no debió meterse…».

Easy sonrió.

—Pero tal vez ella también morirá —dijo.

Se detuvo en un lugar del estacionamiento. No estaba seguro de tener la paciencia necesaria para esperar todo el día. «Qué aburrido.» Lo que sí sabía era que tenía que contestar la pregunta de Delta. Había estado pensando en ello desde la última sesión en el *Lugar especial de Jack*. Era algo que requeriría consideración, y la parte trasera del estacionamiento de la escuela era un lugar tan adecuado como cualquier otro para continuar cavilando al respecto. En la mano tenía una taza de café que se enfriaba segundo a segundo, así que sorbió un poco de la amarga bebida. «Demonios, no es una pregunta sencilla —pensó—. Delta, qué perro tan astuto eres. Muy inteligente.» Visualizó sus propios asesinatos, reprodujo cada uno en cámara lenta, como una película en su recuerdo. Se dio cuenta de que quería darle a la pregunta de Delta una respuesta sofisticada. Easy sentía que los otros a veces menospreciaban sus bromas y su estilo relajado, obsceno. Y eso no le agradaba. Sabía que era tan hábil como ellos. «Lo he demostrado una y otra vez.» Pero también sabía que en el *Lugar especial de Jack* el respeto era algo esencial. No sería correcto solo decirles a Delta y a los otros que el momento más trascendente era: «Cuando los secuestraba o los mataba o cuando cavaba sus tumbas o cuando me masturbaba con sus cuerpos sin vida». Tenía que ser mucho más profundo.

Plasmó algo rápido en un bloc de papel, junto a sus anotaciones de la hora de salida a la escuela, las distancias, los tiempos, el hecho de que Kate saliera de casa antes para ir a la UCI y todos los demás detalles que había reunido desde que comenzó su investigación sobre la cotidianeidad de *Socgoal02*.

Esto fue lo que escribió:

«Lo que a mí me inspira es observar la lucha por vivir cuando la muerte es inevitable. El final del juego».

Luego continuó vigilando la escuela. Sabía que sería un largo día. Pero que al igual que a la temporada, a *Socgoal02* le quedaban cada vez menos días.

«La mataría a ella.

»La mataría también.

»Y a ella, claro. Sería muy divertido asesinarla.»

Charlie iba caminando por el campus de la enorme universidad estatal del Medio Oeste donde era profesor, iba mirando con aire distraído a las estudiantes y de vez en vez sonreía y saludaba con un gesto sutil a las que lo reconocían. Era una agradable tarde de otoño.

Era como estar en el Jardín del Edén rodeado de ramas de árboles cargadas de frutos prohibidos.

Se desplomó sobre una banca de piedra y se hizo a sí mismo la pregunta que había propuesto Delta.

«De acuerdo, Charlie. ¿Cuál es el mejor momento, el más trascendente?»

Miró hacia arriba, al cielo azul.

«En primer lugar —pensó—, nunca he matado a un hombre. Siempre han sido mujeres.

»¿Eso implicará una diferencia?

»Sí. Sin duda», se contestó enseguida.

Consideró la problemática con precisión académica.

Al igual que los otros, reprodujo en su mente sus asesinatos. Trató de compartimentar, de analizar cada uno en busca de los instantes que más lo emocionaban. Era como diseccionar un cadáver, buscar la causa de la muerte. O como esquematizar una oración para encontrar el verbo.

Llegó a una conclusión:

«Hay un momento delicioso en el que tengo control total. No solo sobre la joven, sino sobre toda la situación. Y en ese instante es cuando soy más poderoso, cuando estoy más enfocado y me siento más decidido. Me inunda una oleada de placer que no tiene parangón en este planeta. Es justo antes de la muerte. Antes del placer último. Es cuando los gritos son reprimidos y la lucha cesa. Es cuando la inevitabilidad prevalece. Cuando me inflamo de fuerza.

»Ese es el instante que Bravo debe capturar», reconoció Charlie.

Cuando oyó una voz y se dio cuenta de que una joven pareja pasaba a su lado, levantó la vista. Lo estaban saludando.

—¡Hola, profesor! Qué lindo día para pasear, ¿no es cierto?

Vio que llevaban con ellos un disco de plástico para arrojarlo de ida y vuelta en uno de los cuadrángulos de césped. Sonrió. «El frisbi es una especie de cortejo», pensó antes de responder:

—¡Claro que sí! Pero el invierno no tarda en llegar.

Vio a la pareja alejarse tras pasar junto a él y de inmediato se imaginó a sí mismo desnudo con un cuchillo en la mano y los dos estudiantes debajo de él con las manos atadas con cinta gaffer y la boca amordazada con cinta también. «Entonces, podría tomarme mi tiempo.» Era como un mazo de cartas letal siendo barajado para formar un paquete compacto, con las cincuenta y dos cartas acomodadas por palo y valor.

Pensó:

«Si se propone una votación, instaré a los *Muchachos de Jack* a que matemos también a *la novia,* como quiera que se llame.

»Después de todo, ¿por qué no debería morir?».

Sin embargo, también se dio cuenta de que múltiples muertes siempre implicaban un desafío diferente.

Pronunció la palabra en voz alta.

—Complicado.

15

Después de sentarse, pensar, quedarse mirando un muro, considerar la muerte de *Socgoal02* y cómo deseaba que sucediera, Alpha regresó a su sistema informático, encendió la computadora, esperó a que llegaran los otros y escribió:

> Detesto presionarte, Delta, pero en mi opinión, debemos tener el plan preliminar muy pronto. Necesitaremos reservar cierto tiempo para que todos hagamos comentarios y revisiones subsecuentes, y luego tendremos que ejecutarlo. El reloj no deja de marcar su paso. Si no lo hacemos de esta manera, cuando los Muchachos de Jack lleguen a los últimos minutos de Socgoal02, no entenderá por qué estamos ahí.

Alpha temía perder impulso. El entusiasmo de los *Muchachos de Jack* había sido palpable desde el principio, desde los primeros insultos, incluso a través de las vías electrónicas por las que viajaban. Matar a *Socgoal02* no solo era una tarea colectiva, también exigiría que todos pensaran fuera de las normas a las que se habían acostumbrado y que los hacían sentir cómodos.

> Bravo, necesitas ir preparando tu ausencia del trabajo, tus relaciones, lo que sea. Ahora.

Bravo interrumpió sin demora:

Ya estoy en ello.

A sus jefes del centro de envío les había dicho que se avecinaba una boda familiar. Una sobrina distante. Incluso bromeó: «No puedo creer que me hayan invitado. Tal vez solo quieren un lindo regalo». Aprovechó algunos días libres pagados que tenía asignados, pero que no había usado, así que ausentarse de su trabajo un periodo breve no sería problema.

Pero no les hizo saber estos detalles a los otros *Muchachos*. Alpha continuó:

Creo que para que Delta pueda hacer planes eficaces necesitamos llegar a un consenso respecto a la novia de Socgoal02. ¿Y las familias? ¿Culpables? ¿Inocentes?

Luego añadió:

En mi opinión, el mayor problema es este: siempre que expandimos nuestros parámetros, aumentamos el peligro. Todos estamos familiarizados con el desafío de lidiar con uno. Dos, duplica el riesgo. Tres genera otra serie de problemas nuevos y podría requerir ayuda. Entre más gente deba ser organizada, siempre será más difícil controlar todos los componentes de la situación. Cuatro, o más, generaría comparaciones con sucesos masivos y ese no es nuestro estilo. No somos Parkland. No somos Sandy Hook. No somos Las Vegas ni El Paso. El único con experiencia en este sentido, el único que ha manejado múltiples en un solo evento es Bravo, así que debemos confiar sin reserva en sus opiniones y su experiencia a medida que avancemos.

Bravo leyó esta declaración con orgullo.
Escribió sin esperar:

Puedo hacerlo. Uno. Dos. Más. De hecho, lo prefiero. Alpha tiene razón, debemos apresurarnos. No sabemos lo que hará Socgoal02 cuando lleguen las vacaciones. ¿Vendrán parientes a visitar? ¿Irá a esquiar? ¿Cambiará su horario cuando termine la temporada de futbol? La edad y el sexo también son un problema. En cuanto al tratamiento, alguien mayor implica un desafío distinto al de alguien joven.

A Bravo le gustaba usar la palabra *tratamiento*.
Charlie respondió de inmediato:

Lo que dice Bravo resulta lógico, pero por el momento, creo que deberíamos votar respecto a la novia. Necesitamos arreglar este asunto para quedarnos tranquilos.

Charlie había imaginado una típica reunión de profesores universitarios. Mucha discusión. Muchas posturas contradictorias. Recordó aquel viejo chiste: «Las opiniones son como los culos, todos tienen uno». Pero los *Muchachos de Jack* eran dinámicos. Tomaban decisiones. Eran una fuerza combativa unida, no tenían nada que ver con los desagradables académicos universitarios. Además, no quedaba duda de que analizarían cada ángulo y aspecto de la decisión. En su oficina en casa, mientras su esposa dormía en el dormitorio de ambos abajo, Charlie, con las axilas sudorosas por el repentino e intenso deseo, susurró:
—Mátala, mátala, mátala. Necesito matarla.
Alpha, en su sótano, asintió, casi sentía el ritmo de la conversación, como si fuera el pulso sincopado de un tambor. Pensaba lo mismo que Charlie. Tecleó entusiasmado:

¿Quieren votar?
La decisión mayoritaria sobre la novia impera. Luego Delta diseña.

Nadie titubeó:

Sí. Voto.
Sí. Voto.
Sí. Voto.
Sí. Voto.

Alpha añadió el suyo:

Aprecio la democracia de nuestra elección.

De acuerdo. Entonces, la novia, ¿también la sometemos a tratamiento?

Alpha vio en la pantalla:

Sí.

Sí.

Sí.

Sí, pero con una advertencia.

Entonces contestó:

Mi voto es favorable también.

Unánime.

Pero ¿qué te preocupa, Charlie?

Charlie, lidiando con su casi abrumador deseo, disfrutando de una fantasía instantánea al imaginar la grabación en video que haría Bravo del asesinato de *la novia*, deseando poder estar ahí tan solo por ese momento, pero sin dejar de ser en esta vida el precavido académico que amenazaba con importunarlo en la otra, respondió:

Solo me inquieta que el hecho de añadir a la novia en verdad complique la situación. Casa distinta. Persona distinta. Familia distinta. Recuerden: estamos enviando un mensaje, pero no solo a Socgoal02 y a la novia también ahora, sino a toda la gente estúpida allá afuera que piensa que puede insultar a sus superiores sin impunidad gracias a un falso anonimato concebido en Internet.

Charlie se dio cuenta de que sonaba como si estuviera dando clase. Por un instante temió que el tono y el lenguaje que acababa de usar les permitiera a los otros saber, no *quién* era, sino *qué* era. Tenía la extraña sensación de que la intrusión y los insultos de *Socgoal02* habían provocado que colapsaran algunas de las barreras con que todos protegían sus identidades.

Pero se sacudió pronto esta sensación.

Escribió:

> Quizás al principio deberíamos planear, como ya lo hemos hecho en el pasado, enviar la información a muchas estaciones de polis en diversos lugares. De esa forma perderán instantes valiosos hablando entre sí sin analizar el crimen. ¿Se imaginan el tipo de problema que esto provocará en el pueblito donde viven Socgoal02 y la novia cuando los confundidos detectives empiecen a recibir llamadas de Buenos Aires, Glasgow, Los Ángeles y Saigón? Al mismo tiempo, tratarán de mantener lo que saben en absoluto secreto, por eso, para realmente aturdirlos, deberíamos darle publicidad a nuestra obra en los medios. Podríamos comenzar en, no sé, ¿el New York Times? Con eso propiciaríamos un buen ambiente en su redacción toda una tarde, ¿no creen? ¿O CNN? ¿Lo transmitirían al aire? ¿Qué piensan, caballeros? Y si ellos dudan, cosa que les garantizo que harán, podemos publicar nuestro logro en YouTube. Se volverá viral. En un instante.

Alpha leyó esto y, por último, habló por todos:

> Excelentes ideas. Me encanta tu manera de pensar.

Delta asimiló cada palabra y estuvo de acuerdo. «Nos mantendremos anónimos. Estaremos ocultos. Pero seremos famosos. Más que famosos. Unas putas estrellas», pensó.

Luego tecleó:

> Easy, ¿cómo va tu investigación en persona?

Easy contestó:

> Excelente. Tengo algunas ideas. Incluiré todo en la carpeta y se las enviaré al Lugar especial de Jack. Denme algunos minutos para reunir todo.

Easy ya había organizado las notas que produjeron dos días de observación. Tenía planeado asistir al siguiente partido de futbol de *Socgoal02*. «Apuesto a que ese muchacho es muy bueno. Qué lástima.» Eso lo escribió al principio de lo que iba a enviarles. Fue un momento delicado para él. «Estoy aquí haciendo todo el trabajo de esclavo, observando al idiota adolescente noche y día. También debería de gozar de un poco de la diversión.» Pero esto no lo añadió a su reporte. En lugar de ello, para divertir a los otros, comenzó el expediente con un video de cinco segundos de la imponente actuación de Gary Oldman como Drácula. Luego, para darle a su profesional trabajo un toque *cool*, añadió una pista musical a sus palabras. Metal pesado. Algo de *Metallica* y *Slayer*. Eso le imbuyó energía a algo que le parecía una serie de detalles bastante rutinarios y aburridos de la vida diaria y los contadísimos días de *Socgoal02*.

16

Ross sabía que tendría que esperar.

Tal como le dijo a Kate que lo haría, pasó la tarde lanzando cebos con forma de insecto en una curva bien conocida del río Deerfield. De hecho, logró pescar varias truchas de tamaño regular que de inmediato liberó de nuevo en el agua y que, al verse libres junto a sus piernas, nadaron alejándose a toda velocidad. Ni siquiera tomó fotografías con su celular para documentar su suerte. En algún momento, un águila pescadora pasó volando unos tres metros encima de él con una trucha retorciéndose entre sus garras, y a Ross le pareció que podía ser una señal de buena fortuna o un heraldo del desastre. No estaba seguro. «Todo depende de tu perspectiva», pensó. ¿Apoyas al ave o al pez? Unos minutos después, un castor golpeó el agua con su cola antes de pasar nadando junto a él con el hocico levantado y aire desdeñoso. El golpeteo del castor sonó como un disparo, tomó a Ross por sorpresa y le hizo sentir que un rayo de miedo lo atravesaba. El ruido lo lanzó cinco décadas al pasado. Permaneció de pie en el río y, cuando la luz solar desapareció a su alrededor, se quedó congelado por el recuerdo de una batalla caótica y de los hombres a los que mató. «¿Qué demonios le voy a decir a Connor?», pensó.

Entonces lo supo.

«Le diré la verdad.»

En ese momento no se le ocurrió que tal vez no sabía cuál era la verdad. Y tampoco se le ocurrió cuando condujo de vuelta a casa ni cuando lavó su caña de pescar bajo el chorro de agua fría y colgó sus botas de pescador en el garaje para que se secaran. Tampoco se le ocurrió cuando le dio un rápido beso a Kate en la mejilla y no le molestó que le preguntara «¿Y dónde está la prueba?», después de que él le hubiera contado sobre su exitosa jornada de pesca y añadido varios centímetros y medio kilo a la descripción de las truchas que atrapó. Ella se veía aliviada y feliz, Ross sabía bien lo que eso significaba, no necesitaba preguntar. «Alguien va a vivir.» Destapó una cerveza artesanal y la miró cocinando junto a la estufa, preparando lingüine y pollo a la parrilla. Una comida rica en proteínas, de las preferidas de su nieto para «el partido del sábado».

Cuando Connor llegó, no mencionó la pregunta que le había hecho esa mañana a Ross.

—Hay suficiente también para Niki, si quiere venir… —dijo Kate de inmediato.

Connor le contestó a su abuela al mismo tiempo que sacaba su celular y oprimía el número en marcación rápida:

—Niki estará agradecida de comer pasta antes de correr este fin de semana. Los carbohidratos son mejores que el tofu.

Durante la cena, a Ross le dio la impresión de que Connor había decidido retractarse de su pregunta, pero luego se dio cuenta de que una duda como esa no se desvanecería como lo hicieron el pollo y la pasta. Tampoco era abstracta como la manera en que Niki habló de algunos pintores famosos. Era tan concreta y sólida como los minutos que Kate enfrentaba en la UCI todos los días. «¿Vida o muerte?»

Así pues, supo que la pregunta volvería a surgir. A su debido tiempo adolescente. Ya fuera de inmediato o con retraso. Exclamada de forma abrupta o analizada con toda seriedad. Los adolescentes siempre seguían su propio ritmo.

Cuando terminó la cena, Ross lavó los trastes. Kate se dirigió al teléfono y llamó a la UCI porque quería volver a preguntar por algunos de los pacientes. Eso fue lo que ella dijo, pero Ross sabía que se trataba solo de uno. Niki y Connor subieron a la habitación de él cargando sus mochilas repletas de libros. Niki se quejó de que la historia estadounidense era demasiado aburrida hasta antes de la guerra civil.

—Si no fuera por esos viejos blancos con pelucas que se arriesgaron, no habría historia estadounidense. Estaríamos estudiando a Jorge III, al rey Enrique y la Guerra de las Rosas —explicó Connor. Su comentario la hizo reír.

Ross fue a su estudio.

Tomó un libro que había tenido por años, pero que no había leído en mucho tiempo. *Goodbye Darkness,* de William Manchester. En lugar de abrir su ejemplar con varias esquinas dobladas y leer los recuerdos plasmados en el interior sobre la lucha en Okinawa a finales de la Segunda Guerra Mundial, se quedó mirando la cubierta. En ella se veía la misma imagen que tenía tatuada en el brazo.

Debió permanecer en esa posición un buen rato porque de pronto oyó a Connor gritándole desde el vestíbulo del frente:

—Acompañaré a Niki a casa. ¡Regreso en unos minutos!

Ross salió del estudio con el libro en las manos.

Connor y Niki se estaban ajustando los abrigos. La noche se sentía cada vez más fresca.

—¿Una carrera difícil por venir? —preguntó Ross.

—No como el partido de Connor —contestó Niki, negando con la cabeza—. Tienen que jugar el campeonato de liga. Yo solo correré contra la lenta Molly y contra Sally y su sobrepeso.

Ross sonrió.

—No creo que sea tan sencillo —dijo.

Niki sonrió con aire coqueto. Ross supuso que esa mirada bastaba para hacer latir rápido el corazón de Connor.

—De hecho no lo será. Muchos entrenadores universitarios de carreras estarán presentes para reclutar. Así que de todas formas tendré que ganar.

—Más vale que lo creas —dijo Connor.

Ross fue a la puerta y los vio caminar por el acceso hasta la acera y apresurarse en dirección de la casa de Niki. Ambos desaparecieron tomados de la mano por una rendija de la oscuridad tardía del otoño.

Verlos hizo sonreír al abuelo, pero cuando empezaba a girar para entrar de nuevo a su casa, la agradable imagen de los adolescentes de desvaneció de forma abrupta. En ese momento sintió una oleada familiar de tensión, como si el oscuro y ordinario mundo de los suburbios frente a él se desvaneciera y lo reemplazara una densa selva. Vides, lodo y ramas colgando. El aire fresco de octubre desapareció y una humedad agobiante lo hizo sudar. De pronto distinguió cada sombra e imaginó que cada punto del negro mundo ocultaba a un francotirador camuflado mirando más allá del cañón de su arma.

Ross se quedó sin aliento. Sentía los brazos y las piernas hundidos en cemento. Quería agacharse, acuclillarse, cubrirse, ocultarse. Sus ojos miraron rápido de derecha a izquierda tratando de ubicar el peligro.

Y mientras luchaba contra el pánico vio algo inusual. Algo *fuera de lugar*. Estacionado debajo de una sombra, al otro extremo de la calle, había un automóvil que no reconocía. La silueta del vehículo lo trajo de nuevo al presente. La selva desapareció. Los suburbios regresaron. En el asiento del conductor había un hombre que pareció apretujarse y agacharse cuando miró en su dirección. Ross se preguntó si había visto el automóvil antes, pero no estaba seguro. Era raro que hubiera alguien estacionado a un lado del camino en ese espacio. Toda la gente que vivía en el vecindario guardaba sus vehículos en sus accesos o en sus garajes. Ni siquiera los visitantes solían dejarlos en plena calle. Ross pensó: «No significa nada. Olvídalo». Se encogió de hombros dentro de sí, caviló un poco más sobre el asunto, pero no se le ocurrió anotar la matrícula ni ningún otro detalle del automóvil o del conductor, ni especular *por qué* alguien estaría en un vehículo en su vecindario por la noche observando algo que no resultaba evidente.

Volvió a mirar al final de la calle y sintió que la oscuridad lo envolvía de nuevo. Requirió de fuerza de voluntad para girar y entrar a casa. Se dio cuenta de que todavía tenía en las manos el libro de

Manchester y de pronto le pareció pesado. Regresó a su estudio y se sentó al escritorio. Lo inundaban sentimientos que parecían saltar de forma caprichosa en su interior. No estaba seguro de si estaba demasiado deprimido o si la imagen de los jóvenes tomados de la mano lo había entusiasmado. Le parecían tan inocentes que sentía como si no supieran lo terrible que en verdad era el mundo. «Solo saben amarse el uno al otro y creen que si ganan sus partidos y sus carreras todo será maravilloso por siempre. El problema es que no es así.»

Kate se asomó por la puerta.

—Me voy a acostar —dijo—. Estoy exhausta, fue una semana difícil. ¿Ya vienes?

—Aunque tu invitación es provocativa —dijo Ross logrando sonreír y con un tono de voz que ocultaba sus verdaderos sentimientos—, te alcanzaré más tarde. Quisiera leer un poco antes de dormir.

Kate negó con la cabeza sonriendo de manera sutil, como pensando «me malinterpretaste por completo, no tenía planeado nada de cariño para ti esta noche», y entonces fijó la vista en el ejemplar de las memorias de Manchester que Ross tenía enfrente, sobre el escritorio. Su expresión cambió de golpe.

—No has dormido muy bien, ¿cierto?

Ross asintió con la cabeza.

—Ya sabes —contestó—, el típico octubre.

Su respuesta evitó toda conversación adicional. Kate en verdad quería agregar algo. «¿Típico? No hay nada de típico en tus octubres.»

—De acuerdo —respondió ella con calma—. Asegúrate de que Connor no se quede despierto hasta muy tarde.

Ross asintió de nuevo. Kate titubeó y luego salió.

Él oyó sus pasos al subir las escaleras a la alcoba.

«Normal. Regular. Un día es igual al siguiente, día tras día, semana tras semana, año tras año, hasta el instante en que morimos.» Cuando era joven, apenas un poco mayor que Connor ahora, vivía en un mundo de profunda incertidumbre. «Fumar un porro. Escuchar algo del Motown que le gustaba a Freddy.

Wilson Pickett cantando *In the Midnight Hour*. Quejarse de la comida. Las raciones individuales en combate. Ahora les llaman comidas preparadas. Siguen siendo repugnantes. Quejarse de la selva. Quejarse del calor y de los bichos, tal vez morir por la mañana porque pisamos una mina-S, porque nos atravesamos en la mira de un francotirador o porque nos topamos con una emboscada en "L".» Se aferró a los bordes del escritorio como si el piso hubiera comenzado a sacudirse.

Cinco minutos más tarde, oyó la puerta del frente abrirse.

Menos de sesenta segundos después, Connor ya estaba en la puerta de su estudio, de pie en el preciso lugar que estuvo Kate poco antes.

—¿Has pensado respecto a mi pregunta? —le preguntó a su abuelo en voz baja.

Easy, observando...

Afuera, en la calle, Easy susurró:

—Vete a dormir, maldita sea. Estoy cansado y tengo que transcribir y enviar mis notas.

Estaba observando las luces que aún brillaban en el hogar de los Mitchell. Su estómago se quejaba. Esa tarde almorzó en el restaurante de los padres de *la novia*. «Montones de cosas verdes y nada frito.» Pero sonrió mucho y tronó los labios con gusto mientras comía arroz integral y obtenía información esencial gracias a una mesera parlanchina. Los sábados por la noche en el restaurante se servía la cena hasta las 10 p.m. Cerraban más o menos una hora después. La limpieza y el corte de caja duraban hasta poco después de la medianoche. A veces un rato de conversación amigable con el personal. A esa hora se hacían doce minutos en automóvil del lugar donde los padres solían estacionarse, en un callejón detrás del restaurante, hasta su casa. *Socgoal02* permanecía con *la novia* hasta que llegaban los padres. Estaban solos ahí. Sábado por la noche. Desde que oscurecía, como a las seis, hasta pasada la medianoche. Más de seis horas de oscuridad. No hay tarea. Tampoco estarían viendo una película aunque hubieran dicho que eso harían. Estarían distraídos. Por completo. Bastante tiempo para Bravo. Para que entrara. Para que los sorprendiera desnudos y desprevenidos. Para hacer lo que querían los *Muchachos de Jack* y para grabarlo en video. Para salir. Sin ser visto ni detectado.

«Qué sorpresa para cuando regresaran a casa los padres exhippies.»

Easy se relajó en el asiento del automóvil.

«Será muy simple —supuso—. Además, deberían permitirme verlo todo. Estoy seguro de que a Bravo le gustaría tener compañía. Necesito hablar de ello con los otros. Tal vez. Tal vez no. No estoy seguro.»

Volvió a echarle una mirada a la casa de los Mitchell. Las luces seguían encendidas.

—Vamos, maldita sea —susurró.

Siguió mirando un instante. Entonces notó que las luces se apagaban un poco más allá sobre la misma calle, en la casa de *la novia*. Era razonable.

«Vamos, *Socgoal02*. Se acerca un partido importante. Ve a descansar. Quizá mueras este fin de semana.»

Pasaron algunos minutos más.

—Al diablo —dijo Easy, pero sin susurrar en esta ocasión—. No irá a ningún lugar esta noche.

Encendió el automóvil y enseguida comenzó a pensar en lo que le diría a Delta, el fiscal; a Charlie y a Alpha, jurado y juez; y a Bravo, el verdugo. Estaba satisfecho en extremo con su labor de vigilancia. Esa tarde, cuando los Mitchell estaban en la UCI, en la preparatoria o pescando en el río Deerfield, él había regresado a la casa y, a hurtadillas, tomó fotografías de todas las puertas, cerraduras y luces con sensor de movimiento. Logró hacer lo mismo en la casa de *la novia*. «Como empleado del servicio de lectura de servicios de la ciudad», pensó. Anotó todos los detalles de la puerta trasera. De manera profesional. Detallada, precisa, rigurosa y sin distracciones.

—Entonces —dijo Ross, haciendo una pausa—, ¿quieres saber lo que se siente matar a un hombre? ¿Por qué?

—Si no quieres hablar de ello está bien —dijo Connor—. Podemos hablar de otro tema.

En realidad no era su intención hablar de algo más, pero le pareció que necesitaba darle a PM1 la opción de eludir la conversación. Era un poco como aquel momento seis años antes en que PM1 se sentó al lado de su cama una noche y con aire incómodo dio inicio a la conversación sobre los pájaros y las abejas, y trató de hablar sobre el amor, el sexo, las erecciones y las vaginas, pero de pronto se enredó, comenzó a tartamudear y a sentirse apenado. En esa ocasión, PM2 llegó a rescatar a su esposo y, en resumen, después de sacarlo de forma abrupta de la habitación, empezó a hablar de una manera muy clínica y dando explicaciones de enfermera hasta que también su tono se volvió demasiado personal y de pronto se sonrojó y terminó preguntándole: «¿Qué no les enseñan esto en su clase de Salud y Bienestar?». Sí, sí lo enseñaban. Connor ya conocía todos los detalles.

Miró a su abuelo.

Dos conversaciones. Sobre el sexo. Sobre matar.

Ross exhaló de manera intensa y dijo:

—Supongo que hay dos tipos de situaciones. Cuando no sabes a quién estás matando, como en el ejército, el tipo de muerte en combate que yo conozco. Ahí el enemigo es una idea. Tal vez sea de carne y hueso, pero en realidad solo es un símbolo. Y tú procesas el asesinato de esa manera. Se queda contigo, pero… —dudó por un momento y luego retomó la idea—. También está el otro tipo, cuando sabes quién es. Eso es asesinato, y excepto por lo que he leído en libros y diarios, o por lo que he visto en la televisión y el cine, en realidad no sé nada sobre esa manera de matar. No creo saber más de lo que tú quizá ya sepas, Con. Por eso supongo que puedo hablarte del primer tipo, pero no del segundo.

Connor se dio cuenta de que el segundo tipo era del que necesitaba informarse.

Cosas como: «¿Qué significará para Niki y para mí después de hacerlo?».

Luego comprendió que quizás había lecciones que aprender sobre el primer tipo que podrían ayudarle con el segundo.

—¿Cómo fue para ti? —le preguntó a su abuelo—. ¿En verdad fue muy difícil?

Ross supo que tal vez mentiría a partir de ese momento.

—Me entrenaron demasiado bien. Los marines saben lo que hacen. Cuando terminas el entrenamiento básico, ya estás preparado. Supongo que me refiero a lo emocional. Te hace más fuerte por dentro. Además, yo tenía la sensación de que los tipos a los que les disparaba no eran gente de verdad. Solo eran el enemigo, y si no les disparaba, podrían matarme a mí o a los otros miembros de mi pelotón.

«Freddy», pensó.

Quería llorar. Quería decirle a su nieto: «Matar quizá te lastime por el resto de tu vida. O tal vez no. Ambas cosas son posibles», pero no pudo. Se armó de valor, tensó los músculos y cerró los puños debajo de la superficie del escritorio para que Connor no pudiera verlos.

—Además, en la zona de Vietnam donde yo estaba, muchísima gente moría todo el tiempo. Se volvió algo común. De cierta manera, la muerte fue perdiendo su singularidad. Era como si formara parte de nuestro mundo. Se volvió menos especial, supongo.

Ross se detuvo y recordó:

«Freddy falleció porque nos sorprendió una emboscada. Un hombre. Un arma. Muchas muertes».

No sabía si debía contarle la historia a Connor. Lo meditó por un momento y luego se dijo: «No. Es una historia con la que debo vivir yo solo. Si no estuviste ahí en ese momento, justo cuando las balas pasaban zumbando alrededor y yo levanté a Freddy en mis hombros, en realidad no puedes saber».

Tampoco le contó lo que se prometió a sí mismo cuando

asesinaron a Freddy: «Nunca más me volverá a sorprender una emboscada».

En ese instante Connor dijo:

—Entonces, los hombres que mataste…

—Bueno, Con, les disparé, pero todos estaban disparando al mismo tiempo. Es difícil decir si fui yo o alguno de los otros miembros del pelotón.

Eso era mentira sin lugar a duda. Tenía claro a quiénes había matado. No sabía sus nombres ni quiénes eran, pero los conocía. No lo visitaban en octubre con frecuencia como Freddy, pero de vez en cuando regresaban para recordarle que algo en sus cimientos estaba resquebrado.

Entonces recordó: «A veces inspeccionábamos los cadáveres del ejército norvietnamita. Alguien revisaba lo que había en sus bolsillos. Cartas. Fotografías familiares. Quizá una novia en casa, en Hanói. Yo detestaba ver eso, no quería enterarme de que tenían una vida».

—Algunos amigos tuyos murieron, ¿no es verdad? —preguntó Connor.

—Vaya, pues sí…

—¿En algún momento sentiste que necesitabas dispararle a la gente como para… *vengarte*?

Ross dudó en contestar.

«Sí, por supuesto.»

Pero no iba a decirle eso.

—¿Por qué lo preguntas?

Y Connor no iba a responderle.

—No lo sé. Solo se me ocurrió. Ya sabes, *Les Miserables*. Jean Valjean y el inspector Javert. En primavera leímos la novela para la clase de francés. Hicieron un musical en Broadway sobre la historia.

Ross respiró hondo.

—La venganza es distinta. A veces existe en el asesinato. A veces en la guerra. Puede ser tan simple como una broma o tan compleja como un estudio sobre el ascenso del nazismo en la Alemania de la década de los treinta, pero casi siempre es una equivocación.

No estaba seguro de lo que acababa de decir.

—Salvo… —comenzó Connor.

—Salvo cuando no lo es —completó Ross.

Ross pensó que era como el *Thin Man* de la balada de Bob Dylan. La letra le vino a la mente: «*Something is happening here, but you don't know what it is, do you Mr. Jones?*».

—¿Alguna vez has deseado vengarte de alguien? —preguntó Connor.

La pregunta dejó a Ross sin salida. Sabía que no la respondería con la verdad.

—Bueno, como ya te expliqué, en Vietnam hice aquello para lo que me entrenaron y lo que era correcto en ese momento. Cuando se está en guerra, el asunto no es ni la política ni el panorama general, la moralidad, la ética ni nada por el estilo. La venganza está involucrada en todo lo anterior o, al menos, puede formar parte de ello, pero el tema es demasiado filosófico para un tiroteo. Lo que yo hice sucedió en un mundo muy pequeño en el que el único objetivo era sobrevivir en los siguientes segundos o minutos. Tienes que hacer tu trabajo para que también otros puedan sobrevivir. ¿Por qué estás ahí?, ¿cuál es el objetivo de la guerra? Todas estas sutilezas, vaya, se pierden demasiado rápido —dijo Ross antes de ponerse de pie y señalar su librero.

»—Muchos escritores tratan de responder a esto en sus libros. Algunos se acercan, pero otros tal vez no tanto. Es difícil decirlo.

Connor se quedó viendo a su abuelo.

—Lo sucedido, ¿permanece contigo? ¿Aunque pasen los años? —preguntó. Pensó que esta sería la respuesta que tendría que darle a Niki.

Ross sonrió y negó sutilmente con la cabeza.

—Por supuesto que permanece, Con. Para algunas personas se convierte en todo. Para otras desaparece, pero nunca por completo. Depende de qué tipo de persona has sido hasta el momento en que el otro individuo aparece en tu mira y tú jalas ese gatillo. La memoria es peculiar, Con. Afecta a las personas de manera distinta.

No era la respuesta que Connor buscaba.

Se dio cuenta de que su abuelo le estaba diciendo que matar al conductor ebrio le dejaría una cicatriz, pero no podría saber cuán profunda, cuán brillante ni cuán duradera sería sino hasta que lo hiciera. Estaba seguro de que Niki detestaría esta conclusión.

Volteó de nuevo a ver a su abuelo.

—PM1, ¿por qué fuiste?

Ross titubeó en su interior. «¿Le digo todo eso respecto a que era joven y estúpido? ¿Que estaba confundido, que no me esforcé lo suficiente en la escuela y no vi ninguna alternativa? ¿Le cuento sobre los uniformes, el discurso del reclutador y todo lo que cautivó a mi romántica imaginación? ¿O solo le explico que me pareció buena idea en ese tiempo? Porque no fue buena idea en absoluto.»

Ross hizo una pausa.

—¿Has hablado de esto con Niki? —le preguntó de repente a su nieto.

Connor titubeó y de esa manera respondió la pregunta.

—Sí —confirmó.

—¿Hablan sobre mi guerra, sobre la Segunda Guerra Mundial, sobre Irak, 1776, Gettysburg o qué?

—No, nada específico —contestó Connor moviéndose un poco. Se sentía incómodo. No quería responder más preguntas porque temía decir algo que revelara *por qué* necesitaba informarse sobre asesinar—. Todo depende de la tarea, si es para Literatura inglesa, Historia o algún tema que haya surgido.

Eso era mentira sin lugar a duda.

—Correcto —dijo Ross, aunque sentía que su conversación no tenía nada de correcto.

Connor se levantó del asiento.

—Bueno, gracias, ha sido de mucha ayuda. Ahora voy a dormir como leño, tengo que descansar antes del partido del sábado. Estarás ahí, ¿verdad?

La conversación cambio en un instante.

—Por supuesto, no me lo perdería. Ahora ve a dormir. Yo subiré en unos minutos también.

Pero no, no lo haría.

Sabía que los recuerdos que desencadenó la conversación lo mantendrían despierto durante horas. Le echó una mirada al reloj sobre el librero. Eran las 10:30 p.m. Sospechaba que estaría despierto por lo menos hasta las 2:00 a.m. Tal vez sería toda la noche. No le molestaba. Por alguna extraña razón, le parecía apropiado.

Los Muchachos de Jack *reunidos en línea...*

Delta leyó dos veces el reporte más reciente de Easy antes de escribir:

> Excelente trabajo, Easy. Excelente.

Bravo:

> Estas fotografías son muy útiles. ¿Qué estaban pensando? ¿Que una pequeña cerradura en la puerta los mantendría a salvo? Tal vez los únicos crímenes que comete la gente en ese suburbio son cruzar la calle con el semáforo en rojo y tirar basura en la calle.

Easy disfrutó los halagos.
Alpha:

> Creo que llegamos a un punto de inflexión. ¿Qué opinas, Delta?

Delta había anticipado la pregunta. Tecleó:

> Les enviaré a todos un artículo publicado en un diario hace unos años y un artículo científico de una revista académica. Léanlos. Luego explicaré el plan básico.

Ya había cargado ambos documentos en un archivo que podría enviar al *Lugar especial de Jack* usando los protocolos usuales de protección, haciendo rebotar la información en varios servidores en todo el mundo, enviándola a través de cuentas falsas de personas que no existían, una en India, otra en Italia y una más en Noruega. Supuso que a los otros les tomaría algunos minutos familiarizarse con los puntos destacados de los documentos e identificar hacia dónde los estaba guiando. En su interior, Delta predijo: «Easy será el primero en participar».

Acertó.

Easy escribió:

Interesante. Ingenioso. Estoy impresionado.

Alpha añadió:

Easy tiene toda la razón. ¿Vemos todos lo que tiene Delta en mente?

La pantalla del chat se llenó:

Sí.

Delta sintió una cálida oleada de satisfacción. Miró los dos documentos frente a él. El encabezado del artículo de hace seis años era del *Register* de Des Moines y estaba enunciado como una pregunta: «¿El *bullying* los condujo a la muerte?». El otro artículo era de una edición reciente de *Psychology Today* y era obvio que se relacionaba con el anterior: «Nuevas investigaciones exploran la neurobiología de las autolesiones en adolescentes».

Alpha fue quien le dio forma a la conversación subsecuente al escribir:

Entonces, Delta, ¿crees que debería parecer como si se hubieran eliminado ellos mismos porque no podían adaptarse a su entorno? La perfecta angustia adolescente. Y la perfecta respuesta exagerada. Imaginen cuando se sepa la verdad.

Alpha creía que en la vida no había nada más verdadero y puro que el asesinato.

17

Kate se levantó poco después de que amaneció. Antes que Ross y Connor. Su esposo la despertó gimiendo por una pesadilla, gritando: «¡Alerta, alerta!». Ella notó las perlas de sudor en su frente y su pecho, pero cuando lo vio quedarse dormido de nuevo sin problemas, decidió no sacudirlo para despertarlo. No creía que la pesadilla se hubiera disipado, imaginó que solo se volvió aceptable. Como ya estaba despierta por completo, se estiró para tomar sus medias, una sudadera, el gorro tejido y unos guantes. Cuando salió por la puerta del frente encontró un día brillante y frío, sobre el césped quedaba algo de escarcha que resplandecía bajo los rayos del sol matutino. «Unos cinco o seis kilómetros y medio», pensó. Lo más rápido que pudiera correr para hacer mover la sangre, regresar a casa a tiempo para despertar bruscamente a los dos hombres de su vida y darles algo de desayunar. Al pasar de forma precipitada por casa de Niki, rodeada de un silencio que solo interrumpía el golpeteo de sus zapatos deportivos contra la acera, Kate pensó que iba corriendo mucho más lento de lo que la novia de su nieto lo haría, pero lo más rápido que ella misma podía.

A kilómetro y medio, se preguntó:

«¿Será esta la peor depresión de Ross?».

No lo sabía. Quizá la más terrible fue cuando Hope y su esposo murieron, y Connor llegó de pronto a vivir con ellos. Ese octubre fue un desafío para todos.

A los tres kilómetros se preguntó:

«Cuando Connor no habla conmigo, ¿será parte del comportamiento normal de los adolescentes? ¿Debería llamar a un terapeuta y preguntarle?».

La acera desapareció detrás de ella. Árboles, matorrales, céspedes bien podados la flanqueaban, pero ella no los veía. Tampoco veía a las otras personas que también se habían levantado temprano e iban comenzando su día. Solo prestaba atención al estrecho camino frente a ella.

A los cinco kilómetros se preguntó:

«¿Por qué puedo mantener a gente viva en la UCI, pero me da miedo no poder hacer lo mismo en mi propio hogar?».

El último kilómetro lo recorrió a toda velocidad, con los pies golpeando el pavimento con fuerza. Se detuvo quizás a unos treinta metros de su casa, sin aliento, inclinada desde la cintura. Se sentía acalorada, con la piel demasiado caliente, afiebrada. De repente tuvo escalofríos, como si la hubieran empapado con agua helada. Lo usual era que una carrera briosa la vigorizara, tal vez le llegaban a doler los músculos, pero siempre sentía el espíritu renovado. Esa mañana, sin embargo, lo único adolorido parecía ser justo eso: el espíritu.

Bravo...

Primero bajó al sótano. En un rincón había una mesa de trabajo y, sobre esta, un panel perforado repleto de herramientas. En una esquina del panel había colgado una especie de híbrido de martillo de carpintero y aparato para arrancar uñas que tenía pegados un poco de sangre y cabellos. Era en honor de *Se presume inocente* de Scott Turow, una de sus novelas favoritas. Era el arma homicida de esa obra de ficción. La *cosaesaquenosecomosellama*. La sangre y el pelo, sin embargo, venían de un gato que fue atropellado en una calle cercana. Por supuesto, el martillo de carpintero era lo que Hitchcock llamaba *un Macguffin*. Solo estaba ahí para distraer a la *Gestapo* y enviarlos en la dirección equivocada si alguna vez llegaban a bajar a ese sótano. «No son tan inteligentes —pensó Bravo— como para comprender que deben levantar el gancho donde están colgados los guantes, en la esquina superior derecha, y girarlo al tratar de quitarlo. Si hicieran eso encontrarían, escondido detrás, el pestillo del panel falso que cubre y oculta las verdaderas herramientas de trabajo.»

Le gustaba pensar que siempre estaba listo para enfrentar cualquier cosa.

«Siempre preparados.»

El lema de los Boy Scouts. Cuando era niño le entusiasmaban. Los Boy Scouts. Tuvo muchas insignias de mérito en su uniforme en aquel entonces. Por sus habilidades como salvavidas en la piscina, por entregar alimentos calientes a los ancianos retirados, por hacer fogatas, por saber hacer nudos y conocer las técnicas de primeros auxilios. También le debieron otorgar una insignia al mérito por masturbar al jefe de los exploradores, quien tiempo después terminaría en prisión como lo merecía por entrar ansioso a lo que pensó que era un sitio de Internet escandinavo de pornografía infantil, pero en realidad se trataba de un señuelo manejado por el FBI. A veces pensaba que ahora que era adulto obtendría una insignia al mérito por matar.

Bravo descolgó los guantes de trabajo y manipuló el gancho. Oyó el pestillo hacer clic y abrirse, y entonces vio una pequeña zona ahuecada. Ahí era donde colocaba el disco duro portátil de su sistema informático cada vez que salía de casa por un periodo prolongado. También ahí guardaba un bolso marinero negro Patagonia lleno de lo que él consideraba *artículos indispensables*.

Una pistola calibre .25 semiautomática, cargada y con el número de serie limado.

Un segundo gancho y un arnés para colgar al hombro el arma.

Una navaja recta tradicional.

Un cuchillo grande serrado de caza en un estuche con correa para sujetarse a la pierna.

Seis celulares desechables, cada uno comprado en un estado distinto.

Ataduras de plástico. De distintos tamaños y longitudes.

Varios pares de guantes quirúrgicos.

Varios pares de guantes delgados de cuero.

Un par de zapatos deportivos Asics de gama alta.

Escarpines quirúrgicos para cubrir los zapatos deportivos.

Cinta de embalaje. Dos rollos. Uno amarillo. Uno azul.

Un pequeño estuche de cuero con dos herramientas de cerrajero.

Un pantalón deportivo negro. Sudadera negra de lana con cuello de tortuga.

Pasamontañas Balaclava que solo permite ver los ojos. Vestimenta de ninja.

Un pequeño bote de pintura negra en espray.

Una cámara de video para grabar con una sola mano, con resolución de 1080 i y cable para conectarse a teléfono celular.

«Nada de imágenes borrosas o desenfocadas en mi trabajo.»

Varios antifaces negros para dormir y tapones para los oídos. Tres capuchas de tela negra. Estas las tenía para cuando no deseaba que una víctima escuchara lo que le estaba haciendo a otra. La idea de poder meter a alguien en un aterrador mundo de oscuridad absoluta, le encantaba. «Que la hija se pregunte lo que le está sucediendo al padre. Que el esposo sienta terror cuando se lleven a su esposa. Que la madre luche en vano cuando pierda de vista a su familia, cuando ya no alcance a olerlos ni escucharlos.»

Bravo sabía que si la *Gestapo* llegaba a encontrar su equipo podrían vincularlo a los dos crímenes que había cometido. Que todo eso formara parte de su equipo de *artículos indispensables* resultaba sospechoso. Sin embargo, se había asegurado de quemar lo que usó en sus primeras dos invasiones a casas y de reemplazar todo con artículos idénticos que compró sin problemas en Internet, verificando que los números de lote y las marcas no correspondieran a los que terminaron en la fogata. Excepto la pistola. Esa la obtuvo en una venta privada usando una identificación falsa que le mostró a un proveedor al que no habría podido importarle menos *quién* era él, y que nunca llevó a cabo el registro. De hecho, a menudo donaba pequeñas cantidades de dinero a organizaciones contra la violencia de las armas de fuego. De todas formas era muy inteligente y solo usaba esa arma semiautomática para amenazar a sus víctimas y someterlas por completo. «Nunca dispares con ella —se decía—. Los expertos en balística son sofisticados. Pueden rastrear balas y armas. El cuchillo, en cambio, bueno, les presenta a los médicos forenses un escenario diferente por completo y mucho más complejo.» También verificaba que el tamaño de sus nuevos cuchillos siempre fuera un poco distinto: veintitrés centímetros de longitud en lugar de veinticinco. Seis centímetros y medio de ancho en lugar de cinco. Con eso podría confundir a cualquier experto que midiera las heridas en un cuerpo.

Bravo creía que el verdadero truco para realizar asesinatos exitosos consistía en, para empezar, asegurarse de que nadie lo considerara sospechoso. «No estar nunca en una lista. Nunca ser la primera opción de un detective. Ni siquiera la centésima opción. Nunca recibir una multa por exceso de velocidad ni dejar de pagar los impuestos o hacer un reclamo en el departamento de agua de la ciudad, ni tratar de ponerse difícil con la compañía de televisión por cable por una factura. Nunca estacionar mi camioneta en un lugar prohibido. El hijo de Sam hizo eso y ahora pasa el resto de sus días en prisión. Todo lo contrario: hay que ser un ciudadano modelo. Ir a la iglesia de vez en cuando. Ser voluntario en el banco de alimentos a veces. Votar en cada elección.» Por eso elegía víctimas con las que no tenía ninguna relación. Por eso se comportaba como un *don nadie* en el departamento de envíos, donde tenía acceso a muchos nombres y direcciones. Usaba las computadoras de la oficina para elegir posibles blancos y, luego, en su tiempo libre, en la privacidad de su propia casa, entraba a Internet y los investigaba. «Hola, señor Robert Smith y señora. Con domicilio en Elm Street, Dondesea, Estados Unidos. ¿Sabían que cualquiera de estas noches podrían morir? Es extraordinario —pensó—, las cosas que la gente publica en Facebook, TikTok o Instagram para que los demás las vean.» La mayoría de las veces se veía forzado a rechazar blancos posibles por una razón u otra. «Ah, señor y señora Smith. Tuvieron suerte esta vez. Fue la fotografía del pastor alemán de la familia que publicaron en Instagram. El perro Bruno salvó sus miserables vidas y ni siquiera lo saben.» Tenía una serie de estándares para trabajar. «Aislamiento. Horarios regulares. Vulnerabilidad. Falta de protección adecuada del hogar.»

Salió del taller en el sótano y subió a la pequeña sala donde tenía una cómoda silla para escritorio y su sistema informático sobre una mesa de tamaño regular. Dejó caer al piso el bolso marinero con los *artículos indispensables,* se dirigió a la cocina y preparó una taza de intenso y humeante café. Una cucharada de azúcar. Agitar tres veces. Disfrutar. Regresó a la sala y se sentó frente al teclado. Ya había usado *MapQuest* para definir la ruta correcta de viaje a la casa de *Socgoal02.* «Giro a la derecha. Giro a la izquierda. Maneja por esta carretera. Toma la rampa. Conduce por la interestatal 700 kilómetros. Toma la salida 4 hacia la autopista de peaje y dirígete al norte por la Ruta 91 hacia la salida 16. Gira a la izquierda. Gira a la izquierda de nuevo.»

Ya podía escuchar la voz enlatada dándole las instrucciones con dulzura.

«Has llegado a tu destino.»

Entonces imaginó:

«Hola, Siri. ¿Qué hora es?»

«Es hora de matar.»

Inició sesión en el *Lugar especial de Jack.*

> Saludos a todos. Aquí Bravo.
>
> Listo para escuchar la palabra ADELANTE.

Easy respondió casi de inmediato:

> Creo que el final de Socgoal02 casi está aquí.

A este comentario le siguió música estruendosa: una versión en vivo de The Greatful Dead tocando *One More Saturday Night.*

Delta respondió:

Muy bien, Easy. Me encanta The Dead. Qué tristeza cuando murió Jerry.

Delta había abordado a una de sus víctimas en un callejón de Haight-Ashbury, distrito que en los sesenta fue una suerte de refugio para hippies y el lugar donde se formó *The Grateful Dead*. Delta hizo una pausa. Se preguntaba si su repentino entusiasmo por una banda a la que consideraba local podría revelar dónde estaba ubicado, pero luego descartó este pensamiento.

Entonces escribió:

De acuerdo, escuchen, este es mi plan inicial.

Los otros vieron desplegarse en la pantalla una serie de procedimientos enlistados en viñetas. Imágenes y texto numerados de uno al veintidós. El esquema empezaba con la palabra «introducción» seguida de una imagen satelital de Google Earth donde se veía la casa de *la novia* y la dirección de la misma. Delta había añadido una flecha amarilla señalando un lote vacío a una calle de distancia y con el texto: «Deja el vehículo estacionado entre estos dos robles. Así permanecerá oculto». En la imagen también había una línea punteada en rojo que mostraba un camino a través del lote, a lo largo de la frontera con otra casa, y luego cruzaba otro lote baldío para llegar al patio trasero de la casa de *la novia*.

Delta continuó:

Se necesita una linterna de visión nocturna para penetrar los matorrales y arbustos. Lo más recomendable es que sea tipo militar con filtro rojo. Por cierto: como la ropa podría rasgarse con las espinas y dejar caer hilachos, hay que quemar todas las prendas inmediatamente después de la visita a la casa de la novia.

Añadió a sus instrucciones un enlace para comprar en Amazon este tipo de linterna. Bravo lo anotó. Lo iba a necesitar. Hizo clic y ordenó el artículo. «Entrega al día siguiente.» Estaba más que dispuesto a pagar el costo adicional para el envío nocturno.

La siguiente información de Delta fue:

Bravo llega a este punto a las 9:17 p.m.

Ese era el número uno de los puntos en las viñetas.
El número dos fue:

Obtener acceso.

A eso le siguió la fotografía de la puerta trasera de la cocina, un acercamiento a un cerrojo de seguridad y otra imagen en la que se veía una luz con sensor de movimiento justo arriba de la puerta.

Gracias a Easy por proveer estas excelentes fotografías.

El tercer punto fue:

Bienvenido, Bravo.

Al ver esto en la pantalla, Bravo se retorció un poco en su asiento.

El cuarto punto de Delta era otra serie de fotografías tomadas del sitio Realtor.com. Arriba de la casa y la dirección se veía un letrero: «No está a la venta en este momento», sin embargo, también había algunas imágenes de las habitaciones. Delta había añadido el mensaje: «No puedo garantizar que sean actuales o precisas en cuanto a la colocación del mobiliario, pero esto les dará una idea a todos de la disposición en el interior».

A esto le siguió el número cinco:

Una imagen sacada de una pintura de Salvador Dalí: un cronómetro derritiéndose.

Y una advertencia:

El cálculo de Easy indica que tenemos más de cuatro o cinco horas para hacer lo que deseamos. Una parte de mí quiere aprovechar hasta el último segundo de ese tiempo, pero después de analizarlo y meditarlo mucho, llegué a la conclusión de que implicaría presionar demasiado al reloj. Para no arriesgarnos, recomiendo limitar la aventura a menos de cuarenta minutos. Sé que esto reducirá la oportunidad de que Bravo disfrute, pero recuerden que la operación debe parecer algo que no es. Una vez que Socgoal02 y la novia estén dominados podremos transmitirles con rapidez la lección que queremos enseñarles: «Fue un error meterse con nosotros». Alpha, tal vez podrías redactar la frase correcta para Bravo. Es importante capturar la expresión en sus rostros cuando enfrenten la realidad de lo que hicieron y de lo que está a punto de sucederles…

Alpha contestó:

Delta tiene razón. Ese será el momento crucial. Antes de enunciar algo tan importante necesitamos montar una cámara que opere sin problemas.

Bravo agregó:

Puedo transmitir en vivo al Lugar especial de Jack en cuanto tenga a Socgoal02 y a la novia bien controlados.

Delta continuó:

El tiempo restante debería usarse para establecer los elementos falsos de la escena. Para indicarle con mucha claridad algo a la Gestapo y que ese mismo indicio se transforme en un asunto distinto en cuanto publiquemos nuestros resultados. Mientras ellos se estén preguntando «¿Por qué estos jóvenes con tanto por vivir se habrán hecho esto a sí mismos?», nosotros estaremos preparando la publicación viral más vista de todos los tiempos. La ironía será abrumadora. Dos muertes que, para decirlo en el lenguaje de nuestros tiempos, propiciarán la más fake de las fake news. La perdurable fortaleza de nuestro mensaje se hará evidente cuando le hagamos saber al mundo lo que hemos hecho, y todos vean la determinación, el ingenio y la sofisticación de

los misteriosos, modernísimos e imposibles de rastrear Muchachos de
Jack. Será una bomba.

Easy resumió con brío:

¡Cabuuum!

Alpha recobró la compostura y añadió:

Necesitan suplicar por sus vidas.
Filma eso.
Las palabras deben ser memorables.
Recuerda: por lo general lo que nos motiva es el suceso. En esta oca-
sión será el mensaje.

Bravo detectó un problema.

Debe ser breve para que pueda memorizarlo.
O estar escrito en un trozo de papel que pueda ocultar en mi bolsillo.

Alpha contestó.

Esta noche redactaré un borrador.

Entonces Delta escribió:

Lo cual nos lleva al acto final.
¿Cómo morirán?
¿Y cómo haremos que parezca que lo hicieron ellos mismos?

Aún Delta:

Creo que este es el segundo momento crucial. ¿Están todos de acuerdo?

Las respuestas aparecieron de inmediato.

Cierto.

Sin duda.

«Ved aquí el gran obstáculo», por citar un poco al Bardo.

Exacto.

Las últimas palabras fueron las de Alpha:

Bien, ¿cómo les gusta a los chiquillos suicidarse hoy día?

Se quedó pensando por un momento y luego agregó:

Creo que también deberíamos publicar un par de notas suicidas en sus redes sociales. Uno de nosotros tendría que hacerlo casi al mismo tiempo que Bravo logre el acceso y tenga control. Así quedarán fijas en Internet más o menos de forma paralela a su muerte.

Charlie interrumpió en ese instante:

Me encantaría escribir las notas. Puedo entrar a sus páginas de Facebook y a sus cuentas de correo. También puedo hacer la publicación.

Alpha:

La escena final debe ser verosímil. Auténtica. Ese tipo de precisión conlleva problemas de diseño en los que deberíamos pensar. Antes que nada, ¿cómo lo harán, Delta?

Delta:

Regresaré a ustedes lo antes posible. Tengo demasiada información de suicidio adolescente en mis manos. La procesaré y la tendré lista para la próxima sesión en el Lugar especial de Jack.

Alpha asintió. «Esto se está armando poco a poco —pensó—. Todos funcionan como el equipo que sé que son.» Entonces escribió:

Sean ágiles. Bravo, deberías empezar a moverte. Todos tenemos una tarea. Llévenla a cabo sin retrasos porque el tiempo se acaba. Hay una fecha límite que debemos respetar.

Cuando Alpha calló un instante, Easy inundó el *Lugar especial de Jack* con la música de Elton John y la letra de Bernie Taupin: *Saturday Night's Alright for Fighting...* A todo volumen para que hiciera estallar sus bocinas. Aunque Delta y Charlie tuvieron que bajar el volumen porque las otras personas en sus casas podrían oír, de todas formas sonrieron entusiasmados. Cada uno en su propio espacio, en sonidos que iban de un susurro a un *crescendo* como los de los coros, todos cantaron la letra:

Saturday. Saturday. Saturday night's alright...

18

Los *Muchachos de Jack* trabajaron esos días con ahínco, hasta pasada la medianoche, hacia las primeras horas de la mañana. La fecha límite del sábado se acercaba con rapidez y ejercía presión sobre todos. Se dieron cuenta de que la premura con que estaban trabajando era contraria a su naturaleza pero, en lo privado, cada uno apartó de su mente y desdeñó ese pensamiento enseguida porque la necesidad de desempeñar sus distintos papeles con una perfección letal era abrumadora.

Alpha...

A Alpha le preocupaba un poco que *Socgoal02* y *la novia* hubieran podido mencionarle su intrusión al *Lugar especial de Jack* a alguien más. Pensaba que incluso un poco de duda podía ser como un virus que tarde o temprano llegaría a oídos de un policía astuto en algún lugar. Y esta posibilidad lo obsesionaba.

No podría decirse en realidad que *tuvo dificultades* al escribir el mensaje que Bravo le daría a *Socgoal02*. La furia que sentía contra el adolescente amenazaba con abrumarlo y arruinar su selección de las palabras, pero todo el tiempo recordó que debía mantenerse tranquilo, ecuánime y directo.

«¿Sabes a quién jodiste, niño idiota? Permíteme responder a esta pregunta: a la gente equivocada.

»¿Y comprendes lo que eso significa?

»Significa que vas a morir.»

Alpha jugó con las palabras de la misma manera que lo hacía con sus víctimas.

Bravo...

En otro lugar de Estados Unidos, Bravo empacó con meticulosidad para su viaje de matanza. Una vez. Luego sacó todo, volvió a verificar que todos los artículos estuvieran ahí, en perfecto estado y funcionando: baterías, estuches de municiones para colgarse, bisagras aceitadas. Después salió y se quedó de pie mirando el estrellado cielo como un tonto poeta romántico en busca de los versos apropiados para impresionar a una deseada conquista amorosa. Abordó su camioneta y la encendió para verificar cuánto combustible tenía. El medidor indicó tanque lleno. Desde antes de siquiera introducir la llave en la ranura de arranque supo que así sería. Salió de la camioneta, caminó fatigado de vuelta a la casa y sacó una pequeña nevera. Se preparó varios sándwiches, tomó algunas botellas de agua para el camino. Regresó a su habitación, vació el saco marinero y empezó a empacar de nuevo.

Charlie...

Charlie se sorprendió al encontrar un ejemplar de *Romeo y Julieta* de Shakespeare atorado en un rincón de un librero en su oficina. No sabía de dónde lo había sacado. Leyó el acto final dos veces antes de entrar a Internet y estudiar algo de literatura *Young Adult* y una sinopsis de la serie *Por trece razones* de Netflix. Todo esto lo hizo para elaborar las notas de suicidio.

Escribió varios borradores a mano en una libreta, pero trituró de inmediato cada intento que no lo satisfizo. Quería capturar el tono más conveniente.

Juventud. Desesperación. *The Who*: «*It's only teenage waste-land...*».

Las notas tenían que ser diferentes, pero también debían reflejar el profundo vínculo de la pareja, debían fundirse una con la otra. Ambas tenían que ser generales, un grito al cruel y estereotipado mundo. Tenían que ser específicas. La carta de él a sus abuelos. La carta de ella a los restauranteros otrora hippies que tal vez serían los primeros en llegar a la escena. También debían contener una explicación verosímil de *por qué* se habían suicidado.

—Maldita sea —se dijo a sí mismo—. Esta tarea es más difícil de lo que los otros creen.

Charlie sabía que podía entrar a las páginas de Facebook de *Socgoal02* y de *la novia*, pero le parecía que habría otros lugares que se revelarían más íntimos. «¿Publicaría mis deseos suicidas en Facebook? *La novia* podría elegir papel floreado para notas. "Queridos papá y mamá... lo siento, pero no pude soportar un día más..." *Socgoal02* estaría más en sintonía con Internet. Tal vez diría algo más masculino como: "Lo lamento, abuelos, pero no creo que valga la pena seguir viviendo la vida...". Tengo que mejorar estas ideas», pensó.

Delta...

En la mansión en las afueras de San Francisco, Delta saltaba de los ensayos académicos sobre el suicidio —Durkheim, Álvarez y el DSM5— a su recopilación de estadísticas reunidas a partir de publicaciones científicas de todo el mundo. Su objetivo era armar una escena correcta y convincente para cuando las familias de *Socgoal02* y *la novia* los encontraran. «La primera impresión debe ser una vorágine de terror. Se acercarán corriendo a los dos cuerpos y los abrazarán con fuerza, lo cual ayudará a destruir cualquier evidencia que Bravo pudiera dejar. Pero por supuesto no dejará nada porque es demasiado profesional. No debe caber, sin embargo, duda alguna respecto a lo que verán esas primeras personas al llegar al lugar de la ejecución. Quiero que en la primera llamada que hagan al 911 exclamen: "¡Se suicidaron!".» Delta sacó una libreta de papel blanco e incluso trató de hacer algunos dibujos: una cama, dos cuerpos despatarrados de forma improvisada sobre las cobijas. «¿Desnudos? ¿Tomados de las manos? ¿Qué más incluye un pacto suicida?»

Easy...

En su pequeña habitación del Red Roof Inn, Easy se sentía irritado. Estaba revisando de nuevo todos los aspectos de su misión de vigilancia y le preocupaba no haber incluido alguno de los elementos cruciales. «Ningún detalle es demasiado trivial.» De hecho, su ansiedad aumentó tanto que a las dos de la mañana se levantó de entre las sábanas revueltas. Se salpicó un poco de agua en la cara. Se puso los zapatos, unos pantalones kaki y una sudadera con capucha, y caminó sin apresurarse por el corredor del motel. Al abrir la puerta ignoró el fresco aire del otoño, al empleado del turno de la noche que estaba dormido detrás del mostrador de la recepción, y solo salió de ahí. Abordó su automóvil alquilado, manejó hasta la casa de *Socgoal02* y se detuvo en su punto usual de observación. Al principio solo verificó que todos estuvieran dormidos y que las luces permanecieran apagadas. Luego dio marcha atrás en el automóvil sobre la lóbrega calle y se detuvo frente a la casa de *la novia*. También estaba en penumbras. «Muchas otras luces se extinguirán muy pronto.»

Connor y Niki la tarde siguiente...

Iban caminando juntos a casa tras sus respectivas prácticas deportivas. Niki sintió que Connor quería hablar de algo, así que de vez en cuando lo empujaba con suavidad con el hombro para ver si un poco de contacto físico lo relajaba y le ayudaba a liberarse de lo que traía en mente.

Pero no sirvió.

Ella lo miró de reojo.

Vio las ideas moviéndose en el fondo de su mente. No le pareció que estuviera demasiado preocupado, solo enredado en sus pensamientos. Al principio pensó que estaba imaginando el ataque de los dos mejores delanteros de la liga a los que se enfrentaría ese fin de semana. Todos los entrenadores enseñaban el mantra de: «Hay que visualizar el éxito». Ella misma lo hacía. Imaginaba su paso, sentía cómo se contraían sus músculos, reunía impulso y aceleraba sabiendo que las otras corredoras de campo traviesa empezarían a tener dificultades y quedarse atrás. Respiraba hondo cuando caminaba junto a Connor, de la misma manera que lo hacía cuando aceleraba en la última recta para llegar a la línea de meta. A menudo se decía a sí misma: «La carrera la ganas el día anterior. O la semana anterior. O el mes anterior». Sabía que una de las corredoras programadas para la próxima carrera no era del todo mala. «No se quedará atrás con tanta facilidad —pensó—, así que tendré que hacer algo para desanimarla desde el principio. Si después del primer kilómetro y medio piensa que no puede vencerme, no podrá y no lo hará.»

—Oye, ¿podemos desviarnos un poco? —preguntó Connor.

Lo dijo con una sonrisa burlona que ella identificó como lo que era: una expresión para ocultar lo que en realidad estaba pensando.

—Por supuesto —respondió ella enseguida—. ¿Adónde vamos?

—Ya lo verás —dijo Connor.

—¿Ya veré? —preguntó Niki con tono escéptico.

—Bien, es que he estado pensando mucho respecto a lo que planeo hacer.

—Sí, ni que lo digas. Me queda claro.

«Decapitaciones. Tutoriales sobre armas. Programas televisivos de crimen y libros sobre asesinatos. Y además le preguntaste a tu abuelo qué se sentía matar a un hombre.»

—Tal vez llegó el momento de hacer todo esto menos abstracto —dijo Connor, y de forma abrupta la hizo desviarse con él del trayecto usual y caminar rápido, como a pasodoble, por una calle lateral.

Easy, cincuenta metros atrás en un automóvil alquilado...

—¡Maldita sea! —dijo Easy y comenzó a proferir una rápida serie de obscenidades—. ¿A dónde demonios creen que van? ¡Se supone que deben ir a casa!

Odiaba cualquier divergencia de la rutina. La mera idea de que *Socgoal02* y *la novia* hicieran algo distinto ponía en riesgo toda las notas que les había enviado a los *Muchachos de Jack*.

Tratando de no ser obvio, pero pensando al mismo tiempo que no había manera de serlo *más*, Easy giró y los siguió. En cuanto vio un lugar donde estacionarse se detuvo y bajó del automóvil sin dejar de seguir con la vista a la joven pareja que ya estaba a unos cien metros de distancia. Estuvo a punto de correr para alcanzarlos, pero luego gritó en su mente: «¡Detente! ¡No llames la atención!».

—Tal vez solo van a comprar un helado o algo así de estúpido —murmuró.

El problema era que no parecía eso.

Niki y Connor afuera del supermercado...

—Ahí trabaja. Su turno está a punto de terminar —explicó Connor.

Niki asintió. Pero una cosa era saber que el individuo que Connor planeaba asesinar trabajaba como carnicero en el supermercado. Una cosa era haber visto las fotografías que Connor había encontrado de él en Internet, incluyendo la del registro de su arresto. Derecha. Izquierda. Frente. El rostro impenitente. Una cosa era haber leído los reportes de la policía, no solo del accidente en el que murieron los padres de su novio, sino también los de las quejas por ebriedad y por alterar el orden público, además de la demanda de divorcio. Y otra cosa era verlo así, en persona. Niki entendió en ese instante lo que Connor había querido decir con *abstracto*: ya había visto al conductor en muchas ocasiones.

Para ella era la primera vez.

Estaban de pie en la parte trasera de un enorme lote de estacionamiento. El supermercado era como cientos más en Estados Unidos: constituía la base de un centro comercial con licorería, salón de belleza, tienda de neumáticos y un PetSmart en el que vendían alimentos balanceados para mascotas, premios para gatos y otros artículos para la gente que tanto amaba a los animales y que vivía en los vecindarios desde los que se podía llegar ahí caminando.

—Vamos —dijo Connor—. Él suele ser el primero en salir. Lo hace por la puerta trasera. Ahí es donde estacionan los empleados sus automóviles.

—Pensé que ya no tenía permitido conducir —dijo Niki. De pronto sus pies se negaron a moverse.

—Exacto. Eso era lo que yo pensaba también —exclamó Connor en un tono cínico—. Supongo que decidió ignorar la orden del juez.

Caminaron alrededor de la enorme y achaparrada construcción del supermercado hasta llegar a un segundo estacionamiento donde había una variedad de automóviles pequeños, *pick-ups* y camionetas familiares. Connor se dirigió enseguida a una cerca de malla metálica en la parte trasera, en cuyas perforaciones crecía algo de hierba. Niki comprendió que ya había estado ahí antes.

—Mira —dijo él sin señalar. Niki levantó la vista. Cuatro hombres iban saliendo por unas puertas dobles para entrega de mercancías. Bajaron por las escaleras hacia el estacionamiento—. Tercero de derecha a izquierda —añadió.

Niki no necesitaba esa información. Reconoció al hombre por las muchas fotografías que Connor le había mostrado. Un poco gordo, con la constitución de un levantador de pesas. Brazos tatuados. Poco más de cincuenta. Cabello más bien largo, barba de dos días en la barbilla. Se veía fuerte. «A menos de que el alcohol lo aturda, luchar contra él será un desafío», pensó. Lo vio abrir la puerta de su camioneta y lanzar a la parte trasera varios mandiles blancos manchados de rojo. Sin siquiera mirar hacia donde ellos estaban, el carnicero abordó el vehículo y se alejó con prisa.

—Creo saber a dónde se dirige. Todas las noches va a un bar a cinco calles de distancia. Se queda ahí hasta las ocho o las nueve, luego sale y se tambalea hasta su camioneta. Maneja poco más de un kilómetro por unas vías laterales hasta llegar a su departamento. Es un lugar bastante deprimente, pero está tan cerca del bar que, sin importar cuánto haya bebido, lo más probable es que llegue ahí sin llamar la atención —explicó Connor.

Entonces hizo una larga pausa.

—O sin matar a nadie —añadió.

Niki volvió a asentir. Vio las luces traseras de la camioneta desaparecer en la esquina.

—¿Por qué no llamamos a la policía y los alertamos de lo que sucede? —preguntó.

Connor negó con la cabeza.

—Lo vuelven a meter a la cárcel por violar los términos de su liberación, quizá lo despidan del supermercado y eso me dificultará más seguir su rastro. Tal vez incluso logre averiguar quién lo denunció. Por el momento sé dónde está, qué hace y cuáles son sus horarios.

A Niki le asustó que su novio supiera todo eso, pero respondió:

—Por supuesto.

—Bien, pues —dijo Connor, tomándose su tiempo—: Él es a quien voy a matar.

Niki calculó situaciones en su mente. Supuso que era fácil pensar en asesinar, pero imaginó que hacerlo de verdad sería más difícil. Pensó en la familia del hombre. Imágenes, ideas, el futuro… todo esto la abrumó, pero al final solo dijo:

—Bueno, si tenemos que hacerlo, supongo que tenemos que hacerlo. Sin embargo, no creo que sea el momento apropiado. Aún no.

Connor sonrió.

—¿Tenemos que crecer un poco más? ¿Volvernos más astutos?

—Ese era el plan. Ese siempre ha sido el plan. No veo por qué deberíamos cambiarlo ahora. ¿Cuál es la prisa? Además, no es como si no tuviéramos nada que hacer ni otras preocupaciones. Como tu partido, mi carrera, la universidad y todo eso —respondió Niki.

Connor titubeó.

—No lo sé, a veces me parece que con cada día que pasa, este hombre se aleja más de mí.

Ella no dijo nada.

—Y cada día que pasa me cuesta más trabajo recordar cómo eran mi mamá y mi papá. Cada vez es más difícil imaginar cómo se verían ahora. O lo que dirían o harían. O el impacto que tendría en mi personalidad la forma de ser de ellos.

Niki tomó su mano.

—Bueno, de una cosa estamos seguros —dijo.

—¿De qué? —preguntó Connor en voz baja. Quieto. Hablando con dificultad.

—Pues, sabemos que estarían presentes en el partido de mañana —dijo Niki con todo el entusiasmo posible.

Su respuesta hizo sonreír a Connor.

—Es cierto —dijo él—. Supongo que tendré que conformarme con que PM1 y PM2 me animen desde las líneas laterales.

Niki quiso decir algo trivial como: «Ya sabes que tu mamá y tu papá han estado viéndote en cada partido. Sabes que siempre cuidan de ti». Sin embargo, no lo dijo porque no lo creía y porque también sabía que Connor notaría de inmediato lo que era, un cliché.

Easy, observando desde no muy lejos...

—Vaya, demonios —se dijo a sí mismo sonriendo de oreja a oreja.

Se alejó un poco y actuó como si se dirigiera a una de las tiendas para asegurarse de que ni *Socgoal02* ni *la novia* lo vieran.

En cuanto ellos regresaron a la acera e iniciaron su trayecto a casa, Easy dio vuelta y continuó siguiéndolos.

«Así que están haciendo más o menos lo mismo que yo.

»Jugando a los asesinos.

»Solo que yo no estoy jugando.

19

LA OPORTUNIDAD SE ESTRECHA

Delta...

Tras una larga noche de breve sueño, poco después de las seis de la mañana en la Costa Oeste, Delta por fin creyó tener en su mente el retrato idóneo de la muerte, en el block de dibujo de su computadora y en las notas que tomó con prisa en trozos de papel dispersos entre las evaluaciones que había hecho de ensayos científicos sobre el suicidio adolescente. Entró al *Lugar especial de Jack* y envió una solicitud urgente:

> Necesitamos reunirnos en línea pronto, digamos de inmediato. Para revisar los detalles del plan.
> ¿Pueden a la 1 p.m. hora del Este?

Y esperó.
Alpha fue el primero en contestar:

> Sí.

Delta preguntó:

> ¿Cómo va el trabajo de todos?

Alpha:

Casi termino el mensaje de Bravo para Socgoal02 y la novia. Lo estoy puliendo. Se los mostraré en nuestra siguiente reunión.

Charlie se unió en ese momento:

Igual yo. Fue una tarea más difícil de lo que anticipé.

Bravo entró entonces:

Trabajo preparatorio terminado. Listo para viajar, pero tendré tiempo limitado a la 1 para conversar. Treinta minutos máximo. Lo lamento, muchachos.

Estaba pensando en el descanso que se tomaban en el departamento de envíos para almorzar.
Easy también contestó:

Sigo trabajando aquí. Tomando notas y cronometrando sus hábitos. Si hay movimiento, tal vez no pueda entrar a la sala de chat a la hora programada. No estoy seguro.

Alpha respondió por todos:

Continúa con lo que estás haciendo, Easy. Bravo, no hagas nada que pueda llamar la atención. Después encontraremos la manera de ponerte al día con todo. Nuestra oportunidad se está estrechando. No quisiera husmear innecesariamente, ¿pero cuánto tiempo calculas que tardarás en estar en posición?

Los dedos de Bravo titubearon sobre el teclado. La respuesta indicaría cuán cerca estaba de *Socgoal02* y de *la novia*. No quería revelarlo, pero entonces pensó: «Mierda, si no puedo confiar en los *Muchachos de Jack*, ¿entonces en quién sí puedo confiar?». Y escribió:

Ocho a diez horas máximo para llegar a la casa de Socgoal02. No quiero que me detengan por conducir a exceso de velocidad.

El comentario hizo reír a todos.
Alpha contestó:

Excelente. Ahora, Delta, ¿en el plan hay algún elemento que pueda generar problemas adicionales de tiempo?

Delta contestó en un abrir y cerrar de ojos desde su habitación:

Sí, hay uno que es crucial para mi diseño general. Creo que tendremos que equipar a Bravo con algo que tal vez no tenga ahora. Un paquete pequeño. ¿Cómo podemos hacérselo llegar?

El silencio prevaleció por un momento en la sala de chat.
Bravo pensó: «¿Algo que no tengo? Me parece que tengo todo lo que necesito».
Easy respondió antes que los demás:

Si solo se trata de un paquete pequeño, Delta, puede ser enviado al motel donde me estoy quedando. Estoy registrado con un nombre falso. Te puedo dar esa información y así tú podrías mandar el paquete del que hablas durante la noche. Solo quedaría el detalle de hacérselo llegar a Bravo con tiempo suficiente.

Easy dudó:

No puede ser un arma. Ni siquiera una pistola sin registro. Es posible enviar armas por el correo estadounidense, pero siempre implica un riesgo. Uno nunca sabe si el paquete podría activar una alarma de rayos X.

Delta contestó:

No es un arma. No del todo. No es algo que pudiera captar la atención de un inspector postal.

Easy contestó:

¿No sería mejor enviarlo por FedEx? ¿«Cuando positiva y absolutamente tiene que llegar a tiempo...», como dice su publicidad?

Delta se rio en voz alta.

Gracias, Easy, buena idea.

Casi de inmediato Easy le dio a Delta el nombre falso y la dirección del Red Roof Inn. Al ver la información, la energía de cada uno se intensificó de manera distinta, pero siempre variando alrededor de la idea: «Todo esto se está volviendo real». El asesinato de *Socgoal02* y de *la novia* pasaba de una etapa a la siguiente. Cada vez más cerca de hacerse realidad. La orquesta afinaba. La fanfarria estaba a por comenzar. La cortina subiría en cualquier momento.

Alpha, siempre precavido, interrumpió:

¿Estás cien por ciento seguro de esto? ¿Es necesario para el plan? Incluso si usamos un servicio de entrega, el envío implicaría una capa adicional de posibilidad de detección. Además, mandarle a Easy algo que le tiene que llegar a Bravo conllevaría peligro aun si no hay un encuentro en persona. Todo esto añadiría otro factor de riesgo.

Delta había anticipado esta inquietud:

Sí, estoy consciente del peligro. Lo entenderán cuando explique el plan, pero como tenemos tiempo limitado, necesito actuar ahora. Para ser franco, muchachos, creo que van a adorar esta idea.

Charlie, sin embargo, tenía otra inquietud. Escribió:

¿Cómo podrá Bravo estar seguro de que ciertos sujetos estarán en la casa de la novia? Necesitará una confirmación antes de moverse y solo Easy puede hacer eso.

Easy había pensado más o menos lo mismo:

Mantendré la vigilancia hasta un punto crítico. Me cercioraré de que todos estén en su sitio y solo entonces le indicaré a Bravo que proceda. Si no recibe mi mensaje podemos retirarnos y dar paso al plan secundario, pero no creo que sea necesario. Por otra parte, necesitaré un celular desechable a donde enviar la información.

Easy respiró hondo. «Al menos esto me permitirá estar muy cerca —pensó entusiasmado—. Peligrosamente cerca.»
Bravo respondió sin demora.

Excelente idea. Aquí está el número. Después de, digamos, las 10 p.m. del sábado, ya no estará activo. Todos deben saber que es el teléfono que conectaré a la cámara para transmitir al Lugar especial de Jack.

Easy lo memorizó.
También los otros.
Después de eso, todos dieron fin a la sesión y salieron de la sala. Delta, por su parte, sentía que no tenía tiempo que perder. Buscó en Internet la ubicación del centro de envíos de FedEx más cercano. Verificó dos veces que las entradas y el historial de búsqueda reciente de su computadora estuvieran encriptados y luego cerró sus aparatos. No quería que alguna de las empleadas domésticas entrara en su habitación a hacer la cama o a levantar la ropa sucia y viera sin querer lo que había estado buscando. Junto a su escritorio tenía un pequeño archivero de seguridad en el que guardaba todas sus notas, papeles y libros. No era suficientemente sofisticado para frustrar ni a un criminal profesional ni a un cerrajero ordinario, pero desanimaría al personal del servicio si alguien quisiera husmear. Tampoco confiaba en las enfermeras del hospital para pacientes terminales. Aunque no tenía evidencia, creía que cada vez que él salía ellas fisgoneaban.

Suponía que a su madre ya la habían despojado de algunas piezas de costosa joyería.

Se apresuró. A pesar de que estaba muy cansado por su búsqueda y de que solo había dormido algunas horas, se dijo a sí mismo que tenía que reunir fuerza y vencer la fatiga.

Se vistió para salir. Jeans de diseñador. Zapatos para correr de alta gama. Suéter de casimir. Chaqueta de cuero.

Salió de su suite y de inmediato notó que una de las enfermeras salía de la habitación de su padre. «El final del turno de la noche.» Aclaró la garganta y se acercó a ella.

—¿Cómo está hoy el viejo?

La enfermera se detuvo. Tal vez le sorprendió que Delta estuviera despierto tan temprano y que le hubiera hablado.

—Más o menos igual que ayer. Me entristece decirlo, pero nos estamos dirigiendo a las últimas etapas.

«¿Le entristece? Claro que le entristece —pensó Delta con cinismo—, adora el sustancioso cheque que recibe.»

—Creo que me voy a asomar para ver cómo está. Estoy seguro de que eso lo hará sentir mejor —dijo Delta, pero en realidad sabía que no lo haría sentir mejor—. ¿Hay alguien con él?

—Sí, la otra enfermera lo está cuidando mientras yo tomo mi descanso.

Delta no le preguntó a la Enfermera #1 cuál era el nombre de la Enfermera #2.

Entró a la habitación y, al mismo tiempo, tomó una máscara quirúrgica de un mostrador y se la puso en la cara imaginando que uno de sus gérmenes podría ser lo que por fin propiciara que el viejo se ahogara y diera su último suspiro. La amplia alcoba de su padre había sido transformada en una habitación de hospital. La gran cama y su cabecera tailandesas talladas a mano fueron reemplazadas con una cama ajustable con marco de metal. Los monitores y los tubos colocados a ambos lados de la misma oscurecían las costosas obras de arte que colgaban de las paredes. Los aparatos médicos hacían bip. Las líneas verdes y amarillas que medían el ritmo cardiaco, el pulso y los niveles de oxígeno viajaban a un ritmo hipnótico de un lado al otro de las pantallas.

Al rostro de su padre lo cubría una mascarilla de plástico transparente. Delta pensó que el viejo lucía casi irreconocible. «No queda mucho de ti, ¿verdad?» Vio el suero que fluía al interior del brazo del hombre. La Enfermera #2 ajustaba el flujo de vez en cuando.

Su padre tenía los ojos cerrados.

—¿Está dormido? —preguntó Delta.

—Más o menos. La morfina lo noquea —explicó ella.

—Pensé que seguía tomando pastillas. Ya sabe, de oxicodona. O morfina en tabletas.

—Hace un par de días dejamos de dárselas porque estaba teniendo problemas para tragarlas. Comenzamos con medicamentos vía intravenosa. Creo que eso lo tranquiliza.

Por el tono en que dijo todo lo anterior, la Enfermera #2 parecía implicar que Delta debió haber hecho esas preguntas varias semanas antes.

Él se acercó a la cama.

—No se ve bien —dijo.

«Heme aquí, enunciando lo obvio», pensó.

Debajo de la impecable sábana blanca, del hombre quedaba solamente la carcasa. Delta apenas alcanzaba a discernir el ligerísimo ascenso y descenso del pecho de su padre. De vez en cuando un dedo se flexionaba de un tirón o uno de sus párpados aleteaba.

«¿Quién habría pensado que con todo ese dinero y poder, de todas formas, necesitarías que una enfermera te aseara? Es patético.»

Delta miró el rostro de su padre y pensó en que no sentía nada en su interior.

Por un instante deseó inclinarse y decir: «Tú me hiciste como soy. ¿Sabes a cuántas vidas he dado fin? Y ahora voy a ayudar a terminar con la mejor de todas. Tal vez no debiste tratarme como un perro cuando era niño. No, corrección: trataste al perro de la familia mejor que a mí. Todo lo que yo hacía estaba mal. Todo carecía de significado para ti. ¿Crees que soy cruel? Tú fuiste quien hizo de la crueldad la esencia del negocio de la familia. Pero adivina qué: vas a morir y, en cuanto hayan dejado caer la tierra sobre tu tumba, la gente que asista a tu funeral no volverá a pensar en ti ni por un instante. Y así serás olvidado. Lo que yo estoy haciendo, en cambio, formará parte de la historia. Seré famoso. Jodidamente famoso. Nadie olvidará a Delta».

No dijo nada de esto. Esperaba que el mensaje le llegara al viejo a través de una especie de vía mágica que se abriría por la cercanía a la muerte y el paso a la luz. Pero la verdad es que no le importaba.

Se dio cuenta de que ver a su padre morir frente a él no le infundía la misma emoción que degollar a un indigente. Esta idea revoloteó en su imaginación: «Esa sí es una forma real de morir. Repentina. Dramática. Intensa. Satisfactoria. Esto, en cambio, solo gasta el tiempo y la energía de todos».

Delta se acercó a un lado de la cama. En la mesa de noche vio lo que estaba buscando: un vaso de agua y varios frascos con pastillas.

—Creo que necesita una nueva almohadilla debajo de su trasero —dijo—. Las llagas que le hace la cama deben de ser tan dolorosas como el cáncer.

La Enfermera #2 se puso de pie y miró al hombre a su cargo.

—No estoy segura de… —comenzó a decir.

—Yo sí —afirmó Delta con severidad.

La Enfermera #2 dejó de hablar. Por un instante miró a Delta en desacuerdo, con un ligero enojo en sus ojos, pero luego dijo:

—Iré por una nueva.

Los suministros médicos estaban en el baño, apilados sobre las mesas de mármol al otro lado de los lavabos con piezas en chapa de oro. En cuanto la enfermera volteó y cruzó la habitación para traer la almohadilla, Delta se estiró, tomó lo que necesitaba y lo metió con agilidad en su bolsillo.

—Aguanta, papá —dijo en el volumen más alto posible cuando regresó la Enfermera #2—. Sabes que estamos aquí contigo.

Se inclinó y apretó la mano de su padre.

«Un buen espectáculo», pensó, al mismo tiempo que se cercioraba de que la Enfermera #2 notara este breve acto de gentileza. «Ahora continúa muriendo. Yo tengo cosas que hacer.» Sin decir nada más, Delta salió de la habitación de su padre. Cuando la puerta se cerró detrás de él, oyó a su madre gritar su nombre desde su habitación al fondo del corredor.

«Lo siento, madre. No te oigo.»

Caminó presuroso hacia las puertas del frente y solo se detuvo para pasar por la cocina y tomar una pequeña bolsa de plástico que también metió a su bolsillo. Sabía que tenía que enviarle el paquete por FedEx a Easy y terminar su plan de asesinato para antes de la reunión programada en el *Lugar especial de Jack*. Sabía que más de un reloj hacía tictac de forma inexorable.

Kate...

Era media mañana cuando el médico responsable la detuvo al salir de uno de los cuartos de la UCI. Sonreía. Sin decirle nada le entregó un expediente. «Buenas cifras.» Los ojos de Kate se deslizaron con rapidez sobre el documento.

—A veces —dijo el médico—, parece que las cosas funcionan —ella asintió—. Lleve a la jovencita a una de las habitaciones comunes del tercer piso. Ya está fuera de peligro. En el camino correcto. Vamos a necesitar esa cama dentro de poco. Un individuo con un ataque cardiaco viene para acá de la Sala de Urgencias.

—Por supuesto —respondió Kate—. ¿Ya les dijo a los padres?

El médico negó con la cabeza.

—Pensé que podríamos hacerlo juntos.

Kate quería llorar. Llorar de alegría. Pero en lugar de eso enderezó la espalda y se paró tan derecha como pudo.

—No, vaya usted. Lo alcanzaré en uno o dos minutos y haré la transferencia. Los padres estarán muy contentos. Debo hacer algo antes.

El médico se dirigió a la habitación de la niña. Kate se detuvo solo lo suficiente para ver a los exhaustos padres levantar la cabeza. Su hija estaba despierta y en buenas condiciones, no dejaba de abrazar a su osito. Conocía esta transición: un paso más hacia la normalidad, a vivir y volver a ser una niña común. Vio a la madre levantar la mano para cubrir su boca y apagar el sollozo de alegría, y al padre inclinarse para estrechar la mano del médico. Kate giró y avanzó con prisa por el corredor hasta la pequeña capilla.

Empujó las puertas, entró y miró las parpadeantes velas y el santuario multiconfesional.

—De acuerdo —dijo con dificultad—. No tengo mucho tiempo, estamos ocupados. Pero ya lo sabes. De todas formas, me pareció importante agradecerte. Así que gracias por escucharme. Me disculpo si me pasé de la raya. Solo quería recordarte algo: esa niña todavía tiene mucho por hacer. Se ha esforzado demasiado y cada día está mejor. No la abandones aún. Va a necesitar de tu ayuda hoy, mañana, la semana próxima y cuando empiece a armar su vida de nuevo. Necesitas involucrarte en esto al cien por ciento.

Kate titubeó, pero luego añadió:

—Estaré observando. Volveremos a hablar.

Delta...

El hombre en el mostrador del centro de envíos de FedEx tomó sin decir nada el pequeño paquete que Delta le entregó. Este usó una dirección falsa para el retorno y el nombre de un abogado que había muerto un año antes. No se quitó ni los lentes oscuros ni la gorra de beisbol porque imaginó que habría una cámara de seguridad en algún lugar. Pagó el envío en efectivo. El empleado le entregó su recibo y dijo:

—La hora estimada de salida es antes del mediodía. Lo puede rastrear con este número.

A pesar de todo, sabía que Easy y Bravo se darían una idea de dónde operaba con solo ver la información en la etiqueta pegada a la pequeña caja. «Imposible evitarlo —pensó—. Cada minuto cuenta.»

Salió con prisa del centro de envíos.

Todavía tenía que organizar algunas cosas antes de la reunión en línea. Tomó en cuenta que los *Muchachos de Jack*, tal vez Alpha y Charlie, podrían sugerir algunos cambios menores, pero nada sustancial. Esto era casi tan genial como si fuera *su* propio cuchillo el que encontraría un hogar en las yugulares de *Socgoal02* y *la novia*.

«Casi, pero no del todo.

»Bastante genial aun así», pensó.

20

1 p.m. hora del Este...

El Lugar especial de Jack...

Alpha:

Me da gusto ver que todos estamos aquí. No hay tiempo que perder.

Bravo:

Solo tengo unos minutos.

Easy:

No hay movimiento en la escuela. Un sujeto que no es blanco está en el trabajo cubriendo su turno regular en el hospital. El otro sujeto no blanco parece estar haciendo sentadillas en la casa de ambos y no creo que tenga planes, así que estoy bien por el momento.

Charlie:

Yo no tengo problemas de tiempo. Liberé mi agenda.

Delta:

Gracias a todos. Easy, el paquete te llegará por FedEx mañana antes del mediodía.

Bravo:

Tengo mucha curiosidad. No me agrada estar en suspenso. ¿Qué es eso que crees que no tengo y que necesito para lograr lo que estamos planeando? Estoy bastante bien equipado para casi cualquier contratiempo.

Delta:

Una dosis letal de analgésicos por prescripción. Un poco de oxicodona. Algo de Sister M.

Bravo respondió sin esperar.

Vaya, carajo. Tienes toda la razón. No tengo eso. Pero ¿para qué?

Delta estaba cansado y nervioso. Llevaba horas anticipando esta pregunta.
Tecleó:

Análisis estadístico. La mayoría de las adolescentes usa una combinación de drogas para suicidarse, en especial analgésicos. Más de 50%, según casi todos los estudios científicos. Por supuesto, un porcentaje importante lo intenta cortándose las muñecas, pero eso suele terminar en fracaso. Además, para Bravo sería difícil imitar el escenario que tengo en mente. ¿Navaja? ¿Sangre en abundancia? Me parece innecesario tanto desorden si podemos solo hacerla dormir y asfixiarse hasta morir mientras Socgoal02 observa. Los estudios también indican que los adolescentes varones son distintos. Prefieren saltar de puentes o recurrir al método empleado con más frecuencia: dispararse con una pistola. Por lo general robada. Doy por hecho que ustedes tienen una que podrían dejar en la escena sin arriesgarse o tener repercusiones.

Bravo contestó:

Así es. Me dolerá dejarla. Ha sido una compañera fiel y útil, pero puede ser remplazada, así que, adelante.

Los *Muchachos de Jack* comenzaron a visualizar lo que Delta tenía en mente. Alpha pensó: «Astuto. Dos formas distintas de muerte. Eso es pensar dentro *y* fuera de la caja». Alpha estaba consciente de que cada uno de ellos tenía un estilo característico para matar, pero Delta parecía dirigirse a algo muy diferente a lo que todos hacían. Era un tratamiento a la medida para *Socgoal02* y *la novia*. Apreció la ingenuidad y la creatividad. Además, de esta manera se generaba una capa más, un nuevo nivel de protección. «A ningún investigador le parecerá lógico que un solo asesino haya elegido matar de dos maneras tan dispares.» Cuando ellos por fin revelaran la verdad sobre la muerte de *Socgoal02* y *la novia*, la noticia sería aun más explosiva para el mundo. Casi podía oír a Internet vitoreando.

Bravo añadió:

Debo salir del chat ahora. Lo siento. Estaré disponible de nuevo mañana como a la medianoche, supongo. Delta, veo a dónde te diriges con esto. Todavía hay que arreglar el asunto de la transferencia del artículo con Easy. Easy, ¿podrías diseñar un plan que no implique un intercambio en persona?

Easy tecleó.

No problem-o.

Bravo añadió:

Quedo a la espera de que esta noche, más tarde, Alpha tenga disponible para mí el plan de Delta, paso por paso, así como la lección para la parejita.

Los otros vieron a Bravo salir del chat.

En el comedor del departamento de envíos Bravo levantó la vista y vio a la supervisora hablando con dos de sus compañeros de trabajo. Cerró su iPad y caminó hacia los dos hombres y la mujer pensando: «Si tan solo supieran lo que hay en mi computadora». A unos dos metros de distancia se agachó y fingió un ataque de tos. Luego se sacudió y se enderezó.

—Disculpa, Sue —le dijo a su supervisora con una falsa voz ronca—, ¿te puedo molestar un momento?

—Claro —dijo ella, separándose un poco de los otros dos empleados—. ¿Qué sucede?

—¿Recuerdas la boda a la que se supone que debo asistir?

Volvió a toser y se pasó por la nariz el dorso de la mano como limpiándose.

—Sí, por supuesto.

—Bien, pues siento que me está dando gripe o un fuerte resfriado o algo así. No quisiera contagiar a nadie, pero se supone que debo estar ahí el domingo y…

Sue, la Supervisora, sonrió y dio un paso atrás.

—Vaya, suenas terrible. Lo lamento. Mira, tómate el resto del día. Bebe muchos líquidos y toma Tylenol. Duerme veinticuatro horas. No querrás contagiar a la novia de gripe antes de su luna de miel —dijo sonriendo—. Sería un espantoso regalo de bodas. Los candelabros son mejores —añadió con una risa discreta.

—Gracias, jefa —dijo Bravo—. No bromeo, si todo sale bien, estaré de vuelta en mi escritorio el lunes en la mañana.

Le complació ver lo sencillo que era engañar a la gente que creía conocerlo de años. Este era el resultado de ser un trabajador tan estable, confiable y aburrido. La enfermedad falsa, combinada con la boda falsa, garantizaba que nadie lo buscaría en los próximos dos días. De todas maneras, nunca nadie lo hacía. Ni siquiera para llevarle un poco de sopa de pollo hecha en casa. Camino a la salida de la oficina del departamento de envíos, volvió a toser un par de veces más para fortalecer el efecto. Apenas podía contener su entusiasmo, sin embargo, no sonrió sino hasta que se encontró frente al volante de su camioneta, salió del estacionamiento para empleados y se dirigió al este. Cuando ingresó a la carretera interestatal estalló en una prolongada y estridente risa que sonaba a rebuznos, y sintonizó en FM una estación de rock pesado clásico. Los Rolling Stones estaban cantando *Midnight Rambler*. Bravo se unió con fuerza y cantó la letra con Mick y los otros muchachos, deleitándose sobre todo en el último verso: «*Stick my knife right down your throat, baby and it hurts*».

Ross en el patio trasero...

Era casi de noche, tras una agradable tarde.

«Todo es falso», pensó.

El cielo que sobre él se cernía tenía esa acogedora tonalidad azulosa de la cáscara de huevo, y en la distancia solo se divisaban esponjadas nubes blancas. Sin embargo, si miraba hacia atrás, por encima del hombro, podía ver la incipiente e invasiva noche. Aunque la temperatura se mantenía moderada y parecía que solo necesitaría un suéter en ese momento, sabía que descendería de manera repentina cuando la oscuridad volviera. Lo que quedaba de la escarcha previa al amanecer se había derretido dejando sobre el césped una apariencia reluciente y resbaladiza. En el gran roble que marcaba el borde de su propiedad, las pocas hojas entre verdes y cafés que aún quedaban se aferraban con tenacidad a sólidas ramas en el aire inmóvil. Los brazos de un esqueleto. Ross estaba despatarrado en una silla *lounge* en el pequeño patio de ladrillos. Contemplaba cómo el día llegaba a su fin a su alrededor, pero de vez en cuando también echaba una mirada a los enredados matorrales y los descuidados terrenos detrás de su casa. Varias decenas de metros de denso bosque separaban su hogar del de los vecinos de la siguiente calle. Entre los arbustos se habían marcado algunos senderos transitados sobre todo por los niños que querían pasar de una calle a la otra. Era un desarrollo suburbano diseñado para conservar la atmósfera silvestre: calles construidas pensando menos en cuadrados y rectángulos prolijos, que en un diseño extenso de forma libre. Muchos callejones sin salida y calles ciegas. Debido a esto, Ross apenas alcanzaba a distinguir las líneas de los tejados detrás de él. En cambio, si volteaba a la derecha o a la izquierda, podía ver los patios de los vecinos. Su silla *lounge* miraba hacia el hogar de los Templeton. Solo una casa separaba a la suya de la de ellos, y en el patio de la misma nada más había una casita de juegos para niños pequeños que colocó su vecino, a quien rara vez veía. Un poco más allá estaba la plataforma trasera que los Templeton tenían frente a la cocina. La mayoría de la gente de clase media de los suburbios habría instalado ahí una parrilla de gas para preparar hamburguesas y servir cerveza en sus reuniones. Ellos, en cambio, tenían una pequeña caja a prueba de agua donde guardaban sus colchonetas para hacer yoga. A veces los veía afuera ejercitándose. Grullas salvajes, perros boca abajo y otras posturas extrañas. Niki, sin embargo, casi nunca hacía yoga con ellos. A ella le gustaba correr. Sola.

Inhaló lo poco que quedaba del aire templado y alcanzó a percibir la inminente frescura de la noche.

«Debí haber ido a pescar en un día tan agradable.

»O sacado a pasear al perro del vecino.

»Tal vez debí alquilar una bicicleta y salir a pasear por el antiguo camino del ferrocarril que ahora es ruta ciclista.

»O aprender a hablar español. O quizás unirme a un club de lectura de libros de misterio. O abrir una cuenta personal de inversiones y empezar a negociar en la Bolsa de Valores de Nueva York. O ir a trabajar como voluntario a un comedor para indigentes o al hospital de Kate, y de paso aprender a doblar sábanas.»

Pensó que el día era una mentira absoluta.

En menos de lo que esperaba volvería a sentirse el frío. La humedad. El hostil clima de Nueva Inglaterra. La escarcha que quedó. Los cielos grises y la amenaza de ventisca con nieve. Lodo y zonas de hielo negro en los caminos. A diferencia de la demás gente, él esperaba con ansias este cambio. La llegada del invierno lo sacaría de su abatimiento. O al menos, eso era lo que esperaba. En el pasado casi siempre había sido así. «Aunque este año es distinto. Este año no creo que lo que siento me deje en paz con tanta facilidad. No habrá alivio en noviembre. Ni en diciembre. Ni en enero ni en ningún mes por venir.»

Ross no sabía si podría soportarlo. Sentía como si caminara por ahí como un hombre muerto todo el día. O como casi muerto. O como un hombre que debería estar muerto. Se dio cuenta de que había cometido un gran error al retirarse de su empleo en la universidad. Los años que trabajó ahí, mantenerse ocupado e inquieto toda la jornada laboral ayudó a acortar su melancolía cada octubre. Pero ya no era así.

No era tanto el dolor de la depresión y el recuerdo.

Sino lo implacable de la situación.

Pensaba que debería entregarse a una ira desenfrenada. Contra Freddy, su amigo muerto. Contra todos los enemigos anónimos que mató. Contra los marines que le enseñaron tanto sobre la muerte. Contra los políticos que lo pusieron en ese mundo asesino cuando era demasiado joven y no había sabido cómo decirles «no». Contra todos y contra todo lo que conspiró para llevarlo hasta el punto donde se encontraba ahora.

Negó con la cabeza.

«No —pensó—, debería estar enojado conmigo mismo.»

Se hundió más en la silla y miró los patios traseros. Recordó: «La mirada de los mil metros. Era básica en Vietnam. En aquel entonces todos pensábamos que era algo nuevo. Algo solo para nosotros. Pero estábamos equivocados. Es probable que afligiera a los soldados de todas las guerras desde tiempos inmemoriales. Hoplitas y mirmidones. Caballeros y arqueros ingleses de arco largo. Caballeros y mosqueteros. De los soldados rasos a los generales. No, tal vez a los jodidos generales no.» Deseó haber llevado consigo al patio una botella de whiskey. Quería embriagarse. No lo había hecho en años, de hecho, ni siquiera recordaba la última vez que se mareó un poco. Pero este parecía un buen momento para beber.

—Nunca quise matar a nadie —dijo en voz alta.

Titubeó y luego:

—Vamos, Ross —continuó, hablando consigo mismo en segunda persona—, eso es mentira. Sí quisiste hacerlo. En cuanto Freddy fue asesinado, bueno, no tuviste ningún problema con la venganza, ¿verdad?

»No.»

Deseó que Connor no le hubiera preguntado respecto a asesinar porque esa conversación, en esa época del año en que todos esos pensamientos resonaban en su interior, había desencadenado la aflicción *adicional* que ahora sentía. Repitió en su mente todo lo que le dijo a su nieto, pero sabía que no le había explicado la lección más importante de todas: «No te conviertas en una persona como yo. No cometas errores».

Luego, con la disciplina de los marines que aún le quedaba y que resurgió desde su interior sonando como los sargentos que recordaba del campo de entrenamiento en Paris Island, se dijo a sí mismo de golpe:

—¡Póngase en orden, soldado!

Y agregó:

—El gran partido es mañana. Tienes que estar ahí para él. Siempre debes estar ahí para él. Nunca olvides eso, Ross, amigo. Eres PM1 hoy, mañana y mientras sigas respirando, desde ahora hasta tu último día. No lo olvides.

Respiró hondo. Volvió a regañarse a sí mismo:

—Hombre demente. Mírate hablando contigo mismo.

Y sin embargo, volvió a decir en voz alta:

—Espero que Connor gane. Dios, ojalá gane.

«Ambos necesitamos una victoria», pensó. Le parecía que incluso otro empate tras un partido jugado con ahínco sería una victoria gloriosa.

Viernes por la noche 11:47 p.m. ...

Connor estaba en su cama, atormentado por muchos pensamientos contradictorios. Lo que pensaba sobre Niki: «No puedo permitir que arruine su vida solo porque me ama». Lo que pensaba sobre el conductor ebrio: «Cada día que pasa y no lo mato hay más distancia entre nosotros y eso dificulta todo». Los pensamientos respecto a la escuela: «La semana próxima habrá un examen de cálculo y no estoy bien preparado». Los pensamientos sobre el futbol: «Mañana esos tipos jugarán sin piedad, pero yo debo ser aún más despiadado. Que se jodan. No me van a meter gol». Lo que pensaba respecto a PM1 y PM2: «No puedo decepcionarlos, han hecho demasiado por mí. Y a pesar de ello, todo lo que planeo hacer en la vida los decepcionará». Por último, había más pensamientos respecto a Niki: «Desearía que estuviera aquí ahora mismo». Ni siquiera eran pensamientos sexuales, eran más bien algo como: «Es la única persona en quien confío» y «Si estuviera conmigo todo estaría bien», aunque sabía que no era cierto.

Cerró los ojos para descansar, pero todo en su cabeza hacía ruido. Primero giró a la derecha y luego a la izquierda, entonces supuso que nunca encontraría una posición cómoda.

Niki también estaba en la cama, con los ojos abiertos mirando al techo, deseando que se abriera hacia el fresco y claro cielo de octubre. Por un momento pensó: «Soy rápida, soy más rápida que todas los demás. Quiero correr más rápido que nunca. Arrasar con ellas. Muerdan mi rastro, zorras lentas». Y al instante siguiente: «No me importa lo que signifique. Si Connor quiere que mate a alguien o que le ayude a hacerlo, lo haré incluso si yo no quiero. No, no lo haré. Sí, sí lo haré».

Entre más insistía, más dudaba. Ella también quería dormir, así que trató de visualizar momentos de despreocupación total de los años anteriores, unas vacaciones en la playa, una fiesta de cumpleaños, la mañana de Navidad de cuando tenía solo cuatro o cinco años y todo era alegría y emoción. Los recuerdos le ayudaron, pero solo un poco.

Kate estaba en su cama con los ojos cerrados, en una posición rígida. Fingiendo dormir. Sabía que debería levantarse e ir a hablar con Ross. Quizá tomar su mano. Abrazarlo y decirle que, sin importar lo que le pasara, lo enfrentarían juntos y encontrarían la manera de avanzar aunque tuvieran que empezar desde abajo. O incluso solo sentarse a su lado en silencio y no decir nada hasta que él hablara.

Si llegaba a hacerlo.

En la UCI, Kate sabía que este aparato o aquel otro, que tal tratamiento, que esas drogas o esta terapia podrían producir el mejor resultado posible para un paciente que luchaba por permanecer vivo. Además, los pacientes nunca se quedaban solos. Ella estaba ahí, a su lado. El residente podría estar también. El personal a su mando. Quizás el médico a cargo también los acompañaría. Y cuando alguno de ellos se iba a casa, siempre quedaba alguien más para relevarlo y mantener los aparatos funcionando a un nivel óptimo. En su propio hogar, sin embargo, todas estas respuestas concretas a un problema evidente, parecían eludirla. Por eso solo continuó fingiendo que dormía.

Ross había entrado a su estudio. Sobre su escritorio había un poemario de Yeats abierto en la página de «Un aviador irlandés prevé su muerte». Después de leer los versos, tres veces en silencio y una susurrando, hizo el libro a un lado. Entonces volvió a salir al patio y a sentarse en su silla *lounge*. El mundo a su alrededor era de una negrura intensa, todo era oscuridad en la tierra excepto por la tenue luz de la cocina detrás de él, y en el cielo, por las estrellas que lo cubrían. Se acomodó en la silla y tembló de frío. Se preguntó si se quedaría dormido afuera a pesar de que la temperatura descendía a su alrededor. Dudó que así fuera.

Bravo, al mismo tiempo…

No le gustaba usar identificación falsa ni tarjetas de crédito falsificadas como sabía que Easy lo hacía porque, en su opinión, añadían un elemento de riesgo. Siempre era posible que cuando el empleado del motel pasara la tarjeta por su terminal, pareciera dudosa o fuera rechazada. Pagó la habitación en efectivo, lo que en el mundo actual era casi igual de sospechoso que usar una tarjeta de crédito robada. Contar los billetes de veinte dólares sobre el mostrador y frente al empleado atraía la atención hacia su persona, cosa que odiaba por encima de todo.

El empleado le entregó una llave de la habitación y la contraseña del wifi del motel. Bravo se aseguró de limitar el contacto visual.

Noventa minutos antes había salido de la interestatal y manejado casi sesenta y cinco kilómetros en la dirección equivocada. Sabía que podría compensar la distancia en la mañana.

Sábado.

«Día de asesinar.»

Había hecho esa maniobra solo por precaución. Pensaba que, en el poco probable caso de que alguien tratara de repasar sus pasos, esta desviación lo confundiría. La idea la tomó de la película *La caza del Octubre Rojo*, basada en el libro de Tom Clancy, donde el fallecido autor explica la maniobra que los submarinistas de la Armada estadounidense llamaban «Loco Iván» en la Guerra Fría. Un submarino soviético podría girar 180 grados de forma abrupta y desplazarse durante un rato en reversa sobre el mismo trayecto que había recorrido. Esto desanimaba a cualquiera que *quizá lo hubiera* seguido. La desviación de esa noche era la versión de Bravo de un Loco Iván. Sabía que nadie lo estaba siguiendo, pero su estratagema lo reconfortaba.

Después de instalarse en la barata habitación, entró al sitio de Internet del motel y se apresuró a ejecutar la nueva versión de los protocolos del *Lugar especial de Jack*. Una identidad encriptada se transformó en otra y luego en una tercera antes de llegar por vía electrónica a la ubicación que deseaba.

Lo primero que vio fue un mensaje de Delta dirigido a él:

Ey, Bravo.
Tras haber discutido varias ideas entre todos, esto es lo que definimos…

A continuación había un plan detallado paso por paso. Bravo lo leyó dos veces y luego buscó papel y un bolígrafo en el escritorio del motel. Escribió cada uno de los puntos y los numeró del uno al diecisiete, aunque no estaba seguro de que fuera necesario porque era muy parecido a lo que ya había hecho. Además, sabía que para antes de acostarse a dormir habría memorizado todo. Delta incluso había cronometrado cada una de las acciones para mostrarle que la incursión completa —estacionar su vehículo, atravesar la puerta trasera, *adquirir* a los adolescentes, asegurar la escena, establecer la transmisión en vivo para los otros, leer el discurso de Alpha, cumplir su misión, limpiar y salir— duraba menos de veintidós minutos.

«Ni un instante para saborear lo que haré.

»Qué desilusión.»

Pensó que tal vez podría desobedecer esa parte del programa. Pero luego se dijo a sí mismo que no debía hacerlo.

Vio que Delta había terminado el mensaje escribiendo:

Con esto tendremos un emocionante video viral.

Alpha le había dejado listo el breve discurso que debía dar frente a *Socgoalo2* y *la novia*. Bravo lo articuló en una voz apenas audible, le pareció que el ritmo de las palabras era *perfecto*. Le gustó que comenzara con una pregunta retórica: «¿Acaso pensaron, niños, que podían insultar a sus superiores y no pagar el precio?». Bravo copió el discurso en una hoja de papel, lo volvió a leer para asegurarse de haber apuntado bien cada una de las palabras de Alpha, dobló el papel con delicadeza y lo colocó sobre lo que había en su bolso marinero de *artículos indispensables*.

Vio que también había mensajes de Charlie y Easy.

Easy escribió:

Aquí es donde te dejaré el paquete.

Abajo del texto había una fotografía de un árbol.

Voy a dejar una pequeña bolsa de plástico en la parte posterior de un árbol que mira hacia el norte. La clavaré a treinta centímetros de la base para que no pueda ser vista desde el camino. El árbol está en un sendero que va directo a la ruta que deberás tomar a través del bosque y que te llevará a la parte trasera de la casa de la novia. Dicha ruta se encuentra a unos veinte metros de distancia. No uses la linterna sino hasta que estés oculto tras los arbustos.

Otra fotografía de una pequeña fisura en el follaje al final de un lote baldío.

Así puedes reconocer la parte posterior.

Otra fotografía. Esta vez de una plataforma en un patio trasero con una caja de plástico color café en un rincón.

Otra fotografía de la puerta de atrás. Similar a la que ya había enviado Easy. En esta se veía con más detalle la cerradura de baja calidad.

Otra fotografía de un dispositivo doble de iluminación sobre la puerta.

Esta es una luz con sensor de movimiento. En pocas palabras, es su único dispositivo de seguridad en la parte posterior de la casa. Apuesto a que tiene un temporizador, así que solo funciona una vez que oscurece. Trataré de neutralizarla en la tarde, cuando la novia y la familia estén en la competencia de atletismo, pero no puedo garantizar que lo lograré, así que ten cuidado.

El mensaje de Charlie era concreto:

Bravo, como voy a insertar sus notas de suicidio en dos ubicaciones electrónicas distintas, correo electrónico para Socgoal02 y un blog personal que la novia usa como diario, tendré el tiempo contado. Quiero hacer esto en cuanto hayas asegurado la escena. Cuando aparezcas en línea estaré observando de cerca porque quiero que el sello temporal coincida con la conclusión a la que llegaría un médico forense. Me fascina dejar evidencia falsa para la Gestapo. Por todo esto, si llega a haber alguna divergencia del programa que Delta proveyó, necesitaré saberlo. Si los chiquillos no están revolcándose en la cama cuando llegues ahí, podrían estar usando sus celulares o en algún sitio de Internet. Quizá alcance a detectarlo porque estaré supervisando la utilización, pero no es seguro. Debemos tener cuidado porque no me gustaría que estuvieran viendo repeticiones de Saturday Night Live y que, minutos después, publicaran notas de suicidio. Sería una incongruencia psicológica. Por eso haré parecer que han estado visitando sitios comprometedores. No será difícil porque de todas formas es lo que suelen hacer y lo más seguro es que estos aparezcan en el historial de sus laptops.

Bravo supo lo que Charlie trataba de hacer: evitar preguntas obvias. Quedó impresionado. Le pareció que su camarada en verdad estaba pensando como policía, como familiar, como médico forense y, quizá, incluso como un compañero de clase. Todos en uno solo.

Notó que Charlie había dado fin a su mensaje con un toque más familiar:

Desearía poder estar ahí contigo.
Esto es en verdad genial.

21

PARTE UNO: EL PARTIDO Y LA CARRERA

Sábado...

Connor...

Quedó aturdido por un instante.

El decimoséptimo tiro a gol que tuvo que enfrentar le llegó unos segundos antes del pitido final. Había detenido dieciséis con una notable variedad de movimientos: giró, embistió, extendió los brazos y abrió las piernas a todo lo ancho. Sin embargo, el decimoséptimo tiro fue distinto. Llegó de cerca, fue una patada a solo un par de metros de distancia. Él se deslizó para bloquear el tiro del jugador que había logrado burlar a todos los defensores, pero solo alcanzó a poner las manos frente a su rostro en el último instante. El balón incluso rebotó en sus antebrazos, luego en su frente y, por último, en la parte interior del poste izquierdo... al mismo tiempo que el atacante chocaba con él.

No podía respirar.

El golpe le sacó todo el aire del pecho.

Connor se quedó sin aliento, respirando con dificultad sobre el pasto húmedo.

El ritmo cardiaco acelerado y una sensación como de ahogamiento, todo de forma simultánea. Sentía como si una fuerza enorme exprimiera su cuerpo. Giró sobre su espalda mientras el atacante se liberaba del embrollo de brazos y piernas que habían formado.

—¿Estás bien, hermano? —preguntó el jugador antes de que un defensor que llegó tarde al lugar lo levantara.

Solo hasta ese momento oyó el vitoreo proveniente de las líneas laterales. Uno de sus compañeros de equipo le hizo la misma pregunta.

—Connor, amigo, ¿estás bien?

No pudo responderle a ninguno, solo volvió a dar bocanadas. El mundo a su alrededor pareció girar por un instante. Entonces vio la camisa color amarillo fluorescente del árbitro, quien lo observaba desde arriba.

—¿Necesitas ayuda, hijo? —le preguntó antes de hacer una señal hacia las líneas laterales en busca de la encargada de primeros auxilios.

Connor logró inhalar con dificultad mientras más rostros se reunían sobre él. El entrenador. La encargada de primeros auxilios. Sus compañeros. Algunos oponentes. Los jugadores empujaron y dieron empellones de esa singular manera que siempre parece preludio de riña, pero que en realidad solo sirve para que algunos adopten cierta postura y griten a todo volumen. La encargada de primeros auxilios le pidió a Connor que se sentara. Cuando sintió las manos de la mujer en la espalda, sus pulmones empezaron a llenarse de aire.

Estoy bien —dijo con voz ronca.

—Denle un minuto —pidió la encargada. Connor la vio voltear hacia el entrenador—. Necesito hacer una prueba rápida para verificar que no haya traumatismo.

—Estoy bien —insistió él.

—Lo sé —dijo ella—, solo vamos a asegurarnos. ¿Puedes levantarte?

—Sí.

La encargada de primeros auxilios le ayudó a ponerse de pie. Lo sujetó al verlo tambalearse un poco. Lo miró directo a los ojos y levantó la palma de la mano.

—Sigue mi dedo —le indicó mientras movía este de izquierda a derecha—. ¿Te duele la cabeza?

«¿Bromea?», pensó Connor.

—No.

—¿Mareo?

«¿En serio?»

—No.

—¿Ves puntos?

«No, bendito sea, pero debe estar bromeando. Hace un minuto todavía veía estrellas.»

—No.

—De acuerdo. No estoy segura, pero parece que estás bien. Tómate uno o dos minutos solo para cerciorarnos. Después de eso puedes continuar —indicó la encargada.

«No habría dejado la portería dijera usted lo que dijera. De ninguna puta manera», pensó Connor.

El árbitro seguía cerca de ahí, mirando su reloj.

—¿Estás bien, hijo?

Connor asintió.

El árbitro señaló el círculo central. La encargada de primeros auxilios y el entrenador reunieron los implementos médicos y las botellas de agua, y salieron del campo de juego trotando. Los oponentes se movieron hacia su lado del campo chocando las palmas en alto, emocionados. Los jugadores de su equipo se extendieron frente a él. Se sentía solo por completo. Sabía que la siguiente patada la darían casi al final del partido. El árbitro pitó el silbato. Al ver el balón pasar de un jugador a otro, Connor sintió que todo se movía en cámara lenta.

Era como si se estuviera viendo a sí mismo desde lejos. Se movió con paso lento hasta el borde del área de penalti. Vio a su equipo tratando de llenar el campo.

«Es inútil.»

Uno de los mediocampistas pateó el balón, pero este voló a seis metros de la portería contraria. Connor vio al árbitro mirar su reloj de nuevo, levantar el silbato, ondear los brazos sobre su cabeza y señalar el final del partido. Fue como ver algo en la televisión con el sonido apagado. No oía nada.

Apenas alcanzó a darse cuenta de que el otro equipo rodeó a su arquero, que los jugadores le dieron palmadas en la espalda y los brazos, que lo abrazaron. Él, mientras tanto, cayó arrodillado. Exhausto. Vencido.

Por un instante volvió a sentir que no podía respirar, era como si le hubieran sacado el aire de nuevo. Imaginó que así se sentiría morir.

Entonces, como siempre lo hacía, miró a las líneas laterales en busca de PM1, PM2 y Niki.

—Notable —le susurró Ross a Kate—. Qué duro perder de esa manera.

—Lo hizo muy bien —dijo ella—. No habrían estado tan cerca de ganar de no ser por Connor —agregó sin dejar de aplaudir, pero con un aire de tristeza y resignación.

—Uno podría ver la repetición de este juego por años y seguir convencido de que no pudo jugar mejor ni con más valentía —dijo Ross.

Pero Kate ya sabía eso.

Niki...

A ella también le faltaba el aliento. La línea de meta estaba en la cima de un pequeño levantamiento que amenazaba con robarles el viento a todas las corredoras. A Niki no le importaba que su pecho estuviera rígido por el esfuerzo excesivo. Adoraba esa cálida sensación que desbordaba de ella.

Indicaba victoria.

Miró por encima de su hombro y pudo ver a la corredora más cercana, la chica que le preocupó un poco la noche anterior. Estaba unos treinta metros detrás de ella. En apuros. Volteó al frente y vio la línea de meta a no más de otros treinta metros. Llamándola.

«Podría hacerlo sin esfuerzo. Podría desacelerar y llegar caminando. O empezar a saltar como si tuviera cinco años. Quizá pararme de manos, hacer una voltereta o detenerme y firmar algunos autógrafos. O tal vez podría acurrucarme y tomar una siesta como lo hace la liebre que permite que la tortuga la rebase. Solo que… no haré nada de eso. Voy a correr.»

Niki aceleró. Cabeza echada atrás, brazos bombeando, el cabello en la coleta ondeando detrás como una bandera, cada centímetro de músculo de su cuerpo a toda marcha, gritándole. Corrió el último tramo lo más rápido que pudo. Sintió los pies contra el piso de la ruta a campo traviesa, pero luego fue como si ni siquiera tocaran la tierra, de pronto iba volando sobre ella. La gravedad no la limitaba. Empezaba a elevarse.

Pensó que debería estar exhausta. Agotada. Apagada.

Pero no sentía nada de eso.

Lo que la inundaba era una especie de libertad y excitación.

Alcanzó a ver a sus padres cerca de la línea de meta vitoreando junto a los de las otras chicas. Se dio cuenta de que tenían la típica cara de «después de la carrera iremos al restaurante a trabajar». Por eso prefirió oír las voces de sus padres fundiéndose con las de los demás espectadores. Vitoreando por ella y por todas las chicas que subían la colina y que se esforzaban de una manera que Niki no tenía que hacerlo.

No le importaba.

Atravesó corriendo la línea de meta y siguió así unos veinte metros más. Casi con desdén. Su éxito era arrollador, pero solo pensaba en llegar al campo de futbol para ver el final del partido de Connor. Él esperaba verla en las líneas laterales. También PM1 y PM2, quienes estaban familiarizados con su rutina de día de carrera. Una parte de ella pensaba que su devoción a él no era adecuada desde el punto de vista político. Debería ser independiente, como las mujeres a las que admiraba, furiosa, como las carreras que corría. Pero enseguida descartó este pensamiento. En ese instante comprendió que había estado ahí para él cuando se enfrentó a la muerte por primera vez, y pensó que, si tenía que enfrentarla de nuevo, estaría acompañándolo también en ese momento. Aún tenía la esperanza de que cambiara de parecer y eligiera otro camino.

Pero lo dudaba.

Easy... un poco antes, esa misma tarde...

Sabía que todos estarían en el campo de juego durante varias horas y tenía la intención de llegar ahí antes de que terminara el partido. Había pasado mucho tiempo desde la última vez que asistió a un evento deportivo de cualquier tipo y, por alguna extraña razón, tenía ganas de ver a *Socgoal02* jugar y, quizá, también alcanzar a ver el final de la carrera a campo traviesa de *la novia*. Por lo que había leído en la edición en línea de los diarios locales, parecía poco probable que perdiera.

«Su derrota está programada para más tarde.»

Pensó que tal vez corría un riesgo al estacionarse en el lugar de costumbre, al otro lado de la casa de *Socgoal02*, pero había estado inspeccionando el vecindario de manera constante. Pasó un automóvil. A lo lejos vio a una mujer con un cochecito de bebé y un perrito con cadena. Un hombre pasó trotando y ni siquiera volteó hacia donde él estaba. El silencio era casi espeluznante. Todo lucía tan deprimente, tan normal, que Easy casi empezó a sospechar.

Salió de su automóvil.

Miró de nuevo a lo lejos. Primero a la derecha, luego a la izquierda.

Se movió con agilidad, de forma deliberada. Se agachó para pasar por la cochera del vecino y caminó hasta la parte trasera de las casas repitiendo el mismo trayecto de cuando tomó las fotografías en la casa de *la novia*.

Estaba casi seguro de que nadie lo notaría. Por la forma en que estaban espaciadas las construcciones en el vecindario, nadie podría verlo a menos de que estuviera volteando exactamente hacia donde se encontraba. Si la zona fuera menos elegante, las casas colindarían y su estrategia lo pondría en riesgo. Si por el contrario, fuera más elegante, habría alarmas en todas las casas. Y vallas altas. Y portones. Y un guardia aburrido pero armado patrullando la zona. Pero el lugar donde vivía *Socgoalo2* no era así en absoluto. Era el tipo de vecindario de clase media que a todas luces era *seguro*.

«Cuando llegue la noche quien esté aquí será Bravo. No yo.»

Esto lo irritaba un poco, pero sabía cuál era su trabajo y estaba decidido a hacerlo a la perfección.

Saltó a la plataforma trasera de la casa de *la novia* y jaló hacia el muro la caja café que hacía las veces de el único mueble exterior. Se subió en ella y alcanzó las luces de seguridad.

Sabía que un corte en el cable del temporizador electrónico le resultaría sospechoso a cualquier policía curioso que apareciera después. Por eso solo desatornilló un poco las dos lámparas del dispositivo de iluminación para que los puntos de contacto ya no se tocaran. El monitor infrarrojo captaría a Bravo cuando llegara, pero las luces gemelas no lo iluminarían.

Le tomó menos de dos minutos llevar a cabo la maniobra completa.

«De nada, Bravo.»

Easy se forzó a desacelerar. A pesar de la abrumadora urgencia por regresar directo a su automóvil, decidió caminar sin prisa por la calle.

«Igual que cualquier otro individuo de los suburbios paseando en esta agradable tarde de otoño.»

Easy sabía que el pronóstico del clima indicaba una tarde perfecta, bastante luz solar y viento ligero seguidos de una fresca pero clara oscuridad que se extendería cuando el sol desapareciera en el oeste. Habría luna llena. *Luna de cazador*, le llamaban. Esto lo hizo sonreír. «Esta noche, todos los *Muchachos de Jack* saldrán a cazar.»

22

PARTE DOS: NOCHE DE MATAR

Sábado...

Bravo...

Le encantaba prepararse.

Pensaba que era como uno de esos atletas demasiado supersticiosos que, antes de cada partido importante, sacaba las calcetas sucias en cierto orden, se ataba los zapatos deportivos con el mismo nudo triple, o ajustaba su equipo de la misma manera que lo había hecho desde que era niño.

«Haz esto. Haz aquello. Escupe. Gira los hombros. Y luego, todos estos pequeños movimientos raros, todas estas manías se acumularán de manera milagrosa hasta transformarse en victoria.

»Solo que yo no necesito un milagro.»

Bravo estaba vestido todo de negro. Zapatos, mono con bolsillos tipo militar, dos pares de guantes elásticos revestidos, suéter deportivo de licra ajustable con cuello de tortuga. Y en la mano, su pasamontañas Balaclava de rostro completo.

Treinta minutos antes se había detenido en la ubicación precisa que Easy marcó en la fotografía satelital. Permaneció sentado, extendido en el asiento, pero teniendo cuidado de no colocar el pie sobre el freno para que las luces traseras no se encendieran. Continuó vigilando la actividad en la calle. No vio nada. En algunas casas había luces discretas, alcanzó a ver el inconfundible brillo de un televisor saliendo de una de ellas. Un automóvil pasó despacio por donde estaba, pero eso fue uno o dos minutos después de que llegó, ahora la calle estaba en silencio. Lo rodeaba sobre todo el acogedor abrazo de la oscuridad. Abrió su bolso marinero de *artículos indispensables* y volvió a verificar que ahí estuvieran su pistola, las herramientas de cerrajero, las ataduras de plástico y dos toallas de algodón que había comprado esa tarde en Home Depot y que planeaba usar como mordazas. Palpó la cámara de video con el cable correcto ya conectado a ella, así que lo único que tendría que hacer sería colocarla, dirigirla, conectarla al teléfono celular desechable e iniciar sesión en el *Lugar especial de Jack*. Tocó con los dedos la pequeña linterna con filtro rojo que ordenó en Amazon para esa ocasión. Las baterías las acababa de sacar de la caja también.

Dio un par de golpecitos sobre su saco, a la altura del pecho, para cerciorarse de que tenía en el bolsillo la copia manuscrita del discurso de Alpha para el «momento de morir», y en cuanto tocó la tela para verificar el lugar donde lo había guardado, tuvo una idea. Una ligera variación del plan.

Revisó el reloj de su celular desechable.

Eran las 9:09 p.m.

«A tiempo.»

Deslizó la pantalla hasta llegar a los mensajes de texto. Como lo prometió, Easy le había enviado uno después de las 8:00 p.m. Bravo lo leyó por tercera vez:

    Están justo donde esperábamos.

Nada más. Era el «okey» final. Bravo casi oía a Easy añadiendo algunas palabras de *slang* al mensaje. «Hora de hacer tu onda.»

Borró el texto y miró por última vez hacia arriba, abajo, a la derecha, a la izquierda.

«Nada.»

Entonces bajó de la camioneta.

Ya había identificado el árbol donde esperaba que estuviera el paquete. Se colgó en el hombro el bolso marinero con los *artículos indispensables* y luego se agachó para ocultarse tras su camioneta. Se enfundó el pasamontañas Balaclava. Adoraba el *look* de ninja. Caminó de prisa y con pasos ligeros, un poco encorvado. Se deslizó hasta el roble a unos metros de distancia.

La bolsa de plástico con más de diez pastillas estaba clavada al árbol.

«Bien hecho, Easy. Justo donde dijiste que estaría.»

Abrió con cuidado el cierre del bolso de *artículos indispensables* y guardó los medicamentos.

Pensó que debería asegurarse de que los *Muchachos de Jack* reconocieran con creces el trabajo de Easy: su labor era excepcional. Precisión en cada detalle. Esa era la verdadera naturaleza del trabajo en equipo. Respiró hondo.

«Estoy listo para actuar.»

Una vez que identificó en la línea de árboles el hueco que lo llevaría en un instante al patio trasero de la casa de *la novia*, susurró para sí mismo:

—Estoy seguro de que Easy ya se hizo cargo también de las luces de seguridad como lo prometió.

Una rápida mirada más alrededor.

«Vacío.

»Oscuro.

»Silencioso.

»Maravilloso.»

Bravo atravesó corriendo los pocos metros de territorio abierto hacia los árboles y se deslizó por la estrecha abertura. Sospechaba que era el tipo de sendero boscoso que los padres siempre les advertían a sus niños que *no* usaran porque era el lugar perfecto para los exhibicionistas que salían a pasar el rato. El típico nerd de edad mediana con un impermeable cubriendo su desnudez y una erección. Pero lo más probable era que los niños ignoraran esta orden de los padres y atravesaran la estrecha ranura entre los matorrales, los arbustos con espinosas rosas y los árboles. En más de una ocasión tuvo que aminorar el paso porque la ropa se le atoró en una rama suelta. En circunstancias normales habría odiado la idea de ir dejando fibras que pudieran servir como evidencia, pero era otoño y pronto empezaría a llover, incluso también a nevar. Para cuando a cualquier policía se le ocurriera que, *quizás* uno de los *Muchachos de Jack* se había acercado a la casa de *la novia* desde esa dirección, toda traza de él habría desaparecido o estaría muy dañada. Pensar en esto le recordó que la invasión que realizaría a la casa esa noche sería distinta a las anteriores. Distinta a *todas* las otras invasiones a hogares en todo el mundo.

Bravo llegó al borde del patio trasero.

Volvió a detenerse un momento. Revisó a la derecha. Revisó a la izquierda.

«Nada de qué preocuparse.»

Miró al cielo.

«La luna llena ascendiendo.

»La luna mala ascendiendo.»

Tarareó unos compases de la vieja canción de Creedence Clearwater Revival.

«It will make me look like a ghost.»

Vio la plataforma de atrás. Algunas de las luces en la casa de *la novia* estaban encendidas. En la cocina. Resplandor tenue. Tal vez solo una. La sala. Una lámpara o dos. Escaleras al segundo piso. Estas luces difunden un ligero brillo sobre el patio y crean sombras peculiares en los bordes de la oscuridad, pero le ayudarán cuando llegue a la puerta y tenga que hacer el delicado trabajo de abrir la cerradura. La tenue luz que salía por las ventanas producía un mundo de tonalidades grises y negras, y él habría preferido oscuridad absoluta. Sabía que estaría expuesto por un momento, pero podría trabajar con mucha más velocidad para entrar a la casa porque no necesitaría la linterna con filtro rojo. La volvió a guardar en el bolso marinero. Sacó el estuche con la pistola y se lo colgó al hombro para poder tomarla con facilidad. En la mano derecha sostuvo la pequeña caja con las herramientas de cerrajero. Había pasado muchas horas practicando con cerraduras. Su mejor tiempo era diez segundos. Cerró los ojos y repasó en su mente todos los pasos del proceso para forzar la entrada. «Esta herramienta en la parte superior. Esta en la parte inferior de la cerradura. Girar a la derecha, luego a la izquierda. Bingo.» Calculó que esta vez le tomó veinte segundos. Tal vez treinta, no más. Recordó y visualizó las fotografías del interior de la casa de *la novia* que Realtor.com les había proveído. Miró arriba. Solo había una luz encendida en una de las habitaciones del segundo piso.

«Oye, *Socgoal02*, ¿entonces te gusta coger en la oscuridad?

»Además ella te ama. Vaya que te ama.

»Qué lástima.»

Bravo estuvo a punto de reírse en voz alta.

Esto sería mejor de lo que imaginó.

Easy. No precisamente donde debía estar...

Lo sabía bien. «Debería irme.»

Sabía. «Debería haberme largado hace mucho de esta calle.»

Sabía. «El plan indica que debería estar de vuelta en el motel, que debería entrar al *Lugar especial de Jack* y esperar la transmisión en vivo de Bravo. Hacer el *check out* en la mañana, después del sueño más conciliador en la historia del mundo, y comenzar mi viaje. Solo un vendedor más que tal vez persuadió al dueño de una tienda, o no, de que le comprara su mercancía. Nada memorable. Uno de los millones que se registran en el motel, pasan ahí un par de días y luego dejan la habitación para dirigirse a otro territorio de ventas.»

Easy seguía estacionado en la calle adyacente a los hogares de *Socgoal02* y de *la novia*. Poco antes, el pulso se le aceleró al ver al muchacho caminar sin prisa hasta la casa de ella. Notó que cojeaba un poco. «Partido difícil, ¿eh?» En cuanto *Socgoal02* fue recibido con un prolongado abrazo en la puerta del frente, «Awww, ¡qué bonito!», Easy debió salir de escena. Pero no fue eso lo que hizo. Primero envió al *Lugar especial de Jack* un mensaje dirigido a Charlie:

> Socgoal02 dejó que le metieran el gol de la victoria cuando solo quedaban unos segundos del partido. Tal vez quieras hacer referencia a este suceso en tu nota.

Esperó un momento y vio la respuesta de Charlie:

> Excelente. Por supuesto. Puedo editar el mensaje y añadir eso ahora. Muchas gracias.

Easy esperó un buen cuarto de hora antes de manejar por el largo camino alrededor del lugar donde había dejado la bolsa con drogas, después de que anocheció. Condujo sin prisa y pasó junto a la camioneta estacionada justo en el lugar donde le dijeron a Bravo que se quedara. No pudo ver su rostro, solo una figura oscura despatarrada detrás del volante. Tampoco desaceleró al pasar por ahí, pero el mero hecho de ver que el *Plan Manson* estaba dando frutos como imaginaron que lo haría, lo entusiasmó mucho. Debió elegir ese momento para regresar al motel, ahora que su trabajo estaba hecho. «Felicitaciones. Ya puedes relajarte y disfrutar del espectáculo.» Pero en lugar de eso regresó a su punto de observación. Se permitió una fantasía inalcanzable: «¿No sería genial si pudiera enviarle un mensaje a Bravo? Le diría: "Estoy afuera" y que él me respondería: "Hola, Easy. Seguro. Entra. ¿Puedes cogerte a *la novia* y ayudarme a matar a *Socgoal02*?"».

Pero sabía que no podía enviar ese mensaje.

Decidió que solo se quedaría unos minutos más entregándose a sus pensamientos de excitación sexual. Entonces recordó que podría entrar al *Lugar especial de Jack* desde su celular en cualquier momento para no perderse ni un segundo de la acción. Sí, sabía que incluso siguiendo los protocolos necesarios para ingresar sería peligroso desde el punto de vista electrónico, pero en ese instante la compulsión de *estar cerca* casi lo abrumaba.

Bravo...

Miró alrededor con sumo cuidado durante un buen rato.

No notó nada fuera de lo normal. Se colocó los escarpines en los pies y se aseguró de que los dos pares de guantes quirúrgicos le quedaran bien ajustados.

«Esta es la combinación perfecta de luz de luna, oscuridad absoluta y un distraído vecindario de los suburbios. Es un mundo que no conoce el terror.

»Hasta ahora», pensó.

—¡Ahora ve! —se dijo a sí mismo.

Y tras darse esa orden, otra vez un poco encorvado y flexionando la cintura, combinando velocidad y sigilo, atravesó el patio trasero. Se dirigió deprisa a la plataforma con sus herramientas para forzar la entrada en una mano y usando el codo para mantener pegado a su cuerpo el bolso de los *artículos indispensables* y que este no oscilara y lo pudiera golpear o enredarlo mientras corría. Sentía la pistola chocar con su pecho, cada fibra de su ser estaba enfocada en la inminente tarea de matar. Se lanzó hacia el frente con lo que parecía ser una fuerza sobrehumana.

Connor y Niki en la habitación de ella...

Acostados en la cama, exhaustos.

Encantados.

Desnudos. Fatigados. Un momento perfecto.

Niki creía que en esos instantes Connor y ella eran en verdad ellos mismos. Recordó la provocativa letra de una canción de James McMurtry:

Remember when we'd get together,
Burn the candle don't you know?
Smoke and drink and live forever.
No one there to tell us no.

Ella habría añadido:

«Todo lo que nos preocupa día a día, la escuela, el deporte, entrar a la universidad, mis padres, nuestra obsesión con el conductor ebrio y con asesinar. Todo eso desaparece cuando estamos así, cuando Connor y yo somos libres en verdad.»

Pero sabía que esa sensación nunca duraba.

Giró sobre su costado y miró a Connor de frente. Él estaba estirado con la cabeza en la almohada, respirando hondo. Quería decirle algo, algún cliché apropiado como: «Si solo ignoramos todo lo demás, tal vez podamos hacer que cada minuto sea como este, desde ahora y por siempre».

Romance como en las películas.

Romance como en una canción o una obra de teatro. O en un cuento. O un poema.

Vio que Connor tenía un fuerte golpe y un moretón en el costado. Una estriación rojiza rodeada de un desagradable halo morado y negro. No sabía por qué no lo había notado antes.

Puso su dedo sobre él.

—¿Te duele? —preguntó.

—Un poco. Estoy bien. Ahí es donde me pateó el tipo.

—Jugaste muy bien.

—Sí, lo sé. Pero no soy suficientemente bueno —dijo con una sonrisa burlona y negando con la cabeza.

Ella se inclinó un poco hacia el frente y besó el golpe con ternura.

—Así mejorará —dijo.

—Claro que sí —contestó él riéndose.

Acarició su cabello. Una vez. Dos. Una tercera vez. Ella cerró los ojos y apoyó la cabeza en su pecho. Fue sensual. Imaginó que en ese momento podría zarpar en un mar apacible con brisa ligera.

Pero luego Connor se sentó de repente.

—¿Qué fue ese ruido? —preguntó, sintiendo el cuerpo tenso.

Entonces la puerta de la habitación se abrió de golpe y Niki gritó.

Despatarrado.

Rígido y en silencio.

Congelado en el lugar.

Sintiéndose viejo. Sintiendo frío. Sintiéndose muchísimo más cerca del final que del principio. Torturado por los recuerdos. Inseguro respecto al futuro. Triste en el presente. Estaba tirado en la silla *lounge* detrás de su casa, pensando en que avanzar era imposible y regresar resultaba aterrador. Pensando en que estaba atrapado ahí.

La silla parecía envolverlo.

Un poco más temprano, cuando Connor se fue a casa de Niki en la tarde, Ross había apagado casi todas las luces de la casa, y ahora la iluminación era muy tenue donde él se encontraba. Solo los rayos de luna descendían a su alrededor de forma escalofriante. Cuando estaban en Vietnam, su sargento siempre les advertía sobre el riesgo de que los norvietnamitas aparecieran en la oscuridad: «No jueguen con su visión nocturna. Una pequeña luz puede arruinarla por varios minutos y ya saben, imbéciles, que en ese momento "el señor" Nathaniel Victor aparecerá al borde de sus trincheras y les hará estallar el culo, así que no jueguen con su visión nocturna. Si tienen que fumar, no miren el fósforo cuando lo enciendan. Una vez que pongan en riesgo su visión, les tomará una puta eternidad recuperarla, así que no la jodan. Y manténganse vivos para que puedan regresar a casa para ver a mami o a la pequeña Susie Q Pucha Podrida, o a quienquiera que los esté esperando allá. Muy bien, imbéciles, ¿entendieron? Ahora repítanmelo».

Y Ross y Freddy repetían al unísono:

«—No debemos joder nuestra visión nocturna, sargento.

»—Extraordinario. Ahora, no lo olviden jamás.»

Lección aprendida. A lo largo de los años Ross prefirió la oscuridad a la luz y continuó apagando las lámparas en las habitaciones vacías.

Se movió un poco y así se fundió aun más con su entorno.

Al sentir la humedad de la silla calándole el cuello, tiritó de frío. Sabía que debía meter los almohadones a la casa y dejarlos en el sótano hasta que regresara la primavera, pero no había tenido oportunidad de hacerlo.

Levantó la vista y vio los rayos de luna atravesar los árboles detrás de la casa.

Deseó no estar solo. Kate regresó a la UCI después de la cena. Dijo que quería ver cómo iba un paciente, pero sabía que en realidad lo hacía para alejarse de él y de su taciturno y deprimido estado porque no quería contagiarse. La UCI era mucho más organizada y tal vez más tranquila que su hogar, donde imperaban sus altibajos emocionales. Connor, por supuesto, se había ido a casa de Niki en cuanto terminaron de llenar el lavaplatos. «Vamos a hacer la tarea juntos.» Ross sabía que era una mentira, pero no una que contara en verdad. «Claro que van a hacer la tarea. ¿El sábado por la noche?» Sonrió al pensar en la «celebración», pero su mente se cerró de inmediato a todo lo que un viejo verde podría especular porque él no era ese tipo de hombre. Sentía que la energía romántica de la joven pareja le ayudaba a alejarse de su triste, mortal e introspectiva rutina, que lo colocaba en una clara posición: «Ellos tienen toda una vida por delante y yo debería estar ahí para asegurarme de que la vivan».

Por eso, en ese instante giró poquísimo la cabeza con aire distraído y miró más allá de su patio, hacia el del vecino y, a través de la negrura de la noche y de los amarillentos rayos de luna, hasta la casa de Niki.

Y lo que vio fue una figura oscura, si acaso algo parecido a una forma. Algo que cruzó corriendo sobre el césped y que subió los escalones hacia la plataforma trasera. Vestido de negro.

Una alucinación.

Un recuerdo.

Vietcong. El ejército norvietnamita.

Se quedó paralizado, ya no estaba recostado en una silla *lounge* en el patio trasero de su casa en los suburbios, regodeándose en la desesperación que nació en su juventud y que hoy florecía en su vejez. Ahora estaba de vuelta en la trinchera que cavó en la blanda tierra de la selva de Vietnam una noche anónima, después de un innombrable patrullaje a los dieciocho años. El fresco aire suburbano de Massachusetts desapareció, lo reemplazó la incesante humedad de la guerra. Todos esos años de ordinaria cotidianeidad, de «ve a trabajar» y mañanas de «despierta, es hora de ir a la escuela», y tardes de «abraza a Kate, luego a Hope y luego a Connor», desaparecieron. Fue como si nunca hubieran sucedido. Estaba de vuelta en la pesadilla de su propia realidad: podía oler la vegetación pudriéndose. Oír los ligeros bostezos de algunos de sus compañeros del pelotón adormilados debajo de sus ponchos para protegerse de la frecuente lluvia. Podía sentir el peso de la M-60 debajo de su antebrazo. Sentía cómo lo embargaba el miedo de saber que era el único despierto y en guardia, de ver los uniformes negros de los enemigos acercándose a su posición. Consciente de que si no hacía algo, y si no lo hacía rápido, todos iban a morir.

En su recuerdo, sus músculos funcionaban. Deslizaban la acción de la ametralladora y abastecían la primera ronda del cinturón enroscado al lado.

En el presente, estaba paralizado.

No podía creer lo que vio.

Pensó que a sus avejentados ojos los traicionaban recuerdos de decenas de años atrás. Recuerdos que lo acababan de alcanzar, que lo hacían alucinar.

«No estás viendo lo que ves.»

Pero entonces, cuando la figura desapareció de vista, sintió algo muy distinto. Los recuerdos empezaron a disiparse y los sustituyó una urgencia salvaje, incontrolable y rebosante de pánico. Se levantó de la silla como una ballena que de pronto sale a la superficie del mar. En ese instante aterrador, no tenía noción de lo que debería hacer y, al mismo tiempo, tenía una idea muy precisa. Sin embargo, el disonante miedo en su interior empezó a bramar con insistencia: «¡No hay tiempo!».

Una oleada de pánico cegador y de sorpresa. Luego:

El primer pensamiento de Connor: «¡Haz algo!».

Pero entonces vio la pistola automática en la mano de la figura vestida de negro y escuchó una voz severa y tranquila:

—No.

El primer pensamiento de Niki: «¡Grita, pide ayuda!».

Comenzó a abrir la boca, pero no se formaron las palabras necesarias.

El hombre vestido de negro volvió a hablar:

—No.

Miró a Connor. Repitió por tercera vez:

—No.

Miró a uno, luego al otro.

—¿Ven la pistola?

Ambos asintieron.

—Si se mueven, gritan o hacen otra cosa que no sea quedarse donde están, los mataré sin dudar un instante. ¿Comprenden?

Asintieron.

—Es una orden, no una sugerencia. ¿Entienden?

Asintieron de nuevo.

—¿Quieren vivir esta noche?

«Qué maravillosa mentira —pensó Bravo—. La gente no puede entender lo que le está sucediendo. No tiene la fuerza psicológica, el entrenamiento correcto ni la experiencia de un policía o de un soldado para reconocer la verdad esencial frente a ella: estos son mis últimos minutos en este mundo, solo me resta desear que el que me espera sea mejor.»

Asintieron.

—Se suponía que esto solo sería un robo. La casa debía estar vacía. Yo no sabía que estarían aquí ustedes dos.

«Otra mentira excelente. Se aferrarán a ella porque les dará esperanza. Y la esperanza es muy importante al principio porque genera docilidad. Si en verdad supieran lo que está sucediendo, lucharían por su vida, pero en este momento creen que portarse como borregos les permitirá vivir. No saben que cuando el lobo está cerca, los borregos nunca sobreviven.»

—Pongan las manos al frente. Muñecas juntas.

Bravo tenía dos ataduras de plástico en su mano izquierda. Con la derecha continuó apuntándoles a los adolescentes con el arma semiautomática.

—Solo voy a atarlos para poder salir de aquí sin problemas.

Esta mentira era como dulce para niños.

Todo lo que Connor había leído, absorbido, imaginado, aprendido y considerado respecto a la naturaleza del asesinato le gritaba: «No lo hagas. Cuando se acerque, ¡agáchate y trata de tomar la pistola!». Pero en ese mismo instante, también comprendió: «No puedo, podría dispararme. Seguro le disparará a Niki. No puedo».

Todo lo que Niki había leído, absorbido, imaginado, aprendido y considerado mientras, sentada al lado de Connor, analizaba la misma información sobre cómo asesinar le gritaba: «¡Aráñale los ojos! ¡Patéale las bolas!». Pero en su interior sintió el enorme peso de la duda y una voz debilísima diciéndole: «No, no, haz lo que él dice. Te matará y luego también matará a Connor. Ni siquiera juntos son suficientemente fuertes para enfrentarse a una pistola».

Ambos extendieron los brazos.

Bravo se movió con una habilidad producto de la práctica y les ató las manos con las ataduras de plástico en un instante. En cuanto acabó, sacó dos ataduras más del bolso de artículos indispensables y les ató las piernas.

Dio un paso hacia atrás. Dos adolescentes desnudos, aterrados. Lo que todo mundo esperaba. Entonces se preguntó: «¿Apenas se estarán dando cuenta de que ningún ladrón lleva consigo ataduras cuando va a robar?».

Su pensamiento casi lo hizo reír en voz alta. Sintió su propio pulso cardiaco desacelerar poco a poco. Si acaso el nerviosismo surgió en su interior cuando corrió por el patio trasero de *la novia,* ahora ya no estaba ahí.

Bravo estaba a cargo en todos los sentidos.

Adoraba esa sensación. Más que nada.

Pensó:

«Solo han pasado cinco minutos desde que forcé mi entrada por la puerta de atrás, entré a la casa, subí en silencio las escaleras, pateé la puerta y até a *Socgoal02* y a su novia.

»Mi mejor tiempo.

»Esto impresionará muchísimo a los *Muchachos de Jack*.»

Tomó las dos toallas de algodón que había en el bolso y sin perder tiempo los amordazó a ambos. *La novia* abrió los ojos como platos cuando introdujo la toalla enrollada entre sus labios. *Socgoal02* torció la cabeza de derecha a izquierda, pero Bravo le puso el cañón de la pistola en la frente y negó con la cabeza. Entonces dejó de luchar.

Bravo dio un paso atrás.

«Listo y listo.»

Se quedó un momento al pie de la cama mirando a los dos adolescentes desnudos. Niki trató de cubrirse con una sábana, pero él se inclinó y la jaló para retirarla. Le pasó un dedo por los senos como delineándolos, luego hizo lo mismo con su sexo. Sabía que este gesto podría producirle un terror aún mayor. Deseó poder quitarse los guantes y sentir su piel, pero sabía que eso estaba prohibido en el mundo de la ciencia forense moderna, en el que regía el ADN.

Se tomó un momento para mirar alrededor. Las tareas sobre el escritorio. Un librero repleto de libros. Un caballete en el rincón y algunos lienzos estirados al lado. Las paredes estaban llenas de imágenes, algunas, producto de los pinceles de *la novia*. «Nada mal —pensó—. *La novia* tiene talento. Lástima.» Había otros pósters también: una fotografía de una marcha de sufragistas de principios del siglo xx, Rosa Parks y el Che Guevara, copias de pinturas famosas. *La ronda de noche* de Rembrandt y las flores amarillas de Van Gogh. Su mirada aterrizó en una hilera de fotografías enmarcadas. Las observó. Había tres. Reconoció a *Socgoal02* y a *la novia* de niños, luego como preadolescentes y, por último, saliendo de un campo de futbol, ella vestida para correr y él en su uniforme enlodado y con manchas de tierra. Miró alrededor, lo único que faltaba era el obligatorio osito Teddy que toda adolescente tenía desde que era niña, y algún artículo rosado y decorado en exceso. Bravo recordaba que en todas las otras invasiones que había llevado a cabo, las niñas *siempre* tenían un animalito de felpa.

Sonriendo, satisfecho y entusiasmado por el desarrollo de todo hasta ese momento, sacó la cámara y el celular del bolso marinero. Conectó el cable en la parte inferior y empezó a oprimir los números del diminuto teclado electrónico.

«Llegó el momento de que los *Muchachos de Jack* se unan a la fiesta.»

23

PARTE TRES: «ESCUCHEN CON ATENCIÓN...»

Sábado...

Alpha...

La imagen en la pantalla de su computadora era, en casi todo sentido, la imagen que había creado en su mente. Y al mismo tiempo, sentía que era como pararse frente a la *Mona Lisa* en el Louvre o frente a otra importante obra de arte, y darse cuenta de que lo que estaba en la imaginación no era tan poderoso como ver el objeto real. Sintió que de pronto lo inundaba una calma familiar y acogedora. A medida que se acercaba el momento de la muerte, sus pasiones se iban apaciguando. La imagen frente a él era como un trago de agua fría en un día caliente y sofocante. Completamente satisfactoria.

Alpha podía ver en su pantalla:

A los dos adolescentes desnudos y atados.

Presas del pánico. Aterrados. Sin entender. Aferrándose a la esperanza aunque no hubiese esperanza a la cual aferrarse.

Luego:

Bravo, enfundado en su negra vestimenta, pasó al frente. Ajustó la cámara para que la transmisión fuera aun mejor.

Muerte en alta definición 1080i, a punto de suceder.

Alpha escuchó a Bravo hablar en el sistema de voz del celular. Muy firme. Calmado. Decidido:

—Asegúrense todos de estar grabando.

Ya estaban en ello.

Charlie...

Observó. Flexionándose con intensidad desde la cintura, tratando de acercarse más a las imágenes frente a él, extendiendo la mano sin proponérselo y tocando la pantalla como si pudiera atravesarla y palpar a los adolescentes a punto de morir.

Supo que era el momento de hacer su trabajo:

Ya había escrito las notas de suicidio y dejado todo listo para publicarlas por vías electrónicas. «Un clic y: "Estoy haciendo esto porque no veo otra salida. Todos me odian. Mis padres no me aman y...".» Primero publicó la nota de *la novia* en su blog. Luego la nota de *Socgoal02* salió por correo electrónico. «"Soy un perdedor y siempre lo seré. Dejé pasar el gol que nos hizo perder. Siempre dejaré que nos metan el gol de la derrota...".» Mientras hacía esto, Charlie dijo para sí mismo:

—Adiós, chiquillos. ¿No lamentan ahora haber tratado de jodernos?

«Nunca tendrán la oportunidad de escribir algo tan genial como las palabras que hoy yo puse en sus bocas», pensó.

«Poesía elegíaca.

»Los padres de *la novia* y los abuelos de *Socgoal02* llorarán por años debido a estas palabras.»

Se rio cuando pensó esto.

Volvió a mirar la pantalla. Ahí estaban ambos, atados, extendidos, desnudos frente a él.

En los segundos subsecuentes lo recorrieron un millón de pensamientos, ansias y deseos. Todo eso combinado con lo que susurró con fervor:

—Mátalo. Mátalo. Cógetela. Mátala. Mátalos a ambos. Jódelos. Mata. Mata. Mata. Mata ahora.

Delta...

Delta observaba de cerca y, a medida que veía su plan desarrollarse ante sus ojos, iba tachando cada etapa como si fuera un matemático perverso. Se dio cuenta de que estaba sucediendo justo como lo predijo. El mero hecho de ser testigo lo hizo sentirse como un artista que, de pie frente a una gran pintura suya, sabe que esta se acerca al estatus de obra maestra. Solo faltaban unos trazos más. Tenía la idea de que todos sus asesinatos hasta ese momento se habían limitado a cierta área, cierto estilo y un tipo de víctimas específico. Sin embargo, la invasión a la casa de *la novia* y el hecho de que ahora *Socgoal02* estuviera atado como cerdo, de acuerdo con cada uno de los pasos que él mismo había delineado, le hizo pensar que debería empezar a extender sus propios horizontes mortales. Esto era para Delta la prueba de que nada le impedía llegar a ser un asesino de mayor sustancia, mucho más trascendente de lo que ya era.

Y eso lo emocionó muchísimo.

Pero lo único que pudo decir fue:

—Ahora, Bravo. Ahora. Etapa ocho. Apégate al plan.

Easy, estacionado en la calle y observando desde su celular...

El carácter existencial de su situación casi lo abrumaba. Easy sintió que estaba dentro y fuera de la casa del asesinato. Su estado físico estaba afuera. Su estado emocional, dentro. Necesitó toda su fuerza de voluntad para no salir cayéndose del automóvil, correr desde el frente del acceso hasta la puerta, entrar de golpe y gritar:

«¡Oye, Bravo, soy yo, Easy! ¡Espérame!»

Quería tocar sus cuerpos desnudos.

Quería sentir cómo en su piel se desvanecía el calor de la vida y se extendía la frialdad de la muerte. Era algo que ya había visto, pero este momento era especial, diferente. Único.

Maravilloso.

Sujetó el volante con fuerza, tenía los nudillos blancos, pero no de miedo sino de emoción. Como un corredor de autos entrando a la última vuelta con la certeza de que la bandera a cuadros está cerca. Se aferró aún más con la esperanza de que el volante lo mantuviera en su lugar.

Bravo...

Bravo estaba consciente de cada uno de los niveles que había pasado. *Listo. Listo. Listo.* No solo los niveles del diseño de Delta, también del proceso de asesinato y de lo que significaban para él. Lanzó la cabeza hacia atrás, respiró hondo a través del tejido de su Balaclava y sintió sus músculos tensarse. Creyó que era más fuerte que nunca. Más poderoso. Más todo que nunca. Hacer esto frente a los *Muchachos de Jack* permitía que un acto, de por sí especial, alcanzara otra dimensión. Se dio cuenta de que habría podido deleitarse con las sensaciones que recorrían su cuerpo. Habría podido bañarse en sus propios sentimientos. Una parte de él quería que durara para siempre.

Pero lo sabía bien:

«Etapa ocho.»

Tomó la bolsa de plástico donde estaban los letales cocteles de analgésicos y se dirigió al lado de *la novia*.

—Voy a aflojar tu mordaza —dijo con calma.

Ella asintió.

—No grites ni pidas ayuda. Sabes que si lo haces, sucederán cosas terribles.

Volvió a asentir.

Bravo aflojó la mordaza.

La novia respiró agitada.

Él la tomó de repente del cabello y jaló su cabeza hacia atrás con fuerza. Con la mano que no tenía del todo ocupada la sujetó de la mandíbula y le abrió bien la boca. La bolsa de plástico también estaba abierta.

Siseando, le dijo:

—Te vas a tragar estas pastillas. Todas.

Bravo percibió aún más pánico en los ojos de *la novia*. Esperaba que los otros alcanzaran a apreciar todo su miedo porque eso los haría sentirse todavía más orgullosos de él.

Metió las pastillas en su boca. Ella luchó un poco, se retorció de un lado a otro a pesar de la advertencia. Varias tabletas cayeron en la cama. A Bravo no le importó. Sabía que Delta habría preparado un coctel más denso de lo necesario. Le cerró la boca y masajeó su garganta sin dejar de jalarle la cabeza hacia atrás. La vio tragar.

—Bien —dijo—. En unos instantes ya no sentirás dolor.

Bravo volteó a ver a *Socgoal02*. Tenía los ojos abiertísimos, estaba aterrado.

—También tengo algo para ti —amenazó.

Se alejó de la cama y regresó a donde estaba la cámara. Se inclinó para acercarse a la lente, su rostro llenó las pantallas de los *Muchachos de Jack*. Era el momento de su sorpresa. De su regalo.

—Alpha —exclamó—, sé que el plan indica que debo leerle tu discurso a *Socgoal02*, pero si oprimes el pequeño ícono del micrófono en la esquina de tu pantalla, la transmisión en vivo te permitirá hablar directamente con el imbécil. Sé que tú eres mejor en esto que yo, y me parece que a todos nos complacería escucharte pronunciar tus propias palabras.

Los *Muchachos de Jack* titubearon. Pero luego aplaudieron y levantaron el puño.

—Sí —dijeron Delta y Charlie en voz alta.

«Extraordinaria idea —pensó Delta—, desearía que se me hubiera ocurrido a mí.»

«Muy bien, Bravo —pensó Charlie—. Alpha merece este momento, se lo ha ganado con creces.»

Mientras tanto, en el automóvil, Easy sintió celos.

«Esto casi pondrá a Alpha en el interior, muy cerca de la acción», pensó, pero sin resentimientos.

Todos se sentían en deuda con Alpha por reunirlos, por propiciar este suceso. Era lógico que tuviera la oportunidad de participar de una manera *un poco* más directa.

Por su parte, Alpha se sentía halagado.

Deslizó el *mouse* hacia el ícono y dio clic, pero antes de hablar activó un programa para disfrazar voces. Lo haría sonar hueco, metálico. Sin embargo, estaba dispuesto a hacer esa concesión a cambio del placer de dirigirse a *Socgoal02* sin intermediarios.

—Estoy aquí —dijo en voz baja—. Bravo, ¿me escuchas?

Alpha vio a Bravo asentir con vigor y alejarse de la cámara para crear la sensación de que él estaba a solo unos pasos de *Socgoal02*. Mientras se preparaba para hablar notó que *la novia* empezaba a poner los ojos en blanco, que le costaba trabajo mantenerse consciente.

Era el momento perfecto.

—Bravo —dijo Alpha—, prepárate para la Etapa nueve.

Vio a Bravo tomar su pistola semiautomática, moverse hacia el lado de la cama donde estaba *Socgoal02*, oprimir desde abajo el cañón del arma contra su barbilla y decir:

—Escucha con cuidado, niño. Tenemos un mensaje para ti.

24

PARTE CUATRO:
«¿NO CREES QUE TAL VEZ TE EQUIVOCASTE?»

Sábado...

Alpha...

Se inclinó hacia el frente para que sus labios estuvieran más cerca de la pantalla y del micrófono integrado. No quería ninguna interferencia entre él y *Socgoal02*. Quería que el niño escuchara cada palabra de su breve discurso, quería darle a ese cerdo facineroso el tiempo justo para asimilar el mensaje, que lo penetrara hasta el centro para que sus últimos minutos no solo fueran aterradores, sino que también rebosaran culpa y arrepentimiento. Alpha pensó que, además de que la muerte de *Socgoal02* debería ser repentina, también tendría que servir para que el terror de lo que los *Muchachos de Jack* estaban haciendo ahora fuera aun más profundo cuando se supiera la verdad y se atribuyeran los dos homicidios, no suicidios. Así pues, aclaró la garganta y se recordó a sí mismo que debía hablar lento, con cuidado, lo más alto posible para que no se perdiera ninguna palabra. Ni en ese momento en que *Socgoal02* las escucharía, ni más adelante cuando hubiese pasado algún tiempo y los *Muchachos de Jack* le presentaran el video a un mundo conmocionado. Alpha comprendió que todo lo que dijera, que cada sonido, matiz e inflexión tendrían un efecto muy poderoso. El mundo recordaría cada palabra. Supuso que su discurso incluso llegaría a formar parte de las *Citas familiares,* de Bartlett junto con las palabras de Shakespeare, Chaucer, Jefferson, Lincoln, Churchill, Kennedy, la Biblia y todo el resto.

—De acuerdo, *Socgoal02*. ¿Recuerdas cuando llegaste a nuestra sala de chat por estar jugando? ¿A nuestro lugar privado? ¿El lugar donde podemos ser nosotros mismos en verdad?

Vio al adolescente negar con la cabeza.

—Bravo, susúrrale al oído quiénes somos.

Sabía que Bravo disfrutaría esto. Al igual que los otros lo vio inclinarse hacia *Socgoal02* y hacer justo lo que le había pedido.

—Somos los *Muchachos de Jack* y venimos del *Lugar especial de Jack*.

Todos vieron al adolescente abrir los ojos aún más, si acaso eso era posible. Se estremeció. Sintieron cómo su miedo emanaba a través de sus pantallas.

—Entonces, entraste justo a nuestra casa…

»Nuestro lugar especial.

»Nuestro mundo privado.

»Te pedimos con amabilidad que salieras de ahí.

»Si hubieras seguido nuestro consejo, si te hubieras disculpado y salido, esto no te estaría sucediendo ahora.

»Pero en lugar de eso… nos llamaste "damitas", "señoras". "Pervertidos".

»Nos insultaste y te burlaste de nosotros.

»Minimizaste todo lo que somos. Todo lo que hemos hecho. Cosas extraordinarias. Grandes hazañas.

»Nos llamaste "puñado de novatos".

»¿Qué piensas ahora?

»¿No crees que tal vez te equivocaste?»

Ni Alpha ni los otros *Muchachos de Jack* esperaban una respuesta. Después de todo, *Socgoal02* seguía amordazado y, sin importar cuánto sacudiera la cabeza y tratara de suplicar perdón con los ojos, era muy tarde.

Demasiado tarde.

—Mira a tu lado, *Socgoal02*. ¿Ves a tu novia?

Todos vieron al adolescente girar un poco en la cama. Posar su mirada en su novia. Verla poner los ojos en blanco. Ver la saliva en sus labios. Verla sacudirse una vez. Luego una segunda vez.

Socgoal02 emitió un gemido inmenso, apagado un poco por la mordaza. Luchó con fuerza para liberarse de las ataduras de plástico. Los *Muchachos de Jack* vieron tensarse cada uno de sus músculos. Las venas de su cuello sobresalían. Todos alcanzaban a percibir cuánto deseaba liberarse y salvar a la joven que amaba.

Pero no podía.

Se inclinaron hacia el frente sin dejar de observar las pantallas, esperando el instante preciso en que *Socgoal02* comprendiera por fin que no había: «Absolutamente nada que hacer excepto morir. Y todo por meterse con los *Muchachos de Jack*».

Alpha hizo una pausa, saboreó el momento. Su voz hizo eco en el sótano. Profunda. Autoritaria. Ideal. Entonces continuó:

—Ella es inocente, ¿cierto? Pero va a morir ahora. Por tu culpa. Por tus palabras. Por tu estupidez y tu arrogancia adolescentes.

»¿Pensaste que podías insultar a tus superiores sin que hubiera consecuencias? ¿Ninguna? ¿Ninguna en absoluto? Lo lamento, *Socgoal02*. El mundo no funciona de esa manera.

»Tú hiciste esto.

»Tú solo.

»Tan pronto como ella muera te daremos unos segundos para apreciar lo que hiciste y cuántas vidas arruinaste.

»Y luego, morirás también.»

«Hermoso», pensó Charlie.

«Perfecto», se dijo Delta.

«Yo no habría podido decirlo mejor», comprendió Easy.

Inclinado junto a *Socgoal02*, Bravo se sintió sobrecogido. No solo por lo que estaba a punto de hacer, sino porque Alpha los había inspirado a todos hasta ese momento. Miró directo a la cámara.

—¿Ahora, Alpha? ¿Los demás?

—Sí. Ahora —dijo Alpha.

Bravo se enderezó junto a *Socgoal02*.

Preparó una ronda en la pistola semiautomática. Se oyó el distintivo clic doble. Pensó que debería decirle al idiota adolescente algo estilo Clint Eastwood/Harry el sucio. Algo como: «Sayonara, querido» o «Te estamos dando justo lo que mereces». O incluso un simple: «Jódete, muchacho. Disfruta tu muerte».

Pero no lo hizo.

Pensó que las palabras de Alpha bastaban, no quería añadir nada superfluo y correr el riesgo de arruinar el momento. O de minimizarlo, ni siquiera un poco. Así que mantuvo la boca cerrada.

Deseaba, sin embargo, aprovechar estos segundos al máximo para causar un impacto total. Como un actor shakesperiano en escena, bañado en la luz de las candilejas, listo para pronunciar uno de los más famosos soliloquios del Bardo. Bravo quería que el momento fuera memorable en extremo, como lo había imaginado durante cada kilómetro del largo trayecto a la casa de *la novia*: «¡Ay, pobre Yorick, yo lo conocía…» o «¿Es una daga esto que veo ante mí?». Imaginaba a millones de personas en todo el mundo hipnotizadas por la imagen de lo que estaba a punto de hacer: reemplazar un discurso con el lenguaje de la muerte. «Nunca olvidarán a los *Muchachos de Jack.*»

Fue su último pensamiento.

Apenas alcanzó a oír la primera explosión. La segunda y la tercera no las oyó en absoluto.

La fuerza del primer tiro de la .357 lo golpeó en la cabeza. El segundo tiro le dio en el hombro y lo hizo retorcerse hacia un lado mientras su cerebro salpicaba toda la pared. El tercero le dio en el pecho, hizo explotar su corazón, que ya se había detenido desde antes.

La rasgada figura que hasta unos segundos antes fue Bravo, se desplomó hacia un lado. Murió sin saber ni por un instante que estaba falleciendo.

—Dios mío —exclamó Ross. Su voz temblaba. Estaba quebrada.

Sabía lo que había hecho y, al mismo tiempo, no tenía certeza de ello. Ni de lo que había sucedido. Solo recordaba haber estado afuera de la habitación escuchando, que de pronto oyó a una voz extraña e incorpórea decir: «Morirás también», y que supo que se refería a Connor.

En ese instante se lanzó al frente sin pensar en las consecuencias y atravesó a toda velocidad la puerta que Bravo había dejado entreabierta después de abrirla de una patada. Ross no recordaba haber corrido a su oficina ni haber batallado con su caja fuerte antes de oprimir los números del cumpleaños de Kate en la cerradura y tomar su Magnum .357. Tampoco recordaba haber corrido por el patio trasero, hacer maniobras discretas para atravesar el jardín de los Templeton y, mucho menos, haber subido con sigilo por las escaleras con la pistola en la mano. De hecho, no habría podido recordar que recobró la compostura afuera del cuarto de Niki mientras en su interior se articulaba de forma vaga el más devastador de los pensamientos: «¿Qué está sucediendo?». Tampoco habría podido recordar que cincuenta años antes, cuando también era apenas poco más que un niño, lo habían entrenado para atacar y enfrentarse al peligro. Sin embargo, cada sensación de ese instinto remanente lo hizo sobreponerse a cualquier duda cuando se lanzó contra la puerta sujetando la pistola en alto con las dos manos y gritándose a sí mismo en su interior: «No titubees. Mantente tranquilo. ¡Devuelve los disparos!».

Lo que vio en ese fragmento de segundo: un enemigo a punto de matar a su nieto.

Solo ver eso destruyó cualquier duda.

Ross contempló el cuerpo vestido de negro y la sangre comenzando a formar un charco debajo del mismo, salpicada en la pared. En ese instante sintió como si hubiera visto esa misma forma muchos años antes.

Vietcong.

Connor empezó a luchar para liberarse de las ataduras de plástico y, en especial, para deshacerse de la mordaza en su boca. Sus gritos se oían distorsionados, eran apenas ruidos guturales.

Sin embargo, Ross alcanzó a entender: «¡Ayuda a Niki! ¡Ayuda a Niki! ¡Ayuda a Niki!».

Corrió a su lado, la sacudió.

—¡Niki! —gritó.

Connor seguía luchando con la mordaza, solo había logrado aflojarla un poco.

—¡Ambulancia! ¡Pide ayuda! —alcanzó a decir más allá de la toalla de algodón.

Ross tomó el celular de Niki que estaba sobre el buró. Marcó 9-11, respiró hondo y pensó: «No entres en pánico, sé absolutamente claro porque todo depende de eso». Entonces le dijo al controlador:

—Hubo un tiroteo y una especie de sobredosis de drogas. Necesitamos una ambulancia de inmediato —explicó, manteniéndose tranquilo y dando la dirección de los Templeton—. ¿Ya lo apuntó?

El controlador le repitió la información y preguntó:

—¿Quién llama?

—Soy el vecino. Apúrense, ella está muy mal.

Sabía que era cierto. Esperaba que no fuera demasiado tarde.

Fue entonces que vio la cámara apuntando a la cama.

Alpha, Charlie, Easy y Delta. Al mismo tiempo...

«No.»

«No.»

«No.»

«No.»

«¿Qué sucedió?»

El resto de los *Muchachos de Jack* miraron en distintos estados de horror. Todo lo que esperaban, todo lo que planearon, diseñaron e imaginaron acababa de desaparecer en un segundo. Entusiasmo. Disposición. Deleite. Todo lo anticipado. Todo perdido en un instante. Estaban conmocionados, ninguno había vivido ese tipo de revés. Eran hombres acostumbrados a los resultados de la muerte repentina, sin temor a los remanentes de un asesinato, pero no tenían nada de experiencia en cuanto a ser sorprendidos. Era como si hubieran caído en picada al mismo tiempo a un vacío desconocido y aterrador. Podían ver el cuerpo de Bravo en sus pantallas. «Eso no está bien.» Veían a una persona, pero ninguno de ellos había logrado dilucidar aún *quién* era. Se movió hacia los adolescentes en la cama. «¿Quién es ese tipo? ¡No debería haber nadie más ahí! Solo *Socgoal02* y su novia muriendo juntos. Esto se jodió por completo. ¡Bravo! ¿Qué sucedió?»

Alpha fue el primero en recobrar la compostura.

Tomó el teclado y tecleó de inmediato:

¡Fuera todos!

Los demás vieron esto y reaccionaron al instante.

Doble clic.
Doble clic.
Doble clic.
Doble clic.
Grabación interrumpida.

Todos huyeron del *Lugar especial de Jack*.

25

LA ÚLTIMA PARTE:
«¿NO ES JUSTO EN LA CALLE DONDE VIVE?»

Sábado...

Easy, afuera en su automóvil...

Estaba casi paralizado. Quizá por primera vez en su vida adulta, Easy sintió un profundo e incontrolable miedo. No estaba seguro de cuánto tiempo había permanecido en esa posición.

De repente oyó una sirena distante que lo hizo volver de golpe a la realidad. Y recobrar su instinto de supervivencia.

«Salgamos de este puto lugar.»

Encendió el vehículo alquilado. Se dijo a sí mismo que debía mantenerse tranquilo. Las llantas rechinando, el motor a su máxima potencia y el recorrido a toda velocidad por las calles de los suburbios llamarían la atención de forma innecesaria. Una atención no deseada. Respiró hondo, relajó los músculos lo más que pudo y se obligó a comportarse con normalidad. Avanzó con calma y se alejó de la casa de *Socgoal02*, donde estaba estacionado.

Decidió detenerse quince minutos después, tras haber cruzado un puentecito sobre un ancho río. Había logrado alejarse varios kilómetros de la casa del adolescente. No venía nadie detrás, tampoco vio luces de automóviles al frente. Hizo un alto.

Salió del vehículo en medio de la negra noche y miró el amplio cuerpo de agua oscura. Lanzó al río, lo más lejos posible, el celular en el que había visto desenvolverse todo el drama. Sacó su computadora y la destrozó estrellándola contra el pavimento. Luego lanzó todas las piezas al agua. Volvió a abordar el auto y se dirigió al motel. Quería poner su mente en blanco, pero sabía que tenía que diseñar un plan. Su vida y su seguridad dependían de ello. Decidió en un instante que dejaría el motel esa noche. De inmediato. Regresaría a Boston. En algún lugar debía haber un vuelo disponible. No le importaba a dónde se dirigiera. Lo único que sabía era que tenía que escapar y organizar el lío que eran sus pensamientos.

Como nunca había experimentado ningún tipo de pánico, la sensación le resultaba sorprendente.

Kate... En la UCI...

El teléfono de la estación principal de enfermeras de su piso repiqueteó con insistencia. Kate llevaba un rato ahí revisando los historiales médicos, así que empujó un poco su silla giratoria y se deslizó para contestar.

«UCI. Habla Kate Mitchell.»

«Kate, soy Susan de la Sala de Urgencias, primer piso. Como sabe, monitoreamos todas las llamadas del 911 y registramos todas las ambulancias que vienen hacia acá...»

«Sí, por supuesto.»

«Acabamos de recibir una llamada de... —la enfermera leyó la dirección en voz alta—. Fue un tiroteo. Relacionado con drogas. Enviaron una ambulancia y a la policía. Me pareció reconocer la dirección. ¿No es justo en la calle donde usted vive?»

Sus primeros pensamientos:

«Connor.

»¿Niki?

»¿Dónde está Ross?»

Sus primeros reflejos.

«Corre.

»Rápido.

»Ve pronto.»

Kate dejó caer el auricular, tomó su bolso, sacó el celular y las llaves de su automóvil. Hizo un cálculo rápido en su mente. Se dio cuenta de que, sin importar cuán rápido manejara, para cuando llegara a la casa de los Templeton los agentes de policía estarían en toda la calle y los paramédicos tendrían los resultados de lo que hubiera pasado en el interior. También era muy posible que al llegar ahí solo estorbara; sabía que encontraría la manera de pasar por la fuerza y cruzar cualquier cinta amarilla porque se trataba de gente a la que amaba y tenía que asegurarse de que estuviera a salvo. El miedo y la incertidumbre se apoderaron de ella. Quería gritar. Llorar. Berrear. Lo que fuera. No sabía qué. Necesitó de una enorme fuerza de voluntad para girar hacia las otras enfermeras que estaban de guardia en la UCI y decirles con calma:

—Hubo un incidente en mi calle, en la casa de mis vecinos, casi al lado de la mía. Voy a bajar a la Sala de Urgencias para recibir a la ambulancia que viene para acá, por favor cúbranme en mi ausencia.

No esperó la respuesta.

Trotó por el corredor lo más rápido que pudo.

Llegó al elevador y oprimió el botón para bajar al primer piso.

Otro corredor. Otra carrera. Pasó por entre amplias puertas.

Como siempre, a la Sala de Urgencias la bañaba una luz cruel.

En la sala de espera había el número usual de personas. Enfermedad. Heridas menores. Asma. Golpizas producto del abuso doméstico. El perdedor de una pelea en un bar. Nada que exigiera atención inmediata. Daba lo mismo si eran indigentes con mugre incrustada en el cuerpo o gente adinerada con suéteres de casimir.

La sección donde la enfermera del protocolo de triaje atendía a quienes llegaban estaba rodeada por una barrera de plástico a prueba de balas. En el interior había unas seis áreas de tratamiento encortinadas. Kate vio a un par de médicos de Urgencias entrando y saliendo de dichas áreas. Notó que uno de ellos estaba preparándose, poniéndose una bata quirúrgica y guantes. Dos enfermeras hacían lo mismo.

Susan, la que le había llamado, la reconoció.

—Viene una ambulancia. Adolescente víctima de sobredosis. Ya aplicaron naloxona en el trayecto. En cualquier momento llamarán para indicar los signos vitales.

—¿Una víctima?

—Sí, pero también llamaron al forense y a los detectives de homicidios.

Homicidio. Forense. Significaba que alguien había muerto.

Sintió su interior congelarse. Tragó saliva con dificultad.

—¿Y sabe si…?

Susan negó con la cabeza.

—Lo lamento, lo único que sé es que los convocaron.

—La víctima que viene en la ambulancia… ¿Sexo masculino o femenino? —preguntó Kate. «¿Connor? ¿Niki?»

—No lo sé. Ya están en ruta.

Susan volteó a ver a otra enfermera.

—¿Tiempo estimado de llegada?

—En tres minutos estarán afuera —dijo la tercera enfermera y, mirando a Kate, agregó—: Sexo femenino.

«Niki. ¿Qué sucedió?

»¿Dónde está Connor?»

Apenas podía contener la ansiedad que explotaba en su interior. Respiró hondo y esperó que su entrenamiento, su experiencia y todos los años que llevaba enfrentando a la muerte en la UCI se manifestaran en ese instante.

Escuchó la sirena de la ambulancia. «Se acerca.» Como el grito de un alma en pena.

Susan, la enfermera de Urgencias, le entregó a Kate una bata quirúrgica color amarillo verdoso y unos guantes.

—¿Quiere ayudar? —le preguntó.

Kate asintió y tomó la prenda.

El volumen de la sirena de la ambulancia aumentó.

—Sabemos lo que hacemos. No estorbe, por favor —dijo Susan.

Kate asintió.

La tercera enfermera se comunicaba a través del micrófono del radio. Kate la escuchó hablando con el médico de la Sala de Urgencias y repetir lo que los paramédicos le decían desde la ambulancia.

—Pulso débil. Presión arterial en descenso. Lectura de oxímetro de pulso demasiado bajo. La naloxona debería funcionar. Demonios, muchachos, apresúrense.

El médico de Urgencias empezó a dar órdenes. Kate las escuchó, sabía lo que significaban, conocía todos los planes de tratamiento solicitados, sabía que eran para una sobredosis de opioides y, sin embargo, era como si no oyera nada. Levantó la vista y vio los rayos rojos y azules de luz golpeando las amplias puertas de la Sala de Urgencias, iluminando el mundo exterior con apremio. Su amiga Susan y la otra enfermera se movieron con rapidez en esa dirección. Kate sabía que era un lugar donde la velocidad era primordial, pero el hecho de que la víctima fuera una persona joven daba esperanza e instaba a todos a moverse con más agilidad todavía. Afuera, el sonido de las sirenas se atenuó.

Kate esperó. Se sujetó de una cama de auscultación para mantenerse firme, para no salir disparada hacia la entrada.

Vio al equipo de la Sala de Urgencias reunirse alrededor de la parte trasera de la ambulancia y luego cómo sacaban una camilla con un bulto cubierto por una sábana blanca. El equipo la empujó con rapidez al interior del hospital. La enfermera en la cabecera de la camilla iba haciendo señas a la gente para que se apartara del camino.

Kate alcanzó a ver el cabello rubio y el inconfundible mechón color púrpura.

«Niki.»

Ya le habían puesto oxígeno, la mascarilla oscurecía su rostro. También tenía suero por intravenosa en el brazo desnudo. La habían volteado sobre su costado derecho. «Correcto, es el protocolo», pensó Kate, haciéndose a un lado mientras el equipo empujaba con prisa a Niki a la primera área encortinada. Dio un paso adelante y otra enfermera cerró la cortina detrás de ella. El médico de urgencias seguía vociferando órdenes cuando se agachó sobre Niki con el estetoscopio.

Kate se movió hacia un lado de la camilla.

«¿Dónde está Connor?

»¿Y Ross?

»¿Qué sucedió?

»Homicidio.

»¿Quién murió?»

Kate tomó la mano de la joven. Era lo único que podía hacer.

«Lucha, Niki —pensó—. Lucha más que nunca. Has ganado todas las carreras, pero esta es de verdad. Tienes que ganarla también. Corre, corre lo más rápido que puedas por favor.» Entonces vio al médico estirarse para tomar el desfibrilador:

—¡Carga uno-cincuenta! —gritó—: ¡A un lado todos!

Easy, en el motel...

Easy se estacionó y desde el automóvil alquilado vio que había alguien en la recepción, así que se dirigió hacia allá. Justo afuera de la puerta respiró hondo y se recordó a sí mismo: «No has hecho nada malo. Solo actúa con naturalidad, como si no sucediera nada. Es una noche normal, nada fuera de lo ordinario. Pero debes irte de inmediato».

El empleado detrás del pequeño mostrador levantó la vista en cuanto lo oyó entrar caminando con paso lento. Era un hombre de mediana edad con algunas canas y cabello corto. Bordes ásperos de una barba incipiente. Llevaba una corbata un poco torcida.

—¿Se va a registrar? —preguntó el empleado. Easy no lo reconoció.

—¿Dónde está el muchacho, el que suele estar aquí durante la noche?

—Está enfermo, tiene gripe, lo estoy cubriendo. ¿En qué puedo ayudarle?

—Voy a hacer el *check out* de la habitación 221 —contestó Easy.

—¿Dos, dos, uno?

—Correcto.

—Es un poco tarde. ¿Está seguro?

—Sí.

—De acuerdo —dijo el empleado, volteando a su computadora—. ¿Espero que todo haya sido de su agrado? —una afirmación enunciada como pregunta.

—Sí. Genial. Sin problemas. Solo quiero adelantarme para mi siguiente serie de reuniones —contestó en un tono adecuado para dar fin a la conversación.

—¿Quiere que cargue todo a su tarjeta de crédito? De esa manera lo único que tendrá que hacer será dejar la llave en la ranura que ve ahí —dijo el empleado señalando un buzón.

—Perfecto —dijo Easy. Le agradó que la conversación fuera así de rutinaria. Lo tranquilizó.

—¿Puedo hacer algo más por usted, señor? —preguntó el empleado.

«Claro, explíqueme por favor qué demonios salió mal.»

—No, todo en orden.

—Que tenga buen viaje —agregó el empleado.

«Por supuesto. Sacaré mi trasero de este pueblo.

»Iré a algún sitio donde pueda ponerme en contacto con Alpha, Charlie y Delta. Trataremos de pensar qué hacer a continuación.

»Porque este infierno aún no termina.»

Eso fue lo que pensó, pero lo que en realidad deseaba Easy era regresar a Miami, abordar su Uber y empezar a planear su próximo asesinato. Necesitaba quitarse de la boca el amargo sabor de esa noche. Se sentía minimizado y odiaba ese sentimiento.

Salió de la recepción sin decir nada más y se dirigió al segundo piso del motel. Las puertas se abrieron hacia una pasarela externa. Al sacar la llave de su habitación miró a ambos lados. A su alrededor, la noche parecía vacía. Un par de lámparas exteriores iluminaban tenuemente la pasarela. «Este lugar es un basurero —pensó—. La próxima vez que viaje reservaré todo en primera clase.»

Abrió la puerta de la habitación 221 y encendió las luces al entrar.

—¡Jesús! —dijo dando un ligero salto.

En el borde de su cama había una mujer apuntándole al pecho con una pistola semiautomática en una mano y una placa en la otra. La mujer no dijo nada. Easy comenzó a retroceder, intentó correr, pero del baño a su derecha salió un hombre con otra pistola desenfundada y lo golpeó en el cuello.

—No te muevas, cabrón —gritó el hombre.

La mujer se levantó, se acercó y le enterró la pistola en la cara.

Easy levantó las manos, rindiéndose sin que se lo ordenaran siquiera.

—No —dijo el hombre—, colócalas en la espalda.

En un instante sintió las esposas en sus muñecas. Nunca lo habían esposado, el metal se le enterró en la piel y lo lastimó. De pronto lo aventaron contra la pared. El hombre le separó los pies con un par de golpes y lo registró.

—Está limpio —dijo. Luego lo tomó del hombro y lo giró.

La agente enfundó su arma y desenganchó un *walkie-talkie* de su cinturón.

—Lo tenemos —dijo.

Cuando le sonrió de cerca, Easy sintió su aliento en el rostro. Asqueroso.

—De acuerdo, cabrón. Estás arrestado y vienes con nosotros —dijo la mujer en un tono frío—. Tenemos que hacerte algunas preguntas.

Easy debió haber parecido confundido porque la detective añadió:

—Tal vez quieras empezar por decirme ahora mismo por qué usaste la tarjeta de crédito de una universitaria asesinada en Miami.

«¡Maldita sea!», pensó Easy.

Dudó. «No pude estar tan cansado al registrarme en este basurero como para usar la tarjeta equivocada. No es posible. ¿O sí?»

—No... —dijo en voz baja—, no tengo idea de lo que me está hablando.

Pero por supuesto, sabía bien a qué se referían.

La detective se rio.

—Vamos, imbécil —dijo. De pronto ya había más de cinco policías uniformados detrás de ellos. Easy no supo de dónde salieron. Esperaba que fueran parte de una alucinación, que nada de eso estuviera sucediendo. Vio al empleado de la recepción atrás de los policías. Él también había sacado un arma y ahora la estaba enfundando despacio. En el cuello traía una placa dorada de detective colgada de un cordel. Sonreía. A unos pasos detrás de él estaba el muchacho que esperaba encontrar esa noche en la recepción del motel. Nada de gripe. Easy sintió que alguien lo sujetaba con fuerza del hombro. Era la detective que lo iba empujando. Cuando se encontraron con un grupo de oficiales que venían en sentido contrario, se dirigió a ellos.

—Revisen bien la habitación y asegúrense de recoger todo. Quiero decir *todo*. Y tomen muchas fotografías. No hay manera de saber lo que este hijo de puta dejó ahí.

Sin que se dijera más, condujeron a Easy de nuevo hacia la noche en el exterior. En el estacionamiento se habían materializado varias patrullas de policía. El mundo se veía borroso. De pronto sintió frío. Estaba en un sitio donde nunca esperó encontrarse: en las manos de la *Gestapo*.

SEGUNDA PARTE

LA DIFICULTAD DE RESPONDER A PREGUNTAS INCISIVAS

26

En la sala de interrogatorios #1...

Easy no sabía cuán vulnerable podía ser.

«¿Mucho?

»¿Poco?»

Estaba sentado en el pequeño cuarto sin ventanas, consciente de que la cámara de video montada en lo alto de la pared grababa todo lo que hacía y de que más tarde también grabaría todo lo que dijera. Ya llevaba ahí más de una hora y tenía ganas de hacerle una seña obscena a la cámara, pero se contuvo. Le habían quitado las esposas cuando lo lanzaron con brusquedad al cuarto, así que pudo frotarse las muñecas y lograr que la sangre volviera a circular poco a poco en esa zona. Estaba sentado frente a una pequeña mesa en una silla barata de plástico. Se movió solo unos centímetros. Se estiró una o dos veces como para mostrarle a la *Gestapo* que le aburría que hubieran interrumpido su vida. En algún momento se puso de pie, se inclinó hasta el piso e hizo una serie de flexiones de brazos. Unos minutos después, cuando regresó a la incómoda silla, cruzó los brazos sobre la mesa, apoyó en ellos la cabeza y fingió dormir solo para asegurarse de que supieran lo tarde que se estaba haciendo. Excepto por la declaración que hizo en el motel, «No tengo idea de lo que me está hablando», hasta ese momento no le había dicho nada a ningún policía. Trató de fijar en su rostro una expresión de «esto no significa nada para mí», pero por dentro estaba procesando los elementos tan rápido como podía. Pensaba en sí mismo como un ábaco del mal. Clic, clic, clic. Sabía que la *Gestapo* había buscado en la habitación del motel y que en algún momento entrarían a la sala de interrogatorios para confrontarlo con lo que hubiesen encontrado. Evaluó el daño. Al igual que el capitán de un barco que choca con un objeto extraño en una noche oscura, necesitaba saber qué tan peligrosa era la situación. «¿Podemos flotar o nos estamos hundiendo? —se preguntó con una sonrisa—. Espero que no seamos el Titanic.»

«¿Qué podrían encontrar?»

Exhaló poco a poco.

«No mucho.

»No había laptop.

»No había teléfono celular.

»Para encontrarlos tendrían que nadar.»

Se felicitó por haber obedecido su impulso de lanzar esos artículos al río. Sentía que esa noche su sexto sentido de asesino, como el de cualquier depredador que percibe la amenaza repentina de otra bestia de una zona superior de la cadena alimenticia, le había servido bien. Pensar en ello lo hizo asentir con la cabeza. Luego continuó con su inventario de riesgos:

«No hay un itinerario errático de Miami.

»Nada de fragmentos de pases de abordaje ni recibos de automóviles alquilados.

»Siempre destruyo esas cosas en cuanto llegan a mis manos.

»Ningún notorio trozo de papel con la dirección de *Socgoal02*.

»Claro que no. No soy estúpido.

»Nada de fotografías.

»Ni arma.»

En su ropa no había nada que pudiera contener rastros del delator ADN de *Socgoal02*, de *la novia* ni de las víctimas anteriores. Después de todo, solo los siguió. Y aunque deseó mucho acercarse lo suficiente para tocarlos, no lo hizo.

«Estaré bien a pesar de todo. Además, ¿acaso hice algo

ilegal? Solo estuve observando, ninguna ley lo prohíbe. Tal vez un delito menor por andar mirando. ¿Invasión de la propiedad privada? No hay nada más. No hay nada que no pueda explicar de manera razonable», pensó.

Continuó calculando en su cabeza.

El artículo más peligroso.

«La cartera.»

Asunto problemático. En la cartera había tarjetas de crédito con distintos nombres, también permisos de conducir de diversos estados con fotografías suyas, pero todos con direcciones diferentes. Ninguno correspondía a su verdadera identidad. Eran identidades robadas a gente muerta y con su rostro impuesto sobre sus credenciales y sus vidas. «Ninguno dice: conductor de Uber, Miami, Florida. Domicilio cerca del aeropuerto. Sin antecedentes penales. Esposo de una mujer a la que odia. Padrastro de dos niños que no podrían importarle menos. Un tipo ordinario desde cualquier perspectiva. Un individuo extraordinario en realidad. Pero lo siento, señor y señora *Gestapo,* eso no lo pueden saber ustedes porque cuando viajo no llevo conmigo nada que me vincule a quien soy en verdad. Tal vez sospechen algo, pero las sospechas no valen gran cosa.»

Easy se tranquilizó a sí mismo:

«Eso es lo que traerán cuando entren por la puerta.

»"¿Quién es usted?", preguntarán.»

Easy sabía ocultar su verdadera identidad con minuciosidad. También sabía que la *Gestapo* lanzaría a la mesa esas identificaciones falsas y robadas.

«"¿Quién es en realidad?"

»Pero yo solo mantendré la boca cerrada.

»¿Cuánto tiempo pueden tenerme encerrado sin acusarme de un crimen?

»¿24 horas?

»¿48?

»¿72?

»No más que eso.

»Esto no es un país de ultraderecha en Europa del Este, aquí no pueden lanzarme a un calabozo oscuro para que me pudra con las ratas durante semanas, tampoco es un país arenoso de Oriente Medio en el que me puedan torturar aplicándome el submarino o colgándome electrodos a los genitales y subiendo la corriente eléctrica hasta que les suplique que me permitan decirles lo que quieren saber.

»Nada de eso.

»Este es el buen y tradicional Estados Unidos. Estrellas y barras por siempre. La tierra de los hombres libres y hogar de los valientes. Aquí tenemos reglas. Tenemos leyes. Pueden amenazarme. Hablarme duro. Hacer su vieja rutina del policía bueno y el policía malo. Qué aburrimiento. Pueden fingir que saben más de lo que parece. Aún más aburrido. Tal vez incluso me mientan mirándome a la cara. Dirán algo como "Ya te cogimos, hijo de puta. Lo mejor es que confieses ahora y te ayudemos con el juez". Mentiras. Van a tratar de confundirme. De hacerme confesar que cometí un asesinato. Que crucé la calle de forma imprudente o que tiré basura sin permiso. Que robé identidades. Cualquier cosa. Buena suerte, *Gestapo*. Van a golpear la mesa frente a mí. Pondrán su cara tan cerca de la mía que voy a oler su baba. Me van a gritar. Tal vez me vuelvan a poner las esposas, pero más ajustadas. Quizás incluso me golpeen, pero entonces puedo contratar a un abogado depravado de esos que buscan a sus clientes en los lugares donde hubo un incidente y pérdidas humanas, e iniciar un pleito, demandarlos. Luego llegará la ACLU con todos sus diplomas y su fervor constitucional a ayudarlo.

»De cualquier manera, puedo quedarme callado un par de días de ser necesario.»

Easy analizó su situación:

«No tienen nada en las manos que diga: "Este es Easy. Es miembro del club de los *Muchachos de Jack*".»

Luego pensó:

«Me da gusto que no tengamos tarjetas de membresía como las que dicen: "Muestra tu tarjeta con orgullo y obtén un descuento de 10% en Walmart".»

Se relajó, pero solo un instante.

«De acuerdo, cometí un error estúpido. No voy a cometer otro. No debí traer conmigo la tarjeta de crédito de esa maldita estudiante. No recuerdo ni cuándo ni por qué la metí en mi cartera. Para empezar, ni siquiera debí quitársela cuando la maté. No fue una decisión inteligente. De hecho fue una idiotez. Fue irreflexivo. Esa necesidad de tener algo para recordar una muerte… bien, pues si no eres extraprecavido, siempre te hará caer. Necesito ser más cuidadoso la próxima vez. Jesús, espero que ninguno de los *Muchachos de Jack* se entere. Cristo, qué vergonzoso sería. Pero es que, por el amor de Dios, estaba tan cansado cuando me registré en ese mugroso motel que no presté atención. Merezco una buena crítica por ello. Sin embargo, es el único error que he cometido. Y estoy seguro de que puedo salir de esto con un buen discurso.

»Si decido hablar, claro.»

Consideró las opciones. «Todavía no me leen los derechos Miranda, pero si lo hacen y llamo de inmediato a un abogado, que tal vez sea lo más inteligente, no podré convencerlos de que no me acusen de algo. Si digo "abogado", de inmediato darán por sentado que soy culpable. Y lo soy, solo que ellos no lo saben. O bueno, no están seguros.»

Se relajó un poco más.

«Piensa como Alpha y agrega a la mezcla un poco de Charlie y de Delta.

»Si estuvieran en mi lugar, ni siquiera sudarían.

»Así que yo tampoco lo haré.»

Volvió a exhalar con calma. Tamborileó sobre la mesa con los dedos. El ritmo sencillo de cuatro cuartos que se convirtió en la base de un millón de canciones de rock desde el instante en que Buddy Holly digitó por primera vez en Texas el acorde de mi, el de la y luego el de re, y cantó:

«*A love for real, not fade away…*».

Su confianza en sí mismo aumentó.

«Incluso existe la posibilidad de que no tengan nada para mantenerme aquí.

»De hecho…

»… estaré fuera en cinco minutos. Tal vez diez. Máximo. Y me ofrecerán una disculpa camino a la salida.

»Entonces desapareceré.

»Relajado. Sin preocupaciones. Sin tensión. Casi aburrido».

Pero al darse cuenta de que quizás estaba siendo más optimista de lo debido, pensó:

«Tal vez esperar una disculpa sea demasiado. Además, es probable que me mantengan encerrado lo más que puedan mientras tratan de averiguar quién soy y qué hago aquí. Cosa que no podrán hacer. Poco después se darán por vencidos porque a la *Gestapo* le agrada lo correcto y lo obvio, y yo no soy nada de eso». Sintió una punzada en su interior, como una cinta elástica estirada y a punto de romperse.

«Todos trabajamos de forma independiente. Todos realizamos tareas distintas en el *Plan Manson*. Alpha dijo que eso nos protegería.

»Tenía toda la razón.

»En cuanto salga de aquí voy a averiguar qué diablos le sucedió a Bravo.»

El simple hecho de pensar en su nombre, *Bravo,* le provocó escalofríos. Visualizó las estremecedoras imágenes que tuvo frente a él esa misma noche. La última imagen se fijó en su mente: Bravo tras desplomarse a un lado de la cama, las manchas de sangre en la pared, la inmovilidad, alguien inesperado corriendo hacia el lado de la cama de *Socgoal02*.

Easy lanzó la cabeza hacia atrás. La frustración recorrió su cuerpo como electricidad. Una ira incontrolable lo embargó. Apretó los labios y sintió la furia palpitar en cada uno de sus vasos sanguíneos.

Entonces se dio cuenta de algo:

«Están en línea, en el *Lugar especial de Jack,* considerando los siguientes pasos.»

Deseó con desesperación unirse a esas conversaciones y saber qué pasaba, pero de algo estaba seguro:

«Bravo estaba actuando en nuestro nombre.

»Estuvimos ahí con él en todo momento.

»No merecía morir así.

»Fue algo que no anticipamos. Algo que no tomamos en cuenta. Algo que no planeamos.

»Los *Muchachos de Jack* no son así.

»Una parte de todos murió con él.

»Así que creo que haremos algo al respecto.»

Easy continuaba regodeándose en la superioridad moral, la indignación y la ira cuando por fin se abrió la puerta de la pequeña sala de interrogatorios.

Afuera, donde comenzaba a hacer frío...

—De acuerdo, señor Mitchell, por favor repasemos todo una vez más.

Ross empezaba a sentirse irritado.

—Por tercera vez —dijo.

—Dennos el gusto, por favor —dijo el detective. Era fornido, no muy alto, con el pelo rapado; vestía un saco deportivo y portaba un arma de 9 milímetros en su cinturón, tenía la apariencia de un hombre al que la cara podría quebrársele a la mitad si alguna vez se viera forzado a sonreír. Su compañera, una mujer igual de fornida con una melena bien peinada de cabello castaño oscuro, una mirada más amigable e inquisitiva, y vestida con jeans, abrigo y un arma del mismo calibre en la cintura, tenía enfrente un cuaderno y un lápiz en la mano. Estaba esperando a que Ross hablara.

—Está bien —dijo Ross—. Una vez más. Pero primero quiero asegurarme de que mi nieto esté bien, debo llamar a mi esposa que está en el hospital y necesito saber cómo se encuentra Niki. Entonces —dijo mirando con severidad a los detectives—, y solo entonces, repetiré todo lo que sucedió como me lo piden.

Los vio mirarse de reojo.

—De acuerdo —exclamó el detective—. Por supuesto, cuente con ello. Pero dígame, dónde estaba justo cuando...

Ross interrumpió.

—¿Cuándo vi al agresor por primera vez? Ya se lo dije. Justo en la silla *lounge*…

—¿Estaba afuera solo, con las luces apagadas, sin chaqueta, en medio del frío, mirando el cielo…? —comenzó a preguntar el oficial rapado.

La detective interrumpió.

—¿Hace usted eso con frecuencia?

—Son demasiadas preguntas —dijo Ross—, y les daré las respuestas que necesitan, pero *antes* voy a obtener la información que solicité. Porque en un segundo voy a salir de aquí, iré a recoger a mi nieto y me dirigiré al hospital.

Tras un largo silencio, suficiente para que Ross empezara a sentir el insidioso frío de la noche apoderarse de él, los detectives asintieron.

—Usted gana —dijo la mujer—, vamos a ver cómo está su nieto. Estoy segura de que se encuentra bien. Solo un poco agitado.

Connor estaba sentado en la parte trasera de una ambulancia, ya se había vestido y estaba envuelto en una cobija plateada para conservar el calor. Un paramédico medía sus signos vitales y le hacía algunas pruebas. Cuando le pidió que siguiera su dedo con la mirada, Connor recordó a la encargada de primeros auxilios que entró al campo de juego y le hizo la prueba para asegurarse de que no tuviera ningún traumatismo, y por eso continuó diciendo:

—Estoy bien, estoy bien, no estoy lastimado. Solo quiero saber qué pasa con Niki.

Las luces rojas y amarillas de los vehículos de emergencias iluminaban su rostro. Buena parte de la zona estaba rodeada de cinta amarilla con la leyenda «LÍNEA POLICIACA — NO CRUZAR». Por lo menos seis patrullas con luces parpadeantes bloqueaban la calle. Connor vio a vecinos que casi no conocía reunidos detrás de los vehículos. La expresión de «¿Qué sucedió?» en muchos rostros. Una curiosidad descontrolada. Se preguntó si la palabra *asesinato* se habría dispersado más allá de la cinta amarilla de la policía que mantenía a todos al margen.

Levantó la vista y vio a PM1 acercándose acompañado de dos detectives. Se puso de pie de inmediato.

—PM1, tenemos que ir al hospital y averiguar cómo está Niki. Aquí nadie me dice nada.

—Traté de hablar con tu abuela, pero mi llamada pasó a los mensajes de voz. Le dejé uno. Se comunicará en cuanto sepa algo. Creo que los Templeton fueron directo al hospital —explicó Ross al ver retorcerse demasiadas emociones en el rostro de Connor.

—Tengo que ir —suplicó el adolescente—. ¿Qué tal si está…? —no pudo terminar la pregunta con la palabra *muriendo,* y tampoco quiso decir *muerta*—. Tengo que ir al hospital —insistió.

La detective interrumpió.

—Todavía tenemos preguntas, Connor —le dijo—. Estamos tratando de averiguar qué sucedió —agregó. Ross notó que se dirigió a su nieto usando su nombre. Era una técnica amigable y libre de amenazas diseñada para calmarlo mientras ella evaluaba si era culpable de algo o si en verdad era la víctima que parecía ser—. No entendemos qué pasó aquí esta noche. Necesitamos que hagas una declaración completa antes de cualquier otra cosa.

Connor abrió la boca para hablar, pero cambió de parecer sobre lo que iba a decir, lo cual no pasó desapercibido para Ross.

—Yo… quiero ver a Niki —dijo.

—Lo que no entendemos es por qué había una cámara. La transmisión en vivo estaba siendo enviada a una ubicación que no podemos identificar porque terminó en cuanto tu abuelo entró y disparó. Seguiremos tratando de rastrearla, pero parece que estaba encriptada. Además, parece que había otra voz… —dijo la detective y volteó a ver a Ross—. ¿Está seguro de que escuchó una segunda voz? ¿Una amenaza? ¿Está seguro de que no era la voz del mismo individuo que ahora está muerto allá arriba?

—Sí. Estoy seguro. No tengo ninguna duda —contestó Ross, asintiendo—. Escuché «Vas a morir» y eso fue lo que me obligó a actuar. No tuve opción.

La detective no dijo nada más. Esperaba que Ross añadiera algo.

Pero no fue así.

Entonces ella agregó después de la pausa:

—Es usted muy buen tirador. Esa arma es muy pesada. Un tiro a la cabeza. Justo al centro. Hombro. Tres disparos. Tres heridas. Tal vez todas ellas habrían sido letales. ¿Practica con frecuencia?

Ross se dio cuenta de que se trataba de una provocación. «¿Había estado practicando para matar a alguien?» No estaba seguro de a dónde se dirigía la detective con su pregunta. Solo tenía claro que no le agradaba.

—No, no practico. O más bien, rara vez. Pertenecí al Cuerpo de Infantería de Marina de Estados Unidos. Una vez que uno aprende a manejar un arma, nunca lo olvida. Es algo que regresa cuando se necesita. Uno espera que nunca suceda, pero si el momento llega a presentarse, la habilidad sigue ahí.

Ross estaba convencido de ello. Su declaración, sin embargo, fue mucho más filosófica de lo que se necesitaba en ese momento.

La detective sonrió.

—*Semper Fidelis* —dijo—. Segunda Guerra del Golfo, Operación Batalla del Desierto. Primer Batallón de Marina. Luego Fallujah en mi segunda vuelta. Con eso tuve suficiente del sol y las arenas, así que me uní a la policía aquí, en mi pueblo natal.

—Gracias por su servicio —dijo Ross. El cliché.

—En algún momento tal vez podamos compartir nuestras historias de la guerra —agregó la detective—, pero ahora necesito que esto quede claro: el individuo que está muerto arriba... al principio te dijo que se trataba de un robo, ¿correcto?

—Sí —contestó Connor—. Eso fue lo que nos dijo, pero no era cierto.

—No —dijo la detective—. Es obvio que no. ¿Y alguno de ustedes había visto al agresor antes?

—Traía un pasamontañas. Su rostro estuvo cubierto todo el tiempo —respondió Connor—. De hecho, no lo he visto aún. Es decir, lo vi a él, pero no su rostro.

La detective se enfocó en el joven.

—¿Tampoco reconociste la voz o alguna otra cosa?

—No.

—¿No sabías quién era?

—No.

—¿Y tampoco sabes de quién era la segunda voz? ¿La que le ordenó que te mataran?

—No.

—¿Alguien te ha amenazado en días recientes?

—No. No que yo sepa.

—¿Entonces por qué querrían matarte esas personas? Es decir, solo eres un adolescente. ¿Cómo es que tienes enemigos ansiosos por deshacerse de ti?

Connor no contestó.

Pero sí sabía por qué querían matarlo. Era solo que no había analizado lo que el hombre ahora muerto le dijo ni lo que escuchó en aquella transmisión en vivo.

De pronto se dio cuenta.

«Connor no sabe, pero *Socgoal02* tiene una idea muy clara de quién quiere matarlo.»

Una parte de él gritaba: «¡Di la verdad!», mientras que otra, la fuerza opositora, le recomendaba: «Mantén la boca cerrada hasta que sepas qué sucedió esta noche. Si les cuentas sobre los *Muchachos de Jack*, ¿piensas que te van a creer? Además, ¿quiénes son? ¿Gente de un sitio en Internet al que llegué por casualidad una vez? ¿Un sitio como todos los otros que Niki y yo hemos visitado? Un solo encuentro, un par de insultos infantiles, todo coincide más o menos con las normas de Internet. ¿Y eso bastó para que quisieran matarme? —se preguntó. Miró a la detective y a su compañero—. ¿Confías en ellos para contarles todo esto?

»Sí.

»No.

»No lo sé.

»¿Podrán mantenernos a salvo?

»Sí.

»No.

»No lo sé».

Connor respiró hondo. Conocía la respuesta: «No».

«Niki.»

En ese momento se disiparon todos los demás pensamientos, fue como el final de la escorrentía de una ola absorbida por la arena en la playa. Lo único en que podía pensar era:

«No te mueras. Por favor. Tienes que vivir. Tienes que estar bien. Por favor».

Era como una breve oración.

—Debemos ir al hospital —dijo—. Ahora mismo.

—Connor —dijo la detective en tono amable—, solo necesitamos algunas respuestas. Esta situación es muy confusa.

En lugar de responderles a los detectives, miró a su abuelo.

—Por favor, PM1, quiero ir al hospital ahora —suplicó—. Necesito ver a Niki.

Ross vio el temor y el dolor que llenaban al mismo tiempo el rostro de su nieto. Sabía que no diría nada más hasta no averiguar el estado de Niki, y eso implicaba ir al hospital.

—De acuerdo, suficientes preguntas. El resto puede esperar. Vamos al hospital ahora mismo.

Volteó a ver a los detectives.

—Haremos otra declaración completa más tarde —les dijo—. A menos que tengan alguna razón para detenernos ahora.

Sabía que tenían por lo menos una razón, pero también que no lo arrestarían.

—Nosotros los llevaremos —dijo la detective—. Así podremos hablar un poco más. Ustedes recibirán las respuestas que necesitan y luego responderán a nuestras preguntas.

—Me parece justo —dijo Ross. Pero en realidad no creía que lo fuera.

En su sótano, en el piso...

Alpha estaba acurrucado en posición fetal.

Tenía frío y se sentía afiebrado. Escalofríos y sudor. Como si tuviera malaria. Se lamentaba en voz baja.

Era un asesino que nunca mostró un gramo de empatía por sus víctimas, sin embargo, ahora lo torturaba lo que vio esa noche. «Todo iba de acuerdo con el plan de Delta. Estaban a punto de morir. De hecho ella ya casi lo hacía. El otro adolescente sabía que su vida había llegado a su fin. Era ideal. Perfecto. Capturado en video. Y luego…» Alpha le pegó al piso de concreto con el puño, como si golpear aquella sólida superficie lo ayudara a apartar el instante en que la *perfección* se *corrompió*.

«Fue mi primer alumno.»

Alpha nunca vio el rostro de Bravo, pero cada palabra que este escribió, cada comentario, cada observación, cada aspecto de las dos invasiones a casas que compartió con los *Muchachos de Jack* y cada comentario favorable que hizo al evaluar las *aventuras* de Alpha, Charlie, Delta o Easy, vinieron a su memoria en ese momento. Giró sobre su espalda y se quedó mirando el techo. Tenía la extraña sensación de que él y los otros *Muchachos de Jack* habían enviado a Bravo a su muerte. Era una emoción casi tan romántica como las que evocaba Hemingway.

En ese instante de profundo dolor, sin embargo, Alpha llegó a una conclusión:

«Necesitamos poner las cosas en orden».

No lo sabía entonces, pero si hubiera pensado en ello habría intuido que:

En la sala de interrogatorios, mientras esperaba a que la policía entrara, Easy pensaba algo muy similar.

Junto a su mujer bostezando, recostado en su cama con los ojos abiertos y sin poder dormir, Charlie pensaba algo muy similar.

Sentado en el piso, recargado en su cama mientras sus padres continuaban su agonía en sus respectivos cuartos, Delta abría y cerraba los puños. Y pensaba algo muy similar.

27

DEMASIADAS PREGUNTAS.
MUY POCAS RESPUESTAS

En la UCI...

Niki soñaba.

Sofocándose. Ahogándose. Atrapada bajo la superficie de un mar infinito, aferrada a la mano de Connor, sin poder respirar, arrastrada a la cresta de las olas, viendo a sus padres despedirse desde una playa distante, inalcanzable, revolcada a tirones por corrientes y mareas, cada vez más lejos de ellos, con la cabeza sumergida en el agua, sintiendo que Connor le soltaba la mano, luchando, esforzándose, volviendo a emerger y viendo el sol brillar apenas entre los nubarrones de tormenta que se cernían sobre ella.

Abrió los ojos parpadeando con vigor.

Sentía como si le hubieran dado una paliza.

En las piernas percibía una debilidad desconocida. El aire le faltaba como nunca. Se preguntó a dónde se había ido toda su fuerza.

No sabía dónde estaba.

El sol que vislumbró en sus sueños en realidad era una luz que brillaba sobre ella.

Trató de discernir lo que veía, pero no estaba segura de que fuera real.

Aparatos.

Tubos.

Una máscara de oxígeno sobre su rostro.

Intentó levantar la mano para quitársela, pero sintió que no tenía suficiente fuerza en los músculos para hacer eso siquiera. Se preguntó si estaría muerta y si, como en una peculiar experiencia extracorpórea, estaría mirando su cuerpo desde arriba y comprendiendo que la Niki que conocía se había convertido en una especie de sombra de sí misma. Cerró los ojos con fuerza por un momento y luego parpadeó de nuevo y los abrió.

«No. Estoy viva.»

Miró alrededor.

Un cuarto de hospital. Tenía que ser eso. No estaba en su habitación en casa. Ese era el último recuerdo que tenía.

Continuó tratando de entender lo que alcanzaba a ver y lo que recordaba.

«De acuerdo. Estaba en mi habitación con Connor. Estuvimos haciendo el amor. Fue maravilloso. Una típica noche de sábado. Él perdió el partido, pero yo gané la carrera. Él tenía un moretón en el costado.

»Luego, un hombre.

»Con pistola. Pasamontañas. Vestido de negro.

»Nos amarró con ataduras de plástico. Las recuerdo. Las manos y los pies.

»Yo estaba desnuda.

»Me forzó a tragar unas pastillas. El sabor era espantoso. Comencé a marearme. Todo daba vueltas.

»Me desmayé.

»Ahora estoy aquí.

»Bien, eso quiere decir que sobreviví.

»¿Cómo?

»¿Dónde está Connor?

»¿Está vivo?

»¿Ese hombre lo mató también a él?

»Pero no, un momento, yo no estoy muerta. No creo estarlo.

»¿Qué sucedió?»

Se quejó en voz alta.

Movió los dedos de los pies.

«De acuerdo. No podría. No podría emitir ese sonido si estuviera muerta.

»Eso es bueno.

»¿Dónde está Connor?»

Volteó un poco y esta vez reunió fuerza suficiente para levantar la mano y quitarse la máscara de oxígeno. Volvió a quejarse de dolor.

Vio una puerta abierta al otro lado de la habitación.

«PM2.»

Trató de sonreír cuando vio a Kate.

—Creo que estoy viva —dijo.

Kate vino a su lado y tomó su mano.

—Claro que lo estás —dijo sonriendo—. Déjame ir por tus padres. Han estado aquí toda la noche.

Kate no añadió un:

«Igual que yo.

»Igual que Connor y Ross.

»Igual que los detectives».

Niki asintió. Le dolía todo.

—¿Qué sucedió?

Kate no sabía por dónde empezar.

—Permíteme ir por tus padres. Han estado muy preocupados y quieren verte. Conserva tu energía para verlos.

«Y para hacer tu declaración para los detectives.»

—Connor.

—También lo traeré a él.

—Kate —dijo Niki con cautela—, primero dime, ¿qué sucedió? ¿Cómo llegué aquí?

Kate pensó en contestar: «Ross los salvó a ambos», pero no lo hizo, a pesar de lo orgullosa que estaba de él. Eso podía esperar.

—El individuo que entró a tu casa te forzó a ingerir una dosis impensable de un coctel de analgésicos, sedantes y medicamentos para el cáncer. Nadie sabe dónde pudo haber conseguido estos últimos. En fin, llegaste a la Sala de Urgencias justo a tiempo. Te dieron un medicamento para bloquear los sedantes y te lavaron el estómago, por eso te duele…

Kate no estaba segura de si debía decirle algo más:

«Tu corazón se detuvo en la Sala de Urgencias, pero solo unos segundos. Tuviste suerte. Tuvieron que usar el desfibrilador para revivirte. Los médicos y las enfermeras sabían bien lo que hacían. Estabas muerta, pero no del todo. Así que te salvaron. Ross te salvó y ahora estás viva, como lo estarás mañana y el día siguiente, y muchos días después de eso.»

Niki asintió.

—Pensé que me iba a morir —dijo. Su voz se escuchó ronca, no sabía que se debía a los tubos que le insertaron en la garganta—. De hecho soñé que estaba muerta.

«Lo estabas.»

—Voy a ir por tus padres, querida. Después de que estés un rato con ellos traeré a Connor. Lo importante es que descanses. Pasaste por algo muy difícil, Niki, aunque apenas lo estés asimilando. Necesitas darle a tu cuerpo oportunidad de recuperarse. Lo hará. Volverás a correr.

—De acuerdo —dijo Niki—. Gracias.

Kate vio la humedad que se formó en las esquinas de sus ojos, también la lágrima que comenzó a rodar por su mejilla. Tomó un pañuelo de la mesa de noche y la enjugó.

En la sala de interrogatorios otra vez, un poco más tarde…

Easy contempló un largo rato a los detectives, trató de adivinar quién estaría a cargo y quién sería el más amenazante. Supuso que la mujer era «el policía bueno» y que la apariencia del fornido levantador de pesas con la cabeza afeitada era la evidencia de que él era «el policía malo». La mujer se sentó en una silla frente a él, al otro lado de la mesita. El hombre se recargó en la pared del fondo del diminuto cuarto con los brazos cruzados y cara de pocos amigos.

Justo como se lo esperaba.

La detective colocó con delicadeza tres series distintas de identificaciones sobre la mesa. Después sacó otra serie de tarjetas de crédito. Lo hizo un poco como si fuera talladora de cartas en Las Vegas y estuviera volteando la carta River en una partida de Texas hold 'em.

—Bien —dijo con cautela—. No eres ninguna de estas personas. ¿Quién eres?

Easy sonrió.

Ella le dio unos golpecitos a uno de los permisos de conducir.

—Este individuo murió hace tres años de un ataque cardiaco.

Tocó con el dedo el siguiente.

—Este manejaba un gran tráiler con el que atravesaba todo el país y murió cuando otro tráiler, uno tipo tractor, se volteó en la Interestatal 80 en Nebraska.

Pasó el dedo al siguiente.

—Este hombre fue víctima de homicidio en Nueva Orleans. Era negro y tenía más o menos tu edad. Le dispararon desde un automóvil. Esto nos llamó la atención, sin embargo, él no era tú y tú no eres él. Así que, ¿cuál es tu verdadero nombre?

Easy miró a la mujer.

Apenas pasaba los treinta. Complexión voluptuosa, bonita a pesar de esa apariencia de «policía dura harta de haberlo visto todo». Suficientemente joven para tener cabida en sus preferencias. «Vaya, cómo me gustaría ponerte una bolsa de plástico en la cabeza y cogerte mientras te ahogas hasta morir.»

Easy pensó en la pregunta.

—Johnson —dijo.

Ella negó con la cabeza. El rubio cabello se sacudió alrededor de su rostro.

—De acuerdo, Johnson no le agrada. Entonces tal vez Jones sí —dijo Easy.

Ella se reclinó en el asiento.

—¿O Smith? ¿Le gusta Smith? —agregó, sonriendo.

La detective frunció el entrecejo. A Easy le pareció que eso arruinaba su agradable apariencia.

—Williams. Brown. Miller. Davis…

El otro detective interrumpió. Se alejó de la pared del fondo donde estaba recargado y dio uno o dos pasos hacia Easy.

—Deja de joder con nosotros.

«Vaya, eso fue lo más directo posible y en el tono más amenazador del que eres capaz», pensó Easy.

Luego sonrió.

—¿Qué tal *García*? ¿Qué le parece? *Me nambre es Juan García, senior policía.* ¿Mejor?

—Eres un cabrón —respondió el detective.

«Tal vez en eso no se equivoque —pensó—. Qué mala suerte.»

—¿Me van a mantener encerrado porque tengo una o dos identificaciones falsas? —preguntó Easy—. Si es así, tendrían que arrestar a la mayoría de los preparatorianos que aún son menores de edad. ¿Tienen suficientes celdas para encerrarlos?

La detective lo miró con aire burlón.

—La mayoría de los preparatorianos no tratan de usar tarjetas de crédito de mujeres asesinadas —le dijo—. ¿Tal vez nos quieras explicar eso?

Easy sintió una ligera ansiedad.

«No puedo creer que ese maldito niño en la recepción del hotel haya sido tan inteligente como para llamar a la policía al ver que la tarjeta había sido reportada como perdida o robada. En general, solo te piden otra para cobrarte. Maldita sea.» Easy contestó rápido.

—La encontré en la calle y no lo pensé mucho. No sabía que pertenecía a alguien a quien habían asesinado. La iba a entregar en una sucursal del banco, pero la guardé en mi cartera y debo de haber olvidado que la dejé ahí. En el motel pagué con ella por accidente. Estaba muy cansado cuando me registré, fue un día largo y no me di cuenta de qué tarjeta usé.

«Claro, *todas* las tarjetas eran falsas. *Mea culpa.*»

—¿Un día largo, eh? ¿De dónde venías?

—De Cleveland.

—¿Ahí vives?

—No, lo siento. De Memphis. Ups, disculpen. De San Antonio.

¿O era Salt Lake City? ¿Santa Fe? ¿Los Ángeles? Lo siento, detectives, lo olvidé.

—Hijo de puta —dijo el hombre.

«Una vez más, estás en lo correcto, pero prefiero que me llamen "hijo de puta" que algo más preciso, como "asesino". E incluso es mucho mejor que ser identificado como lo que en verdad soy: uno de los *Muchachos de Jack*.»

La detective empujó su silla y se separó de la mesa.

—¿No quieres cooperar ni un poco, verdad? Si nos ayudas, aclaramos todo esto y quedarás libre en menos tiempo.

«¡Ah! He ahí la primera gran mentira de un policía. Si "coopero un poco" me acusarán de algún delito. Abro la boca y todo lo que diga me llevará a prisión.

»No, gracias, detective.»

Easy sonrió y dejó que el silencio se extendiera en la sala.

—De acuerdo —dijo la mujer en cuanto fue obvio que no obtendría una respuesta—. Vamos a mantenerte aquí hasta que nos des respuestas de verdad. Lamento decirte que nuestras instalaciones son bastante primitivas. No las asean con frecuencia. A los ebrios les encanta vomitar aquí. Tampoco estoy segura de que el sanitario funcione. Además, creo que tenemos en detención a un par de pandilleros a los que no les agradará que ocupes su espacio. Pero creo que a usted no le molestará nada de esto, señor...

—Wilson. Como el presidente. O tal vez, un mejor presidente. ¿Lincoln? ¿Clinton? ¿Washington? ¿Bush? Y ni siquiera mencionemos al tipo que ahora ocupa el cargo.

—Hijo de puta —repitió el detective corpulento.

Easy lo miró y luego volteó a ver a la detective.

—¿El vocabulario de su compañero incluye otras palabras o solo...?

La provocación hizo al detective cerrar los puños y dar un paso hacia él.

Easy señaló la cámara que estaba grabando todo.

—Adelante. Golpea tan fuerte como puedas. Te costará tu empleo. Tu carrera. Esa generosa pensión de retiro que esperas obtener cuando cumplas veinte años en servicio. Incluso tal vez también te manden a la cárcel. Atacar a un hombre que no ha sido arrestado de forma oficial… A menos de que solo se les haya olvidado leerme mis derechos hasta ahora. De cualquier forma, lanza ese golpe. Estoy seguro de que mañana o pasado mañana esto resultará de mucho interés para tu división de asuntos internos. Pero, vamos, haz lo que desees. Para ser franco, me parece que sería una pérdida de tiempo.

La detective levantó la mano. «Como la policía de tránsito que tal vez era hace menos de seis meses, antes de que aceptaran su ascenso», pensó Easy.

—Te podemos registrar como el señor John Doe —dijo ella.

—Me agrada —contestó Easy—. John Doe. Tiene un aire clásico, nostálgico.

—Disfruta tu estancia —dijo la detective—. Hablaremos de nuevo.

—Lo dudo —dijo Easy encogiendo los hombros antes de fingir un bostezo.

Por dentro, sin embargo, creía que los *Muchachos de Jack* apreciarían la forma en que se manejó.

El momento correcto, el momento incorrecto para reflexionar…

Alpha estaba de vuelta frente a su equipo informático en el sótano, pero sin prestarle atención por el momento. En la mano izquierda tenía un marcador permanente de tinta negra, pero sabía que en realidad no dejaría marca indeleble. Aunque se jactaba de ser casi ambidiestro, escribió con sumo cuidado la palabra *Bravo* en la palma de su mano derecha. Creía que era la ubicación adecuada para el nombre de su correligionario. Pensó que podría mirarlo de vez en vez los próximos días y que eso lo inspiraría a definir sus siguientes pasos. Antes de que la tinta negra se desvaneciera de su piel.

Entonces regresó a las computadoras.

Lo primero que hizo fue publicar un mensaje para Charlie, Delta y Easy.

> Voy a desactivar las rutas electrónicas existentes para llegar al Lugar especial de Jack. Usen los nuevos protocolos preestablecidos para ingresar al sitio verificado. Siguiente reunión programada a las 11 p.m. Hora del Este.
> Confirmen recepción.

En unos cuantos minutos recibió lo siguiente de parte de Charlie:

> De acuerdo.

Luego Delta escribió:

> Okey.

Esperó la tercera respuesta, la de Easy, pero esta no llegó. Lo primero que pensó fue: «Está viajando. Tal vez no se encuentre en un lugar desde el que pueda iniciar la sesión y contestar. Verá el mensaje más tarde y sabrá qué hacer».

Cuando Alpha creó el *Lugar especial de Jack* para él y los otros, diseñó distintas rutas de respaldo para llegar al sitio. A su vez, cada uno de los *Muchachos* inventó su propio método para encontrarlo e ingresar. «Este clic, aquel clic, este servidor, una desviación para confundir, identificaciones y contraseñas falsas. Alpha los alentó a crear alternativas a la vía usual de acceso. Todo esto se hizo con muchísima precaución en el aspecto electrónico. La nueva sala de chat a la que planeaban llegar más tarde ese día tenía la apariencia de algo distinto a lo que era. Sería el *Lugar especial de Jack* adornado con brillantes flores de primavera y ponis rosados saltarines que exigían varios clics adicionales para llegar a la celebración de la muerte. Era un poco como querer llegar al sitio de *Frozen* de Disney en Internet y terminar en Pornhub. Este engaño los ayudaba a aislarse de los investigadores.

Si acaso había alguno buscándolos.

Pero lo dudaban.

Hasta cierto punto.

A todos les inquietaba que la interrupción de la transmisión en vivo que Bravo inició antes de morir desde la casa de *la novia* los hubiera dejado expuestos, pero la rapidez con que Alpha dio fin a la misma los tranquilizaba. Era probable que su huida del sitio los haya protegido, ya que su presencia electrónica en la habitación de la chica se diluyó en una gran espiral del cosmos de Internet casi en un instante. Y, sin embargo, la incertidumbre persistía en cada uno de ellos. Desde la intrusión de *Socgoal02* no habían vuelto a sentir ese tipo de duda.

Era un poco como cuando una persona ordinaria recibe la notificación de un virus informático y comprende que los datos personales almacenados en la computadora de su casa ahora están en riesgo por culpa de un pirata situado en Tailandia o Rusia. Una especie de *E-Panic*. Ninguno de los *Muchachos de Jack* había sentido esa ansiedad tan común para otros.

Pero los cuatro imaginaban:

«Un golpeteo en la puerta.

»Un par de detectives curiosos.

»¿Por qué estaba el sábado por la noche en un sitio de Internet llamado el *Lugar especial de Jack* justo a las 9:29 p.m. hora del Este viendo un crimen en tiempo real?»

La débil respuesta:

«Mirar no es un crimen.»

La verdad:

«Porque estábamos asesinando a unos adolescentes en conjunto.

»Los cinco».

A Alpha le tomó algún tiempo completar la migración del *Lugar especial de Jack* a su nueva ubicación, restaurar los *firewalls* y perfeccionar los sistemas de seguridad. Se concentró mucho en su labor y descubrió que esta le ayudaba a distraerse de la furia que sentía por el asesinato de Bravo.

Lo injusto de la muerte de su compañero hizo a Alpha apretar y rechinar los dientes. Nunca había sentido una rabia tan profunda. Ni siquiera cuando *Socgoal02* los insultó y decidieron matarlo. Incluso esa fue una decisión tomada con cálculo, con la cabeza bien fría. Para Alpha y los *Muchachos* planear el asesinato del adolescente era solo un corolario natural de lo que hizo y dijo. Resultaba lógico. Coincidía a la perfección con su universo asesino.

Aunque esa mesura ya no estaba ahí, Alpha estaba decidido a restaurarla.

Tanto como estaba decidido a ejercer una venganza terrible. Digna de su furia.

Delta pasó la tarde entrando a todos los canales de televisión y diarios en Internet de lugares cercanos al pueblo donde murió Bravo.

No encontró tanta información como esperaba.

Los distintos artículos y reseñas que se generaron de manera inmediata tras lo que él denominó «el incidente en la casa de *la novia*» eran confusos e imprecisos. Se mencionaba «un robo que salió mal» y la posibilidad de que hubiera «drogas de por medio», observación que lo hizo exclamar entre dientes:

—¿Ah, sí? No me digan.

Había notas apasionantes sobre «un vecino alerta que detectó algo raro» e incluso un reportaje en el que calificaron su acción de «heroica». Sin embargo, no había nada sobre la pareja, excepto por el detalle de que «una de las víctimas fue llevada al hospital con lesiones fatales, pero ya se encuentra fuera de peligro». La policía se negaba a confirmar los nombres de los adolescentes. Delta ya se lo esperaba: sabía de la reticencia de los oficiales a revelar nombres de jóvenes involucrados en crímenes. También se negaban a revelar la identidad del «heroico» vecino que estuvo «alerta» esa noche.

Sin embargo, él sabía quién era.

Charlie también había revisado los reportes de prensa.

Pero él fue un poco más allá.

En Massachusetts hay una lista pública de la gente que posee armas registradas y a la que se le ha otorgado un permiso para portarlas ocultas. No le fue difícil obtener los nombres de quienes tenían armas registradas en el pueblo de *Socgoal02* e identificar a la gente que vivía en la misma calle que él. Solo había tres licencias y armas registradas en un radio de tres kilómetros.

Además, solo una de esas personas era abuelo de *Socgoal02*.

Charlie pensó: «Un ciudadano respetuoso de la ley. Excelente. Llenaste los formularios correctos y los entregaste en la oficina de la policía local para que tu nombre fuera incluido en una lista del gobierno».

Le parecía que su puesto en la universidad le daba una perspectiva particular de la personalidad del abuelo.

«Un académico evaluando a otro.

»Yo doy clases pero mato. Soy muy bueno en lo primero y superior en lo segundo.

»Tal vez tú también matas. Por accidente. Por suerte. No por habilidad. No porque lo planees.

»Para ti, el sabor de la muerte resulta espantoso. Nauseabundo.

»Para nosotros es dulce y embriagante.

»Y eso significa que no hay manera de que nos venzas.»

Charlie decidió que les explicaría esto a los otros de forma contundente en cuanto se volvieran a reunir en el *Lugar especial de Jack*.

Algunas horas más tarde...

Alpha, Charlie y Delta ya habían iniciado sesión. Estaban listos para reunirse y planear su siguiente paso. Su enojo y su determinación estaban en distintas etapas. Todos sentían que los habían perjudicado, ofendido. Engañado. Todos querían hacer algo al respecto.

Esperaron a que Easy ingresara.

Un minuto.

Cinco minutos.
Diez.
Delta escribió:

¿Dónde demonios está Easy?

28

En la cafetería del hospital...

—De acuerdo —dijo la detective—. Entiendo su historia: estaba descansando en una silla *lounge* afuera, en mangas de camisa aunque la temperatura era de unos cuatro grados porque, bueno...

—Porque tengo muchas cosas en la cabeza —dijo Ross, interrumpiéndola.

No mencionó nada sobre las depresiones de octubre, ni sobre Freddy, su amigo muerto, o la repentina inutilidad que empezó a sentir cuando se retiró, ni nada vagamente relevante respecto a *por qué* en ese momento estaba en esa posición mirando a lo lejos entre los patios oscuros.

—¿Estuvo bebiendo antes?

—No. De ninguna manera.

—Está bien —dijo la detective—. Lo lamento, tenía que preguntárselo. Y entonces vio...

—Una persona vestida de negro que cruzó corriendo el patio y entró a la casa de los Templeton. Yo sabía que Connor y Niki estaban ahí.

No dijo nada sobre el Vietcong, el ejército norvietnamita ni el recuerdo de haber contemplado la noche que cincuenta años atrás lo enclaustró y lo hizo imaginar que toda sombra podía ser la muerte acercándose con sigilo a su puesto. Por un momento se preguntó por qué el pasado distante se fusionaba con el presente de manera continua y qué significaría eso en relación con el futuro. Su breve ensoñación se vio interrumpida cuando la detective le preguntó:

—¿Por qué no llamó al 911 en ese preciso instante?

Ross se recargó en el respaldo. Estaban sentados en una mesa de la cafetería del hospital, rodeados de médicos y enfermeras en pijamas quirúrgicos. Afuera, la noche menguaba. Arriba, en la UCI, Niki empezaba a recuperarse. Kate la estaba cuidando. Sus padres estaban ahí. Parecían tener pocas preguntas, pero muchos temores. En la cafetería, Connor bebía agua de una botella y permanecía sentado junto a Ross, quien sentía la pierna de su nieto sacudirse con frecuencia.

Antes de que pudiera contestar, la detective se obstinó en su pregunta:

—¿Por qué no llamó y pidió asistencia al 911 de inmediato? Hombre armado. Robo sucediendo. Pero no, usted decidió actuar en lugar de llamar a las autoridades correspondientes. Lo primero que debió hacer fue marcar el 911 —dijo la detective en tono agresivo.

«Entonces, ¿mejor esperar y hacer lo correcto que actuar y correr el riesgo de equivocarse? —pensó Ross—. Cuando a uno le toca la última guardia no hay 911. Estás solo con tu arma, tu visión nocturna, tal vez algunas oraciones, el agotamiento, el miedo y la oscuridad.»

—Lo siento. Tal vez debí hacer eso, pero estaba preocupado por los chicos, así que...

—¿Así que fue por su arma?

—Correcto. Tuve que sacarla de la caja de seguridad que tengo en mi oficina.

—¿Entró a su casa y se tomó todo ese tiempo para sacar el arma, pero no llamó a la policía? —preguntó la detective con aire incrédulo.

—Me parece que eso ya lo expliqué con claridad. Saqué la .357.

«Cargada y lista para disparar.»

—Y luego siguió a la persona que vio poco antes entrar a la casa de los Templeton...

—Así es. Lo más rápido que pude, pero tratando de hacerlo en silencio para acercarme sin que me viera y poder sorprenderlo.

—¿Usted sabía que el hombre estaba armado? ¿Que portaba una pistola automática?

—No.

—Pero imaginó que…

—Di por hecho que tenía un arma.

—¿No le pareció que estaba arriesgándose demasiado?

—Sí, por supuesto.

—Y aun así no llamó a la policía…

—Pensé que titubear era más arriesgado. No me pareció que hubiera tiempo suficiente.

«Fui entrenado para tomar decisiones al instante porque si dudaba y esperaba, todos los miembros del pelotón podían terminar muertos. Una manera muy estúpida de morir. Ese es el objetivo de hacer la guardia. Y usted lo sabe porque la entrenaron de la misma manera, detective.»

—Entonces actuó cuando…

—Cuando llegué y me ubiqué afuera de la habitación escuché la amenaza inminente. Me pareció que mi nieto y la señorita Templeton corrían un gran peligro, lo cual resultó ser cierto, detective.

Ross pensó que sonaba como un cansado profesor universitario frente a un grupo incapaz de comprender un sencillo concepto como dos más dos son cuatro.

La detective hizo una pausa y Ross aprovechó el breve silencio.

—¿Usted cree que hice algo incorrecto? Porque a mí no me lo parece. ¿Cree que cometí un crimen? Porque a mí no me lo parece. Si hubiera llamado, pedido ayuda y esperado, habría sido demasiado tarde. Si no hubiera disparado mi arma en ese momento, habría sido demasiado tarde. Si hubiera hecho algo de manera distinta, por insignificante que fuera, habría sido demasiado tarde. Estoy seguro de que se da cuenta de ello, ¿cierto?

La detective miró a Ross de cerca.

—Tratamos de desalentar las acciones tipo «vigilante». En la mayoría de los casos solo sirven para multiplicar la tragedia en lugar de evitarla. Toda esa basura de la Asociación Nacional del Rifle, toda esa propaganda que asegura que «la única manera de detener al criminal armado es que el buen ciudadano también esté armado», bien, pues por lo general da como resultado más muertes en lugar de menos. Los oficiales de policía están entrenados para enfrentar estas situaciones y mejor equipados para lidiar con ellas.

Ross se esperaba este sermón. Quería responder: «A mí también me entrenaron para eso», pero se dio cuenta de que la detective solo lo veía como un viejo académico que se había retirado unos meses antes. Estaba pensando qué contestarle, pero ella volteó de pronto a ver a Connor.

—Cuéntame otra vez sobre la cámara de video.

Connor no sabía por dónde empezar a mentir.

—Como le dije, el tipo con el pasamontañas y la pistola nos ató. Forzó a Niki a tragar las pastillas. Eso fue después de decirnos que se iría. Supongo que no era verdad…

—Parece que no.

—Luego instaló la cámara e inició una transmisión a una ubicación electrónica. Escuché que invitó a alguien que estaba viendo la transmisión a que hablara. Fue lo que mi abuelo alcanzó a oír.

—Entonces —interrumpió la detective—, no fue el típico robo en los suburbios con entrada forzada, ¿verdad?

—Supongo que no.

—¿Fue algo por completo distinto?

—Eso creo.

—¿Qué fue, Connor?

—No lo sé.

Era casi una mentira. Casi. Aunque no una falsedad del todo. «En verdad no sé», se dijo, tratando de que su rostro no delatara lo que pensaba.

La detective continuó preguntando.

—Sabes que no es raro que los traficantes de drogas maten a

alguien que tiene su producto. Es una manera de enviar un mensaje claro. ¿Te has involucrado con traficantes de drogas, Connor?

—No. Nunca.

—¿Y Niki? Es decir, mucha gente la conoce. Tiene la reputación de vivir al límite.

—De ninguna manera. No. Niki es una atleta.

Connor se ruborizó un poco.

—Bien —dijo la detective con calma, arrastrando la palabra *bien* e imbuyéndole un poco de duda—. Ya regresaremos a ese punto. Respecto a la voz de la transmisión…

—Nunca la había escuchado. Creo que tenía una distorsión electrónica para enmascararla. No es difícil hacer eso. Sonaba muy extraña. ¿No la pueden rastrear?

La detective no respondió, pero Connor sabía la respuesta a su pregunta. De hecho, sospechaba que sabía mucho más que la detective respecto a informática e Internet. La respuesta era: «No».

—¿Y qué dijo la voz?

—Yo estaba demasiado espantado. Eran palabras, pero sonaban como en un idioma distinto…

Su primera gran mentira.

Se dio cuenta de que la detective no le creía del todo, pero al mismo tiempo, tal vez sí le creía. Era como balancearse en una piedra inestable sobre un amenazante precipicio.

—Muy bien, Connor —dijo ella—. Tal vez repasaremos tus recuerdos cuando haya hablado con la señorita Templeton. ¿Crees que su historia sobre lo que sucedió será igual a la tuya?

—Sí —contestó. Quizá demasiado pronto—. Lo siento, todo fue muy rápido. Lo recuerdo borroso, como una pesadilla.

Sabía que lo que acababa de decir eran clichés, pero esperaba que satisficieran a la detective.

Ella sonrió.

Aunque no habría podido explicar por qué, su sonrisa no le infundía confianza.

—Ve a casa, Connor. Duerme un poco. Podemos volver a hablar pronto.

Connor y Ross se levantaron de la mesa para salir de la cafetería del hospital, pero en ese momento la detective levantó la mano. Otro investigador acababa de entrar y se dirigía a ella. Cuando estuvo cerca se inclinó y le susurró algo que ni Connor ni su abuelo alcanzaron a oír. La mujer se sorprendió por un instante, pero después recobró esa expresión de imperturbabilidad que siempre tenía. Su colega fulminó al chico con la mirada.

Durante diez segundos, o tal vez veinte, nadie dijo nada.

La detective agitó la mano para indicar que la entrevista había terminado, sin embargo, cuando Ross y su nieto se pusieron de pie los detuvo y, con un tono un poco inquisitivo, pero implicando una duda mucho más profunda, dijo:

—Una pregunta más, Connor, por favor…

El adolescente la miró.

—¿Por qué tú y la señorita Templeton publicaron notas de suicidio en redes sociales esta noche?

Connor se sorprendió. Le tomó un momento recuperarse y enderezarse, como un barco que se ladea en el mar agitado, golpeado por las olas y el viento.

—Nosotros no publicamos nada.

—¿No? ¿No se pusieron de acuerdo para morir juntos como parte de una especie de pacto suicida?

—No. En absoluto. Nunca haríamos algo así. ¡Es una locura! —exclamó. Enojado. Conmocionado.

—De acuerdo —dijo ella sonriendo, pero luego la sonrisa se transformó en una dura e intimidante mirada—. Está bien por ahora, quizá debas analizar por qué me estás mintiendo respecto a esto. Solo me obligas a preguntarme qué otras mentiras me habrás dicho. Sería mucho mejor si comenzaras a decirme la verdad cuando hablemos de nuevo, lo cual será muy pronto, Connor.

La detective volvió a ondear la mano para indicarles que se podían ir.

Connor y Ross salieron de la cafetería. Connor se sentía más cansado que después de cualquier partido en que hubiera participado. Las mentiras, las *casi mentiras* y las verdades incómodas lo habían dejado exhausto.

Easy también estaba muy agotado.

Se sentía sucio. Despeinado. Imaginó que también olía mal.

Pasó el resto de esa espantosa noche acostado en un catre metálico de una celda de detención, deseando que los otros desaliñados, olorosos y confundidos hombres tumbados junto a él no lo fueran a maltratar. Por suerte solo en una ocasión se vio forzado a amenazar a alguien: un indigente de barba rala, pocos dientes y heridas supurantes en la cara que pudo tener cualquier edad entre los cuarenta y los ciento cuarenta años. Y lo hizo porque se le acercó demasiado. Por suerte, los pandilleros que mencionó la detective no se presentaron nunca. Solo pasaron ahí la noche él y varios ebrios, adictos, moscas y virus. Si acaso durmió dos o tres horas, tuvo suerte.

Necesitaba darse una ducha. Necesitaba orinar. Quería lavarse los dientes, pero sobre todo, quería salir de ahí.

Cuando un guardia o un policía pasaba, lo miraba ansioso.

«No pueden tenerme aquí mucho más tiempo. Al menos, no si no me imputan un crimen. Seguro por eso siguen tratando de encontrar alguno.

»Malditos idiotas de la *Gestapo*.

»No ven lo que tienen enfrente.

»La genialidad.»

Este tipo de reflexión lo animaba. Sabía que los *Muchachos de Jack* esperaban noticias suyas. Se sentía terrible por estar incomunicado justo en un momento en que la solidaridad y la unión eran tan esenciales para el grupo. De lo que no estaba seguro era de si debía contarles sobre la noche que pasó en prisión.

Se dio cuenta de que esta era tal vez la primera vez que la *Gestapo* interrogaba a un miembro de los *Muchachos de Jack*. Por eso pensó que... lo mejor sería no compartir la anécdota.

Además no quería que ninguno pensara que tal vez le confesó algo a la policía o que lo sorprendieron en posesión de un celular o una computadora que *podría* guiar a algún investigador a través de la vastedad de Internet y llevarlo directo a ellos.

A medida que pasaron las horas y que la mañana se transformó en mediodía, Easy se fue sintiendo cada vez más enojado. Quería gritarles a todos los que pasaban por el corredor al otro lado de las rejas, tuvo que esforzarse muchísimo para no empezar a vociferar obscenidades. Cada vez que sacaban de la zona de detención a algún ebrio balbuceante o a uno de los adormilados o nerviosos adictos con quienes compartió los catres, su furia se acercaba más al punto del desenfreno. Era demasiado injusto que a él no lo liberaran.

Poco después de las dos de la tarde, más de una hora después de que el último de sus compañeros de celda fue liberado y él se quedó solo, llegó un oficial y se acercó a las rejas.

—Muy bien, John Doe, debes acompañarme.

Easy estaba recostado mirando al techo, pero de inmediato lanzó las piernas al lado del catre y se levantó.

—Ya era hora, maldita sea —murmuró.

El oficial señaló una pequeña abertura rectangular en la puerta.

—¿Esposas? —preguntó en un tono inexpresivo—. Debe haber un error. Ya voy a salir de aquí.

El oficial se encogió de hombros.

—Es el protocolo —contestó en el mismo tono que Easy. Como si la operación fuera tan rutinaria que pudiera esposarlo con los ojos vendados.

Easy deslizó las manos por la abertura con las muñecas un poco separadas.

—Puta madre —dijo.

El policía asintió.

—Palabras para los sabios —dijo a modo de respuesta y abrió la puerta—. Sígueme —le ordenó, aunque en realidad se colocó detrás de él y lo empujó clavándole el brazo en la espalda. En ese momento entró otro policía por una puerta adyacente y se colocó frente a Easy, pero en lugar de avanzar con él, titubeó un instante.

«Esto no se ve bien», pensó.

Miró atrás en cuanto escuchó el sonido de una cerradura.

Y lo que vio fue:

Al detective corpulento con el que casi no había hablado, vestido con un traje para tratamiento de materiales tóxicos, escarpines sobre los zapatos y guantes elásticos azules. Estaba entrando a la celda de la que él acababa de salir. Lo alcanzó a ver recogiendo muestras con hisopos del área en donde había dormido. Luego lo vio iluminar con una linterna el lugar donde tuvo apoyada la cabeza y manipular unas pequeñas pinzas de depilación y un diminuto contenedor de plástico para muestras.

«ADN. Fibras de cabello.

»Esto no está nada bien.»

Los dos policías uniformados se relajaron y permitieron que Easy viera sin problemas al detective que estaba procesando el área. «La función es solo para mí», pensó. Luego uno de ellos lo empujó de forma abrupta y con voz áspera le dijo:

—Muy bien, señor Doe, terminó el espectáculo. Muévete.

Los policías empujaron a Easy a través de una serie de puertas de alta seguridad, un corredor y más allá de un área llena de escritorios donde trabajaban hombres y mujeres vestidos de civil. Algunos lo miraron con atención cuando pasó arrastrando los pies. Al final terminó en la misma sala donde lo habían interrogado la noche anterior.

Esta vez el policía uniformado no le quitó las esposas, solo lo empujó a la incómoda silla con muy poca amabilidad.

Luego salió de la sala y cerró la puerta.

Easy escuchó el seguro de la cerradura hacer clic.

Y luego esperó.

Cinco minutos se convirtieron en quince. Quince en treinta.

Levantó la vista y miró a la cámara.

—¡Oigan! ¡Necesito ir al sanitario!

Nada. No hubo respuesta.

—¿Me escuchan? ¡Necesito ir al sanitario!

Silencio.

—¿Y una botella de agua? ¿O una taza de café? Negro. Sin azúcar.

Silencio otra vez.

«Hijos de puta», pensó. Comenzó a mascullar obscenidades. Treinta minutos se convirtieron en cuarenta y cinco.

Easy volvió a mirar a la cámara.

—¡Cabrones!

Habían pasado cincuenta y dos minutos cuando la puerta por fin se abrió.

Entraron dos hombres, uno de baja estatura, fornido, vestido con pantalones kaki arrugados y un llamativo saco deportivo que tal vez diez años antes sí le quedaba. El otro, más tipo dandi, vestía un traje oscuro con una colorida corbata roja. Ambos portaban placas colgadas de cordeles alrededor del cuello. Se sentaron frente a él.

El mejor vestido de los dos lo miró varios segundos. Luego dijo:

—Soy el detective Raúl Hernández, Departamento de homicidios de Metro-Dade, y él es mi compañero, el detective Lawrence. Volamos hoy desde Miami para hablar con usted, señor Doe. Tal vez le gustaría iniciar esta conversación diciéndonos su verdadero nombre. Eso facilitaría las cosas.

Easy se encogió de hombros.

—Doe me va bien —dijo.

—Somos los detectives principales en el caso de asesinato de Sheila McIntyre, perpetrado hace unos once meses. Era estudiante de Florida International University y desapareció después de una clase nocturna. No llegó a casa. Hace siete meses, unos observadores de aves que realizaban una excursión en los Everglades encontraron su cuerpo en estado de descomposición. Fue un shock para esos pobres e indefensos ancianos en busca de papagayos y garcetas. ¿Tal vez vio usted alguna de las crónicas noticiosas del caso?

Easy se quedó mirando al detective Hernández. Joven, menos de treinta y cinco. Hábil. Sin duda un muchacho de Miami, de padres o abuelos que huyeron de Cuba en los cincuenta. Un chico que cumplió todo eso de la promesa democrática.

—No recuerdo el caso —contestó Easy. Volvió a encogerse de hombros.

—¿No? Fue una gran noticia en su momento.

—Lo siento. No soy muy adepto a los diarios ni a las noticias en televisión.

—¿Quizás recuerde entonces dónde obtuvo la tarjeta de crédito de la señorita McIntyre?

Easy trató de verse relajado.

—Fue hace mucho tiempo. Me parece que solo la encontré tirada en la acera. Como les expliqué a los otros detectives, tenía planeado devolverla al banco, pero debo de haberla guardado en mi cartera. Me olvidé del asunto y a principios de esta semana la usé por accidente.

—¿Accidente?

—Sí. Lamento que hayan tenido que volar hasta acá solo para escuchar esto. Los otros detectives debieron explicarles.

—Lo hicieron —dijo de repente el detective fornido—. Entonces, ¿por qué está usted aquí, señor Doe?

—No me parece que eso sea relevante, detective —contestó Easy.

—A nosotros sí.

Hubo un prolongado silencio. Easy lo aprovechó.

—Mire, fue un error. Lo lamento. Ahora, a menos de que me estén acusando de algo, quiero que me quiten las esposas y que me dejen salir de aquí.

Otra vez silencio.

A Easy no le gustó en absoluto.

—La señorita McIntyre fue atada de manos y pies, luego le pusieron una bolsa de plástico en la cabeza y la ahogaron poco a poco. También fue atacada sexualmente —explicó Hernández—. Un crimen muy cruel. Imaginamos que fue perpetrado por un verdadero sádico. ¿Es usted un sádico, señor Doe? Y, ¿le digo algo más? De hecho, ese asesinato se parece a otro que estamos investigando ahora.

«Y otro sobre el que no saben nada, qué mal», pensó Easy.

—Es terrible —dijo, tal vez demasiado pronto—. Una manera espantosa de morir. Pero yo no tuve nada que ver con eso.

«Ni con nada.»

—ADN, señor Doe. Tenemos la impresión de que el asesino parecía saber lo que estaba haciendo. Fue como si hubiera estudiado la manera de asesinar a alguien. Es probable que haya usado guantes. Y un condón durante el ataque sexual. Tal vez llevaba puesto un traje especial de protección cuando movió el cadáver. Es impresionante lo minucioso que fue con el manejo de los fluidos. Por desgracia para él... —los detectives titubearon. Se miraron y luego voltearon otra vez a ver a Easy—, no tuvo el cuidado suficiente. Así que tal vez nos pueda decir, señor Doe, ¿cree que alguna de las muestras que tomaron los detectives locales en la celda de detención donde usted pasó la noche... coincidirán con lo que encontramos en el cuerpo de la señorita McIntyre?

«No es posible», pensó Easy.

Se aseguró de no mostrar ningún tipo de reacción.

«Tuve muchísimo cuidado.

»Fui muy profesional.

»Sé de esas cosas tanto como estos dos policías.

»Tienen razón. Leí. Estudié. Tengo un título universitario en asesinato.

»Soy demasiado inteligente. Estoy demasiado preparado.

»No creo que hayan encontrado algo en su cuerpo.

»Están alardeando. Lo sé.»

Pero no era así. Al menos, no podía asegurarlo.

Después de unos instantes les sonrió a los detectives. Hizo varios cálculos. Aunque no recordaba el nombre de la víctima, pudo ver el crimen completo, lo reprodujo en su mente como un fragmento de una película que se repite sin cesar, lo examinó una y otra vez en busca de algún error, tratando de identificar una leve equivocación, no creyendo que pudiera haber alguna, pero no seguro del todo. No había nada obvio. Nada que destacara. Estuvo a punto de exhalar como lo hacen los atletas al terminar una satisfactoria sesión de entrenamiento, pero se contuvo. En lugar de eso, visualizó cada uno de los segundos que estuvo en contacto con la joven. Se aseguró a sí mismo que antes de matarla previó cualquier posible falla en su plan. A pesar de todo, ahora tenía dudas muy abstractas, y él odiaba dudar.

—No tuve nada que ver con ese asesinato —dijo.

Sabía que una parte muy distinta de él en realidad quería atribuírselo. Conmocionar a los detectives con una confesión. Regodearse en los encabezados de los diarios y en la atención que captaría si dijera la verdad.

«Piensan que el asesinato fue importante porque llegó a las primeras planas. ¿Pero se imaginan lo que provocaría una confesión? Me volvería famoso. Quítate del camino, Ted Bundy: Easy ocupará ahora el primer lugar en la historia de Florida.»

Tenía las palabras en la punta de la lengua, pero no les permitió salir.

«Que se jodan estos policías. Hoy no correrán con suerte.»

—Lo lamento, muchachos —exclamó Easy con una gran sonrisa—. No me agrada a dónde va esta conversación, preferiría llamar a un abogado —dijo y volvió a sonreír—. Necesito asesoría antes de seguir hablando con ustedes o con cualquier otra persona. Esto quiere decir que nuestra breve entrevista y las subsecuentes han llegado cien por ciento a su fin. Terminaron, se acabaron, *game over*. Es la ley, ¿no es cierto?

—No te hemos acusado de nada aún —dijo el detective Lawrence con aire inflexible—. No puedes pedir un abogado hasta que no seas acusado de manera oficial. No te hemos leído tus derechos y...

Easy se recargó en la silla y lo interrumpió.

—Abogado —dijo.

Dejó de mirar a los detectives y volteó a ver a la cámara que estaba filmando la sesión.

—Abogado —repitió—. A-bo-ga-do —exclamó haciendo pausas entre las sílabas—. Recuerden las famosas palabras: «Si usted no cuenta con un abogado, nosotros le proveeremos uno...». Gracias, señor Miranda. Pues bien, señores, conozco mis derechos.

Señaló la cámara y luego a los dos detectives.

—Abogado, abogado, abogado, abogado.

Levantó frente a sí las manos esposadas y ondeó una mano como diciendo «adiós». Supuso que eso los irritaría mucho y haría desaparecer esas engreídas sonrisas. «Creen que me atraparon. Pues se equivocan, cabrones. El único a cargo de lo que le sucede a Easy soy yo. Siempre.»

29

Veinticuatro horas después...

Alpha...

Todavía no tenía noticias de Easy, sus temores crecían a cada minuto que pasaba. No tuvo que preguntar nada, estaba seguro de que Delta y Charlie sentían lo mismo. «Easy ausente. Bravo muerto. Su mundo fuera de equilibrio.» A los *Muchachos de Jack* les deleitaba la solidez absoluta de sus planes. Les causaba gran satisfacción ver que todo lo que sabían que sucedería se desarrollaba conforme a sus planes. Eran hombres muy organizados y obsesivos.

En la opinión de Alpha, todo lo que alguna vez fue impecable ahora estaba impregnado de duda.

Y odiaba eso.

Escribió:

Necesitamos definir nuestros siguientes pasos.

Luego imaginó a Bravo muerto en aquella habitación y añadió:

No podemos permitir que esto continúe.

Esta frase era mucho más cercana a la ira que sentía resonar en su interior.

Las respuestas llegaron casi de inmediato.
Charlie:

> Estoy de acuerdo.

Delta:

> Yo también, por supuesto. Me siento afligido.

Los tres miembros de los *Muchachos de Jack* esperaban ver de repente en sus pantallas la frase: «Easy se ha unido a la conversación», seguida de algo escrito por su compañero con expresiones que, en efecto, eran anticuadas y pasadas de moda, pero les devolverían la tranquilidad: «Maldito A.» o «¿Ah sí? No me digas, Sherlock». Algo familiar. Algo divertido.

Pero siguieron sin tener noticias de él.

Los tres dieron fin a la sesión. Desalentados. Inquietos.

Los tres pensaban lo mismo: «Debe haber una razón por la que Easy no ha entrado al *Lugar especial de Jack*.»

¿Muerto? «No.»

¿Ocultándose? «No de sus hermanos.»

¿Entonces qué?

Alpha solo veía una alternativa. Charlie y Delta la consideraron también, pero sin mencionarlo. Nadie quería articularla. Lo cual era problemático para hombres como ellos, que pensaban no conocer el miedo bajo ninguna forma.

Sin decirles nada a Charlie y Delta, Alpha se impuso a sí mismo una misión:

—Encuentra a Easy.

Sabía más o menos *cómo* y más o menos *dónde* buscar.

Ross, Connor y Kate...

—Déjame comprender bien esto —dijo Ross en tono incrédulo—: ¿Me estás diciendo que insultaste a unos hombres en una sala privada de chat y que luego vinieron a matarlos a ti y a Niki?

—Sí.

—¿Les dijiste «damitas»?

—Sí.

—¿Como si estuvieras en el jardín de niños?

—Sí.

—¿Y eso fue suficiente para que quisieran matarte?

—Sí.

—¿Y estaban dispuestos a matar a Niki también?

—Sí. Supongo.

Ross hizo una pausa.

—¿Niki también los insultó?

—No. Solo yo. Niki estaba sentada junto a mí, pero lo hice desde mi laptop. Ella nunca se comunicó con ellos.

—¿Entonces cómo supieron sobre ella?

—No lo sé. No lo sé. Es ilógico. Es decir, ¿cómo se enteraron?

Sintió la garganta seca. *Sí sabía*. Facebook, Instagram y las otras redes sociales a las que se habían inscrito ambos.

Connor estaba sentado en la mesa de la cocina. Ross lo había estado escuchando desde el otro lado, pero después de que acabó el relato necesitó ponerse de pie.

—La voz que oíste, el hombre de negro…

—Eran ellos. Los hombres que insulté. No creí que fueran asesinos *de verdad*. Los *Muchachos de Jack*. O sea, ¿qué es eso? La gente en Internet miente demasiado. Nadie dice la verdad. Aquella voz me dijo que iba a morir y que Niki también moriría porque los insulté hace semanas. Vaya, yo ya lo había olvidado por completo. El hombre de negro que estaba a punto de dispararme… supongo que iba a hacer que pareciera un suicidio doble. Porque te juro que nosotros no escribimos esas notas, fue alguien más. Yo con una pistola y Niki con pastillas. Creo que ese era su plan. Y lo habrían logrado, solo que tú entraste en ese momento.

Connor se detuvo. Sintió el cuerpo helado.

No había tenido tiempo de analizar la situación. «Iba a morir en ese instante. ¿Y por qué? —pensó; se quedó sin aliento—.

Niki también iba a morir. Por mi culpa. Todo estuvo a punto de terminar.» Era como si estuviera teniendo una experiencia extracorpórea. Como si de repente pudiera ver al Connor muerto, a la Niki muerta, desnudos en la cama. No había ningún Ross con un revólver Magnum .357. Ninguna explosión. Tampoco un asesino muerto. No había ambulancia, ni hospital ni policías. Solo la muerte.

Sintió que la sangre se le escapaba del rostro; todo empezó a darle vueltas.

—Necesito un vaso de agua —dijo. Se levantó y fue tambaleándose hasta el dispensador. Llenó un vaso y bebió con desesperación.

Ross se quedó en silencio y vio a su nieto regresar a su silla. Por primera vez, desde que jaló el gatillo, pensó: «¿Cómo llegó ese hombre a la habitación de Niki? ¿Cómo supo que Connor y ella estaban ahí? ¿Cómo supo que estaban solos?».

De pronto, vio varios elementos.

Se dio cuenta de que: «Hubo un diseño. Se implementó todo un sistema para asesinar. Un campo de batalla.

»Lo único que no tomaron en cuenta fui yo. Yo fui el obstáculo de algún plan. Blücher llegando a Waterloo antes de que Wellington ordenara la retirada, la perdición de Napoleón. Los códigos japoneses descifrados antes de Midway».

Ross estaba meditando sobre estos hechos cuando de pronto vio a su esposa ondear la mano en alto.

—Necesitas decirle esto a la policía —dijo Kate. Estaba despatarrada en su silla. También un poco mareada, pero no dejaba de insistir—. ¿Qué tipo de gente querría asesinar a un par de adolescentes?

—No lo sé —respondió Connor, pero en el fondo lo sabía—. Es decir, la gente siempre se dice cosas terribles en Internet. Hay conspiraciones, la teoría QAnon e historias falsas por todos lados. Puedes publicar que la Luna está hecha de queso y alguien va a estar de acuerdo contigo, luego alguien más desmentirá tu declaración y después otra persona dirá que mereces morir por creer algo así. Es más o menos lo que sucedió. O casi sucedió. Digamos que, como tienes oportunidad de permanecer en el anonimato unos minutos, puedes decir lo que te venga en gana y nadie podrá hacer nada al respecto, y tal vez en realidad no seas el tipo de persona que diría algo así normalmente, pero supongo que de cierta forma sí lo eres.

No sabía qué más agregar.

—Pero resulta que tú no lo hiciste de forma anónima, ¿cierto? —murmuró Ross.

Connor negó con la cabeza.

—Lo hice con el nombre que suelo usar en Internet —confesó Connor. «Estúpido, estúpido, estúpido», pensó. Esperaba que PM1 y PM2 no estuvieran pensando lo mismo.

—¿Crees que hayan rastreado el nombre hasta encontrarte?

Connor asintió.

—Los militares pueden hacerlo sin dificultad. La Agencia de Seguridad Nacional, el FBI. También en otros países. Como los piratas en las elecciones rusas. O los chinos. Los expertos en informática tienen la capacidad de rastrear. Depende de cuán hábiles sean y de qué tan sofisticados sean sus equipos. Aunque, claro, uno no puede adquirir un sistema así de sofisticado en la Apple Store.

—No, no —continuó Kate, como si ni siquiera estuviera siguiendo la conversación—, me refiero a qué tipo de hombre…

Entonces se detuvo.

—Yo sé qué tipo de hombre —dijo Ross con cautela—. Del peor tipo, de esos de los que hay muchos allá afuera.

Volvió a hacer una pausa y añadió:

—Los encabezados. Todo el maldito tiempo. Este tipo o aquel hicieron algo terrible: dispararon contra los feligreses en una iglesia, contra gays que festejaban algo en un club nocturno, contra inmigrantes que solo buscaban empleo. Hay muchos tipos retorcidos que siempre encuentran un pretexto para darle rienda suelta a su locura.

—Pero… —empezó a decir Kate, y luego calló. Reconoció que había un millón de «peros» y no sabía si alguno era relevante.

Ross respiró hondo.

—Esto es lo peor sobre nuestro mundo —dijo. Notó que sonaba pedante, como si estuviera a punto de dar un sermón de viejo canoso que no deja de agitar el dedo en el aire, un sermón que no significaba nada para las generaciones más jóvenes—. En cuanto dices: «Eso no puede suceder aquí», sucede. En cuanto dices: «Nadie es capaz de eso», alguien va y lo hace. Si dices: «Es una locura», resulta que no lo es —volteó a ver a Kate—. Lo que llamábamos privacidad cuando teníamos la edad de Connor ya no existe. Nada, pero en verdad nada, está más allá de la imaginación ahora, ¿cierto?

Olas de crímenes, locura, lo inusual y lo inesperado los afectaba a todos. La demencia cotidiana.

Ross volteó a ver a Connor.

—¿A cuántos hombres insultaste?

Connor parecía estar sumando.

—¿Cuántos? —insistió su abuelo.

—Pues, había cuatro o cinco conectados cuando yo entré...

—¿Tenían nombres?

—No. Bueno, sí, uno era Alpha. Otro era Delta...

—Son denominaciones militares, palabras del alfabeto aeronáutico. ¿Cuántos?

—No más de cinco —contestó Connor.

Ross se quedó pensando.

—Menos uno —murmuró.

—Necesitamos llamar a la policía de inmediato —insistió Kate. No se le ocurría decir nada más. Volteó y miró a Connor. Trató de ocultar el frenético tono de su voz, por un instante se preguntó a dónde se habría ido la racional y siempre tranquila enfermera de la UCI—. Tienes que decirles ahora mismo lo que nos acabas de contar. Ellos sabrán qué hacer.

Se quedaron todos en silencio.

—¿En verdad sabrán qué hacer? —preguntó Ross y se respondió él mismo—: Yo no creo.

—¿Pero qué...? —empezó a decir Kate, pero se detuvo. La siguiente palabra que iba a decir era *alternativa,* pero por alguna razón sonaba tonta.

—Estos hombres —dijo Ross sin prisa—, encontraron a Connor y también a Niki a pesar de que ella no tuvo nada que ver con los insultos. Fueron capaces de llegar a nuestra calle, de entrar a nuestros hogares. Bueno, al de Niki. Y estuvieron a punto de asesinarlos a ambos. ¿No crees que están más que acostumbrados a ocultarse de la policía?

Kate se enderezó en su silla.

—Sí —dijo—, pero de todas formas debemos avisarles. Ellos pueden proteger a Connor, a Niki. Nos pueden proteger a nosotros.

—¿En verdad pueden? —preguntó Ross.

—Necesitamos protección —insistió Kate.

—Espera un segundo —dijo Ross levantando la mano. Salió de la cocina, fue a su oficina y buscó su laptop. Casi no la usaba desde que dejó de trabajar en la universidad. Regresó rápido a la cocina, la puso sobre la mesa y le dio un ligero empujón que la hizo deslizarse hasta su nieto.

—Muéstrame —le dijo.

—No sé si pueda volver a encontrar el sitio —explicó Connor—. Niki y yo solo estábamos viendo cosas en la Dark Web y de pronto lo descubrí. Estaba encriptado, pero siempre hay una manera de resolver eso. Creo que fue fortuito. Solo empecé a oprimir botones al azar y apareció de pronto. No sé si pueda repetir la maniobra. Además, apuesto a que después de lo que sucedió ya tienen otra ubicación electrónica. Estoy seguro de que cambiaron contraseñas y las rutas para iniciar sesión, tal vez ocultaron sus direcciones IP y añadieron varios tipos de capas de protección. Si acaso siguen ahí.

—Muéstrame —insistió Ross.

—¿La Dark Web? —preguntó sorprendida Kate—. ¿Por qué estaban viendo esas cosas?

Tenía la sensación de que estaba atravesando la puerta a un lugar en el que no quería estar para nada.

Connor no quiso responder a la pregunta.

Así que mintió. Fue una mentirilla. Inofensiva, esperaba.

—Solo teníamos curiosidad —dijo—. Escuchamos sobre ella en la escuela, así que decidimos ver qué había ahí. Muchos adolescentes lo hacen.

Ross no estaba seguro de creerle. Sabía que Kate lo haría. Era una persona muy arraigada en la realidad, no iba a dudar de lo que su nieto dijera. A veces le daba la impresión de que, cuando Connor hablaba, su esposa escuchaba la voz de su hija muerta.

En ese instante se preguntó si el hecho de que Connor le hubiera preguntado sobre *matar* y sobre la *venganza* tendría algo que ver con su exploración de la Dark Web.

Estaba a punto de preguntárselo a su nieto, pero vio a Kate.

«No —pensó—, guarda esa duda para ti.

»Por ahora.»

Había dos pensamientos más en su mente, pero no estaba dispuesto a articularlos en voz alta frente a su nieto y su esposa. Frente a nadie:

Matar lo había hecho cambiar cuando era joven.

Matar podría hacerlo cambiar otra vez ahora que era mayor.

30

¿QUIÉN MÁS PODRÍA SER JOHN DOE?

Alpha...

Una hora.

Dos.

Treinta minutos más.

Clic. Clic. Alpha abrió. Leyó. Deslizó el cursor a lo siguiente. Clic. Clic. Abrió. Leyó.

Y entonces encontró lo que estaba buscando: un resumen en un sitio de Internet con «noticias locales» de un pueblo junto al de *Socgoalo2* y *la novia*. Había muy pocos detalles debajo del discreto encabezado:

«Hombre arrestado por usar tarjeta de crédito falsa».

Alpha conocía el procedimiento: fraude, delito menor. Algo común e insignificante. Algo que ni siquiera amerita una mención en un «resumen de noticias locales». Entrar y salir de la cárcel rápido. A menos de que...

... de que la *Gestapo* pensara que había algo más de por medio.

Más clics. Más búsquedas. Por último, una lista de casos para la corte.

Un nombre que le decía algo.

Alpha supo en ese instante que necesitaría viajar rápido.

Vestido con un traje Ferragamo oscuro y portando un portafolios de cuero con estampado en relieve en el que no había más que algunas tarjetas de presentación falsas y un bloque de notas amarillo en caso de que necesitara escribir algo, Alpha se sentó al fondo de la repleta sala del juzgado y se esforzó mucho por no verse fuera de lugar. Era un espacio moderno, apenas iluminado por unas lámparas en el techo que hacían que todos se vieran como si visitaran por última vez la morgue. Había una sola banca café de madera para el juez, dos modestas mesas con algunas sillas para los abogados, una caja para el jurado, ahora vacía, y un par de banderas: de Estados Unidos y del estado de Massachusetts. Un musculoso alguacil se movía cerca de la banca con cara de «nada de tonterías ni arrebatos sin importar cuán injusta crea que sea su situación». También había una estenógrafa de edad mediana sentada frente a su máquina y a un micrófono *stenomask* en el que iba susurrando las palabras.

A un lado había una pantalla plana grande de televisión que Alpha alcanzaba a ver bien desde donde se encontraba. La sombría sala estaba llena de un muestrario de las razas del Commonwealth. Algunos individuos desaliñados. Jeans y sudaderas con capucha, uñas sucias y rostros curtidos. Otros tratando de parecer prósperos aunque resultaba obvio que era la primera vez que se ponían traje y corbata en muchos años. Algunos más, como Alpha, vestían traje y llevaban portafolios. Eran abogados que esperaban una cita. Varios tenían a sus clientes al lado y de vez en cuando susurraban a su oído instrucciones que Alpha imaginaba que se reducían a: «Diga "sí". Diga "no". Diga "inocente". No diga nada». Los clientes iban de los más jóvenes a los de edad mediana y hasta los de mayor edad. Algunos se veían asustados. Otros parecían hastiados: habían participado en ese mismo espectáculo demasiadas veces. Algunos se contoneaban incómodos, unos más se veían confundidos. Varios policías uniformados, con libros de órdenes de comparecencia o carpetas color manila llenas de documentos en las manos, se veían aburridos. Varios vestidos de civiles mirando sus relojes: era obvio que tenían un mejor lugar donde estar. Los que susurraban en sus teléfonos, ignorando el letrero escrito a mano pegado en la puerta de la sala del juzgado que decía: «Celulares apagados». Era un lugar donde se podían apreciar en toda su inmundicia los rudimentos del aparato judicial. Había de todo, desde invasiones a la propiedad privada hasta crímenes violentos. Alpha miró alrededor en busca de policías que pudieran estar ahí debido al caso de Easy. A dos asientos de distancia notó a un joven detective con el cabello engominado y, junto a él, otro con el pelo cortado a rape y ropa arrugada. Ambos escribían con furia en sus celulares. «Deben de ser ellos», pensó. Tenía razón.

En ese momento entró el juez con su toga negra y, obedeciendo la orden oficial, Alpha se puso de pie como todos los demás.

«Easy será el primero», pensó.

Tuvo razón de nuevo.

El juez bajó la vista y miró su lista de casos.

—¿Tenemos una lectura de cargos para John Doe? —preguntó.

El detective elegante y su compañero rapado ya habían guardado sus celulares. Se levantaron de sus asientos y empujaron ofreciendo disculpas a la gente de la hilera que estaba justo frente a Alpha. Se dirigieron al frente, a la mesa del fiscal de distrito. Hablaron un poco con él y luego el fiscal volteó a ver al juez.

—Señoría —dijo con cautela, esforzándose mucho por no tartamudear y por explicar las cosas de manera correcta—. El acusado se niega a dar su nombre y dirección. Cuando fue arrestado no portaba una sola identificación que no fuera falsa o robada. Estos dos detectives son de Miami, donde se sospecha que el acusado cometió varios homicidios…

«Aquí es donde envían a los fiscales de primer año para que aprendan cómo funciona el sistema. Los más jóvenes y con menos experiencia», pensó Alpha.

El fiscal volteó un instante a ver a los detectives como para asegurarse de que lo que acababa de recitar fuera correcto. Estos volvieron a asentir y conversaron un poco más entre susurros. El fiscal continuó:

—En este momento están a la espera de los resultados de varias pruebas forenses y de ADN... Dichos resultados deberán llegar pronto, en cuanto lo hagan modificaremos los cargos.

«Eso no es muy favorable», pensó Alpha.

—¿Hay evidencia directa que vincule a este individuo con los crímenes mencionados? —preguntó el juez.

Los detectives volvieron a hablar con el abogado.

—Parece que sí, su Señoría —dijo el joven fiscal.

«Lo dudo. Easy es un asesino demasiado hábil. Aunque claro, si dicen que hay evidencia...

»Eso no está nada bien», pensó Alpha.

El juez asintió y volteó a la pantalla de televisión.

Alpha se inclinó hacia el frente.

Vio a un hombre de casi cuarenta años uniformado con el mono anaranjado que distribuían en las prisiones, barba de tres días y mirada despreocupada.

—¿Por qué se niega a identificarse? —preguntó el juez.

—Me gusta «John Doe» —contestó el hombre con una sonrisa.

«Hola, Easy.»

Alpha sonrió al mismo tiempo que Easy, casi quería agitar la mano para saludarlo.

—De acuerdo, señor Doe —dijo el juez, exasperado de inmediato, en un tono que parecía expresar: «No puedo creer que así empiece un día que de por sí prometía ser demasiado largo»—, mire, no tengo tiempo para estas tonterías.

Easy se encogió de hombros.

—Yo sí —dijo—. Tengo todo el tiempo del mundo.

Si acaso a Alpha le quedaba alguna duda de que John Doe y Easy eran la misma persona, esta respuesta la disipó.

—Ingresaré una declaración de *inocencia* de su parte —continuó el juez con aire brusco, sin andarse con tonterías—, y voy a ordenar que lo mantengan en detención sin derecho a fianza hasta que los detectives averigüen más. ¿Tiene recursos para contratar un abogado?

Easy se rio. Se dio unos golpecitos en la cadera como buscando su cartera.

—Ah... ¡Nooop! —contestó, alargando la palabra para hacer énfasis. Fue como si les presentara el dedo medio a todos los presentes en la sala del juzgado. Sí, estaba esposado, pero rebosaba confianza.

«Muy parecido a lo que me esperaba», pensó Alpha.

Un destello de enfado atravesó el rostro del juez. Bajó la vista. Alpha supuso que estaba revisando una lista de abogados adjuntos a la oficina de la defensoría pública, buscando el nombre de alguien a quien le debiera un favor o a quien quisiera castigar. O ambos.

—Podría enfrentar cargos serios, señor Doe —dijo el juez. Luego recorrió con la vista la primera fila de abogados sentados detrás de la barrera—. Señor Considine, ¿puede supervisar las primeras etapas y asegurarse de que se respeten los derechos del señor Doe en caso de que sea extraditado a Florida?

Un hombre que estaba sentado al frente de la sala, de mediana edad, delgado, apocado, con un mal corte de cabello y traje gris desgastado y lleno de arrugas que combinaban con su de por sí cansado semblante, se puso de pie. Revisó una bitácora y negó con la cabeza.

—Me temo que ya tengo varios casos pendientes, su Señoría...

«Y este parece que no va a ser bien pagado, tal vez resulte una verdadera pesadilla, un infierno laboral o aun peor —pensó Alpha—. Quizás tengas razón en todo, Considine.»

El juez frunció el ceño.

—Señor Considine, todos estamos demasiado ocupados, ¿podría solo...?

Pero lo que Alpha entendió en realidad fue: «"No me haga encabronar más, señor Considine"».

—Sí, su Señoría, sí puedo.

—Muy bien —exclamó el juez—. Queda usted asignado. Los honorarios usuales de la lista.

—Gracias, su Señoría —agregó el abogado.

«Bonita manera de decir "Gracias por nada"», pensó Alpha.

Vio al hombre voltear a la pantalla para hacer contacto visual con Easy.

—Iré a verlo pronto, señor Doe, mientras tanto, por favor no hable con nadie. No hable con otros reclusos. Ni con los guardias. Con nadie. En especial, no hable con la policía —le advirtió el abogado, al mismo tiempo que fulminaba con la mirada al grupo de detectives y al joven fiscal.

Alpha mantuvo la vista fija en Considine. «No tiene idea de en qué se ha metido.»

Volteó a ver por última vez la pantalla y vio a un guardia de la prisión empujar a Easy y alejarlo de la cámara mientras un hombre con el cabello despeinado, mirada extraviada y cara de pánico ocupaba su lugar.

—Siguiente caso —exclamó el juez.

Alpha vio al abogado asignado a Easy recoger sus pertenencias y dirigirse a la salida. También vio a los policías de Miami conversar de nuevo y acercarse a la puerta. Y entonces los siguió a todos.

Cuando la verdad no es creíble y las mentiras resultan lógicas...

Al principio sintió como si alguien le hubiera cortado los tendones.

Luego le pareció que le habían drenado los músculos.

Por último, como si alguien hubiera robado el aire de sus pulmones.

Niki se sintió exhausta después de tres vueltas en el corredor del hospital. Se recargó en la pared y trató de no llorar. La asistente de enfermería a su lado le preguntó si deseaba regresar a su cama y descansar un poco, pero ella negó con la cabeza. Se impulsó para alejase de la pared y empezó a caminar de nuevo por el corredor. Un paso. Dos. Tres. Alargó la zancada. Sus brazos comenzaron a balancearse. Aceleró un poco. «Primero busca la estabilidad. Luego la rapidez, por último la velocidad. Están ahí, en algún lugar», se dijo a sí misma. Los médicos le habían explicado que los procedimientos a los que fue sometida mermaron algunas de sus capacidades, pero le aseguraron que si trabajaba en su rehabilitación, las recuperaría pronto. Ella estaba decidida a convertir lo *rápido* en *velocidad de la luz*. Estaba convencida: «Nadie va a vencerme». Así que continuó caminando. Cuando pasó por la estación de enfermeras, volteó un instante sin detenerse y vio a una enfermera y un internista que estaban parados mirando la pantalla de una computadora. «Voy a salir de aquí hoy mismo», dijo. Ellos no respondieron. Niki inclinó la cabeza hacia adelante y continuó caminando. Puso la mente en blanco hasta cansarse, de la misma manera que lo haría en una carrera difícil, pensando solo en cruzar la línea final en primer lugar. Pensando en Connor, esperando verlo atravesar las puertas del pabellón en cualquier instante. Esperaba verlo sonriendo. Feliz de que ambos estuvieran vivos. Se dio cuenta de que tenían mucho de qué hablar.

La detective sonaba escéptica.

—Permíteme entender esto: ¿Conociste a unas personas en Internet y decidieron matarte porque les dijiste «damitas»?

Connor notó que no estaba siendo muy convincente.

—Eso creo.

—Pero era gente con la que nunca te has reunido en persona, ¿cierto?

—Correcto.

—No lo sé, Connor, me parece algo exagerado —dijo ella, negando con la cabeza, pero sin dejar de tomar notas. Sobre el escritorio del estrecho cuarto de entrevistas había una pequeña grabadora de cinta, una antigua versión para casetes.

Connor volteó a ver a Ross y a Kate. Ambos escuchaban la conversación impávidos.

Sintió que una ola de ira se apoderaba de él. «Nadie te escucha si eres joven. Niki tiene razón. Nos ignoran. La gente cree que seguimos siendo niños. Pero lo que nos sucedió no tuvo nada de infantil», pensó.

Se inclinó hacia la mujer.

—¿Por qué, detective? ¿Por qué le parece tan exagerado?

Ella se encogió de hombros y lo miró de una manera intensa.

—Porque el hecho de asesinar suele basarse en una realidad que se puede comprender sin complicaciones, Connor. Tal vez odio. Con frecuencia enojo. A veces, deseo sexual. A menudo drogas. Y aunque a los escritores de ficción les encanta esa razón, rara vez se trata de venganza. Lo primero que aprendemos en la investigación de homicidios es que debemos buscar lo obvio con cautela porque casi siempre se trata de eso. Ya conoces el viejo dicho: «Si escuchas galopar, piensa en caballos, no en cebras».

Connor asintió.

—Por supuesto, detective. Por eso me preguntó todo eso sobre las drogas y Niki y... —dijo Connor, pero ella lo interrumpió.

—... y los pactos suicidas. Claro, porque son problemas comunes entre los jóvenes deprimidos y aislados de tu edad. Estoy segura de que conoces a alguien que...

Sí conocía a alguien. Podía ver sus rostros en su mente. No los conocía a fondo, pero sí lo suficiente. «En Estados Unidos no puedes cursar toda la preparatoria sin enterarte de la tragedia de alguien —pensó—, pero nosotros no somos así. Niki y yo no haríamos eso.»

—¿Sabe, detective? Lo que le acabo de decir no es para nada exagerado —dijo, tomándose su tiempo. Estaba tratando de sonar como Ross, tenía la esperanza de que eso despertara su interés—. La gente se amenaza en Internet todo el tiempo. La verdad es que hasta los comediantes de los programas nocturnos para adultos que se meten públicamente con el político equivocado para ganarse unas cuantas risas sin valor, con frecuencia reciben amenazas de muerte por parte de algún chiflado. Y no solo los amenazan a ellos, sino a sus familias también...

La detective asintió.

—Supongo que es algo inherente a nuestro simplificado mundo, ¿no es cierto, Connor?

—Así es —contestó él chico.

—Mire, detective —interrumpió Kate—, las víctimas aquí son Connor y Niki...

—Por supuesto —dijo la detective con un exagerado tono de paciencia en su voz—, lo reconozco, pero ¿por qué son víctimas? Es decir, varias personas se tomaron la gran molestia de estar presentes en esa habitación por vía electrónica cuando el hombre obligó a Niki a tragar las pastillas y le puso el cañón de su pistola a Connor en la sien. Eso es lo que estoy tratando de entender.

«Yo también», pensó Kate, pero mantuvo la boca cerrada. La detective miró a Connor de nuevo.

—De acuerdo. Tienes tu laptop, ¿cierto? Muéstrame a estos asesinos que te buscaron porque los molestaste en una sola ocasión. Debe haber sido un tremendo insulto…

—No creo poder… El sitio de Internet ya no está ahí —explicó—. Traté de mostrárselo a mis abuelos, pero…

—Muéstrame a mí —insistió ella.

Connor tomó su mochila y sacó su laptop. Las manos le temblaban un poco. No quería reproducir para la detective las acciones fútiles que les había mostrado a sus abuelos.

Abrió la historia del buscador de varias semanas atrás. Marcó un registro.

La detective miró la pantalla.

Connor notó que estaba leyendo los diversos registros sin interés. La vio tomar su bloc de notas.

—Aquí está —dijo Connor—. El *Lugar especial de Jack*.

—Bien —dijo ella—. Y… ¿quién es Jack?

—No lo sé.

—¿Es el de las mediocres hamburguesas, Jack-in-the-Box? ¿O el de las botanas para ver los partidos, Cracker Jack? ¿El de la serie *Jack of All Trades*? ¿O alguien nacido en Jacksonville? ¿El del valle Jackson Hole? ¿Viene de Jackson, Mississippi? Hay una antigua canción de country sobre ese lugar…

—No lo sé —repitió Connor.

La detective anotó algo en su bloc.

—Está bien —dijo. Continuó escribiendo y luego señaló con el bolígrafo el registro en la pantalla—: Ábrelo.

Connor negó con la cabeza.

—Lo voy a intentar, pero no creo que…

—Muéstrame.

Connor dio clic en el registro de la misma manera que lo había hecho cuando trató de mostrárselo a sus abuelos. Apareció el mensaje «Error 404 URL no encontrado».

—Creo que lo movieron o lo borraron. Lo escondieron de alguna manera. Es posible hacerlo si no deseas que alguien te encuentre en Internet. Los tipos de la Dark Web saben todo al respecto.

La detective exhaló lentamente.

—Muy bien —dijo—, voy a pedir que uno de nuestros expertos en informática lo investigue. El *Lugar especial de Jack*. Seguro. Suena *muy* especial. Suena más bien como un restaurante. ¿Me puedes enviar una lista de la ruta que seguiste para llegar ahí?

—Lo puedo intentar.

La detective volvió a señalar la pantalla.

—Hazlo.

Hubo un silencio momentáneo que terminó cuando Connor empezó a teclear para enviarle a la detective un correo electrónico con la lista de pasos que recordaba haber seguido para llegar al *Lugar especial de Jack*. Sabía que estaba dejando fuera algunas cosas porque no recordaba bien la secuencia en que había oprimido las teclas.

—De acuerdo —dijo ella—. Ahora voy a tomar esto —exclamó, señalando la laptop.

Connor dudó, pero luego la empujó sobre el escritorio hacia la detective.

—Y las contraseñas. Todas —aclaró señalando un trozo de papel.

Connor escribió «Nikilove».

—Qué dulzura —dijo ella—. ¿Alguna otra contraseña?

—No.

—Te la devolveré. En algún momento —dijo la detective.

Lo que Connor no aclaró en ese momento fue que de manera rutinaria borraba sus historiales y toda la información sobre los sitios que visitaba. Lo hacía cada cierto número de semanas, pero no desde que visitó el *Lugar especial de Jack*.

La detective miró la pantalla.

—¿Qué hay en esta carpeta? —preguntó.

—Documentos de tareas —contestó él.

—Hay uno llamado CE, ¿qué significa?

Connor se quedó paralizado por un instante. CE quería decir Conductor Ebrio. Ahí estaba toda su investigación sobre el hombre que había matado a sus padres.

—Ah —exclamó—, CE quiere decir Cursos Extraordinarios. Ya sabe, son los cursos que me gustaría tomar cuando entre a la universidad y…

Su voz se fue apagando poco a poco, esperaba que su mentira funcionara. No se atrevía a mirar ni a PM1 ni a PM2. «Si llegaran a ver lo que he estado investigando, sabrán por qué lo hice —pensó y miró a la detective—. Y si ella descubre lo que he averiguado, sabrá qué planeo hacer.» Trató de calmarse. «Inhala. Exhala. Es como enfrentar el penalti.»

La detective miró a Connor por un instante, luego abrió un cajón y sacó una carpeta. De ella tomó ocho fotografías a todo color con acabado brillante que le lanzó sobre el escritorio. Él tragó con dificultad. Eran imágenes de la autopsia del hombre al que Ross mató. Imágenes de su rostro completo. La cabeza volteada a la derecha. Volteada a la izquierda. La herida y el hueco en uno de los lados. Sin balaclava. Sin pasamontañas que oscureciera sus rasgos. Solo la muerte. Connor sintió que la garganta se le secaba de golpe.

—¿Quién es, Connor?

—No lo sé.

Ross interrumpió.

—Detective, ¿es esto necesario?

—Sí, señor Mitchell —le contestó a Ross—. ¿Connor, estás seguro de que nunca habías visto a este hombre?

—Totalmente —contestó Connor.

La mujer volteó a ver a Ross y a Kate.

—¿Qué hay de ustedes? ¿A alguno le resulta familiar?

Para ellos era distinto, ambos habían visto la muerte de cerca. Aunque Ross sintió como si un rayo helado lo atravesara cuando recordó: «Es el hombre al que maté». Las imágenes no los afectaron tanto como a Connor.

—¿Están seguros? —insistió la detective—. Kate, ¿en la UCI no atendió a algún paciente que haya muerto y cuyos parientes hayan quedado inconformes? O tal vez usted, Ross, cuando trabajaba en la oficina de admisiones de la universidad, ¿no rechazó a algún estudiante que tal vez decidió hacerle daño? —preguntó la detective antes de sonreír—. Suena exagerado, ¿verdad? Pero no más de lo que Connor ha estado diciendo —dijo. Hizo una pausa y luego se dirigió al joven—: Además de este *Lugar especial de Jack* que parece no existir, ¿me puedes contar sobre otras de tus búsquedas en Internet?

Giró la laptop hacia él, señalándola. Connor sabía que todavía quedaban algunos registros de sitios de la Dark Web. Titubeó.

—Vuelve a abrir el historial —le ordenó.

Connor no quería, pero reconoció que no tenía opción.

La detective señaló uno. Howtokill.com.

—Ahora bien, ¿qué es lo que buscas en un sitio como este, Connor? —él no respondió—. Te interesa el asesinato, ¿verdad? ¿A Niki también? ¿En su historial encontraré lo mismo?

Connor sabía que la respuesta era afirmativa.

—No —dijo.

La detective giró hacia Ross y Kate.

—¿Ustedes estaban al tanto de que su nieto visitaba estos sitios?

—No —contestaron casi al unísono.

—De hecho sería mejor que viera pornografía común —dijo la detective en tono cínico—. Esto es una especie de porno letal.

Se inclinó hacia el frente y dio un puñetazo sobre las fotografías del hombre muerto.

—Esto es real, ¿no es cierto, Connor?

—Sí —contestó él.

—¿Quién es este hombre? ¿Cuál es su relación contigo?

—No lo sé, no lo conozco.

—¿Sabes quién era?

—No.

—Un individuo que trabajaba en el departamento de envíos de una empresa en las afueras de Cleveland. Ahora dime, ¿por qué este hombre vendría desde allá hasta nuestro pueblito en Massachusetts solo para matarte a ti y a tu novia?

—No tengo idea. Solo sé lo que ya le dije.

—Dime Connor, ¿crees que seguimos viviendo en el siglo XVIII?

—¿Cómo?

—Me refiero a que tal vez en aquella época insultar a alguien de manera pública podía terminar en un duelo. ¿Hamilton y Burr? ¿Pistolas iguales? ¿Caminar diez pasos y disparar? ¿Espadas al amanecer? ¿O quizá vivimos en el Viejo Oeste? Esto es como sacado de Hollywood, como los duelos en el parque O.K. Corral o la película *A la hora señalada*. ¿En verdad crees que esas cosas suceden hoy en día?

—No lo sé. Quizás. Es posible —contestó él. Estaba muy confundido.

—Vamos, Connor, eres el mejor estudiante de tu escuela. ¿Cómo se llama esa obra de teatro del tipo al que le gusta batirse a duelo cada vez que alguien se burla de su enorme nariz?

—*Cyrano de Bergerac* —contestó Connor.

—Ah, sí. Recuerdo haberla leído en la preparatoria. Entonces, Connor, ¿esto es un tipo de duelo? ¿En serio? ¿Producto de un insulto imperdonable?

Connor sintió que empezaba a hacer calor en el lugar. Se movió un poco en su silla, pero se dio cuenta de que eso lo hacía parecer culpable. Aunque no sabía bien culpable de qué. «¿De insultar a unos tipos?»

—¿Por qué no vas a casa y reflexionas sobre todo esto? —sugirió la detective—. Sé que algunas de las cosas que me has dicho son verdad, Connor, pero creo que también has mentido. Cuando quieras empezar a decirme solo la verdad, tal vez podamos avanzar —agregó—. Antes de poder hacer algo y continuar, necesito encontrar la conexión entre este hombre y el de la voz que escuchó tu abuelo.

Esto último lo dijo con ligera suspicacia.

Apagó la grabadora y se puso de pie.

—No le estoy mintiendo —aclaró Connor—. Es solo que a usted no le agrada la verdad.

Pero su reclamo quedó en el olvido.

Ross y Kate se pusieron de pie.

Ross dudó, pero luego dijo con toda la arrogancia de que fue capaz:

—¿Sabe, detective? Estoy seguro de que tal vez los casos que llegan a su escritorio con frecuencia tienen una respuesta rápida y obvia. Abuso doméstico. Rivalidades entre pandillas dedicadas al narcotráfico. Ese tipo de cosas. Sin embargo, a veces los desafíos no vienen en lindas cajitas de regalo.

En ese instante, Ross en verdad deseaba que la detective lo viera como el individuo intelectual que era, el académico retirado. Un hombre que leía diarios todos los días, que estaba suscrito al *New Yorker* y al *Atlantic Monthly,* que devoraba libros que no llegaban a la lista de bestsellers del *The New York Times.* Alguien que bebía vino blanco y disfrutaba de respetuosas conversaciones sobre política durante la cena. No como alguien a quien no le causaba ningún remordimiento haber matado a un hombre.

A un extraño.

A un enemigo.

—Ya lo veremos, supongo —dijo la detective.

—Correcto —contestó Ross—. Ya lo veremos.

Kate había permanecido en silencio. Ross la tomó de la mano y, con su brazo libre, alejó a Connor del escritorio.

Kate les susurró a ambos:

—Hiciste lo correcto, Connor. Al menos ya le entregaste toda la información a la policía.

—Pero la detective no cree nada de lo que le dije.

—En realidad no sabemos lo que piensa —respondió Kate con firmeza.

Cuando salieron de la estación de policía, Ross les murmuró:

—Lo sabía. Hablar con la policía fue lo correcto, pero al mismo tiempo, tal vez también fue un error. Quizá puedan lidiar con todo este asunto a partir de ahora y lleguen al fondo en poco tiempo, entonces ya no tendremos nada más de qué preocuparnos. Tal vez es lo que están haciendo, pero no quieren que lo sepamos. No importa. Creo que al menos por algún tiempo tendremos que protegernos por nuestra cuenta.

Le daba gusto no haber usado expresiones como «por completo» o «totalmente» en la última oración, aunque sabía que habrían sido más precisas.

Por un momento titubeó, pero luego añadió:

—Niki también. Necesitamos decírselo. Necesitamos estar preparados todos.

La pequeña familia continuó caminando hacia la salida sin hablar, pero Ross se preguntó en silencio: «¿Preparados para qué?».

Luego le dijo a Connor.

—Tengo varias preguntas más.

«Como cuánto sabes en realidad respecto a matar», pensó, pero no dijo nada. No quería que la respuesta de Connor le provocaran algún malestar a Kate.

Alpha...

Decir una cosa, pero referirse a otra...

Alpha permaneció al fondo, merodeando en medio del abarrotado corredor afuera de la sala del juzgado donde se daba lectura a los cargos. Mantuvo la vista fija en el abogado defensor y en los dos detectives de Miami, quienes estaban apiñados junto a la pared. Vio al fiscal entregarle un documento al defensor. «La hoja con los cargos», pensó. Luego vio al hombre leer, asimilar con rapidez el contenido y voltear a ver a los detectives y al fiscal. Tuvieron una conversación exaltada. Varias veces negaron con la cabeza. Hicieron gestos con las manos. El defensor tomó algunas notas. Conversaron más, asintieron y se estrecharon la mano. Luego se separaron. Alpha continuó observando al defensor, quien se apoyó de inmediato en la pared y volvió a examinar la hoja. De pronto, los dos detectives de Miami pasaron a su lado y desaparecieron entre la multitud.

Esperó hasta que vio al abogado defensor recobrar la compostura.

Alpha sabía a dónde se dirigiría ahora.

De vuelta a las celdas de detención para reunirse con su cliente.

No tenía idea de con quién se iba a encontrar. No tenía idea del tipo de habilidades que poseía Easy. No imaginaba la grandeza del hombre que estaba a punto de conocer.

«"Veamos, ¿quién es usted?"

»Pero con esa pregunta no obtendrá ninguna respuesta.

»Luego dirá: "Enfrenta usted cargos serios, señor Doe".

»Easy se reirá en su cara.

»El abogado añadirá: "Lo seguirán reteniendo sin derecho a fianza".

»Pero Easy ya se espera eso.

»El abogado se sentirá frustrado. "¿Cómo podré defenderlo si ni siquiera sé quién es usted?"

»Es probable que Easy haga una broma: "Solo esfuércese lo más que pueda".

»El abogado le dirá que es probable que lo extraditen a Florida, pero no le confesará que eso es justo lo que necesita para poder deshacerse lo más pronto posible de él y de su complicado caso. Le dirá que esos dos detectives tal vez ya compraron boletos y están arreglando los detalles con la aerolínea: "Abordaremos el avión con un hombre esposado".

»A Easy no le importará.

»El abogado le dirá que todo sería más sencillo si cooperara. Por lo menos, si comenzara por decir su verdadero nombre.

»Mala idea.

»A Easy no le agradará la sugerencia.»

Alpha miró rápido alrededor. Se sentía invisible.

Se sentía inmune a pesar de estar rodeado del universo policiaco, los fiscales, los juzgados, los abogados y los jueces, del mundo donde se hacía valer la ley de manera rutinaria y agresiva, donde la gente comerciaba con la justicia, negociaba y llegaba a acuerdos. Era como si estuviera suspendido sobre lo mundano y lo ordinario. Como si flotara. «Estoy por encima de todo esto», pensó.

«También los otros *Muchachos de Jack*.

»Pertenecemos a un universo distinto.»

Caminó con paso veloz por el corredor esquivando a gente a la que apenas notaba. En algún momento incluso empujó e hizo a un lado a un anciano con tal de alcanzar al abogado defensor.

31

La primera conversación inusual...

Alpha

—Disculpe, ¿señor Considine?

Alpha estaba solo uno o dos pasos atrás del abogado que parecía acercarse al área de celdas de detención con la prisa de un hombre condenado a la horca.

El abogado volteó, miró a Alpha de arriba abajo y dejó entrever su sorpresa: mejor vestido, pulcro, atlético, con unos cuantos mechones de canas en su bien peinado cabello, un hombre acaudalado. Las salas usuales del juzgado —la de tránsito, la de divorcios, la de lectura de cargos, como en la que Alpha acababa de estar— tenían la distintiva característica de la inmundicia. Este hombre, en cambio, se veía más como alguien que debería estar entrando a la Suprema Corte de Justicia, tenía la apariencia de confianza absoluta de un individuo que sabía que las convenciones y la ley lo favorecían.

—Sí —contestó el abogado—, dígame.

—Me pregunto si podría charlar un par de minutos con usted antes de que se reúna con su nuevo cliente.

—¿Mi nuevo...?

—El señor Doe.

Considine vaciló, pero en su rostro apareció un ligero interés.

—¿Tiene usted que ver con el caso?

—Así es —respondió Alpha.

—Entonces, ¿conoce su verdadero nombre? Eso le facilitaría mucho las cosas a mi cliente.

«Bueno —pensó Alpha, controlando su enojo con una sonrisa—, eso no le facilitaría mucho las cosas *a él* sino *a usted*. Mi amigo tiene un nombre que funciona en el mundo ordinario, pero lo desconozco. Su nombre más verdadero es Easy; sin embargo, no pienso revelarle a usted esa identidad.

»Además, ni siquiera sabría qué hacer con ella si se la revelara.»

Alpha negó con la cabeza.

—En realidad, no —continuó—. Pero permítame explicarle de manera sencilla una situación complicada. Tal vez se dé cuenta de que yo podría serle de utilidad a usted.

Sabía que esta oferta llamaría la atención del abogado.

Considine asintió.

—De acuerdo —dijo—, pero, por favor apresúrese. Debo entrar antes de que lo vuelvan a enviar a la cárcel porque, de lo contrario, tendré que pasar toda la tarde haciendo arreglos para entrevistarme con él.

—Por supuesto —dijo Alpha. Entonces lo condujo hacia un lado del corredor, a un rincón cercano a la pared donde podrían conversar sin que nadie los escuchara. Sabía que, de todas formas, ninguna de las personas que abarrotaban ese lugar estaría interesada en saber de lo que hablarían. Era un sitio en el que todos tenían la cabeza llena de sus propios problemas, donde nadie le prestaba atención a nada que no le concerniera. De hecho, Alpha tenía la impresión de que si alguien corriera desnudo de un lado a otro aullándole a una luna imaginaria, solo unos cuantos lo notarían.

Considine se acercó a él.

—Muy bien, explíqueme su interés en el caso.

—Primero permítame presentarme.

Alpha tomó del bolsillo de su saco un pequeño estuche de cuero y lo abrió. Contenía algunas tarjetas de presentación que él mismo diseñó en su computadora e imprimió en fino papel vitela en cuanto imaginó que tal vez habían arrestado a Easy. Tenía varias, cada una mostraba una profesión distinta: médico, hombre de negocios, asesor político, economista. Las revisó todas y tomó la que le pareció que funcionaría mejor. Se la entregó al abogado.

El primer renglón estaba en negritas:

BRAVO INVESTMENTS LLC

A continuación:

Alfred Furst, J.D.M.B.A.
Presidente y director ejecutivo
100 Jackboy Street
Penthouse 1
San Luis, Misuri

Debajo de eso había un número telefónico, número celular, dirección del sitio de Internet y fax.

Alpha vio al abogado examinar la tarjeta. «Empresa falsa... con un humilde homenaje a su compañero asesinado. Cargos falsos. Dirección falsa. Números falsos. Sitio de Internet falso.»

Sin embargo, si le entregara la tarjeta a Easy, entendería en un instante:

Alfred por Alpha.

Furst por *First*, ya que fue el primero.

Jackboy Street no existía, pero ¿a quién podría importarle?

Para Easy sería obvio. Y San Luis, ciudad elegida al azar porque, de acuerdo con lo que Alpha había podido determinar, ninguno de los *Muchachos de Jack* tenía conexión con ella.

Considine levantó la vista tratando de que su rostro no delatara lo impresionado que estaba.

—Muy bien, señor Furst. ¿Qué tiene que ver esto con mi cliente, el señor Doe?

—¡Puede llamarme Al! —dijo Alpha con aire cordial—. Como en la canción de Paul Simon.

—Está bien, gracias, Al, mi pregunta sigue en pie...

—Y yo la responderé, señor Considine —dijo Alpha. Recordó que debía seguir hablando con un vocabulario que hiciera al abogado llegar a la conclusión de que pertenecía a la alta sociedad, al uno por ciento. «Si suenas como alguien importante y rico, dará por hecho que lo eres. Lo cual, por cierto, es correcto, porque lo soy. Soy rico de una manera inigualable.» Comenzó a mentir, a incluir una especie de verdad aquí y allá, solo lo suficiente para darle peso a sus palabras—: Represento a un grupo de gente muy acaudalada y prominente poseedora de un fideicomiso sustancial, y cuando digo sustancial me refiero a cientos de millones, señor Considine. Hace poco algunos de los miembros del fideicomiso me hicieron saber que uno de los más rebeldes beneficiarios de la riqueza del mismo acababa de ser arrestado aquí, en su agradable pueblo. Me comentaron que dicho beneficiario, que es la más negra de las ovejas negras, señor Considine, podría enfrentar cargos serios. Esto generaría una atención no deseada por los otros miembros del fideicomiso, quienes valoran muchísimo su privacidad. Muchísimo. Permítame hacer énfasis en…

«De hecho es verdad», pensó Alpha.

—Me pidieron que investigara la situación y que me hiciera cargo. Por esta razón he venido con toda premura en un jet privado que, como podrá imaginar, le permite a uno llegar adonde necesita sin tanto alboroto… —estaba seguro de que el término *jet privado* no formaba parte de la experiencia de vida personal del señor Considine—… y logré llegar esta mañana al juzgado para la lectura de los cargos. Debo decirle que, por cuestiones que desconoce, la situación se puede complicar para usted: esta prominente familia afirma, y mis contactos personales con el señor Doe confirman, que el beneficiario sufre de frecuentes delirios, de un narcisismo rampante e incluso tal vez de abruptos cambios de estado de ánimo provocados por su bipolaridad, los cuales lo hacen comportarse de manera reprobable y manifestar tendencias suicidas, así como mostrar actitudes imprudentes que podrá usted imaginar, como conducir a toda velocidad, involucrarse con mujeres en relaciones efímeras, gastar dinero de manera insensata, y tener aterradoras alucinaciones de vez en cuando, además de otras dolencias demasiado numerosas para mencionarlas. Ha sido activista en defensa de los derechos de los animales en algunas ocasiones. Una vez se unió al Partido Nazi Americano, luego decidió cambiar de religión y estudió el judaísmo, después se involucró en la cienciología. ¿Se da cuenta de lo que quiero decir? Por otra parte, fuentes confiables me hicieron saber que dejó de ver a sus médicos, que se niega a tomar sus medicamentos desde hace demasiadas semanas, tal vez meses, y que insiste en que ya nunca lo hará porque...

Alpha le describió al abogado a paso trepidante una mezcla de enfermedades. Estaba seguro de que no se daría cuenta de que esta incluía varios diagnósticos contradictorios.

Considine parecía muy interesado.

—Dígame, por ejemplo —continuó Alpha—, el reporte preliminar de la policía que tiene en sus manos, ¿indica si confiscaron algún medicamento entre las pertenencias del señor Doe?

El abogado negó con la cabeza.

—No, no hay ninguno en la lista.

—¿Ve a lo que me refiero? Debieron encontrar algunos. Antipsicóticos.

Alpha sabía bien lo que estaba diciendo. Observó con detenimiento las reacciones en el rostro del abogado de la defensa: «Ahora, de pronto, está un poco asustado de tener un cliente demente, pero también intuye cómo sostener su defensa. Inimputabilidad por demencia, incapacidad para tomar decisiones... Está viendo argumentos con los que podría ganar. Incluso un abogado poco hábil puede imaginar una situación ventajosa que le permitiría solicitar una compensación económica importante y, al mismo tiempo, defender a su cliente con eficiencia. Todos salen ganando.

—¿Le confiscaron algún arma?

—Al parecer no.

—¿Quizás artículos personales como teléfono celular o computadora... ese tipo de objetos?

—No, tampoco se menciona nada de eso en la lista del reporte preliminar —contestó el abogado. Alpha deseaba exhalar aliviado, pero se contuvo. Considine continuó—. Me siento intrigado, ¿qué es lo que quiere de mí con exactitud? —preguntó con cautela.

Alpha sonrió.

—Usted está a punto de encontrarse por primera vez con el señor Doe. Permítame acompañarlo.

—¿Él lo reconocerá?

—Desafortunadamente no porque nunca nos hemos visto en persona. Sin embargo, nos hemos comunicado, así que sabrá quién soy y a quiénes represento.

Considine asintió.

—¿Y qué es lo que espera usted que suceda en esta reunión?

—Tal vez pueda persuadirlo de que por lo menos se identifique, de que deje de ser, ¿cómo decirlo…? Recalcitrante. De esa manera saldrá del limbo legal y todo empezará a avanzar. Además, le puedo dar a entender al señor Doe que toda la familia, de la cual ha estado distanciado hasta ahora, lo apoya en este momento y está dispuesta a ayudarlo. No solo con su problemático caso criminal, sino también con lo necesario para que reciba la ayuda psiquiátrica que tanto necesita.

«Ahora sueno como un bien intencionado filántropo —pensó Alpha—. Un filántropo que miente.

»Si hay algo que Easy no necesita es ayuda psiquiátrica.»

Considine parecía estar considerando la petición.

«Un empujoncito más hacia el precipicio», pensó Alpha.

—Esto facilitaría la labor de todos. Además, su ayuda para resolver esto y su discreción… bueno, digamos que serán apreciadas, señor Considine. De manera significativa.

«"Apreciadas" significa dinero», pensó Alpha.

—Vaya, esto no es común. Nada común…

—No, no lo es, porque a pesar de las apariencias, su cliente no tiene nada de común.

—Bien, pues podría usted empezar por decirme el verdadero nombre del señor Doe. Yo le haré saber lo que me acaba de decir…

«Ah, con que quiere tomar una carta y empezar a jugar, ¿no es cierto?»

—Me parece que escuchar su nombre de mi propia boca tendrá un impacto considerable en sus siguientes acciones —dijo Alpha, insistiendo lo más posible—. También garantizará que los otros miembros de la familia sepan que lo vi en persona y que le transmití sus preocupaciones.

«Los otros miembros de la familia: yo, Delta y Charlie.»

Considine miró la hoja con los cargos que tenía en la mano.

—¿Cree usted que haya una explicación sencilla para el hecho de que el señor Doe tuviera la tarjeta de crédito de una mujer asesinada? ¿Algo que deje claro, sin lugar a duda, que no tuvo nada que ver con su muerte?

—Estoy seguro de que hay una explicación lógica.

—Están haciendo varias pruebas en este momento… ADN, fibras de cabello, huellas digitales y no sé qué más. Lo que sí sé es que quieren levantar cargos por homicidio. Tal vez no tienen a nadie más a quien culpar.

—Van a tratar de obtener una confesión, ¿no es cierto, señor Considine? Disculpe que le haga esta pregunta, la última vez que estuve involucrado en un caso de este tipo fue hace años.

A Alpha le encantó esta mentira en particular.

—Sí, eso creo —contestó el abogado.

—Pues con mayor razón debemos verlo de inmediato e impedir que diga algo que pueda incriminarlo o incluso algo que pueda ser malinterpretado, señor Considine. Ambos sabemos que cuando la policía tiene a un sospechoso en mente puede abusar y violar sus derechos. Esto también evitaría la publicidad que los miembros de la familia del fideicomiso desean eludir a toda costa.

Era como lanzarle un hueso a un perro.

—De acuerdo —concedió el abogado—, sígame.

Alpha sintió la misma ola de satisfacción que un actor de Broadway cuando cae la cortina al final de la obra y luego vuelve a subir y deja ver a los artistas para que el público pueda abrumarlos con sus aplausos.

La segunda conversación inusual…

Easy y Alpha…

Easy levantó la vista, sorprendido.

Eran dos personas y él esperaba solo a una.

Reconoció al abogado que acababan de asignar para su defensa. A pesar de la imagen granulosa y mal enfocada de la pantalla que vio en el juzgado electrónico, en su mente quedó bien impresa la apariencia apocada del hombre. El hombre a su lado, en cambio, era otra historia. Easy se puso alerta de inmediato, lo miró de arriba abajo, pero logró ocultar su asombro.

Estaba sentado en una banca de acero, en una sala desprovista de mobiliario excepto por la mesa frente a él, parecida a la de la sala de interrogatorios de la estación de policía. En los bordes de la banca había anillos de acero soldados que servían para hacer pasar cadenas o esposas. Easy no estaba esposado. No sabía si los policías que lo llevaron ahí para reunirse por primera vez con su abogado lo dejaron así de forma deliberada o si solo fue un descuido. Supuso que tal vez tenía que ver con que no lo habían acusado de asesinato.

No aún.

Plegó las manos en su regazo y se inclinó hacia el frente cuando los dos hombres se sentaron frente a él.

—Buenos días, abogado —dijo—. ¿Quién es él?

Ni siquiera estaba mirando a Considine cuando preguntó esto.

Alpha sonrió.

—Usted y yo ya hemos estado en contacto, señor Doe.

—Muy bien —contestó Easy—. ¿Cuándo?

—A menudo. Con frecuencia.

El abogado interrumpió.

—Creo que llegó el momento de que me diga su nombre. Tenemos que revisar lo que tiene la policía contra usted y lo que esperan obtener. Si encontraran algo que lo vincule con ese crimen, tendrá que enfrentar cargos muy serios, señor Doe. Además, si lo llegan a extraditar a Florida... bueno, recuerde que a diferencia de Massachusetts, ahí todavía existe la pena de muerte. Así que es crucial que lo evitemos. Si de todas formas va usted a terminar en prisión, es preferible que sea en este estado...

Easy ignoró al abogado.

—Estás aquí...

Alpha levantó la mano. Tomó la tarjeta de presentación falsa al mismo tiempo que hablaba, y la colocó en la mesa frente a Easy.

—De parte de su familia. Quieren ayudarlo. *Y sí*, quieren que esto sea *fácil* para usted —dijo Alpha, asegurándose de hacer énfasis en las palabras precisas para que lo reconociera.

Easy se quedó mirando un momento la tarjeta y luego levantó la vista.

Supo de inmediato quién era ese hombre.

«Alpha.»

Casi temblaba de emoción. Se sentía honrado.

—Hola, señor... —comenzó a decir.

Alpha lo interrumpió.

—Al Furst.

«Alpha *First*. El primer *Muchacho de Jack*.» Easy estaba impresionado.

Respiró hondo. «Control.»

—Es un honor por fin conocerlo en persona, Al —dijo—. He disfrutado mucho de nuestras conversaciones en línea.

El abogado interrumpió de nuevo.

—El señor Furst me explicó que usted es uno de los beneficiarios de un fideicomiso. Me dijo que los otros miembros están muy preocupados...

«Si no mal recuerdo, "Fideicomiso" viene del latín, de *fide*: fe, confianza —pensó Easy—. Los *Muchachos de Jack* siempre han confiado en mí. No los defraudaré.»

—Supuse que lo estarían —dijo Easy, dirigiéndose todo el tiempo a Alpha.

El abogado continuó hablando.

—Sospecho que esto también significa que usted no es elegible para recibir ayuda legal pública.

Alpha, quien había mantenido la vista fija en Easy hasta ese momento, interrumpió con desenfado.

—Como le dije, señor Considine, Bravo Investments se hará cargo de todos sus honorarios legales.

—Bravo ya invirtió demasiado en esta situación —dijo Easy.

—Muy bien —dijo el abogado—. Señor Doe, para poder proceder necesito… Bueno, necesitamos saber quién es usted. Para montar una defensa adecuada es fundamental que su identidad…

—Como ya habrá notado, abogado, prefiero John Doe —interrumpió Easy asintiendo para Alpha—. *Y sí*, me cuesta trabajo aceptar mi nombre real.

Alpha sonrió y dijo:

—¿Entonces me prohíbe usted compartir esa información?

Un legalismo falso. Easy asintió.

—Así es —dijo.

Considine se veía frustrado. Alpha y Easy tenían ganas de reír a carcajadas.

Percibieron que entre ellos corría electricidad. Era como si se conocieran de años pero, al mismo tiempo, estaban experimentando la emoción de encontrarse por primera vez. Easy sentía casi el entusiasmo de un cachorrito. A Alpha le pareció que era similar a reencontrar a un viejo amigo sin esperárselo. Ambos querían iniciar una conversación prohibida: sobre lo que le sucedió a Bravo, sobre lo que deberían hacer a continuación. Ambos deseaban revivir éxitos del pasado. Reír juntos al mirar fotografías y hablar de muertes, al conversar, al revisitar su historia en el *Lugar especial de Jack*. Alpha en particular quería hablar de la furia que le provocaba que *Socgoal02* y *la novia* tuvieran la gran fortuna de continuar con vida. «Pero no por mucho tiempo», pensó.

—Entonces, señor Doe, tal vez pueda decirme lo que sepa respecto al homicidio en Miami —dijo Considine.

—No gran cosa —respondió Easy.

«Todo, de hecho. Y también Alpha lo sabe porque compartí los detalles con él y los otros.»

—Bueno, debe estar enterado de algo —continuó el abogado.

Easy negó con la cabeza.

Alpha se inclinó y acortó un ápice la distancia entre ellos.

—Respecto a las pruebas forenses... ¿cree que lo vincularán con ese asesinato?

El abogado giró un poco hacia Alpha con cara de asombro. Era una pregunta que ningún defensor habría articulado, sobre todo, no en una entrevista preliminar. Era el equivalente a preguntar: «¿Sí lo hizo?».

Easy respondió:

—Mi principal preocupación no tiene nada que ver con si las pruebas me vincularán o no, abogado.

—No comprendo —dijo Considine.

«No necesita hacerlo —pensó Easy—. Solo necesitan entenderlo Alpha y los otros.»

Alpha entendió. Y pensó:

«Es solo cuestión de tiempo, la policía descubrirá quién es Easy. Incluso si no tienen evidencia en su contra, su nombre terminará en un expediente policiaco conectado a uno, dos o tal vez más asesinatos. Se convertirá en el principal sospechoso hoy. Y lo seguirá siendo mañana. La próxima semana. El mes siguiente. En un año. Siempre. A partir de este día portará una letra escarlata. Por un error mínimo, por una maldita tarjeta de crédito, jamás volverá a ser libre. Ni siquiera cuando camine por la calle y salte y choque los talones de felicidad porque el clima es maravilloso. Ya nunca será libre. Las acusaciones lo seguirán, lo abrumarán como el hedor de un perro muerto».

Alpha habló sin prisa.

—Señor Doe, me parece que los miembros de su verdadera familia desean protegerlo y, a cambio, desean que usted los proteja.

Easy titubeó. Meditó lo que acababa de escuchar.

Cuando contestó, lo hizo de manera lenta y deliberada, dirigiéndose a Alpha, a Charlie y a Delta, dondequiera que estuviesen.

—Para mí no hay nada más importante en este mundo que proteger a mi familia —afirmó—. Por favor, haga llegar este mensaje a todos.

Alpha asintió.

Era la respuesta que esperaba.

—Jamás expondría a mi familia a ningún peligro, o descubrimiento —añadió.

En ese instante, Alpha experimentó la emoción más peculiar de su existencia, algo que no había sentido nunca. Percibió la lealtad subyacente en cada una de las palabras de Easy. Sintió que su vínculo se fortalecía. Cada segundo que habían compartido hasta entonces en el *Lugar especial de Jack* reforzaba este encuentro. Alpha vio a Easy enderezarse en su asiento, endurecer la espalda, cerrar con fuerza los puños, sacar la mandíbula. Vio determinación en su rostro, compromiso en el tono que le infundía a cada palabra. Era como un espía capturado enfrentando a sus interrogadores, sin miedo a la tortura. Sin miedo a nada. Reacio a proveer detalle alguno de sus planes sin importar a cuánto dolor y agonía lo sometieran.

Alpha deseaba con desesperación extenderse sobre la mesa y abrazar a su compañero de armas.

Pero se contuvo.

—Bien, ellos esperan que haga usted lo correcto para todos. Y, señor Doe, debe saber que todo lo que le ha sucedido a la familia en los últimos días será resuelto. Su compromiso con ella ha sido íntegro y continuará siéndolo sin importar en qué situación se encuentre.

Easy se recargó en la silla y sonrió.

«Mátalo. Mata a *Socgoal02*. Mátala. Mata a *la novia*.

»Hazlo por Bravo.

»Hazlo por mí.»

Easy sentía que en la sala fluía un poder eléctrico, nuclear.

Por último volteó a ver a Considine, quien observaba con la boca abierta y asombro, incapaz de entender lo que Alpha y Easy acababan de decirse. Era como si hubieran intercambiado frases en un idioma desconocido y hablado solo por dos miembros de una tribu oculta en la profundidad de la selva tropical, en una comunidad apartada desde siempre de la sociedad moderna. Aislada y libre.

—Gracias, señor Considine. Por favor, quédese tranquilo, mantendré la boca cerrada como lo recomendó. Y si llegan a acusarme de un crimen adicional, procederemos a partir de ahí. Tengo confianza absoluta en usted.

«Eso —pensó Easy—, fue broma.»

Volteó a ver a Alpha.

—Me siento honrado de que haya viajado hasta acá para verme. Nunca olvidaré el esfuerzo que ha realizado —dijo *esfuerzo*, pero sabía que Alpha entendería *riesgo*—. Arreglaré esto sin poner en peligro a nadie de la familia —agregó—, puede estar seguro de ello. Haré lo que sea necesario. No importa el costo. Confíe en mí.

«Diles a los otros *Muchachos de Jack* que los protegeré.»

Alpha empujó la silla hacia atrás y se alejó de la mesa.

—Me parece que hemos terminado, señor Considine —le dijo al abogado y luego volteó a ver a Easy—. *Y sí*, créame, señor Doe, el honor ha sido todo mío.

El abogado también se puso de pie y dejó a Easy sentado frente a la mesa.

Alpha y él salieron de la sala sin volver a mirar atrás.

Easy...

Easy permaneció solo algunos segundos en la sala de entrevistas. Todo lo que Alpha dijo hacía eco en su interior. Le pareció extraño: sentirse vigorizado y, al mismo tiempo, percibir la gran calma que lo inundaba. Era cercano al sentimiento que había experimentado en el instante de matar.

Levantó la vista cuando escuchó que la puerta se abría.

Entraron dos guardias de la prisión, uno de ellos traía esposas y grilletes para los pies.

Easy se puso de pie y extendió los brazos hacia el frente sin hablar. Los guardias le colocaron las esposas y, empujándolo un poco, lo guiaron hacia un corredor exterior.

Ahí había más de diez hombres en hilera, esposados también.

—Muévanse —dijo uno de los guardias.

Easy y el grupo consistente de ebrios, adictos, ladrones, vándalos adolescentes y otros tipos de criminales avanzaron arrastrando los pies por el sótano del juzgado hasta llegar a unas puertas que conducían al estacionamiento. Cuando a él y a los otros los hicieron abordar una camioneta para llevarlos de nuevo a la prisión del condado, vio a un par de policías uniformados, de pie junto a varias patrullas. Entonces empujó a un hombre que apestaba a vómito rancio para alejarlo, pero este no se quejó.

La camioneta atravesó el pequeño pueblo en su trayecto a la prisión. Easy miró por la ventana. Vio a la gente afuera de una cafetería y en una estación de gasolina. Al llegar a una zona comercial importante, el conductor de la camioneta encontró tránsito lento y tuvo que moverse con dificultad por varias calles antes de girar y llegar a la amplia avenida por la que se salía del pueblo. Poco después apareció al frente la prisión: una desagradable construcción de concreto alejada de la carretera.

El procedimiento para bajar del vehículo fue el mismo que para subir.

Hicieron caminar a los hombres por el estacionamiento y los condujeron hasta unas puertas de seguridad que quedaron cerradas en cuanto las atravesaron.

Easy esperó mientras distribuían a los otros detenidos a lo largo de un extenso bloque de celdas. Al llegar al espacio que le habían asignado, uno de los guardias le quitó las esposas y los grilletes de los pies. Lo empujó con brusquedad al interior de la celda y cerró la puerta de golpe cuando estuvo dentro.

Solo en ese momento volteó a ver al guardia que lo acababa de encerrar.

—Oye —dijo.

El guardia levantó la vista.

—¿Tienes algo que decir? —preguntó con voz ronca.

—Sí —contestó Easy.

—Muy bien, John Doe, ¿de qué se trata?

—¿Recuerdas a los detectives? ¿A la chica del pueblo y a los dos tipos de Miami?

El guardia asintió.

Easy respondió con una sonrisa.

—Hazles llegar este mensaje: quiero hablar con ellos. Estoy seguro de que querrán escuchar lo que tengo que decir. Diles que vengan pronto, antes de que cambie de parecer.

32

Alpha...

Estrechó la mano del abogado de la defensa. Le dijo que se pondría en contacto con él en los próximos días y que haría los arreglos necesarios para definir una remuneración que complementara lo que recibiría por parte del juzgado por hacerse cargo del caso. Luego, cuando Considine volvió a mencionar el problema del nombre «John Doe», fingió sentirse apenado de tener «las manos atadas». Le prometió, sin embargo, que después de hablar con los otros miembros de la familia de Bravo Investments Trust, podrían diseñar una estrategia.

Casi todas estas afirmaciones eran mentira.

O al menos, eran mentiras parciales, ya que sí tenía la intención de consultar con Delta y Charlie en el *Lugar especial de Jack*.

Después de despedirse, Alpha se dirigió al automóvil que había alquilado. Todavía quedaban varias horas antes del vuelo a su ciudad, así que tenía tiempo para matar.

Sabía muy bien a dónde quería ir.

El sistema de navegación GPS del automóvil lo condujo al lugar donde vivían *Socgoal02* y *la novia*. Se estacionó al final de la calle como sabía que lo había hecho Easy días antes. Por un rato solo observó el vecindario y trató de fijar los detalles en su memoria. Todavía era temprano por la tarde, un colorido día de otoño, las hojas se acumulaban sobre el césped de las casas y de vez en cuando el viento levantaba algunas y las hacía arremolinarse y volar hasta las aceras. No muy lejos de donde se estacionó vio a dos pequeños jugando en los columpios. Había dos mujeres con abrigos, una de ellas tenía un carrito para bebé y estaba cuidando a los niños. Pasaron algunos automóviles frente a él. Los típicos sedanes europeos o japoneses de media gama y modelo antiguo, o las ocasionales camionetas suburbanas para «llevar a los niños a la práctica de futbol». Alpha buscó miedo. Trató de detectar algo fuera de lugar, un trasfondo de ansiedad en el mundo de los suburbios. Quería salir del automóvil y gritar: «¿Qué no saben quién soy?».

Quería matarlos a todos.

A niños. Madres. Adolescentes. Padres. Al jardinero. Al repartidor de pizza.

A todas esas personas satisfechas consigo mismas, despreocupadas.

En ese momento sintió deseos de ser un terrorista suicida de mirada extraviada. Texas Tower. Columbine. Las Vegas. Un tirador con manifiesto en una escuela. Un empleado contrariado y bien armado que llega a atacar el negocio del que lo despidieron. Quería ser un fanático religioso y estar convencido: «Jesús quiere que mate a todos. O Alá. O el dios que sea». Quería ser uno de esos locos tipo militar que todo lo ven como un problema político: «Pensé que el gobierno me iba a quitar mis armas. Necesitamos declarar una guerra racial». Un hombre enmascarado, camuflado como en la selva, esparciendo su ira con armas automáticas, un demente. Quería visitar todo el vecindario imbuido de esa furia estadounidense tan común.

Bajó del automóvil respirando con vigor. Con el pulso acelerado.

Se quedó parado junto al camino. Bajó la mirada y vio su reloj.

Recordaba todo lo que Easy documentó. Los horarios precisos que obtuvo tras una observación minuciosa.

«Si ya regresaron a clases, en cualquier momento deberán aparecer caminando de vuelta a casa de la escuela.»

Se enderezó la corbata y ajustó su costoso traje.

«Soy invisible, ¿pero por cuánto tiempo?»

Mantuvo la vista fija en el otro extremo de la calle.

Esperó.

Cinco minutos. Diez.

«Demasiado tiempo, alguien podría darse cuenta. El traje es un buen disfraz, pero no es perfecto, y después de lo que le sucedió a Bravo en la casa de *la novia,* es probable que la gente esté más al pendiente si ve a desconocidos.»

Volvió a abordar el vehículo. Encendió el motor y movió la palanca. Avanzó por la calle y pasó frente a las dos casas. Imaginó a Bravo asesinado, tirado en la habitación de arriba, y el enojo le hizo estrujar el volante.

Había acechado a muchas víctimas antes, era experto en pasar desapercibido, nunca lo reconocían como lo que en realidad era. Nunca lo detectaban, identificaban o notaban. Sabía que cuando llegaba su momento de atacar, nadie se lo esperaba. Como un rayo.

Lo que más deseaba ahora era ver a *Socgoal02* y a *la novia.*

Quería averiguar si habían cambiado, si Bravo los había alterado por completo. Quería ver si estaban armados, alerta y listos para lo que surgiera. Quería ver si ahora estaban rodeados de guardias de seguridad, de la policía, de sus familiares, si había francotiradores en los árboles, un helicóptero en guardia cerniéndose sobre ellos, pastores alemanes o *rottweilers* entrenados, babeantes, ansiosos por escuchar la palabra «¡Ataca!» y soltarse de sus cadenas, listos para hacer pedazos a la primera amenaza que apareciera.

Alpha lo sabía:

«Lo más prudente sería tener todo eso.

»Sin embargo, no lo harán.

»Querrán regresar a la normalidad lo antes posible.

»Querrán olvidar todo lo que les sucedió.

»Así es la naturaleza humana.

»Qué tontos».

Tuvo que luchar contra el abrumador deseo de detenerse esa

hermosa tarde, estacionar su automóvil en la entrada de la casa de *Socgoal02* o de *la novia,* salir de él, tocar a la puerta y presentarse: «Hola, soy Alpha. Pasé por el vecindario y se me ocurrió detenerme y…», y luego matarlos a ambos. Pero solo dio la vuelta y continuó alejándose.

Sonrió. A pesar de que en su interior sentía fluir un enojo inconmensurable, también notó que la embriagante sensación de control regresaba a sus venas. La idea de escribir sus memorias como asesino le vino a la mente de nuevo. Era la primera vez desde la muerte de Bravo. Miró alrededor y pensó que observar el ordinario mundo de *Socgoal02* y de *la novia* le añadiría profundidad y precisión. Que podría ser un nuevo capítulo o, mejor aún, que podría ser un capítulo para honrar el sacrificio de Bravo. Algo que les hiciera sentir a los lectores un miedo extraordinario, un miedo cada vez mayor. Una pesadilla nueva. Incomparable. En especial para los expertos que creían que estudiar y definir la personalidad de gente como los *Muchachos de Jack* era posible.

«Nosotros desafiamos sus patéticos intentos por entendernos.»

En ese momento, Alpha pensó en *Terminator,* una película que le encantaba por el implacable deseo homicida del cíborg, por su increíble fuerza, determinación, programación e invulnerabilidad ante las armas convencionales: «Yo tengo todo eso y mucho más». También recordó la famosa frase de Arnold Schwarzenegger.

Por eso lo citó al alejarse:

«*I'll be back.*»

Delta…

Se sentía a la deriva. Como si le hubieran quitado las amarras.

Por la mañana, salió de la mansión de su familia ignorando como siempre las súplicas de su madre y la mirada de las enfermeras del hospital de pacientes terminales. Manejó hasta el centro en su automóvil, lo dejó en un estacionamiento y se aventuró entre las avenidas repletas de incontables indigentes y de empleados dirigiéndose a las oficinas. Caminó durante horas de una calle a otra, atravesó algunas áreas famosas como Chinatown y El Presidio, Fisherman's Wharf y el Parque Golden Gate. Fue agotador. Le dolían los pies y las rodillas, sintió que se le estaban haciendo ampollas. Se sentía sudoroso y desaseado. De pronto se vio como uno de esos turistas compulsivos que solo quieren ir a ciertos lugares para poder tacharlos de la lista de «Sitios visitados», pero no para conocerlos o apreciarlos en verdad.

Al ver pasar a los otros empezó a considerarlos víctimas en potencia. Trató de evitarlo, pero le fue imposible. En más de una ocasión se descubrió observando a una o a otra persona, imaginando la calle en la que estaba, pero ya muy tarde por la noche, apreciando las sombras y los rincones oscuros que en ese momento iluminaba la luz solar.

La culpa lo desgarraba. O al menos, algo que le parecía que era culpa.

Reprodujo en su mente todos los pasos que siguió para diseñar el plan para matar a *Socgoal02* y a *la novia*. Analizó cada una de sus decisiones. Examinó todos los detalles.

No detectó ninguna falla en el diseño y eso lo hizo sentir mejor. «No fue mi culpa —pensó. Y luego—: Aunque, bueno, tal vez sí, un poco.»

Decidió detenerse. Encontró una banca en un parque y se desplomó sobre ella. Vio cerca de ahí a una familia descansando sobre una manta, a sus niños pequeños jugando.

Se dio cuenta de que el cliché era cierto, de que cuando Bravo murió: «Una parte de cada uno de nosotros murió con él».

Delta consideró sus opciones. Abandonar a los *Muchachos de Jack* estaba descartado, la dinámica del grupo era demasiado trascendente.

Esto le hizo preguntarse dónde estaría Easy.

Esperaba que la búsqueda de Alpha resultara fructífera. Extrañaba las bromas de su compañero, su humor irreverente: «Que se joda el mundo».

Luego pensó en *Socgoal02* y en *la novia*.

El mero hecho de que no estuvieran muertos lo irritaba de forma inconmensurable. Solo sobrevivieron gracias a la mayor de la suertes, a la buena fortuna, a un accidente o a una forma de intervención divina, a «algo inesperado». A lo que mató a Bravo.

Por dentro insistía:

«Es una afrenta que sigan en este planeta.

»Un insulto.

»Su existencia es un agravio a nuestras habilidades, a nuestra capacidad, a nuestra dedicación y pericia. A nuestra grandeza, a nuestro singular propósito».

Supo que necesitaba hacerles saber esto a Alpha, a Charlie y a Easy. Era obvio lo que debía suceder.

«Si alguna vez fue necesario hacer una declaración, este es el momento.»

Miró alrededor. En el parque vio a muchas personas que podrían ser excelentes víctimas. Gente a la que mataría con un gusto inmenso. Esa joven madre que va empujando a su bebé en el carrito. Aquel hombre trotando que mira su Apple *watch* para verificar el tiempo y la distancia. Aquella joven pareja, tan cerca el uno del otro, indiferentes a lo que pasa con el resto de la humanidad. Ese indigente desaliñado que habla consigo mismo.

Se dio cuenta de que no importaría a cuánta gente matara, nada valdría la pena hasta que no se deshiciera de las personas correctas. Ninguno de los que estaban en el parque era a quien en verdad *necesitaba* asesinar. Delta comprendió que para poder seguir adelante tenía que hacerse cargo de los asuntos pendientes.

Incluso pensó que no le molestaba que su madre y su padre continuaran aferrándose a la vida un poco más si, a cambio de eso, *Socgoal02* y *la novia* morían.

Le sonó a una broma que Easy haría, así que rio con ganas.

Al principio del semestre, Charlie les había pedido a varios grupos de estudiantes que escribieran un ensayo sobre el canibalismo. Uno de los grupos tenía que estudiar los tabús culturales de Occidente. Otro debía enfocarse en una investigación antropológica sobre la tribu korowai de Nueva Guinea y una de sus prácticas: devorar a mujeres identificadas como brujas que habían hecho llegar enfermedad y otros infortunios a la comunidad. Otro de los grupos debía analizar las consecuencias de lo que Charlie consideraba «canibalismo de emergencia», como lo que hicieron los sobrevivientes del accidente aéreo en los Andes en la década de los setenta. A otros estudiantes les asignó la tarea de investigar sobre el asesinato de tipo caníbal en la vida real y en la ficción: enfocándose en Jeffrey Dahmer en el primer caso, y en Hannibal Lecter en el segundo.

Ese fue el último grupo en presentar su reporte en clase. Charlie escuchó a sus alumnos y cuando terminaron preguntó:

—¿Pueden comparar esto con los otros tipos de canibalismo que presentaron sus compañeros?

El líder del equipo, un estudiante de alto nivel con probabilidad de integrarse a un doctorado y ocupar un importante puesto como profesor, contestó enseguida:

—Sí, hay similitudes reconocibles en los otros tipos.

A Charlie le pareció que el joven sonaba confiado en sí mismo. Era obvio que esperaba que le preguntara: «¿Cuáles son esas similitudes?». Se había preparado para ese momento. Charlie vio que tenía varias hojas sueltas en las manos. Notas. Era un chico al que una pregunta inusual no lo sorprendería desprevenido.

Decidió lanzarle una curva. «Veamos cómo reaccionas a esto.»

—¿Alguna vez has imaginado cómo sabrá la carne humana? —le preguntó Charlie al estudiante.

Se escucharon risas nerviosas entre los alumnos. Charlie les sonrió, captó su atención ondeando la mano y dijo:

—Parece que no lo ha hecho, pero si su compañero llegara a preguntarse esto en voz alta, tal vez sea el momento de ir a la oficina de asuntos estudiantiles y solicitar un cambio de dormitorio.

El comentario los hizo reír como niños.

Sus alumnos estaban enfocados en el estudiante que acababa de presentar su reporte, y mientras tanto él los veía en su mente. Muertos. Sus cuerpos retorcidos y mutilados. Rebanados y cortados en trozos. Fritos, hervidos y preparados en fricasé. Luego, a esta fantasía la reemplazó la imagen de un grupo repleto de *Socgoales02* y de *las novias*. Todos ellos desnudos. Eran tantos que, si se asomara por las ventanas del salón, solo vería *Socgoales02* y *las novias* caminando por los senderos del campus, dirigiéndose a decenas de salones, saliendo de los comedores y los dormitorios, jugando frisbi en los cuadrángulos de los jardines, vistiéndose para el entrenamiento de futbol o para la práctica de las porristas. Imaginó a *Socgoal02* y a *la novia* tocando a la puerta de su salón de clase, imperturbables a pesar de su desnudez, con libretas de notas en la mano, como reporteros del diario universitario, preguntándole: «¿Por qué quiso matarnos?».

De pronto, Charlie sintió una ruptura en su mundo.

Todo lo que hicieron con tanta dedicación durante un periodo exquisito quedó anulado en un instante porque fracasaron, porque no pudieron matar a la pareja de adolescentes. El hecho de haberse acercado tanto a la perfección y que su misión fuese interrumpida, lo hacía aún más irritante. Y era una amenaza a su anonimato.

El científico en Charlie evaluó y calculó.

«Riesgos contra recompensas.

»Nadie en este mundo conocería a los korowai y sus cuestionables hábitos alimenticios de no ser por los valientes hombres de ciencia que se aventuraron a descender a su mundo pese al riesgo de convertirse en el almuerzo.»

Trató de borrar de su mente la imagen de la muerte de Bravo.

Miró los rostros de sus alumnos.

Charlie creía que todo estudiante sabía que necesitaba aprender de sus errores, no solo para no volver a cometerlos, sino para transformarlos en entendimiento, como lo hacen los mejores. El fracaso, incluso el más insignificante, los hace más fuertes.

«Yo también soy un estudiante, soy un aprendiz de la muerte —pensó—, así que esto también me fortalecerá.»

El grupo que investigó sobre el canibalismo terminó su reporte y el resto de los estudiantes aplaudió su esfuerzo.

«Todos obtendrán las calificaciones más altas —pensó Charlie—. Igual que yo.»

Alpha, Charlie y Delta...

Esa noche, Alpha escribió en el *Lugar especial de Jack*:

Una observación práctica: la Gestapo indagará en la vida de Bravo para tratar de explicarse por qué estaba en casa de la novia. Los detectives se preguntarán respecto a la transmisión en video y se darán cuenta de que el objetivo era compartir el momento de los asesinatos. En mi informada opinión, no podrán rastrearla hasta ninguno de nosotros. Cuando entren a Internet solo encontrarán un hueco negro, así que no corremos peligro en ese aspecto. No creo que haya nada comprometedor en ningún lado.

Charlie fue quien respondió primero:

Me inquietaba eso, gracias.

Alpha escribió a continuación:

Por otra parte, tengo una noticia perturbadora:
Easy fue arrestado.

Charlie y Delta se sintieron conmocionados. La preocupación los paralizó. Como Alpha sabía que les causaría un gran impacto, se apresuró a escribir:

Fue por cargos que no tienen que ver con nuestro asunto. Usó una tarjeta de crédito equivocada. Un poco como cuando aquel tipo, Israel Keyes, el asesino de Alaska, la jodió en grande en Nuevo México. Easy no tenía nada que lo pudiera vincular con Bravo o con nosotros. Va a proteger a los Muchachos de Jack. Sin duda alguna. No hay nada que temer. El problema es que no podrá ayudarnos.

Charlie y Delta sintieron un hueco por dentro, algo que nunca habían experimentado. Charlie fue el primero que logró escribir:

¿Estás seguro?

Alpha había previsto esta pregunta.

Sí, por completo. Logré establecer comunicación con él. Tengo absoluta confianza en que la integridad de los Muchachos de Jack no se verá comprometida. Él nos mantendrá a salvo.

Charlie y Delta leyeron esta respuesta varias veces. Ambos tenían muchas preguntas. La palabra *comunicación*, por ejemplo, podía significar demasiadas cosas en su mundo de eufemismos. No obstante, les fue más sencillo aceptar la certidumbre de Alpha.

Charlie escribió:

Extrañaremos a Easy.

Delta añadió:

Su sentido del humor. Su capacidad de proveer información. Su variado gusto musical.

Este último comentario hizo sonreír a Alpha y a Charlie. En cuanto las sonrisas se desvanecieron, los tres borraron a Easy de su imaginación junto con cualquier preocupación relacionada con él. Sus pensamientos fueron variaciones de: «Estamos a salvo», «Estamos protegidos», «Podemos continuar con lo que hacemos».

Después de un momento de quietud, Alpha continuó:

¡Ahora deberíamos tomar una decisión respecto a Socgoal02 y la novia!

Charlie respondió enseguida:

He estado pensando en esto sin cesar. Si no le damos seguimiento y terminamos con lo que nos propusimos en un principio, el recuerdo de esos dos nos perseguirá por el resto de nuestras vidas.
Es difícil continuar sabiendo que siguen vivos, felices y cogiendo como conejos sin ninguna preocupación.

Alpha se quedó mirando su pantalla y asintió de inmediato, estaba de acuerdo. Le parecía obvio que Charlie había pensado más o menos lo mismo que él.

Creo dos cosas:
La primera… esta vez estaremos ahí los tres, al mismo tiempo.
La segunda… necesitamos elegir el instante idóneo, cuando sean más vulnerables. Es cierto que después de lo que sucedió con Bravo aumentarán la vigilancia, pero eso no durará. Se cansarán de protegerse. Todo mundo lo hace.
Recuerden el antiguo dicho militar: «Los ejércitos se preparan para la última guerra que libraron, no para la que está por venir».

Luego Alpha, siempre estratega, siempre filósofo, añadió:

Esto es lo que propongo:
démosle a la Gestapo tiempo para aburrirse con todos los callejones sin salida que creamos. Dejemos que los nuevos casos los abrumen. Como se sentirán frustrados querrán pasar a otra cosa pronto. Calculo que eso tardará un mes, tal vez dos. No más.
Después nos reunimos en persona para el siguiente o para el último

gran acto de los Muchachos de Jack. Ya sea una cosa o la otra. Y montamos una variación de *Romeo y Julieta*. Dos familias pagando un precio enorme porque sus hijos la cagaron en grande. Hará eco en toda la gentecita del mundo. Una pesadilla para todos. Crearemos un legado tan importante como el del hombre con cuyo nombre nos identificamos.

A partir de ahora, somos solo nosotros tres.

Esto hizo a Charlie y a Delta sacudir la cabeza, pero no para negar. Era más bien la rabia de pensar que *Socgoal02* y *la novia* les habían costado tanto a los *Muchachos de Jack*. La deuda que el par de adolescentes tenía con ellos parecía crecer con cada segundo que pasaba.

33

¿Y qué sucede con Easy?...

El guardia de la prisión casi ni miró a Easy cuando golpeó la puerta de la celda para llamar su atención.

—Vamos, amigo —dijo señalando la abertura entre las rejas para que pasara las manos por ahí y él pudiera esposarlo. Un segundo guardia esperaba a un lado. Después de que le colocaron las esposas, el segundo guardia se agachó y le puso los grilletes para los pies que traía consigo.

Easy les sonrió a ambos.

—Los detectives con quienes querías hablar te están esperando en la sala de entrevistas —dijo uno de los guardias al tiempo que lo empujaba hacia el frente.

—Ya era hora —dijo Easy rompiendo por fin el silencio—. Soy un hombre ocupado. La próxima vez tal vez deban hacer una cita con mi secretaria.

De hecho, hizo reír a uno de los guardias. El otro solo lo volvió a empujar.

La sala de entrevistas de la prisión era casi igual a todas en las que había estado: cámara empotrada en un rincón en lo alto, una sola ventana con acabado de espejo para poder observarlo, mesa de metal con anillo soldado a un lado para encadenarlo, un par de incómodas sillas de metal.

Lo sentaron y lo sujetaron al anillo.

Luego Easy esperó. En una de las paredes había un gran reloj al que no se podría llegar sin una escalera plegable. Vio los minutos pasar mientras apostaba consigo mismo en silencio: «Me van a obligar a esperar cinco minutos para hacerme creer que tienen el control. O tal vez diez. Lo que no saben es que el control lo tengo yo».

Pasaron quince minutos antes de que se abriera la puerta y entraran tres detectives. Los dos de Miami —uno tan engominado y elegante, y el otro tan desaliñado y mal vestido como aquel día en el juzgado— y la mujer del departamento local: la que le dio a Easy la impresión de venir de levantar pesas en el gimnasio con su novia. Ella y el detective engominado se sentaron, el otro se quedó de pie junto a la pared.

—¿Solicitó vernos? —comenzó la detective.

—Así es.

—¿Entiende sus derechos Miranda? ¿Entiende que tiene un abogado que lo instó a permanecer callado? ¿Entiende que si habla con nosotros estaría renunciando a la posibilidad de declarar que sus derechos fueron violados? —insistió la mujer.

Easy sabía que todo esto era *pro forma*.

—Sí, estoy consciente de toda esa mierda —dijo él encogiéndose de hombros.

—Sabiendo todo esto, ¿aún desea hablar con nosotros? —preguntó el detective de Miami en un tono rígido, suspicaz.

—Sí, por supuesto —contestó Easy antes de levantar la vista y dirigirse a la cámara—. Sigan grabando —dijo en tono burlón.

La detective comenzó:

—De acuerdo, por el momento solo se le han imputado los cargos de…

—Sé de lo que se me acusa —interrumpió Easy y volteó a ver a los detectives de Miami—. ¿Tuvieron suerte con su investigación forense? ¿Cabello? ¿ADN? ¿Huellas? —les preguntó.

El detective engominado sonrió, pero no contestó.

—Entonces, ¿todavía no? —preguntó Easy—. ¿La burocracia no deja avanzar?

El detective continuó sin responder.

—¿Ya averiguaron mi verdadero nombre?

El detective no contestó.

—Pero lo están intentando, ¿verdad?

—Claro, pero eso ya lo sabe —dijo por fin.

—¿Y *sí* ha sido *fácil* o no? —a Easy le encantaba jugar con su seudónimo. Era como una broma privada que sabía que los *Muchachos de Jack* habrían apreciado.

—Pero díganos, señor Doe, ¿por qué estamos aquí? ¿Qué nos quiere decir? —preguntó el detective.

—¿No sería todo mucho más sencillo para los involucrados si yo confesara? —preguntó recargándose un poco en el respaldo, pero solo hasta donde se lo permitieron las cadenas. Su sonrisa era una burla para los detectives—. Es decir, si confesara podría ahorrarles a todos mucho tiempo, energía y, quizá, trabajo innecesario, ¿no es verdad?

Los detectives se miraron entre ellos. A Easy le encantaba cuando hacían eso, añadía un toque melodramático.

—Sin duda, señor Doe —dijo el detective de Miami—. Lo escucho.

Easy asintió.

—Bien, detective, ¿cuántos homicidios sin resolver tiene su departamento?

—Unos cuantos, desconozco la cifra exacta.

—Las estadísticas pueden ser un dolor de cabeza, ¿no? Sobre todo, si consideramos los presupuestos y los honorarios pagados a través de subvenciones federales, ¿eh?

El detective se encogió de hombros.

—¿Por qué está aquí, señor Doe?

Easy hizo una pausa, como si estuviera pensando qué decir.

—Estamos aquí para mejorar su vida lo más posible, detective. Estamos aquí para hacer un trato —explicó Easy usando el plural mayestático.

Hubo un breve silencio en la sala de entrevistas.

«No se muestre demasiado ansioso, detective.

»Juegue con calma.

»Conserve el control.

»Diga algo para mantenerme hablando. Es lo que le enseñaron, primero en la academia de policía, luego en la calle y, por último, cuando le dieron esa placa dorada. Encuentre la manera de presionarme un poco. Motíveme. Sé que puede lograrlo. Sea mi amigo, mi confidente. Vamos, detective, ahora...»

—¿Qué tipo de trato, señor Doe?

—Bien, detective, el mejor tipo de trato desde su perspectiva.

—Lo escucho.

—Muy bien, dígame, están revisando información forense de ¿cuántos?, ¿uno o dos casos? De dos asesinatos, ¿cierto?

El detective calló por un momento, pero luego dijo:

—Eso fue lo que le dijimos en el juzgado.

«No quieres ceder mucho, ¿verdad?

»Deberías estar bailando de alegría, dando piruetas de felicidad y alivio. Cantando letanías. Todo un coro de detectives agradeciendo un éxito inesperado.»

—Correcto, esos son los casos de Dade County, de su Departamento de Homicidios. El del condado, ¿cierto?

—Sí, pero eso usted ya lo sabe.

—Porque encontraron los cuerpos en los Everglades, ¿correcto?

—Sí.

—Pero no sabe nada respecto a los casos no resueltos que pudiera tener el Departamento de Homicidios de la Ciudad de Miami, ¿o sí? Porque son independientes de su oficina. Es un aspecto curioso del sistema en Florida: las ciudades grandes tienen un departamento repleto de investigadores y los condados tienen otro en las mismas condiciones, pero en esencia no confían entre ustedes y a nadie le gusta compartir ni información ni reportes de análisis forenses ni nada, ¿cierto?

Los detectives se volvieron a mirar entre sí y luego a Easy.

«Toqué una fibra sensible, ¿verdad?»

El que estaba parado junto a la pared interrumpió.

—Exagera usted, señor Doe, nos llevamos bien con los otros departamentos.

Easy volteó a verlo.

—¿Sabe, detective? Yo no le estoy mintiendo, ¿qué le hace pensar que usted debería mentirme a mí?

El detective cerró la boca y apretó los labios con fuerza.

—¿A dónde vamos con esto, señor Doe? —preguntó el engominado.

—Le diré lo que haremos —advirtió Easy sin prisa, bajando un poco la voz para que todo lo que dijera pareciera hacer eco en la pequeña sala—: Reúna la información de *todos* los homicidios no resueltos que involucren a víctimas de entre dieciséis y treinta y dos, o treinta y tres años, sobre todo de sexo femenino, pero también podría incluir a cualquier individuo un poco afeminado. Ah, y solo blancos o latinos. Negros no. Ninguno que yo recuerde. También reúna los del Departamento de la Ciudad de Miami. Luego llame a la policía de Broward County y de Fort Lauderdale y pídales sus listas. No olvide Monroe County, en especial la zona de Key West. De hecho, ¿por qué no hace también una lista de Naples y St. Petersburg y Tampa? Condados y ciudades. Consiga toda esa información y organícela, hágalo lo más rápido posible para que no me dé tiempo de cambiar de parecer respecto a lo que le voy a decir. Luego hablaremos de nuevo…

Easy exhaló con calma y después añadió:

—Ah, detective, los parámetros de edad son solo un cálculo, investigue a discreción. Creo que puede dar por hecho sin temor a equivocarse que nunca le pregunté a nadie su fecha de nacimiento ni de dónde venía, o su nombre siquiera… —titubeó por un instante, levantó la vista y miró al techo como si estuviera pensando—. ¿Recuerdo a Suzy? ¿Tal vez Mary? ¿Una Consuelo? ¿O era Conchita? Difícil de recordar.

«Esto deberá engancharlos», pensó.

Sabía lo que les diría ahora.

—¿Saben, detectives? Tal vez sea prudente revisar también las listas de personas extraviadas. De hecho sería muy recomendable explorar este tipo de víctimas. Después de todo, hay muchos casos en los que en realidad no se ha confirmado si la persona está muerta, ¿verdad? No hay cadáver. No hay crimen. Más o menos. Averigüen entre la gente de Oshkosh, Wisconsin o Santa Fe, Nuevo México. O en Biddenford Pool, Maine: entre quienes pasen la noche llorando por la incertidumbre, porque la pequeña Kathy o Sandy fue de vacaciones al «Estado soleado» y nunca regresó a casa.

Sabía que esto sacudiría a los detectives. También estaba consciente de que jugarían con la mayor frialdad posible.

«Oculten su entusiasmo, muchachos, señorita. Sé que ahora creen que van a recibir una rebanada del pastel.»

—Me gustaría ayudarles proveyendo mejores descripciones, amigos, pero pasado cierto tiempo las cosas empiezan a mezclarse un poco en la cabeza. Tal vez deberían buscar algunas fotografías y mostrármelas. Sí, sería buena idea.

Los detectives se miraron entre sí.

—De acuerdo, señor Doe, hacemos la lista, lo cual podría tomarnos algunas horas o incluso un día, ¿y luego qué? —preguntó el detective ocultando la ansiedad de su voz. Habló con calma. Con cautela.

«Tu actitud no me engaña.»

Easy sonrió.

—Bueno, detective, pues después de eso hablaremos. O, para ser más preciso, yo hablaré y ustedes escucharán. Por cierto —Easy señaló la cámara elevada en el rincón—, creo que deberían traer un mejor equipo de grabación. Alta definición, 1080i, calidad fílmica. No creo que le agrade la idea de registrar lo que le voy a decir a partir de una transmisión granulosa y anticuada, en blanco y negro, salida de un circuito cerrado. Necesita algo que capture cada escena con precisión y a todo color.

Easy decidió apretar el tornillo aún más.

—Piénsenlo, detectives, piensen en la declaración que están a punto de obtener. Piensen en los premios que ganarán. Piensen en los encabezados de los diarios y los anunciantes en televisión. Piensen en el aumento de salario. Es probable que sus superiores les otorguen una medalla. Los padres de la ciudad les entregarán llaves simbólicas. Serán famosos. Irán a CNN o a 60 *Minutes*. Tal vez puedan escribir un libro. Me parece que todos los que se han escrito sobre Ted Bundy se han convertido en bestseller y luego en película, y han vuelto rico a algún escritorzuelo por ahí. Los productores de Hollywood los llamarán, así que tal vez necesiten contratar un agente. Piensen en todo eso, detectives, pero apresúrense.

Easy se inclinó hacia el frente.

—Apresúrense. Fama, fortuna, carreras que despegan hasta el cielo: todo eso está al alcance de sus manos. Estas decisiones, sin embargo, pueden ser... —hizo una pausa para crear cierto efecto—, vaya, pueden ser inconsistentes. Mudables. Nadie sabe si en algún momento yo preferiría ser más prudente. En dos minutos. Dos horas. ¿O en dos días? ¿Cambiaré de opinión? Tal vez decida que sería mejor seguir las recomendaciones de mi abogado. ¿Creen que debería prestarle atención? Es un abogado de pueblo, bastante ordinario, pero sabe lo suficiente y me recomendó mantenerme callado. ¿Qué opinan, detectives? ¿Fue una buena sugerencia?

Ninguno respondió.

Easy sonrió de nuevo.

—Es broma, lástima que no haya hecho reír a nadie.

El detective engominado se movió un poco.

—¿Y qué es lo que pedirá a cambio de todo esto, señor Doe?

Easy se quedó pensando un momento.

Sabía que se esperaban algo como «Evitar la pena de muerte», «Cumplir mi sentencia en una prisión que no sea de máxima seguridad» o algo que pudieran prometer sabiendo que no cumplirían.

Pero en lugar de eso, contestó:

—Nada, solo respeto.

Todos permanecieron callados por un momento, pero Easy no pudo contenerse.

—Quiero lo que cantaba la fallecida y gran Aretha: «*R-E-S-P-E-C-T, find out what it means to me...*».

Easy cantó a todo volumen, como Aretha.

—No me sale tan bien, no como a la Reina del Soul, ¿verdad? No esperaba que respondieran.

El día anterior al programado para que Niki saliera del hospital, sus padres llamaron a Connor y le pidieron que fuera a su casa. Pensó que se trataría de una especie de sermón. O una conversación tipo «no puedes volver a ver a nuestra hija» o «te odiamos», pero no fue nada de eso.

Solo querían pedirle que les ayudara a pasar todas las pertenencias de Niki de su habitación al cuarto de visitas, y todas las cosas que había en este, a la habitación de ella. Fue necesario cargar varios muebles pesados, como los escritorios y los libreros. Ayudar a colgar sus pinturas en el nuevo cuarto.

—No querrá dormir en un lugar donde un hombre fue asesinado —dijo su madre, estremeciéndose un poco—. Yo tampoco querría —añadió—. Tal vez debamos mudarnos a una casa nueva —dijo, pero calló en cuanto vio a Connor afligirse.

No quería pensar en esa posibilidad.

Prefirió concentrarse en lograr que la nueva habitación fuera lo más acogedora posible. Trató de pensar como Niki. «Querrá que este cuadro esté frente a la cama. Y sus libros en las repisas. Querrá que el escritorio esté debajo de la ventana.

»No querrá nada distinto.

»Pero tal vez deseará que todo sea diferente.»

Sus padres fueron a recogerla.

Permaneció callada camino a casa. En algún momento su madre le dijo algo, y unos segundos después habló su padre, pero ella no escuchó a ninguno. Solo miró por la ventana y vio el mundo pasar, pensó que todo había cambiado, pero no notó la menor diferencia. Los mismos colores del otoño. Los mismos automóviles estacionados junto al supermercado. La misma gente en las aceras. Los mismos perros paseando con sus cadenas. El mismo sol ocultándose en el oeste. Por un momento se preguntó por qué no sentía un amor profundo y una conexión con sus padres. Tuvo un pensamiento extraño: «Está ahí, en algún lugar, solo que no puedo sentirlo ahora». Evaluó su vida, trató de identificar «lo que ya no es igual». No veía ningún cambio respecto a la escuela: «Sigo en una zona marginal y ahora la brecha solo crecerá. Todos pensarán que me volví incluso más misteriosa que antes. Y los rumores y los malentendidos sobre lo que sucedió serán increíbles, descabellados». Le preocupaba su práctica como corredora: «¿Habré perdido mi nivel? ¿Metros? ¿Segundos? ¿Minutos? ¿Podrán vencerme?». Decidió comenzar a entrenar en cuanto regresara a casa. Se preguntó si lo que le había pasado cambiaría sus planes para la universidad: «Si acaso llegan a enterarse, ¿cómo interpretarán lo que sucedió?». Desnudez, drogas, asesinato, hospital… todos estos conceptos se fusionaban en su cabeza y formaban una categoría vaga: «El futuro». Esto la hizo decidir que hablaría con Ross. No con el exmarine asesino que le salvó la vida, sino con el antiguo director del departamento de admisiones de una universidad que podría decirle con precisión qué esperar. Se preguntó si de alguna manera le debía algo, ya que si no hubiera estado ahí, ella habría muerto. Pero la verdad era que no sabría cómo pagarle. «¿Qué tipo de tarjeta de "agradecimiento" sería adecuada para lo que hizo?» Se preguntó si sus padres sentían la misma obligación para con el hombre que la rescató porque, hasta donde sabía, en el fondo odiaban la violencia de su acción. Las contradicciones la abrumaban. Sabía que Kate estuvo en la Sala de Urgencias sosteniendo su mano. «¿Otra tarjeta? ¿Flores?» Recordaba haber escuchado su voz alentándola a luchar y a vivir. Como en un sueño. Como oír una conversación en el cuarto de al lado.

Pero lo que más le preocupaba era Connor.

«¿Habrán cambiado las cosas entre nosotros?

»¿Seguirá todo igual?

»¿Me amará todavía?

»¿Aún lo amo?

»¿Qué nos sucedió?»

Tenía miedo de que la tocaran. Tenía miedo de que no la tocaran.

Escuchó a su madre decir: «Niki, querida, tu padre y yo pensamos que sería buena idea que hables con un terapeuta, las veces que sea necesario, solo para que te ayude en este proceso.

Lo que viviste podría tener un impacto prolongado y nadie quiere algo así. Ya hicimos una cita».

La propuesta la hizo enojar. «No necesito ayuda. ¡Puedo solucionarlo sola!», pero fue sensata, ocultó su abrupto enfado y mintió:

—Podría ser buena idea. Déjame pensarlo.

—Tienes suerte de estar viva —dijo su padre con vehemencia.

«¿Sí?, no me digas.»

Luego añadió:

—Tendremos que imponer algunas reglas nuevas.

«¿Sí?, no me digas.»

—Cuando lleguemos a casa nos vamos a reunir: nosotros, Connor y sus abuelos. Vamos a definir las reglas juntos.

Niki deseaba ver a Connor con desesperación. No para que la tomara en silencio de la mano en el hospital ni para quedarse sola en casa con él y hacer el amor, sino para hablar sobre cómo los había cambiado lo sucedido.

No quería escuchar nada de lo que dijeran sus padres. Seguían hablando, pero ella sacó el celular y sus audífonos, se los colocó en las orejas y miró por la ventana mientras escuchaba al Jefferson Airplane de los sesenta y al Fleetwood Mac de los setenta, sintiéndose de pronto tan antigua como las canciones.

Connor deseaba que todo volviera a la normalidad. Que fuera como antes, justo hasta el momento en que ese hombre vestido de ninja entró a la habitación de Niki.

Sabía que era demasiado pedir.

Se sentó con aire melancólico en el sofá junto a Niki. Sus hombros apenas alcanzaban a tocarse. Frente a ellos se encontraban PM1, PM2 y los padres de ella. Se suponía que sería una especie de reunión en la que las dos familias hablarían sobre todo lo que había pasado, pero se convirtió en un foro para definir las restricciones.

Pensó en el comediante Bill Maher y en cómo hacía reír a la gente con su segmento en televisión de artículos de fondo breves llamado *New Rules*.

Pero en la casa de los Mitchell no hubo risas.

Solo se establecieron restricciones a diestra y siniestra, hacia arriba y hacia abajo, para entrar y para salir.

Se solicitaron reportes vía teléfono celular de lunes a viernes al salir de la escuela, y varias veces al día los fines de semana. Nada de salir por la noche hasta tarde. Se estableció un sistema de chaperones para todos los encuentros: si Connor iba a casa de Niki, uno de sus padres tenía que estar ahí. De hecho, Niki se dio cuenta casi enseguida de que ya *nunca* la dejaban sola en casa. Ni en ningún otro lugar. Esto, sin embargo, tenía menos que ver con el sexo que con el hecho de que sus otrora hippies padres eran incapaces de comprender a fondo lo que les había sucedido a ella y a Connor. También los privilegios relacionados con la tecnología se vieron reducidos en extremo. Ahora tendrían que informar de todas sus contraseñas e historiales de visitas, y estos serían inspeccionados diario. Nada de navegar en secreto por la Dark Web. Nada de ventanas de incógnito. Solo tarea. Nada de Facebook o Instagram, nada de escuchar pódcast. Los obligaron a retroceder diez años o más en el aspecto informático.

Ninguno de los dos quería escuchar los argumentos: «Es por tu bien» o «Nos estamos asegurando de que estés a salvo». Connor creía que a él y a Niki les beneficiaría más que les permitieran tomar un curso de combate cuerpo a cuerpo. Pensó en mantener un cuchillo de caza en su mochila, pero sabía que si llegaban a descubrirlo lo suspenderían de la escuela. Niki pensaba menos en armas que en practicar cómo hacer llamadas de emergencia. Jugueteó con la idea de obtener gas pimienta y traerlo consigo, pero también sabía que tendría problemas si la sorprendían y no quería que algo así apareciera en sus solicitudes de ingreso a las universidades.

Ambos estuvieron de acuerdo con todo. Lograron quejarse un poco, poner los ojos en blanco y cara de «deben de estar bromeando, no tenemos diez años», pero en el fondo ambos sabían que si accedían ahora, las restricciones se suavizarían a medida que pasara el tiempo y que el recuerdo de lo que sucedió se debilitara en la memoria de todos.

Connor se dijo: «Dos semanas, quizá tres. Luego se cansarán de tratar de hacer cumplir todas las reglas y regresaremos a la normalidad».

Niki pensó: «Aún podemos salirnos con la nuestra para hacer lo que necesitemos hacer, solo tendremos que planear y anticipar un poco».

Como en el caso de la nueva regla: «Si Connor viene, deberá haber un chaperón presente».

«Al diablo con eso —pensó—. No vamos a obedecer.»

Sin embargo, aceptó sin discutir. Supuso que entre los dos encontrarían la manera de hacer trampa y sortear esa regla.

Esa y todas las que resultaran demasiado inconvenientes.

Entre más pensaba de esta manera, más se acercaba a Connor.

Tan solo escucharlo respirar, sentir los músculos de sus brazos cuando se inclinó hacia él, la tranquilizó.

Él también sintió alivio por un instante.

Pero luego lo perturbó el recuerdo: «Casi la mato».

Sabía que no era del todo verdad, pero al mismo tiempo, tampoco era falso.

En algún momento Niki apretó su mano. Fue un momento casi tan sensual como el de su primer beso.

Ross se mantuvo callado durante la reunión y dejó que Kate fuera quien hablara. Miró a los adolescentes, luego a los padres de Niki y por último a su esposa, quien gesticulaba mientras hacía énfasis en algo que él no escuchaba porque en realidad estaba pensando:

«Todos piensan que terminó.

»Todos quieren creer que acabó.

»Todos quieren regresar lo más pronto posible a una vida que tenga la apariencia de lo que solía ser.

»Yo también.

»Pero tal vez sea un gran error.

»Necesito recuperar mi pistola».

*Easy y la mejor, la más importante, la más
aterradora confesión de todos los tiempos...*

Durante su breve encarcelamiento, Easy fue un prisionero modelo.

«Por favor, disculpe» y «Gracias, oficial» en todo momento.

Necesitaba mostrar paciencia mientras esperaba que los detectives reunieran toda la información que les pidió. Supuso que estarían llamando con urgencia a sus contactos en todos los departamentos de homicidios de Florida. Sabía que tendrían que justificar por qué solicitaban la información: «Tenemos a un tipo dispuesto a confesar...». Necesitaban reunir nombres y fechas y fotografías de decenas de jurisdicciones y detectives que sentirían curiosidad de inmediato. Y también necesitaban obtener esas listas sin que las autoridades se enteraran de dónde estaban ellos con exactitud. Ni dónde estaba su John Doe. En cuanto se supiera que tenían en custodia a alguien que al parecer estaba ansioso por confesar crímenes múltiples, todos los departamentos querrían enviar a «su hombre» o a una «detective» a la prisión para escuchar lo que Easy tenía que decir, y eso provocaría una situación imposible de manejar.

Los tres detectives con los que habló desearían mantener el control. «Va a ser difícil», pensó.

«De hecho —reflexionó en su celda en la prisión—, no querrán compartir nada de mí.»

Sospechaba que ya habían llamado al FBI y a la famosa Unidad de Ciencias del Comportamiento en Quantico para solicitar sugerencias sobre cómo proceder con cautela, cómo formular sus preguntas, cómo obtener sus mejores respuestas, pero, al mismo tiempo, estarían rechazando toda petición de que agentes con experiencia en asesinatos múltiples estuvieran presentes durante las sesiones planeadas.

Tenía claro que los detectives querrían empezar lo antes posible. Sabía que había logrado sembrar en ellos un temor. *Tal vez cambie de opinión. Quizá se cierre. Se calle. Se niegue a hablar.*

Sabía que los detectives lo intuían: todo lo que les había prometido se tambaleaba en la más resbalosa de las pendientes. Que cada vez que añadían un nuevo fragmento de información, pensaban: «No arruines esto».

«¿Habría podido ser más provocador?

»¿Más atrayente?», pensó.

Easy sonrió en su celda y respondió a sus propias preguntas: «No».

Durante el día era más que amistoso con todos los guardias que pasaban por su celda. Sabía que lo habían incluido en una lista especial de vigilancia y que a sus cuidadores les ordenaron que limitaran su contacto con los otros prisioneros. Nadie quería que algún compañero le dijera: «Mejor sé inteligente y mantén la boca cerrada, amigo». Lo estaban marginando, pero nadie le confirmó que estaba en aislamiento. Sabía que las autoridades de la prisión trataban de cooperar con los detectives lo más posible, pero no tenían certeza de qué tanto podría él confesar y proveerles.

«Fama y fortuna», de hecho.

Por todo esto, Easy colaboró cuando dos guardias lo llevaron a un área exterior para que hiciera ejercicio media hora. Algunos saltos de tijera, flexiones de brazos y un agradable paseo por el patio para pasar de la sombra a la zona soleada y de regreso. No les mencionó nada a los guardias cuando se dio cuenta de que habían despejado el área de ejercicio, de que no había otros prisioneros: una maniobra inusual y problemática para las autoridades. Le agradó. Por lo general, reservaban esas estrategias para prisioneros de alto nivel: los cerebros de las bandas de narcóticos o los mafiosos de mayor edad. Sucedió lo mismo cuando lo llevaron a las regaderas.

No había nadie más en el interior.

«Ningún guardia dándome la espalda mientras alguien me viola», pensó.

Así que cantó con alegría mientras se enjabonaba. Canciones infantiles como *Rema, rema, rema tu bote* y *El oso se fue a la montaña*.

Le llevaron las comidas a su celda.

Y él se mostró muy agradecido y cortés.

Se dio cuenta de que sería imposible ser un prisionero más complaciente y sumiso.

En algún momento le pidió algo que leer a un guardia. Era un teniente con un uniforme más elegante que los otros y parecía haber pasado por fuera de la celda solo para verlo de cerca.

—¿Qué tipo de material? —preguntó el teniente, feliz de que el prisionero le hubiera pedido que se detuviera.

—¿Tiene libros de Harry Potter? —preguntó Easy.

—No lo creo.

—Entonces tal vez cualquier novela que encuentre. O un libro de historia. Me gustan los relatos sobre los padres fundadores y la Guerra Civil. O no ficción. Sobre alpinismo. Lo que encuentre, tengo gustos muy variados.

—De acuerdo, le traeré algo.

—Y una Biblia para que pueda rezar —añadió Easy.

—Por supuesto. ¿Desea ver a un sacerdote?

—No, no es necesario, puedo realizar mis propios servicios. Darme la comunión yo mismo. Ya sabe: «El cuerpo y la sangre». También puedo rezar mis avemarías y mis padrenuestros. No hay problema, pero gracias por preguntar.

Easy no tenía intención de leer sobre Harry, ni sobre Voldemort, Washington, Jefferson, Lincoln, o sobre cómo subir el Monte Everest. Tampoco quería leer un pasaje de la Biblia, un texto que le parecía inútil e irrelevante. Solo quería darle al teniente una razón para regresar a su celda: tenía una segunda petición que hacerle cuando comenzó a alejarse.

—También, si no es demasiado pedir, ¿podrían, usted o alguno de los otros oficiales… —sonrió y usó un tono de voz amigable, familiar—, solo *hacerme saber* cuando regresen los detectives a verme? Me parece que también van a querer preparar la sala de entrevistas e instalar un equipo electrónico de mejor calidad…

El teniente asintió.

—Cuente con ello —dijo.

—Y, si no es molestia, teniente, ¿me podrían proporcionar papel y un lápiz? Me gustaría escribir una carta y explicarle la situación a mi familia.

—Eso puede arreglarse —dijo el teniente.

Easy sabía: «Se está preguntando si diré algo incriminador en esa carta. Los detectives ya le advirtieron: "Dele al señor Doe cualquier cosa que pida"».

Entendía a la perfección que a todos en la prisión les habían dicho que debían ser lo más amables posible, aunque no fuera lo acostumbrado con los sospechosos de asesinato. «Soy alta prioridad. Me van a tratar con guantes. Tal vez no sepan por qué, pero ya les advirtieron que no me molesten. Que no me hagan enojar. Que no hagan algo, o más bien, que no hagan nada que me pueda hacer cambiar de parecer respecto a hablar. Esos policías saben que están a punto de obtener algo muy especial. Nivel Bundy. Nivel Gacy. Nivel Zodiac. Y claro, no quieren que nadie lo arruine.»

Acababa de caer la tarde cuando el teniente regresó a la celda de Easy acompañado de un interno de confianza. El interno le entregó una bandeja de metal con pastel de carne, puré de papa, algunas verduras apenas identificables, una rebanada de pan blanco, una porción de mantequilla y una galleta de chispas de chocolate. El teniente le pasó un desgastado libro de pasta blanda. Era una novela de misterio de John D. MacDonald. A través de la misma abertura en la celda también le hizo llegar un ejemplar de la Biblia encuadernado en cuero falso, un lápiz del número dos y tres hojas de papel blanco.

Easy se lo agradeció.

El teniente se inclinó y se acercó más a la puerta de la celda.

—Acaban de instalar un sistema de cámaras en la sala de entrevistas, como dijo usted que lo harían. Estarán aquí temprano por la mañana.

Easy se quedó pensando.

—Genial —dijo—. Estoy ansioso de ir. Tengo mucho que confesar.

Supuso que el teniente les haría saber a los detectives lo que acababa de decir. «No dormirán bien esta noche —pensó—.

Seguirán batallando para obtener más información de todas esas *estaciones de polis* en Florida. Estoy seguro de que no querrán dejar ni un cabo suelto. Tendrán que analizar su forma de abordar la entrevista. ¿Quién será el interrogador líder? ¿Qué técnicas deberán usar? ¿Qué estrategia implementarán si empiezo a dudar?»

Casi sentía la emoción de los detectives.

«Me pregunto si les habrán llamado a sus jefes en Miami. Si les habrán avisado que algo increíble está a punto de suceder.»

Lo pensó un momento y luego respondió su propia pregunta: «Por supuesto que les avisaron».

Cenó y esperó a que recogieran la bandeja. El interno regresó por ella. Easy fingió estar absorto en la Biblia, pero cuando lo vio alejarse caminando por el bloque de celdas, se relajó unos minutos. Tenía los pies sobre la dura cama. Una cobija andrajosa y una vieja almohada le cubrían la espalda. Las luces se apagarían dentro de poco y el bloque se sumergiría en la oscuridad. Esperaba con emoción las sombras. Pensó en la muerte de Bravo. En Charlie y en Delta. Reprodujo en su mente todo lo que Alpha le había dicho. «Fue un instante maravilloso. Cuando me di cuenta de que era él quien estaba frente a mí.» Recordó las muchas ocasiones en que se deleitaron juntos apreciando la muerte en el *Lugar especial de Jack*. Todos esos recuerdos lo vigorizaron. Quería reír a carcajadas. «La grandeza se puede expresar de muchas maneras», pensó.

Al fondo del bloque de celdas se escuchaban los sonidos de otros hombres. Alaridos al azar. Algo de rabia. Algo de desesperación. Pero para él no significaban nada.

Tomó el lápiz y el papel, y plasmó unas cuantas palabras que eligió con esmero. Se dio un momento para analizar lo que había escrito. Una vez satisfecho, regresó a la tarea que lo ocupaba.

Se quitó la camiseta blanca. Con agilidad y diligencia la rasgó formando tiras largas que ató entre sí.

Se oyó un ruido como de claxon y de pronto se apagaron las luces del bloque de celdas. Le tomó unos segundos ajustarse a la oscuridad. Había un pequeño arco de luz ambiental que provenía del fondo del bloque, donde los guardias nocturnos se mantenían vigilantes… pero sin esforzarse demasiado.

Sin perder tiempo le dio forma a uno de los extremos de la soga e hizo un nudo corredizo. El otro extremo lo ató a la puerta de la celda con dos nudos simples, lo más alto que pudo. Luego tomó la horca que había formado y se la colocó alrededor del cuello. Levantó la hoja con las breves palabras que había escrito y la guardó en el bolsillo de su pantalón para que la pudiera ver sin demora la siguiente persona en el bloque.

Luego retrocedió, alejándose de la puerta de la celda.

Se dijo: «Siéntate con fuerza, pero cuida que la soga no se desteja».

Tuvo una abrumadora sensación de paz y emoción.

Quería reír a carcajadas.

«Los *Muchachos de Jack* apreciarán la broma —pensó—. Esos policías creyeron que los iba a volver famosos. ¡Ja! Han estado demasiado ocupados con la búsqueda más descabellada jamás concebida o ejecutada. Aquí el único famoso soy yo: Easy. El John Doe al que no podrán olvidar en mucho tiempo.»

Se dejó caer con rapidez y sintió enseguida el nudo corredizo apretar su cuello. Un pensamiento fugaz cruzó su mente: estaba sintiendo lo mismo que sus víctimas. Le agradó. Una especie de familiaridad extraña. Lo hizo sonreír mientras se ahogaba despacio hasta morir y abrazaba las tinieblas que lo iban invadiendo.

Sus piernas se sacudieron una vez.

Sus brazos temblaron y se crisparon.

En el trozo de papel había escrito:

Soy Jack.

Viviré por siempre.

TERCERA PARTE

LAS FIESTAS

UN DÍA DESPUÉS DE QUE EASY SALIÓ DE ESTE MUNDO POR EL LADO IZQUIERDO DEL ESCENARIO

*Una conversación breve que tuvo lugar más
o menos de la forma prevista...*

A media mañana, el teléfono celular desechable sonó con insistencia.

Alpha tenía una hilera de aparatos de ese tipo sobre una mesa junto a sus computadoras y su selección de armas. Cada uno estaba marcado de forma escrupulosa con el número, el servicio contratado, el mapa con las ubicaciones de las torres celulares cercanas que podrían registrar las llamadas y una tarjeta escrita a mano señalando cuándo y dónde utilizó el aparato. La mayoría de las tarjetas estaba en blanco porque los celulares no habían sido activados. Alpha también tenía la precaución de no conservar ninguno por un periodo prolongado. Los reemplazaba con frecuencia sin importar si los había usado o no. También cambiaba las tarjetas SIM de vez en cuando como una práctica de precaución extrema. Enseguida se percató de que el celular que sonaba era el del número que le había dado al abogado de Easy.

Lo tomó, se aclaró la garganta, se recordó a sí mismo que debía sonar igual que cuando se conocieron dos días antes.

—Aquí Furst. ¿Señor Considine?

—Sí. Lamento ser portador de malas nuevas, pero tengo una noticia perturbadora en relación con el señor Doe —dijo el abogado.

Alpha respiró hondo. Se encontraba en un territorio psicológico que no le resultaba familiar. Un lugar incierto. Le asombró lo que estaba experimentando. Sentía un gran pesar. La sensación de que algo que construyó empezaba a desintegrarse. «Primero Bravo, ahora Easy…»

Escuchó al abogado del pueblo decir:

—Al parecer nuestro cliente mutuo cometió suicidio.

Alpha sabía que ciertas respuestas eran urgentes.

«Un dramatismo necesario. Mentiras necesarias. Una actuación necesaria de este lado de la línea telefónica.»

—¡Dios mío! —exclamó. «Respuesta falsa»—: ¿Pero cómo? ¿Por qué?

—Parece —continuó Considine—, que el señor Doe logró rasgar una de sus prendas y fabricar un lazo para colgarse en su celda. Es una forma de suicidio muy común en el ámbito penitenciario.

—Pero es algo tan inesperado —exclamó Alpha.

«No lo era.»

—Tenía tanto por qué vivir… —continuó.

«Tanto por qué vivir.» Eso era cierto, pero Alpha sabía que el abogado pensaría en «dinero, éxito o amor». No tenía idea de la verdadera razón para vivir de Easy.

—Debo decirle, señor Furst… —ahora que había una muerte de por medio, desapareció el amigable *Al*—, que a pesar de nuestras recomendaciones, parece que el señor Doe habló con los detectives antes de suicidarse…

«Por supuesto que lo hizo.»

—Tenían el plan de volver a entrevistarse con él sin que yo estuviera presente.

«Claro que sí.»

—Además, hay indicios de que el señor Doe planeaba atribuirse cierto número de crímenes...

—¿Crímenes? —preguntó Alpha, imbuyéndole un falso tono de sorpresa a la palabra—. ¿Qué tipo de crímenes?

«Falsa ingenuidad.»

—Homicidios, según me dijeron. Múltiples asesinatos no resueltos en todo el estado de Florida. Una matanza tipo Ted Bundy. Tal vez el hecho de reconocer que los cometió fue lo que condujo al señor Doe al suicidio. No tengo más información.

—Pero esto es un escándalo —contestó Alpha.

«No lo era.»

Vio enseguida lo que había hecho Easy. Montó un escenario catastrófico para confundir a la *Gestapo*.

—¿Y ahora qué sucederá? —preguntó Alpha aunque conocía la respuesta.

—La situación es incierta. La investigación de todos los casos que los detectives *esperaban* resolver quedan ahora en una especie de limbo. Es difícil decir cómo procederán. Si no hay a quien procesar, no creo que gasten tantas horas hombre para resolver los crímenes restantes. Lo más probable es que solo decidan eliminar los casos de sus registros.

—Vaya —dijo Alpha—, pero eso me parece incorrecto...

«Justo lo que Easy sabía que sucedería.»

—Como abogado del fideicomiso supongo que tendrá que reclamar el cuerpo...

—Pero por supuesto. Este fallecimiento tendrá un impacto importante en los otros miembros del fideicomiso.

Considine recitó sin parar algunas cifras: oficiales en la prisión, el médico forense del condado, los detectives de la policía local. La idea era que el ficticio Al Furst le diera seguimiento al asunto.

Alpha ni siquiera se molestó en escribir los datos.

No iba a reclamar el cuerpo. Tampoco contactaría a las autoridades. En cuanto la conversación terminara, destruiría el teléfono y el resto de sus tarjetas *personales*. Cualquier vínculo con Easy y sus últimos días quedaría borrado. Luego desaparecería del mundo del abogado y sería como si Al Furst nunca hubiera existido. Porque, de cierta forma, nunca lo hizo.

—Tengo otra pregunta —continuó el abogado.

—Sí, dígame.

—Verá, el señor Doe dejó una nota. Muy breve. Críptica. Nadie sabe lo que significa.

—¿Qué decía?

Considine citó las últimas palabras de Easy.

Alpha apretó los dientes. Experimentó dos fuertes emociones al mismo tiempo. Sintió furia porque sabía que la deuda de *Socgoalo2* y *la novia* se había duplicado. Triplicado. Cuadriplicado. Se había vuelto infinita. ¿A quién más podrían culpar de todo lo que les había sucedido a los *Muchachos de Jack*? Y sintió respeto porque, sin saber que esa era la palabra que Easy había usado cuando habló con los detectives y citó a la Reina del Soul, su acción era para ponerse de pie. La complejidad y la sofisticación de su sacrificio eran asombrosas. Por cada nota de admiración que sentía Alpha, había una nota de furia que la acompañaba. Reconoció que ambas formaban parte de la música de la muerte.

—¿Tiene idea de qué significa *Jack* o quién es? —preguntó el abogado.

—En absoluto —mintió Alpha.

SEGUNDO PRÓLOGO

MÁS TARDE, ESA MISMA NOCHE

Otra conversación, esta vez en línea...

Alpha escribió:

Primera orden del día: malas noticias.

Pero en realidad pensó: «De hecho son buenas noticias. De cierta manera».

Alpha sabía que tenía que decir la verdad al resto de los *Muchachos de Jack*. O alguna especie de verdad. Le sorprendía la intensidad de las sensaciones que lo invadían. Se dijo que debía ser claro, conciso e indolente a pesar de la peculiar complejidad de todo el asunto. Hizo una pausa para buscar las palabras, pero entonces decidió que lo mejor sería ser directo:

Easy se suicidó en su celda.

Ni Charlie ni Delta respondieron de inmediato. Alpha supuso que estarían procesando la noticia. Continuó:

Lo hizo de manera tradicional y con gran habilidad. Se burló de la Gestapo, les dijo que confesaría decenas, tal vez veintenas de casos no

resueltos en toda Florida. Los condujo a un espinoso entorno de contradicciones y posibilidades. Investigaciones de asesinatos que sería demasiado difícil atribuirle porque ni siquiera habría podido cometerlos él. Será un verdadero desastre, en especial cuando las familias, los diarios y la televisión se enteren, lo cual sucederá tarde o temprano. Podemos ayudarles con un correo electrónico bien situado o un informe anónimo a los diarios locales…
Easy era un Jack de la era moderna.

Alpha hizo otra pausa para darles tiempo a Delta y Charlie de evaluar los dilemas que enfrentaría la *Gestapo*. Luego continuó:

Lo hizo para protegernos.
Nadie nos buscará porque estarán investigando pistas y evidencias falsas en todo el estado de Florida.
Ese es el tipo de abnegación y compromiso que Easy tenía con el club, y me parece que todos esperamos lo mismo de todos ahora.

Delta solo masculló obscenidades frente a su computadora.
Charlie cerró con fuerza los puños frente a la pantalla de la suya.
La pérdida de Bravo fue un golpe inconmensurable.
La pérdida de Easy sumaba ahora un dolor que ninguno había sentido antes. Psicópatas experimentando el duelo por primera y, quizás, última vez. No les agradaba la sensación.
Al mismo tiempo, sin embargo, ambos sintieron un marcado, profundo e increíble alivio que reemplazó todas las emociones humanas que les resultaban tan ajenas e inoportunas. «Ahora en verdad no tenemos nada de qué preocuparnos. Estamos fuera de peligro.»
Alpha continuó:

Gracias a Easy, ahora…
podemos enfocarnos en la venganza.
Podemos enfocarnos en matar.

Pero antes de eso, creo que debemos castigarlos.
Tengo algunas ideas sobre lo que deberíamos hacer.

También Charlie y Delta tenían sugerencias.
Alpha prosiguió:

Necesitamos joderlos. En grande.
Necesitamos convertir sus vidas en un puto infierno. Luego los matamos, justo cuando crean que las cosas solo han salido un poco mal y estén tratando de arreglar sus miserables vidas. Los matamos con ingenio. Los matamos de una forma espectacular.

Delta y Charlie no podían estar más de acuerdo con Alpha. A los tres los inundó una enorme cantidad de ideas, una ola de creatividad homicida que llegó con la misma letanía cantada, casi como una canción de cuna:

Que se jodan.
Que se jodan.
Que se jodan.
¡Que se jodan! ¡Jodan! ¡Jodan!
Y luego mueran.

34

«UN CAMBIO SIEMPRE VIENE BIEN...»

Connor y Niki...

No les tomó mucho tiempo encontrar maneras de eludir las *nuevas reglas*. Tuvieron que ser un poco más sigilosos. Planear más. Descubrieron que, de hecho, ambos disfrutaban de esa sensación de comportarse como bandidos. Se comunicaban con más frecuencia, lo cual los sorprendió porque no creían que fuera posible. Llamadas telefónicas, mensajes de texto, Facetime y Zoom. Adoptaron algunos eufemismos para evitar palabras como *coger*. Fue como inventar un lenguaje diferente en su propio mundo, uno que solo ellos podían hablar, como los clics de los aborígenes del Kalahari o como los gruñidos y los ruidos guturales de los indios de la selva amazónica. No sabían que era un sistema similar al de los *Muchachos de Jack*.

Lo más curioso fue que conspirar para estar juntos logró oscurecer las fracturas que pudo ocasionar el hecho de que estuvieron a punto de morir.

Al mismo tiempo...

... Niki trabajó para recobrar su condición física.

Y la velocidad.

También levantó pesas en el gimnasio. Y después de negociar con sus padres, a quienes les preocupaba que saliera sola de casa, empezó a correr con frecuencia por el vecindario sin importar el clima. Sus zapatillas deportivas tronaban sobre los charcos mientras ella ignoraba el frío invernal que descendía sobre Massachusetts más cada día. Sintió que su cuerpo recobraba la firmeza. Además de pintar, empezó a escribir poesía que a veces garabateaba directo en las líneas y las formas inspiradas en Rothko de sus lienzos. Nada sentimental ni empalagoso. Solo coléricos poemas que gritaban «¡Jódete!». A veces le hacía a Connor preguntas como: «¿Qué palabra rima con *bastardos*?» o «¿Crees que el pentámetro yámbico que Shakespeare usó en sus sonetos serviría para expresar algo más provocativo?».

Aunque nunca dejaban de pensar en ello, solo tuvieron una conversación respecto a lo que sucedió.

Un día, al regresar de la escuela, supusieron que PM1 los seguía en su automóvil, que los venía rondando, pero ninguno de los dos volteó para cerciorarse. De pronto Connor dijo:

—Lo siento. Debí enfrentarme a él.

Niki respondió de inmediato.

—Habrías perdido. Nos habría matado a los dos.

—Soy fuerte. Si solo hubiera podido ponerle las manos encima...

—Él tuvo el control todo el tiempo, creo que era algo que ya había hecho antes, supo con exactitud qué pasos seguir hasta que PM1 nos salvó. No teníamos oportunidad de ganar, ninguna. Solo tuvimos suerte de que PM1 lo viera y arruinara sus planes.

—De todas formas debí luchar contra él. Estuviste a punto de morir.

—De hecho morí, pero me revivieron. Y Kate ayudó.

Connor se quedó callado un momento.

—Te prometo que de ahora en adelante siempre lucharé —dijo.

«¿Luchar contra qué? ¿Contra quién?», pensó Niki.

Otro silencio.

—No debí molestar a esos tipos en su sala de chat —agregó Connor.

—La gente hace ese tipo de cosas todo el tiempo —argumentó ella—, ¿cómo íbamos a saber que...?

Su voz se fue apagando. Caminaron un poco más.

Hubo otro silencio.

—A pesar de que cambié de habitación, he seguido con pesadillas —confesó Niki.

—Yo también —dijo Connor—. En una vi a PM1 entrar por la puerta, pero yo ya estaba muerto. Me asusté y me desperté en ese instante.

—Las mías son iguales —dijo Niki—. A veces incluso tengo miedo de acostarme a dormir.

Permanecieron callados el resto del camino. Niki se preguntó si alguna vez serían capaces de volver a tocarse sin recordar cuán cerca estuvieron de morir.

Connor pasaba parte de su tiempo libre participando como arquero en varios equipos de futbol de sala que jugaban en una pista para hockey adaptada. En la preparatoria era el séptimo jugador del equipo de baloncesto, un puesto que le agradaba porque tenía poca responsabilidad, pero le permitía hacer bastante ejercicio. Leyó el libro *Matterhorn*, de Karl Marlantes, para tratar de entender mejor a su abuelo, pero terminó pensando: «No puedo creer que ese hayas sido tú». Cuando estaba solo en su cuarto, estudiaba videos de defensa personal en YouTube, imitaba las posturas de karate e imaginaba sujeciones para ahogar y patadas en el aire.

Ross le había dado su laptop para reemplazar la suya, que continuaba en poder de la policía. Por supuesto, ahora Connor era muy cuidadoso con lo que guardaba en ella.

Por el momento, había abandonado su investigación sobre «el Conductor Ebrio al que voy a matar». Después de lo que sucedió, dudaba de que alguien entendiera su necesidad, ni siquiera un poco.

Esta ausencia lo hizo sentirse hueco, pero le resultaba comprensible: matar en la vida real era mucho más repugnante de lo que parecía. No era como en los juegos de video. Tampoco se parecía a los falsos, pero de todas formas asquerosos asesinatos de las películas de Hollywood. De hecho, Connor no creía que haber investigado todo eso sobre asesinar lo convirtiera en un criminal.

Pero casi.

La primera vez que Niki y Connor volvieron a hacer el amor fue una experiencia demasiado furtiva, momentos robados de prisa mientras la madre de ella iba al supermercado más cercano a comprar leche de almendras. Casi no tuvieron tiempo de besarse, fue más como un estallido, como una liberación, y después ambos sintieron que estaban tratando de recobrar algo que tal vez no habían perdido, pero que ahora se encontraba oculto.

La segunda vez fue una noche que *casi* se parecía a aquella en que fueron atacados, y eso los hizo actuar con extrañeza y titubear. Kate estaba en la UCI y los padres de Niki en su restaurante. Se suponía que Ross sería el chaperón, pero decidió dejarlos solos, así que se despidió de ellos en la puerta.

—Regresaré en una hora para verificar que todo esté bien. Tal vez en hora y media. O mejor llámenme. Sí, eso sería más fácil. Solo llamen por celular de vez en cuando.

—Tenemos tarea —dijo Niki. Una mentira nada contundente.

No tenían tarea.

A Ross no le importó.

Los adolescentes hicieron sus libros a un lado y se abrazaron en casa de Niki. Ella susurró:

—Ahora, creo.

Connor sabía que tenían que actuar rápido. Sintió como si fuera su primera vez. Movimientos torpes e inseguros. Caricias. Exploración. La liberación después de semanas de represión. No solo en cuanto al sexo, sino a lo que les sucedió. Se lo dijo a Niki. Después.

—Es como un poema sobre estar vivo —dijo ella.

Lo acarició y escuchó su corazón latir rápido en su pecho.

Hicieron el amor dos veces.

La segunda ocasión, Connor se sorprendió muchísimo al ver a Niki tomar su celular y comenzar a grabar. Capturó todo lo que hicieron como en una especie de intimidad pornográfica, con frialdad y eficiencia. Todo, erecciones, penetraciones, orgasmos. Una parte de ella quería mostrarle el video a toda la escuela y decir: «¿Ven? ¡Estamos vivos! ¡Regresamos a la normalidad!». Otra parte deseaba enviárselo a sus padres con una nota: «¿Ven?

No importa cuántas reglas impongan, no pueden impedirme ser yo». Pero no tenía intención de hacer ninguna de las dos cosas.

—Es solo para nosotros —explicó, aunque en realidad quiso decir «es solo para mí».

Cuando Niki terminó de grabar, Connor señaló la cámara del celular.

—Ten cuidado con eso —le advirtió.

Niki se levantó y sacó su laptop. Seguía desnuda. Envió ahí las imágenes desde su celular y luego transfirió todo a un *drive* USB externo y lo borró de ambos aparatos. Escondió el *drive* al fondo de un cajón de medias.

—Mis padres pueden revisar mi laptop cuanto quieran, pero no encontrarán esto —dijo.

Connor la vio hacer todo sin hablar. Estuvo a punto de mencionar algo sobre las imágenes que se guardaban automáticamente en su nube, pero no lo hizo. También prefirió no pedirle una copia. Ambos estaban conscientes de que en los pocos segundos que las imágenes estuvieron en el celular, cuando fueron transmitidas, y luego, cuando estuvieron en la carpeta de fotografías de la laptop, corrieron el riesgo de salir por accidente al mundo. Habrían bastado un par de clics descuidados. Eran imágenes peligrosas. Una variación de lo que conocían como «porno de venganza». Este era más bien un porno tipo «no me pueden controlar». Un *rebellion porn*. A Niki le agradaba la temeridad del acto. Era como uno de sus poemas que gritaban «¡Jódete!» o una de sus furiosas pinturas. Coincidía con su estado de ánimo.

El semestre se acercaba a su fin y, a pesar de todo lo sucedido, ambos seguían siendo los mejores estudiantes de su clase. Sabían que la esperada cascada de calificaciones altas en los cursos de Ubicación avanzada permitirían que las restricciones que ya habían logrado eludir con facilidad se disiparan y terminaran desapareciendo.

Ninguno quería evocar la noche en que estuvieron a punto de morir, pero esta se reproducía en sus mentes casi todo el tiempo durante el día.

Una tarde como las otras, caminaron juntos de la preparatoria a la casa de Niki, pero en lugar de que ella lo invitara a pasar, le dijo que estaba exhausta tras su entrenamiento con pesas en el gimnasio y que lo llamaría más tarde. Connor la dejó en la puerta.

Niki esperó el tiempo suficiente para verlo desaparecer más adelante, camino a su casa. Se puso las zapatillas para correr y un traje deportivo. Vació su mochila y se la colgó al hombro. Luego salió rápido y se dirigió al centro, a unos tres kilómetros sobre la misma calle.

Corrió kilómetro y medio y luego avanzó con paso constante. Se mantuvo en las aceras. Cada vez veía más tránsito alredededor.

Los suburbios desaparecieron detrás de ella y el centro pareció crecer al frente.

A una calle del restaurante de sus padres desaceleró y empezó a caminar, a recuperar el aliento. Quería verse tranquila cuando entrara.

La gerente la vio cruzar la puerta.

—Hola, Niki, cuánto tiempo sin verte. Nos enteramos de tu... —la gerente hizo una pausa y luego continuó—... problema. Pero te ves increíble. ¿Tienes hambre? ¿Puedo servirte algo? ¿Qué tal un batido de germen de trigo y leche de soya? Son excelentes para después de hacer ejercicio...

—No, gracias. Pero dime, ¿mis padres están aquí?

Niki ya sabía la respuesta a su pregunta: «No».

Era el día que iban a las granjas locales a comprar alimentos frescos para el menú.

—Lo siento, no han regresado aún —dijo la gerente.

Niki sonrió.

—Por cierto —dijo, mirando alrededor—, ¿reorganizaron la cocina?

También conocía la respuesta a esta pregunta: «Sí», y sabía de quién había sido idea.

La gerente sonrió.

—Es mucho más eficiente ahora. Los meseros ya no chocan entre ellos todo el tiempo. ¡Una contribución de tu servidora!

Niki se rio.

—Vaya, pues dicen mis padres que fue una gran contribución.

Su halago tenía un propósito específico.

—¿Quieres ver lo que cambiamos? —le preguntó la gerente.

—Por supuesto —contestó Niki, aunque habría sido más honesto decirle «en realidad no».

La gerente la condujo a la cocina sin dejar de hablar de las virtudes del nuevo sistema de pasaplatos y del reacomodo de las puertas. A Niki no le tomó mucho tiempo encontrar lo que en realidad había ido a buscar: un cuchillo para carne de treinta centímetros.

Sus padres no escatimaban en los utensilios de cocina. Este era un cuchillo alemán de acero inoxidable con doble filo.

En cuanto la gerente miró a otro lado, Niki lo guardó en su mochila. Le sorprendió su propia sutileza.

Sabía que en el restaurante tardarían en notar la desaparición del cuchillo porque había muchos. En la cocina de su casa, en cambio, su madre se daría cuenta de inmediato si faltara uno.

«Correré a casa.

»Lo ocultaré debajo de la almohada.

»Nunca volverán a sorprenderme desprevenida», pensó.

Lo que Connor no le dijo a Niki…

Estaba arriba en su habitación cuando escuchó a PM1 gritar:

—Oye, Connor, solo voy a la tienda. Hoy vamos a cenar hamburguesas y no tenemos kétchup. Regreso en veinte minutos.

—Me parece que también necesitamos jugo de naranja.

—Okey.

Connor esperó hasta que oyó la puerta cerrarse. También oyó cómo daba vuelta la llave y se accionaba el cerrojo de seguridad. Eso era nuevo. PM1 rara vez se tomaba la molestia de cerrar con llave. Pero eso era antes.

Se acercó a su cama. Se quitó los zapatos y se acostó. Sacó el celular y abrió una aplicación de cronómetro.

Oprimió Inicio y se levantó de un salto.

Corrió hasta la puerta. La cruzó. Atravesó el corredor. Lo más rápido que pudo.

Contó. «Tres segundos. Doce segundos.»

Bajó por las escaleras. «Dieciocho segundos.» Se sujetó con fuerza al pasamanos y giró en la esquina. Sintió cómo golpeaban sus pies el piso de madera. «Veintidós segundos.»

Entró intempestivamente al estudio de PM1.

Fue directo a la caja de seguridad donde estaba guardado el rifle.

Se arrodilló y oprimió en el teclado numérico la fecha del cumpleaños de PM2.

«Treinta y dos segundos.»

Oyó al seguro electrónico hacer clic.

Aún agachado, estiró el brazo y sacó el rifle de caza 30.06 que PM1 nunca usaba. Tomó una caja de casquillos. Algunos cayeron al piso. Empujó el seguro hacia atrás, insertó una bala y regresó el seguro en cuanto esta se acopló. Luego giró, levantó el rifle a la altura de su hombro, apuntó a la puerta e imaginó un disparo.

Revisó el cronómetro.

«Cuarenta y seis segundos.

»Aún demasiado lento.»

Expulsó la bala, reunió los casquillos que se cayeron y colocó el rifle y las municiones en el mismo lugar de donde los había tomado. Cerró la puerta de la caja y activó el seguro.

Luego regresó a su habitación y se acostó sobre la cama.

«Otra vez —se dijo—. Como la preparación en el campo de juego —y entonces recordó algo que una vez le dijo un entrenador—: "Un amateur entrena hasta que puede hacerlo bien. El profesional entrena hasta que ya no puede hacerlo mal."»

Volvió a poner el cronómetro en cero.

«Practica.

»Sé rápido —pensó—. Luego sé más rápido.»

Volvió a respirar hondo y saltó de la cama por segunda vez.

Kate...

Un día, a finales de noviembre, dos pacientes de edad mediana murieron en la UCI. Uno falleció en la mañana, solo. El otro en la tarde, acompañado de su familia. Uno murió debido a una insuficiencia cardiaca, el otro a cáncer de colon. Kate pensó que las cosas casi habían vuelto a la normalidad. Más o menos.

Por lo que sabía, Connor había retomado sus rutinas del último año de preparatoria. También en cuanto a su relación con Niki: de nuevo eran aquellos adolescentes que se tomaban de la mano con frecuencia, que hacían la tarea juntos, escuchaban rap, guardaban algunos secretos juveniles y se rebelaban.

Ross parecía haber superado por fin su depresión de octubre. Le resultaba extraño, pero ahora lo veía concentrado y vigoroso. Era como si algo hubiera borrado a su esposo todo ese mes y ahora recobrara el color. Le asustaba pensar que tal vez lo que le ayudó fue haber matado a un hombre. Ross empezó a hacer ejercicio. A veces salía a andar en bicicleta aunque el clima no fuera favorable y se inscribió en un club deportivo. Lo más importante era que había regresado al coro de la iglesia bautista para cantar, aunque ella sabía que no era creyente ni bautista, y que no les prestaba mucha atención a los monótonos sermones de cada domingo. A él solo le agradaba alzar la voz. En ocasiones, Kate sentía que tal vez se estaba engañando a sí misma con todo su optimismo, como el día de la cena de Acción de Gracias, cuando les preguntó a él y a Connor qué los hacía sentirse agradecidos y ambos le contestaron: «Seguir vivos». La respuesta de su nieto resultaba lógica y sincera, incluso se estiró y le dio a Ross un ligero puñetazo en el hombro riéndose. Esa misma respuesta en su esposo, sin embargo, le hacía preguntarse si no llegaría un octubre en que decidiría que ya había tenido suficiente del peso del pasado.

—Yo solo estoy agradecida de que estemos aquí todos juntos —dijo ella.

Era casi un cliché.

Cuando tuvo tiempo de reflexionar llegó a la conclusión de que no había hecho lo suficiente, pero no podía señalar un momento en toda esa noche en que hubiera podido esforzarse más. Estaba orgullosa de Ross, quien reaccionó como el guerrero que siempre supo que era, pero también se veía a sí misma como alguien capaz de luchar. El problema era que había una especie de estándar oculto que ella no cumplía y que tampoco podía definir del todo.

No se permitió imaginar el hecho real.

No imaginó las pastillas que ese hombre hizo tragar a Niki.

Ni el cañón de la pistola en la sien de Connor.

Ni las explosiones cuando Ross se lanzó a la batalla.

Y por supuesto, tampoco al hombre muerto en la habitación.

Lo único en lo que podía pensar era en el miedo que sintió cuando Niki entró en la camilla y ella se preocupó y se preguntó: «¿Quién murió?». Ni siquiera quería evocar el alivio que sintió cuando le dijeron: «Connor y Ross están bien. Alterados pero bien. La persona que murió es un desconocido».

No podía recordar quién le explicó todo eso.

«¿Un policía?

»¿El médico de la Sala de Urgencias?

»¿Su conocida, la enfermera Susan?»

No tenía idea. Nunca trató de averiguarlo.

Este día de principios de diciembre, Kate miraba hacia afuera por una de las ventanas de la UCI. Era necesario hacer los trámites de las dos personas que fallecieron. Llenar documentos. Transferencia a la morgue del hospital. Una conversación con la familia que, aunque sabía que esto sucedería, todavía estaba sorprendida. Ella era la encargada de todos esos procedimientos, pero antes de retomar sus labores de rutina, se quedó mirando al exterior. De repente se formaban discretas ráfagas de nieve. La temperatura estaba bajando. El cielo se veía gris plomizo. Un mundo lúgubre. Detrás de ella, algunas de sus compañeras colgaban luminarias de Navidad en la estación de enfermeras para que el lugar se viera más brillante y alegre. Las lucecitas rojas, verdes y azules contrastaban con la antiséptica apariencia de costumbre. En una de las suites de la UCI, el hombre que murió de insuficiencia cardiaca aún yacía en la cama rodeado de algunos de sus familiares que se negaban a partir y continuaban inmersos en despedidas finales que ya no serían escuchadas.

Kate se alejó de la ventana y escuchó a una mujer sollozando. Enfermedad. Pérdida. Muerte.

Lo normal. Lo esperado. Nada inusual.

Quería que terminara la temporada navideña. Quería que empezara el nuevo año. Deseaba algo con desesperación, pero no tenía claro qué era. Tal vez habría podido usar la palabra *seguridad,* pero no se le ocurrió.

Fue adonde estaban las otras enfermeras y estas interrumpieron su labor decorativa.

—Creo que deberíamos llevar al difunto de la UCI 7 a la morgue —dijo—. ¿Alguien que no esté ocupada y pueda ayudarme?

Ross…

Cuando andaba en bicicleta, cuando hacía ejercicio o sacaba a pasear al perro del vecino, y en especial cuando cantaba en los ensayos del coro los martes y jueves por la noche o el domingo en el servicio vestido con la espléndida toga de color blanco y rojo, Ross sentía que se convertía en un tenor de la muerte. La voz que escuchó aún lo perseguía.

«Vas a morir ahora.»

Un mes después de aquella noche de octubre en que esperaba haber matado al último soldado del Vietcong, Ross llamó por teléfono a la detective exmarine.

—Hola, detective —dijo con bastante amabilidad—. ¿Cree que podría responder algunas preguntas que me inquietan?

—Tal vez, señor Mitchell, pero como la investigación continúa abierta no puedo decir mucho.

Ross ignoró esta aclaración e insistió.

—¿Qué han averiguado respecto al hombre que maté?

—No gran cosa. Como le dije, trabajaba en un departamento de envíos. Sus compañeros dicen que era un poco extraño, pero nada indicaba que quisiera ser un asesino. Vivía solo. No tenía familia. Pocos amigos. Vecinos más bien distantes. El reporte de costumbre: «Era callado y no socializaba». Solicitamos a la policía local que inspeccionara su casa; no encontraron mucho. Computadoras de alta gama, pero no había discos duros. Todos los historiales a los que tuvieron acceso estaban encriptados, así que no encontraron nada que lo conectara de manera evidente con Connor o su novia. Localizamos su vehículo un par de calles atrás de la casa de los Templeton y lo inspeccionamos. Salvo por un trozo de papel con la dirección escrita a mano, estaba limpio. Se siguen haciendo algunas investigaciones de antecedentes.

—¿Cómo supo ese hombre acerca de nosotros? ¿Pudo averiguar algo al respecto?

—Estamos tratando de ver si la dirección de sus vecinos estaba en los archivos del departamento de envíos donde trabajaba. La empresa tiene tratos comerciales con algunos restaurantes.

—¿Y qué hay respecto a la transmisión del video? ¿A la voz que escuché dando órdenes?

—Es un callejón sin salida. El celular no había sido usado antes, así que no hay historial. Nuestro experto en tecnología trató de rastrear la transmisión, pero esta terminaba en una especie de «tierra de nadie» en Internet. El sitio también estaba encriptado y luego fue clausurado. De forma profesional, parece. Siguen tratando de acceder a él, pero incluso si llegaran a averiguar quiénes participaron en la transmisión, tenga por seguro que ya desaparecieron desde hace mucho. En el sentido electrónico, quiero decir…

—¿Qué hay respecto a la laptop de Connor?

—Puede venir a recuperarla —dijo la detective—. Misma historia —continuó e hizo una pausa—. Somos un departamento pequeño —explicó, como si eso fuera una justificación.

—¿Y ahora qué procede?

—No mucho. La policía de esta zona tiene algunos casos sin resolver que estamos tratando de conectar con el hombre, pero desde su perspectiva, bueno, pues el tipo está muerto. Excepto por lo que su nieto nos dijo, el motivo continúa siendo incierto. Y lo que Connor narró parece bastante descabellado. Es decir, claro, podría haber una razón por la que un individuo manejó más de ocho horas y llegó equipado con pistola, drogas y una videocámara a la casa de su vecino, y *no a la suya,* donde tendría que estar Connor, pero sigue siendo un misterio. No creemos que sea muy productivo invertir más horas hombre en esto.

—La voz sigue allá afuera.

—Sí, pero usted mató al individuo que estaba cometiendo el crimen en su nombre.

La detective se quedó pensando.

—¿Su nieto o la señorita Templeton han recibido nuevas amenazas? ¿Algún indicio de problemas adicionales?

—No.

—¿Está seguro?

—Sí. Después de lo que sucedió, estoy seguro de que nos informarían.

—Tal vez —dijo ella en tono tajante.

A Ross no le gustó la conclusión a la que llegó la detective, pero no dijo nada. Ella continuó:

—Creo que ayudaría mucho si usted y los Templeton hicieran una lista con los nombres de las personas que podrían guardarles algún resentimiento y que tengan los recursos suficientes para contratar a un asesino a sueldo barato…

—¿Un asesino a sueldo?

—Exacto. Sé que suena improbable, pero no sería descabellado. La gente piensa que los asesinos a sueldo son como James Bond o como los miembros del Deadly Viper Assassination Squad de las películas de *Kill Bill,* pero en general son tipos con empleos ordinarios como fachada, dispuestos a dispararle a alguien por diez mil dólares. O menos. Hay mujeres golpeadas que contratan a individuos en Internet. Esposos engañados que emplean a un tipo que conocieron en un bar. Demonios, incluso tuvimos el caso de un padre de familia que contrató a un motociclista pandillero para matar al entrenador del equipo escolar de futbol porque mandó a su hijo a la banca y él esperaba que obtuviera una beca universitaria como jugador. Suele ser algo mucho menos emocionante de lo que parece en las películas…

Ross sintió que esto era una variación de la sospecha de «Connor y Niki están involucrados con un traficante de drogas» que la detective mencionó tras el incidente. Una sospecha que no llegó a ningún lado, como la mayoría.

—En fin —continuó ella—, ese sería un escenario mucho más probable en este caso. Porque, diablos, ni siquiera sabemos quién era el blanco principal. ¿Era usted? ¿Los Templeton? ¿Connor? ¿Niki? ¿Por qué no tratan de averiguarlo? Mientras tanto, nosotros seguiremos investigando de la mejor manera posible. Como le dije, el caso sigue *abierto*. Es solo que no estamos seguros de qué más podríamos hacer en este momento.

Pero Ross no creía que *caso abierto* significara algo.

La detective negó con la cabeza.

—Mire, si su nieto o la señorita Templeton ven algo sospechoso o fuera de lo común, cualquier cosa que los ponga nerviosos por alguna razón, si les envían algo extraño por Internet o si, no sé, reciben una llamada o un mensaje de texto, deberán ponerse en contacto conmigo de inmediato. Le voy a dar el número de mi celular. Dígales que me pueden llamar en cualquier momento, a cualquier hora. Usted también. En su casa, ¿hay cámaras?, ¿alarmas?

—No, nunca pensamos necesitarlas.

—Sí, tiene razón, pero eso fue antes de lo que sucedió. En su zona no son demasiado necesarias, es decir, tiene uno de los índices más bajos de criminalidad en el estado. Además, la mayoría de los delitos ahí tienen que ver con jóvenes fumando mariguana o preparatorianos que roban bicicletas. Quizás algunos problemas domésticos que terminan en el juzgado de divorcios. Nada fuera de lo común, excepto…

—Excepto una noche de octubre.

—Correcto. Así que, ¿por qué no considera hacer mejoras en los sistemas de seguridad de su casa, señor Mitchell? Los sistemas modernos no cuestan demasiado. Lo que quiero decir es que tome las precauciones que pueda porque, salvo que yo solicite más patrullas en su vecindario, no se me ocurre qué más hacer. Enviamos un reporte al FBI, tal vez ellos le den seguimiento. De hecho, podrían ponerse en contacto con usted, pero no cuente con ello.

—¿Cree que podrían saber algo?

La detective consideró la pregunta con cautela.

—Sé que a usted le tranquilizaría que le dijera que sí, pero mi instinto me dice lo contrario. Lo lamento. Están saturados. El Internet está repleto de gente que actúa de manera indebida. Hay amenazas por doquier y la red es infinita. Tratar de separar lo que es real de lo que no puede ser muy difícil, tal vez imposible. Incluso a pesar de que el FBI cuenta con programas de computación y algoritmos especializados, y con muchísimos técnicos jóvenes que conocen a fondo la World Wide Web. El *bureau* invierte mucho tiempo en tratar de averiguar quiénes son los verdaderos criminales. Trate de imaginar cuántas posibilidades hay en esto. Terroristas extranjeros. Terroristas locales. Hackers rusos. Grupos de odio de extrema derecha. Grupos reconstituidos de nazis y del KKK. Crímenes de cuello blanco. Fraudes bancarios. Violaciones a la ley de valores. Ahí es adonde van los recursos, y el caso de ustedes no coincide con ningún perfil evidente.

Ross tenía más preguntas, pero solo había una que lo inquietaba en verdad.

—¿Cree que seguimos en riesgo?

La detective se quedó pensando de nuevo.

—No le puedo decir que sí y tampoco le puedo decir lo contrario. Pero claro, por eso le estoy sugiriendo que aumente el sistema de seguridad de su casa. Por otra parte, ¿no cree que cualquier amenaza inmediata a su familia o a los Templeton ya fue... —la detective pareció buscar la palabra correcta antes de continuar— ... *neutralizada*? ¿Al menos por el momento? Es decir, usted mató a un hombre que fue enviado a asesinar. Lo más probable es que los otros involucrados, como el individuo de la voz, traten de desaparecer. Huir es parte de la naturaleza humana, señor Mitchell. Tal vez estén haciendo lo más lógico: ocultarse. Saben que los estamos buscando, pero no tienen idea de con qué recursos contamos, así que creo que tratarán de alejarse de nosotros lo más posible.

«Claro, los están buscando, ¿pero cuánto se van a esforzar si me acaba de decir que es imposible atraparlos?», pensó Ross.

En el ensayo del coro de esa noche le prestó poca atención a las letras de las canciones, pero entregarse a la gozosa música y a los sonidos que cada vez se escuchaban con más intensidad le ayudó a calmar un poco sus acelerados pensamientos. Entre las repeticiones de *Noche de paz* y el *Magnificat en re mayor* de Bach que el coro preparaba para los servicios anuales de la víspera de Navidad, Ross se encontró pensando de forma compulsiva:

«¿De quién era la otra voz?».

Y:

«¿En qué estará pensando ahora?».

35

Que se jodan.
Que se jodan.
Que se jodan.
Repitieron con entusiasmo. Todos sabían:
«Puedo hacerlo. No es tan difícil».

Alpha y el boilermaker…

—¿Qué le puedo servir de beber?

El cuello de su camisa de mezclilla de trabajo le raspaba la piel. Los sucios pantalones color café de obrero colgaban holgados de su cintura. La deshilachada chaqueta de invierno en el respaldo de su silla no lo mantenía caliente en verdad. El invierno de Nueva Inglaterra esperando al otro lado de la puerta del bar lo abrumaba. Se recordó a sí mismo que cuando terminara la noche debía pasar a dejar toda la ropa en algún tiradero de Goodwill. Uso de un solo día. Todo comprado en la tienda de segunda mano. Alpha tenía tantos deseos de despojarse de esas prendas que le irritaban la piel, como de seguir con sus planes.

El camarero casi no lo miró. Alpha balbuceó:

—Un *boilermaker*, por favor.

Mantuvo la cabeza agachada y jaló aún más hacia el frente su gorra de beisbol. Sospechaba que era el primero en decir «por favor» en ese bar en años.

Al otro lado de la larga barra de madera había tres hombres más. Solo uno le interesaba.

Estaban sumergidos en lo hondo de sus pensamientos y de sus *shots* de whisky. Sin conversar.

Era un lugar humilde y, como no estaba muy iluminado, parecía la entrada a una cueva. Un par de espejos con publicidad de cervezas en los bordes. Una amarillenta copia enmarcada de la primera plana del *Boston Globe* de octubre de 2004, cuando los Red Sox por fin rompieron con la *maldición* de ochenta y seis años y ganaron la Serie Mundial. Había otra fotografía de una década antes. Era del equipo de futbol de la preparatoria local, acababan de ganar un título regional. A lo largo de una de las paredes había unos estrechos asientos acolchados. Vacíos. Una camarera de mediana edad estaba sentada en un banquillo alto cerca de ahí, esperando que alguien entrara, ocupara uno de los asientos y ordenara un sándwich con suficiente grasa para obstruirle las arterias.

Alpha no hizo contacto visual con nadie.

Cuando el camarero golpeó con fuerza la barra al colocar frente a él el *shot* de whisky y la cerveza, Alpha se aseguró de que viera que los diez dólares que puso en la barra para pagar eran lo único que tenía en su billetera.

Vertió el whisky en la cerveza y vio cómo se formaba la espuma. Se inclinó hacia delante para beber el excedente antes de que se derramara. Después tomó el coctel y bebió un gran trago.

Odiaba el sabor amargo.

Era una bebida creada para un solo tipo de placer: embriagarse.

Habría preferido por mucho estar vestido con alguno de sus conservadores trajes Saville Row color azul oscuro, sostener una copa de cristal cortado con un Pouilly-Fuissé frío o con un robusto Saint-Emilion, y apreciar su buqué y sus sutilezas mientras imaginaba su próxima *adquisición*.

Se dijo a sí mismo: «Es inevitable».

Insistió para tranquilizarse:

«Esto terminará siendo divertido, lo prometo.»

Miró de reojo uno de sus celulares desechables.

«Casi las nueve de la noche.

»En cualquier momento a partir de ahora.»

Pensó en lo peculiar de la ironía: «Impresionante labor, *Socgoalo2*. Una investigación precisa con un propósito claro. Averiguaste el horario del hombre hasta el último detalle. A qué hora llega. Qué bebe. A qué hora se va. En qué momento regresa tambaleando a casa. Gran atención al detalle. Estoy orgulloso de ti, *Socgoalo2*. Un asesino en entrenamiento. Esto casi te habría permitido calificar para ser miembro de los *Muchachos de Jack*, pero no del todo».

Vio que el hombre que hasta ese momento solo conocía como el conductor ebrio se levantó y se separó titubeante de su banquillo.

Alpha bebió el resto del coctel, el vidrio tintineó contra sus labios.

—¿Otro? —preguntó el camarero.

—No, esta noche no —contestó.

Sobre la barra le dejó lo que quedaba de los diez dólares.

Charlie... en su oficina de la universidad...

Estaba en un receso entre las reuniones con los estudiantes para el fin del semestre. Miró su reloj de pulsera y se dio cuenta de que alguna Kylie o Jennifer, o tal vez un Kyle o un Jason tocarían a su puerta y pasarían un momento cargando sus mochilas repletas de preocupaciones inexistentes y súplicas inadecuadas. Sobre el escritorio frente a él tenía abierta su *laptop para matar*. A veces, cuando le daban ganas de arriesgarse, dejaba abierta en la pantalla alguna de sus imágenes favoritas de los *Muchachos de Jack*: por lo general, una que para ese momento ya debería haber enviado a algún reino electrónico donde nadie la encontrara. Y, mientras tanto, continuaba escuchando el sonsonete de quejas que el estudiante en turno le lanzara. La pantalla de la laptop estaba fuera del campo visual de sus alumnos, pero Charlie podía mirarla de vez en cuando con cara de aprobación. Esa mañana, sin embargo, mientras esperaba los inevitables golpecitos en la puerta, veía la acción en la pantalla por décima o tal vez por millonésima vez.

En esta ocasión no se trataba de muertes.

Ahora veía dos cuerpos desnudos entrelazados por la pasión.

Le agradaba ver sexo.

Sexo salvaje, desinhibido, explícito.

Sexo joven, entusiasta, desenfrenado, sin restricciones.

Sus ojos se deleitaron con cada embate. Apreció cada golpe. Vio con buenos ojos cada caricia. Labios. Piernas. Dedos. Sudor.

No era tan bueno como matar, pero resultaba aceptable.

En especial cuando sabía bien a quién estaba espiando.

Sintió cómo él mismo se excitaba.

—Hola, *Socgoal02* —susurró—. Y hola a ti también, *la novia*. Es obvio que se divirtieron. Muy buen manejo de la cámara a pesar de ser un iPhone. Un poco del viejo entra y sale. Pero en mi opinión, jóvenes, debieron ser mucho más cuidadosos. Y no estoy hablando de condones ni de pastillas anticonceptivas.

En cuanto escuchó el esperado golpeteo en su puerta y la vio abrirse poco a poco, sonrió. Vio a la joven estudiante asomarse por la rendija. La saludó ondeando la mano y la invitó a sentarse mientras miraba por última vez a la pareja de amantes adolescentes y pensaba: «¿Cuánto tiempo guardaste este breve video en tu laptop antes de que quedara guardado en la nube de tu cuenta? ¿Unos segundos? ¿Un minuto? ¿Dos?».

»Niña estúpida. Lo dejaste donde me fue más fácil robarlo.

»Tal vez creíste que lo habías eliminado, que quedó fuera del alcance de las miradas entrometidas.

»Deberías saberlo ya: nada desaparece de Internet.

»Puede ser un video entre millones. Entre miles de millones. Pero está ahí. En algún lugar.

»¿Qué debería hacer con él?

»Joderlos.»

Charlie consideró una cantidad considerable de respuestas cuando se hizo esta pregunta. «¿Los padres de *la novia*?» «¿Las autoridades escolares?»

Pero en ese instante lo supo. Y sonrió.

Volteó a ver a la estudiante, no parecía del todo cómoda. «Tal vez quiere una carta de recomendación que sabe que no merece. O mejorar sus calificaciones para proteger su beca.» Por un instante Charlie sintió deseos de voltear su laptop hacia ella y preguntarle: «Oye, ¿alguna vez hiciste algo tan cósmicamente estúpido como grabarte cogiendo así?».

Pero no lo hizo. En lugar de eso le preguntó: «¿Cuál es el problema, Ashley?».

En realidad, no esperó a que la chica contestara. Prefirió dejar que su mente se acelerara pensando en la deliciosa oportunidad que le brindaban esas imágenes que la mayoría de la gente consideraría «un acto de amor», pero que él veía como «un acto de muerte».

Delta… trabajando a toda velocidad…

Delta se convirtió en *Socgoal02* en línea.

Usó el número de una tarjeta de crédito robada que adquirió sin dificultades en Internet y abrió una cuenta de Amazon Prime mezclando los nombres de varios de los jugadores favoritos de *Socgoal02*, pero con su dirección postal y de correo electrónico reales. Quería ocultar con torpeza la presencia del adolescente. Trató de imaginar el tipo de traspiés que daría un chico como él e hizo énfasis en la ingenuidad y la inmadurez. Esto lo hizo sentir como si tuviera un vínculo espiritual con *Socgoal02*, lo cual le causó muchísima gracia.

Tan pronto estuvo lista la cuenta de Amazon, ordenó una copia del video *El triunfo de la voluntad* y pidió que fuera entregada en la casa del adolescente. Añadió *Mein Kampf* a la orden y pagó unos cuantos dólares adicionales imposibles de rastrear para que la entrega se realizara en dos días.

«No es precisamente el libro que esperas para Navidad, ¿cierto?»

Delta sintió que era el inicio de una buena racha.

Haciendo uso de la nueva identidad en línea de *Socgoal02*, el asesino visitó sitios operados por los Proud Boys, los Oath Keepers, los Three Percenters y la Milicia de Míchigan. Toda una serie de grupos de ultraderecha llenos de retórica de odio y comentarios racistas. En un sitio ordenó una edición especial de *The Turner Diaries*. En otro se unió a una sección de comentarios donde se discutía *Son of the Nation*, el libro de memorias de Jean Marie Le Pen. Se aseguró de escribir varias opiniones antisemitas muy provocativas. En otra sección de comentarios hizo varias declaraciones manifiestamente racistas y añadió una o dos preguntas sobre la forma adecuada de usar los cargadores de alta capacidad de cierta imitación de un arma militar.

Hizo una contribución de diez dólares en un sitio GoFundMe dedicado a recaudar dinero para otro adolescente acusado de dispararles a dos manifestantes durante las secuelas de una protesta de Black Lives Matter. A la contribución añadió una declaración inconexa sobre la necesidad de «luchar por la libertad, la justicia y Jesús, y mantener a América blanca».

También compró una camiseta con la imagen de la bandera confederada y otra con la primera bandera confederada, la llamada *Stars and Bars*. Pidió que enviaran todo a la casa de *Socgoal02*.

Luego, relajado, casi riéndose, sacó unos antiguos correos electrónicos que se enviaron *Socgoal02* y *la novia*, los había tomado de la investigación que hizo Charlie sobre la pareja. En uno de ellos *Socgoal02* había incluido la lista final de las universidades a las que planeaba solicitar ingreso.

Delta le envió al decano de admisiones de primer año de cada una de las instituciones una enigmática nota anónima:

> Connor Mitchell solicitará ingreso a su universidad.
> Buenas calificaciones. Atleta sobresaliente. Mucho potencial.
> Un candidato muy valioso…
> Aunque tal vez debería usted informarse más sobre los verdaderos intereses de este joven antes de otorgarle un lugar.

Delta se aseguró de que cuando los decanos de admisiones de las universidades trataran de verificar *de dónde* venía el correo, cayeran de inmediato en una confusa serie de cuentas falsas y de publicaciones provenientes de alejados lugares en todo el mundo. En cambio, al verificar la dirección de Internet de *Socgoal02* encontrarían las abundantes e interesantes publicaciones hechas a través de la misma. Para alguien que enviaba con frecuencia imágenes de víctimas de asesinato a estaciones de policía para burlarse de los oficiales, este era un ejercicio sencillo. Delta estaba casi tan orgulloso de sus habilidades informáticas en Internet como de su destreza para matar. Eliminó a *Socgoal02* de la lista que tenía en la mente. Aún faltaban sus abuelos y los padres de *la novia*: para ellos también tenía un par de ideas.

Alpha... y una adquisición *de un nuevo tipo...*

Alpha pensó que, de las muchas veces que había rastreado a alguien, esta fue quizá la más sencilla. La camioneta Toyota del conductor ebrio viró sin control en varias ocasiones y estuvo a punto de golpear a más de un automóvil estacionado al tratar de dar la vuelta. Alpha sabía que el hombre que iba manejando no prestaría atención a las luces reflejadas en los espejos retrovisores. Se mantendría encorvado sobre el volante tratando de mantener más o menos el control a lo largo de las seis calles que recorría con dificultad para ir de su bar favorito al decadente complejo de departamentos donde vivía. De hecho, la mayor preocupación de Alpha era que algún policía que pasara por el vecindario notara el errático avance del hombre y lo detuviera. Sabía que no se conmovería con un «sea paciente conmigo, por favor». Nada de estrictas advertencias o infracciones: lo arrestarían en cuanto el oficial verificara el permiso de conducir en su sistema. Y eso arruinaría todos los planes que *él* tenía.

Por la tarde, antes de ir al bar, estuvo en el complejo de departamentos.

No había cámaras de seguridad.

Tampoco vecinos entrometidos, nada de ancianos espiando por las ventanas para anotar cada vez que alguien entraba o salía.

Nada de patrullas de seguridad de la «vigilancia vecinal» o para «prevención del crimen».

De hecho, a Alpha le pareció que este lugar era tal vez el más adecuado que había visto para realizar *adquisiciones*. Varias de las luminarias de los senderos exteriores estaban apagadas. La oscuridad del invierno proyectaba negrísimas sombras en las áreas abiertas. El clima frío había obligado a todos a permanecer en sus departamentos, solo algunas luces penetraban la penumbra general, entre ellas, el resplandor de ciertos televisores. A pesar de que nada más los separaban unos cuantos kilómetros, el complejo estaba a años luz del vecindario boscoso y bien podado de los suburbios donde vivían *Socgoal02* y *la novia*. Donde todo tenía que ver con la complacencia cotidiana y la movilidad a futuro, con *ascender*. El complejo de departamentos, en cambio, trataba de aferrarse con desesperación a su estatus a pesar de que se encontraba en un prolongado y lento, pero inexorable descenso.

Alpha vio al hombre girar y estacionarse en un espacio disponible, extendiéndose más allá de un par de las líneas marcadas en el pavimento. «Esto va a encabronar a quien llegue más tarde», pensó. Él se detuvo en un sitio cercano, pero mantuvo encendido el automóvil alquilado.

Vio al conductor ebrio dejar caer la cabeza sobre el volante y por un momento le preocupó que se desmayara ahí mismo, pero luego, para su alivio, lo vio bajar de la camioneta titubeante, dando traspiés y aferrándose a sus llaves.

Alpha salió de su auto y aceleró el paso enseguida.

Dejó que el hombre llegara tambaleándose hasta la puerta de su departamento en la planta baja. Lo que en los folletos de ventas llaman «departamento con jardín» aunque no haya ninguno cerca de ahí.

—Disculpe —dijo Alpha.

El conductor ebrio volteó.

—¿Qué quiere? —preguntó, arrastrando las palabras.

—Lo siento —dijo Alpha—, no quisiera molestarlo, pero para nosotros sería muy conveniente que muriera usted esta noche.

—¿Qué?

El conductor ebrio se sintió confundido, no vio la navaja recta que usó Alpha para degollarlo.

Trastabilló hacia atrás con la espalda pegada a la puerta de su departamento, sujetándose el cuello y tratando de pronunciar algunas palabras que tal vez lograrían ir más allá de su sorpresa o incluso más allá de la sangre que comenzó a borbotear de la herida en un instante.

—Qué rápido se te quitó la embriaguez, ¿verdad? —dijo Alpha en voz baja. El hombre tenía los ojos abiertísimos, estaba azorado. Alpha se inclinó hacia él y añadió en un susurro—: ¿Qué pensaste? ¿Que podías matar y nadie haría nada al respecto?

El hombre solo pudo responder tosiendo otro chorro de sangre que se derramó entre sus dedos. Alpha aprovechó el momento para colocarle un trozo de papel en el bolsillo interior del saco. También limpió la sangre que escurría de sus manos y de la navaja deslizándolas sobre el pecho del conductor. Este continuaba mirándolo con asombro, lo cual le pareció muy apropiado. «Una buena imagen para antes de morir.» Por último sacó su celular y tomó una sola fotografía para los *Muchachos de Jack*. Luego giró y caminó de vuelta a su automóvil. Sin prisa. Supuso que al conductor ebrio le tomaría casi un minuto dar su último suspiro. Alguien lo encontraría esa misma noche, pero mucho más tarde. Para ese momento él ya se habría ido, estaría aseado, vestido de traje y arrellanado en un asiento de primera clase en un vuelo nocturno. Se dio cuenta de que no era el tipo de asesinato que solía disfrutar, que había sido más bien un asunto de negocios. Sin embargo, fue delicioso en sí mismo y le dio una genuina sensación de logro y satisfacción. «No tan bueno como a lo que estoy acostumbrado, pero suficiente, dadas las circunstancias.» Sabía, por ejemplo, que esa noche no necesitaría tomar un mechón de cabello para su álbum.

36

UN CORREO ELECTRÓNICO INESPERADO

Niki...

Era poco después de la medianoche, se había lavado los dientes, tenía el cabello recogido, vestía ropa interior y camiseta: estaba lista para meterse a la cama. Pero en ese momento escuchó el distintivo sonido de un nuevo correo llegando a su laptop.

Lo primero que pensó fue: «¿Qué necesitará Connor?».

Atravesó su habitación hasta llegar a su escritorio y miró la pantalla.

Para su sorpresa, no era Connor. No era un mensaje diciendo «te amo» para terminar el día. No reconoció la dirección del remitente, pero el *Asunto* le pareció tan familiar que no creyó que fuera *spam*: XCountryWinner arroba Gmail.

Le dio clic.

Y encontró un breve mensaje:

> Oye, perra corredora, deberías revisar tu
> desempeño en Seeingpink.com.
> Ya todos te calificamos.

Niki se quedó mirando un momento el correo, como no reconocía el sitio, dudó en dar clic en el enlace incluido por el remitente. Pensó que podría ser una de esas trampas diseñadas para introducir virus en las laptops o para robar información con tan solo ejecutar un comando. Sabía que la mayoría de los correos de *phishing* los enviaban empresas falsas y que incluían advertencias, también falsas, sobre cargos inexistentes. Esto, sin embargo, parecía mucho más específico. «Lo debe de haber enviado alguien a quien le gané en una carrera, alguna corredora a la que dejé mordiendo el polvo. Varias veces.»

En un instante se dio cuenta de qué era el sitio de Internet:

Una dirección donde se publicaban videos pornográficos de aficionados.

—Oh, no —dijo en voz alta.

La garganta casi se le cerró cuando vio una fotografía de Connor y ella tomada de su página de Facebook. Debajo de la fotografía alguien había garabateado una variación de una antigua rima del jardín de niños para burlarse de alguien:

Niki y Connor en el árbol…
Dándose be-si-tos…
Primero es el amor…
Luego llegan los hijitos…

Los versos habían sido modificados. Se suponía que debía decir: «Luego llega el matrimonio». El último verso no tenía métrica y terminaba de manera impropia:

Ve por ti misma cómo los hicieron.

Niki colocó el cursor sobre la imagen y oprimió *enter*.

Y entonces vio, como cualquier persona en el mundo podría hacerlo en ese momento, lo que ella en su ingenuidad pensó que era privado.

La poca nieve afuera se mezclaba con la lluvia congelada y caía de forma inconstante y esporádica, solo lo suficiente para que la mañana resultara desagradable de por sí... y entonces la detective llamó a Ross.

—¿Señor Mitchell?

—Sí, buenos días, detective —Ross tomó la llamada en cuanto vio el número en el identificador. De inmediato imaginó a la recelosa exmarine—. ¿Nos tiene alguna novedad?

—No del todo —contestó la detective—. El forense terminó de inspeccionar su arma y la laptop de su nieto. ¿Tal vez quiera pasar y recogerlas ahora?

—Sí, por supuesto.

—Excelente —exclamó la detective—. ¿Podría, por favor, traer a su nieto? Tengo algunas preguntas que hacerles a ambos. Solo es seguimiento.

A Ross no le agradó la petición. El tono de la detective era más bien frío. Pero tuvo que aceptar, no vio ningún daño en ello.

El departamento de policía estaba en un edificio de tres pisos de ladrillos rojos, en una de las principales calles de comercio del pueblo. A un lado, en el estacionamiento, las manchas de nieve mojada y los pequeños témpanos que se empezaban a formar en las barras de luz de las sirenas hacían brillar a las patrullas. En el trayecto a la estación, Ross y Connor se tuvieron que enfrentar a un camino resbaloso. Hubo algunas maldiciones y el pulso se aceleró cuando el automóvil patinó frente a una señal de «Alto». Ambos exclamaron «¡wow!» al mismo tiempo y eso los hizo reír en cuanto el auto se detuvo por completo. A Ross le dio la impresión de que la lluvia helada caía cada vez más lento y que eso hacía que el mundo se viera como un lugar gris y triste. Incluso las decoraciones de Navidad en las fachadas de los almacenes y los carteles con los nombres de las calles se veían apagados. El tradicional Santa Claus del Ejército de Salvación, con todo y su traje rojo, sus campanas y la tetera negra para recibir donaciones, había abandonado el lugar que solía ocupar frente a un gran edificio con muchos almacenes. Ropa. Joyería. Zapatos. Artículos varios y tiendas de regalos. Ross se dio cuenta de que casi no había gente entrando y saliendo de forma constante con los brazos llenos de cajas envueltas en colores brillantes: a pesar de la cercanía de las fiestas, el clima mantenía a las multitudes alejadas.

Connor traía puestos sus audífonos, escuchó música durante todo el trayecto.

La exmarine los recibió en el lobby.

—Gracias por venir —dijo. Detrás de ella estaba su compañero, el detective con el cabello rapado—. Solo les haremos un par de preguntas.

Los condujo a un cuarto aparte con una mesa y algunas sillas. En una de las esquinas del techo había una cámara de video. Era igual a las salas de interrogación que había en las estaciones de policía en todo el mundo. No era el sitio al que Ross esperaba que los llevaran a él y a Connor. Se preguntó si en la silla en que se sentó no habría usualmente un criminal mintiendo para tratar de salir de problemas.

—Le devolveremos su pistola en un momento —dijo la detective—, es necesario hacer algunos trámites.

—De acuerdo —dijo Ross e hizo una pausa—. ¿Dijo que tenía un par de preguntas para Connor?

—Y para usted también —aclaró la detective. Titubeó un momento y continuó—. Me pregunto si me podrían decir qué hicieron el jueves pasado entre, digamos, las ocho y las once de la noche.

Ross se quedó mirando a la detective. Notó que Connor se puso tenso.

—¿Qué importancia tiene eso? —preguntó—. Pensé que había venido a recoger mi arma.

La detective no respondió.

—Hace dos noches. Estoy segura de que recuerdan donde estaban —dijo mirando a Ross y a Connor con intensidad.

Connor fue el primero en responder.

—Salí de la escuela como a las cinco, cuando terminó la práctica de baloncesto: son los últimos días del semestre de verano.

Fui a casa, hice un poco de tarea, comí algo y luego un amigo pasó por mí. O mejor dicho, él y su madre pasaron por mí y ella nos llevó en su automóvil al centro deportivo local. Ahí participé en un juego de soccer de salón de las ocho a las nueve. Creo que regresé a casa como a las nueve treinta, pero no estoy seguro. Le llamé a Niki y hablamos un rato. Puede verificar el registro de mi celular. Me acosté antes de las doce. ¿Por qué?

La detective tampoco respondió esta pregunta.

Ella y su compañero estaban escribiendo todo lo que Connor había dicho.

—¿Alguien te vio? —le preguntó—. ¿Crees que podrías darme los nombres de todos y su información de contacto?

—Sí, por supuesto.

Le dio a Connor una hoja de papel en blanco y un bolígrafo.

—Adelante —le dijo, y él empezó a escribir.

Ross interrumpió.

—¿A dónde quiere llegar con esto, detective? ¿Qué tiene que ver el jueves con la investigación?

Ella volteó y lo miró de frente.

—Dígame, Ross: ¿El jueves por la noche? ¿Las horas que mencioné?

—Ensayo del coro. Salí de casa unos minutos antes que Connor. Volví como a las diez y media porque tenía que practicar un solo que cantaré en Navidad.

La última precisión sonó irrelevante.

La detective dudó y miró rápido hacia atrás. El detective de cabello rapado preguntó:

—¿La gente del coro puede confirmar esto?

—Por supuesto —dijo Ross, levantando un poco la voz, mostrando su estrés. Titubeó un poco, pero luego preguntó—: ¿De qué diablos se trata todo esto?

—¿Connor estaba en casa cuando usted regresó?

—Sí...

Ross dejó de hablar en cuanto la detective exmarine sacó una segunda hoja y la deslizó sobre la mesa frente a ellos. Ambos la miraron, era la típica fotografía en tríptico: las imágenes del perfil derecho e izquierdo, y la imagen de frente de un hombre con un número de identificación debajo. Su nombre y el resto de la información, sin embargo, habían sido eliminados con mucho cuidado: estaban cubiertos de tinta negra.

—¿Lo reconocen? —preguntó la detective.

Los dos sabían quién era. Un recuerdo frío. Gélido. Una fotografía del pasado.

Connor tragó con dificultad y dijo:

—Ahora es más grande, esta la tomaron cuando…

Ross interrumpió a su nieto.

—… poco después de que matara a mi hija, la mamá de Connor. Y a su padre… en el accidente automovilístico… fue hace más de diez años.

—Tal vez ahora se ve distinto —dijo Connor. Sabía bien lo poco que había cambiado. El conductor ebrio tenía más canas ahora y estaba quizá más gordo, pero excepto por eso, casi seguía igual. Continuó mirando la fotografía del registro.

—Claro que se ve distinto —murmuró el oficial del corte a rape.

—Pasaste algo de tiempo e invertiste bastante esfuerzo en rastrear a este hombre, ¿no es cierto, Connor? Encontramos todo en tu laptop.

—Así es.

—¿Por qué? —preguntó la detective. Connor quería mentir, pero en ese momento no sabía cómo hacerlo—. ¿Qué planeabas hacer con todo lo que averiguaste sobre él?

Connor tartamudeó.

—No lo sé.

Pero sí lo sabía.

La detective giró de repente hacia Ross.

—¿Ha realizado retiros importantes de su cuenta bancaria en los últimos días, señor Mitchell?

—¿Cómo?

—Dinero en efectivo, señor Mitchell. ¿Necesitó retirar una suma importante de dinero?

—No, claro que no.

—Si lo verificamos, y créame que lo haremos, ¿no descubriremos que nos está mintiendo?

Ross giró hacia Connor.

—No digas nada más hasta que sepamos qué está sucediendo.

Connor sintió que una de sus piernas comenzaba a sacudirse.

La detective asintió y se inclinó hacia delante.

—¿Recuerda cuando le hablé de los asesinos a sueldo? ¿De gente a la que contratan para que mate a alguien por unos cuantos dólares?

Lo recordaba bien.

—Pero… —fue todo lo que pudo decir Ross.

Durante su silencio la detective sacó varias fotografías más que también deslizó sobre la mesa. Eran brillantes y a todo color de una escena de crimen. Connor y Ross vieron sangre, un rostro paralizado y una herida hueca en la garganta. Era difícil reconocer a la persona asesinada, pero ambos sabían de quién se trataba.

—Jueves por la noche —dijo la detective.

—No tuvimos nada que ver con esto —balbuceó Ross.

La detective hizo una pausa y sonrió. El tipo de sonrisa que uno imaginaría en una araña que ve a una mosca caer en su red y luchar por liberarse.

—Eso espero —dijo ella.

Giró de forma abrupta hacia Connor.

—Dime, Connor —ordenó en un tono gélido—, tú eres quien ha estado espiando a este hombre. ¿Crees que hay alguien más por ahí a quien le gustaría verlo muerto?

—No lo sé —contestó Connor con la voz quebrándosele.

Otro breve silencio.

—¿No lo sabes?

Negó con la cabeza.

—¿No tienes idea? —insistió.

Él continuó negando.

—¿Entonces podrías decirme por qué encontraron esto en su chaqueta?

La detective empujó con fuerza una tercera hoja de papel sobre la mesa. Esa, sin embargo, estaba dentro de un sobre de plástico con un número en rojo, una fecha y la palabra *Evidencia* impresa con letras grandes.

En uno de los extremos del papel había una mancha oscura de sangre, pero en el centro se veían dos imágenes sacadas del pasado:

Una era de un anuario de preparatoria.

La otra fue tomada de un obituario de un diario.

El adolescente no podía hablar.

Su abuelo también sintió que se ahogaba.

Eran fotografías de la madre de Connor a los diecisiete años y de su padre después de que se graduó de la universidad y empezó a trabajar para la compañía de seguros. Ambas aparecieron en el diario local dos días después de que murieron.

—¿Por qué creen que el hombre que fue asesinado el jueves por la noche traería consigo estas fotografías en particular? —preguntó la detective con voz fría y penetrante.

—No tengo idea —dijo Ross antes de que Connor pudiera responder.

La detective miró al joven.

—Supongo que tú *tampoco* tienes idea —exclamó.

Connor solo pudo negar con la cabeza.

La detective volteó hacia Ross de nuevo.

—Apuesto a que tienen esta fotografía de su hija enmarcada sobre una repisa de su casa, en algún lugar —aseveró.

Ross no respondió, pero así era.

Se sintió mareado. De una forma inusual. No como si la cabeza le diera vueltas, sino más bien como si el mundo a su alrededor girara sin control, como si presenciara una demencial carrera.

Respiró hondo y trató de calmar la taquicardia que sentía.

—¿Nos está acusando de algo? —logró preguntar por fin.

—No, solo estamos reuniendo información sobre los hechos —explicó la detective. No era en realidad una amenaza, pero así sonaba—. Creo que tendremos que hablar más adelante de nuevo. Con ambos —añadió.

Otra sonrisa retorcida.

—Esta es la parte en que yo les digo: «No salgan del pueblo». Es una especie de cliché, ¿no les parece? Como salido de una película o programa de televisión. Pero necesario.

«Maté una vez y ahora cree que también maté a alguien a quien ni siquiera me he acercado», pensó Ross. Era confuso. Volvió a respirar hondo para recobrar el control.

—Mi pistola —exclamó. Estas dos palabras parecieron estirarse y retorcerse como una banda elástica cerca del punto de quiebre—. Dijo que podría recogerla hoy.

La detective volvió a sonreír amenazante.

—La oficina del forense liberó su arma. Como le dije cuando hablamos por teléfono, es necesario hacer algunos trámites.

Hacía frío en el automóvil. Ross puso la llave en el interruptor, pero se detuvo y dejó que la humedad que traía del exterior lo recorriera. Connor estaba a su lado, paralizado. Lívido.

Ross pensó:

«Cuando era joven y estaba con los marines aprendí a seguir órdenes.

»Sin cuestionarlas.

»Cada tiroteo era distinto.

»Pero todos eran iguales.

»Cada muerte era única.

»Pero todas eran cosa de todos los días.

»Y las órdenes que me daban, ya fueran gritadas en batalla o recibidas en calma durante una sesión informativa, estaban diseñadas para abordar todas las situaciones que pudieran surgir o no. De lo más común a lo extraordinario».

Ross se preguntó:

«¿Qué órdenes me darían ahora?

»Comenzarían con: No se relajen. No duerman. Ojos abiertos. Manténganse alerta. Estén preparados para todo.

»Porque no saben lo que hay allá afuera.

»Tal vez nada.

»Tal vez alguien tratando de matarlos.

»Tal vez cien o mil personas tratando de matarlos».

Pensar en esto le afectó muchísimo.

«Tal vez alguien te está poniendo una trampa para que mates.

»Alguien está empeñado en arruinarles la vida.»

Una nueva serie de órdenes vinieron a su mente.

«Conozcan a su enemigo.

»Conozcan sus recursos. Conozcan sus tendencias. Conozcan sus deseos.

»Porque él parece conocernos a nosotros.

»Traten de anticipar lo que hará.

»¿Cómo?»

Se dio cuenta de que todos los demás, Connor, Niki, sus padres y Kate, deseaban que la vida volviera a ser algo parecido a lo normal. Todos se estaban esforzando por lograrlo, por regresar a ese lugar donde las pesadillas no existían, las bromas eran en verdad graciosas, la comida sabía bien y, en lugar de preocuparse por la muerte, solo les inquietaban los resultados deportivos. «*Normal* —pensó—, qué palabra tan estúpida. Lo normal no existe. Nunca ha existido. Nunca existirá.»

Se estiró frente a Connor y guardó su .357 en la guantera. Sintió su peso. Sabía que en el estuche de su pistola, en casa, todavía tenía una caja llena de balas. Decidió que les enseñaría a Connor, a Kate y a Niki cómo usar un arma. La postura correcta. Cómo sujetarla. Respirar hondo. Apuntar con cuidado. Jalar el gatillo.

Les diría: «Nunca duden».

Dudar es morir.

Lo que aprendió con los marines.

37

Kate, Connor y Ross… cuando llegaron a casa…

En cuanto el adolescente y su abuelo atravesaron la puerta del frente, Kate gritó desde la cocina:

—¡Connor! Llegaron un par de paquetes para ti.

—¿Paquetes?

—Sí, entrega inmediata.

—No ordené nada.

—¿Ni siquiera regalos para tu abuelo y para mí? —preguntó Kate riendo, pero su risa se apagó en cuanto vio la cara de Connor.

—¿Sucedió algo con los detectives? —preguntó enseguida.

—Nada —contestó Connor, pero era mentira.

Ross dio un paso al frente.

—Sí, sí sucedió algo —confesó.

—¿Qué? —Kate se alarmó.

En ese momento sonó el celular de Connor. Lo miró y respondió.

—Hola, estaré contigo en un momento…

Pero entonces dejó de hablar y se quedó escuchando. Ni Ross ni Kate podían oír lo que decía Niki.

—¿Todo bien? —preguntó Kate.

—No —respondió y volteó rápido—. ¿Dónde están los paquetes?

Kate señaló. Había varios. Connor tomó el de encima. Desgarró el empaque con furia. Un libro cayó de él.

Mein Kampf.

Con una suástica negra estampada sobre el fondo rojo de la portada.

Los tres se le quedaron viendo.

—Yo no… —dijo Connor.

Se detuvo. Una serie de obscenidades se agolparon en sus labios, pero no dejó salir ninguna: el shock era demasiado. Y no era el título del libro lo que lo escandalizaba, sino pensar quién más estaría enterado de que se lo habían hecho llegar. Kate dio un paso hacia atrás como si el libro fuera una serpiente. Ross se mordió con fuerza el labio y pensó lo mismo que Connor.

—Esto no ha terminado —dijo en voz baja.

Recordó que cada vez que se había enfrentado a una muerte violenta, esta solo fue el principio de algo. No el final.

Varios momentos más…

Niki…

Al bajar por las escaleras a toda velocidad para ir a casa de Connor, iba pensando: «¿Qué demonios voy a hacer? Qué estúpida fui, nunca debí grabarnos. Si PM1 y PM2 lo ven, se enfadarán mucho. Si mis padres lo ven, se enfadarán mucho. ¿Cómo impedirlo?» No tenía ninguna solución, solo pánico y vergüenza. Imaginó que el video empezaría a circular. «No solo lo verá la perra a la que le gané… también mis compañeras de equipo… mis amigas… los otros estudiantes… y sus padres… y luego…». Niki se imaginó a toda la gente de su vida, a toda la gente del mundo viéndola por toda la eternidad exponiéndose a sí misma en sus momentos más íntimos y sintió como si una cascada de maldad la ahogara. Y luego, cuando tomó su impermeable y se dirigió a la puerta del frente, vio a su madre y a su padre en la sala. Enseguida se dio cuenta de que estaban en medio de una discusión o algo así. Ya había metido medio brazo en una manga, pero se detuvo y preguntó:

—¿Qué sucede?

Su padre volteó a verla.

—Nada. No, bueno, en realidad…

Vio a su madre al borde de las lágrimas.

—¿Qué pasó? —preguntó de nuevo.

Su padre negó con la cabeza.

—Alguien envió una queja anónima al consejo local de salud. Dicen que vieron heces de rata en la zona de preparación de alimentos. Pero no es verdad. Sabes que somos meticulosos, todos los días se limpia y se desinfecta todo…

Su madre se inclinó hacia delante.

—Aunque por suerte no van a clausurarnos, lo cual sería terrible justo al inicio de la temporada navideña que es tan importante para nosotros, habrá una inspección y una audiencia. Eso significa que tendremos que contratar a un abogado y trabajar con un asesor especializado en alimentos, y todo eso nos costará muchísimo…

Niki pensó que debería decir algo, pero no lo hizo. En lugar de eso se apresuró a salir de casa.

Kate…

Ya era casi de noche cuando recibió la llamada del director de enfermería del hospital.

—¿Kate? Parece que hay un problema en la UCI.

—¿Un problema?

—Recibimos una solicitud de un abogado estatal, quiere ver los registros médicos de un paciente que falleció hace poco. En la carta la mencionan a usted y a dos médicos de forma específica.

—Pero, qué… —empezó a decir Kate y luego se quedó callada.

—Mire, quizá no sea nada. Estoy seguro de que usted siguió todos los protocolos de forma correcta. El abogado no es del pueblo, así que no sé mucho más. No creo que tengan algo concreto, solo quieren ver qué encuentran. Sin embargo, alguien en algún lugar llamó a un abogado y levantó cargos por negligencia. Quería que estuviera enterada de que podría haber algunas investigaciones de seguimiento.

—Pero yo nunca... —comenzó Kate, pero volvió a detenerse.

—Es posible que tenga responsabilidad legal en este caso —explicó el administrador—. Quizá sea necesario suspenderla mientras hacemos una evaluación independiente.

—¿Se refiere a una investigación?

—Sí, es posible. Es algo rutinario.

Kate no respondió, sentía un enorme hueco en el estómago.

—Mire, espero que no sea nada, pero si la llegara a contactar alguien, por favor llame de inmediato a los abogados del hospital. Todavía no sabemos cuál es el problema, pero necesitamos ser cuidadosos.

Kate estaba familiarizada con la palabra *cuidadosos* porque había sido parte importante de su vida adulta, pero de pronto le pareció que ahora tenía un nuevo significado.

Ross...

Y dos días después...

Antes del mediodía, Ross recibió una llamada del director de admisiones de Wesleyan University. Era el tipo de hombre al que consideraba algo más que un conocido, pero poco menos que un amigo de verdad. En realidad solo convivieron un poco en una conferencia algunos años antes de que él se retirara. El funcionario lo asesoró en varias situaciones relacionadas con las admisiones universitarias.

Después de intercambiar algunos halagos y preguntas sobre el retiro de Ross, el funcionario habló sin titubeos:

—Mira, Ross, técnicamente no estoy autorizado a hacer esta llamada porque podrían considerarla una violación de la ética laboral, así que, por favor, no se lo comentes a nadie...

Así comenzó a explicar la situación, pero Ross lo interrumpió.

—Te lo agradezco mucho.

—Esto es una transgresión a nuestras reglas de confidencialidad —continuó el funcionario de admisiones.

Ross estaba consciente de ello.

—Tú y yo nos conocemos desde hace mucho tiempo —dijo el funcionario—, y como hemos sido colegas y trabajado en la misma área, sentí que debía hacerte esta llamada.

—Lo aprecio mucho, en verdad —insistió Ross, empezando a sentir que la oscuridad de la duda lo invadía. Y de repente, antes de que el funcionario hablara, supo justo lo que le iba a decir. Se relacionaba con los paquetes no solicitados que Connor recibió unos días antes.

—Ross, sé que tu nieto hizo una solicitud de ingreso a Wesleyan y que es un candidato sólido. Sin embargo, recibimos información anónima sobre su involucramiento con organizaciones que promueven la supremacía blanca y sobre algunas declaraciones racistas realizadas en foros abiertos de Internet. Si estas acusaciones fueran ciertas… —el funcionario dudó antes de terminar—, bueno, serían más que un problema. Lo descalificarían. Aquí honramos la diversidad y la apertura de mente, pero creo que eso ya lo sabes.

Ross se quedó atónito.

—Verás, creo que Connor ha sido víctima de un hackeo de algún tipo —explicó Ross—. Él no es así, en absoluto. Él nunca…

En ese instante Ross pensó: «Siempre he creído que el futuro de Connor es mi futuro».

La voz de Ross se fue apagando. Sabía que Connor había terminado de llenar por lo menos seis solicitudes en días recientes y que tenía otras más listas para ser enviadas.

«Todo será inútil, no servirán de nada», pensó.

—En verdad espero que así sea —dijo el funcionario. Ross supo en ese instante que todas las universidades a las que Connor solicitó ingreso habían recibido la misma *información*.

38

Alpha... El primer día de diciembre...

Por la tarde, Alpha fue a una tienda donde vendían artículos de Navidad y compró un elegante calendario de adviento. Cada una de las cajitas decoradas con motivos religiosos o navideños contenían un tipo distinto de chocolate. Era un calendario costoso, para padres adinerados y niños privilegiados. A Alpha le gustó porque, aunque sabía que no eran convenientes para su dieta, le encantaban los chocolates, y porque en las cajitas había espacio suficiente para marcar cada día que pasaba del mes que él consideraba el mejor del año.

El mes en que, al igual que muchos otros niños en Navidad, *Socgoal02* y *la novia* recibirían lo que merecían.

«¿Qué diría la lista de Santa Claus? ¿Traviesos u obedientes?», pensó.

Sin duda, traviesos. Pero lo que estaba planeando los volvería muy obedientes.

Cuando inició sesión en el *Lugar especial de Jack*, poco antes de la medianoche, su primer comentario fue:

> Entonces, ¿cómo va la estrategia para joderlos sin piedad?
> Les informo que me hice cargo de una tarea bastante agradable. Eliminé a un parásito inútil del panorama general. Estoy enviando la fotografía ahora.

Y a pesar de sus coartadas, Socgoal02 y su abuelo están en la lista de sospechosos de homicidio. Tenían muchos motivos.

Por eso creo que a partir de ahora la Gestapo… bueno, ya no tendrá tan buena disposición para cazarnos y ayudarlos.

Alpha casi reía de nervios al escribir esto.
Charlie respondió enseguida:

Yo diría que la vida de la novia también es bastante incómoda en este momento. Seguro no deja de preguntarse cuánta gente la habrá visto cogiéndose a Socgoal02. Ah, y de paso aproveché para hacerles una travesura a sus padres. Que se jodan también.

Delta escribió:

Permítanme añadir que el brillante futuro de Socgoal02 como universitario llegará a su fin antes de comenzar. También la carrera de enfermera de la abuela se está desmoronando.

Continuó explicando lo que había hecho.
«Qué astuto», pensaron Alpha y Charlie. Les agradó sobre todo el detalle de que Delta hubiera usado el nombre y la dirección reales de un abogado especializado en negligencia profesional.
Luego Alpha destacó el asunto en el que él se había enfocado.

¡Felicitaciones!
Desvío su atención, compañeros.
¿Ven lo que hemos logrado?
Jack causó un alboroto en 1888 y ahora nosotros también. Lo que hicimos los mantendrá distraídos por completo. Todos creerán que la amenaza que enfrentan se encuentra en Internet. Se protegerán con Norton, Avast o McAfee, o con redes virtuales privadas. Cambiarán sus contraseñas y todo lo que se les ocurra. Y, sobre todo, estarán muy preocupados cuando descubran el próximo acto de prestidigitación que realizaremos para joder aún más sus patéticas vidas.

Se obsesionarán con la poca seguridad electrónica que les queda.
Porque estarán convencidos de que el peligro que enfrentan se puede
calcular con el número de teclas golpeadas o de barras oblicuas de una
dirección electrónica.
Pero no es así.
Somos nosotros.
Nosotros en la vida real. No nuestra versión de Internet.

Charlie cerró ambos puños y los levantó en alto lleno de jú-
bilo, mientras Delta imaginó un elaborado baile de *touchdown*.
Y escribió de inmediato:

¡Sigamos!

Igual de entusiasmado, pero precavido como siempre, Charlie escribió:

¿Tienes algún plan?

Alpha respondió:

Por supuesto.

Hizo una pausa. Matar al conductor ebrio fue una satisfacción modesta, claro, pero *Socgoal02* y *la novia* habían perjudicado su estilo usual, dañaron la manera en que solía abordar las
situaciones. Reflexionó. De pronto se dio cuenta de que desde
la muerte de Bravo, con frecuencia había caminado por la calle y
detectado un blanco adecuado, pero luego buscaba alguna excusa para *no* actuar. Un posible testigo en una ventana. Un automóvil que pasaba por ahí. Su celular estaba encendido y su
ubicación podía ser rastreada. Sabía que no era su comportamiento de costumbre y despreciaba a ese nuevo Alpha. Tenía
muchos deseos de volver a ser como era antes de que *Socgoal02* y
la novia aparecieran en su vida. Esta necesidad lo inquietaba. Era
algo que resonaba en su interior. Algo que le gritaba, le exigía,

insistía y, por último, le vociferaba órdenes por primera vez en su vida de adulto asesino. «No volveré a sentir satisfacción de verdad hasta que no resuelva este problema», pensó.

Y cuando decía *problema*, sabía que en realidad se refería a *Socgoal02* y *la novia*.

Y a sus miserables vidas.

Que deberían llegar a su fin.

Luego se decía a sí mismo…

«… que pronto acabarán.»

Estaba convencido de que era la única manera en que podría volver a ser normal.

A matar de forma normal

«Ellos mueren.

»Y me liberan.»

Así que, justo en ese instante, consideró preguntarles a Delta y a Charlie si creían que ante la falta de Bravo y Easy debería reclutar a dos miembros más: a un Foxtrot y a un Golf. Incluso tal vez a un tercer individuo, un Hotel. Estaba seguro de que había hombres que estarían genuinamente agradecidos de que los aceptaran en el *Lugar especial de Jack* y de ser ungidos como *Muchachos de Jack*. Al mismo tiempo, sin embargo, le enfurecía la idea de hacer algo así. Los cinco hombres originales se unieron en la emoción de los primeros meses, entendieron de manera innata las reglas y el propósito, y adaptaron sus estilos únicos de matar a los límites del *Lugar especial de Jack*. Con el paso de los años, Alpha se había enterado de un crimen por aquí o por allá al leer un diario o al ver las noticias, algo que destacaba y parecía especial, pero en su opinión, *nunca* tan peculiar como a él le habría gustado. En general, los asesinatos carecían de calidad y originalidad. «Esos individuos no eran Jack. No de la manera en que lo fueron Bravo y Easy», pensaba. Se le había ocurrido buscar en Europa y Asia, ponderó la posibilidad de contactar a hombres de esas zonas. Había explorado la opción de añadir un extranjero al club para imbuirle una perspectiva nueva y fresca, pero cada vez que retomaba la idea se daba cuenta de que conservar la integridad de los cinco miembros fundadores era mucho más valioso que la excitación que traería agregar a alguien nuevo.

Por eso no lo había hecho.

Sentía, también por primera vez, que estaba limitado en los aspectos físico, intelectual y emocional.

Era como si su valor hubiera disminuido.

Como si fuera menos relevante.

Más pequeño.

Débil.

Odiaba este sentimiento.

Así que regresó a su conversación con Charlie y Delta en el *Lugar especial de Jack*.

> Por supuesto que hay un plan.
> Algo especial.
> Para todos. Porque nos unirá por primera y, quizá, por única ocasión.
> En vivo y en persona. Y será algo especial. Único. Increíble.
> Los detalles están por venir, pero pueden estar seguros de algo.

Charlie y Delta interrumpieron.

> No nos mantengas en suspenso.

Y:

> ¿De qué?

Alpha respiró hondo frente a su pantalla y tecleó:

> Los muertos no tendrán una puta feliz Navidad.

39

Charlie... El cinco de diciembre...

Su esposa estaba sentada frente a él en su modesta sala.

Tenía su laptop delante y estaba buscando lugares para vacacionar, sitios que también pudieran evaluar para ver si valía la pena incluirlos en la lista de opciones del programa de Estudios en el Extranjero. Creía que le estaba ayudando a su esposo con sus labores académicas. Para él, eso era una ironía monumental.

Costa Rica. Italia. Chile.

Algunos años antes el lugar predilecto era Melbourne, Australia. Sabía que los estudiantes varones se referían a este sitio como un destino tipo M.M.M.: «Mar, margaritas y mujeres». Él, en particular, estaba familiarizado con el hecho de que los policías australianos aún no habían resuelto el caso de una estudiante local asesinada.

Marruecos. Finlandia. Sudáfrica.

«Todos son buenos lugares para matar», pensó Charlie. Aunque, como la policía finlandesa es más sofisticada en el aspecto tecnológico, tal vez Marruecos sería mejor. No había investigado lo suficiente respecto a Sudáfrica. Siempre dio por hecho que a la policía de ahí la abrumaban los crímenes raciales, y eso le hacía preguntarse si podría lograr que un asesinato pareciera resultado de una tensión de ese tipo para que los oficiales se enfocaran en una explicación obvia mientras él escapaba del país.

Sin embargo, Charlie creía que sería imposible realizar una investigación sobre lugares vacacionales propicios para asesinar hasta que *Socgoal02* y *la novia* no fueran eliminados.

Mientras su esposa decía: «Nunca he ido a Santiago, pero parece muy interesante. También Ciudad del Cabo», él anhelaba reunirse con Alpha y Delta. Le parecía una posibilidad deliciosa y excitante. Los *Muchachos de Jack* juntos por primera vez.

Al mismo tiempo, desde una perspectiva académica e intelectual, creía que era raro que el grupo validara tanto lo que él hacía. Miró a su esposa al otro lado de la sala. La psicóloga en ella estaría fascinada si supiera lo que estaba pensando en ese momento.

La esposa, en cambio, se sentiría horrorizada.

Aterrada.

Imaginarlo lo hizo sonreír.

Ella debió de haberlo notado porque le dijo:

—¿Qué es tan gracioso?

Charlie cubrió rápido su sonrisa con falsedad.

—Oh, solo estaba pensando en una de las preguntas del examen final. Incluí algo al azar y fuera del ámbito de lo que trabajamos en clase. Tendrán que intuir la respuesta correcta. Una especie de broma para mis alumnos...

—Bueno, de hecho es una manera adecuada de evaluar si han aprendido a sopesar las cosas desde el aspecto cultural —explicó ella. Sonaba mucho como la profesora que era.

«Aburrida. Predecible. Me encantaría sacar un cuchillo de la cocina, caminar con aire casual detrás de ti, tomarte del cabello, jalar tu cabeza hacia atrás y cortarte la garganta. Tal vez te cogería mientras te desangras hasta morir. Estoy seguro de que eso no sería aburrido.»

—Sí, tienes toda la razón, querida —dijo Charlie, haciendo su mejor imitación de la voz de Walter Mitty.

Y le sonrió a su esposa.

«Otra noche que vas a vivir.

»¿Tienes idea de lo mucho que deseo matarte?»

Tuvo una breve fantasía sobre matar a su esposa, «luego al decano. Después al rector y al director. Al entrenador de futbol, tan solo por el hecho de que cada año a él le pagan mil millones más que a cualquier otro miembro de la facultad. Y a algunos colegas, los que piensan que no soy muy bueno en mi trabajo y se quejan a mis espaldas de que doy calificaciones muy altas. Una muerte lenta para ellos», pensó Charlie.

—Santiago podría ser interesante —le dijo a su esposa, quien estaba absorta en la pantalla de su laptop—: Un contraste entre el mundo moderno desarrollado y ciertos grupos indígenas. Claro, Ciudad del Cabo tiene toda una serie de dificultades socioeconómicas que los estudiantes podrían analizar. Sería una experiencia muy valiosa.

«Además, en ambas ciudades había:

»Calles oscuras.

»Mujeres.

»Buenos aeropuertos para escapar rápido».

Cerró los ojos por un momento y reprodujo las imágenes que había visto de la muerte de Bravo. La ira se apoderó de él. Trató de controlarla. Su esposa seguía hablando, pero él no escuchaba nada de lo que decía. «Blah, blah, blah.» Se sentía como una banda elástica retorcida lo más posible, en espera de ser liberada para recuperar su forma.

«Lo único que quiero —pensó Charlie—, es que Alpha nos dé el plan.

»Que nos reúna.

»Que nos diga: es hora de matar.»

Delta... El siete de diciembre...

Siete horas y media después del funeral de su padre y unos minutos antes de la medianoche de lo que muchos recordarían como el aniversario del día que viviría en la infamia, Delta pasó por un callejón, no muy lejos del distrito financiero, y mató a una desaliñada mujer ebria que trataba de dormir para aliviar la resaca en una caja de cartón detrás de un contenedor de basura.

No fue un asesinato satisfactorio.

Fue apresurado. Espontáneo. Sin preparación. Una muerte espasmódica. Una liberación que no le produjo ni gozo ni placer. No se dio el gusto de hablar con ella. No saboreó el momento en que enterró la navaja en su garganta. No tomó fotografías para mostrarles a los *Muchachos de Jack*.

Solo la vio, caminó hasta ella y la ejecutó casi sin pensar. De hecho, ni siquiera miró alrededor para cerciorarse de que nadie lo observara.

Salió del callejón arriesgándose mucho. Con sangre de la mujer en su ropa. Tampoco se molestó en inspeccionar el área para ver si había cámaras de seguridad. Estacionó su automóvil en un lote público a solo dos calles de distancia. Es decir, no le importó dejar una marca temporal de su presencia. Se alejó conduciendo con rapidez, hizo rechinar las llantas cuando estuvo en la calle, maniobra que pudo atraer atención innecesaria. Tampoco se molestó en usar una matrícula falsa. No se quitó la ropa con la que mató a la mujer sino hasta que regresó a casa, así que condujo todos esos kilómetros cubierto de sangre. Sacó una gran bolsa de basura de la parte trasera del automóvil y se desnudó por completo en el acceso vehicular de la mansión sin que le importara si alguna de las enfermeras lo veía. Guantes, zapatos, camisa, chaqueta, pasamontañas: todo su uniforme para asesinar terminó en la bolsa de plástico. Por lo general, se deshacía de sus prendas depositándolas en el basurero de una empresa que acostumbraba vaciarlo e incinerar los desechos. Todavía tenía la intención de hacerlo después de asearse. Recordó que debía rociar el interior de su automóvil con un limpiador con base de cloro. En esta ocasión, sin embargo, había renunciado a tomar precauciones, rompió la mayor parte de sus reglas para matar y no solo jugó con la posibilidad de que lo descubrieran: también tentó al azar. Era como si le hubiera pedido a un demonio que solía ayudarlo, que ahora le diera una cucharada de su propia medicina, que lo castigara. Atribuyó este comportamiento errático e irreflexivo a la sensación de inmunidad y a la combinación de alegría y odio que sentía por la muerte de su padre. En la ceremonia, muchos exaltaron las virtudes de un hombre que no tenía ninguna. Delta solo logró poner en su rostro una solemne expresión que parecía decir: «¿No es terrible que un hombre de negocios tan hábil, que un padre tan maravilloso haya fallecido antes de tiempo? ¿Que todo su dinero no lo haya podido salvar de la enfermedad?».

Su madre aseguró que quería estar a su lado.

Pero estaba demasiado enferma para moverse. O al menos, eso fue lo que dijo. Por eso se quedó en casa, acostada, llamándolo de vez en cuando a pesar de que sabía que no estaba ahí. Y mientras tanto, él permaneció solo, sentado en la primera fila en la iglesia, escuchando a los compañeros de trabajo, a los sacerdotes y a algunos políticos mentir con entusiasmo y cinismo respecto al viejo.

Después del funeral y del entierro en el lote familiar, comenzó a llover. Delta sintió el saco mojado y a su alrededor se abrieron los paraguas de los dolientes. Entonces supo que esa noche saldría a matar.

Y ahora, unas horas después, estaba desnudo en el acceso vehicular y el mundo a su alrededor se veía mojado y silencioso. No sentía el frío. La temperatura había bajado, quizá, a nueve grados. No le importaba.

Notó que, por primera vez, no podría contarles a los *Muchachos de Jack* lo que había hecho.

También intuía:

«Me habrían advertido que no actuara con tanta precipitación.

»Me habrían protegido de mí mismo».

Se quedó frente a la mansión, mirándola con los brazos extendidos como si abrazara todo lo que estaba a un paso menos de ser suyo, una abundancia de riqueza, propiedades y poder. Y se sintió triste y vacío.

Estaba consciente de que lo más importante en su vida era volver a saciarse. Y sabía lo que tenía que hacer para lograrlo: un acto que le devolviera el equilibrio a su existencia. Al mirar hacia el cielo y contemplar la negra y fría noche, solo pudo pensar en *Socgoal02* y en *la novia*. Se sentía como un caballo de carreras al que sacaron de los cajones de salida, con los músculos crispándose en espera de la indicación de arranque, a punto de

estallar por la necesidad de avanzar. La indigente a la que asesinó una hora antes no significó nada. Su padre, ahora bajo tierra, y su madre, muerta dentro de poco también, tampoco
significaban nada. *Socgoal02* y *la novia*, en cambio, lo eran todo.
Los *Muchachos de Jack* lo eran todo.

—Ha llegado la hora de matar a esos adolescentes. Es la prioridad —dijo casi gritando. Escuchando sus propias palabras.

«¿La prioridad? —se preguntó—. Tal vez es lo único que importa.»

40

COSAS DE LAS QUE NUNCA HABRÍAN QUERIDO ENTERARSE

Ross... Una mañana de diciembre, una semana antes de Navidad...

Esperó a que Kate saliera de casa y fuera a cubrir su turno en la UCI. Ella le había mencionado la investigación por negligencia en la que parecía estar involucrada, pero sin quejarse.

—Todo saldrá bien —fue lo único que dijo, sin sonar del todo convencida. Luego añadió—: Yo no cometí ningún error.

Esta declaración le hizo pensar a Ross que *tal vez* sí lo había cometido, pero sin darse cuenta. Connor estaba arriba, durmiendo en su habitación. Ross sabía que había estado en contacto con los funcionarios de admisiones. Sus calificaciones del semestre de otoño fueron sobresalientes, pero tal vez no le servirían de nada. Por su parte, él temía que le llegara a su nieto otro libro por correo u otro paquete de UPS con un póster, una sudadera o una bandera con insignias provocativas. Sacó la laptop de la mochila de Connor, la llevó a la cocina y la colocó sobre la mesa. Al mismo tiempo oyó movimiento en el piso superior. Una puerta se abrió y se cerró. El sonido de la ducha.

Minutos después oyó pasos descendiendo por la escalera.

Volteó a ver a Connor cuando entró a la cocina.

—¿Comprendes que estamos siendo atacados?

—Sí —contestó Connor. No fue la típica respuesta adolescente de «apenas estoy despertando» o «no quiero hablar de eso ahora». Más bien, era como si hubiera estado recostado en la cama toda una hora pensando en la situación en que estaban todos. Mientras se servía una taza de café, dijo:

—Lo que nos ha estado sucediendo… vaya, es algo muy moderno. Como en cámara lenta, como «no sabes qué viene a continuación». Es una situación que se actualiza día con día. Algo inherente a nuestros tiempos. «Puedo destruir sus vidas sin levantarme del escritorio, solo tengo que hacer clic por aquí y por allá.» Tal vez como decir: «Puedo matarlos sin matarlos». Es lo que parece —dijo. Ross supuso que era verdad. Connor negó con la cabeza y agregó—: Y no hay manera de defenderse, es como «ausencia de evidencia». Me puse en contacto con todas las universidades a las que solicité ingreso y les dije: «No soy miembro de ningún grupo moderno de juventud hitleriana. No estoy suscrito a *KKK Quarterly,* si acaso existe una revista llamada así», pero ¿cómo lo pruebo? ¿Alguien me habrá creído? No lo sé. Me gustaría pensar que sí, pero lo dudo.

—A mí me gustaría tomar un curso —dijo Ross.

—¿De qué?

—De odio informático.

 Connor asintió.

—¿Debería pedirle a Niki que venga? —preguntó.

—Buena idea —respondió Ross—. Es probable que ella también tenga dificultades.

«Vaya que las tiene, pero no pienso hablar de eso contigo», pensó Connor.

Niki se había levantado temprano para un entrenamiento intenso en una fresca mañana. Traía ropa térmica, audífonos intrauriculares y un ritmo de kilómetro y medio cada seis minutos. A pesar de que era muy temprano, algunos conductores salían de repente entre la oscuridad, y ella solo podía imaginar que cada persona que pasaba manejando la veía y pensaba: «Vaya, ¿qué no es esa la chica de senos pequeños que vi cogiendo con su novio?». La música que escuchaba se fundía con el golpeteo de sus zapatillas deportivas sobre las aceras. Como una risa burlona. El aire helado parecía robarle el aliento, pero eso solo la hacía acelerar el paso. Con el rostro enrojecido por el esfuerzo, igual de enrojecido por la humillación. Iba dando la vuelta en la esquina de la última calle cuando escuchó el bip de un mensaje de texto de Connor. Se detuvo a leerlo: «Ven a mi casa. PM1 tiene preguntas».

Enseguida supo qué tipo de preguntas podrían ser. Ninguna que deseara responder. Contestó: «t v o en 2», guardó el celular en su bolsillo y empezó a correr los cuarenta metros que faltaban para llegar a casa de Connor. El sudor se había acumulado entre su cuerpo y la ropa deportiva. Tenía el cabello recogido en una coleta y acomodado debajo de un gorro de lana. Se quitó los ajustados guantes sintéticos y sintió el frío estrechar sus manos en una especie de saludo invernal. No le pareció necesario ir a casa para ducharse y arreglarse. Supuso que lo que PM1 quería saber no exigía que se viera presentable.

Ross acomodó tres sillas, él y Niki se sentaron a los costados de Connor.

—Muy bien —dijo—, muéstrenme algo sobre cómo matar que hayan encontrado en la Dark Web.

Connor puso los dedos sobre el teclado y titubeó.

—¿Estás seguro?

Ross solo asintió.

—De acuerdo, no es difícil —explicó su nieto, golpeando algunas teclas. Una imagen completa en rojo y negro de lo que alguna vez fue un hombre, pero ahora solo era un torso sin cabeza atado a una silla en un sótano en algún lugar se abrió ante ellos—. ¿Ves lo que quiero decir?

Ross se quedó mirando un momento la fotografía.

—¿Eso es real? —preguntó.

—Tal vez sí. Tal vez no. Alguien podría decir que sí, pero ¿será cierto? Con una laptop se puede producir casi cualquier imagen que se desee —respondió Niki.

—Si quieres algo real, garantizado —interrumpió Connor—, puedo buscar algunas decapitaciones de ISIS.

Ross negó con la cabeza.

—No creo que sea necesario. Te creo —dijo el abuelo y se quedó callado un momento—. He estado pensando mucho las cosas.

«¿Ah, sí? No me digas», pensó Connor con irreverencia.

«Todos las hemos pensado. Y no pensado», se dijo Niki.

—Lo que los detectives te pidieron fue que recrearas el camino que te llevó a esa sala de chat la primera vez, ¿cierto, Connor? —dijo Ross.

—Así es.

—Creo que es inútil.

—Eso parece —dijo Niki.

—Pero necesito que recuerdes algo —dijo Ross.

—Bueno, los insulté. Les dije *damitas, señoras,* o sea, fue una actitud infantil…

Miró a Niki y ella asintió.

—No —agregó Ross sin prisa—. Escuché cuando les dijiste eso a los detectives. Querían saber lo que *tú* hiciste. Es una manera errónea de ver esta situación. Para ser honesto, no me importa cómo les hayas llamado. Lo que me interesa son los números. Necesitamos saber a qué nos enfrentamos —Niki debe de haber parecido confundida porque Ross añadió—: Cinco. Menos el que maté. Entonces quedan máximo cuatro —no añadió *espero,* pero eso era lo que sentía—. De acuerdo, y ahora, ¿cómo los encontramos? —les preguntó a los dos adolescentes. Ellos se miraron entre sí.

—Será mejor no hacerlo —dijo ella.

—Vamos, Niki, debe haber alguna manera de rastrear a esos tipos… ustedes son buenos en esto —insistió Ross.

—Lo somos. Y en efecto, hay maneras —dijo Connor—, pero están más allá de nuestras posibilidades técnicas. Necesitamos conocimiento y equipo con el que no contamos. Si tuviéramos un millón de dólares para contratar a un tipo con estudios avanzados en tecnología de la información, quizás… o si tuviéramos un contacto en el FBI, en el área de cibercrimen, o si conociéramos a alguien en Silicon Valley que pudiera tomarse algo de tiempo y dejar a un lado un trabajo que consiste en inventar el siguiente aparato o programa que todo adolescente *querrá* tener, y que estuviera dispuesto a ayudarnos. Sin embargo, alguien así también sabría que, aunque llegara a averiguar quiénes son estos tipos en la red, eso no nos diría quiénes son en la vida real. Recuerda que Internet favorece el anonimato.

—En el mundo cibernético hay muchas cosas que son ciertas y precisas, pero tal vez son muchas más las que no lo son —explicó Niki.

Ross se meció hacia atrás. Se sentía desalentado. Demasiado viejo. Como si alguien le estuviera diciendo: «Se acabó tu tiempo, anciano».

—Bueno —dijo—, pero necesitamos hacer algo porque, de otra manera, estos individuos van a arruinar nuestra vida.

—*Whack-a-Mole* —dijo Connor.

—¿Cómo dices?

—Es un juego en el que tratas de golpear topos que salen de un tablero al azar. Es muy difícil ganar.

—Genial —«Más desánimo», pensó Ross.

—Tal vez lo único que podemos hacer es tratar de anticipar cómo intentarán jodernos la próxima vez —dijo Connor.

A Ross le pareció que eso sería inútil.

«Guerra. Pero no como la que recuerdo», pensó.

—Muy bien —dijo y se quedó meditando un instante—. Empecemos por su nombre, por ejemplo, los *Muchachos de Jack*, ¿nos dice algo?

—Sí —exclamó Niki. Dejó que el silencio reinara en la cocina antes de añadir—, en el mundo de los asesinatos solo hay un Jack.

—Whitechapel, Londres, 1888 —murmuró Connor.

Cuando sintió que habían hablado lo suficiente de asesinatos despiadados para una mañana común, Ross les agradeció a Connor y a Niki, y dijo que le habían dado mucho en qué pensar. Aunque no compartió con ellos sus temores, supuso que su perspicacia les permitiría imaginarlos.

Se dio cuenta de que esa mañana, cuando despertó, lo único que conocía de Jack el Destripador era lo común, lo superficial. Ahora que Connor le había mostrado decenas de registros de información sobre el asesino y sus crímenes, empezando por Wikipedia y pasando por diversos ensayos académicos —en muchos casos especulativos—, sabía mucho más de lo que le habría gustado. Las lecturas lo dejaron muy inquieto.

Esto fue lo que aprendió gracias a la investigación:

«El Jack original era un depredador.

»Acechaba. Fastidiaba. Escribió y envió cartas a los diarios. Como "Estimado Jefe" y "Desde el infierno". La policía nunca pudo detenerlo.

»Tal vez la locura sí pudo y lo hizo terminar en un manicomio. O quizá decidió viajar a un país distinto e iniciar su vida criminal en un nuevo lugar y bajo un nuevo nombre. O tal vez enfrentó un suceso nunca identificado: ¿Lo atropelló un carruaje? ¿Algún tipo de tifoidea? ¿Cáncer? Quizá nada. Es posible que solo se haya ido de Whitechapel a Birmingham o Manchester, que haya continuado matando y que nadie se haya dado cuenta porque las prostitutas de la Inglaterra victoriana no eran valiosas. Si hubiera asesinado a empresarios industriales o a aristócratas, tal vez Scotland Yard lo habría encontrado, pero no fue así. Pero eso no importa, el caso es que Jack se convirtió en historia. Y se volvió famoso.

»Su celebridad, sin embargo, no se debe a la cantidad de gente que mató, ya que después hubo otros que asesinaron a muchas más personas. Se volvió famoso por su brutalidad. Por la época en que vivió. Por su capacidad de huir. Por su habilidad para manipular información en el mundo en que vivió. Se volvió suficientemente famoso para que los escritores, los médicos forenses y la gente curiosa y obsesiva continúe tratando de averiguar hasta ahora *quién fue*».

Ross leyó las palabras del Destripador o, al menos, las palabras que las autoridades *creen* que escribió:

«Me río cuando quieren parecer tan inteligentes y dicen que están tras la pista correcta…».

Y:

«Odio a las putas y no dejaré de destriparlas hasta que me harte…».

Ross ahora sabía mucho más de lo que nunca deseó saber.

Recordó lo que Connor les contó a los detectives:

«"Dijeron que eran los *Muchachos de Jack,* que yo los había insultado y que por eso nos iban a matar a Niki y a mí."

»Y la policía pensó: "¿Qué tipo de motivo es ese?"».

Ross continuó analizando:

«Tal vez sea el mejor motivo posible… si te sientes descendiente espiritual del más famoso asesino y hostigador de la inocencia».

Siguió procesando la información de la misma manera que lo había hecho cincuenta años antes, sumando y restando, tratando de resolver la ecuación de la muerte.

«Conoce al enemigo.»

Comparó lo que sabía con lo que no.

Pensó:

«"No dejaré de destriparlas…"

»¿Qué es lo que quieren estos hombres?

»¿Arruinarnos?

»En este momento, eso es justo lo que parece.

»¿Causarnos todo tipo de problemas, arruinar nuestras vidas y jodernos satisfaría a los *Muchachos de Jack*? ¿La destrucción de la existencia podría sustituir al asesinato en la mente de un asesino?», reflexionó Ross.

La respuesta era demasiado compleja.

Niki y Connor se fueron. Su nieto insistió en caminar con su novia los pocos metros entre su casa y la de ella. Ross se dio cuenta de que era resultado de todo lo que habían estado investigando sobre Jack. Algo como: «Sé que no hay un asesino afuera acechando desde los matorrales, pero de todas formas me voy a cerciorar». Ross fue a su oficina y se quedó mirando la caja de seguridad de metal. Un rifle de caza 30.06. La .357 Magnum. Municiones.

Pensó:

«No son suficientes. En absoluto».

También:

«El mal puede hacerte sentir desnudo».

Afuera de casa de Niki, Connor le dijo:

—No estamos a salvo.

Ella calló y asintió.

—Estoy tratando de que eliminen el video del sitio. Envié un correo a la empresa y les dije que esa publicación no estaba autorizada. Me dijeron: «Vamos a averiguar». Esta mañana seguía ahí, pero tal vez ya lo quitaron. Voy a verificar.

—El daño ya está hecho.

«Espero que no», pensó Niki, pero luego se dio cuenta de que Connor tenía razón. Lo comprendió: «Perdí algo que nunca voy a recuperar». Negó con la cabeza, trató de borrar cada una de las imágenes que le proporcionaron placer mientras solo les pertenecieron a ella y a Connor, pero que le provocaron un inmenso dolor en cuanto comprendió que ahora le pertenecían al mundo entero. Era una perversión de la intimidad.

—¿Qué ha pasado con tus solicitudes? —preguntó para cambiar de tema.

—Me estoy esforzando —contestó Connor.

—Todos lo hacemos, pero necesitamos pensar en cómo podrían atacarnos ahora. ¿Mis solicitudes? Es posible. ¿La queja contra el restaurante? ¿Las acusaciones de negligencia contra PM2? ¿Nuestras cuentas bancarias? Quizá...

—No, eso no —dijo Connor—. Porque si atacaran nuestras cuentas, la policía o la seguridad bancaria *podrían* involucrarse.

—¿Entonces será algo más?

—Sí. ¿En qué somos vulnerables? ¿En qué tenemos capacidad limitada para luchar?

Ambos sabían la respuesta a esa pregunta: en todos los lugares en los que no habían pensado.

—Supongamos que presentan una queja anónima diciendo que has estado utilizando drogas para mejorar tu desempeño deportivo, y el estado inicia una investigación y anula todas tus victorias en las carreras como les sucede a los atletas olímpicos que pierden sus medallas —dijo Connor.

Niki se puso tensa.

—O que lograran tener acceso a tus registros académicos y modificaran los resultados de tus exámenes… —dijo ella.

De pronto Connor empezó a respirar con dificultad.

—Todo lo que consideramos una *victoria* podría convertirse en un *fracaso* —dijo—. Necesitamos pensar como ellos lo harían —agregó—. Como asesinos. Como Jack.

Niki sintió en su interior tanto frío como el que le provocaba el aire helado del exterior.

—Podemos hacerlo —dijo. Pero como no estaba segura de ello, regresó a lo que le parecía cierto—: Hemos estado estudiando. Sabemos cosas —agregó. Cada una de las palabras que salieron de sus labios la asustaron más que nunca.

Ross pasó casi todo el día frente a la pantalla de la laptop. Aprendiendo sobre Jack. Sobre otros asesinos y otros crímenes a lo largo de décadas y siglos. Un aprendizaje a toda velocidad sobre el mal. Luego lo abordó de otra manera y empezó a estudiar las guerras. Hizo un repaso raudo de Von Clausewitz («Toda guerra presupone la debilidad humana…») y de Sun Tzu («Dale a tus enemigos lo que esperan… esto los colocará en una situación de predictibilidad… mientras tú esperas el momento extraordinario, lo que ellos no pueden anticipar»), Maquiavelo, Hemingway y Tolstoi. También leyó y releyó párrafos de Ulysses S. Grant y William Westmoreland, aunque detestaba a este último porque fue bajo sus órdenes que tuvo que unirse al patrullaje durante el que Freddy fue asesinado.

Hacia el final de la tarde, le pareció que sabía muchísimo más. Y muchísimo menos.

Kate llegaría en cualquier momento, así que le avisó a Connor a gritos que saldría a comprar algunas cosas. Su mente estaba repleta de la neblina del Londres de más de un siglo atrás. Durante algunos minutos solo manejó sin rumbo, viendo cómo la incipiente puesta de sol hacía desaparecer la luz y le daba la bienvenida a la oscuridad. Luego, invadido de forma abrupta por una ansiedad que parecía aumentar con el anochecer, manejó hasta el almacén de una importante cadena de artículos deportivos en un centro comercial a cincuenta minutos de distancia.

Compró una escopeta Remington calibre .12 y una caja de cartuchos. En el muro de exhibición, junto a una serie de este tipo de armas, había fusiles de asalto AR-15 semiautomáticos: imitación del M-16 que él usó en Vietnam. Junto a este había réplicas del AK-47 que usó el enemigo. Consideró comprar el AR-15, pero sabía que las primeras versiones que llegó a conocer tan bien, muchos años atrás, eran propensas a atascarse. Por lecturas que hizo en algún momento, estaba al tanto de que esa falla en particular había sido eliminada en los modelos para civiles, pero su recuerdo era demasiado intenso. Ver las versiones del Kalashnikov —los había en dorado, plateado e incluso en un modelo camuflado— también le resultó muy difícil. Fue el arma que mató a Freddy. Se sentiría maldito si llegaba a tocar uno, ni pensar en usarlo. Por eso se decidió por la escopeta. Supuso que la lluvia de balas que esta era capaz de lanzar sería más adecuada si, por alguna razón, llegara a caer en manos no entrenadas. «Connor. Kate. Niki.»

Luego vio otra réplica. Esta era del cuchillo Ka-Bar que portaban en su cinturón todos los marines en Vietnam. También lo compró, junto con dos latas de gas pimienta líquido para rociar.

Cuando llegó a la caja, el empleado marcó sus artículos sin siquiera mirarlo. Pensó que tal vez parecía uno de esos dementes preparándose para el fin del mundo, o un chiflado de algún grupo neonazi, QAnon o de la Milicia de Míchigan que planea dar un golpe de estado. Mencionó algo sobre la temporada de cacería, pero el empleado lo ignoró y cuando terminó de empacar las armas solo le dijo como a todos: «Que tenga buen día».

Ya era de noche cuando llegó a casa.

Mientras manejaba por su calle vio que todo estaba en calma. Desaceleró para ver las luces en la casa de los Templeton. Todas apagadas. Todo en silencio. Lo atravesó un rayo de temor: «Tal vez ya están muertos». Inhaló y exhaló, se dijo a sí mismo que debía tranquilizarse. Miró atrás y al frente de la calle, también entre las casas adyacentes. Más silencio. Más normalidad. Ornamentos de la fiestas de fin de año por todas partes. Venados de alambre con luces blancas parpadeantes. Gordos Santa Claus en sus trineos de plástico. Algunos listones de nieve mojada sobre debilitados prados verdes que en la noche se veían negros. Por su mente pasó el cliché «silencio sepulcral», pero mejor se forzó a pensar «todo en orden». En su casa había una sola luz afuera, sobre la puerta del frente y, en la ventana, un brillo de diversas tonalidades proveniente de las luces del árbol de Navidad que dejó encendidas. Decoraron el árbol apenas esa semana. Les pareció que podría distraerlos de todo lo que les estaba sucediendo, así que disfrutaron esos minutos en que las luces y los bulbos de colores reemplazaron la sensación de miedo que todos tenían. A Connor y a Kate les agradó en particular colocar la estrella en la punta. Invitaron a Niki a ayudarles. Ella se deleitó poniendo los témpanos plateados en las ramas. Ross volvió a inspeccionar el vecindario. La aparente calma del mundo suburbano parecía peligrosa, le dio la impresión de que el lugar estaba en un precipicio arenoso golpeado por oscuras y hostiles tormentas, por enormes olas, en peligro de deslizarse hacia un vasto y colérico mar.

Detuvo el automóvil en el acceso vehicular de su casa y lo apagó.

Se quedó sentado por un momento.

Los recuerdos lo invadieron.

Cuando él y Kate eran jóvenes y estaban en la universidad, en una ocasión que estaban desnudos y recostados sobre la cama de uno de los dormitorios, ella, aunque sabía la respuesta, le preguntó:

«"¿Viste muchos combates en Vietnam?" Y él contestó: "Si has visto por lo menos un combate, ya viste demasiado"».

Ross recordaba con claridad estar sentado frente a un joven consejero de la Administración para los Veteranos. Fue poco después de que Connor llegó a vivir a su casa, tal vez uno de sus peores octubres. El consejero era un terapeuta entusiasmado que parecía haberse graduado unos minutos antes, con su título recién impreso en la mano. Ross ignoró noventa por ciento de lo que dijo el joven, en especial cuando se refirió a los problemas del pasado como «basura que uno puede simplemente desechar y olvidar». Sin embargo, uno de sus comentarios perduró:

«Lo que sucedió en el extranjero jamás lo abandonará. Usted tiene que colocarlo en un lugar distinto en su interior para poder construir una vida normal.»

—Eso fue lo que hice —se dijo en voz alta. Miró alrededor.

Le pareció que el desafío consistía en equilibrar todo. Las vidas del pasado. Las vidas del presente. Las vidas del futuro.

Mientras todas esas contradicciones y confusión emitían desagradables ecos en su mente, reunió sus nuevas armas. Le dio gusto que el empleado no le hubiera ofrecido envolverlas en brillante papel con motivos de Navidad para colocarlas debajo del árbol. Caminó arrastrándose con pesadez hasta la puerta de su casa. Decidió que guardaría el nuevo arsenal junto con las armas antiguas. Una pequeña parte de él pensó: «Me estoy volviendo viejo. Demasiado. Estas son armas para un tipo de guerra y no estoy seguro de que sea como la que estamos librando». Otra parte, más convencida, dijo: «Tengo que recordar lo que aprendí cuando era joven».

«Todo sigue teniendo que ver con una sola cosa: el combate.»

41

DOS REUNIONES SOBRE EL MISMO TEMA

La primera reunión... Y la única decisión que
los tres sabían que debían tomar...

El 20 de diciembre...

10:45 p.m. Hora estándar del centro — Chicago
10:45 p.m. Hora estándar del centro — Madison, Wisconsin
8:45 p.m. Hora estándar del Pacífico — Marin County,
*   en las afueras de San Francisco*

Alpha, Charlie y Delta en línea...

Alpha escribió:

> Me da gusto que nos reunamos todos aquí de nuevo.
> ¿Les agrada lo que hemos hecho?

Respuestas inmediatas:

> Sí.
> Sí.

Alpha continuó:

¿Estamos listos para actuar?

Respuestas inmediatas:

Sí.
Sí.

Alpha sonrió.

¿Creemos que Socgoal02 y la novia están jodidos a un punto considerable?

Sabía que las respuestas estaban por aparecer:

Sí.
Sí.

Alpha continuó:

Era el objetivo, ¿no es cierto?
Bien, esta es la situación actual:
en mi humilde opinión, deberíamos honrar a Bravo realizando un ataque similar al que tuvo aquel desafortunado resultado. Deberíamos
adoptar su estilo, lo que nos mostró. Como un guiño a sus deseos. La
forma en que él abordó la situación debería servirnos de guía. Tal vez
nos haga salir un poco de nuestra zona de confort, pero ¿qué mejor homenaje podríamos hacerle?

Delta añadió:

Estoy de acuerdo con lo que propones. Me parece que debemos hacer justo lo que queríamos al principio. En sus casas. En las narices de
la Gestapo. Imaginen cómo reaccionarán cuando lleguen a la casa de

Socgoal02 y vean lo que logramos. «Pudimos evitar que esto sucediera», se dirán. Pero por supuesto, no pudieron. Me cago de risa.
Recuerden: Jack no dejó de destripar putas solo porque la Gestapo lo
buscaba. Esta será la más importante y jodida muerte en la historia de
los asesinatos.

Alpha sonrió. «La más importante y jodida muerte». No
podía estar más de acuerdo.

Charlie comentó:

Otro aspecto esencial: no nos apresuraremos esta vez. Será un proceso prolongado. Hablamos de por lo menos tres sujetos, pero podrían
ser seis. Repartidos entre nosotros tres. Me parece que Socgoal02 debería ser responsabilidad de Alpha. Enséñale la lección que tal vez ya
no recuerda, la que Bravo trató de hacerle entender. Yo tengo una marcada preferencia por la novia. Se me ocurren muchas cosas que podría
hacer con ella y, de ser necesario, puedo encargarme de sus padres.
Sin dificultades. Por lo que nos ha demostrado con su dinámica labor,
me parece que Delta tiene más experiencia con gente mayor. Por eso
los abuelos, en especial el que jodió a Bravo, deberían quedar a su cargo. ¿Les parece lógico a todos? La parejita debería verlo todo. Venganza multiplicada. Opino que debemos conmocionar al mundo. He estado
pensando. Lo que sucedió en octubre no fue más que una derrota aislada. Muchos comandantes, de Alejandro a Wellington y a Patton, han
transformado la pérdida en victoria gracias a una discreta y hábil maniobra. Deberíamos hacer lo mismo.

Le preocupó un poco que hacer una analogía histórica les
permitiera a los otros imaginar que era un hombre con estudios
y que tenía cierto nivel en el ámbito académico. Le pareció que
había sonado bastante como el profesor titular que en realidad
era. Pero luego pensó: «Al diablo. Si no puedo confiar en los
Muchachos de Jack, ¿entonces en quién?».

Añadió:

Bien, ¿cómo lo abordaremos?

Delta también sentía curiosidad:

Estoy listo y ansioso. Quiero saber.

Alpha se inclinó sobre su teclado. Se sentía caliente, excitado, impaciente por regresar a la etapa de planeación. La anticipación era casi tan disfrutable como el acto mismo. Tecleó con rapidez:

Esto es lo que creo que debe suceder:
ellos nos invitarán a pasar.
No deberán darse cuenta de a quién recibirán en su mundo.
Tenemos que hacerles creer que se trata de un juego inocente...
Justo hasta el instante en que comprendan que cometieron un error...
¿Lo ven? En este momento creen que la amenaza es lo que ven en sus laptops, pero en cuanto salgamos de su vida imaginaria y entremos a la real, comprenderán que estaban equivocados.
Y una vez en su mundo, podremos disfrutar un poco como Alex. Gozar de todo lo que lo volvió tan famoso en la película preferida de Delta...

Delta rio a carcajadas y en un gesto casi cómico tuvo que cubrirse la boca con la mano para apagar el sonido. Descubrió *Naranja Mecánica* un año antes en una sala local de cine de arte donde la proyectaron a pesar de las furiosas protestas de las feministas de la zona. Instó a los *Muchachos de Jack* a verla y después tuvieron una encantadora conversación al respecto en el *Lugar especial de Jack*. Recordó la frase que dijo Alex en la película: «Algo de ultraviolencia». «Eso es justo lo que debemos darles. Alex y sus *drogos* estarían orgullosos de nosotros. Y celosos también», pensó.

Charlie se descubrió asintiendo con ansiedad, como un estudiante que de pronto ve desplegarse frente a él la respuesta a una pregunta compleja. Todos los antropólogos conocían esa película. El fallecido Stanley Kubrick, director y productor, era el favorito de los académicos que estudiaban los distintos tipos de desintegración social.

Charlie y Delta miraron sus pantallas y vieron otro mensaje de Alpha.

> Sí. Les informaré de todo cuando nos reunamos.
> Justo aquí...

Envió una dirección que los otros reconocieron de inmediato.

> A esta hora. En esta fecha. Por favor, lleven con ustedes un libro que amen. Así nos reconoceremos.

Charlie y Delta tuvieron la misma idea cuando vieron la información. «Perfecto. Mejor que perfecto. Extraordinario. Alpha siempre a la delantera.»
Alpha continuó:

> Charlie, por favor, consigue esto.

A continuación apareció una fotografía y Charlie rio a carcajadas.

> Delta, esto es lo que deberás traer tú.

Una segunda fotografía se abrió en las pantallas. Delta también se rio.
A las imágenes les siguió una última orden.

> Traigan los artefactos que más satisfacción les provean. Piensen en algo íntimo.

Alpha pensó en llevar un garrote para poder percibir los últimos respiros que emitiera *Socgoal02*, y la Glock 9 milímetros que usaba para reprimir a sus clientes al principio. Siempre le pareció extraño que a las víctimas en potencia les diera más miedo morir con rapidez a causa de un disparo que de cualquier otra cosa que pudieran imaginar que Alpha les haría tomándose todo el tiempo del mundo. El arma los aquietaba. Los hacía acceder a que los atara. Las víctimas de Jack deben de haber pensado lo mismo. «Si obedezco estaré a salvo.» Naturaleza humana. Solo errores. «Te propongo un trato aún mejor: elige la vía rápida y oblígame a dispararte justo aquí y ahora en lugar de darme la oportunidad de deleitarme contigo. Las personas son como borregos. Son estúpidas. A la gente le da miedo tomar la decisión equivocada», pensó. Luego respondió vociferando directo a su pantalla:

—Y esa decisión equivocada es justo la que toman.

Dio fin a la sesión. Feliz. Satisfecho. Sintiendo que una fatiga real reemplazaba a toda la energía nerviosa que lo había mantenido despierto en las últimas semanas. Alpha estaba listo para dormir y reunir mucha energía para los próximos días.

42

La segunda reunión...

Los acordes finales y las voces que se elevaron al unísono en *El acebo y la hiedra* continuaban vibrando en los oídos de Ross cuando regresó a casa de la práctica del coro. Le daba gusto que los últimos ensayos hubieran salido bien y que la música que interpretarían en el servicio de la víspera de Navidad sonara tan perfecta como el coro podía permitírselo. Cantar lo relajaba. Lo distraía. Lo hacía olvidarse de lo que creía que estaban enfrentando. Pero, cuando subió por los escalones del porche de su casa, formando columnas de vapor cada vez que su aliento chocaba con el aire frío, los gozosos sonidos de las celebraciones de fin de año se desvanecieron y los sustituyeron oscuros pensamientos.

Kate, Connor y Niki lo estaban esperando en la sala, sentados junto a un árbol rebosante de alegres adornos.

—Denme un minuto —les dijo Ross mientras se quitaba el abrigo y la bufanda. Luego caminó con dificultad hasta su oficina y llegó adonde estaba la caja de seguridad para sus armas. Tomó entre sus brazos el rifle y la escopeta, insertó en su cinturón la pistola que había recuperado en la estación de policía y colocó las latas de gas pimienta y el cuchillo sobre su laptop, la cual fue equilibrando al regresar adonde lo esperaban los otros.

Sin decir nada, acomodó las armas y la laptop en el piso frente a ellos.

Dejó que por un momento observaran e interiorizaran lo que tenían enfrente.

—Esto es con lo que contamos para defendernos —explicó—. Tal vez podría conseguir más si fuera necesario.

Kate se quedó mirando las armas por un largo rato.

Odiaba todo lo que veía.

—Creo que estamos de acuerdo en que, quienquiera que haya enviado a ese hombre a matarlos, sigue suelto. Incluso si sus razones para hacerlo nos parecen irracionales e incomprensibles, también siguen latentes.

Hubo un silencio momentáneo.

—Uno de ellos está muerto —agregó Ross—, pero creo que, al igual que el asesino cuyo nombre eligieron para identificarse, jamás se darán por vencidos.

Kate sintió que el pánico se apoderaba de ella. Escuchó activarse todas las alarmas en su mente, como sucedía en la UCI cada vez que un paciente entraba en crisis.

—Es una locura. Es decir... por qué... —se detuvo y miró a los otros. A ninguno le parecía una *locura*—. Deberíamos traer a la policía para que les repitas lo que nos estás diciendo —sugirió mientras señalaba las armas en el piso—. Ellos sabrán qué hacer, y estas...

Pero entonces se dio cuenta de que solo estaba repitiendo algo que ya había dicho.

—Los detectives parecen pensar que Connor y yo cometimos un crimen —explicó Ross—. E incluso si desearan ayudarnos, ¿qué imaginas que podrían hacer? ¿Dejar estacionada una patrulla afuera de nuestra casa las veinticuatro horas? ¿Crees que lo harán? ¿Cuánto tiempo? ¿Un día? ¿Una semana? ¿Un mes? ¿Siempre? Y si lo hacen, ¿de qué manera piensas que eso podría ayudarnos? —preguntó Ross. Todos permanecieron en silencio—. Los policías resuelven crímenes que ya sucedieron. Nosotros estamos lidiando con uno que *podría* suceder —explicó.

—Además... —interrumpió Connor—, ni siquiera sabemos si planean usar una de esas armas —dijo, señalando la escopeta—, o una de aquellas —dijo, y señaló la laptop.

Niki se había quedado callada, pero de pronto se inclinó hacia delante. Primero miró las armas y luego dijo:

—Cierto, ¿por qué deberíamos suponer que los asesinos se dieron por vencidos? ¿Por qué suponer que *alguna vez* lo harán?

Kate sacudió la cabeza de forma violenta.

—Fracasaron. Su enviado terminó muerto. La policía está involucrada. ¿Acaso no dijeron los detectives que se estaban escondiendo?

—Sí —dijo Ross—, ¿pero qué tal si se equivocan? O digamos, no que se equivoquen, pero piénsalo. Dijeron que se *estaban escondiendo,* pero ¿qué tal si estos individuos pueden ocultarse y seguir planeando un asesinato al mismo tiempo? Supongamos que la policía no les importa. Que uno, dos, tres o cuatro hombres siguen considerando a Connor y a Niki su blanco. ¿Cómo nos protegemos? ¿Qué hacemos?

—Deberíamos escondernos —exclamó Kate.

Llegó el turno de Ross para levantar la voz.

—¿Cómo? Estos tipos, los *Muchachos de Jack,* solo tienen que ocultarse en Internet. Nosotros no podemos hacer nada más eso, nosotros tenemos que hacerlo físicamente también. ¿Cómo nos ocultamos y permanecemos juntos? ¿Y durante cuánto tiempo? ¿Tenemos que enviar a Connor a un lugar y a Niki a otro? ¿La familia de ella estaría de acuerdo? ¿Los enviamos lejos, a casa de familiares distantes? ¿De amigos? ¿Cómo dices: «Hola qué tal, por favor cuiden a nuestro nieto o a nuestra hija porque los están buscando unos asesinos que, por cierto, tal vez podrían matarlos a ustedes también»? ¿Qué deberíamos hacer? ¿Quedarnos sentados aquí? ¿Esperar? ¿Qué vamos a hacer cuando aparezcan? «Hola, muchachos, lo sentimos, pero Connor y Niki no están en este momento, ¿desean regresar más tarde?» —su voz derrochaba sarcasmo y furia—. ¿Qué alternativas tenemos? ¿Cambiar nuestros nombres? ¿Mudarnos lejos? ¿En dónde estaríamos protegidos? ¿En otro país? ¿Cómo nos aseguramos siquiera de que los *Muchachos de Jack* no sea una organización internacional dedicada a matar?

Ross titubeó y luego miró a Kate.

—¿Cómo lidian con una enfermedad en la UCI? ¿Y con una infección? ¿Un virus? ¿Cómo se enfrentan a algo oculto y peligroso, pero que también es real y amenazante?

Su pregunta hizo que todos se quedaran en silencio de nuevo.

A Kate se le ocurrieron cientos de respuestas, pero ninguna le agradó.

—Necesitaríamos ser agresivos —dijo—. Hacer exámenes para asegurarnos de que el diagnóstico es correcto y luego atacar a la enfermedad con vigor antes de que se apodere del paciente. Medicamentos. Procedimientos. Aplicar lo que se ha usado en el pasado. Lo que podría funcionar en el futuro…

Ross asintió.

—Tenemos que encontrar la manera de hacer lo mismo —les advirtió.

Niki se sentía exhausta. Abrumada. Meses de leer sobre asesinos, de evaluar crímenes, de trabajar con Connor para encontrar la manera de aplicar la información y asesinar al conductor ebrio. Luego, la humillación y la vergüenza. Y ahora, la incertidumbre de lo que sucederá al siguiente minuto. Le pareció que era como tener los ojos vendados y esperar que el verdugo decidiera actuar.

«Jack aprovechaba la sorpresa. Las prostitutas en Whitechapel no iban a dejar de andar en la calle. Él sabía dónde estaban, dónde estarían y cuándo serían vulnerables, podía acecharlas según le conviniera», pensó Niki.

—Llegarán pronto —balbuceó sin pensarlo mucho.

Kate volteó a verla.

—¿Cómo lo sabes?

—Pues, en primer lugar, porque dentro de poco ya no estaremos juntos. Suponiendo que esto no haya arruinado sus solicitudes, Connor irá a alguna universidad pronto; y suponiendo que lo que arruinen a continuación no sea mi proceso, yo iré a otra universidad —explicó Niki. «Aunque tal vez ya lo hicieron y no me he enterado», pensó, pero no les reveló sus reflexiones, solo continuó hablando a toda velocidad—. Para ellos será un problema que nos separemos. Si tienen que cazarnos en distintos lugares, el riesgo aumenta. Jack nunca dejó Whitechapel, o al menos, a nadie le consta que lo haya hecho. Y en segundo lugar, lo más probable es que estén furiosos por lo que sucedió y eso los instará a actuar con rapidez. O si no, por lo menos pronto. Cualquier cambio en nuestra vida, en nuestros horarios, cualquier cambio que hagamos en nuestra identidad en Internet… todo eso les dificultaría las cosas.

De pronto calló y echó la cabeza hacia atrás. Tenía la garganta seca. Apretó los labios. Le dolió el estómago. Lo que acababa de decir le provocó náuseas y, sobre todo, la manera en que estaba pensando: «Como una asesina».

—Ahora somos vulnerables y estamos juntos —explicó sin prisa. Volvió a respirar hondo—. De hecho, me sorprende que no hayan llegado ya —confesó titubeando.

—¿Qué te hace pensar que no han llegado? —preguntó Ross.

Y señaló la ventana. Hacia afuera. La oscuridad. En cuanto lo hizo, un automóvil cuyas luces iluminaron los ornamentos de Navidad de las casas pasó por ahí como ilustrando lo que acababa de decir.

Kate sintió que se le dificultaba respirar.

Ross sintió frío.

—Tenemos que decidir dónde queremos pelear. Elegir un campo de batalla que conozcamos. Y luego llevarlos a él.

No usó las palabras *trampa* ni *emboscar*, pero en eso estaba pensando. Los otros también.

Connor miró el árbol de Navidad. Algunas de las luces rojas se reflejaban en su cara. Escuchó lo que Ross había dicho y de pronto pensó: «Sé lo que debemos hacer».

Estuvo a un microsegundo de balbucear su idea, pero se contuvo. «Primero habla con Niki». Miró a PM1 y a PM2, no estaba seguro de que estarían de acuerdo con lo que quería proponer.

Por eso lo guardó para sí.

—Van a querer matarnos a todos —dijo Niki—. Lo sé.

Fácil de decir, difícil de entender. Y aunque no estaba del todo segura, tenía toda la razón.

43

UNA ESTRATEGIA PELIGROSA

Al principio, cuando Connor le dijo lo que quería hacer, Niki tuvo una cascada de dudas.

—¿No crees que sería como molestar a un perro rabioso?

Connor lo pensó un momento y asintió con la cabeza.

—Sí, claro. Es eso. ¿Pero qué pasa cuando molestas a un perro rabioso? Sale del lugar donde se oculta —explicó, esperando ver en el rostro de Niki el impacto de sus palabras—. No tengo miedo —agregó.

—Deberías —dijo ella con aire autoritario—. Yo sí tengo miedo.

Connor sonrió.

—Niki, tú no le tienes miedo a nada.

A ella le pareció que era un sentimiento encomiable pero muy impreciso.

Estaban arriba, en la habitación de Connor, sentados frente al escritorio en una actitud totalmente casta. Ross estaba abajo, en su estudio, y Kate se encontraba en la cocina.

—Los *Muchachos de Jack* tienen muchísimas ventajas —dijo Connor con calma—, pero la más importante es la incertidumbre. No sabemos quiénes son, por ejemplo. Solo sabemos *lo que son*. No sabemos cuándo podrían atacar, ni cómo ni dónde, ni nada más. ¿Y entonces que hacemos? ¿Nos quedamos sentados durante semanas, tal vez meses? ¿O qué tal un año o dos? ¿Les damos tiempo para que encuentren nuevas maneras de arruinarnos la vida? ¿Hasta cuándo nos van a mantener en esa prisión? Y todo ese tiempo tendremos la esperanza de que decidan dejarnos en paz. Váyanse. Maten a otros chicos, quizá. Pónganme a mí y a Niki hasta el final de su lista. Es una estupidez. ¿Quieres estar mirando atrás todo el tiempo? ¿Que todos los ruidos que escuches en la oscuridad te asusten? Yo no quiero eso y creo que tú tampoco. Por eso pensé, ¿cómo podemos cambiar la situación? Así fue como se me ocurrió esto.

Niki negó con la cabeza, aunque en realidad no estaba en desacuerdo con Connor.

—Tenemos que cambiar las circunstancias. Jack sabía que las prostitutas que acechaba en Whitechapel *no* iban a cambiar su rutina porque su vida dependía en gran medida de ella. Cada vez que llegaba la noche, salían a la calle. Él también. ¿Qué dijo? «No dejaré de destriparlas…» Y cuando escribió: «Odio a las putas», quiso decir que eran un agravio para él, que su presencia le resultaba intolerable. Lo único que tenía que hacer era esperar a que en las calles hubiera suficiente oscuridad y que ellas estuvieran solas. Es lo mismo ahora para los *Muchachos de Jack*. Por eso necesitamos cambiar la situación, obligarlos a actuar. Además, sabemos bien qué los haría sentirse insultados.

—Primero deberíamos hablar con Kate y con Ross —dijo Niki.

—Si hacemos eso —contestó Connor de inmediato—, dirán: «¡No! ¡No lo hagan!». Bueno, al menos PM2 lo hará porque no le gusta causar problemas. Pero es la única opción que tenemos. En cambio, si les decimos: «Miren lo que acabamos de hacer», tendrán que sumarse al plan.

Niki pensó que Connor tenía razón. Al menos, eso esperaba.

—¿Estás seguro de que lo verán? —preguntó ella.

—No —contestó Connor—, pero creo que vale la pena intentarlo.

—Todavía no estoy segura —replicó Niki, pero en realidad lo estaba. «Solo puedes correr desde atrás y perseguir, o hacerlo al frente y dejar que los otros corredores te persigan», pensó. Sabía cuál era la mejor manera de abordar una carrera que debía ganar.

Lo que Alpha vio esa noche...

Medianoche, Hora estándar del Este, 21 de diciembre.
Clic.
Clic.

El timeline *de Socgoal02 en Facebook...*

El adolescente no había publicado nada desde octubre. Alpha planeaba solo mirar para asegurarse, era parte de su rutina de vigilancia antes de acostarse. Entonces vio con asombro una nueva mezcla de videos. Todos habían sido tomados con teléfonos celulares desde las líneas laterales o las gradas. Ninguno era profesional. La imagen temblaba un poco. Duraban solo unos segundos. A todos los acompañaba una risa como de ebrio.

Los primeros cuatro eran videos de penaltis que Connor tuvo que enfrentar en la portería. Como en todos tenía una camiseta distinta, era obvio que habían sido grabados en varias temporadas.

Uno: el tirador golpeó el balón y este pasó dos metros por encima de la red. Connor aplaudió aliviado.

Dos: el tirador golpeó el balón hacia la derecha de Connor, pero él anticipó el tiro y le bloqueó el camino al balón desviándolo.

Tres: lo mismo, pero esta vez el tiro fue dirigido hacia la izquierda de Connor. Él se estiró todo lo que pudo y desvió el balón con una sola mano extendida en la dirección correcta.

Cuatro: el tirador golpeó mal el balón y este salió disparado formando un arco amplio e inocuo. Connor saltó con el puño estirado hacia arriba.

Los cuatro videos habían sido modificados por alguien inexperto.

Cada balón colocado en el punto para el tiro de penalti tenía un nombre escrito:

Alpha sobrevoló inútilmente la barra de la portería.
Bravo fue bloqueado a la derecha.
Charlie fue bloqueado a la izquierda.
Delta voló formando un amplio e impotente arco.

A esto le siguió un quinto video. Esta vez se trataba de Connor participando en un juego de baloncesto en la preparatoria, tal vez fue grabado algunas semanas antes. Estaba solo, acababa de hacer una jugada en la que dejó a todos los defensores atrás. Acompañado de un coro de risas y vítores, encestó con gran facilidad el balón marcado con un emoji de cara sonriente y un nombre:

Easy.

Al ver esto en la pantalla, Alpha se sintió escandalizado. Lo recorrieron oleadas de furia.

Estaba a punto de estallar cuando vio un breve mensaje escrito debajo de los videos:

¿Sabes qué sucede cuando detienes un penalti y ganas el juego? Te conviertes en el héroe y recibes una gran recompensa.

Alpha miró la mezcla de videos. Una capa de color rosa se deslizó sobre las imágenes, como si escurriera sobre ellas con un breve desfase temporal. Como las gotas de lluvia en una ventana. Se quedó ahí oscureciendo los videos unos segundos. Luego apareció una nueva imagen.

Eran *Socgoal02* y *la novia* sentados al borde de una cama y mirando directo a la cámara.

Al centro apareció la ubicua flecha que indicaba *play*.

Alpha le dio clic.

Era un breve video en cámara lenta:

Socgoal02 y *la novia* levantaron al mismo tiempo ambas manos con el dedo medio erecto.

El casi universal gesto de:

«¡Jódanse!»

Alpha sabía que iba dirigido a él y a los otros *Muchachos de Jack*. De forma exclusiva.

Algunos segundos después, *Socgoal02* y *la novia* bajaron las manos. *La novia* se inclinó a la derecha, levantó un letrero escrito a mano y lo mostró a la cámara:

Somos los Jackkillers.

En ese momento se congeló el video.

Alpha emitió un sonido gutural, animalesco, el ruido que produce un depredador cuando tiene a la presa entre sus fauces. Estiró los dedos sobre el teclado, casi como si golpear las teclas le permitiera envolver el cuello de *Socgoal02*.

Inhaló con avidez.

Se quedó paralizado mirando la pantalla. No estaba seguro de cuánto tiempo permaneció en esa posición. ¿Diez segundos? ¿Diez minutos? ¿Diez horas? Lo único que le venía a la mente era: «Ha llegado su hora de morir».

Empezó a teclear a toda velocidad.

Quería que Charlie y Delta vieran el video antes de que los estúpidos adolescentes tuvieran tiempo de quitarlo de la página de Facebook. Quería compartir su furia.

44

DOS TIPOS DE PREPARATIVOS FUNDAMENTALES

TIPO 1: ASESINAR
TIPO 2: NO SER ASESINADO

Alpha...

Lo primero que hizo:

Les envió a Charlie y a Delta los enlaces de los videos de Facebook sin comentar nada. Sabía que no necesitaba decirles lo furioso que estaba. La respuesta instantánea que recibió de Delta era de una simplicidad brutal:

> Esto hace aún más necesaria nuestra próxima visita.
> No tendrán la celebración de Año Nuevo que esperan.

Algunos minutos después, Charlie añadió con cinismo:

> Nuestro video será mucho mejor.

Tanto Alpha como Delta sabían que era cierto. Antes de que todos dieran fin a la sesión, Alpha escribió un gélido mensaje:

Aún tratando de contener su ira, Alpha hizo sus preparativos:

Reservación de vuelo. Alquiler de automóvil. Habitación de hotel.

Nombre falso, tarjeta de crédito falsa, todo falso.

Dejó atrás su personalidad y se convirtió en quien era en realidad. Empezó a moverse por toda la casa, de las habitaciones hasta su *lugar para matar* en el sótano. Lo que reunió:

El garrote fabricado a mano. Empuñadura de madera y tubo plastificado.

La Glock 9 mm semiautomática. Dos cargadores abastecidos con balas recubiertas de teflón. Todo empacado en un estuche con seguro diseñado de manera específica para contar con la aprobación de la Administración de Seguridad en el Transporte y poder llevarlo como equipaje documentado.

Ataduras de plástico. Guantes de cuero ajustados.

Mudas de ropa.

Un traje especial.

Tres iPads nuevos de última generación, capaces de grabar imágenes en alta definición. Comprados en tres tiendas distintas con tres cuentas fraudulentas. Todos activados bajo identidades ficticias con contraseñas falsas. «Jack 1, Jack 2, Jack 3.»

Alpha desplegó su equipo de viaje en el piso del sótano.

Reunir los objetos le ayudó a reestablecer el control interior. «Van a morir pronto —se dijo—. Paciencia. Piensa que su muerte te sabrá muchísimo mejor ahora.» Se acercó a su computadora y copió el video de *Socgoal02* y de *la novia* en un *drive* USB. Sabía que para escribir las memorias que había planeado —de las cuales ahora volvía a imaginar página tras página, capítulo tras capítulo— necesitaría documentar con precisión cada momento del camino hacia sus muertes. Estaba consciente de que, en la web, desacreditar opiniones y cuestionar toda aseveración era uno de los pasatiempos más comunes de la gente entrometida y obsesionada con la informática, y de los nerds sin vida propia. Él estaba decidido a proteger sus memorias e impedir que hicieran eso con ellas:

«La grandeza no se puede debatir —pensó—. No queda mucha verdad en el mundo, y la poca que hay se desmorona y desaparece en la boca de los dementes».

Por todo esto, para Alpha era de suma importancia que cuando publicara la historia donde narraría «lo que hicimos» y con la que le daría la bienvenida «a nuestro mundo de muerte» a un público a punto de caer en shock, sus palabras fueran irrefutables.

«Nada de controversias tipo "Segundo hombre armado y pertrechado en una colina cubierta de hierba en el asesinato de Kennedy". Nada de "Los alunizajes fueron falsos". Nada de "Elvis está vivo y feliz, y vive aislado en las afueras de Tupelo, Misisipi", ni ninguna especulación estúpida como "Los rusos no trataron de influir en nuestras elecciones". Nada de conspiraciones. Nada de engaños.

»Los *Muchachos de Jack* van a presentar el *reality show* definitivo.

»Esta gente estaba viva y, ¡ahora vean! Están todos muertos.

»Nada de pantallas verdes ni ficciones adornadas con efectos especiales de Hollywood.

»Nada de Cirque du Soleil, *A Chorus Line* en las Vegas, las Rockettes o espectáculos de medio tiempo en el Super Bowl.

»Lo que nosotros hacemos en realidad sucede.

»Es la máxima verdad.

»Como lo que logró Jack en 1888.»

Alpha se preguntó:

«¿Cuántas visitas tendremos cuando hagamos públicas las muertes? ¿Cien millones? ¿Mil millones?»

Sabía que en cuanto se publicara la información sobre los asesinatos, los tres *Muchachos de Jack* tendrían que desconectarse de cualquier medio electrónico y deshacerse de su equipo informático con todo y el historial de sus discos duros. Tendrían que destruir todos los celulares. Deshacerse de cualquier artefacto que se conectara a otro. Tendrían que desaparecer.

Regresar a la Era de Piedra. Y lo más importante: no dejar huella. Nada de indicios. Nada de ADN. No podrían dejar atrás nada de cabello, sangre, sudor, saliva o semen. En cuanto Alpha transmitiera los asesinatos desde el nuevo *Lugar especial de Jack* para todo el mundo, tendrían que convertirse en fantasmas de Internet y en humo en la vida real. Se preguntó cómo presentarían en Facebook, YouTube y otros sitios las noticias sobre la consternación de la gente, en vista de argumentos como: «No podemos mostrar esto» y «Necesitamos eliminar aquello». «La Primera enmienda es en verdad adorable —pensó—: Les pertenece a los *Muchachos de Jack* tanto como a la prensa, la iglesia o el gobierno.»

Cuando los viera en persona, Alpha planeaba decirles a Charlie y a Delta que se reunieran en un nuevo sitio en Internet que había previsto y al que llamaría Whitechapel1888.com. Para ese momento la *Gestapo* estaría abrumada y mareada por la presión de la comunidad. «No —pensó—, por la del Estado. No, más bien por la presión nacional —imaginó riéndose.» Podía ver desde ya a todos los blogueros y los sitios sobre crímenes de la vida real que se obsesionarían con la muerte de *Socgoal02* y de *la novia*. Especulación interminable y parloteo inútil. Indicios por aquí. Hipótesis por allá. Una confusión incontrolable. La mera idea lo regocijaba.

«Los *Muchachos de Jack* serán inmortales.

»Y los sacrificios de Bravo y Easy serán conmemorados.»

Apenas podía controlarse al pensar que por fin se encontraría en persona con los hombres a quienes había llegado a conocer de una forma tan íntima.

Le habría gustado que el Jack que trabajó en la oscuridad de Whitechapel se hubiese enterado de quiénes eran y de lo que iban a lograr en su nombre.

«Estaría orgulloso. E incluso un poco celoso.»

Su equipo para matar estaba empacado junto con sus anhelos, su furia y su plan.

Delta vio el video de *Socgoalo2* y *la novia* por lo menos cinco veces antes de recargarse en el respaldo, levantar el dedo medio frente a las imágenes y susurrar:

—Jódanse, jódanse, jódanse. Ya veremos quién se va a la mierda, ¿no?

Se dio cuenta de que en los días subsecuentes al funeral de su padre su casa se volvió mucho más silenciosa. Las enfermeras que ahora atendían a su madre parecían caminar por el lugar como con la idea de que cualquier ruido podría quebrar alguna de las valiosas antigüedades. Su madre pasaba todos los días en cama frente al televisor y había dejado de llamarlo cada diez minutos. Se preguntó si no estaría confundida. Tal vez creía que quien había muerto era él y pensaba que ya no estaba en su cuarto, al otro extremo del corredor. Delta también notó que el televisor que antes siempre sonaba a todo volumen porque ella se negaba a usar un aparato para la sordera ahora permanecía en silencio. Sin sonido. Parecía que mirar las imágenes en la pantalla le bastaba para ser feliz, no le importaban ni el diálogo ni el contexto, ni siquiera la trama. Supuso que también le estaría fallando la vista y que ahora solo veía colores cruzando la pantalla cada vez que la escena cambiaba. Imaginó que era como el remanente de un viaje ácido de los años sesenta. De la historia antigua.

El psicodélico mantra de Haight-Ashbury para activarse, interactuar con el universo y dejarse llevar:

«*Tune in, turn on, drop out.*»

Era lógico. Era lo mismo que él estaba haciendo, pero a su manera. Pensó que entre él y ese ser que siempre debió ser solo se interponían tres cosas.

«Una madre agonizante.

»*Socgoalo2*

»y *la novia.*»

Pensó en los adolescentes con una furia creciente. Luego se dio cuenta de que había...

«Una cuarta cosa:

»El maldito viejo que mató a Bravo.»

Trató de recordar para sí que no debía subestimar a este adversario por ser diferente, sin embargo, le resultaba difícil. Para Delta, la gente vieja era su padre muerto, su madre agonizante y los indigentes a quienes con gusto y frecuencia despachaba en los callejones.

Él también empacó para su viaje.

Iría al otro lado del país en primera clase.

En su mochila se encontraba la ropa *especial* que Alpha le había asignado.

Sabía, como Alpha y Charlie, que tendría que documentar la mochila en el aeropuerto porque contenía un gran cuchillo de caza diseñado bajo pedido: su arma preferida. Lo acarició antes de volver a meterlo en el estuche de cuero y guardarlo en la mochila. Tan filoso como una navaja, acero damasco de 120 capas. Punta caída tipo Bowie. Navaja de nueve pulgadas y empuñadura ergonómica de madera texturizada con vetas que el mismo herrero de Minnesota que forjó el metal moldeó con delicadeza para que se adaptara a su mano.

Un cuchillo que se había vuelto una extensión de su cuerpo.

Valía cada centavo de los seis mil dólares que pagó por él.

Cada vez que lo usaba le parecía que era como abrir un regalo de Navidad, lo cual, pensó riéndose, resultaba muy apropiado para la temporada.

—Jo, jo, jo, todos van a morir —susurró.

Charlie...

A pesar de lo furioso que estaba tras haber visto y vuelto a ver y, por último, guardado el insultante video de *Socgoal02*, Charlie recobró la compostura y se enfocó en su mayor problema:

«¿Cómo logro escaparme durante las fiestas de fin de año sin llamar demasiado la atención, justo cuando se supone que la gente está feliz y alegre, y se reúne para celebrar?».

Su esposa estaba en uno de los cuartos de abajo envolviendo regalos para las sobrinas y los sobrinos, y tarareaba un villancico con alegría. Él odiaba cada nota.

De acuerdo con sus planes, característicos de esa época del año, el día de Navidad irían a comer a casa de su cuñado. Un trayecto de tres horas en automóvil. La comida empezaría a las cuatro, después cantarían villancicos y abrirían los regalos.

Él odiaba cantar.

Odiaba a su cuñado.

Odiaba a la esposa de su cuñado.

Odiaba a sus hijos. Odiaba a los padres de su esposa.

Quería matarlos a todos.

Sospechaba que ellos también lo odiaban a él.

Lo cual era útil.

Podría llegar tarde a la reunión, a ellos no les molestaría.

Buscó información sobre vuelos e hizo algunos cálculos rápidos en su cabeza. Añadió el tiempo de viaje e intentó hacer ajustes para llegar a la celebración de Navidad de la familia de su esposa, trató de incluir en la ecuación cualquier retraso debido al clima… y diseñó el esquema perfecto. «Haz esto, haz esto otro, haz aquello, y estarás libre para hacer lo que en verdad deseas.

»Un regalo especial de Navidad. Solo para mí.»

Tomó su celular, caminó hasta la puerta de su oficina y la abrió. Se lo colocó en la oreja sin encenderlo. A todo volumen y con una voz aún más falsa que la de costumbre, habló con un agobio inconfundible:

—Vaya, es terrible. Sí, por supuesto… Claro… Comprendo, sí, puedes contar conmigo… De inmediato.

Sabía que su esposa alcanzaría a escuchar parte de lo que dijo y que notaría el conflicto en su voz. «Debí ser actor, estar en el escenario representando algo de Shakespeare.»

La profesora levantó la vista, una ligera preocupación se leía en su rostro.

—¿Sucede algo malo, cariño?

—Sí —contestó él un poco rígido, tratando de verse afligido.

—¿Qué ocurre?

Titubeó, como si no estuviera seguro de qué decir. Era parte de su actuación.

—¿Recuerdas que mencioné que hace muchos años, cuando estudiaba en la universidad, formé parte de una fraternidad?

Nunca lo mencionó porque no formó parte de nada.

Su esposa parecía buscar entre sus recuerdos.

—En realidad no —respondió.

—Bien, querida, pues no fui honesto del todo… —dijo como disculpándose.

Ella prestó atención. Se inclinó hacia él. De inmediato sintió curiosidad. La gente no solía admitir que había sido deshonesta en su matrimonio. Charlie pensó: «Como creerá que es la primera vez que le miento, sentirá curiosidad».

—¿A qué te refieres?

—A que no era exactamente una fraternidad. Estuve en una sociedad secreta de la universidad.

Ella se quedó pensando un momento y dijo:

—¿Te refieres a algo como Calavera y huesos de Yale…?

Charlie aprovechó la referencia.

—O como Cabeza de lobo. También de Yale. O la Sociedad Euclidiana de la Universidad de Nueva York. O la Orden de Gimghoul de la Universidad de Carolina del Norte, o la Sociedad de cadáveres de Washington and Lee…

—Bien, pero ¿cuál es el…? —interrumpió ella.

Y él la interrumpió a su vez.

—No te puedo decir. Lo lamento. De cierta forma ese es el objetivo de una sociedad secreta. Ni siquiera puedes contarle a la gente más cercana a ti.

Ella lo miró como pensando: «No puedo creer lo infantiles que son sus reglas». Él la ignoró. «La sociedad secreta a la que en verdad pertenezco es a los *Muchachos de Jack*», pensó.

—De acuerdo —dijo su esposa—. Pero eso, ¿cómo…?

—En mi sociedad hicimos un juramento de sangre, si alguno de los miembros llegara a necesitar ayuda de cualquier tipo, responderíamos de inmediato, cualquier día, cualquier noche, sin hacer preguntas…

La expresión de ella se exacerbó: «Vaya, pero qué inmadurez».

—¿Y? —preguntó.

—La llamada que acabo de recibir… uno de mis hermanos de la sociedad está en dificultades. Serias dificultades. Tengo que ir a ayudarlo.

—¿Ahora?

—Sí.

—Pero es una locura. Las celebraciones de fin de año casi están aquí y hemos programado varias actividades. Tenemos compromisos con la familia. ¿No puede ir a ayudarlo otro de los tontos adolescentes que hizo ese estúpido juramento? Y bueno, en resumen, ¿cuál es el problema?

—No tengo permitido decirlo. Y respondiendo a tu pregunta, no: juramos actuar en cuanto nos lo pidieran. Sin pretextos. Sin enviar a otro.

—Vaya, pues me parece ridículo.

—¿Una adicción a las drogas te parece ridícula? —preguntó Charlie—. ¿Un ataque cardiaco? ¿Cáncer no operable? ¿Qué me dices de una bancarrota? ¿O un hijo en problemas? ¿O abuso doméstico? ¿O un severo colapso mental y un posible suicidio?

Charlie dio estos ejemplos a toda velocidad. Ninguno era cierto. El último estaba pensado para apelar a la sensibilidad de la esposa psicóloga.

—De acuerdo —dijo ella—, ya veo a qué te refieres.

—Un juramento es un juramento —explicó él—. No me agrada. Y también estoy de acuerdo en que han pasado tantos años que parece tonto. En especial porque nadie me había llamado hasta ahora. Sin embargo, creo que me sentiría mucho peor si *no honrara* esta promesa, por estúpida que sea.

Sabía que este argumento la conmovería.

—De cierta forma, tiene que ver más con lo que yo haga, que con el problema que tengan —terminó de explicar.

El segundo argumento también tuvo un impacto psicológico en su esposa. Quería reír. «Esto es demasiado sencillo», pensó. Esperó la respuesta.

Pero ella solo se veía exasperada.

«No me lo dirá, pero lo más probable es que le dé gusto saber que podrá pasar tiempo con su hermano y su familia sin que yo esté ahí, al menos por unas horas. Solo está montando un espectáculo para mí de la misma manera en que yo lo hago para ella. Sabe que tendrá la oportunidad de quejarse de mis innumerables fallas y defectos con gente muy dispuesta a escucharla. Tiene la capacidad de hacerse la mártir y, al mismo tiempo, de sentir celos de su hermano por esos niños malcriados que tiene y que abrirán sus regalos y harán todo lo que se espera en esas rutinarias celebraciones inventadas para la gente ordinaria.»

—Llegaré a tiempo para cantar los villancicos, te lo prometo —dijo Charlie. «O quizá no, ¿pero a quién le importa?», pensó—, sin embargo, no puedo responder más preguntas. Te llamaré cuando esté en la carretera…

—¿A dónde irás? Supongo que al menos eso sí me lo puedes decir —preguntó ella.

—A Des Moines, Iowa —respondió Charlie enseguida.

Se le ocurrió esa ciudad de la nada. En realidad viajaría en la dirección contraria.

—Pues me sigue pareciendo ridículo. Además, todo mundo te va a extrañar…

«No, no lo harán.»

La vio hacer con la mano un gesto despectivo como diciéndole «ya vete». Pensó que para cuando por fin llegara a la celebración familiar, lo haría con una maravillosa excusa. Lleno de alegría se imaginó a sí mismo entrando por la puerta del frente de la casa de su cuñado, con un cuchillo ensangrentado en la mano. Agotado pero complacido. Y cuando su esposa y su familia preguntaran *por qué* se veía así y, quizá, *de quién* era la sangre, él se encogería de hombros y contestaría: «Lo siento, no puedo hablar de ello porque juré guardar el secreto. ¿A qué hora comemos? Espero que el pavo sea relleno».

Sintió su pulso acelerarse. Regresó a su oficina para terminar de empacar, pero lo único en lo que podía pensar era en ver a *Socgoalo2* morir mientras él se cogía a *la novia* antes de matarla. En su opinión, era la fantasía perfecta para la temporada de fin de año.

En una ocasión, Connor vio en *Discovery Channel* un documental en el que mostraban a gente atrapando serpientes venenosas con las manos. Mantenían la mano izquierda abierta para distraer a la serpiente y luego la tomaban con la derecha por la parte trasera de la cabeza. O al menos, eso fue lo que le pareció que hacían.

Tenía la sensación de que había activado un reloj que ahora hacía tictac.

Era de mañana. Bajó por las escaleras con su laptop en las manos para mostrarle a PM1 lo que había publicado en Facebook. No sabía si se pondría furioso o si lo comprendería, pero él fue quien lo hizo pensar en la palabra *trampa*.

«El puesto de escucha.»

Ross estaba sentado frente a su escritorio, cerca de sus armas, recordando:

«Un par de hombres con una radio instalados en un agujero en la selva para alertar a la base sobre un ataque inminente».

Buena forma de morir.

«Nadie deseaba recibir esa orden:

»"Oiga, soldado, avance unos doscientos metros y..."»

Recordó lo que sucedió muchos años atrás.

Esa tarde en que comenzó a sudar frío y a sentir náuseas mientras veía la película *Pelotón*, de Oliver Stone. Para cuando llegó a las escenas finales en las que el ejército norvietnamita se reunía para atacar la base temporal, estaba abatido. Le temblaron las manos al ver al actor Dale Dye, otrora marine en la vida real, pidiéndoles por radio a los soldados que estaban en el puesto de avanzada que le dijeran lo que veían venir: «Solo teclee en su radio, hijo». Y luego se dio cuenta de que ya estaban muertos o agonizando, y que lo que estaba a punto de llegar era lo más pavoroso del mundo. La mirada de impotencia en la cara del actor se volvió parte de la pesadilla de Ross.

Después de eso se juró a sí mismo que nunca volvería a ver otra película sobre Vietnam, sin importar cuántos Premios Óscar hubiese ganado. *Apocalypse Now, Los gritos del silencio,*

Rambo, Nieve que quema, La colina de la hamburguesa y *Nacido para matar* llegaron a los cines o fueron transmitidas en plataformas fílmicas, pero él no las vio ni por un segundo. Y años después evitó *Soldado anónimo, Zona de miedo* y *La noche más oscura*. Las imágenes de *Pelotón*, sin embargo, permanecieron en su recuerdo, y la implacable multitud del ataque continuó haciendo que se le secara la garganta.

Lo comprendió: «El enemigo nunca cambió.

»Su objetivo nunca cambió.

»Las tácticas podrían ser distintas. El diseño también.

»Habría amagos y sorpresas y planes que provocarían que una cosa pareciera otra.

»Pero su objetivo final siempre sería el mismo».

Ross se levantó de su escritorio y empezó a caminar por la casa pensando en cómo defenderla de un ataque como el que frustró en octubre. Podía ver a cuatro hombres atacando su casa, vestidos de negro como el que mató. La palabra *cuatro, cuatro, cuatro* hacía eco en su cabeza. Por lo que sabía, esa era la cantidad de *Muchachos de Jack* que quedaban. Inspeccionó el perímetro en busca de puntos débiles.

Puerta del frente. «El punto de entrada menos probable.»

El ventanal del lado derecho de la sala. «Acceso posible, pero ruidoso, el vidrio roto causaría un estruendo. Una opción insensata.»

La ventana del sótano. «Mucho mejor. Más silenciosa. Pero estrecha y con una caída difícil hasta el piso. Una vez dentro, sin embargo...»

La puerta trasera y la plataforma en el patio. «La zona más vulnerable. Fuera de vista. Cerradura endeble. Así fue como entró a casa de Niki el hombre que maté. ¿Sus compañeros intentarían entrar por el mismo lugar? Por supuesto que sí.

»¿Cómo cubro cada zona?»

Ya había llamado a una empresa de seguridad para que instalara alarmas modernas, pero por más que les suplicó, no pudieron adelantar su cita para la instalación. Además, sabía que si les decía: «Miren, señores, hay un grupo de desconocidos que planean matar a mi nieto dentro de poco. Pronto…», pensarían que estaba loco de remate. La respuesta que le dieron cuando marcó a la empresa le pareció de rutina, como si le preguntaran, «¿por qué tanta prisa?». Pero no quiso explicar que para su situación ya no había opciones «de rutina».

Así que no tenía caso.

«Depende de nosotros. De mí.»

Tenía problemas para dormir, pero eso no era nada nuevo. Se había estado despertando en actitud de alerta:

A la media noche. A las 3 a.m. Antes del amanecer. En cuanto amanecía.

Le parecía que cada uno de esos momentos era propicio para lanzar un ataque. Mientras Connor dormía solo en su habitación y Kate ocupaba la otra mitad de la cama de ambos, él deambulaba por la casa acechando con una de sus armas en la mano y tratando de escuchar ruidos que delataran a cualquiera que intentara entrar por la fuerza.

Que anunciaran la muerte.

Repasó en su mente lo que aprendió durante el entrenamiento básico sobre posiciones de defensa y trató de recordar los manuales de entrenamiento del Cuerpo de Infantería de Marina. Las frases y las lecciones estaban en su interior. Las líneas de combate y las medidas de control, las maniobras destacadas y las laterales, la enfilada para dispararle al enemigo y socavarlo. Todo parecía mezclarse en su cabeza. Miró alrededor y se obligó a ver su casa en los suburbios como un puesto de avanzada aislado: rodeado y bajo ataque. Asediado. Le vino a la mente otra película, esta vez era una producción antigua en blanco y negro. *Beau Geste*. Con Gary Cooper. Los soldados de la Legión Extranjera francesa estaban sitiados, y para hacer pensar a los atacantes que el fuerte seguía bien defendido y que había muchos hombres, adosaron a sus compañeros muertos en los muros y colocaron las culatas de los rifles bajo sus brazos sin vida.

Se preguntó: «¿Cómo podría yo hacer lo mismo?».

Su vecindario había dejado de ser una zona tranquila de gente de clase media. Ahora era un campo de batalla.

Todos estos pensamientos daban vueltas en su cabeza cuando Connor bajó por las escaleras.

—PM1, hay algo que quiero mostrarte —dijo.

Ross sonrió torturado, como pensando «¿y ahora de qué más tenemos que preocuparnos?».

—Por supuesto, Connor, ¿de qué se trata?

—Niki y yo… —comenzó a decir con la laptop en las manos—, bueno, sobre todo yo, decidimos volver a insultar a los *Muchachos de Jack*.

—¿Qué? —preguntó abruptamente.

Lo que su nieto le contó y luego le mostró, le pareció impulsivo, imprudente, peligroso y arriesgado… pero no del todo incorrecto, ya que tal vez serviría para disminuir la fuerza del elemento sorpresa con el que contaban los atacantes, y poner a todos en alerta permanente.

Era como recibir una orden:

«Oiga, soldado, avance unos doscientos metros y…

»El puesto de escucha».

Kate…

Un anciano, casi de noventa, «un caballero», pensó ella. Sí, llegó de un asilo por la mañana con neumonía avanzada, se le dificultaba respirar. Y para cuando comenzó la tarde ya estaba muerto. Tomando en cuenta que se negó a que lo conectaran al ventilador y a que le aplicaran otros tratamientos, resultaba extraño que lo hubieran llevado a la UCI para empezar. Además, firmó una orden para que no lo resucitaran, así como otras directrices avanzadas de cuidado y, en realidad, debió morir en su departamento. Al menos eso fue lo que Kate pensó, pero luego vio a la familia del anciano aferrándose a su vida con más tenacidad que él.

De hecho, él había aceptado la muerte.

Pero ellos querían combatirla.

Aunque sus únicas armas fueran sus lamentos y todo el tiempo que lo tomaban de la mano. Gemidos incontrolables y llanto incesante.

Luego, el silencio.

La familia fue escoltada a la salida por un residente que tenía cara de conmovido, pero que en realidad había hecho ese mismo trabajo tantas veces que estaba bien familiarizado con las fórmulas aplicables para esos casos. Entonces Kate aprovechó que aún no llegaba el equipo de la funeraria y entró al cuarto del recién fallecido. Se sentó a los pies de la cama y se quedó mirándolo como si esperara que le transmitiera un poco de información sobre la muerte que ella no conociera aún.

Comprendía que toda su vida adulta la había pasado tratando de mantener viva a la gente, luchando de manera constante. Que a veces había ganado y otras había perdido. Después de pasar la vida mirando a la muerte a los ojos, le daba la impresión de que ya no tenía miedo de morir. Sin embargo, tenía miedo de matar.

Y de los asesinos.

De los *Muchachos de Jack*.

A pesar de ello…

Se prometió a sí misma: «Connor no. Niki no».

«No van a morir —se dijo, mientras miraba los rasgos como de porcelana del anciano—. Van a envejecer. Incluso si terminaran no sirviendo para gran cosa y no llegaran a ser importantes, incluso si se volvieran ordinarios por completo. Connor y Niki llegarán a viejos.»

Kate levantó la vista y vio a dos hombres de traje oscuro empujando una camilla por el corredor. Una de las llantas hacía clic de forma espasmódica. En el centro de la camilla había una bolsa negra mortuoria, el plástico reflejaba las luces del techo de la UCI. Se puso de pie y uno de los hombres se acercó a la entrada del cuarto del anciano.

—Venimos por… —comenzó a explicar el hombre.

—Lo sé —contestó ella.

—Hay ciertos trámites…

—Siempre hay trámites —dijo Kate.

«Se supone que la muerte cabalga sobre un caballo de pelambre blanquecino, que impone con su oscuridad, que viene cubierta de una túnica negra suelta y empuña una guadaña espantosa. Pero eso no es del todo cierto. La muerte llega en un traje barato con una corbata de clip y falsa simpatía.

»Cargando una bolsa mortuoria de plástico.»

Se preguntó si esta observación les ayudaría a ella y a su familia a mantenerse vivos.

45

UNA DESAGRADABLE
CONVERSACIÓN DURANTE LA CENA

Ross, Connor, Kate y Niki...

Kate estaba cocinando, Connor y Niki pusieron la mesa antes de ir a sentarse junto al árbol. Ross reunió todas las partituras para el último ensayo del coro antes de su presentación en la víspera de Navidad. Colocó las letras de los villancicos y la música sobre una mesita cerca de la puerta del frente. Junto a ellas dejó una de las dos latas de gas pimienta.

La segunda lata estaba sobre la mesa de noche de Kate, junto a la cama *king-size*. En el cajón de la mesa de Ross estaba la Magnum .357.

Sin el seguro y con seis balas en el cilindro.

Pero no se quedaría ahí.

El rifle Remington de caza 30.06 ya no se encontraba en la caja de seguridad. Era un arma monotiro con cerrojo. También estaba cargado y sin seguro. Ross había adherido seis balas adicionales en la culata de madera y, tras meditarlo un poco, le quitó la mira telescópica. Su razonamiento: «Cualquier confrontación será en un espacio reducido y la mira solo estorbará». Pero luego cambió de parecer y la atornilló de nuevo: «Tal vez necesite hacer un tiro a distancia». Levantó el rifle y lo colocó detrás de una cortina en la sala, un lugar de donde podría tomarlo con facilidad. El cuchillo Ka-Bar lo guardó en una mesa ratona, entre un ejemplar reciente de *The Atlantic Monthly* y uno de *The New Yorker* de dos meses atrás.

Solo quedaba la nueva escopeta .12. La abasteció, pero no estaba seguro de dónde debería dejarla. Trató de pensar en un lugar donde no se viera, pero que le permitiera tomarla con facilidad, como el clóset de los abrigos o debajo de los almohadones del sofá.

«Con facilidad»; sabía que se estaba mintiendo a sí mismo.

En el sótano, debajo de la única ventana por donde podrían entrar, colocó una serie de alambres para hacer caer a quien intentara pasar por ahí. Compró cable eléctrico delgado en Home Depot y lo conectó con latas vacías. También cubrió el alféizar con trozos de vidrio mezclados con melaza. Sabía que los ratones descubrirían el dulce, y que si se quedaban pegados sería desagradable limpiar después, pero ellos no eran lo que le preocupaba.

Martilló clavos largos en una delgada placa de madera y la colocó debajo del ventanal del frente de la casa. Con las puntas hacia arriba. *Estacas punji.* Recordaba que en Vietnam el enemigo solía untarles excremento para aumentar la probabilidad de infección, pero él se resistió a hacerlo. Colocó placas similares debajo de las ventanas de uno de los costados de la casa, cerca del comedor, y debajo de la ventana de su oficina.

La puerta trasera ahora estaba cerrada con candado y tenía una barra de acero en la base para que no pudieran deslizarla. Detrás de la puerta, en el interior de la casa, instaló una lámpara con sensor de movimiento. Afuera, en el patio, justo a un lado de la silla *lounge* desde donde vio al primer atacante dirigirse a casa de los Templeton, ató alambres para hacer caer a quien pasara por ahí. Los colocó en un esquema como de sombreado a rayas y a distintas alturas, luego los conectó a una sirena. El dispositivo funcionaba bajo el mismo principio de las trampas que aprendió a hacer en Vietnam, solo que allá los alambres estaban enganchados a la espoleta de una granada de mano. Quien tropezara con su trampa casera solo provocaría un estridente ruido.

En su opinión, nada de esto impediría que alguien en verdad decidido entrara por la fuerza a su casa.

En especial ahora que Connor y Niki habían invitado a los asesinos a pasar. Ross quiso enojarse con ellos, pero en el fondo lo reconocía: «Tal vez hicieron lo correcto. No saber cuándo sucederá algo es peor que tener que prepararse por si pasa pronto».

Kate estaba a unos metros de él sacando la lasaña del horno.

A pesar de que más de una vez tropezó con los alambres mientras buscaba una cacerola o un utensilio en la cocina, aún no decía nada respecto al proyecto de su esposo para mejorar la casa.

«Armas en el piso de arriba. Armas en la planta de abajo. Ventanas cubiertas. No por completo. No de la manera más eficaz, pero sí lo suficiente para que el acceso sea más difícil de lo que alguien podría imaginar», pensó Ross.

No estaba satisfecho.

Pero no sabía qué más hacer.

Cuando terminó de cocinar, Kate les indicó a todos con un gesto que podían pasar a la mesa. Sirvió porciones generosas para Connor y para Niki, y luego solo dejó caer una cucharada de lasaña en el plato de Ross y se lo pasó.

—Has estado muy ocupado —le dijo.

—Todos lo hemos estado —contestó él. Había decidido no decirle nada sobre la publicación de Connor en Facebook. La acción de su nieto podría ser lo *correcto* o podría ser un gran *error*, pero solo el futuro respondería a este dilema existencial.

—No quiero que nadie pise un clavo o active una sirena —explicó, mirando a Kate—. Todo lo que instalé se puede quitar con facilidad, y lo coloqué en los bordes para que podamos movernos por la casa sin mucho problema.

Kate asintió.

—No es el tipo de decoración de fin de año a la que estamos acostumbrados —dijo en voz baja.

Ross no contestó.

Miró por la ventana, la noche allá afuera era la más oscura que había visto en años.

—¿Cuánto tiempo vamos a tener armas cargadas por toda la casa? ¿Cuánto tiempo tendremos alarmas caseras y placas con clavos debajo de las ventanas?

—Hasta que no las tengamos —contestó Ross. Pero en cuanto se dio cuenta de que era una respuesta desconsiderada, la suavizó diciendo—: Estamos lo más preparados que podemos.

Sin embargo, no añadió:

«… ahora que Connor y Niki aceleraron la confrontación.

»Creo, pero no lo sé. Lo único de lo que estoy seguro es que el enemigo atacará tarde o temprano».

Kate veía la amenaza desde la perspectiva de la UCI. «En la medicina, lo concreto se funde con lo incierto todo el tiempo». Lo que le asustaba era la idea de que, sin importar cuánto hicieran, cuántas placas con clavos y sirenas y alambres colocaran por la casa, de todas formas no fuera suficiente. O tal vez sería inútil, innecesario. Algunos virus mutan y cambian y se vuelven letales, le llevan ventaja a la medicina. Había ocasiones en que ni todos los aparatos, ni todos los protocolos de tratamiento ni la ciencia servían para mantener vivo a un paciente. «A veces —pensó—, si llegó tu hora, solo llegó tu hora.»

—Bien —dijo Ross.

«Contén el aliento, reza y espera que el ataque para el que nos estamos preparando sea el que llegue», pensó.

Connor se balanceó en su asiento. Se sentía un poco como niño de primaria que sabe la respuesta a la pregunta de la maestra: sentado a media banca y agitando la mano para poder responder.

—Imaginen por un momento que van paseando por una calle de Londres, en Whitechapel, en 1888, y que Jack los elige y les lanza uno o dos billetes de una libra directo a la cara para que bajen la guardia y, luego, justo cuando está a punto de cortarlos en trozos… sucede algo que él no había previsto. Algo que altera el control que tenía sobre el asesinato. Tal vez pasa un policía por ahí. O quizá lo interrumpen un par de estibadores en busca de diversión. O un perro guardián comienza a aullar. No sé qué, pero *algo* arruina las cosas. Eso nunca sucedió, por supuesto, o, al menos, no que sepamos. Pero imaginemos que así fuera. ¿Qué creen que habría hecho Jack después? —preguntó.

Ni Kate ni Ross respondieron. Niki aprovechó el silencio:

—Los tabloides de Fleet Street habrían salido a la venta con escandalosos encabezados: «¡Escapó de las garras del Destripador!». Algo así. Se habrían burlado de él. «¡Jack se queda corto! ¡No termina su trabajo!» Ahora imaginen cómo se habría sentido él al leer eso. Se habría sentido demasiado frustrado —añadió Niki—. El enojo lo habría corroído.

Entonces miró a los otros.

—Pero no habría huido, se habría esforzado por reestablecer el miedo con su siguiente asesinato y aumentar la atención que ya recibía. Trataría de hacerle a su nueva víctima lo que había planeado para la mujer que escapó, solo que se empeñaría en hacerla sufrir más. Una especie de venganza. No del todo, pero algo parecido. Además actuaría con rapidez porque no soportaría que se burlaran de él.

Kate se quedó mirando a Connor y a Niki. La joven respiró y continuó:

—A muchos de los asesinos les gustaba la publicidad, como Zodiac y BTK, el Acosador Nocturno y el Hijo de Sam. ¿Sabían que Bonnie Parker… ya saben, la de Bonnie y Clyde, escribía poemas para los diarios? Estos individuos son iguales, solo que mucho más modernos. Como asesinos que se mantienen al día.

A Ross le causó una ligera conmoción que la adolescente que estaba comiendo lasaña en su mesa pudiera enumerar a toda velocidad tantos nombres tan tenebrosos.

El mundo era una verdadera locura.

Niki miró a PM1 y a PM2. No dudaba en absoluto de que Ross fuera capaz de enfrentarse a ellos porque ya lo había probado, pero no estaba segura respecto a Kate. Sabía que en el hospital podía salvar a cualquier persona, lo constató ella misma, pero no sabía qué pensar de Kate, la abuela. Era como si se tratara de dos personas distintas.

—Miren, entre más lo pienso, más me queda claro que Connor y yo somos más vulnerables cuando estamos juntos. De hecho, creo que todos lo somos cuando nos reunimos...

Connor interrumpió a Niki:

—Toda la gente, incluyéndonos, cree que está más segura cuando se reúne con otros. Grupos. Refuerzos. Unidad, supongo. La noción de que uno está a salvo en medio de la multitud. Es parte de la naturaleza humana. Sin embargo, Niki y yo pensamos que, de hecho, estando juntos corremos más riesgo.

La mesa se quedó en silencio.

Kate sintió su respiración agitarse.

—... como ahora —terminó Niki.

Esto los hizo mirarse a todos entre sí.

Kate se sujetó al borde de la mesa como para mantenerse estable.

Era un pensamiento abstracto. Razonamiento deductivo. Con un toque de creatividad. Era como ver un lienzo negro y las pinturas de Rothko que tanto admiraba, era pintar formas y colores en la superficie, era encontrar el orden y la razón en un mundo de asesinatos al azar.

En ese mismo instante Ross medía, añadía, sustraía en su cabeza. «Siempre supimos —pensó—, que el enemigo podría estar oculto detrás de la línea del árbol, en espera del momento idóneo para atacar. O no. También puede ser otra larga, calurosa y vacía noche. Es posible estar aterrado y harto al mismo tiempo, pero solo los tontos ignoran el miedo y se entregan al aburrimiento. Por eso teníamos que invertir la ecuación.»

El abuelo se sintió como cuando tenía dieciocho años, cuando miraba la vasta oscuridad desde atrás de las bolsas de arena. Solo y acompañado.

Empujó la silla y se alejó de la mesa.

—Muy bien. Primero haremos un tour para que vean lo que he instalado en la casa. Y luego un ensayo. Los tres necesitan saber cómo usar lo que tenemos. ¿Alguna vez has disparado un arma, Niki?

—No, lo siento.

—Bien, permíteme enseñarte. Todas son diferentes. No puedes manipular una pistola de la misma manera que un rifle de caza que, por cierto, no es lo mismo que una escopeta. Creo que el gas pimienta es lo único que se explica solo.

—Y el cuchillo —agregó Connor.

—Bueno, no así… —replicó Ross mientras tomaba un cuchillo de la mesa y lo elevaba por encima de su cabeza—… sino ¡así! —exclamó, cambiando la forma en que lo sujetaba y sosteniéndolo frente a sí mismo antes de rasgar en el aire de un lado a otro. Kate sintió escalofríos. Detestaba que su esposo supiera esas cosas y, al mismo tiempo, le daba gusto que así fuera.

—De acuerdo —continuó Ross—, llegó la hora de hacer el recorrido. Síganme.

«Esto es genial —pensó Niki—, la familia de Connor está preparada. El problema es que en mi casa no hay ni escopetas ni estacas punji. Solo pan sin gluten y leche de soya.»

Ross se aclaró la garganta.

Creía que cuando el telón se levantara tendrían que actuar de la misma forma que el coro. «Inhalen, llenen sus pulmones, esperen la indicación del director y luego canten con ímpetu al unísono.»

46

UNA MUY AGRADABLE CONVERSACIÓN
DURANTE LA CENA

Alpha...

La espera.

23 de diciembre. 7 p.m.

El restaurante de comida sana y orgánica de los padres de *la novia* se llamaba The Green Thumb, lo cual no le parecía a Alpha muy original. Se sentó en una mesa con bancas empotrada en un rincón, lejos de la multitud de comensales que llenaba el lugar. Mucha gente con sus compras de fin de año. El piso estaba repleto de bolsas de llamativos colores con regalos envueltos que los comensales dejaban ahí mientras ordenaban y consumían sus alimentos. Alpha tenía una bolsa parecida en la banca, a su lado. A través del sistema oculto de sonorización se escuchaba música de Navidad prefabricada, a Alpha le pareció que era un bucle de *El niño del tambor*. Estaba seguro de que la mujer de edad mediana con mechones grises en la cabellera, jeans y una camiseta pintada con la técnica *tie-dye* y el logo del restaurante era la madre de *la novia*. Estaba cubriendo un turno como *hostess* porque había demasiada gente debido a las fiestas.

—Seremos tres —le dijo Alpha a la mujer—, estoy esperando a mis acompañantes.

Quiso añadir: «Por cierto, dentro de poco Delta, Charlie y yo vamos a violar y a matar a tu hija frente a ti. Pensé que te gustaría saberlo, no hay nada que puedas hacer al respecto». Apenas miró el menú mientras sorbía una bebida gaseosa sabor naranja-mango sin alcohol que le supo más bien como un pésimo y dulcísimo enjuague bucal. Ni siquiera había Diet Coke en ese restaurante de comida sana. Habría preferido un whisky de malta con cincuenta años de añejamiento y luego un filete miñón sangriento y casi crudo con salsa bearnesa, pero, por supuesto, el menú de The Green Thumb no ofrecía eso. De vez en cuando miraba a la madre de *la novia* y pensaba: «En serio no tienes idea de lo que va a incluir el menú, ¿verdad?».

Alpha trató de visualizar cómo actuaría cuando llegara el momento «Doctor Livingstone, supongo». Sentía que lo recorría una especie de electricidad, como si alguien acariciara sus terminaciones nerviosas.

Les había dicho a Delta y a Charlie que llevaran un libro para reconocerse.

Pero sabía que eso no era necesario.

Se reconocerían por instinto.

«Como lobos que se reúnen en el bosque», pensó.

La idea del libro era más bien una especie de prueba. «No puedes elegir un libro que llame la atención. No puede ser *El silencio de los inocentes* ni *Un extraño a mi lado* en plena temporada navideña. Pero tampoco *Winnie Pooh* ni *Harry Potter y la piedra filosofal*.»

Levantó la vista y vio a la exhippie: la madre de la adolescente que pronto estaría muerta venía hacia él acompañando a un hombre.

Aproximadamente treinta y cinco. Cabello oscuro. Bien cuidado, complexión atlética. Jeans de diseñador, costoso abrigo de cuero de oveja sobre suéter negro de cachemira con cuello de tortuga. Rolex. Se veía justo como Alpha lo imaginó, bien vestido, pero capaz de pasar desapercibido entre la multitud sin dificultad. Creía que había un código inherente a la apariencia de todo hombre digno de ser un *Muchacho de Jack*. «Parece que no somos nadie sino hasta el momento en que ese *alguien* ordinario en nosotros se vuelve extraordinario. Los otros tal vez nos ven como bronce opaco y abollado, pero en realidad somos resplandeciente acero al rojo vivo.»

El hombre del Rolex traía en la mano un libro de bolsillo: *El mercader de Venecia.*

«Shakespeare siempre resulta apropiado —pensó Alpha—. Al Bardo le encantaban las historias de venganza. *Hamlet. Otelo. Ricardo III.*»

Levantó la mano en una especie de saludo.

«Hola, Delta.»

La especie de saludo se transformó en unos brazos extendidos, en una mano lista para estrechar. Y eso hicieron. Un persistente fragmento de contacto. Como dos viejos amigos encontrándose después de décadas, tiempo que desaparece en un instante. De hecho, el apretón de manos devino en una suerte de abrazo.

—Hola, Al —dijo Delta.

—Hola, D. —respondió Alpha.

Ninguno de los dos podía contener la sonrisa.

—¿Quiere que le pida a la camarera que le traiga algo de beber? —le preguntó la ingenua madre/*hostess* a Delta al poner el menú frente a él.

—Beberé lo mismo que mi amigo —contestó él sin siquiera mirar la bebida de Alpha.

Charlie...

Se quedó atrapado en un embotellamiento al salir del Aeropuerto Logan. Las obscenidades que musitó dentro del capullo en que se convirtió el automóvil alquilado no sirvieron de nada: tuvo que avanzar a vuelta de rueda durante treinta minutos por el túnel Ted Williams, hasta que pasó Beacon Hill, Chinatown y Fenway Park, y pudo entrar a la autopista de peaje de Massachusetts. Luego recorrió Cambridge y Waterton a toda velocidad.

Se dirigió al oeste tan rápido como pudo, pero sin arriesgarse a atraer la indeseable atención de algún policía estatal que pudiera estar monitoreando con radar a la gente que viajaba por las fiestas.

Luego, tras un apresurado recorrido de noventa minutos, llegó al pueblo de *Socgoalo2* y *la novia*, y tuvo problemas para encontrar un lugar donde estacionarse.

Más maldiciones y obscenidades.

Miró su reloj varias veces mientras manejaba a baja velocidad en un estacionamiento. Por fin vio un espacio estrecho donde le pareció que podría dejar el automóvil aunque un poco apretado. El letrero indicaba «Solo vehículos eléctricos» y junto había una estación de recarga, pero Charlie supuso que la enorme cantidad de compradores estacionados en el lugar serviría de justificación.

«Nunca llego tarde», pensó. No importaba si la cita era con un decano, con un estudiante solicitando más tiempo para entregar un trabajo, para abordar un avión o para matar a alguien: Charlie se preciaba de ser siempre puntual. Por supuesto, le preocupaba demasiado llegar tarde a su cita con dos de las únicas personas en todo el universo a las que en verdad respetaba.

«Sería de mala educación.»

Sacó de su portafolios el «libro de bolsillo para reconocernos» y caminó con prisa hacia un corredor peatonal. De acuerdo con el GPS de su celular, podría atravesar el área de compras y salir a la calle lateral donde se ubicaba The Green Thumb.

Charlie avanzó con paso veloz, se ajustó la gorra de beisbol de lana y ciñó su abrigo contra la oscuridad que se deslizaba a su alrededor. Luego avanzó entre la gente que hacía compras de último minuto y trató de parecer un hombre que acababa de notar que no le había comprado a su esposa un regalo de Navidad.

Vio el restaurante.

Entró, caminó más allá de las macetas de plantas y helechos, miró por toda el área del comedor y presionó un poco los anteojos de montura de alambre sobre su nariz para acomodarlos. Entonces escuchó a la *hostess* decir:

—En un momento estaré con usted.

Charlie miró rápido de arriba abajo a la mujer que acompañaba a una joven pareja a su mesa y llegó a la misma conclusión que Alpha y Delta.

Sintió deseos de contestar: «Hola, mami. ¿Estás disfrutando de los últimos días antes de que arruinemos lo que te queda de vida? ¿Cómo va la investigación sanitaria por las heces de rata? Apuesto a que ninguna de las personas que veo cenando aquí esta noche está enterada».

Pero en lugar de eso, dijo:

—Unos amigos me esperan…

—Ah, creo que están en el rincón. En un momento le llevaré un menú —dijo ella, mirando hacia atrás por encima del hombro.

Charlie volteó hacia donde le acababa de indicar la *hostess*.

«Inconfundibles.»

Atravesó la zona del comedor serpenteando entre las mesas llenas de gente. Vio a los dos hombres que lo miraban y empezaban a sonreír. Se dio cuenta de que él también sonreía. Colocó su libro junto a *El mercader de Venecia* y se deslizó sobre la banca junto a Delta y frente a Alpha.

—Caballeros —dijo—, este es un momento especial.

Palabras que había ensayado.

—Un momento histórico. Único.

Estiró el brazo y estrechó la mano de Alpha, y en ese instante, Delta colocó la suya de forma espontánea sobre las de ellos y los tres quedaron unidos como los equipos deportivos después de escuchar al entrenador describir en el tiempo fuera la jugada final que los hará perder o ganar el partido. Permanecieron así un momento, sintiendo la energía que fluía entre los tres.

—Me parece —dijo Alpha sin prisa—, que esta temporada navideña será la mejor de nuestras vidas.

El comentario les permitió reír y relajarse a los tres.

Alpha señaló el libro de Charlie.

Era un ejemplar subrayado, desgastado y con muchas esquinas dobladas: *Tristes trópicos,* del famoso antropólogo francés Claude Lévi-Strauss. Era tal vez la primera obra que leían todos los alumnos del curso Introducción a la Antropología que impartía Charlie.

Alpha dijo:

—Creo que leí ese libro en la licenciatura, antes de entrar a la escuela de negocios. Fue hace muchos años.

Charlie asintió.

—Ha estado en mi librero a lo largo de todos mis estudios de posgrado. Es casi un diario de viaje, un libro sobre cómo visitar lugares, observar culturas distintas y percibir tanto las diferencias obvias como las menos evidentes. Es un manual básico para colocarte en una situación en la que puedas hacer cualquier cosa que desees…

—«Cualquier cosa que desees», ese un concepto maravilloso —dijo Delta.

En ese momento una joven camarera llegó y se colocó a un lado de la mesa. Jeans y suéter ajustados. Banda multicolor en el cabello. Actitud entusiasta, como si todos los males del mundo pudieran curarse con tofu, té verde y arroz integral.

—Hola —exclamó—. Me llamo Caledonia y seré su camarera esta noche.

—Qué bonito nombre —dijo Alpha. La joven respondió con una sonrisa.

En ese momento los tres pensaron: «Me gustaría matarte. Poco a poco».

Se miraron entre sí. Sabían bien lo que todos tenían en mente, así que estallaron de risa como si fueran miembros de una fraternidad y acabaran de escuchar el chiste más gracioso del mundo.

Alpha, Delta y Charlie…

La prioridad de Alpha:

—Ya vieron el video de *Socgoal02* y *la novia*. Creo que puedo decir que lo que está a punto de sucederles se lo han ganado con creces —dijo Alpha, mirando a Charlie y a Delta.

—Sin duda —murmuró Delta.

—Estoy ansioso por actuar —agregó Charlie—. No hay ninguna razón para retrasarlo un minuto más.

—Cierto —secundó Delta.

Con estas declaraciones dieron fin al tema. Alpha se inclinó hacia delante. Tomó su bebida gaseosa y la levantó.

Lo segundo en importancia para Alpha:

—Un brindis —dijo—: Por Bravo. Por Easy. Les debemos mucho.

Charlie y Delta levantaron sus vasos en tributo.

—No será lo mismo sin ellos —señaló Charlie.

Pero todos pensaron: «Sí, sí lo será. Incluso mejor».

Delta dijo:

—Supongo que si Easy estuviera aquí habría compartido música adecuada para el momento, como *Born to Be Wild...* o...

—*Killing for Love* —sugirió Charlie.

Alpha hizo un gesto señalando a todos en el restaurante.

—¿Y qué tal *Venid todos fieles*? Es apropiada para la temporada y además describe nuestra reunión.

—Los tres Reyes Magos —dijo Delta.

A los *Muchachos de Jack* les pareció graciosísimo.

La conversación continuó. También los chistes. Los tres sentían que estaban a punto de iniciar un nuevo futuro.

En todo momento usaron los eufemismos del *Lugar especial de Jack. Coleccionar* y *eliminar*. Los tres sabían con exactitud de qué estaban hablando, pero a cualquier otra persona, como la camarera o los comensales que pasaran por ahí y alcanzaran a escuchar algo, le sonaría como una conversación ordinaria: solo tres amigos que se reunieron para pasar tiempo de calidad juntos y celebrar la temporada antes de regresar con sus esposas, sus hijos, sus padres y sus monótonas vidas.

Ninguno de los tres saboreó su comida en realidad, estaban absortos en disfrutar de la reunión en persona. En algún momento, Charlie probó su pollo de granja asado y dijo:

—Este es un excelente restaurante de comida saludable, pero ¿saben algo, caballeros? No siento que mi presión arterial haya mejorado ni que mi capacidad pulmonar vaya en aumento.

Alpha interrumpió:

—Bien, pues creo que sabemos lo que haremos ahora para recobrar la salud.

Los tres asintieron.

Charlie se inclinó hacia delante y, en voz baja y tono conspirador, dijo:

—Al, aprovechando que estamos aquí reunidos, ¿tenemos ya un plan real diseñado con cuidado?

Alpha respondió.

—Sí. Es básico. Sencillo. De hecho, creo que la simplicidad del diseño nos permitirá tener un éxito inusitado. Ellos estarán esperando algo complejo. Original. Moderno. Pero creo que deberíamos volver a las costumbres de antaño. Es probable que hayamos pensado demasiado las cosas en nuestra primera incursión.

—La simplicidad es benéfica, siempre y cuando se tomen en cuenta todas las posibilidades —contestó Charlie.

—Si el plan te agrada y te sientes confiado, no necesito escuchar más, Al —añadió Delta.

A Alpha le pareció que ambos respondieron de la manera que él esperaba. Charlie creía que debían poner todos los puntos sobre las íes, pero Delta adoraba el riesgo de la espontaneidad.

Alpha los miró a ambos de frente.

—¿Tienen la ropa que les pedí que trajeran?

—Sí.

—Sí.

—¿Y sus *artefactos* preferidos?

Delta vio en su mente el cuchillo de caza con la empuñadura moldeada para adaptarse a su mano.

Charlie tenía una navaja recta plegable en su mochila.

Los dos tenían también sus pistolas guardadas en estuches de transporte aprobados por la ATS. Delta llevaba una Ruger calibre .40 semiautomática que había tomado del cajón de la mesa de noche de su madre años antes, tiempo después de que ella convenciera a su padre de que le comprara un arma. «Paranoia de la vejez —creía Delta—. Pensaba que entre tanta gente, el Asesino de Golden State elegiría matarla precisamente a ella.

»Pero odio al señor Ruger.

»Amo mi cuchillo.»

El arma de Charlie era una pequeña Smith & Wesson calibre .22 automática, más apropiada para un bolso de mujer. La opción de un asesino a sueldo. Le había instalado un silenciador improvisado en la boca siguiendo instrucciones que encontró en YouTube. Era un arma que podía esconder con facilidad en un bolsillo amplio.

A pesar de todo, le parecía que las pistolas eran algo impersonal. «Cualquier adolescente facineroso usa una para robar la tienda del barrio. Cualquier pandillero, cualquier esposa golpeada, cualquier militante confundido de grupo de ultraderecha que imagina que el gobierno vendrá a tirar su puerta y robarle sus derechos… trae una en la mano.

»Cobardes. Todos ellos.»

Charlie se inclinó y se acercó un poco más a los otros.

—Sí, pero me preocupa el *elemento de impacto*… —esta era la manera aceptada entre los *Muchachos de Jack* para referirse a una *pistola*—. Y ya sabemos que ese maldito abuelo tiene un cañón de mano.

Alpha respondió.

—Cuento con un *elemento de impacto* portátil parecido, pero creo que solo necesitaremos tener algo a la mano durante el acercamiento inicial. Como en los letreros de las tiendas departamentales: «Artículo de exhibición». Cuando logremos el acceso y los tengamos listos para nuestra reunión navideña podremos continuar a nuestro modo con los artefactos preferidos. Así lo hizo Bravo. Podemos reproducir la estrategia justo hasta el momento en que…

Se detuvo. No era necesario terminar la frase.

—A mí me parece bien —dijo Delta.

—¿Alguien compró recuerdos para la fiesta?

Todos asintieron. «Capuchas negras para la cabeza. Ataduras de plástico con *zip* para las muñecas y los tobillos.»

Charlie susurró porque tenía miedo de que lo que estaba a punto de decir pasara del eufemismo al término real.

—Quisiera ser precavido. ¿Colocaron alarmas en la casa? ¿Se prepararon para nuestra llegada de alguna manera? No lo sabemos, ¿o sí?

Alpha sonrió.

—Aunque mi plan es muy sencillo, toma en cuenta eso.

Charlie miró alrededor. Nadie en el restaurante parecía prestarles atención a ellos, pero de todas formas dijo:

—No es el mejor lugar para hablar de esto.

Alpha negó con la cabeza.

—Por lo general estaría de acuerdo contigo respecto a no discutir planes en público de esta manera, pero en este momento… —hizo un gesto señalando el restaurante lleno de gente conversando con alegría—, en esta época del año, con todo lo que está sucediendo… Bueno, pues tal vez este sea el mejor lugar posible. Es como estar en una isla desierta.

Charlie siguió la mirada de Alpha y pensó: «Parece que tiene toda la razón».

A Delta también le agradaba la idea. Coincidía con una de sus habilidades predilectas: matar en público. «Alpha es astuto. La mejor manera de permanecer ocultos y anónimos es justo en medio de una multitud cuyo pensamiento colectivo se enfoca en otras cosas.»

—De acuerdo —dijo Delta—. ¿Cuál es el siguiente paso?

Alpha metió la mano a uno de los bolsillos de su saco y extrajo un trozo de papel brillante y doblado. Lo colocó sobre la mesa. Parecía un folleto.

—Aquí estaré yo vestido con mi uniforme. Saldré en este momento…

Señaló sobre el papel y los otros asintieron.

—Es el instante en que iniciará el juego.

Alpha guardó el papel, sacó su celular y abrió MapQuest.

—Ustedes se encontrarán conmigo justo en este punto. Vestidos para la celebración... —explicó y deslizó a otra pantalla. Apareció un segundo mapa—. La noche los hará invisibles... —Delta y Charlie pensaron: «Tiene razón, seremos invisibles».

Alpha continuó.

—Nos dirigimos a este lugar. Uno conmigo. El otro acá —metió la mano a su bolsillo y sacó dos sobres. Le entregó uno a cada uno con su nombre escrito al frente.

Se inclinó un poco hacia ellos.

—Léanlo más tarde, contiene un resumen del plan. Memorícenlo. No será difícil. Luego quémenlo. Dispersen las cenizas. ¿De acuerdo?

—Por supuesto —dijo Delta.

—Así lo haré —contestó Charlie—. Me encanta la sensación de formar parte de una maquinaria. El tipo de aparato cuyas piezas nunca envejecen ni fallan. Eso son los *Muchachos de Jack*. Una máquina en perpetuo movimiento.

Con las manos imitó a una bola golpeando a otra. Infinitamente.

—Eso es hermoso —dijo Alpha—. Y cierto.

Delta le dio un golpecito afectuoso a Charlie en el hombro.

—Poesía —añadió.

Hubo otro silencio. Luego Alpha continuó:

—Ahora, de vuelta a nuestro asunto... tendré un regalo adicional para cada uno de ustedes. Se los entregaré cuando volvamos a reunirnos...

—¿Un regalo? Oh, no debiste... —dijo Charlie.

Esta respuesta los hizo reír a todos una vez más.

Alpha continuó.

—Mañana tendremos tiempo para descansar. Podrán aprovechar la oportunidad para pasear un poco por el lugar y familiarizarse lo más posible con el entorno. No se queden mucho tiempo. Si llegan a ver a *Socgoal02* o a *la novia*, asegúrense de no llamar su atención. Y demonios, si se encuentran por casualidad, ni siquiera se miren el uno al otro. Algo más: si tienen un celular personal o laptop, cualquier aparato electrónico, tarjeta SIM, chip o algo más, deshágiase de él esta noche.

Charlie y Delta asintieron de nuevo.

Era lógico. Ambos habían planeado hacerlo.

—Después de la fiesta les haré saber cómo ingresar al nuevo *Lugar especial de Jack* a través de aparatos nuevos. Cambié el nombre: Whitechapel1888. Nos reuniremos de nuevo el primer día de enero a las once, hora estándar del Este. ¿De acuerdo? Festejaremos el Año Nuevo juntos.

Charlie sonrió.

Delta se preguntó cuál podría ser el *regalo* del que les habló Alpha. «¿Acaso hay un mejor regalo que lo que vamos a hacer?», se preguntó.

47

*Algunas observaciones importantes al inicio
de la tarde del 24 de diciembre...*

Ross... Alrededor de las 3 p.m....

Estaba sentado en su estudio en la tarde. Frente a él, sobre el escritorio, tenía la escopeta y casquillos dispersos que había sacado de una caja de municiones. Todavía no estaba seguro de dónde ocultar el arma para poder recuperarla con facilidad. «¿La alcoba? ¿El clóset ¿El corredor? ¿El baño? ¿La cocina?», pensó. Estaba tratando de imaginar cómo sería un ataque. Décadas antes, cuando era soldado, podía mirar un campamento y reconocer su punto más débil. Ahora que era un viejo retirado, le costaba trabajo hacer eso mismo en la casa de los suburbios en la que había vivido durante tantos años. Abasteció y desabasteció la escopeta tres veces, deslizó cinco casquillos en la recámara y luego los expulsó con la acción de bombeo. El mismo proceso que les había enseñado a Niki, a Connor y a Kate. A cada uno le permitió operar la escopeta y disparar en seco para que supieran más o menos cómo funcionaba. No se molestó en decirles que si la usaban de la manera incorrecta produciría un culatazo que podría romperles el brazo. Supuso que eso los haría preocuparse respecto a la postura cuando en realidad lo más importante era accionar el gatillo. Hizo lo mismo con el rifle de caza que ocultó detrás de la cortina en la sala, cerca del árbol de Navidad cuyas brillantes luces rojas, verdes, blancas y doradas no dejaban de parpadear. Le dio gusto ver lo rápido que ambos adolescentes dominaron los métodos para disparar cada arma y que entendieran cómo reabastecerlas con rapidez. «Escopeta: bombear la acción, colocar un tiro en la recámara. Disparar. Bombear la acción. Colocar un tiro en la recámara. Disparar. Rifle de caza: abrir el cerrojo, expulsar el casquillo usado, insertar una bala nueva, cerrar el cerrojo. Disparar.»

Les había demostrado cómo apuntar con cuidado, el lugar correcto de cada arma contra el brazo y cómo respirar al accionar el gatillo. Eran buenos alumnos. Ross insistió en que un buen tiro era mejor que rociar balas de forma caótica, sin embargo, no estaba seguro de que fuera del todo cierto. Era algo que escuchó muchos años atrás en el campo de práctica con rifle, lo decía un instructor marine con el que hacían simulacros. No obstante, una vez internados en la selva, en muchas ocasiones los hombres destrozaron esa enseñanza de forma indiscriminada con sus armas en modo automático: rasgaron el denso follaje y mataron plantas y vides. Él mismo lo hizo más de una vez, y una de ellas fue cuando hirieron de muerte a su amigo Freddy. Bajó la mirada, vio la escopeta y se dio cuenta de algo: en su casa no sería posible tener «un demencial minuto» de disparos en automático. Además, no estaba seguro de que Connor o Niki fueran capaces de jalar el gatillo al enfrentarse a un blanco humano real sin importar cuán peligroso pudiera ser. «¿Podrán matar a un asesino antes de que él los mate a ustedes?», les había preguntado.

Ambos respondieron con seguridad que podrían hacerlo, pero él no estaba convencido. Una cosa era *pensar* que se podía hacer algo y, otra muy distinta, *hacerlo*. Había visto a varios hombres, no mucho mayores que Connor y Niki, congelarse en medio de un tiroteo. Acurrucarse, hacerse un ovillo y gimotear sin poder devolver el fuego a un enemigo que se acercaba con rapidez. Por una parte, recordaba una frase que leyó en una autobiografía bélica. En la escuela de entrenamiento de los marines le dijeron al autor: «Antes de que salga de aquí, señor, tendrá que aprender que una de las cosas más brutales en el mundo es el típico muchacho estadounidense de diecinueve años». Tomando en cuenta lo que Ross creía que tendrían que enfrentar, esperaba que eso también fuera cierto en el caso de los adolescentes un poco más jóvenes. «Tanto los jóvenes como *las* jóvenes.» Recordó que alguna vez él también fue una de esas *cosas brutales,* pero eso sucedió cuando terminó el entrenamiento básico y el adoctrinamiento, cuando lo arrastraron hacia la abarcadora cultura del Cuerpo de Infantería de Marina: tradición y responsabilidad apoyadas en cientos de años para que los marines pudieran mirar hacia el frente por unos instantes.

No sabía si haber tenido una experiencia cercana a la muerte había templado a Connor y a Niki lo suficiente para no dudar cuando llegara el momento.

Eran como hojas de espada calentándose en la forja. Tal vez se habían templado.

O tal vez eran frágiles y se romperían al primer impacto.

Levantó la escopeta después de reabastecerla por última vez.

«Aquí, en mi oficina. Junto al escritorio. Sin el seguro puesto. Si nos atacaran y nos viéramos forzados a retirarnos, esta sería la última posición que tomaríamos para mantener la defensa. Un Álamo.

»Una puerta que resguardar.

»El escritorio serviría para cubrirnos.

»Y desde aquí podemos llamar para pedir ayuda.»

Pensó que debía decirles a Niki y a Connor que ahí encontrarían la escopeta y explicarles qué señal les daría para huir al estudio. También le diría a Kate, pero tal como lo había imaginado, su desempeño en el curso para aprender a usar las armas fue más bien desesperanzador.

Kate… Al mismo tiempo…

Las armas la hacían sentirse torpe y con mala coordinación.

Tal vez incluso vieja, lo cual no era común en ella.

Cuando levantó la escopeta le pareció pesada, como mancuernas de gimnasio. Al probar el rifle de caza sintió que no tenía la forma adecuada y no logró usar bien la mira. Todo se veía borroso. Apretó el arma contra su mejilla y fue como si tuviera un trozo de hielo seco pegado a la barbilla. Sintió el metal frío, pero al mismo tiempo le quemaba. Ross le mostró cómo levantar la .357 frente a ella, le enseñó a separar las piernas e inclinarse un poco a la altura de la cadera y las rodillas para tener una postura equilibrada y poder disparar, pero todo esto solo le recordó la técnica de tortura en que obligan al prisionero a sostener una cubeta con agua a la altura de los brazos hasta que la fatiga muscular lo hace gritar y desplomarse. También le pidió que levantara el cuchillo Ka-Bar y lo deslizara con fuerza frente a ella en un gesto mortal. Por encima de la cabeza. Por abajo. Como rebanando. Apuñalando. Hizo una demostración y señaló las partes del cuerpo en las que podría usar el cuchillo para matar, pero ella detestó la sensación de este al sujetarlo. Además, dudaba tener la fuerza interior suficiente para enterrarle el filo a otra persona.

«Matar exige compromiso», pensó Kate.

Por eso mejor regresó a la cocina y horneó un pastel.

Huevos. Harina. Azúcar. Chocolate semidulce.

Discutió consigo misma: «Si no puedo disparar una pistola ni apuñalar a alguien, ¿qué hago para mantenernos a salvo?».

Precalentó el horno a 175 grados.

Usó un molde de 20 centímetros.

«Más o menos la misma medida del cuchillo Ka-Bar.»

Horneó 36 minutos.

«¿Qué hago en la UCI?

»Reconozco la situación. Detecto las heridas. Veo la enfermedad.

»Busco señales. Indicios.

»Niveles de oxígeno. Presión arterial. Ritmo cardiaco. Flujo de la respiración.»

Sacó del horno y dejó reposar diez minutos.

Extendió el betún de chocolate sobre todo el pastel.

Decoró con chispas de colores. Un Santa Claus de dulce.

«El postre perfecto para después de un concierto.»

Colocó el pastel sobre la mesa.

«En la UCI tenemos protocolos bien definidos y maneras organizadas de abordar la situación, todo se ha probado con cientos de pacientes. Planes de tratamiento elaborados con bases científicas y dosificación de medicamentos documentada con precisión.

»Pero esta enfermedad es diferente.»

Lamió la cuchara con la que mezcló el betún.

«Entonces, ¿cómo tratar una enfermedad desconocida?»

Volteó a la sala, su vista se posó primero sobre la cortina donde estaba oculto el rifle de caza, luego vio las revistas viejas entre las que se encontraba el cuchillo Ka-Bar.

«Todo médico abordaría la situación así: haciendo lo mismo que Ross. Sugeriría todas las soluciones posibles al problema y esperaría que una de ellas funcionara.

»Si espero a averiguar cuál es la enfermedad gracias a la autopsia, será demasiado tarde.»

El chocolate en la cuchara parecía electrizarle la sangre.

«Si no los vemos venir, no podremos enfrentarlos —pensó, asintiendo para sí misma—, así que esa será mi labor aquí. No permitir que me sorprenda lo incierto. Buscar señales reveladoras. Estar alerta y detectar incluso las variaciones más sutiles. Ver cualquier cosa que esté fuera de lugar, aunque sea un poco. Alertar a Ross. Aquí él es el médico. Arropar a Connor y a Niki, y mantenerlos seguros. Permitir que Ross sea quien mate. Nadie quiere que dos adolescentes vayan por la vida cargando lo mismo que él ha tenido que soportar todos estos años. Él ya es mayor y puede sobrevivir al impacto emocional. Ellos tal vez no. Por eso mi labor consistirá como siempre en ver el peligro antes de que llegue. Evitar la muerte, mantenerla a distancia.

»Eso sí puedo hacerlo.

»Espero.»

Aún lamiendo la cuchara, Kate caminó hasta la ventana de la sala y empezó a mirar hacia uno y otro lado de la calle. No estaba segura de qué era lo que esperaba ver, pero sabía que tenía que detectar cualquier cosa que pareciera crucial.

Connor y Niki... A medida que pasaba la tarde...

—No permitiré que te lastimen —dijo de pronto Connor, decidido—, no por segunda vez —agregó con temeridad.

—Genial —contestó Niki—. Yo tampoco dejaré que te hagan daño. Me parece justo que enfrentemos esto unidos. Uno para todos y todos para uno, supongo.

—Tú y yo somos solo dos mosqueteros —aclaró Connor.

—También puedes incluir a Kate y a Ross —dijo Niki—. Tres y cuatro. Tú puedes ser d'Artagnan.

El comentario hizo reír a Connor.

Ambos esperaban no estar mintiéndole al otro.

Estaban en la habitación de Niki, en su casa. Sus padres se encontraban abajo. Ella preparaba su ropa para esa noche. Sostuvo en alto una blusa de seda color blanco crudo y un suéter negro sencillo, y puso cara de «¿cuál?».

—Lo que prefieras —dijo Connor—. En la iglesia no son demasiado elegantes. Es un evento bastante informal y, además, no somos miembros de la congregación ni nada de eso. Solo vamos de vez en cuando porque a PM1 le gusta cantar y esta es su gran noche. Debemos ser respetuosos. Creo que lo que en verdad les molestaría serían los jeans rasgados.

Connor sabía cuánto le desagradaba a Niki arreglarse para ocasiones formales.

—¿Tú cómo vestirás?

—Saco y corbata. Pantalones de pana. El *look* de preparatoriano adinerado.

Niki dejó el suéter sobre su almohada.

—Deberíamos usar ropa militar. Equipo para cazar. No, mejor equipo de combate —Niki bromeó sobre algo serio. Lo hizo para disipar el temor y los sentimientos inquietantes respecto a lo desconocido.

—Tal vez después.

Ella se quedó callada un momento.

—¿Crees que debería decirles algo a mis padres?

Con *algo* se refería a una mezcla de información sobre los *Muchachos de Jack* y la hipótesis de que estaban justo afuera de su casa. Esperando.

Supo la respuesta a su pregunta incluso antes de hacerla.

«No.»

—Solo los asustarías —dijo Connor.

—Quizá sería mejor que estuvieran asustados.

—Todos lo estamos. Y al mismo tiempo, parece que no. Es muy raro.

Niki sentía que PM1, PM2, Connor y ella estaban en una especie de bote salvavidas, a la deriva en el océano. Rodeados de olas y agua. Con el sol atacándolos de forma inexorable desde el cielo, y aterradoras y colosales nubes de tormenta a la distancia. Debajo de ellos parecía no haber nada más que el interminable mar azul. Los jalaban fuertes corrientes que no podían ver y que les impedían navegar, y a su alrededor y abajo del bote, la amenaza de animales ocultos acechándolos. Recordó que una vez se quedó mirando el famoso cuadro de Winslow Homer, *La corriente del golfo*. Ahora sentía la misma impotencia que debió de haber experimentado el hombre en aquel bote azotado por la tormenta. La pintura le hacía preguntarse: «¿Estará condenado a la fatalidad? ¿O lo rescatará el bote que se ve a lo lejos?». Ambas cosas eran posibles. De pronto se dejó caer con fuerza en la cama.

Connor se sentó a su lado. Luego se levantó y se acercó a la ventana sin saber que miraba hacia afuera de la misma manera que Kate. Vio un automóvil desaparecer en silencio al dar la vuelta al final de la calle. Se mantuvo callado, luego vio otro. Este desaceleró frente a la casa de Niki, continuó avanzando y pasó por la suya antes de dirigirse hacia la oscuridad que anunciaba con rapidez el final de la tarde.

—Esta noche habrá muchas fiestas —dijo—. A la gente le gusta celebrar la temporada.

Deseaba sentir cualquier cosa que no fuera la tensión que se forjaba dentro de él. Quería volver a ser el antiguo Connor, que ella fuera la Niki de antes. Los que buscaban cualquier momento libre para hablar. Para tener sexo. Para ir a la escuela. Para quejarse de una cosa o de otra. Tal vez para hablar un poco sobre sus compañeros de clase. Para practicar deportes y perder tiempo en Internet. Para ver televisión. Ir al cine. Enojarse con PM1 y PM2 cuando en realidad no había ninguna razón para ello. Hablar sin cesar de sus opciones para la universidad. Pensar en su futuro. Cualquier otra cosa que no fuera lo que sentía en ese momento. Cerró los puños y luego los abrió sin prisa tratando de liberar la ansiedad al mismo tiempo. Por un momento se sintió culpable. «Si no hubiera sido tan estúpido, si no me hubiera obsesionado con matar al conductor ebrio, si no me hubiera llenado de toda esta mierda del mal, no estaríamos en esta situación —pensó—. Todo es culpa mía.

»Pero no puedo hacer nada al respecto ahora.

»Solo si fuera necesario. Entonces los mataría.»

Niki vio la preocupación crecer en el rostro de Connor. Pensó que debía decir algo. Tal vez abrazarlo. Besarlo o solo tomar su mano.

Pero no pudo hacer nada.

Odiaba eso. «No pienso quedarme petrificada cuando tenga que actuar», se dijo a sí misma.

En ese momento deseó haber participado en más carreras en las que ella no hubiera llevado tanta ventaja. Pensó que sería útil saber lo que se sentía tener a alguien cerca, respirando con intensidad, alguien fuerte e igual de entregado, alguien corriendo a su mismo paso, amenazándola con robarle la victoria. Alguien que la obligara a buscar en su interior la energía adicional necesaria para cruzar la línea de meta en primer lugar.

Después de un rato, Connor se encogió de hombros y dijo:

—Creo que el suéter negro. Se te ve muy bien, es sexy. De hecho es muy sexy. Además esta noche hará frío, tal vez nieve un poco. Y habrá mucha escarcha.

Fue casi la misma sensación de regresar a casa tras un largo viaje. Condujo sin prisa por la calle, primero pasó por la casa de *la novia* y luego por la de *Socgoal02*. Todo se veía como lo había imaginado, igual que lo recordaba por las imágenes que Easy les envió en octubre aunque, en efecto, la llegada del invierno había cambiado un poco el paisaje. Había más árboles desnudos. Las manchas de nieve en los accesos vehiculares los hacían verse resbaladizos. Las rojizas tonalidades del otoño desaparecieron. Ahora todo se veía gris y exhausto, incluso los pocos adornos y las luces de los árboles de Navidad que brillaban detrás de muchas de las ventanas. A pesar de todo, seguía siendo un vecindario suburbano en las afueras de una ciudad dedicada a la vida universitaria. Un buen lugar para conseguir una rebanada de pizza o comida china. Un lugar donde las cadenas de farmacias ofrecían una amplia selección de condones en todos los colores y tamaños posibles. Calles que se permitían más de una librería, varios locales donde cortarse el cabello por unos cuantos dólares y un próspero dispensario de cannabis. Delta creía que era el sitio perfecto para esparcir un poco de terror de verdad. Quizá incluso mejor que su ciudad, San Francisco, donde la población de indigentes no parecía en realidad tener miedo a pesar de todos los que había matado, a pesar de lo viejos, dementes o enfermos que estaban. ¿O tal vez sí estarían asustados?

No lo suficiente.

Miró alrededor, hacia arriba y hacia abajo.

«Eso no sucederá aquí. La gente de este lugar conocerá lo que es el verdadero miedo.»

Mientras se alejaba del vecindario donde vivían *Socgoal02* y *la novia* fue repasando todo lo que ya sabía de memoria del plan. Había quemado la hoja de papel que lo contenía, como le ordenaron que lo hiciera, pero le parecía un gran error. A pesar de su extrema simplicidad era un plan elegante. Sentía que destruirlo era un poco como hacer pintas sobre la *Mona Lisa*.

Volteó desde su automóvil por última vez con la esperanza de alcanzar a ver a *Socgoal02* o a *la novia,* pero no parecían estar ahí. Se habría conformado con un atisbo de los abuelos que estaban a solo unas horas de morir.

Y entonces se alejó del lugar que planeaba acechar más tarde, esa misma noche y las siguientes, por toda la eternidad.

48

Ross...

Ross estaba en el estacionamiento de la iglesia. Media hora antes de que comenzara el servicio de la víspera de Navidad apagó su automóvil y esperó hasta que sintió que el frío nocturno había traspasado la carrocería de su vehículo y empezaba a envolverlo a él como una serpiente. En el asiento de junto había una túnica blanca y roja doblada con delicadeza. Era el uniforme del coro, una prenda comprada para usarse solo en ocasiones especiales. Levantó la vista y a través del parabrisas vio a otros miembros del coro conformado por veintidós cantantes y un organista. Caminaban presurosos hacia la entrada posterior de la iglesia. Cerca de las amplias y oscuras puertas de madera del frente había otras familias escapando con prisa del frío del exterior. También querían entrar pronto para conseguir buenos asientos en alguna de las muchas hileras de bancos.

Sobre la túnica de Ross estaba el revólver Magnum .357.

Miró alrededor y vio la oscuridad del invierno, las profundas sombras proyectadas sobre los escalones del frente, las resplandecientes luces navideñas que daban la bienvenida en la entrada. Y entonces se preguntó si habría hecho lo suficiente para mantener a todos a salvo.

O no.

Si algún día se volverían a sentir seguros.

O nunca.

Había venido solo en su automóvil porque los miembros del coro tenían que llegar al servicio un poco más temprano para organizarse, beber un vaso de agua, aclarar la garganta, rociar un poco de líquido especial para las cuerdas vocales y para fracasar en su intento por relajarse antes de entonar los villancicos. Sabía que Connor y Kate llegarían en un par de minutos con Niki y sus padres. Niki trataría de sentarse al lado de Connor y sus padres se quedarían junto a Kate. Era el plan más común imaginable en los suburbios.

Levantó el revólver.

«No puedo entrar con una pistola al servicio de la víspera de Navidad.»

Comenzó a canturrear *Allá en el pesebre*:
Muuuy leeejos en un pesebre,
Siin cuuna y sin hogar...
Pero con pistola y balas
a un lado para disparar...

Su versión de la letra hizo sonreír a Ross. «La gente siempre dice que el humor es una buena defensa, el problema es que nadie te explica contra qué», pensó.

Aunque renuente, guardó el arma en la guantera y le echó llave.

Se miró en el espejo retrovisor y le pareció que su apariencia era aceptable. Cabello peinado, corbata derecha. Pocas arrugas nuevas en su rostro.

Deslizó con lentitud las yemas de sus dedos sobre el acabado aterciopelado de su túnica. Cantó una escala menor armónica. No creía mucho en la religión, pero era un fiel devoto de la canción, y por eso sentía que el hecho de que su voz perteneciera al coro lo obligaba a sonar tan puro y perfecto como pudiera. En especial cuando le tocara entonar su breve, pero muy esperado solo.

Quería dejar de pensar en asesinos en la oscuridad, al menos por unos minutos.

En realidad, no creía que algún dios lo hubiera cuidado en su vida. A pesar de que conocía la vieja frase «No hay ateos en las trincheras», cuando fue soldado confió muchísimo más en el sargento del pelotón que en cualquier majestuosa fuerza celestial. Se dijo a sí mismo que era afortunado por lo que sucedería esa noche: una cascada de música gozosa lo transportaría hasta un lugar alejado de la insidiosa ansiedad que sentía. Cerró los ojos por un momento, pero le fue imposible reprimir la permanente y electrizante sensación de miedo que lo habitaba. Tosió una vez, salió del automóvil al frío viento nocturno y saludó de lejos a los otros miembros del coro que se apresuraban a llegar al punto de encuentro. Sonrió. Ellos lo saludaron de vuelta. Vio a todos emocionados y felices.

Alpha...

«Vestido para matar.»

La frase en su mente lo hizo reír en voz alta.

Alpha se preparó con esmero. «Cuando te metas en el personaje —pensó—, asegúrate de que todos los elementos sean impecables. Nada fuera de lugar. Ni un cabello, ni un hilillo suelto que pueda delatarte. Sé tan meticuloso como un artista de Broadway.» Le deleitaba el engaño. Nada lo complacía más que la idea de poder ocultar su verdadera personalidad tras un disfraz. Podía ser algo tan sencillo como una expresión de inquietud en su cara, palabras para reconfortar a alguien o una postura relajada: todo lo necesario para persuadir a la persona que estaba a punto de convertirse en su víctima, de que eso que veía en realidad no estaba sucediendo en absoluto. En su opinión, se trataba de establecer una distancia entre la inocencia y la realidad de la inminencia de la muerte. Era un territorio sombrío que hacía que una especie de choques eléctricos le recorrieran el cuerpo. Creía, al igual que los otros *Muchachos de Jack,* que el acto de asesinar comenzaba mucho antes de siquiera identificar y elegir a la víctima. Aunque estaba furioso con *Socgoal02* y *la novia,* detestaba el asesinato repentino, azaroso, producto del enojo. El hombre que llega a casa y encuentra a su esposa en la cama con otro. El adolescente presa del pánico que roba la tienda del barrio con pistola en mano. Los pandilleros que disparan sin discriminar a sus rivales frente a la entrada de un edificio. A Alpha le parecía que todos estos asesinatos carecían de valor. Eran accidentes producto de la sociedad, la pobreza y la estupidez. «No como lo que hacemos nosotros.» Desde que se tomaba la decisión de matar, pasando por cada acto, cada preferencia y cada instante, todo se desarrollaba como parte de una vigorosa adicción. Amaba matar de la misma manera que una madre ama a su recién nacido.

Por eso esperaba que esta noche se convirtiera en algo muy especial.

«Una noche de venganza ideal.

»¿Alguna vez alguien ha deseado vengarse de la gente que mató a un asesino?

»No. Solo nosotros.»

Era como salir del clóset. Aceptar quién eres. Hacer una declaración. Comprometerte con una causa.

Salir y decir: «Somos los *Muchachos de Jack* y podemos hacer lo que queramos.

»En cualquier momento.

»En cualquier lugar.

»Hoy estamos aquí.

»Mañana estaremos en otro lugar.

»Y nadie puede hacer nada al respecto.»

Creía que después de esa noche, uno de sus mayores problemas sería rechazar a excelentes candidatos deseosos de formar parte de los *Muchachos de Jack*. Sabía que el mundo estaba repleto de espíritus afines y que estarían ansiosos de ocupar los lugares que dejaron Easy y Bravo. «¿Cuántos querrán convertirse en asesinos? Muchos. Muchos. Muchos.» Sabía que la *Gestapo* trataría de infiltrarse en el *Lugar especial de Jack* y deseaba con vehemencia enfrentarse al desafío de identificarlos y volver a insultarlos mientras él, Charlie, Delta y aquellos a quienes decidiera admitir en el club, permanecían ocultos en la Dark Web.

El último juego de ajedrez.

Uno por la era en que Alpha, Charlie y Delta vivían. Así como Jack fue *perfecto* para el momento en que estuvo en la tierra. «Jack usaba la neblina y la noche. Nosotros usamos Internet.»

Se acomodó el cuello y ciñó el saco a su cuerpo.

Sus armas estaban en el pequeño portafolio de cuero, junto a un iPad que planeaba usar para capturar cada segundo de esa noche. Era importante... No, era *crucial* registrar cada etapa del camino, no solo las muertes. La idea de demostrar que los *Muchachos de Jack* podían pasar desapercibidos, caminar como espectros entre la gente que menos se esperaba su presencia, tenía un impacto embriagante.

Sintió la calidez de sus propios pensamientos. Tanto, que pensó que tal vez ni siquiera necesitaría abrigo para protegerse del frío que continuaba aumentando afuera.

De todas formas se puso uno. Negro, de casimir, a la altura de las pantorrillas y con etiqueta de diseñador de lujo. «El abrigo de un hombre de negocios rico —pensó—, para matar de forma profesional.» Le recordaba a una canción.

De Heavy Metal.

«Megadeth.»

Cantó su estrofa favorita en voz baja para sí mismo.

A veces ponía la canción para que la escucharan las jóvenes a punto de morir, cuando por fin se disipaban sus gritos y sus súplicas, y se transformaban en resignación, en un entendimiento de su realidad, cuando se daban cuenta de que no había respuestas para lo que les iba a suceder:

«It brings me great pleasure to say my next job is you. Don't you know killing is my business and business is good».

Charlie...

«Yaaa llegó la Navida-ad...»

En su opinión, este villancico era muy apropiado.

Charlie se ajustó el cinturón, los pantalones, las botas y la chaqueta. Luego se sentó al borde de la cama en el barato cuarto de hotel y empezó a hacer algunos cálculos mentales.

«Tanto tiempo para llegar a la calle correcta.

»Tanto para estacionarme y salir.

»Tanto para reunirme con Alpha y Delta.

»Tanto para llevar a cabo las tareas designadas.»

Estaba acostumbrado a este tipo de visualización mental para evaluar cada acción. Era justo lo que hacía en sus viajes de asesinato en el extranjero. Algo natural para un hombre versado en el tipo de logística requerida en un entorno académico, cuando se necesita asignar cada minuto de forma correcta. «Tantas horas para clases magistrales. Tantas horas para lectura y corrección de ensayos. Tantas horas para preparar la siguiente conferencia. Tantas horas para reuniones con los otros profesores.» Le gustaba diseñar horarios en su mente y permitir que los administrara su reloj interno.

Repasó la noche etapa por etapa, justo como esperaba que se desarrollara. Volvió a revisar su uniforme. Verificó el cargador de su rifle automático .22, sacó cada una de las balas y reabasteció el arma. Quitó y volvió a atornillar el silenciador que había fabricado él mismo. Colocó el rifle a un lado, levantó la antigua navaja recta plegable y tocó el borde. Sabía cuán afilado era, pero lo tocó porque era una especie de símbolo de lo preparado que estaba él mismo en la víspera de un asesinato. Controló su desasosiego. Controló su pasión. Imaginaba que podía embotellar sus emociones y luego liberarlas en el momento idóneo para disfrutar al máximo.

—Solo espera —murmuró para sí mismo—. No necesitas apresurarte.

«La mañana de Navidad, un niño mirando los regalos envueltos en reluciente papel debajo del árbol.»

Sacudió la cabeza para hacer desaparecer esa imagen de su cabeza y mejor volvió a reproducir en ella la eficaz manera en que destruyó su laptop y su celular. A su esposa le diría que se le cayeron por accidente y ya no funcionaron. Sabía que aceptaría su explicación sin pensarlo dos veces porque en realidad no querría enterarse de cómo iban las cosas ahora que estaba «ayudándole a un hermano de su sociedad secreta de la universidad». Lo único que le interesaría saber sería: «¿Y cuándo regresarás?». Por eso le daba gusto que el plan de Alpha se acoplara tan bien a su regreso a la coartada marital y la inocencia fingida.

Al lado de la cama había un reloj digital.

Con grandes números rojos.

Vio cada minuto pasar al siguiente.

«Fa-la-la-la-la... —tarareó en su mente—, la-la-la-la. Se acerca la hora de la fiesta.»

Delta...

Él también se estaba preparando.

Igual que los otros: armas revisadas y vueltas a revisar.

La ropa para esa noche estaba extendida sobre la cama del hotel, lista para usarse. Su *traje especial,* doblado con esmero y rodeado de una serie de objetos. Al lado había una caja para sacarlo sin que nadie lo notara. Solo se lo probó una vez, pero comprendió de inmediato por qué a otras personas les gustaba usar prendas similares. Sintió que le daba una especie de apariencia celestial. De ángel de la muerte.

Delta estaba desnudo frente a un espejo de cuerpo completo. En una suite del hotel más agradable que encontró a una distancia razonable de la casa de *Socgoal02,* a donde llegaría en un automóvil alquilado.

En la mano tenía el cuchillo de caza con la empuñadura moldeada a su medida.

Cortó en el aire.

Una vez. Dos. Luego hizo una trepidante y frenética serie de cortes en la nada, y movimientos imitando puñaladas.

Le pareció oír el sutilísimo sonido de la hoja atravesando el estancado aire de la habitación del hotel. Imaginó la sensación del cuchillo al encontrarse con la carne, la ligera resistencia que enfrentaría antes de robar una vida y dejar manar chorros de sangre.

Por primera vez en su carrera como asesino, Delta iba a incluir algo radicalmente distinto en lo que denominaba «mi portafolio». Antes del viaje, tras leer las instrucciones de Alpha y examinar el plan con meticulosidad, se había dado cuenta de que esa noche su tarea consistiría en matar a gente que tenía nombre, identidad y personalidad. Todas sus otras víctimas habían sido desconocidos. Seres amorfos. Entidades inexistentes. Cifras que se aferraban al mundo gracias a hilos demasiado delgados. Sus asesinatos anteriores formaban parte de un acto de purificación, pero la tarea que ahora tenía frente a él prometía algo mucho más intrigante. Una limpieza distinta. Ahora, cuando su cuchillo rozara la garganta de la víctima, podría susurrarle su nombre.

«Hola, Ross Mitchell, estás muerto.

»Buenas noches, Kate Mitchell. Tú también estás muerta.»

Era la noche más emocionante que podría imaginar.

Una nueva ventana hacia lo que él mismo era capaz de llegar a ser.

Le asombraba que Alpha hubiera leído sus deseos de una manera tan precisa. El plan lo hizo respetarlo y admirarlo aún más.

Extendió los brazos hacia los lados. Echó la cabeza atrás. Cerró con parsimonia los ojos y visualizó lo que sucedería esa noche. Su cuchillo reflejaba la luz. Si se le hubiera ocurrido cómo hacerlo, se habría tomado una *selfie*. Permaneció en esa pose casi un minuto. Respirando con intensidad. Sentía cómo se aceleraba su ritmo cardiaco. La sangre parecía dispararse dentro de él. Como electricidad.

Miró su cuerpo desnudo en el espejo.

Se colocó el cuchillo contra el pecho, la hoja junto a la piel. Rasgó un poco su vello pectoral. Y rasuró un pequeño cuadro.

Filoso.

Perfecto.

Luego dijo:

—Es hora. Llegó la hora.

Se relajó un poco antes de voltear a la cama y vestirse para la noche que le esperaba.

En el lobby del hotel había una gran chimenea rústica, un acogedor fuego ardiendo sobre leña. «Muy al estilo de Nueva Inglaterra —pensó—. El calor de la estación.»

Kate, Connor, Niki y sus padres...

Los padres de Niki tenían una gran camioneta Ford que consumía litros y litros de gasolina. Se habían ofrecido a llevar a Kate y a Connor al concierto navideño de Ross. En más de una ocasión Niki se negó a abordar la camioneta porque le parecía que era un acto de hipocresía, una contradicción con el mensaje del «saludable estilo de vida, amigable para el medio ambiente» que sus padres promovían en su restaurante. Pero esa noche no se quejó. Solo quería sentarse un poco apretujada junto a Connor. No estaba segura de si estaba asustada o feliz por la idea de ir al concierto. Se preguntaba si sería posible estar eufórica y aterrada al mismo tiempo.

«Vamos a escuchar música. La voz de Ross —pensó—. Debería ser una experiencia encantadora.

»Es una iglesia.

»Es Navidad.

»Son vacaciones.

»¿Qué riesgo podríamos correr?»

Lo sabía:

«Hay riesgos en todas partes.

»En todos los lugares.

»A cada minuto.

»En cada desconocido.

»Cada una de esas personas podría ser uno de los *Muchachos de Jack*.

»Listo para matar.

»A Connor.

»A mí.

»A todos.»

De pronto se encontró imaginando distintos escenarios.

«Si esto sucede… haz eso.

»Si aquello sucede… haz esto otro.

»Prepárate para cualquier cosa.

»Prepárate para todo.

»Y no titubees.»

La última regla parecía ser la más difícil.

Kate estaba en la cocina despotricando y horneando galletas para después del concierto mientras Connor, en la sala, esperaba ver la luz de los faros delanteros del automóvil de la familia de Niki aparecer en el acceso. De pronto sintió que cada sonido que oía y no reconocía lo asustaba, y luego se dio cuenta de que los sonidos que *sí* reconocía eran igual de peligrosos e inquietantes. Quería sentirse a salvo por un minuto o dos, por lo menos. A veces le parecía que *todos* lo acechaban.

«No habrá un mañana hasta que el ayer de los *Muchachos de Jack* no termine», pensó.

Se acercó a la ventana. Colocó la palma de la mano sobre el vidrio y sintió el frío de afuera. Luego volteó, estiró el brazo y tocó el cañón del rifle de caza oculto en el lugar que le habían designado. Giró y volvió a cerciorarse rápidamente de que el cuchillo Ka-Bar siguiera entre las revistas viejas. «PM1 fue soldado. Yo también puedo serlo», se dijo. Volteó a la ventana de nuevo y, como ya lo esperaba, vio las luces de la camioneta iluminar la entrada.

—¡PM2! —gritó—. Ya llegaron, tenemos que salir pronto.

Escuchó a Kate responderle desde la cocina.

—Ya voy, ya voy. Prepárate.

Connor deslizó los brazos en las mangas de su abrigo y subió el cierre hasta arriba para protegerse del aire helado del exterior. Kate hizo lo mismo.

Connor recordó:

«No olvides decirle discretamente a Niki dónde colocó PM1 la escopeta».

49

UN VILLANCICO,
UN HOMBRE POBRE Y UNA HELADA CRUEL

Kate...

Sabía que tenía que sentarse al centro y cerca de la parte de atrás porque Ross la buscaría entre la gente hasta encontrarla. Y cuando llegara el momento de hacer resonar su voz, de cantar su solo, lanzaría todas las notas en esa dirección. Kate siempre había adorado la sensación de que cantaba solo para ella. A veces pensaba que los pequeños vínculos tácitos eran lo que hacían que su relación con Ross prosperara, y se preguntaba si Connor y Niki también los estarían forjando. «Sí» y «No» se respondía ella misma. «Aunque no lo saben, son demasiado jóvenes, pronto los separará algo y todo terminará en sufrimiento. O no. Así es la vida. Así es la adolescencia. Quizás han aprendido lo suficiente en su relación y están listos para usar esas enseñanzas con otro u otra amante. Tal vez. Espero. Si viven lo suficiente para tenerlo o tenerla.» Recordó que debía mantenerse alerta. El futuro inmediato conllevaba peligro. El futuro distante, si acaso todos llegaban a él, seguía siendo un misterio. Empezó a escudriñar cada uno de los rostros que alcanzaba a ver.

Había muchos grupos familiares.

Algunas parejas jóvenes. Era obvio que dos mujeres estaban embarazadas.

Una pareja gay.

Gente mayor moviéndose a un ritmo lento.

Niños retorciéndose llenos de energía. Kate sabía la razón: «La sobrecarga de la temporada navideña».

No eran las personas que ella buscaba.

«Hombres solos.

»Ojos penetrantes.

»¿Qué apariencia tiene un asesino?

»¿Se ve como yo? ¿Se ve normal? ¿Común? ¿Ordinario? ¿Demente?

»¿Joven? ¿Viejo? ¿Alto? ¿Bajo?»

No sabía si reconocería a alguno de los *Muchachos de Jack* si se sentara junto a ella.

«Debo hacerlo.»

Así que continuó buscando en cada cara que veía. En cada nuca. En cada espalda. No dejaba de voltear a la derecha y a la izquierda, de mirar a toda la gente que recorría los pasillos en busca de un asiento porque la iglesia se llenaba rápido. Fue descartando a los posibles asesinos lo más rápido que pudo, era una especie de protocolo personal, como si estuviera eliminando enfermedades de una lista a partir de cierto espectro de síntomas. «Ese hombre que tiene a su niño tomado de la mano. No. Si un asesino viniera a acechar a mi familia no traería a su pequeño. ¿O sí? ¿Los asesinos tienen hijos? No lo sé. Podría ser. Sigue buscando. ¿Qué hay de ese hombre de allá? Parece tener la edad correcta. Creo. Pero viene con una mujer. Debería preguntarles a Connor y a Niki si un asesino traería a su esposa. Sí, me parece que es posible. Yo, por ejemplo, quiero ayudar a Ross a que cante. ¿Sería descabellado pensar que una mujer comprometida quiera ayudar a su esposo a matar? No creo. Bueno, entonces no lo pierdas de vista. Ni a ella.»

Continuó buscando, cazando.

No estaba segura de lo que esperaba ver.

Solo sabía que más le valdría reconocerlo en cuanto lo tuviera enfrente.

Le desagradó en especial que estuvieran detrás de él. A seis filas. Del otro lado de la iglesia. Pero cuando llegó y los localizó, ya estaban sentados, por lo que se vio forzado a pasar delante de ellos. Encontró un asiento. Y luego le fue imposible resistir la tentación, así que, a pesar de transgredir una de sus propias reglas, «nunca hagas contacto visual hasta que no tengas la situación bajo control», giró en su asiento y los vio sentados juntos. «Hola, *Socgoal02*. Hola, *la novia*. Hola, demás miembros de la familia programados para morir. Disfruten del concierto.» La iglesia se llenó y él tuvo que luchar contra la abrumadora urgencia de voltear para verificar que siguieran ahí.

—Disculpe, padre, ¿podemos sentarnos en ese espacio?

Alpha levantó la vista y le sonrió a la joven mujer parada junto a él en el pasillo. Traía un bebé en los brazos, detrás de ella había dos niños y un esposo con cara de agobio. El hombre venía cargado de abrigos de colores, mitones que amenazaban con caer al piso y perderse en cualquier momento, gorros tejidos y un gran bolso colgado al hombro que Alpha supuso estaría lleno de pañales, mordederas diversas, una cobija y varias botellas con fórmula infantil. Un típico sherpa estadounidense de clase media.

—Por supuesto —contestó él—. Hay suficiente espacio para todos.

—Gracias, padre —dijo el líder de la familia—. ¿No tiene servicio hoy?

—Solo la misa de medianoche, hijo —explicó Alpha, tocando con sutileza el cuello blanco de clérigo que traía puesto. Vestía traje y zapatos negros, y de su cuello colgaba un crucifijo dorado—, pero el coro de aquí canta tan hermoso, que decidí escapar un rato de nuestros preparativos para venir a escuchar su adorable música.

Se deleitó en fingir el meloso tono de sacerdote.

Le sonrió al hombre y a uno de los niños que lo miraba desde abajo con respeto. Alpha adoraba su disfraz.

«¿A quién se le ocurriría que un sacerdote pudiera estar fuera de lugar en una iglesia en la víspera de Navidad?

»¿Quién pensaría que un sacerdote podría ser en realidad un *Jack*?»

Levantó la vista en cuanto se escuchó un murmullo entre la gente. El ministro se dirigía con pasos rápidos y una gran sonrisa al altar.

Hizo un gesto de bienvenida y los miembros del coro, que venían detrás de él, entraron por dos puertas. Vestían sus deslumbrantes túnicas color blanco y rojo. Ocuparon sus lugares frente a un gran crucifijo. Las luces hacían resplandecer sus rostros. Las túnicas parecían reflejar la iluminación de los *spots*. La gente que llenaba la iglesia guardó silencio, excepto por el bebé que lloraba un poco al otro lado de donde estaba sentado Alpha.

—Estamos celebrando una noche en verdad especial —dijo el ministro—. Es una noche maravillosa, emocionante —añadió en un tono feliz y estruendoso.

«Amén», pensó Alpha.

Delta...

Delta caminó por el pueblo serpenteando entre los compradores de última hora, recorrió la calle principal de ida y vuelta. Por fin encontró un lugar donde todavía estaban sirviendo alimentos: un restaurante chino en el que comió un plato de fideos picantes sin dejar de mirar su reloj.

Quería apartar tiempo suficiente para llegar al sitio que designaron para encontrarse.

Pero no quería llegar muy temprano y verse forzado a esperar.

La comida casi no le supo a nada.

Sentía que estaba a punto de dar un paso demasiado importante. De ser mucho más grande de lo que ya era. De dar vuelta a la página. Renovación. Restauración. Ascenso. Sus pensamientos lo invadieron. Estaba decidido a *crecer* esa noche.

«La manera perfecta de empezar un nuevo año.»

Charlie…

Charlie pensó que tal vez se vería un poco ridículo pero, por otra parte, sabía que su apariencia sería increíblemente perturbadora. Incluso aterradora.

Sin duda sería memorable.

Él tampoco dejaba de mirar su reloj.

«En este instante están cantando», pensó.

Rio en voz alta.

«Más tarde también van a cantar.

»Solo que será una canción diferente.»

Ross…

El momento de su solo se acercaba con rapidez.

Ya habían entonado *Allá en el pesebre*. Cantaron *Navidad, Navidad, hoy es Navidad* en un arreglo que fusionaba el tema principal con una versión a capela y con chasquidos de *Santa Claus llegó a la ciudad;* luego entonaron *Rodolfo, el reno*. Interpretaron estos villancicos pensando en todos los niños pequeños que había en el público. Después cantaron una versión más bien libre de *Los doce días de Navidad* e invitaron al público a unirse a ellos en el verso de los «Cinco anillos de oro». El entusiasmo se desbordó en la iglesia, la gente ovacionó a los cantantes de forma estruendosa. Ahora el coro estaba cantando la última estrofa de *Noche de paz*. A Ross le pareció que nunca habían sonado tan bien. El simple hecho de entonar los temas casi hizo desaparecer todos sus miedos y su ansiedad. Casi. A pesar de que estaba muy concentrado en la letra y la entonación de cada villancico, una parte de él seguía reproduciendo escenarios de muerte de forma vertiginosa.

Las últimas notas se difuminaron y el silencio invadió la iglesia. Ross notó que el ministro, quien esa noche también fungió como director del coro, lo miraba.

De pronto vio en su mente un destello, el recuerdo de la Navidad de diez años atrás.

Connor tenía ochos años y le preguntó:

—¿Quién era ese señor Esteban, del que hablan en tu villancico favorito?

Recordó que le contestó a su nieto:

—Vaya, pues fue el primer mártir de la cristiandad.

No estaba seguro de cómo era que lo sabía.

—¿Qué es un mártir?

—Alguien que se sacrifica a sí mismo por una buena causa. O por otra persona. O por sus creencias. Pero en general no es buena idea hacer algo así.

Ross vio al ministro levantar las manos.

«Espera tu compás de entrada», pensó.

Luego tuvo otro recuerdo repentino. De cuando llevó a Kate a un concierto, poco después de que se conocieron, cuando cada acercamiento físico, incluso si solo era un roce accidental entre sus hombros o sus manos, era eléctrico y venía cargado de promesas irrefrenables. *The Grateful Dead*. La sala Fillmore East en el East Village de Nueva York. Un antiguo cine sucio y maltrecho que los hippies, los estudiantes y todo defensor de la contracultura adoraban por encima de cualquier lugar en kilómetros a la redonda. El grupo de rock empezó el espectáculo cantando: «*Saint Stephen, with a rose, in and out of the garden he goes...*».

Miró a Kate en los asientos del fondo.

Vio al ministro bajar las manos, y entonces dio un paso al frente y se dejó llevar por el villancico que celebraba el acto de caridad realizado por el rey Wenceslao el día de la fiesta del mártir San Esteban:

Todo mundo entona ya cantos de alegría
porque va a nacer Jesús hijo de María.
El buen rey Wenceslao quiere festejarle
y a Belén también irá para adorarle...

Alpha...

«"Todo mundo entona ya cantos de alegría" —le fascinó lo irónico del verso—. Dentro de poco todos entonarán otro tipo de cantos.»

Se puso el abrigo y empezó a deslizarse con cuidado frente a la familia que se sentó a su lado. Al mismo tiempo iba susurrando:

—Disculpen, no quisiera llegar tarde a mi propio servicio de Navidad.

Alpha salió de la iglesia antes de que el coro llegara al conmovedor final de *Venid todos fieles,* el himno que también conocía como *Adeste fideles.* Al encontrarse con la noche en el exterior, siguió escuchando la letra y las notas apagadas detrás de él.

50

¿QUIÉN NO ABRIRÍA SU PUERTA?

Ross los encontró esperando afuera, en la acera que conducía al estacionamiento.

El frío era tan intenso que todos exhalaban vaho. Tuvieron que cubrirse bien con los gorros y apretar sus bufandas. Los inviernos de Nueva Inglaterra pueden variar de forma extrema. El deshielo y las oleadas de frío parecen alternarse y crear ciclos rápidos que hacen a todos sentirse un poco deprimidos y abatidos, temerosos de contagiarse de influenza, alerta todo el tiempo contra los resfríos. Un día toda la zona puede terminar cubierta por blanca e inmaculada nieve como sacada de tarjeta postal, y al siguiente caerá una lluvia gélida que transformará todo en lodo y hielo. Esta era una de esas noches árticas con viento brusco e inclemente que soplaba desde Canadá. El fenómeno empezaba a acumular la intensidad necesaria para que los comentaristas meteorológicos de televisión advirtieran sobre severas ventiscas de temperaturas bajo cero y para que los indigentes se guarecieran en los refugios.

Hubo una ráfaga de felicitaciones. Kate abrazó a Ross. Connor le hizo la reverencia tipo «¡no lo merecemos!» que hacían Wayne y Garth de *Wayne's World* cuando los sketches aparecían en el programa *Saturday Night Live*. Y Niki le dijo:

—¡Choca esos cinco, PM1! Qué buen espectáculo —añadió—. Fue muy divertido, me encantó tu solo en la canción de la fiesta de San Esteban. De hecho siempre he querido saber cuándo se celebra.

—En realidad es el día 26 —explicó Ross—. Pasado mañana.

—Día del Boxeo en Gran Bretaña —intervino Connor—. Una fecha importante para la Liga Premier inglesa. Todo el día hay encuentros entre rivales tradicionales.

—Ya es tarde —dijo Kate—, pero todavía podemos celebrar juntos un rato. En casa tengo galletas y un pastel que horneé; café y chocolate caliente. Para brindar por el señor tenor —dijo, dándole un cariñoso codazo a Ross.

—Me encantaría —dijo Niki lo más rápido que pudo. Sabía que sus padres declinarían la invitación porque Kate usaba azúcar para cocinar.

Como siempre, la madre de Niki aceptó.

—Está bien, cariño, pero no hasta muy tarde, ¿de acuerdo?

Niki quiso decirle: «Ya no soy una niña», pero no lo hizo.

—Una galleta y una taza de chocolate —prometió—. Luego Connor me acompañará a casa.

—Regresa a las 9:30 a más tardar.

—A las diez —replicó Niki.

Su madre sonrió. La típica negociación con los adolescentes.

—A las 9:45 —dijo tajantemente—. Contamos contigo, Connor —añadió, dirigiéndose al novio de su hija.

—Por supuesto. Estará ahí a las 2:00 a.m. sin falta —respondió con una sonrisa y de buen humor, contagiado por la atmósfera que se respiraba tras el concierto—. Niki quiere ver a Santa Claus bajar por la chimenea.

Todos rieron a pesar del frío.

Era una conversación ordinaria, la más ordinaria posible en una noche que estaba a punto de transformarse en algo fuera de lo común.

Alpha...

En su trayecto al lugar que ahora consideraba *la casa del asesinato*, Alpha notó una larga hilera de automóviles estacionados afuera de una residencia decorada con abundantes luces. En ese instante comprendió: «Fiesta navideña». Desaceleró y se fijó en las ventanas del frente: gente reunida alrededor de un pino. Alcanzó a ver muchos de esos espantosos suéteres tejidos que tienen al frente grandes árboles de navidad adornados o duendes de Santa Claus. «Quizás estén cantando —pensó—. Es obvio que ya bebieron mucho. Sidra fuerte y ponche caliente.»

Los invitados no tenían idea de quién se encontraba afuera entre las sombras.

«Uno de los *Muchachos de Jack*.»

Se sintió como un tiburón en el mar desplazándose entre los nadadores sin ser visto.

La contradicción entre las celebraciones navideñas y el inminente horror electrizaba su cuerpo.

«¿Quién sospecharía esta noche?»

Casi rio en voz alta al imaginar una conversación ficticia:

«—¿Qué es ese ruido, cariño?

»—Pues es el viejo San Nicolás aterrizando en el techo con su trineo y los renos. ¿O serán los *Muchachos de Jack*?».

Hizo una nota mental de la ubicación de la fiesta navideña y calculó la distancia a *la casa del asesinato*. La fiesta podría serle útil. Detectar la posibilidad de añadir un poco de espontaneidad a sus planes de asesinato siempre le causaba alegría. Era una especie de confirmación de su creatividad.

Se detuvo a un lado de la calle, justo donde les dijo a Charlie y a Delta que se reunirían, a menos de medio kilómetro de la casa de *Socgoal02*. Levantó la vista y, unos segundos después, vio reflejados en el espejo retrovisor dos automóviles que se acomodaron detrás del suyo.

«Puntuales.»

Vio a los otros *Muchachos de Jack* bajar de sus respectivos vehículos.

Charlie ya estaba vestido para la noche. Delta traía una caja, Alpha supuso que sería su uniforme. Los vio abrazarse, luego Delta dio un paso atrás y admiró la vestimenta de Charlie. Rieron un poco como amigos y se dirigieron al automóvil de Alpha. Él oprimió el botón para desactivar los seguros. Delta se sentó a su lado, en el asiento del copiloto, y Charlie en la parte de atrás.

—Les aseguro que no es mi vestimenta típica para este tipo de actividades —dijo Charlie, sonriendo.

Llevaba un colorido traje rojo y blanco de Santa Claus.

Debajo del saco tenía una panza falsa. Lo complementaban las altas y deslumbrantes botas negras y un gorro flexible con borla blanca. La falsa barba adherible de anciano la traía en las manos.

Alpha señaló el cuello de clérigo que traía puesto.

—Esta tampoco es mi vestimenta típica —dijo.

—Jo, jo, jo —añadió Charlie con una falsa voz como de dolor que hizo reír mucho a los otros.

—Me parece que te ves genial —dijo Alpha—. Yo sí te contrataría para una fiesta privada.

—Jo, jo, jo —repitió Charlie.

—¿Traes tu ropa en la caja? —le preguntó Alpha a Delta.

—Por supuesto —contestó—. ¿Me la pongo ahora?

—No. Espera hasta que lleguemos ahí y comencemos. Pero muéstrame —dijo.

Delta abrió la caja y le mostró la túnica color blanco y rojo. Era una réplica de las que usaron los miembros del coro de Ross esa noche.

—Te verás angelical —agregó Charlie.

Los tres sabían lo valiosos que eran sus disfraces.

¿Quién no le abriría la puerta a un sacerdote en la víspera de Navidad?

¿O a Santa Claus?

¿O a un miembro del coro?

Nada de puertas forzadas esa noche. Ni vidrios rotos. Ningún riesgo de activar sistemas de alarma. La sorpresa que Alpha había preparado era distinta. A todos los invitarían a pasar.

Esa noche, más que ninguna otra, las puertas se abrirían a la caridad.

Los tres apreciaban la importancia de la actitud mental de la gente en esa temporada. Había muchas maneras imaginables en que los *Muchachos de Jack* podrían atacar, pero no tocando directo a la puerta.

Alpha asintió.

—De acuerdo —dijo—. ¿En su camino hacia acá pasaron por una gran fiesta a seis calles de aquí? Me voy a estacionar en la fila de vehículos afuera de esa casa. Será el lugar perfecto para ocultar el automóvil. Charlie, deja el tuyo aquí y ve con Delta en el suyo. Asegúrense de guardar en la bolsa de Santa todo lo que necesiten.

—Entendido —dijo Charlie.

—Delta, sígueme a la fiesta. Luego todos iremos en el mismo vehículo a la casa de *Socgoal02* y lanzaremos el ataque desde ahí. Mantendremos los tres vehículos separados. Huiremos en el de Delta, pero luego nos dispersaremos. Uno, dos, tres. Tres individuos regresando a casa después de una fiesta navideña. ¿A quién podría parecerle que haya algo de malo en ello? —explicó.

«No hay *nada* de malo», pensó Charlie.

—Aquí tienen sus regalos de Navidad —agregó Alpha, al mismo tiempo que les entregaba un iPad nuevo a cada uno—. Me tomé la libertad de hacerles a estos aparatos un discreto ajuste previo al suceso. Están preparados para que podamos comunicarnos entre nosotros, ya que nos encontraremos en lugares distintos. Solo den clic en el ícono para compartir video. La pantalla se dividirá para que los tres podamos ver lo que están haciendo los otros. Con esto nos aseguraremos de que la de hoy sea una experiencia compartida al máximo a pesar de estar apartados. Además, los iPad estarán grabándonos por separado. Así podremos editar un poco las tres grabaciones y usarlas para hacer un solo video de gran calidad. Será el que le enviaremos a la *Gestapo* cuando llegue el momento idóneo.

—Genial —dijo Charlie—. Qué ganas de ver toda la acción en YouTube.

—Perfecto —añadió Delta—. No creo que la gente de Apple haya pensado en las cosas que planeamos hacer cuando fabricaron aparatos tan fáciles de usar. Creo que más bien los diseñaron pensando en parejas que querrían filmar un poco de pornografía casera de aficionados. Como *Socgoal02* y *la novia*.

Todos sonrieron al recordar el video.

—Es justo lo que habría dicho Easy si estuviera aquí esta noche —dijo Alpha en tono reflexivo.

Hubo un momento de silencio en el automóvil. Pensaron en lo cierto que era el comentario. A la tranquilidad la reemplazó casi enseguida una oleada de enojo en los tres. La misma pasión por la venganza. Todos pensaban más o menos lo mismo: esa noche, más que ninguna otra, querían hacerle algo en verdad malévolo a la gente que más merecía la muerte en el mundo.

—Esta noche se pagarán muchas deudas —dijo Delta.

—Entonces en verdad no veo ninguna razón para seguir esperando —dijo Alpha.

—«Buenas noches a todos, y muy feliz Navidad» —exclamó Charlie enfundado en su disfraz de Santa Claus—. Es el último verso del poema de Clement Moore, *The Night Before Christmas* —aclaró.

Luego, sin decir una palabra más, salieron del automóvil de Alpha. Delta por el frente y Charlie por atrás, moviéndose con torpeza debido a su voluminoso traje rojo.

51

LOS ÚLTIMOS INSTANTES ANTES DE QUE COMENZARA LO PREDESTINADO

Ross, Kate, Connor y Niki a las 9:37 p.m., víspera de Navidad...

—Me encantan los malvaviscos pequeñitos —dijo Niki.

Bebía el último sorbo de una taza de chocolate caliente.

—¿No debería haber regresado ya PM1? —preguntó Connor, mirando hacia la ventana del frente.

—Es probable que los miembros del coro no hayan terminado aún de felicitarse entre sí por lo maravilloso que cantaron. Seguro se están dando palmadas en la espalda y deseándose lo mejor antes de regresar a casa. Escaparse siempre le toma a tu abuelo un poco más de lo previsto, pero debería llegar en cualquier momento —explicó Kate, bromeando un poco.

Connor se encogió de hombros, pero en ese momento vio las luces de los faros delanteros de un automóvil en la calle.

—Ahí está —dijo.

Niki puso su taza vacía sobre la mesa.

—Creo que solo le diré «Hola» y regresaré a casa, ¿de acuerdo, Con?

—Sí, te acompaño.

Kate llevó a la cocina las tazas vacías y las galletas caseras de avena que aún quedaban. Sabía que Ross no querría chocolate sino café, así que le preparó una taza. Cuando Connor era niño, su esposo bebía varias después de la cena para poder quedarse hasta tarde envolviendo los regalos que habían escondido para que no los viera el pequeño. Así, cuando despertara temprano y lleno de emoción la mañana de Navidad, encontraría las pilas de cajas envueltas debajo del árbol. Ella y Ross siempre trataron de que hubiera suficientes regalos para que su nieto no pensara tanto en las dos personas que deberían estar con él en ese momento.

Ross entró con su automóvil por el acceso vehicular y apagó el motor.

Contempló su casa. Estaba iluminada, se veía acogedora.

Era como si tratara de separar sus sentimientos. El pavor en un compartimento en su interior. El miedo en otro. La alegría en un tercero. El alivio en un cuarto. Y ninguno de ellos se conectaba con los otros.

Sacó la .357 de la guantera. La sopesó por un instante. Era un peso reconfortante. Un recordatorio de lo que enfrentaban. Se sintió a la deriva en un mar de contradicciones. Los vientos de felicidad y de la temporada navideña soplaban en una dirección, mientras las corrientes y las mareas de los *Muchachos de Jack* lo empujaban en otra.

Connor y Niki estaban poniéndose los abrigos y sus bufandas cuando Ross entró por la puerta del frente.

—¡Saluden todos al tenor conquistador! —dijo Niki.

El entusiasmo de la adolescente le permitió a Ross olvidar su ansiedad por un instante.

—¿Regresarás en la mañana, Niki? —preguntó animado, sonando feliz—. ¿En cuanto *cierto adolescente* despierte tras demasiadas horas de sueño y por fin podamos abrir los regalos? —agregó, señalando a Connor con el dedo.

—No dormiré demasiado, lo prometo —dijo su nieto.

—Seguro lo harás, Connor —dijo Niki.

Entonces Connor extendió los brazos como diciendo «¿Quién? ¿Yo?».

Niki abrazó a Ross.

—Feliz Navidad, PM1 —le dijo—. Los veré en la mañana.

Los dos jóvenes salieron por la puerta del frente.

Ross fue a la cocina.

—Tengo café para ti —dijo Kate.

—Qué bueno, lo necesito —dijo Ross—. Aún estoy tenso. Todo salió bien esta noche, ¿no?

—El coro cantó bien, pero tú sonaste fabuloso. Casi al nivel de estrella de rock. Como Freddy Mercury en la película. O Mick Jagger. Quizá Robert Plant.

—¿Pero no como Pavarotti? Qué desilusión.

Ross empezó a quitarse la chaqueta, pero se detuvo al darse cuenta de que la pesada pistola continuaba en su bolsillo. La sensación casi destruyó su estado de ánimo. Sacó el arma y la colocó sobre la mesa de la cocina. Kate la miró como si se tratara de una serpiente viva y siseando.

—Es fea, ¿no? No tiene nada que ver con lo que se celebra esta noche, ¿cierto? —dijo.

Le entregó a Ross la taza de café y señaló con un gesto sus trampas caseras y los alambres en el piso. Tomó la pistola y la metió en un cajón de la cocina. Su esposo estuvo a punto de detenerla y pedírsela para guardarla en su oficina, junto a la cama o en el baño. O en cualquier lugar donde ella no la viera, donde no le recordara las circunstancias. Pero no lo hizo. «La tomaré del cajón cuando Kate se vaya a acostar», pensó. Tomó la taza de café con ambas manos y permitió que el calor penetrara su frío cuerpo a través de la piel.

Niki y Connor estaban en la escalera del frente de la casa de ella. Ella volteó y le dio un largo y apasionado beso. Después de unos instantes por fin se separaron un poco y ella rio a carcajadas.

—Eso fue para que tengas algo genial con que soñar. En lugar de haditas de azúcar y todas esas cosas de Navidad —dijo Niki.

—Me viene bien —admitió Connor.

—Te veré en la mañana para que intercambiemos regalos.

Connor se inclinó hacia delante y susurró:

—Te amo.

Niki se rio.

—Y yo te amo a ti, pero hace demasiado frío para quedarnos aquí afuera hablando. Aunque sea de amor.

—Ni que lo digas —dijo Connor con una sonrisa.

—Feliz Navidad —exclamó Niki.

—Feliz Navidad, Niki —dijo él.

Se separó de ella y atravesó el jardín trotando un poco. Al llegar a la acera retomó el paso y se apresuró a regresar a casa.

Niki se quedó viéndolo un instante.

Luego abrió la puerta y entró canturreando:

—¡Ya llegué! Justo a tiempo. Felicítenme por hacer lo que me pidieron —dijo contenta, bromeando. Vio a sus padres sentados en la sala, así que dejó en un rincón su abrigo con el celular en el bolsillo, se acercó y se desplomó en una poltrona junto a ellos.

Alpha, Delta y Charlie…
en el automóvil alquilado de Delta, a las 9:38 p.m.…

Alpha, Delta y Charlie vieron a *Socgoal02* abrazar a *la novia* y regresar rápido a su casa mientras ella entraba a la suya.

—¿Qué les pareció? ¿No es lo más dulce que han visto? —preguntó Charlie.

Burlándose.

—Conmovedor —contestó Delta, de acuerdo con Charlie.

—Revisión rápida —dijo Alpha. En su voz se escuchaba un tono autoritario tan helado como la noche afuera del automóvil. Tomó su iPad. Los otros dos asesinos encendieron los suyos y se percataron de que cada pantalla tenía varias perspectivas. Las rotaron y vieron que las imágenes registradas por la cámara iban cambiando, comprendieron que estaban viendo lo que se mostraba en el aparato de cada uno.

Los tres probaron los micrófonos integrados: «1, 2, 3». Se escuchaban los unos a otros sin dificultad.

—Listo —dijo Charlie.

—El mío también —dijo Delta.

—De acuerdo, mantengan la transmisión abierta a partir de ahora —ordenó Alpha—. Comenzaremos a grabar en este preciso momento —les indicó. Ambos obedecieron—. Ahora, una segunda revisión —continuó.

Sabían a qué se refería.

«Las armas para el evento.»

Charlie sacó su antigua navaja recta y su pistola semiautomática con el silenciador casero. Colocó una bala en la recámara. Delta lo siguió. Primero tomó el cuchillo con la empuñadura tallada a su medida y luego la Ruger calibre .40 semiautomática. Guardó el cuchillo en un arnés para hombro e insertó la pistola en su cinturón. Cubrió ambos con su túnica del coro. Alpha sacó su garrote y luego la Glock de 9 milímetros.

—Armados y peligrosos —dijo Charlie—. *Muy* peligrosos, diría yo —añadió casi relajado.

—Vamos a darte un poco de ventaja, Charlie —dijo Alpha en voz baja—. Entre treinta y sesenta segundos. En cuanto se abra la puerta de la casa de *la novia* y entres, nosotros cruzaremos la calle.

Alpha titubeó.

—Algo más… —empezó a decir parsimoniosamente, como meditando—. Estaremos repartidos en dos lugares y solo somos tres, lo que deseamos lograr se vuelve más complejo. Necesitamos actuar al mismo tiempo en dos ubicaciones. Será complicado… pero en cuanto lo logremos, el impacto para el mundo será mucho mayor. Por esta razón, si alguno tuviera dificultades o necesitara ayuda de cualquiera de los otros, o si la situación se tornara, digamos, *incómoda* o *incontrolable,* aunque no pienso ni por un instante que eso pueda suceder… vaya, pues necesitaremos tener una palabra en código para reaccionar pronto —dijo sonriendo—. Charlie, creo que esto aplica sobre todo en tu caso porque estarás trabajando solo. Delta y yo nos haremos cargo de una casa que ya sabemos que está armada y donde el maldito abuelo seguro usará su pistola si ve la oportunidad de hacerlo.

Pensé en eso y decidí que, si durante la transmisión compartida alguno llegara a pronunciar el nombre de *cualquiera* de las cinco víctimas principales del Destripador, los otros dos deberán responder. Abandonarán lo que estén haciendo sin importar lo mucho que lo estén disfrutando, lo darán por terminado lo más pronto posible e irán a ayudar —ordenó e hizo una pausa. Claro, *dar por terminado* significaba *matar*—. No sucederá, pero…

—¿Víctimas de el Destripador? —preguntó Delta—. Qué gran idea —dijo y empezó a reír. Charlie se unió a él.

No era una risa de *buen humor*, tampoco de *estrés*. Era el sonido del entusiasmo y la agitación.

—Mary Ann Nichols. Fue la primera, en agosto de 1888 —dijo Charlie—. Apostaría a que hacía menos frío que esta noche.

—Annie Chapman, Elizabeth Stride o Catherine Eddowes —añadió Delta. Parecía estar pensando—. Y Mary Jane Kelly. Jack en verdad se lució con ella.

—Y pasó directo a la historia —aclaró Charlie, el académico de costumbre—. Entonces, cualquier nombre de la era de Whitechapel será una petición de *ayuda*, ¿correcto?

—Bueno, Frederick Abberline no —intervino Delta con una sonrisa—. Nadie menciona ese nombre.

Abberline fue el principal detective de Scotland Yard en el caso del Destripador.

—Tienes razón —respondió Alpha—, Abberline no. Sus logros no fueron más destacados que los de ningún miembro de la *Gestapo* de ahora.

El comentario hizo que asintieran.

En ese momento todos sacaron sus entallados guantes quirúrgicos. Nadie dijo nada, los tres sabían cómo abordar un asesinato.

—Cuando hayamos terminado nos reuniremos aquí. Delta, lo mejor será dejar el automóvil abierto y las llaves en el tablero para que cualquiera de los tres pueda tomarlas si decidimos salir rápido. Pero claro, eso no sucederá. En realidad, tenemos toda la noche para trabajar —dijo Alpha.

Miró directo a los ojos a los otros dos *Muchachos de Jack*. Sonrió.

—Como Santa Claus entregando los regalos a las niñas y los niños buenos. Él siempre termina en una sola noche. Nosotros también lo haremos.

Los otros asintieron.

Charlie se pegó la barba blanca a la cara y se ajustó el sombrero de Santa.

—¿Cómo me veo? —preguntó—. Y no se rían.

—Como un Santa muy perdido buscando una fiesta navideña —dijo Alpha—. Justo como debes verte: inocente.

—Jo, jo, jo —repitió Charlie como poco antes—. Solo que esta noche Santa se dará a sí mismo un regalo. Tal vez el mejor de toda su vida.

Sacudió la cabeza como si estuviera pensando.

—¿Qué sucede? —preguntó Alpha.

Charlie suspiró.

—Es que siempre he querido… pues, *aquietar* a alguno de mis alumnos de la universidad. Son engreídos, egocéntricos e irritantes, se creen con derecho a todo. Logran sacar lo peor que hay en mí. En fin, supongo que lidiar esta noche con *la novia* deberá bastarme.

Delta sonrió.

—Lo sabía —exclamó.

—¿Qué?

—Siempre me pareció que eras alguien con una sólida preparación académica. Inteligente. Intelectual. ¿De qué das clase?

—Antropología. Tengo un doctorado.

—Lo sabía. Es genial —exclamó Delta—. Puedes viajar. Hacer cosas increíbles…

—Por supuesto —dijo Charlie con una gran sonrisa.

Alpha les recordó a ambos:

—No olviden que todos necesitamos *ver*. Y es importante que *Socgoalo2* también lo haga. Antes de que… —dijo con una sonrisa—… haga su salida.

Un sentimiento de emoción se apoderó de los tres.

Delta acarició la parte blanca de su falsa túnica de miembro del coro y luego recorrió con un dedo los bordes rojos.

—Espero que no me pidan que cante —dijo—. Me delataría en ese momento.

Su broma logró borrar toda la tensión previa al asesinato que se sentía en el automóvil.

—Vamos —dijo Alpha—. Será una gran noche.

Los tres asesinos unieron sus manos como lo habían hecho en el restaurante.

—Los veré en un rato —dijo Charlie—. Y no lo olviden: tenemos estándares muy altos que mantener —añadió.

Delta y Alpha sabían a qué se refería. Una pequeña nota para que todos pudieran recordar a Easy y a Bravo, y los asesinatos que cometieron y compartieron con alegría durante todo su tiempo en el *Lugar especial de Jack*. Con un breve silencio hicieron patente su acuerdo absoluto. Charlie, el primero de los tres *Jack* en fila para matar, salió de la parte trasera del automóvil y cerró la puerta con delicadeza y discreción. Dudó por un instante, miró a un lado y al otro de la calle como buscando algo. «Ni una criatura en movimiento, ni siquiera un ratón…» Se dirigió con presteza a la casa de *la novia*. La emoción por lo que iba a hacer mantenía el calor de su cuerpo, a tal punto que pudo ignorar la gélida temperatura nocturna.

52

LO QUE APRENDIERON LOS NIÑOS EN SU PRIMER ENCUENTRO CON UNO DE LOS *MUCHACHOS DE JACK*

El primer asalto:
La llegada de Charlie a la casa de la novia...

El sonido del timbre los tomó a los tres por sorpresa.

La mamá de Niki preguntó por reflejo:

—¿Quién podrá ser?

«¿Habrá olvidado algo Connor?», se preguntó ella.

Su padre se levantó del sillón y dijo:

—Iré a ver quién es.

Lo vio cruzar la sala y dirigirse a la puerta del frente. Unos segundos después lo oyó decir:

—Es un hombre vestido de Santa Claus.

Niki tuvo la abrumadora sensación de que algo no andaba bien, no era lógico. Un traje de Santa en la víspera de Navidad era lo más normal del mundo, pero de pronto a ella le pareció lo contrario. Escuchó a su padre abrir la puerta.

—¿En qué puedo ayudarle?

Escuchó la respuesta proveniente del exterior:

—Lamento molestarlo, pero vi sus luces encendidas. Estamos perdidos y...

Entonces, sin saber con exactitud por qué, Niki gritó:

—¡No! ¡No!

El miedo se apoderó de ella en ese instante. Su madre, a su lado, de pronto se quedó en shock. Paralizada. Y para ella fue como si hubiera reaparecido una pesadilla que había luchado por olvidar. Entonces oyó a su padre decir:

—¡Ey!

A esto le siguió un extraño grito de sorpresa, un ruido gutural, una especie de quejido. Luego se oyó un alarido interrumpido por un ruido sordo: Charlie Santa acababa de golpear a su padre en la cara con la culata de su pistola semiautomática. El hombre cayó hacia atrás, primero chocó con una mesa pequeña en la sala y después se desplomó directo en el piso del pasillo envuelto en una capa de sangre y dolor repentino. Niki y su madre saltaron de sus asientos, pero no pudieron moverse a ningún lugar. Ambas vieron lo mismo. Traje rojo. Botas negras brillantes. El gorro con la borla blanca. La barba falsa. El arma apuntándoles.

Su madre se quedó boquiabierta, presa del miedo y del asombro en igual medida. Parecía que estaba a punto de gritar.

—No —ordenó Charlie—. Callada.

Su voz se oía tranquila pero vigorosa. Organizada. Gélida.

Una orden precisa. Una orden que sería obedecida. Emitida en cuanto llegó la muerte a la casa.

El sonido de un hombre que se sentía cómodo, en su elemento.

El sonido de un hombre versado en lo que estaba haciendo.

Y eso resultaba tan aterrador como la pistola con que les apuntaba.

El segundo asalto:
Alpha y Delta en la puerta de la casa de Connor, Ross y Kate...

Unos instantes después...

El abrupto e insistente golpeteo en la puerta del frente parecía decir: «Hace frío aquí afuera».

Ross estaba en la cocina, acababa de terminarse el café de un trago. Frente a él había una montaña de trastes sucios que sabía que le correspondía lavar a pesar de lo hermoso que había cantado esa noche. Kate estaba cerca de él, acababa de prepararle a Connor un segundo plato de galletas tibias de avena con chispas y de rellenar su taza de chocolate caliente. Connor tenía el plato y la taza en las manos, estaba en el pasillo del frente y se dirigía a la sala para ver alguna película típica de la temporada en el televisor sobre la chimenea: *Qué bello es vivir* o *El Grinch*.

—Yo abro —dijo.

Ross, que ya estaba lavando los trastes con agua jabonosa, levantó la vista.

Kate titubeó, tenía un molde para hornear en las manos.

Él dejó de lavar los platos y se secó las manos en los pantalones. «¿Quién podrá ser tan tarde?»

Lo segundo que pensó fue: «¿Habrá olvidado algo Niki?».

Su tercer pensamiento fue producto de una repentina mezcla de lóbregos y desarticulados miedos. Abrió la boca para advertirle a Connor, al mismo tiempo que este gritaba...

—Ey, es un sacerdote. Y alguien del coro de PM1.

... y abría la puerta.

—No... —dijo Kate—. ¡Ross!

Su esposa pronunció su nombre con urgencia, él ya estaba empujándola para pasar, se dirigía con prisa al frente de la casa.

—¡No abras, Connor! —gritó.

Pero era demasiado tarde. Todo sucedió de repente.

Connor estaba tratando de cerrar la puerta que abrió justo antes de escuchar el grito de su abuelo. Los dos hombres y el frío empujaban desde afuera.

El hombre con el cuello de sacerdote ya estaba en el interior haciendo gestos con una enorme pistola que apareció en su mano como por arte de magia. Las galletas y el chocolate caliente cayeron al piso, la taza y el plato se hicieron añicos mientras Connor se tambaleaba sorprendido. El ruido de la cerámica rota se fundió sin interrupción con el eco del grito de Ross y el aullido de conmoción de su nieto. Justo detrás del hombre disfrazado de sacerdote, el de la túnica del coro siguió forzando para entrar hasta que lo logró y cerró de golpe. También tenía una pistola en la mano.

Ross pensó: «¡Ve por la escopeta!».

Estaba a solo unos pasos, en el escritorio de su estudio.

Pero en ese momento vio a su nieto recuperar el equilibrio y arrebatarle el arma al hombre disfrazado de sacerdote.

Connor tuvo solo dos pensamientos separados por unos microsegundos.

«Los *Muchachos de Jack*. Van a matarnos.

»¡Defiéndete!»

Se lanzó contra el sacerdote y ambos se tambalearon hasta que aquel lo golpeó en el brazo con la culata de su pistola. El golpe produjo un ruido aberrante al romper el hueso. Connor aulló de dolor, pareció rebotar en la pared. Y luego, sin dudar ni un segundo, se volvió a lanzar contra el sacerdote y le enterró las uñas ignorando el arma y el daño que esta podría ocasionar. De pronto, Connor y el hombre vestido de sacerdote se encontraron entrelazados deslizándose en un baile mortal.

En la imaginación de Ross todo desapareció salvo una vaga intuición: «¡Vinieron a matar a mi nieto!», la cual bastó para que se lanzara al frente y embistiera como un animal encolerizado y herido.

La huida y la lucha...

Lo extraño era que tanto Niki como Santa Charlie pensaron más o menos lo mismo: «Mantén el control».

La diferencia era que ella les exigía a su miedo, su terror y su deseo de huir que se apartaran y dejaran de gritar de esa forma desde su interior, en tanto que Charlie se recordaba a sí mismo con ecuanimidad que debía mantener el control total de la situación como lo había hecho en muchos otros asesinatos para poder hacerle a *la novia* justo lo que quería antes de matarla.

Santa Charlie usó el extraño silenciador casero de su pistola de la misma manera que usaría un láser para señalar en una conferencia en un gran auditorio repleto de estudiantes y le encajó la pistola a Niki.

—Arrodíllate —dijo—. ¡Ahora! Con las manos juntas detrás de la cabeza. Haz lo que digo o te mueres.

Charlie vio a Niki inclinarse hasta el piso y arrodillarse como se lo ordenó. «¿Qué no te das cuenta? —pensó—. De todas formas vas a morir, niña estúpida.»

Le dio gusto escuchar la estabilidad en su voz.

«Si un tono frío y las palabras articuladas con calma no les hacen ver lo que está a punto de sucederles, nada más lo hará», pensó.

Se quedó contemplando a Niki, su mirada hurgaba en ella.

—¿Pensaste que nos habíamos olvidado de ti? —le preguntó.

Ella no respondió, sentía la garganta cerrada. Cualquier palabra que hubiera podido emitir se secó y se desmoronó en su interior.

Sin embargo, estaba procesando la información: «Nunca me olvidé de ustedes».

—Sé que eres rápida, pero nadie jamás ha podido correr más rápido que una bala, no trates de ser la primera —le advirtió.

Esperó a que Niki asimilara sus palabras y luego volteó a ver a la madre.

—Tú —dijo señalando a la pobre mujer pálida que se estaba ahogando y parecía desvanecerse en un caos de gemidos—, ¡ven acá!

Niki vio a su madre avanzar a tropezones. Tenía la vista fija en su esposo, quien seguía quejándose y sangrando en el piso como si fuera basura.

—Por favor, por favor —suplicó la mujer—, no le hemos hecho nada… Solo déjenos en paz…

«Sí, sí le hicimos algo —comprendió Niki—. ¡No lo obedezcas! Solo te va a matar. No le facilites las cosas», pensó. Quería decirle todo esto a su madre, pero no sabía cómo. Y cuando la vio tan desolada y temblorosa, se resignó: «No hay nada que ella pueda hacer».

Miró a su padre. Tenía el rostro ensangrentado, prácticamente destruido. La nariz y la mandíbula rotas. Quizás había perdido algunos dientes. Estaba casi inconsciente. Mareado por el dolor y el shock.

«Él tampoco puede ayudar —comprendió—. Pero al menos no está muerto.

»No aún.

»Nadie está muerto.

»Aunque lo estaremos pronto si no actuamos.

»Mejor dicho, si no actúo. Por mi cuenta.

»Todavía hay tiempo.

»¿Pero para hacer qué?»

Se quedó viendo a Santa Charlie y pensó:

«Los *Muchachos de Jack*.

»Dijeron que no era su intención, pero mintieron. Iban a matarme.

»En esa ocasión fue con pastillas, trataron de hacer que me desmayara. Pero los médicos, la suerte y el abuelo de Connor me salvaron.

»Esta vez es distinto.

»Será peor.»

Sintió todos sus músculos tensarse.

—Oye, tú, *mami* —dijo Santa Charlie llanamente, pero con una voz imbuida de sarcasmo de asesino—. Toma esto y ata las manos de tu esposo —añadió, al mismo tiempo que le daba varias ataduras de plástico negro. Ella dejó caer dos sin querer. Charlie levantó la pistola y amenazó con golpearla con la culata—. No seas torpe, si no lo haces bien, podría lastimarte.

La mamá de Niki se agachó temblorosa y recogió las ataduras.

—Átale las manos detrás de la espalda, no al frente —ordenó Charlie—. Luego los pies. Después *tus* pies y te acuestas bocabajo.

Le estaba apuntando en la cara con el cañón de la pistola para que no quedara duda de lo que estaba dispuesto a hacer. «Obedece mis órdenes o te mueres.»

Niki sabía que el «podría lastimarte» era una mentira. «Lo que en realidad quiere decir es: "Obedezcan como borregos para que los mate en cuanto me plazca"».

Su madre no dejaba de llorar. Niki la escuchó susurrar el nombre de su padre una y otra vez mientras le colocaba las ataduras alrededor de los tobillos. Él no respondió, solo gimió de nuevo.

—Más ajustada —dijo Charlie.

—Está lastimado. Está sangrando… —dijo la madre de Niki entre sollozos.

—Por supuesto —dijo Santa Charlie. Sarcástico. Poderoso. Sentía cómo iba creciendo. Cómo se expandía. Cómo lo inflamaba la grandeza. Era como si fuera más fuerte, más inteligente, *mejor* a cada segundo, a medida que todos los momentos que había anticipado y sobre los que había fantaseado se iban consolidando en una realidad absoluta. Le encantaba el sentimiento. Sentía oleadas de poder, corriente eléctrica en su interior. Era como estar en medio de un sueño maravilloso que empezaba a disolverse y transformarse en una promisoria realidad sin fronteras entre el sueño y la vigilia. En una entidad que era ambas cosas.

Volteó de golpe a ver a Niki.

—Y tú, novia de *Socgoal02*, no te muevas. No hables. No hagas nada porque, de lo contrario, te disparo a ti primero. O tal vez sea mejor que les dispare a tus padres antes para que los veas morir, sabiendo que en realidad los mataste tú con tu estupidez y tu imprudencia. ¿Entiendes?

—Sí —contestó con una especie de graznido. Con una voz casi irreconocible.

—Si quieres que vivan, quédate donde estás —advirtió Charlie.

«¡Mentiroso.

»Sé lo que tienes planeado. Nos vas a matar a todos de cualquier manera.

»Lo sé desde octubre.

»Lo he sabido todos estos meses. Todos estos días. Cada hora y cada minuto, hasta este preciso segundo.

»Nadie sobrevive cuando los *Muchachos de Jack* entran por la puerta.»

Charlie volteó a ver a la mujer.

—Ahora tú, *mami*, bien hecho. Acuéstate bocabajo en el piso junto a tu viejo. Con las manos detrás de ti. Si no haces lo que digo, bueno, es obvio que le dispararé a tu hija, y entonces sabrás, como ella lo sabe ahora, que tú la mataste.

La voz de Santa Charlie conservaba su imperturbable frialdad.

«¡No lo hagas! —quería gritar Niki—. ¡Lucha!»

Pero su madre no hizo nada.

La adolescente vio al hombre vestido de Santa Claus cernirse sobre su madre. Sacó más ataduras y empezó a amarrarle las manos. Se movía con rapidez, pero ahora estaba ocupado atando y su dedo ya no presionaba el gatillo. Niki miró al fondo de la casa. Pensó:

«Estoy arrodillada.

»Prácticamente en la posición de arranque de un velocista.

»Pero el pasillo es largo. La puerta de atrás está cerrada con llave. Difícil de abrir. Tomaría segundos valiosos. Él estaría detrás de mí. Incluso si tuviera suerte y lograra salir por ahí, podría dispararme en la plataforma. O en nuestro jardín. En la oscuridad. Tiene razón. Nadie corre más rápido que una bala. Sobre todo cuando se trata de una huida en línea recta, como en este caso».

Se dio cuenta de que las escaleras al primer piso estaban más cerca. El rellano a la mitad le permitiría dar un giro y eludir sus balas. Un zigzagueo natural. *Si acaso* pudiera llegar ahí.

«¿Qué lograría con correr en esa dirección?»

Todos sus pensamientos eran desesperados y parecían contradictorios. Su mente funcionaba a toda velocidad. Estaba luchando para evitar que el pánico se apoderara de ella y, al mismo tiempo, se gritaba a sí misma que debía permanecer alerta, estar lista. Miró de nuevo la escalera.

«¿Qué lograría si no lo hiciera?

»Si me quedo aquí, estoy muerta. Tal vez no de inmediato, pero pronto.»

Vio a su madre temblar de pies a cabeza. Sollozar sin control. «Prefiero morir corriendo que esperar a que me mate como quiere hacerlo. Como planea. Atada y violada. Acorralada como un animal. Impotente. No. No yo. Yo he corrido desde que era un bebé. Es lo que amo. Es lo que mejor hago. Si debo morir, no se me ocurre mejor manera que corriendo.»

—Maldita sea, *mami,* no te muevas —dijo Santa Charlie enojado.

En ese momento se oyó un ruido inesperado y Niki vio a Santa buscar a tientas en su bolsillo. Era un ruido desarticulado y, al parecer, distante. Metálico pero inconfundible. Ecos de una batalla. Santa pareció distraerse y perderse entre el sonido de la madre retorciéndose y gimiendo de miedo, y los nuevos ruidos que venían de otro sitio. Nadie sabía qué demonios pasaba.

Algo no estaba saliendo como debía.

«Connor —pensó Niki.

»Luchando.

»No tendré otra oportunidad.

»Ve. ¡Ahora!»

Y con una fuerza inmensa, dejó caer sus manos hasta el piso y se impulsó hacia arriba. Con tres rápidas zancadas ya había llegado a la escalera. Se asió al pasamanos para estabilizarse, giró para subir y empezó a subir de dos en dos escalones con cada salto. No se dio cuenta de que el hecho de *no* haber corrido presa del pánico hacia una salida resultaba muy sorpresivo. Inesperado. *Subir* en lugar de *salir.* Tomó a Santa por sorpresa. Sentía sus músculos acoplarse, estallar por la exigencia, impulsarse cada vez que se apoyaba en el piso, de cero a sesenta en cuestión de milisegundos. Estallido inicial y aceleramiento final en una carrera que no podía darse el lujo de perder.

—¡Oye!

Alcanzó a oír eso.

—¡Detente!

Escuchó el pok-pok-pok de las tres balas silenciadas que Charlie le disparó, y luego los tres golpes apagados de los tiros golpeando el panel de yeso. Un cuarto tiro convirtió el barandal detrás de ella en astillas que le rebotaron en el trasero. La bala pegó en una imagen de Niki y sus padres afuera del restaurante, el vidrio de la fotografía familiar se hizo añicos en cuanto cayó al piso.

Ella continuó subiendo por las escaleras. No se dirigía a un lugar seguro. Solo buscaba, quizás, unos segundos más de vida. Su afiebrada imaginación le decía que valía la pena.

Después de que Delta entró por la puerta y la cerró de golpe, chocó hacia atrás por la fuerza con que Alpha rebotó en él tras el ataque repentino de Connor. Delta rebotó contra la puerta, se golpeó la cabeza con el marco de madera y se mareó. Aun así trató de mantener firme su pistola y apuntarle al adolescente, pero no pudo. Y segundos después, cuando el abuelo se lanzó contra los tres en el reducido espacio del pasillo, le disparó desenfrenadamente.

El *control,* algo tan esencial para todos, se evaporó en un instante.

Los *Muchachos de Jack* nunca habían vivido la singular experiencia del combate mano a mano de una forma tan cercana. En ninguno de los asesinatos que habían cometido.

En pocas palabras:

Nunca nadie se había defendido.

Todas las víctimas que fueron dominadas de forma profesional, atadas y amordazadas sin saber lo que les sucedería, simplemente accedieron a morir. Alpha conocía cada nota de la melodía de la muerte, de la *adquisición* a la *ejecución*. En el caso de Delta, todos habían sido espasmos exquisitos y repentinos, *crescendos* hacia el asesinato, instantes sorpresivos en los que el filo de su cuchillo rajó gargantas que no sospechaban nada, gargantas de las que emanó la vida a borbotones sin saber lo que les acababa de suceder, mientras él saboreaba el momento como un amante satisfecho.

Pero esta situación era por completo distinta. No se parecía ni al estilo de Alpha ni al de Delta.

Era inesperada.

No estaban preparados para ella.

No era lo que ninguno de los dos había anticipado. Sabían que sus disfraces les abrirían la puerta. Y se suponía que a partir de ahí todo sería simple.

Esperaban conformidad.

No una batalla.

Las manos lucharon por el control de las armas. Golpes, estrangulamientos, cuerpos retorcidos. Gruñidos salvajes y aullidos, gritos de guerra y el ruido de muebles rompiéndose. Todo esto inundó el pequeño recibidor. Los cuerpos fusionados eran algo distinto a todo lo que Alpha y Delta habían enfrentado. En sus asesinatos anteriores cada *acercamiento físico* del que disfrutaron formó parte de un diseño íntimo. Esta riña no se parecía en nada a sus aventuras en el universo de la muerte, sin embargo, ninguno de los dos alcanzaba a comprenderlo estando en medio de ese embrollo corporal. La verdad era que no estaban preparados para batallas confusas y caóticas como esa.

Alpha sintió una punzada de pánico.

Connor le había sujetado la muñeca con fuerza y la estaba forzando hacia arriba, por lo que la 9 milímetros ahora apuntaba al techo. Este adolescente atlético, de una fuerza increíble, cuyos músculos se tensaron en cuanto entendió lo que los *Muchachos de Jack* planeaban y deseaban hacer, y que parecía haber olvidado el dolor de la clavícula rota, amenazaba con dominarlo. Ambos chocaron con la pared y giraron hacia los lados, rebotaron en Delta y PM1, quienes también seguían luchando. Connor estrelló su codo contra la cara de Alpha.

Delta estaba asombrado.

«¡Están tratando de matarnos! ¡A nosotros!»

Creyendo que estaba luchando con un *viejo*, Delta trató de liberar su arma. Ambos giraron y se retorcieron con violencia extrema, a su lucha no la impulsaba un ritmo, solo la necesidad. Un instante la .40 apuntaba a la izquierda y, al siguiente, a la derecha. Al techo, al piso. De forma aleatoria y sin dirección fija.

Delta oprimió el gatillo tres veces con la esperanza de que uno de sus disparos llegara al corazón del *viejo*.

Las explosiones del arma atravesaron el estrépito de la lucha.

Un disparo dio en el techo. El segundo se encontró con uno de los adornos del árbol de Navidad que estaba en la sala y lo hizo pedazos. El tercero pasó rozando la oreja de Ross. Lo ensordeció y lo hizo gritar de dolor. No estaba consciente del alarido que emitió, solo sabía que tenía que encontrar la manera de matar al hombre con el que forcejeaba antes de que asesinara a Kate o a Connor. La adrenalina inundaba su cuerpo. Como si fuera un mítico *berserker* vikingo, jaló y rasguñó al individuo vestido con la túnica idéntica a la que él usó para cantar esa noche. Le enterró las uñas utilizando la fuerza de todos sus músculos, luchó como un guepardo. Nunca en su vida había enfrentado algo con tanto coraje. Todos esos años, cada *segundo* de su tranquila vida en los suburbios, cada segundo de su rutina, de su ordinaria existencia como académico organizado, cantante del coro de la iglesia y abuelo diligente, desaparecieron. Y entonces surgió el breve pasado que había ocultado: volvió a ser aquel marine letal de diecinueve años. Entrenado para combatir. Veterano de luchas sangrientas. Decidido. Intrépido. «Tal vez me mates, pero antes tendrás que pagar un precio terrible.»

Ross empujó hacia delante y enterró los dientes en el hombro del individuo disfrazado de miembro del coro.

Delta gritó presa del dolor.

El hombre con quien luchaba era como un *pitbull*.

Sintió correr por su brazo la sangre que manaba desde donde la piel fue arrancada del hueso.

Volvió a disparar, oprimió el gatillo una y otra vez. Uno, dos, tres. Y luego solo clic. El martillo cayó pero el arma estaba vacía.

Uno de los disparos le dio a Ross en el muslo, otro en el pie.

El tercero llegó a su vientre. En sus ojos se adivinaba un dolor palpitante. Sabía que no podía soltar al hombre de la túnica, así que lo jaló más hacia él y estrelló su propia cabeza directo en su cara.

Se sabía herido. Quizás arruinado.

Una parte de él amenazaba con desplomarse. «Cae al piso. Sangra hasta morir. Perdiste. Todo acabó.»

Otra parte gritaba desafiante: «No mientras yo esté de guardia».

Continuó luchando. Ambos giraron y dieron una pirueta. Ross jaló al hombre de la túnica, ambos cruzaron del recibidor a la sala y cayeron al piso. El asesino aterrizó sobre Ross, y a este le pareció que nunca había sentido un peso tal encima. Rebotaron en una mesa ratona, el vidrio se quebró y las revistas y los portavasos salieron volando. Ross sabía que en algún lugar entre ese desastre estaba el cuchillo Ka-Bar. También sabía que no tenía manera de buscarlo. No se había dado cuenta de que su ropa estaba manchada de sangre. Luchó contra el dolor y la inconsciencia al mismo tiempo que se enfrentaba al asesino que se esforzaba por ganar algo de ventaja.

Niki tropezó en la parte alta de la escalera.

Recobró el equilibrio y justo en ese instante una bala le rozó los glúteos. Casi no la sintió. Un segundo disparo pasó surcando el aire por encima de su cabeza.

No gritó, no lloró ni se detuvo.

Entró al cuarto de visitas que sus padres habían convertido en su nueva habitación y cerró la puerta de golpe.

Con la espalda pegada a la puerta, recorrió el cuarto con la mirada.

Sabía que le tomaría demasiado tiempo mover el escritorio para bloquear la puerta. En ese momento se dio cuenta de que su celular se había quedado abajo, en el bolsillo de su abrigo. No tenía manera de llamar para pedir ayuda a menos de que tratara de abrir una ventana y gritara. Pero nadie la escucharía excepto Connor, y su intuición le decía que se encontraba librando una batalla por salvar su propia vida. Sintió la sangre escurriendo por sus piernas y pensó que debería sentir dolor, que no debería poder moverse, pero entonces le dio la impresión de que todo eso le estaba sucediendo a otra Niki, no a ella.

Escuchó el retumbar de los pasos al subir por las escaleras, llegar al rellano y detenerse afuera de su habitación.

Santa Charlie empujó con todo su peso y la puerta cedió de repente. Niki golpeó de vuelta y trató de mantenerla cerrada haciendo uso de todos sus músculos. La puerta golpeó de nuevo contra su espalda y Niki escuchó al Santa asesino maldiciendo afuera. A esto le siguieron otros tres ruidos cuando disparó: pok-pok-pok.

La madera era gruesa, solo una de las pequeñas balas calibre .22 logró atravesar la puerta. Cruzó el aire junto a la mejilla y la mandíbula de Niki y siguió de frente. Estuvo a centímetros de matarla. Quería gritar, pero no lo hizo.

En lugar de eso, miró su cama.

Y entonces, sabiendo que era su última oportunidad se lanzó a ella.

Afuera, Charlie maldecía furioso, una cascada de *jódete* y *maldita sea*. Jaló el gatillo y descubrió que ya había usado todas las balas del pequeño cartucho. No tenía balas de respaldo porque, al igual que los otros *Muchachos de Jack*, nunca tuvo la intención de usarlas.

Lanzó la pistola a un lado y esta se deslizó hasta quedar debajo de una mesa en el corredor. Sacó su navaja recta y la abrió con un solo gesto practicado.

Luego se volvió a lanzar contra la puerta.

Esta se abrió de golpe. Charlie entró tambaleándose a la habitación y estuvo a punto de perder el equilibrio. Se encontró con algo que no había visto nunca.

Connor y Alpha peleaban por el control de la 9 milímetros. Sabían que el arma tenía una capacidad singular: le otorgaría al portador la victoria inmediata. Claro, si acaso alguno de los dos lograba apoderarse de ella en la lucha.

Connor sabía por instinto que si deseaba vivir no podía perder la batalla. También sabía que estaba lastimado, tal vez mucho, pero todo eso sería irrelevante en los próximos segundos. Él y Alpha tenían ambas manos sobre el arma y se retorcían como un par de bailarines dementes. La pistola apuntó hacia el techo y se disparó con un estallido. Una parte del yeso cayó como nieve alrededor de ellos, y en ese instante el adolescente se dio cuenta de algo: «Soy más fuerte que él».

Con un giro y un jalón repentinos, golpeó la pistola hacia abajo y dejó caer todo su peso en el lugar hacia donde Alpha había estado jalando. Era como un movimiento de judo: cambio de peso, obliteración del punto de equilibrio. Las cuatro manos que tenían sujeta la pistola cayeron sobre el marco roto de una mesa en el corredor. Las astillas de la madera se enterraron en las manos de Connor. Se cortó y se lastimó los dedos, pero ignoró este nuevo dolor y, en ese instante, la pistola salió volando de entre las cuatro manos y se deslizó por el piso, alejándose de ambos mientras se desplomaban.

Alpha no entendía bien lo que estaba sucediendo, lo único que tenía claro era que todo había salido mal.

Sin dejar de golpear a Connor, empezó a gritar.

«Nombres de un pasado distante y mortal.»

—¡Mary Ann Nichols! ¡Annie Chapman! ¡Mary Jane… Mary Jane… Mary Jane Kelly!

Sabía que el iPad en el interior de su chaqueta registraría la advertencia encriptada en los nombres: «Estamos en problemas, ¡ven de inmediato!». No estaba seguro de cuánto tiempo le tomaría a Charlie responder, pero estaba consciente de que necesitaban su ayuda.

De forma desesperada.

Connor no tenía idea de dónde venían estas palabras, pero sabía que significaban algo importante. Tenía el vago recuerdo de haberlas escuchado o leído, y sabía que se relacionaban con esa noche. Pero el *cómo* estaba fuera de su alcance en ese momento.

Así que solo siguió peleando y de pronto pensó: «Tal vez voy ganando».

También le preocupaba: «Tal vez voy a morir».

A su lado, tirado en el piso de la sala, estaba Ross forcejeando con Delta como una especie de bestia amorfa. Su contrincante era un hombre más joven. Más fuerte. Sin embargo, no era un hombre peleando por su familia.

Ambos estaban lastimados, ambos sangraban, pero las heridas de Ross eran mucho peores.

Ross apretó la mandíbula.

Sentía que empezaba a marearse. Con cada segundo que pasaba la amenaza de un desmayo crecía. Sentía que la vida se le escapaba.

Aulló por dentro, un grito de batalla. Pensó que lo había hecho en voz alta, pero no. «Si te das por vencido, todos morirán.»

Sin dejar de sujetar y de arañar, usando la poca fuerza que le quedaba, Ross tomó del cuello al hombre de la túnica y estiró el otro brazo. Sabía que en algún lugar cerca de él, entre las esquirlas de vidrio y las astillas de la mesa ratona, o en algún lugar del piso, estaba el cuchillo Ka-Bar que escondió entre las revistas. Sus dedos trataron de estirarse para buscarlo, sintió la alfombra, las patas de la mesa, todo excepto el arma de su juventud.

En ese momento, Delta se impulsó hacia arriba y estuvo a punto de sentarse a horcajadas sobre Ross. Él también logró liberar una de sus manos. Con la otra jalaba con fuerza la mano que el exmarine tenía alrededor de su cuello y con la que lo estaba estrangulando sin piedad. «¡Este viejo me va a matar!», pensó. Tocó su vestimenta de miembro del coro, la túnica no dejaba de ondear y había dejado de ser un exitoso disfraz tipo «buenas noches, ¿me permite pasar?» para convertirse en un embrollo y un obstáculo. Rasgó la tela para buscar debajo su cuchillo. Cuando sus dedos tocaron la empuñadura tallada especialmente para ajustarse a su mano, sintió una oleada de alivio.

El cuchillo fue liberado de su funda.

Delta lo levantó a la altura de su hombro.

«¡Mátalo! ¡Mátalo! ¡Ahora!»

Delta nunca oyó las explosiones detrás de su cabeza.

No oyó ninguno de los seis disparos con los que Kate vació la .357 y le quitó la vida al asesino a punto de matar al hombre que amó desde el día que lo conoció.

Un oso de peluche.

Un almohadón extragrande.

Dos almohadas decorativas.

Dos almohadas normales.

Un edredón multicolores.

Una cobija de lana para el invierno.

Sábanas blancas.

Niki hurgó debajo de todo eso.

Y en su mano:

El tremendo cuchillo serrado de cocina que robó del restaurante de sus padres y que tenía oculto debajo de la ropa de cama.

Asió bien la empuñadura y giró hacia la puerta de la habitación en cuanto Santa Charlie la atravesó empujando. Vio la navaja que tenía en la mano y que sustituía a la pistola, y de pronto sintió una oleada de *posibilidad*. De pronto, las probabilidades parecían haberse emparejado.

Estaba sobre la cama. Arrodillada. Mirándolo de frente.

Cortó con el cuchillo el aire de una forma salvaje, como Ross le había enseñado.

Se preparó para atacar.

Eso fue lo que vio Charlie. Lo que lo tomó por sorpresa. Y lo dejó paralizado.

Hubo un repentino silencio entre ellos. Lo único que se oía eran los profundos resoplidos de ambos.

Jamás había visto a una mujer joven dispuesta a luchar.

Recobró el equilibrio. Se quedó contemplando a *la novia*.

Flexionó la cintura y se colocó en posición de ataque.

Calculó con rapidez. Sopesando. Analizando la situación.

«Yo sé cómo matar.

»Ella no.

»No lo creo.

»Mátala ahora.

»¿Cómo?»

Niki echó hacia el frente el cuchillo.

—Vamos —dijo con voz aguda pero feroz. Una valkiria. Fría. Decidida. De pronto pareció que había perdido el temor.

Charlie nunca había escuchado eso.

Lo perturbó profundamente. Lo hizo titubear. Por primera vez en muchos asesinatos, no sabía qué hacer.

Cambió su peso a la pierna derecha, luego a la izquierda, como preparándose para atacar.

Ella lo siguió con la vista y con los hombros. Preparándose también.

Santa Charlie dio un paso atrás. Nunca había tenido que retroceder en sus *aventuras*.

Calculó.

«Puedo matarla.

»Quizá.

»Pero la probabilidad de que ella me corte con ese cuchillo antes de morir es la misma. Y así no podré violarla como quiero. Como necesito. Como lo merezco.

»ADN. Sangre. Mi sangre. Mala idea. ¿Qué me queda después de esto?

»Un callejón sin salida.»

Lo recorrió un terrible escalofrío.

De pronto, desde el interior de su chaqueta oyó el iPad oculto que lo conectaba a la otra casa, con el que planeaba grabar su éxito de aquella noche. Era el ruido de un tiroteo descontrolado.

Sabía lo que significaba. No del todo, pero tenía una idea.

Todo estaba mal.

Todo se había arruinado.

Todo lo que dio por hecho respecto a esa noche había sido un error.

Las fantasías de Charlie se disiparon en ese momento. Fue como si lo que los *Muchachos de Jack* lograron a lo largo de los años se desvaneciera frente a él. De pronto, todo lo que planeaba hacer con *la novia* pareció distante. Sintió que empequeñecía. Se sintió ordinario. Odió esa sensación, pero al mismo tiempo comprendió que tal vez era lo que lo salvaría.

Titubeó de nuevo.

Dentro de él, su voz de asesino gritaba: «Acaba. ¡Ataca! ¡Mátala ahora! ¡Puedes hacerlo!».

La voz del profesor universitario le habló de una forma mucho más razonable e insistió: «No sabes si puedes ganar. Nunca había pasado esto. Siempre estuviste seguro, pero ahora no es así».

Los ojos de Niki brillaban.

—Vamos —repitió. Volvió a cortar en el aire con el cuchillo de cocina. Acero alemán. Luego susurró con ira justificada—: Jódete. Jódete. Vamos, cabrón. Vamos.

Santa Charlie seguía mirándola.

«Toma una decisión.»

No podía gritar «Annie Chapman, Mary Jane Kelly» en el iPad para que Alpha o Delta vinieran en su ayuda. Esa opción se había esfumado. «Ellos tienen sus propios problemas. No me ayudarán. ¿Qué significa todo esto?»

Sabía la respuesta.

«Cada uno por su cuenta.»

—Eres una niña con suerte —dijo, ondeando la navaja al frente para que Niki comprendiera lo letal del riesgo. Bravuconería fuera de lugar, inmerecida—. Regresaré. Antes de lo que imaginas. Y entonces *morirás*. Es una promesa.

Deseó haberlo dicho con más convicción porque no estaba seguro de que *la novia* le creyera.

Giró y salió de ahí sin decir una palabra más. No se molestó en cerrar la puerta. Olvidó su pistola. Solo bajó por las escaleras lo más rápido que pudo. Pasó por encima de los cuerpos de los padres de Niki que estaban atados bocabajo en el piso como cerdos. Atravesó el corredor y salió por la puerta a la noche helada. Le fue difícil correr con el disfraz de Santa, las grandes botas negras golpearon con fuerza el pavimento. Charlie corrió torpemente por la calle hasta llegar al automóvil alquilado de Delta y lo abordó del lado del conductor. Las llaves estaban en el panel, donde las dejó su compañero. Encendió el motor presa del pánico. Volteó rápido a la casa de *Socgoalo2*. No alcanzaba a ver lo que sucedía en el interior, pero sabía que no era lo que habían anticipado.

«Debería esperar a Alpha y a Delta.

»Es lo correcto.

»No. Al demonio. Que cada uno atienda sus problemas. Sal de aquí.»

Sin pensar en nada más que en el cobarde «¡sálvate a ti mismo!», Charlie movió la palanca a *drive* y avanzó acelerando por la calle. El vehículo que él había alquilado estaba a unas cuadras de distancia, en una calle oscura. Sabía que podía llegar ahí, cambiar de automóvil y desaparecer antes de que *la novia* lograra llamar para pedir ayuda. Una vez en su automóvil podría quitarse el disfraz de Santa e ir a una de las muchas fiestas navideñas entre las que sería posible escoger esa noche.

Al parecer, solo tenía esa oportunidad de escape. Pero era buena.

—*La novia* corrió con suerte —murmuró.

No sabía cómo les explicaría su decisión a Alpha y Delta.

Tampoco sabía si tendría que hacerlo en absoluto.

—Adiós, *Muchachos de Jack* —se dijo a sí mismo mientras huía sin detenerse. Sintió la punzada de la pérdida. El club de los *Muchachos* era tal vez la segunda mejor cosa que le había pasado en la vida después de aquel instante de maravilloso entendimiento en que supo quién era y cuán grande podría llegar a ser—. Qué puta mala suerte —dijo—. Pero la vida debe continuar.

«Y la muerte también.»

Vio el gran roble sin follaje que se cernía como un gigante esqueleto espectral sobre el automóvil alquilado. Pensó que si tenía suerte podría llegar a la casa de la familia de su esposa, no solo para la cena de Navidad, sino también para los falsos momentos de alegría al abrir los regalos. Se dio cuenta de que *su regalo* sería escapar de ahí.

La oscuridad de la noche se lo tragó. Y él recibió con gozo cada sombra que se atravesó en su huida.

Niki estaba petrificada. Seguía en la cama con el cuchillo en la mano. Respiraba con fuerza. Al principio sintió que era como el final de una carrera, pero luego se dio cuenta de que solo había llegado a la mitad y que aún quedaba una distancia importante por recorrer.

No podía creer que estuviera a salvo.

A pesar de que escuchó los pasos en la escalera y la puerta del frente de su casa abrirse y luego cerrarse de golpe, no podía creer que el Santa que había tratado de matarla y que prometió regresar no estuviera afuera de la habitación esperándola con su navaja. Era como si no creyera lo que la razón le decía. Por un instante imaginó que ya no estaba viva, que vivir era un sueño y que su realidad era la muerte. Verificó sus sentidos: vista, olfato, tacto, audición, gusto. Todo parecía funcionar. Luchó contra la confusión. Trató de decidir qué hacer con el miedo que le quedaba. Sintió que le seguía escurriendo sangre por las piernas, y entonces comprendió: «Me dispararon». Pero no podía sentir nada, ni siquiera dolor. Bajó de la cama, se acercó a la puerta y se asomó.

No había nadie.

Estaba tratando de atar cabos, era como si estuviera armando un rompecabezas al que le hacían falta piezas clave.

«¿Qué se supone que debo hacer ahora?»

De pronto comprendió.

«Mamá. Papá.

»Connor».

Esta breve serie de pensamientos la lanzaron a la acción.

Bajó por las escaleras y vio a sus padres. Seguían amarrados en el corredor. Se movió con rapidez y cortó las ataduras de sus manos y pies. Ambos sollozaban. Su padre parecía estar de nuevo a punto de perder el conocimiento. Nunca los había visto tan lastimados y vulnerables. Las cosas estaban al revés, ella los estaba ayudando cuando ellos deberían cuidarla a ella. Esta situación la asustó, pero no lo suficiente para impedirle tomar a su madre del hombro y gritarle a pesar de la palidez, el pánico y el shock en su rostro: «Pide ayuda. Una ambulancia. La policía. ¡Ahora! ¡Pide ayuda para nuestra casa y la de Connor! ¡Apresúrate!».

Vio a su madre asentir como si poco a poco fuera entendiendo lo que debía hacer. La mujer empezó a arrastrarse hacia la sala. Su celular estaba en el piso, lo había dejado caer en los primeros momentos de pánico.

Niki no esperó.

Con el cuchillo robado de la cocina en la mano, salió volando por la puerta hacia la gélida noche exterior.

Una salida...

Alpha logró poner su mano sobre el hombro de Connor, el que le había roto con la culata de su 9 milímetros. Presionó lo más que pudo. *Socgoalo2* aulló de dolor.

Kate estaba paralizada.

Vio el cuerpo de Delta sobre Ross, destruido por la fuerza de las balas que estallaron en él, con los brazos extendidos al frente, dirigidos a la base del árbol de Navidad. Los copos de nieve falsos y los adornos le habían caído sobre el rostro. Por lo menos tres de los disparos le atravesaron el pecho y la espalda. Los otros tres desaparecieron en los muros y el techo.

La sangre se filtraba por la túnica.

Delta murió con una expresión de asombro. Parecía preguntarse: «¿Cómo me pudo suceder esto?».

Ross había caído de espaldas, estaba inmóvil mirando al techo.

Al verlo, un tipo distinto de miedo se apoderó de Kate.

«Está muerto», pensó.

Lo escuchó quejarse.

Oyó el grito de Connor.

Giró hacia él. Volvió a levantar la .357, le apuntó al sacerdote aferrado a su nieto y comenzó a disparar sin darse cuenta de que solo se escuchaba clic, clic, clic porque el arma estaba vacía.

Connor sintió rayos de dolor atravesar su cuerpo. Explosiones de aflicción. Sabía que tenía que seguir luchando sin importar cuán lastimado estuviera. Lanzó al sacerdote contra la pared y lo oyó gritar de dolor. Este movimiento, sin embargo, hizo que al adolescente se le resbalara un poco el asesino. Este aprovechó para liberar su brazo derecho y empezar a golpearlo en la cara y luego en el hombro herido. Connor luchó al mismo tiempo contra el asesino disfrazado de sacerdote y contra el dolor que recorría su cuerpo.

Luego, para su sorpresa, el sacerdote lo empujó con fuerza. Sintió que se le escapaba sin remedio de las manos y ambos cayeron al piso.

Kate siguió disparando una y otra vez la pistola vacía.

De pronto Connor vio la 9 milímetros que había quedado en un rincón.

Alpha también la vio.

Un momento después… el sacerdote y el adolescente se arrastraron hacia ella.

Pero Alpha se detuvo casi tan pronto como empezó a avanzar.

«Va a llegar antes que yo.»

También sabía:

«Solo hay una opción».

Cuando Connor avanzó rasguñando el piso del corredor para tratar de alcanzar el arma, Alpha lo pateó con furia justo debajo de las costillas. Tal vez en ese instante habría podido saltar sobre él y recuperar la pistola, pero Kate, al ver esta amenaza, entró en acción. Dejó caer la .357 al piso y se precipitó al otro lado del corredor. Tomó la 9 milímetros con manos torpes y cayó frente a Connor, trató de sujetarla de la culata y de poner el dedo en el gatillo. Por fin giró hacia el sacerdote que luchaba con su nieto y levantó el arma en una posición que esperaba fuera adecuada para disparar, sabiendo que tenía poco menos que segundos para salvar a Connor del sacerdote asesino.

Pero este se había ido.

Una buena pregunta: «¿Cuántos?».
Una mentira: «No tengo idea de lo que me está hablando…».
La verdad: «Más de los que podrías imaginar».

Alpha estuvo a punto de resbalarse en los escalones del frente.

Cuando logró recuperar el equilibrio levantó la vista y vio dos cosas:

Las luces traseras del automóvil de Delta desapareciendo en la esquina, al final de la calle de *Socgoal02*.

La puerta del frente de la casa de *la novia* abriéndose.

Luego un destello de cabello rubio.

Luego un destello cuando el cuchillo que Niki tenía en la mano reflejó una de las luces del porche.

Alpha no tuvo tiempo de formar bien ninguno de los dos pensamientos: «Charlie, nos abandonaste» y «Delta ahora está muerto también». Lo único que pudo procesar fue *huir* y *escapar*, y la vaga comprensión de que *la novia* había logrado de alguna manera transformarse de víctima en amenaza.

Así que mejor corrió.

Su automóvil no estaba lejos, lo había dejado estacionado afuera de la casa de la fiesta.

Creía que podía llegar ahí.

«Sin llamar la atención.»

Y luego:

Escapar.

Y luego:

Empezar de nuevo.

Corrió sobre el césped de la casa de *Socgoal02* y fue dejando tenues huellas sobre la nieve. Llegó a la acera helada tratando de ocultarse en cualquier fragmento de negrura que podía. No sentía el frío a pesar de que este lo envolvía. No se sentía derrotado, solo un poco rezagado. Con cada paso fue sintiendo que la fuerza resurgía dentro de él. Esa noche pudo ser un desastre.

La siguiente recobraría la perfección.

Cuando Niki entró de golpe por la puerta del frente de la casa de Connor estuvo a punto de gritar: «¡No».

Por un instante pensó que Kate iba a disparar. Se había desplomado junto a la pared, pero seguía sosteniendo la pistola semiautomática con ambas manos y apuntando a la salida, y por lo tanto, a Niki.

—¡Kate! —gritó la chica.

Connor, tirado a unos metros de distancia, también gritó.

—¡Alto! ¡Alto! ¡Es Niki!

Kate pareció sorprendida, luego confundida. Por último, todos sus años de entrenamiento como enfermera de la UCI regresaron a ella. Dejó caer la pistola al piso y empezó a arrastrarse hasta el lugar donde un hombre yacía muerto y el otro agonizaba.

Solo le importaba uno.

Connor, tratando de mantenerse en calma y luchando contra el dolor, le preguntó a Niki:

—¿Estás bien? —a esto le siguió una cascada de palabras tortuosas, producto del sufrimiento—. ¿Viste al hombre vestido de sacerdote?

—Sí, iba saliendo de aquí.

—Los *Muchachos de Jack,* era uno de ellos. Trató de matarme.

—¿Estás bien, Con?

—Sí, sí. Lastimado pero bien. ¿Tu mamá y tu papá…?

—Creo que también se encuentran bien.

—¿Llamaste a la policía?

—Sí, mamá lo hizo. También pidió una ambulancia.

—Bien, bien. Uno de ellos está muerto. PM1 luchó con él. PM2 lo mató. El sacerdote logró escapar. No es un sacerdote. Es un asesino. No se lo permitas. Niki…

Y en ese instante, Niki supo cuál sería el resto de la oración.

—… no permitas que escape.

Miró alrededor y distinguió la 9 milímetros en el lugar donde Kate la había dejado caer. La tomó. Volteó a la sala y vio a la mujer inclinada sobre un cuerpo. «Ross.» La vio tratando de contener la sangre frenéticamente.

—Ve —dijo Connor con voz firme—, si escapa, nunca estaremos seguros, todo comenzará de nuevo mañana y pasado mañana...

Niki sabía con exactitud lo que le estaba diciendo. Era una variación de aquello sobre lo que hablaron durante años respecto al hombre que mató a los padres de Connor.

«No creas que se ha ido.

»No creas que no regresará nunca.

»No creas que las cosas estarán bien.

»No creas que alguien más podría hacer lo que nosotros deberíamos. Ahora.»

Sin necesitar una palabra más, Niki volteó con la pistola en la mano y salió volando por la puerta del frente.

Nunca había corrido una carrera como esa.

Nunca la habían dejado atrás. Nunca se había visto forzada a alcanzar a nadie. Nunca necesitó correr hasta alguien y vencerlo. Por eso esta prueba era algo nuevo para ella.

No sabía dónde estaba la línea de meta, solo intuía que se encontraba en algún lugar frío y oscuro en la distancia.

Pero tenía la certeza de que era veloz. Y sabía en qué dirección corrió el hombre disfrazado de sacerdote. Así que se impulsó hacia delante en franca carrera, se movió a toda velocidad desde el inicio, con la cabeza hacia atrás, el cabello volando detrás de ella, los pies como en garra para aferrarse a la resbalosa acera, robándole un poco del punzante aire a la helada noche, más rápido de lo que jamás había corrido en su vida. Ignoró el insistente dolor en los glúteos. Ignoró la pegajosa sensación de la sangre que escurría por sus piernas. Saltó de la acera a la calle con la esperanza de que correr sobre el negro asfalto sería más fácil. Hizo lo correcto. En unos segundos estableció un paso rápido y constante. Los brazos se balanceaban sin interrupción a pesar de que todavía tenía la 9 milímetros en la mano. Sabía que el arma pesaba y que podría hacerle perder un poco el equilibrio, pero hizo lo necesario para compensar la carga y corrió a pesar de lo que había ocurrido esa noche, a pesar de lo que ocurrió en octubre. Y pensando en lo que podría pasar en el futuro si no atrapaba al hombre que corría un poco más adelante en el camino.

Alpha no se dio cuenta de que lo estaban siguiendo.

La noche era una peculiar contradicción de generosas sombras negras y resplandecientes luces navideñas rojas, verdes y blancas que se asomaban por las ventanas y se reflejaban en los relucientes jardines cubiertos de escarcha. Al pasar por una fiesta y dirigirse a otra oyó algunas voces apagadas cantando *Navidad, Navidad, ya viene Navidad*. Ese mundo le resultaba ajeno por completo, era como si lo hubieran dejado caer desde el cielo en un lugar misterioso e imaginario. Alpha era un acechador urbano, un hombre que adoraba el metro y las carreteras, las torres de departamentos y los rascacielos, los pasos elevados y los bastiones de cemento marcados de por vida con grafiti. Le gustaban los restaurantes elegantes y las galerías de arte, las calles de la ciudad a la medianoche y los reflejos de las luces de neón después de la lluvia. La vacuidad que le resultaba reconfortante era demasiado distinta a la que ahora lo rodeaba. Él cazaba en esos escenarios urbanos. El ínfimo mundo suburbano flanqueado de árboles y casi boscoso que estaba atravesando le parecía despreciable. Tenía muchas ganas de detenerse y matar a todos.

Pero en lugar de eso, corrió.

Sabía que la imagen de un sacerdote a toda velocidad por el vecindario llamaría la atención. Si alguien lo llegaba a ver sería difícil que lo olvidara.

Por eso, una vez que recorrió la mayor parte del trayecto entre la casa de *Socgoalo2* y el lugar donde dejó su automóvil, desaceleró.

Respiraba con fuerza. Con cada bocanada sentía que inhalaba agujas.

Su tibio aliento se transformaba en vapor al chocar con el aire frente a él.

Cuando su pulso disminuyó, sintió que la ira recobraba potencia en su interior. Delta, *muerto*. Easy, *muerto*. Bravo, *muerto*.

Y Charlie, *desapareció*.

La furia se apoderó de él. Susurró para sí mismo:

—No creí que fueras un cobarde, Charlie. No creí que pudieras ser desleal.

Cuando dio la vuelta y empezó a caminar los últimos cincuenta metros para llegar adonde había dejado el automóvil, mientras recorría una calle repleta de vehículos de gente celebrando, decidió que en los próximos meses dedicaría algún tiempo a encontrar a Charlie y a hacerlo pagar por haberlos abandonado a él y a Delta en un momento tan crítico. Charlie estuvo de acuerdo con emitir una advertencia, pero luego, no solo violó el plan general sino también el espíritu del club de los *Muchachos de Jack*. Al principio, Alpha pensó: «Tengo suficiente información para entregarlo a la *Gestapo*. Que ellos lidien con el traidor», pero luego descartó esa idea. «Charlie podría volverse en mi contra de nuevo. Podría negociar con la policía, ofrecer mi vida a cambio de la suya. Así que no. Solo hay una respuesta». Esta era su evidencia. Su argumento final. Su veredicto. Todo en uno. Su sentencia: «Muerte». Es lo que Jack habría exigido en 1888. Alpha se dio cuenta de que matar a otro como él, y a alguien que fue miembro de los *Muchachos de Jack* casi desde la concepción del club, implicaría un tipo de asesinato que nunca había considerado. Su mente empezó a trabajar, trató de encontrar la manera de combinar la necesaria ejecución de Charlie con otro ataque a *Socgoal02* y *la novia*. Todavía merecían morir. En ese instante decidió que nunca podrían tener una vida libre de miedo. No deberían volver a sentirse seguros ni por un segundo. Era algo que estaba decidido a cumplir. Comenzó a redactar en su mente: correos electrónicos, imágenes de Instagram, tal vez un tuit ocasional, algo que pudiera enviarles a *Socgoal02* y a *la novia* cuando regresara sano y salvo a su propio mundo. Mientras caminaba con paso rápido, pero no demasiado, pensó que aunque lo que más deseaba ahora era matar a alguna mujer desconocida, desafortunada y más fácil de eliminar, es decir, retomar su estilo de costumbre y cortarle un mechón de cabello a una joven a punto de morir, la muerte de Charlie, *Socgoal02* y *la novia* tenían que ser la prioridad en su lista. Cada vez le agradaba más la idea. «Necesitaré una nueva forma de abordar esto. Algo inteligente. Algo inesperado. Algo maravilloso. Pero ahora —se recordó a sí mismo— lo esencial es escapar de aquí.»

Oyó sirenas a lo lejos. Pero se estaban acercando.

Se detuvo junto a un lote baldío repleto de matorrales enredados y montículos de nieve. Miró rápidamente alrededor. Primero sacó el garrote que traía y lo lanzó lo más lejos que pudo. Luego tomó el iPad que mantuvo grabando desde el principio y eliminó todo lo que había registrado esa noche, desde las conversaciones en el automóvil de Delta hasta la pelea en la casa de *Socgoal02* y su huida hasta ese momento. Luego, para asegurarse, estrelló el aparato contra el piso y lo hizo añicos. Reunió los vidrios rotos y los lanzó en distintas direcciones.

Satisfecho de ya no tener consigo nada que pudiera delatarlo como asesino, caminó veloz a su automóvil.

«Hora de irse. Fácil y sencillo. No llames la atención. Piérdete entre los otros. Después podrás ajustar cuentas.»

Vio que empezaba a salir gente de la casa donde tuvo lugar la fiesta. Uno de los senderos en el jardín estaba repleto de invitados con abrigo y sombrero. Estrechaban manos. Se abrazaban. Amigos en una noche feliz. Varios estaban abriendo la puerta de su automóvil; las luces del frente y del interior empezaron a encenderse frente a él. «Despídete ondeando la mano, sé amigable y todos pensarán que estuviste en la fiesta con ellos», pensó.

—¡Feliz Navidad! —le gritó a una pareja que estaba abordando un automóvil—. ¡Buenas fiestas!

Pero en cuanto terminó la oración escuchó un sonido distinto a su voz.

Pasos. Un golpeteo sobre el asfalto.

Volteó. El frío lo envolvió.

A unos cuarenta o cincuenta metros, saliendo de entre la oscuridad, la vio: *la novia.*

Inconfundible.

Se movía rápido, mucho más que él. Parecía volar sobre el camino. Sus pies apenas tocaban la superficie.

Quiso huir.

Pero no lo hizo.

«Nunca me ha visto —pensó—. Yo podría ser solo un sacerdote cualquiera saliendo de una fiesta navideña. No sabe que soy el ministro de la muerte.»

Miró más atrás de donde ella estaba.

No había señales de *Socgoal02*. Tampoco del abuelo o la abuela, los únicos que podrían reconocerlo.

«No tengo nada que temer», pensó.

Luego vio la 9 milímetros en su mano.

Su pistola.

Le dio la espalda a la pesadilla que lo perseguía y caminó deprisa a su automóvil. No se dio cuenta de que la gente que salía de la fiesta observaba con asombro.

Estaba a punto de poner la mano en la manija cuando escuchó:

—Detente.

No fue un grito. No fue un alarido. Solo poco más que un murmullo, palabras robadas entre bocanadas que rasgaban el frío aire nocturno.

Sujetó la manija.

Escuchó otra orden.

—No, no hagas eso.

Entonces volteó y enfrentó a *la novia*.

Estaba a unos cinco metros de él, tenía su pistola en las manos, nivelada. Se había inclinado un poco, tenía las rodillas ligeramente flexionadas. Apuntaba a la masa central. Las lecciones que aprendió de Ross.

Alpha escuchó los repentinos murmullos entre la gente cerca de él. Ansiedad. Algunos comentarios de sorpresa total en cuanto quienes acababan de festejar se dieron cuenta de que *algo* estaba pasando frente a ellos. *Algo* que no tenía nada que ver con la conversación agradable, la abundancia de bebidas, la comida apetecible, las canciones ni la fiesta. *Algo* mucho más adecuado para las noticias de la noche o para un video ilícito en Internet. *Algo* que sucedió en *cualquier otro lugar*. No donde ellos estuvieron.

Volteó y enfrentó a *la novia*.

—Señorita —dijo con calma y de forma deliberada—, por favor, baje el arma. No sé qué esté pensando o quién crea que soy, pero...

Niki lo interrumpió.

—Sé exactamente quién eres —dijo. Alpha calló y levantó las manos en señal de rendición—. No eres sacerdote —agregó ella—. Eres un asesino.

—No, se equivoca —replicó Alpha.

Un hombre que observaba de cerca intervino.

—Señorita, por favor, baje el arma...

Su esposa, que estaba parada junto a él, gritó:

—Cállate. ¡No te involucres! —luego lo sujetó y lo arrastró a una zona segura, detrás de un automóvil.

Entonces se escuchó a otro hombre llamando a la policía.

—Hay una chica con una pistola...

Una mujer levantó su celular y empezó a grabar. Otra persona hizo lo mismo. Por lo menos diez de los invitados a la fiesta se reunieron a un lado y se quedaron observando, hipnotizados por lo que veían que sucedía frente a ellos.

Alpha pensó que era el momento adecuado para volver a intentarlo.

—Baje esa arma. No haga algo de lo que se arrepentirá toda su vida —dijo. Su voz permaneció en calma total. Habló sin prisa y sin temor a pesar de que por dentro estaba furioso. «Cuando tenga la oportunidad te mataré con más odio que a cualquier otra que haya tenido en mis manos. Más lento y de una forma más dolorosa. Tu muerte será un espectáculo espantoso. Ni siquiera Satanás en sus momentos de mayor creatividad podría imaginar la manera en que te mataré. Te voy a arrancar la piel del cuerpo. Te voy a despellejar hasta el alma. Conocerás un dolor que nadie más ha sentido. Y luego le mostraré tu muerte a todo mundo para que sepan lo increíble que puedo ser.

—Las cosas no salieron como se suponía que debían hacerlo, ¿verdad? —preguntó Niki.

—Señorita, usted me confunde con alguien más.

Niki negó con la cabeza. Por fin empezó a sentir que el frío penetraba su cuerpo a pesar del calor que generó en la carrera.

—No, no te confundo con nadie —dijo. Calló un instante. Se quedó mirándolo—. ¿Cuántos sacerdotes —preguntó sin prisa—, usan guantes quirúrgicos en la víspera de Navidad?

Alpha levantó un poco la cara y se miró las manos. «¡Maldita sea!», pensó y volteó a ver a la joven. Por primera vez empezó a sentirse nervioso. No sabía qué decir. Entonces se le ocurrió:

—Mire, señorita, es la víspera de Navidad, estoy seguro de que no va a dispararme frente a todas estas personas precisamente esta noche.

Niki mantuvo el arma levantada frente a ella.

De pronto Alpha se dio cuenta de que lo observaba mucha gente. Un actor en un escenario famoso interpretando la mejor escena de todos los tiempos.

—No —dijo Niki. Tenía el dedo bien apoyado en el gatillo. No estaba segura a qué le decía «no», solo sabía que tenía que decirlo.

—Niña, no querrá volverse una asesina, ¿verdad? —dijo Alpha, haciendo su mejor imitación de la voz del padre O'Malley—. No se convierta en algo que no quiere ser, señorita —insistió. Lo que en realidad decía por dentro era: «Eres solo una estúpida adolescente. No tienes lo necesario para ser tan grande e imponente como yo».

—¿Cuántos? —preguntó Niki de pronto.

—¿Cuántos qué? —contestó Alpha sin dejar de sonreír—. ¿A cuántos servicios religiosos he asistido esta noche? ¿Cuántos hogares me pidieron que bendijera sus reuniones? —mantuvo las manos levantadas. Creía que estaba actuando para el público que los rodeaba.

—¿Cuántos más como yo y como Connor? —preguntó Niki.

«Más de los que podrías imaginar», pensó, pero lo que respondió fue:

—Señorita, no tengo idea de lo que me está hablando. Por favor, baje el arma para que podamos conversar. Aquí o tal vez en un confesionario.

—Estoy cansada de conversar. Estoy cansada de tener miedo —dijo Niki.

Y oprimió el gatillo cuatro veces.

Cada uno de los disparos le dio a Alpha. Justo en el centro.

Los impactos lo estrellaron en el automóvil alquilado. Levantó la vista y vio la noche envolverlo. Su último pensamiento fue: «Esto no está bien».

La gente que acababa de salir de la fiesta y que se encontraba detrás de Niki y Alpha estaba confundida, solo atinó a agacharse para protegerse. Una mujer gritó. Dos hombres gritaron con miedo y sorpresa. Niki se mantuvo inmóvil, contemplando al hombre que acababa de matar. Él estaba despatarrado sobre un charco de sangre, con los ojos abiertos por el shock y el asombro. Niki ni siquiera escuchó el insistente estruendo de las sirenas que se dirigían adonde ella estaba. Sabía que necesitaba dejar caer el arma al piso y levantar las manos, pero no tenía claro *por qué*. Solo le pareció que era lo correcto en ese momento. No sintió las manos de la gente que la sujetó con brusquedad poco antes de que llegaran las patrullas con sus luces parpadeando y frenaran con un chirrido a unos metros de ella. De pronto se dio cuenta de que la gente gritaba como loca a su alrededor, era una cacofonía, no podía entender lo que decían, ni siquiera distinguía las palabras. Alguien la aventó contra un automóvil, pero no le importó. Esperaba sentir el frío que la rodeaba, pero para su sorpresa, la inundaron el calor y un pensamiento: «Tal vez ahora sí estemos a salvo».

Sin embargo, sabía que todavía estaba suelto por ahí un Santa letal.

53

Segundos...

Kate...

Kate mantuvo presión constante sobre la herida en el vientre de Ross, pero la oscura sangre continuaba manando a borbotones por entre sus dedos. Escuchó una mezcla de ruegos y furia, y se dio cuenta de que era su propia voz implorándole a su esposo que luchara con la mayor ferocidad posible contra sus heridas. De la misma manera en que ella había matado a ese hombre. En toda la sala se oía el cada vez más fuerte sonido de la sirena de una ambulancia que llegó por su calle y entró al acceso vehicular de su casa. Kate no se había dado cuenta de que Connor estaba en la puerta del frente pidiéndoles a los paramédicos que se apresuraran. Tampoco notó que su nieto se sujetaba el hombro, ni que el brazo le colgaba sin fuerza. Escuchó pasos dirigiéndose a Ross y a ella. Sin mirar atrás empezó a recitar las heridas que ya había identificado en su esposo.

—Herida de bala en lado izquierdo del abdomen. Segunda herida en muslo derecho. Necesita un torniquete ahí. Presión arterial en descenso, pulso débil...

Los paramédicos sabían quién era, por eso, cuando uno de ellos colocó las manos sobre la herida en el vientre de Ross y la empujó un poco para hacerla a un lado, dijo:

—Kate… nos haremos cargo a partir de ahora.

Ella se retiró poco a poco de su esposo. No hacer *nada* cuando todo indicaba que en verdad no podía hacer *nada*, no formaba parte de su naturaleza. Sin embargo, cuando uno de los paramédicos se acercó al cuerpo de Delta, dijo de la manera más ruda y enfática posible:

—Ese hijo de puta está muerto. No hay nada que puedan hacer por él —hizo una pausa, tragó con dificultad y agregó—: Nada que *deban* hacer por él.

Un ligero titubeo. Luego la verdad:

—Yo lo maté.

Otra verdad:

—Trató de asesinarnos.

Luego regresó a lo más esencial y urgente:

—Ross necesita cirugía. ¡Ahora!

Escuchó una respuesta.

—Necesitamos estabilizarlo…

Pero interrumpió al paramédico.

—No, ¡no hay tiempo! ¡Váyanse ahora!

Ella tenía razón y lo sabían. Podían tratar de estabilizarlo en la ambulancia mientras se dirigían a la unidad de trauma. En unos segundos ya le habían insertado un catéter para administrar plasma en el brazo derecho, también tenía una bolsa para ventilación y oxígeno sobre la cara, una compresa en el vientre y un torniquete de goma en la pierna. Contaron *1, 2, 3* y lo levantaron, lo colocaron en una camilla y empujaron con fuerza para sacarlo de la casa y llevarlo al hospital. Uno de los paramédicos tenía un micrófono en el hombro e iba describiendo las heridas y los signos vitales mientras salían apresurados. Las ruedas de la camilla repiquetearon en el porche y continuaron traqueteando en el camino que atravesaba el jardín. Kate corrió a su lado sin soltar su mano. El viento navideño no se sentía tan frío como su corazón. La enfermera de la UCI en su interior le susurró: «No va a lograrlo». La esposa subió a la ambulancia gritando: «¡Vamos! ¡Vamos! ¡Vamos!», también rezaba. «Aguanta, Ross, tú puedes. Estoy aquí contigo.» Sabía que una de las voces tendría la razón, pero no quería saber cuál porque la segunda parecía desvanecerse mientras la otra cobraba fuerza.

Ross...

En realidad no sentía dolor, pero sabía que este acechaba demasiado cerca. Tenía una noción vaga de que los paramédicos trabajaban con frenesí inclinados sobre él. Era como si pudiera abandonar su desgarrado cuerpo y observarlos con una especie de curiosidad intelectual. Cuando fue marine vio hombres morir y se preguntó si se trataría de la misma melodía interpretada en un instrumento diferente. Percibía la presencia de Kate, supuso que era ella quien sujetaba su mano con fuerza. Le pareció oírla hablándole, así que le preguntó:

—¿Connor?

Y en algún lugar entre la densa niebla y los vapores que lo rodeaban escuchó la respuesta.

—Él está bien. Está a salvo. ¡Tú sigue luchando! ¡Mantente con nosotros...!

Escuchar esto hizo que el dolor que sabía que debería percibir se alejara un poco y se sintió agradecido por ello. Parpadeó varias veces, abrió los ojos y vio a Kate inclinada sobre él. Parecía que estaba sordo, pero podía leer sus labios: «Por favor, cariño, por favor, querido, sigue luchando, sigue luchando». Tenía la vaga sensación de que volaba, de que surcaba el espacio, pero esperaba que se debiera al movimiento de la ambulancia dirigiéndose a toda velocidad al hospital. Podía escuchar la sirena. Las llantas chirriando en el pavimento. La fuerza de la inclinación en cada esquina. La aceleración. También era posible que algo lo estuviera elevando hacia el cielo de forma inexorable. Quería cerrar los ojos y descansar, tomarse algunos segundos para reflexionar sobre lo que había pasado esa noche. Volvió a mirar arriba y vio a alguien conocido de años atrás, alguien tratando de alcanzarlo.

—Hola, Freddy —susurró—. Qué bueno verte. Ha pasado demasiado tiempo sin vernos. En verdad te he extrañado, amigo.

¿Estuviste ahí esta noche? Sí, sé que sí. Gracias. Me ayudaste mucho. Hombre, qué pelea.

Pero el fantasma no respondió, solo sonrió. Lo que Ross escuchó de repente fue a Kate gritando desde un lugar muy lejano.

—¡Maldita sea! ¡Apresúrense!

No le pareció que se dirigiera a él. En ese momento pensó que casi todo salió como lo esperaba. No le molestaba tener que dar algo a cambio esa noche.

Minutos...

Connor...

Un paramédico le lanzó luz a los ojos en busca de algún traumatismo. Connor ya conocía el procedimiento gracias a su experiencia en el campo de juego. Siguió la luz con la mirada.

—Estoy bien —dijo, aunque el creciente dolor en el hombro le indicaba lo contrario.

Estaba conectado a un aparato, estaban midiendo su presión arterial en una segunda ambulancia. La primera, en la que viajaban PM1 y PM2, se había adelantado, atravesó la noche con la sirena ululando camino al hospital. Las puertas estaban abiertas, Connor alcanzó a ver una tercera ambulancia frente a la casa de Niki y una camilla como en la que se llevaron a PM1 unos minutos antes. No sabía quién era el bulto sobre ella, pero momentos después vio a la madre de Niki salir de la casa poniéndose un abrigo, por lo que imaginó que a quien estaban empujando en la parte trasera del acceso vehicular era su esposo.

Alguien le había puesto a Connor una cobija sobre los hombros.

El paramédico, que no era mucho mayor que él, le dijo:

—Creo que necesitaremos hacer unas radiografías lo antes posible, amigo. ¿Te duele mucho?

Entonces se dio cuenta de que el hombro y la clavícula le palpitaban de manera constante. Le sorprendía un poco no haberlo notado antes. «La adrenalina», supuso. Eso también lo sabía por la experiencia en el futbol. Una vez vio a un jugador profesional con un tobillo roto de una manera espantosa correr casi treinta metros antes de desplomarse. El paramédico trató de ayudarle a levantar un poco el brazo, pero Connor hizo una mueca y emitió un discreto grito de dolor sin darse cuenta. El paramédico negó con la cabeza.

—De acuerdo, Connor, esto no está bien. Vamos al hospital ahora.

Él asintió. No recordaba haberle dicho su nombre al paramédico. Antes de otra cosa, miró alrededor.

Había policías en pequeños grupos. Un par de hombres en el nevado jardín del frente. Otros entraban y salían de su casa. Uno más comenzaba a colocar cinta amarilla. Las luces rojas, azules y amarillas de las patrullas y las ambulancias atravesaban la oscuridad. Parecía una celebración navideña que se salió de control.

De pronto vio acercarse a la ambulancia a la detective que lo interrogó en octubre. Al ver que el paramédico estaba a punto de cerrar las puertas, la mujer le mostró su placa con un gesto de «no tan rápido».

—¿Estás bien, Connor? —preguntó.

—En realidad no —contestó él—. Bueno, sí —se contradijo. No quería mostrar debilidad—. Creo que solo un poco lastimado.

—Una gran riña —dijo ella—. ¿Sabes quién es el hombre que está muerto en tu casa?

—Uno de los *Muchachos de Jack* —respondió Connor. La amargura se desbordaba de sus palabras—. Le conté sobre ellos hace meses y no quiso escucharme.

La detective se veía un poco avergonzada, pero también molesta. Abrió la boca para hablar. Connor la interrumpió:

—¿Dónde está Niki? —dijo, sin darle oportunidad de que le hiciera más preguntas. Entonces lo abrumaron la confusión y una tristeza inefable—. ¿Dónde está PM1? —preguntó de repente, a pesar de que sabía que iba camino al hospital. No esperó la respuesta, en cuanto el llanto inundó sus ojos, trató de tragarse el nudo que se le hizo de golpe en la garganta.

Niki...

Un patrullero nervioso y muy joven le apuntó con su arma, estaba inclinado, listo para disparar, gritando órdenes. Su compañera, una mujer con el cabello muy corto, también tenía su arma en las manos y se protegía detrás de la puerta abierta de la patrulla. Ella también gritaba órdenes, pero en esencia eran las mismas.

—¡No se mueva!

«No lo estoy haciendo.»

—Deje caer el arma.

«Ya lo hice.»

—Patéela con la pierna derecha.

«Seguro. No hay problema.»

—¡Dé un paso atrás!

«De acuerdo, si eso es lo que quiere...»

—Las manos detrás de la cabeza. Arrodíllese. ¡No deje de mirarme!

«Me parece razonable.»

—No haga ningún movimiento repentino.

«¿Acaso cree que soy estúpida?»

El joven patrullero avanzó poco a poco sin dejar de apuntarle. Cuando llegó a su lado se movió detrás de ella mientras su compañera salía de atrás de la puerta de la patrulla apuntándole al pecho. El patrullero le tomó una mano y le colocó una de las esposas en la muñeca. Le dolió, pero no dijo nada. Luego le tomó la otra, aseguró las esposas y la empujó hasta que su cara estuvo contra el pavimento. El frío empezó a traspasar su piel, pero todo lo que había sucedido, desde la lucha y la carrera, hasta la muerte, mantenían el calor de su cuerpo.

—¡Acabas de matar a un sacerdote! —exclamó el joven policía con amargura—. ¡Y en la víspera de Navidad! ¡Frente a toda esta gente!

—No es un sacerdote —dijo Niki con calma—. Es uno de los *Muchachos de Jack*.

Hizo una pausa. Quería añadir: «Ahora bien, oficial, usted no sabe quiénes son ellos, pero si supiera, comprendería que, de no haberlo matado esta noche, él me habría asesinado a mí. O a Connor. O a alguien más que no conozco. Pero lo maté, así que ya no hará más daño. Que se jodan. Él y toda su familia».

Pero no dijo nada de esto en voz alta.

Vio a la gente de la fiesta reunida en pequeños grupos alrededor, junto a sus automóviles, junto a la patrulla, sus rostros iluminados por las luces, hablando entre ellos, mirándola sin parpadear, murmurando, grabando su captura. Pensó en decirles: «Lo que no saben es que este maldito con gusto los habría matado a todos ustedes en la víspera de Navidad», pero no lo hizo.

La oficial guardó su arma semiautomática en su funda y se acercó a Niki.

—¿Por qué hiciste…? —empezó a decir. En ese momento el radio de dos vías que colgaba de su chaleco antibalas, a la altura del hombro, empezó a crepitar con una cascada de información. Pero Niki no entendía nada. La patrullera bajó la vista y por fin notó la sangre en la parte trasera de sus pantalones—. ¡Ey! ¡Está sangrando! ¡Le dispararon!

«Eso es —pensó Niki—. Qué gran descubrimiento.»

Pero lo que en realidad dijo fue:

—¿Ellos están bien?

Se refería a su madre.

Su padre.

PM1.

PM2.

Y Connor.

Sin embargo, sabía la respuesta a su pregunta.

«No.»

Horas...

Kate... Cuando llegaron...

Una parte de ella quería ponerse los pijamas quirúrgicos y estar al lado de Ross durante la cirugía, pero el equipo de emergencias no se lo iba a permitir. Otra parte, una más pequeña, se dio cuenta de que solo estorbaría. Con su cuerpo. Con su emoción. Por eso mejor fue a Radiología a buscar a Connor. La técnica de rayos x la reconoció y la invitó a pasar al cuarto donde las radiografías de su nieto ya se podían ver en la gran pantalla de la computadora. Le dijo:

—Se las envié al radiólogo para que las interprete, pero mire esto.

La técnica señaló las fracturas evidentes.

Kate contempló las imágenes. Le costó trabajo enfocarse. Era como si lo que veía ondulara frente a ella. Connor seguía en el cuarto de rayos x de junto.

—Va a necesitar analgésicos muy fuertes —dijo Kate. En ese instante se arrepintió: «Le dije a Ross que Connor estaba bien, pero no es así. Está muy lastimado».

—También va a necesitar cirugía. Le voy a enviar las imágenes al ortopedista de guardia —explicó, señalando las líneas blancas y grises como telarañas que salían hacia abajo desde una zona cóncava demasiado astillada. Era la radiografía de la clavícula—. Lo lamento, Kate. Es de lo peor que he visto. Más bien parece consecuencia de un accidente automovilístico.

Kate quería preguntar: «¿Cuántos casos de este tipo ha visto?», pero no lo hizo. La técnica, una joven amable pero con la frialdad que le daba la costumbre de ver en la pantalla lesiones, fracturas, tumores y distintos tipos de desastres todos los días y todas las noches, se quedó callada un momento antes de continuar.

—¿Es cierto que luchó con el hombro en este estado?

—Sí —contestó Kate—. Peleó como un tigre. Contra un maldito que quiso asesinarnos.

—¿En la víspera de Navidad? ¡Vaya! —respondió la técnica, silbando un poco entre los labios y dando golpecitos en la pantalla con un lápiz—. Qué valiente. Con una lesión como esta, la mayoría de la gente se habría largado de ahí —dijo e hizo una pausa—. Pues va a necesitar ese mismo tipo de devoción para su rehabilitación —agregó. Kate asintió. Lo sabía—. Vaya a sentarse con él. Le diré al ortopedista quién es usted.

La técnica volvió a observar las imágenes. Tenían una apariencia gris y fantasmal. Kate había visto miles de radiografías en su carrera, pero estas le parecían demasiado peculiares, como de otro mundo. Para poder relacionar el daño que veía en la pantalla con el adolescente en el cuarto de al lado que hacía muecas de dolor y tenía el brazo colgando como sin vida, tendría que dar un gran salto sobre un vacío emocional. Quería abrazar a su nieto, pero sabía que no podía porque el menor roce podría lastimarlo aún más. Por eso solo entró y se sentó junto a él. Le dijo que, aunque la lesión era extensa, no debían llegar a ninguna conclusión hasta no hablar con el ortopedista.

Connor solo quería saber cómo estaba PM1.

Kate no sabía nada. Era obvio que no quería compartirle sus temores. Solo dijo:

—Está muy lastimado. Pero es fuerte, Con. Lo ha sido toda su vida. Es un marine. No hay razón para pensar que no lo será esta noche. Además, el equipo que lo está atendiendo es de primera.

Pero en realidad no le constaba. No tenía idea de si *alguno* de los cirujanos estaba familiarizado con las heridas de arma de fuego como lo estarían los médicos de los ordinarios hospitales urbanos a los que llegaban dos o tres casos como ese al día, o como los que trabajaban en zonas de guerra distantes. Esos médicos sabían cómo lidiar con el daño causado por balas. No estaba segura de que los que ella conocía pudieran hacerlo. El hospital donde trabajaba era tranquilo y estaba en los suburbios. Si alguna vez llegaban a ver una herida de bala era porque un cazador olvidó vaciar su rifle después de una cacería. O porque algún deprimido académico de la universidad había tratado de suicidarse, pero cambió de parecer en el último instante.

Las posibilidades pasaban a toda velocidad por su cabeza. Después de un rato de silencio entró otra enfermera, los condujo a una sala de auscultación y le ayudó a Connor a quitarse la camisa y ponerse una bata azul.

La enfermera le explicó que no podía darle ningún analgésico hasta que no lo revisara el especialista. Esto le vino mal. Kate lo vio cerrar los ojos mientras el dolor se extendía en él por oleadas. A ella también le afectó la noticia. Era como si pudiera sentir en su propio cuerpo las descargas eléctricas que recorrían el de Connor. Era un poco como aquel día en que se enteró de que un conductor ebrio había matado a su única hija. Al padre y a la madre de su nieto. Se recordó a sí misma que en esa ocasión fue fuerte y que tenía que serlo ahora también.

Connor volvió a preguntar por su abuelo.

—Sigue en cirugía —le dijo ella—. Pronto sabremos más.

«Quizá. O tal vez no queramos saber.»

Kate no se permitiría aplicar su conocimiento y experiencia para calcular con más precisión las probabilidades que ya sabía que tenía Ross. Sentía que el pánico se apoderaba de ella y lo combatió tanto como pudo. Quería poner su mente en blanco, pero era imposible.

De pronto pensó que tenía mucha experiencia en la espera. Sabía cómo esperar a que llegaran los resultados de los exámenes del laboratorio o a que un medicamento inyectado empezara a hacer efecto. Sabía cómo esperar la intervención divina o la excelencia médica para alcanzar el éxito.

También sabía esperar lo inevitable.

El ortopedista entró quince minutos después.

Estrechó la mano de Kate y miró a Connor.

—Revisé las imágenes —dijo al mismo tiempo que tocaba con delicadeza el hombro de Connor. Tenía el ceño fruncido—. Necesitamos intervenir. Es necesario hacer una limpieza extensa. Múltiples golpes con la culata de una pistola pueden causar mucho daño. Es como si te golpearan con un martillo. La gente a la que golpean con esta fuerza y un minuto después ya está bailando, bueno, eso solo se ve en las películas —explicó. Hizo una pausa y preguntó—: ¿Luchaste con el tipo de la pistola? ¿El que te hizo esto?

—Así es —contestó Connor.

—Qué valiente —dijo el médico y le sonrió a Connor—. ¿Estás bien, muchacho? ¿Comprendes lo que debemos hacer?

Connor apretó los dientes.

—¿Hay alguna alternativa? —preguntó.

—No si lo que deseas es volver a levantar ese brazo por encima de tu cabeza. Incluso después de la cirugía podrías tener algunas limitaciones. Lo lamento, Connor, el camino por recorrer será largo y extenuante.

Connor asintió.

—De acuerdo —dijo—. ¿Cuándo?

—Ahora —contestó el ortopedista—. Ya alerté al equipo para la cirugía.

Connor asintió de nuevo y volteó a ver a su abuela.

—¿Cómo me enteraré del estado de PM1? —preguntó. Y antes de que le respondiera, añadió—: ¿Y dónde está Niki?

Kate sonrió y tomó su mano.

—Tendré las respuestas cuando salgas de la cirugía —mintió. Estaba aterrada de saber, en realidad no quería tener noticias, pero no sabía dónde ocultarse para no recibirlas.

Niki...

Niki estaba en la Sala de Urgencias, bocabajo sobre una cama rígida de auscultación. La mano derecha la tenía esposada al marco de metal. Estaba desnuda de la cintura para abajo. Dos enfermeras y un residente se estaban haciendo cargo de ella, limpiando y retirando los fragmentos de metal de la herida en sus glúteos. El residente en jefe hablaba mientras irrigaba y cosía.

—Afortunada. Eres muy afortunada —dijo—. La bala rozó las dos mitades, pero no se alojó debajo de tu piel. Cuando termine de coser te dolerá y tendrás problemas para sentarte durante varios días, pero la herida cerrará y sanará bien.

Una de las enfermeras añadió:

—Tal vez deje cicatriz. Tal vez no. Deberías hablar con un cirujano plástico, corazón, él sabrá informarte mejor.

Niki pensó:

«No soy *corazón*.

»Después de esta noche no seré nunca el *corazón* de nadie.

»Connor puede llamarme de cualquier forma. Excepto *corazón*.»

El residente terminó su labor.

—Muy afortunada —repitió dos veces más.

«Ya entendí —pensó Niki—. Pudo ser mucho peor. Pero le aseguro que no me siento nada *afortunada* esta noche.»

Una de las enfermeras la cubrió en cuanto la detective y otro oficial vestido de civil entraron a la zona tras las cortinas de la Sala de Urgencias. La detective vio las esposas.

—No las necesito —dijo. Su compañero las retiró.

Niki se sintió mejor cuando le quitaron las esposas que cuando el médico le inyectó el analgésico en el glúteo.

La detective se le quedó viendo.

—Vamos a necesitar una declaración completa —le dijo.

Niki se encogió de hombros un poco, era difícil moverse en esa posición sobre la mesa.

—Claro. Como sea.

—No te arrestaremos en este momento —aclaró la detective.

—¿O sea que me van a *desarrestar*? —preguntó Niki.

La detective sonrió.

—Más o menos —dijo—. Los oficiales que te esposaron hace rato no entendían la situación del todo.

«Yo soy la que no entiende la situación del todo», pensó Niki.

—Sin embargo —dijo la detective—, antes de que hagas tu declaración quiero leerte tus derechos Miranda…

«¿Y a mí para qué? ¿Qué hice mal?»

Mientras escuchaba a la mujer recitando las famosas advertencias, Niki empezó a pensar, a concentrarse.

—Está bien, ¿me puedes explicar lo que sucedió esta noche?

—preguntó la detective después de terminar su letanía—. En tus propias palabras, por supuesto.

Niki titubeó. Miró a los dos detectives de cerca. Con tiento.

«Creen que le disparé a un sacerdote desarmado.

»A sangre fría.

»Frente a decenas de testigos.

»Y además, no era el hombre que trató de matarme.

»Ese ya había desaparecido», pensó.

Y luego, con algo de cinismo, se dijo:

«Lo más probable es que Santa se haya subido a su trineo riendo feliz, "Jo, jo, jo", y que sus renos hayan despegado para seguir entregando regalos a los niños y las niñas buenos.

»El problema es que *mi* Santa era un despiadado asesino.

»Y claro, yo le disparé a *otro* asesino. Todo lo que he estudiado respecto a matar me dice que estoy en un desastre legal.»

—Creo que —dijo en un tono delicado y pesaroso que no coincidía en absoluto con su estilo—, antes de declarar cualquier cosa preferiría llamar a un abogado. Ya sabe, para que me guíe. Lamento si esto le causa algún inconveniente, pero me parece lo más lógico, detective.

Niki se sorprendió a sí misma.

Parecía una solicitud muy madura y *adulta*.

«Pero tal vez —pensó—, se debe a que esta noche dejé mi infancia atrás.»

Y en ese momento casi la abrumó todo lo que había sucedido desde que regresó a casa tras el concierto hasta ese instante en que se encontraba ahora, medio desnuda frente a dos detectives en una mesa de auscultación. De pronto sintió que no *quería* ser adulto. Quería ser una atleta a la que le encantaba correr y tratar de pintar como Mark Rothko. Una rebelde preparatoriana de último año a punto de ir a la universidad en el otoño. Quería ser la novia de Connor antes de que siquiera se hubieran enterado de la existencia de los *Muchachos de Jack*, de que hubieran caído por un accidente electrónico en su *Lugar especial*. Antes de que empezaran a estudiar sobre el crimen y el castigo. Antes de que aprendieran sobre asesinar y matar. Los recuerdos cayeron de golpe en su mente, su fortaleza se desmoronó, se dio cuenta de que lo que más deseaba en la vida era ser la misma niñita que años antes vio a Connor por primera vez y le pidió que saliera a jugar con ella. Quería *regresar,* no *avanzar.*

—Quiero ver a mi mamá —dijo. Su voz tembló por primera vez esa noche, unas cuantas lágrimas aparecieron en sus ojos—. Y quiero ver a papá.

«Y quiero ver a Connor. Y a PM1 y a PM2.

»Porque algo cambió esta noche, pero no sé qué.»

Kate...

Los dos hombres de su vida estaban en el quirófano y ella no sabía qué hacer. Tal vez buscar a Niki. Tal vez hablar con sus padres, quienes tenían que estar *en algún lugar* del hospital. Tal vez nada, solo quedarse sentada en un rincón de la sala de espera y tratar de reprimir sus miedos, sus lágrimas y la incertidumbre, a pesar de que sabía que no podía acallarlos.

Pero eso fue lo que hizo.

De vez en cuando fueron a verla las enfermeras y los médicos con quienes trabajaba. Para decirle algunas palabras de aliento. De apoyo. Pero no escuchó ninguna. Los abrazos la reconfortaron. Las frases como «los cirujanos saben lo que hacen» y «todo va a estar bien», solo las oyó vagamente.

En el fondo lo sabía: «No, no estará bien.»

El conocimiento acumulado a lo largo de sus años en la UCI del hospital era demasiado para tener esperanza. Era un poco como si esos mismos años conspiraran para hacerla pensar de forma realista y para torturarla al mismo tiempo.

Sus miedos saltaban entre Ross y Connor. Solo quería que su esposo viviera, sin importar cuánto hubiese cambiado. Y deseaba que su nieto no quedara discapacitado porque todavía tenía toda una vida por delante.

Así que esperó en la sala. Acompañada en lo físico, con otros, pero sola en lo emocional por el peso de su carga personal.

Tres horas después, el cirujano ortopedista cruzó las puertas dobles y se acercó a ella.

—Todo salió bien —le dijo—, pero no quiero ser demasiado optimista. El daño en el hombro y la articulación es más severo de lo que pudimos ver en las radiografías. Me da gusto que no sea *pitcher* de un equipo de beisbol. La rehabilitación será dolorosa, pero creemos que puede recuperar la mayor parte de la capacidad de movimiento.

Kate titubeó. Luego preguntó:

—¿La mayor parte?

El ortopedista asintió.

—Kate, usted sabe tan bien como yo que este tipo de daño puede tener un impacto duradero, pero como le dije, Connor es joven y tiene una condición física extraordinaria, así que esperemos lo mejor.

«Pero prepárese para lo peor», pensó ella, terminando la frase del doctor.

Sabía que Connor estaría en la sala de recuperación postoperatoria por lo menos una hora más y que luego lo llevarían a uno de los pabellones. Por un rato estaría adormilado, pero quería estar a su lado cuando abriera los ojos.

Supuso que sería mejor estar con él antes de averiguar sobre el estado de Ross para no tener que mentirle. En lugar de eso, podría solo decir: «No sé» y hablar más o menos con la verdad. Durante los muchos años que procesó emociones en la UCI comprendió que la gente que trataba de ocultar la verdad porque esta era aterradora, solo se creaba problemas que tendría que enfrentar más adelante. Ella no quería que después Connor le dijera: «Me mentiste».

Se puso de pie y le pidió a una enfermera que le llamara a su celular si el equipo de trauma tenía noticias. Ella regresaría de inmediato en ese caso. Ahora iba a ver a su nieto unos minutos. La otra enfermera entendió a la perfección. Revisó la pantalla de su computadora.

—Connor estará en la sala Oeste 311 —le dijo a Kate antes de abrazarla y verla salir de la sala de espera.

Kate caminaba con prisa por el corredor hacia el ala Oeste 311 cuando escuchó su nombre. Volteó y vio a los dos detectives.

—Señora Mitchell —dijo la detective—. Vamos a necesitar una declaración completa.

Era más o menos lo mismo que le había dicho a Niki, pero Kate no lo sabía.

—Después —contestó.

La detective ignoró su respuesta.

—El hombre muerto…

—Querrá decir el hombre que maté.

—Sí. Necesitamos saber con exactitud qué sucedió.

«Yo también», pensó Kate.

La presencia de los detectives la irritó en exceso. Sabía que solo estaban *haciendo su trabajo,* pero justo en ese momento tenía otras cosas por qué preocuparse.

—Iba a matar a Ross. Así que le disparé. Me parece endiabladamente simple. Mire, detective, supongo que tiene más preguntas, pero yo no tengo tiempo para responderlas ahora.

Y después de decir eso dio media vuelta y se apresuró para encontrarse con Connor.

Connor…

Abrió los ojos poco a poco.

Sentía como si lo hubieran drogado. Parecía que un goteo grasoso le cubría la boca y la nariz; tenía bloqueados los oídos. Sentía la lengua tres veces más grande de lo normal. Al percibir toda esa bruma, Connor sospechó que sus sensaciones eran resultado de la anestesia, pero no habría podido articular con precisión esa idea. Se esforzó mucho por cortar la niebla gris que lo rodeaba y atravesarla. Era como estar sumergido en agua negra y empujar hacia la superficie del mar.

Vio a Kate inclinada sobre él. Sonriendo.

—Vas a estar bien, Con —le dijo—. Mucho trabajo por hacer, pero estarás bien.

Connor sospechaba que no era toda la verdad, pero no tenía energía para confrontar a su abuela.

—¿Cómo está PM1? —preguntó—. ¿Se encuentra bien?

Kate...

Escuchó la pregunta y temió lo que se avecinaba.

—No tengo noticias todavía —dijo—. Debes descansar. Duerme un poco. En cuanto sepa algo regresaré para informarte.

En el fondo de su memoria se vio luchando, buscando las palabras correctas para decirle al pequeño Connor que el caprichoso destino, la mala suerte y un conductor ebrio le habían robado a su madre y a su padre. El joven se quedó dormido de nuevo, Kate lo contempló un momento. No quería imaginar lo que sería tener con él una segunda conversación de ese tipo.

La ansiedad empezó a invadirla como una serpiente enroscándose en su corazón. Y de pronto sonó su celular.

Bajó la vista y vio que era la enfermera de la sala de espera.

—¿Sí? —contestó con un susurro.

—Kate, los cirujanos acaban de salir y quieren hablar con usted.

Colgó, miró de nuevo a su nieto y pensó que no había nada más hermoso que ver a un ser querido caer vencido por el sueño. Sabía que lo espantoso sería el despertar.

Cuando vio a la líder del equipo médico que operó a Ross, supo lo que le diría.

—¿Está muerto? —balbuceó. Las palabras sonaron como capas de hielo rompiéndose sobre un lago.

La cirujana negó con la cabeza.

—Su corazón continúa latiendo, pero...

Kate lo sabía: escuchar *pero* en el ala quirúrgica de un hospital moderno era aterrador.

—Lo vamos a trasladar a su área. A la UCI —dijo la cirujana. Kate asintió—. El daño fue demasiado profundo. Nos sorprendió que su esposo llegara al quirófano. Parece fuerte. Más fuerte que la mayoría de los hombres de su edad. Pero… —la voz de la cirujana se fue apagando. Seguía hablando, pero Kate ya no escuchaba los detalles. Solo oyó la palabra *pero* por segunda vez—. Creo —añadió titubeando la cirujana—, que tal vez deba considerar la donación de órganos. A pesar de su edad podría ayudar a alguien.

Riñones, córneas, incluso tal vez corazón y pulmones, todos los órganos de Ross que Kate no podía ver pero adivinaba fuertes. Lo que estaba dentro de él y lo mantenía vivo. Pero no del todo. A eso se refería la cirujana.

Sintió que las palabras se le atoraban en la garganta. Tenía muchas preguntas del tipo que formularía un profesional con experiencia en el ámbito médico, pero en ese instante se dio cuenta de que eran inútiles.

54

LO QUE ESTABA DETRÁS DEL SILLÓN

Varios días después...

Charlie...

Al principio, en Año Nuevo y las semanas que le siguieron, Charlie pensó que en cualquier momento tocarían a su puerta y al abrirla se encontraría con unas seis patrullas de policía y un equipo SWAT de combate preparado para arrestarlo.

O matarlo sin más.

Cuando atravesaba el campus universitario, vacío porque eran vacaciones de fin de semestre, sentía sobre su pecho varios puntos rojos de miras láser. Se preguntaba si escucharía el disparo que lo mataría. Su respiración se volvía superficial, y su frente y sus axilas comenzaban a sudar a pesar del frío del invierno. Se esforzaba mucho por reemplazar las visiones tipo «me van a matar» con otras como «soy el detective...». Luego llenaba la línea punteada con «Abberline. Poirot. Arkady Renko. ¿Señora Marple? ¿Clarice Starling?». Trataba de anticipar cómo reaccionaría, lo que diría o lo que callaría si lo confrontara con calma un hombre de voz fuerte de la *Gestapo*: «¿Dice que soy sospechoso de asesinato? Pero, por favor, detective, eso es ridículo. Yo soy un respetado profesor de antropología con puesto permanente...». No estaba seguro de cuán persuasivo podría ser. Todo el tiempo se veía entrando de nuevo a la casa de *la novia*. Había dejado su arma ahí, pero «gracias a los guantes quirúrgicos» no quedaron huellas dactilares en ella con las que lo pudieran rastrear. «¿ADN?» No. «El traje de Santa era tan eficaz como los usados para manejar material tóxico.» Además, lo botó en el cubo de basura de una parada en la carretera. Para ese momento ya debía de estar enterrado bajo una tonelada de desperdicios en algún vertedero. Se preguntaba si la madre o el padre de *la novia* podrían reconocerlo, pero lo dudaba. Su barba falsa y el gorro de Santa, sumados al pánico y la confusión, protegieron su identidad lo suficiente. Lo único que le preocupaba era *la novia*. Ella lo vio mejor y parecía pensar de forma más organizada. Pero no. Charlie sabía que no estaba en ninguna base de datos de criminales, así que no había fotografías policiales que pudieran mostrarle. Además, las ruedas de identificación exigían un contexto, la *Gestapo* necesitaba tener una idea bien clara de quién era su sospechoso. No había nada aleatorio en un procedimiento de ese tipo. «¿No? ¿No reconoce a este hombre? ¿Y a este?» Pensaba que era muy probable que hubiera salido de esa casa con la misma eficiencia con la que escaparon muchos otros asesinos de la historia. Los detalles, sin embargo, lo inquietaban.

Se felicitaba por haber huido en lugar de luchar.

El recuerdo del cuchillo serrado que *la novia* ondeó frente a él era muy desagradable, por eso mejor lo descartó. «No sé de dónde lo sacó, pero tuvo demasiada suerte de tenerlo porque, de no ser por él, ahora estaría muerta...»

A pesar de haberse salvado, de vez en cuando Charlie consideraba con mucha seriedad la posibilidad de abandonar de repente su tranquila e «inocente» vida, dejar atrás para siempre a una esposa que no sabía nada sobre él, un empleo aburrido de maestro, su nombre, su casa y su historia. Desaparecer en las Montañas Rocosas de Canadá o tal vez en la selva del Amazonas. Ahí podría establecerse e iniciar una existencia de ermitaño en una cabaña rodeada de nieve o en una choza de lodo, dejar que le crecieran el pelo y la barba, comer animales salvajes y bayas nativas. Ahí podría forjar una identidad nueva y encontrar la manera de reinventarse, de convertirse en un mejor asesino, uno mucho más trascendente. Gracias a una lectura minuciosa de noticias en Internet se enteró de lo que les ocurrió a Alpha y Delta. «Están muertos.» Se aseguró de borrar todos los historiales donde aparecían sus búsquedas. «Soy el último de los *Muchachos de Jack*», pensó.

«Fui el único con suficiente inteligencia para huir cuando aún había tiempo. Los otros no reconocieron el momento adecuado y pagaron el precio por ello. Siempre es mejor saber cuándo escapar y sobrevivir para volver a disfrutar de lo que te gusta.

»Jack era un solitario.

»Yo también puedo serlo.

»Jack desapareció.

»Yo también puedo hacerlo.»

Charlie siempre pensó en secreto que, a pesar de la deferencia que él y los otros le mostraban a Alpha, y del vínculo que este forjó con Delta, Easy y Bravo, el más hábil del club era *él*, y por mucho. El hecho de que todavía anduviera por ahí caminando, hablando y buscando la manera de restaurar sus patrones de asesinato, fortalecía más su ego.

Era un sentimiento peculiar y contradictorio.

Un instante: «La *Gestapo* está a punto de derribar mi puerta».

Al siguiente: «Siempre tuve las mejores estrategias. La forma más astuta de abordar una situación. Era intocable. Lo sigo siendo. Y en cuanto la situación se calme continuaré haciendo lo que mejor hago. Seguiré saliéndome con la mía cuanto quiera porque no me van a atrapar nunca.

»A Jack tampoco lo atraparon nunca.»

Para cuando los estudiantes regresaron al campus tras las vacaciones de invierno, más o menos al mismo tiempo que comenzaron a circular las sospechas respecto a un virus originario de China, Charlie empezó a sentir que no había nada concreto que lo vinculara con la fallida *aventura* de la víspera de Navidad.

Por eso, mientras se preparaba para su primera clase del semestre, que casualmente sería sobre la política de «un solo hijo» en China y el asesinato de niñas, pensó: «Soy libre». Se descubrió a sí mismo mirando su mapa lleno de chinches: de diversos colores en los lugares que consideraba adecuados para los programas de un semestre en el extranjero, y azules en los que había llevado a cabo asesinatos. Cada vez que lo veía se entusiasmaba. Daba un paso atrás y pensaba: «Mi siguiente gran aventura está muy cerca».

El único pensamiento negativo que nublaba su optimismo era: «No puedo creer que *la puta novia* siga viva».

A este pensamiento solía seguirle una especie de reflexión y estrategia:

«Dale tiempo.

»Deja que crezca un poco más. Que siga con su vida.

»Es la naturaleza humana. Todos queremos dejar atrás los malos momentos.

»Queremos olvidar en lugar de aprender, cuando en realidad quizá lo mejor sea hacer lo contrario».

Todo esto lo hacía reír.

«Y cuando menos lo sospeche, estaré detrás de ella. Tal vez el día que se gradúe de la universidad. El primer día en su primer empleo. O tal vez el día de su boda. Levantará la vista y se encontrará con alguien a quien no esperaba ver de nuevo. Se dará cuenta de que nunca fue libre. No como yo ahora. En ese momento estaré más que listo. Mejor preparado. Y ella recibirá por fin lo que el destino le depara. Ese *mal rato* que creyó haber dejado atrás se transformará en algo aún peor.» La exquisitez de esa futura confrontación lo hacía vibrar por dentro.

Sus fantasías le proporcionaban calidez. Casi como la tenue pero gozosa comprensión de que *nadie* lo estaba buscando. Cada día que pasaba se sentía más cerca de quien era y del hombre en quien se podría convertir.

Charlie adoraba esa sensación.

Y estaba convencido:

«Jack vivirá de nuevo.»

Kate...

Ross pasó dos días vivo, pero sin vivir.

Conectado a un ventilador para respirar. Con el pecho ascendiendo y descendiendo con regularidad mecánica. Cuarenta y ocho latidos cardiacos por minuto. Producción de orina dentro de los parámetros médicos aceptables. Niveles de oxígeno normales. Dióxido de carbono, reparto sangre-gas. Kate conocía todo a profundidad. Todas las máquinas, todas las líneas verdes o amarillas en los monitores, todos los bips y los brrzz. Eran los aparatos de su vida profesional. Sabía con precisión qué medían y qué indicaba cada número, cada valor, cada parpadeo luminoso en la pantalla. Sabía que se traducían a una simple ecuación: vivir o morir. Pero ahora le parecían misteriosos e incomprensibles. Era como si hubiera olvidado el lenguaje de la UCI porque Ross, a quien conocía de tantos años, estaba acostado en esa cama de hospital frente a ella. Porque veía su cuerpo, pero él no estaba ahí.

A pesar de que luchó con fiereza, se fue en el instante en que el asesino le disparó en el abdomen.

Se fue de ese trayecto al hospital, cuando también apretó su mano.

Se fue de la unidad de trauma y de la cirugía.

Se fue de todo salvo el recuerdo.

Kate firmó todos los papeles para la donación de órganos. «A él le gustaría hacerlo —se dijo—. Haría una broma: "Siempre vi derecho. Ahora alguien podrá ver igual con mis córneas..."» El equipo de recolección permanecía al pendiente.

Lo único que ella estaba esperando era que Connor se recuperara lo suficiente de la cirugía para que estuviera a su lado. En el fondo, sin embargo, no quería que recobrara la movilidad pronto porque eso aceleraría el proceso de desconexión y, para ella, Ross no había fallecido del todo.

A lo largo de los años había visto a cientos de personas de pie junto a sus seres amados en la UCI, pensando más o menos lo mismo. Nunca imaginó que alguna vez se vería en esa situación.

Entró a la habitación de Connor al mediodía.

Niki estaba ahí, sentada a un lado de la cama. Con cuidado, moviéndose con frecuencia porque los puntos en el trasero le causaban incomodidad.

Connor levantó la vista y miró a su abuela.

—Me van a dejar ir a casa esta tarde —le dijo.

Tenía el brazo derecho inmovilizado con un voluminoso cabestrillo negro.

—¿Te duele? —preguntó Kate a pesar de que sabía que sí.

—Estoy bien —dijo Connor.

Falso, pero la mentira era aceptable en ese momento.

—Hay algo que necesitamos hacer —dijo Kate.

Connor asintió.

—¿Debería venir Niki?

Kate negó con la cabeza.

—No. Solo tú y yo. Tomará unos minutos nada más.

Connor bajó las piernas de la cama del hospital. Le tomó un momento recuperar el equilibrio. Niki le ayudó a ponerse una bata delgada y pantuflas. Kate deseó que su nieto le hubiera permitido hacer eso, pero luego se dio cuenta de que tendría el brazo derecho inmovilizado varias semanas, así que ya habría oportunidad de ayudarle. Dejó que Niki hiciera lo que le habría correspondido a ella.

—Te veré más tarde —dijo Niki con lágrimas empezándose a formar en sus ojos y voz temblorosa.

Connor y Kate caminaron juntos por el corredor y bajaron en silencio a la UCI.

Cuando salieron del elevador, Connor preguntó:

—¿Está sintiendo dolor?

—No —respondió Kate—. Te lo aseguro. Solo está como dormido.

Pensó que el cliché de «desconectar a alguien» era mucho más dramático de lo que sucedía en realidad. El residente retiraría el ventilador de su garganta y los pulmones. Otra de las enfermeras de la UCI desconectaría los distintos monitores e instalaría una especie de bomba cardiaca para que la sangre mantuviera vivos algunos de los órganos. Ya le habían hecho un examen de apnea e inyectado un poco de agua fría en el canal auditivo. Los sonidos de vida que mantenían las máquinas se apagarían poco a poco.

Para Kate era importante que Connor participara.

No habría podido decir con precisión *por qué,* solo sabía que así recordaría haberle dicho adiós a su abuelo. Ross estuvo en el hospital cuando Hope, su hija, dio a luz. Estuvo presente el primer día de vida de Connor y en la mayoría de los que estaban por venir. Kate sabía que no era necesario ser poeta para entender que era esencial que su nieto estuviera ahí cuando falleciera.

El residente y dos de las amigas enfermeras de Kate de la UCI estaban esperando afuera de la habitación cuando ellos llegaron por el corredor.

—¿Llegó el momento? —preguntó el residente con una genuina expresión de tristeza.

—Sí —contestó Kate.

También miró a Connor para confirmar la decisión.

—Sí —contestó el joven en voz muy baja. Como si le doliera pronunciar esa breve palabra.

Todos entraron a la habitación de Ross.

«Está y no está», pensó Connor. Él y Kate colocaron sus manos en el antebrazo del abuelo. No se sentía tan frío.

Kate pensó: «Los marines proveerán una escolta de honor para cargar el féretro. Una bandera para cubrirlo y las armas que dispararán para el saludo militar. Tres veces. Un oficial con clarín y uniforme completo tocará *Taps* cuando estén bajando el féretro. Luego el oficial a cargo ordenará que la escolta rompa filas y que se doble la bandera hasta formar un triángulo perfecto que me entregará. A Ross le gustaría todo esto, no por la pompa de la ceremonia, sino porque sorprendería a todos los reunidos ahí, a toda la gente que pensaba conocerlo cuando en realidad no era así. Al menos, no como Connor y yo lo conocíamos. Y además, lo más seguro es que no sepan qué tipo de luchador fue.

»Es.

»No, fue».

Las zigzagueantes líneas verdes en el monitor finalmente se aplanaron.

Connor y Kate...

La enfermera que registró la salida de Connor del hospital y que lo llevó en silla de ruedas hasta las puertas del frente trató de contagiarle su entusiasmo. Dijo cosas como: «Estoy segura de que te da gusto salir de aquí», «Debes hacer todo lo que el terapeuta físico te indique» y «No tomes más de dos analgésicos porque es bastante fácil tener problemas con ellos». Esto último lo dijo tomando en cuenta que aún era un adolescente. La enfermera continuó balbuceando cosas que Connor ignoró casi por completo. No tuvo el valor de decirle que había visto morir a su abuelo.

Kate acercó el automóvil hasta la entrada. Connor se sentó con cuidado en el asiento del pasajero.

—Debería solicitar mi licencia de conducir ahora —dijo—, o en cuanto pueda usar un poco el brazo.

—Me parece lógico —dijo Kate—. Puedes quedarte con el auto de tu abuelo.

El sentido práctico de su propia sugerencia hizo que a Kate se le llenaran los ojos de lágrimas.

A medio camino se dio cuenta de que no había estado en su casa desde la víspera de Navidad. Todas esas noches las pasó en la habitación de Connor o en la de Ross.

Entraron por el acceso y se detuvieron, pero ella no pudo salir del automóvil.

No quería caminar por el sendero hasta la puerta del frente.

No quería entrar.

No quería ver lo que quedó tras la pelea.

Le daba miedo entrar a su alcoba. Le daba miedo ver el clóset de Ross. Le daba miedo revisar su escritorio y reunir sus objetos personales.

Esos eran todos los temores que pudo identificar. Lo que no sabía era qué le daría miedo en los minutos, horas, días, semanas, meses y años por venir.

Connor debió percibir su estado de ánimo.

Cuando salió del automóvil se agachó y levantó un trozo de la cinta amarilla con la usual leyenda «ESCENA DE CRIMEN — LÍNEA POLICIACA — NO CRUZAR» que se quedó pegada en el hielo.

—Vamos, PM2 —dijo—. Creo que tenemos trabajo que hacer.

Ambos vieron a Niki salir de su casa. Comprendieron que debió de haber estado esperando junto a la ventana para ver su automóvil en cuanto llegaran. Se acercó a ellos presurosa. Empezaba a oscurecer, lo último de la luz invernal se desvanecía rápido a su alrededor y la temperatura continuaba descendiendo. El entorno era tan lóbrego y desolador como su estado de ánimo.

Niki abrazó con mucho cuidado a Connor y luego a Kate.

—Si su casa quedó tan mal como la nuestra tras la inspección policiaca, habrá mucho que limpiar.

Un comentario mundano. Ordinario.

Limpieza de rutina tras el espasmo de una violencia inefable.

Los tres entraron a la casa.

Niki tenía razón.

Muebles rotos por el enfrentamiento.

Sustancias para levantar huellas digitales.

Gasa ensangrentada por todos lados en la zona donde los paramédicos trataron de detener la hemorragia de Ross. Enormes manchas cafés en el lugar de la alfombra donde cayó. Una segunda mancha debajo del árbol de Navidad doblado. Vidrios rotos. Adornos quebrados. Algunos regalos aún envueltos, aunque aplastados y sin forma porque el asesino se desplomó sobre ellos. A Kate se le dificultó respirar cuando vio que dos cajas tenían el nombre de Ross. Y por toda la casa quedaban las inútiles trampas y sistemas de alarma que había instalado. Vio el cuchillo Ka-Bar en el rincón donde cayó. Imaginó que la policía recogió el que el asesino tenía en la mano cuando ella le disparó, también la .357. El rifle de caza, sin embargo, seguía detrás de la cortina, cerca del triste árbol de Navidad. Necesitaban descargarlo y guardarlo. También quedaba la pistola en el escritorio del estudio de Ross. Al principio no pudo ni mirar la mancha de sangre de su esposo. Ni el desastre que dejó el hombre al que mató. Pero luego, la enfermera en ella, la persona entrenada para actuar, se hizo cargo.

—Supongo que tienes razón, Niki —dijo—. Vamos por unas toallas de papel y líquidos de limpieza y pongámonos a trabajar.

Connor solo podía usar un brazo.

Niki le ayudó.

Aspiradora. Escoba y recogedor. Trapos y limpiadores en espray. Alicates y martillo para cortar y quitar los alambres de las trampas que no hicieron tropezar a nadie porque Ross no podía saber que los asesinos entrarían por la puerta del frente.

Los tres trabajaron con afán.

Guardaron y empacaron en bolsas de plástico los adornos de Navidad.

Tallaron y retallaron las manchas de sangre en la alfombra que terminaron cortando.

Cada vez que alguien preguntaba respecto a la limpieza de un objeto, Kate contestaba: «Bótalo a la basura». Incluso al árbol de Navidad lo despojaron de sus luces y alegría. Connor y Niki lo sacaron por la puerta hacia la noche y lo dejaron a un lado de la calle. Los recolectores de basura lo recogerían después.

Parecía que estaban borrando buena parte del pasado inmediato. Pero el pasado permanente continuaba intacto.

Después de trabajar varias horas, cuando casi terminaban de limpiar, Niki aspiró una zona donde se habían acumulado las agujas del pino. Kate le dijo:

—Niki, querida, por favor asegúrate de aspirar debajo del sofá. Siempre quedan muchas ahí.

—Por supuesto —contestó la chica.

—Te ayudo —dijo Connor. Inclinó el brazo izquierdo y jaló el sofá hacia el frente para que Niki pudiera meterse por la parte de atrás con la boquilla de la aspiradora. Connor hizo una mueca. Aún le dolía mucho. De hecho le dolió durante todo el tiempo que limpiaron, pero no quiso tomar un analgésico y tampoco quiso descansar y dejar de ayudar a su abuela.

—¿Qué es eso? —preguntó Niki cuando se movió el sofá.

Todos comprendieron enseguida *qué* era. Un iPad nuevo, usado solo una vez. Oculto debajo del disfraz de cantante del coro. Debió salir volando del bolsillo del asesino cuando las balas del revólver Magnum .357 golpearon su pecho. Las descargas lo hicieron girar y lo lanzaron hacia un lado, y en ese momento el iPad se escabulló por debajo y hasta el fondo del sofá de la sala, donde nadie lo vio: ni los médicos forenses cuando movieron el cadáver del asesino, ni los policías ni los técnicos de la escena del crimen que inspeccionaron el lugar.

55

UNA REUNIÓN INUSUAL CON ALUMNOS

Kate, Connor y Niki...

A Connor y a Niki no les tomó mucho tiempo recargar el iPad del asesino. La pantalla de inicio se iluminó. Apareció el típico menú de aplicaciones de Apple. Connor dio clic en el ícono de fotos. Había un video. Ninguno quería verlo, pero sabían que debían hacerlo.

Lo que vieron:

Tres hombres en un automóvil hablando de que los matarían y bromeando al respecto. Una charla entre amigos antes de salir para llevar a cabo sus respectivas tareas letales.

Tres trajes que les resultaban familiares: Santa, el sacerdote y el miembro del coro.

Varias pistolas. Una navaja. Un cuchillo. Un garrote.

A esto le siguió el enfrentamiento en casa de Connor, pero sin imágenes, solo con el sonido apagado porque en ese momento el iPad salió disparado del bolsillo del asesino debido al violento y abrupto impacto de la .357.

Y lo que escucharon:

Nombres con más de un siglo de antigüedad que no reconocieron del todo, gruñidos, golpes y disparos, muebles rompiéndose, vidrio quebrándose. Los sonidos de la muerte. A Kate en particular le dio gusto que no hubiera imágenes. El simple hecho de escuchar casi la hizo llorar. Sus recuerdos llenaron los vacíos. No necesitaba ni quería volver a ver lo que sucedió.

La grabación continuó. Kate escuchó su voz implorándole a Ross: «No te mueras». Oyó la ambulancia y a los paramédicos. Luego se oyó la voz de Connor gritándoles que se apresuraran. Hubo un largo silencio y después los detectives dijeron: «Jesucristo, qué pelea» y «Aseguren la escena». El ruido de los médicos forenses examinando el cadáver del asesino y especulando sobre las heridas, los clic de los fotógrafos del Departamento de Policía y otros ruidos comunes del procesamiento forense. La grabación duraba horas. Muchas conversaciones triviales. Discusiones sobre el lugar donde se ubicaba el cuerpo. Un policía bromeó: «Este tipo sí que es un regalo de Navidad muy raro. Necesita un moño». Más del cínico humor de patíbulo tipo «estamos en presencia de la muerte». Por último, escucharon a otro oficial casi gritando en su celular o en su radio de contacto con la base: «Estamos saliendo de la casa ahora». Luego la grabación del iPad continuó en silencio hasta que la batería casi vacía dio fin a la grabación de *nada*. Entonces, la emoción y una inadecuada idea de la responsabilidad cívica, hicieron a Kate decir:

—Debemos entregar esto a la policía de inmediato. Podría ayudarles.

Connor y Niki intercambiaron una rápida mirada.

Él dijo sin prisa:

—La primera ocasión tratamos de ayudarlos lo más que pudimos y mira lo que sucedió. ¿Por qué tendríamos que creer que las cosas serán distintas ahora?

—Piensa en ese Santa —dijo Niki e hizo una pausa—. En *mi* Santa, el que sigue por ahí suelto. El que se suponía que debía matarme y tal vez aún quiera hacerlo.

Connor continuó hablando en el mismo tono que Niki.

—… y recuerda a esos detectives. Al principio pensaron que yo había hecho algo malo, que era traficante de drogas. Luego creyeron que PM1 hizo algo malo porque no los llamó para que llegaran, tarde como siempre, a *salvarnos* a mí y a Niki. Después se les metió en la cabeza que PM1 y yo asesinamos al conductor ebrio. Ahora piensan que no debiste dispararle al tipo que estaba matando a PM1, y casi arrestan a Niki por dispararle a otro de los asesinos. Han pasado demasiado tiempo investigándonos a nosotros en lugar de a los *Muchachos de Jack* a pesar de que les indicamos dónde buscar. ¿Y a dónde nos ha llevado todo esto?

Nadie quiso responder su pregunta.

A Kate le pareció que si Ross estuviera ahí, sus argumentos serían muy parecidos a lo que Connor acababa de decir y que Niki sonaba igual de feroz que siempre. Mientras analizaba todo esto, trató de no llorar.

Estuvo a punto de replicar: «No sean ridículos. Tenemos una obligación. Nosotros somos las víctimas. La policía sabe lo que hace. Es su trabajo». Todo ese tipo de clichés que se escuchan tras una muerte violenta. Pero para su sorpresa, no dijo nada de eso. Solo preguntó:

—¿Qué creen que deberíamos hacer con esto?

Niki respondió al instante.

—Verlo de nuevo. Hacer copias. Verlo una y otra vez. En especial el principio, cuando están bromeando juntos. Y escuchar con atención.

Lo que quería decir era: «Estudiarlo como lo hacemos con el material de la escuela. Todo en este iPad es como un problema de cálculo. Debemos encontrar la respuesta. Podemos hacerlo».

Miró a Connor.

Sabía que estaba pensando justo lo mismo.

Niki estaba convencida: «Ellos nos encontraron a través de Internet. Y ahora Internet nos permitirá llegar a Santa Claus.

»Bueno, ya no es Santa.

»Ahora es quien solía ser».

Connor pasó semanas rehabilitándose, trabajando con afán en su lesión del hombro. Citas con el terapeuta físico. Ejercicios en casa. Luego las citas virtuales por Zoom en las que le daban instrucciones que él seguía al pie de la letra a través de su laptop, en la cama. A medida que empezó a recuperar el movimiento, se sintió más fuerte, sin embargo, tratar de levantar el brazo por encima de la cabeza le provocaba un dolor insoportable. Aunque no se lo había dicho a nadie, dudaba volver a ser el de antes. El cirujano y el terapeuta parecían confirmar sus sospechas. Por las noches, cuando ya estaba acostado, se quedaba cavilando: «Jugué mi último partido». Y esos pensamientos lo acercaban a recuerdos que tenía de PM1. Lo veía parado en la línea lateral con el puño en alto para alentarlo, más emocionado por sus victorias y más compasivo en sus derrotas que él mismo. Entonces pensó que debería aprender algo respecto a la manera en que su abuelo solía reaccionar ante las situaciones. Empezó a llorar. Sollozó pegado a la almohada para que PM2 no lo escuchara. Pensó que si PM1 no estaba ahí para verlo, prefería no ser arquero. Se preguntó si el daño que tenía en el hombro sería del mismo tipo de lesión que la que PM1 tenía desde la guerra. «Tal vez sí. Tal vez no.» No podía saberlo.

Era algo de lo que no quería hablar ni con Niki ni con Kate. Ambas le preguntarían: «¿Te duele? ¿Todavía te sientes lastimado?». Y él tendría que responder: «Lo que me duele es que PM1 ya no esté aquí». En lugar de hablar de su lesión empezó a correr con Niki en el vecindario y en la pista de la preparatoria cuando la nieve comenzó a derretirse, antes de que las autoridades suspendieran el último año escolar debido al cierre generalizado de preparatorias como respuesta a la pandemia. «Al menos mis pies todavía funcionan», se decía.

Como también se canceló la temporada atlética invierno-primavera, Niki ya no tenía carreras pendientes contra chicas más lentas. Por eso permitía que Connor le siguiera el paso hasta que el invariable y pausado choque de sus zapatillas deportivas con el pavimento o el rechinido sintético sobre la pista se volvían insoportables. «Esto es demasiado lento. ¡Vamos!», se decía a sí misma mientras aceleraba. Cabeza hacia atrás, los brazos apretados y alternando. Quería correr tan rápido que todo lo que sucedió y lo que podría aún pasar se quedara atrás. Connor trataba de seguirle el paso unos cincuenta, o tal vez hasta cien metros para presionarla un poco, pero no más. A él no le molestaba ver desaparecer en el aire frío su cabello rubio o la ocasional gorra de beisbol al revés. Sabía que no podía frenarla.

Ninguno de los tres mencionó el iPad en los diversos interrogatorios a los que los sometieron a lo largo del invierno. Les daba la impresión de que los detectives sabían que ocultaban algo, pero no imaginaban qué podría ser. El iPad se quedó en el cajón de arriba del escritorio de Ross. Parecía un inocente aparato. Pero no lo era.

Kate a veces iba al estudio, se sentaba frente al escritorio y colocaba el iPad frente a ella. Sentía a su esposo sentado a su lado. Trataba de escuchar su voz. Estaba ahí, pero se oía muy distante.

Después, cuando en el país sobrevino el ataque repentino pero constante del virus, los detectives y sus preguntas parecieron evaporarse. La enfermedad era lo que ahora prevalecía en el mundo.

Kate regresó a la UCI. Sus compañeras enfermeras y los médicos fueron amables y comprensivos con ella algunos días, pero luego la abrumadora exigencia de mantener vivos a los desconocidos que llegaban imperó. Kate se convirtió en una de las personas celebradas por su rápida respuesta. Equipada con bata amarilla sobre los pijamas quirúrgicos azules, tapabocas quirúrgico, escudo facial plástico, guantes elásticos y aire pesimista, trabajó al lado de los médicos de la Sala de Urgencias, los especialistas en pulmones, intervencionistas y casi todo residente que supiera conectar un ventilador a los dañados órganos de los pacientes. Cada vez que ayudaba a salvar una vida, se decía a sí misma: «Una más», como si llevara un marcador deportivo. Suficientes vidas compensarían las que no pudo salvar. Le parecía una matemática perversa.

Por supuesto, le inquietaba enfermarse, morir y que Connor quedara huérfano.

También le inquietaba que Connor se enfermara, muriera y la dejara sola.

Le inquietaba que, al igual que el virus invisible, allá afuera, *en algún lugar,* estuviera el asesino que quedó vivo. Todos los días pensaba: «Un día más que no me enfermé. Un día más que Connor no se enfermó. Un día más que no llegó un desconocido a matarnos».

Como sucedió la vez anterior, cuando la policía *terminó* su investigación, le devolvieron el revólver Magnum .357. De hecho, la detective se lo llevó a casa. Kate reconoció el gesto como reflejo de una obligación que muchos sentían que tenían con los trabajadores de la salud y como una oportunidad para hacerle algunas preguntas más. Kate aceptó el arma de su esposo y pensó: «Me pregunto cuántas balas quedarán en el cajón de su escritorio».

—¿Está segura de que no quiere que me lleve el arma y pida que la destruyan? —preguntó la detective. Ya se lo había preguntado antes a la viuda—. Me parece de mala suerte.

—Yo me haré cargo de ella —dijo Kate.

—¿Cómo se siente? —continuó la detective. *Pro forma.*

—Estoy bien —dijo Kate.

«Nunca estaré bien. Nunca más. Tal vez estaré más o menos. Y con eso bastará.»

—Vivimos en un mundo extraño, ¿no cree? —dijo la detective.

—Más que extraño. Existencial —dijo Kate.

Estaba segura de que Ross habría usado esa palabra en esa misma conversación y eso la hizo sonreír por dentro.

—Todavía seguimos buscando al hombre que atacó a sus vecinos y desapareció —dijo la detective.

Kate no le creía del todo.

—Qué bien —dijo.

—Pero dudamos que alguien vuelva a tratar de hacerles daño —continuó la detective.

«Buenos deseos —pensó Kate—. ¿No fue más o menos lo mismo que dijo la primera vez?»

—Y todavía estamos tratando de identificar a los dos hombres muertos —añadió—. No hemos tenido suerte hasta el momento.

Tarde o temprano lo haremos. Vivían en algún lugar y alguien notará su ausencia. Entonces conectaremos los puntos. Ya sabe, pago de alquiler, tarjetas de crédito con cargos pendientes, un reporte de «persona extraviada». Incluso tal vez un vecino curioso llame a la policía. Toma algún tiempo. De cierta forma, sin embargo, fue como si hubieran llegado aquí desde Marte. Todo lo que pudimos rastrear, como las reservaciones en los hoteles y las tarjetas de crédito, era falso. Una especie de callejón sin salida.

—Qué desafortunado —dijo Kate. Habló como un jugador de póker tratando de ocultarles a los otros que tenía cartas ganadoras en sus manos.

—Nos preguntamos si, ahora que pasó algún tiempo, habrá podido usted recordar algo más. Algo que tal vez no haya tenido presente en las ocasiones que hemos hablado o cuando la interrogó otro detective. Cualquier nuevo dato podría ser una línea de investigación para nosotros —explicó la detective. Kate se quedó en silencio—. O tal vez algo que conecte a esos hombres con el que su esposo mató en octubre. Aún no encontramos ningún vínculo.

«Le dijimos cuál era el vínculo. Pero pareció esfumarse en Internet. Sin embargo sigue ahí. En algún lugar. Es solo que ustedes no saben buscarlo —pensó Kate. Miró a la detective—. ¿En su casa hay algún adolescente? Porque si así fuera, podría pedirle que averiguara lo que necesita en un abrir y cerrar de ojos.»

—Lo que sea —insistió la detective.

—Lo lamento —dijo Kate—. Mire, hemos estado tan abrumados en el hospital que no he tenido tiempo para pensar en eso.

«Siempre es más fácil decir una mentira si primero dices la verdad», pensó Kate, convencida de ello.

Poco antes de la hora de la cena, una tarde de primavera, en lo que la mayoría de la gente sentía que se estaba convirtiendo en una de las eras más difíciles y desafiantes de la historia de

Estados Unidos, Connor y Niki contemplaron atentos una imagen. Estaban en la habitación de él, frente a su laptop. Era un retrato. Un hombre de apariencia agradable y mediana edad, más bien ordinario. Con lentes, saco de tweed, corbata de tela reps y camisa azul de botonadura completa.

«Profesores del Departamento.»

—¿Estás segura? —preguntó Connor.

—Sí, lo más que es posible estarlo —respondió Niki con una voz grave y desbordante de ira—. El traje de Santa incluía barba blanca y peluca.

Connor se inclinó hacia delante y oprimió algunas teclas. De pronto la pantalla se llenó de imágenes de manifestaciones, gas lacrimógeno, pancartas con mensajes caóticos, otras con mensajes de paz, incendios, cánticos.

—¿Ves todo eso? —preguntó Connor—. Creo que puede ayudarnos.

—¿Cómo?

—Vivimos en un mundo de confusión —explicó.

Niki también tecleó. El retrato del hombre regresó a la pantalla.

—Creo que ahora tenemos que elegir —dijo ella—. Y yo sé lo que quiero. Quiero ser libre. Ya no tener que preocuparme. No quiero tener miedo cuando camine por la calle o cuando alguien toque a la puerta. No quiero dormir con un cuchillo de trinchar debajo de mi almohada. Eso es lo que quiero.

Sabía que tal vez estaba fuera de su alcance.

«Quizá nunca sea libre, pero de algo estoy segura:

»Sé que puedo matar.»

Su excesiva indiferencia la asustaba.

«Creo que siempre odiaré la Navidad.»

Volteó a ver a Connor. Se preguntó si lo único que le vendría a la mente sería la muerte cada vez que lo mirara.

Vio la pantalla de la computadora.

—¿Cómo matas a un asesino sin convertirte en uno? Yo no quiero convertirme… —dudó antes de terminar—, en una versión distinta de uno de los *Muchachos de Jack*.

Connor asintió.

—Tenemos que ser mejor que ellos —dijo, aunque no aclaró si se refería a la capacidad de matar o al aspecto moral—. Pero tenemos que obtener el mismo resultado.

Oyeron a Kate gritar desde la cocina que la cena estaba servida.

—Creo que sé cómo hacerlo —añadió—. Solo hay una forma correcta en realidad.

Niki estuvo a punto de preguntar «¿Cómo?», pero dudó.

—Vamos a cenar —dijo Connor—, me muero de hambre.

En un instante volvió a ser el típico adolescente a pesar de que sabía que jamás sería *típico* otra vez. Su abuelo pensó lo mismo respecto a sí mismo años antes en un lugar lejano.

Charlie… Una tarde de primavera…

3:47 p.m., hora estándar del centro…

Estaba en Facetime con una consternada estudiante de último año a quien le preocupaba demasiado que el cambio a clases virtuales tuviera un impacto en sus calificaciones y afectara sus solicitudes para ingresar a los programas de maestría. A Charlie le pareció que la joven solo se estaba quejando.

«Qué intensa.

»Merece morir. No quejarse.»

Estaba sentado en su escritorio con el celular frente a él. Harto de esa aburrida conversación.

—Mira, Sally, creo que estás exagerando, no deberías inquietarte así. Todos están más o menos en la misma situación por la suspensión e interrupción de las graduaciones y las clases. La gente de las universidades donde vas a solicitar ingreso está consciente de todo porque tiene las mismas dificultades. Lo tomarán en cuenta cuando revisen tus documentos.

Odiaba cuán razonable se oía. Cuán lógico. Cuán ordinario.

Estaba en su oficina en la universidad. Afuera no se oía el

acostumbrado zumbido de las voces de los estudiantes abarrotando los corredores entre clase y clase. A casi todos les ordenaron tomar clases virtuales. La mayoría de sus colegas estaba trabajando desde casa también. Impartiendo clases y reuniéndose a través de Zoom con los alumnos a los que asesoraban por miedo a que les contagiaran el virus. Él sabía que no se enfermaría.

Se sentía inmune. Sin embargo, prefería trabajar en las oficinas casi desiertas de la universidad porque no quería tener videoconferencias desde su espacio especial, en su casa. Creía que esa habitación reflejaba quién era en realidad y deseaba mantenerla inmaculada. Esterilizada.

«El último Jack.»

Miró a Sally, la estudiante de último año, y por un instante no pudo recordar nada sobre ella. Ni qué clases tomaba, cuál era su promedio, qué cartas de recomendación le había dado, de dónde venía ni cuáles eran sus intereses en el campo de la antropología. La joven se disolvió en una especie de no-entidad mientras hablaba. Charlie no escuchaba nada de lo que decía.

De pronto le sugirió algo:

—No estaría nada mal que te tomaras un año y fueras a Panamá o Costa Rica para trabajar con pueblos indígenas y acumular experiencia de campo antes de entrar a la maestría.

«Yo podría ir a visitarte en cuanto haya vuelos disponibles.

»Y matarte.»

Levantó la cabeza y vio en la pared su mapa con chinches.

Se sintió furioso.

Todos los programas de estudios en el extranjero de la universidad habían sido suspendidos debido al virus. Y por lo tanto, «todas las oportunidades de asesinar» de Charlie estaban en un limbo.

Odiaba esta situación. De una manera insospechada.

Se dio cuenta de que Sally había dejado de balbucear, así que añadió:

—Vamos a superar esta pandemia, te lo garantizo. Antes de que te des cuenta, todo volverá a la normalidad.

Y mientras la tranquilizaba, pensó: «Yo también volveré a la normalidad». Justo en ese momento oyó un bip proveniente de la computadora en su escritorio. Era su cuenta universitaria de correo electrónico.

Dio un vistazo y leyó:

Socgoal02 le ha dejado un mensaje instantáneo.

La garganta se le secó de golpe.

«¿Cómo?

»No es posible.»

Luchó contra un repentino pánico interior, logró mantenerse tranquilo y dijo:

—Sally, ¿podemos continuar con esto mañana? Tengo una reunión urgente ahora.

Casi sin esperar la respuesta de su alumna, Charlie señaló la salida y, cuando ella abandonó la llamada, dio clic al mensaje.

Ahora soy yo quien llama a tu puerta, asesino.

En el tiempo que le tomó levantar la vista, escuchó tres insistentes golpes en la puerta de su oficina.

Y entonces la vio abrirse.

Socgoal02 y *la novia* entraron.

Ambos traían tapabocas médicos blancos tipo K95 y gafas oscuras. Gorras de beisbol bien ajustadas a la cabeza. Jeans y sudaderas con capucha y el logo de la universidad. Una color púrpura y la otra gris. *Socgoal02* llevaba al hombro una mochila igual a las que usaban miles de universitarios más. Eran iguales en apariencia, pero distintos en realidad. Encajaban bien en cualquier campus, incluso a pesar del poco tránsito de estudiantes. *Socgoal02* y *la novia* se quitaron sin prisa las gafas y se bajaron los tapabocas. *La novia* se quitó también la gorra y sacudió su cabello. Tomaron dos sillas y se sentaron al otro lado del escritorio frente a Charlie. En ese momento se percató de que ambos llevaban guantes de látex. «Nada de huellas dactilares», pensó.

—Disculpa la facha —dijo Niki—. No sabíamos si habría cámaras de seguridad en tu edificio. Eso es lo bueno de la pandemia. De pronto los tapabocas se volvieron aceptables. Y los guantes. ¡Ahora es súper fácil camuflarse!

Charlie seguía petrificado. Tuvo que esforzarse para mantenerse ecuánime y organizado en su interior.

«Vinieron solos —pensó—. No traen a la *Gestapo*.»

Su primer instinto:

«¡Mátalos!

»¡Mátalos a los dos ahora mismo!»

Pero sabía que era imposible. No tenía armas. Todo estaba en su oficina de casa.

Así que trató de recuperar la compostura.

—Lo lamento —dijo con tiento. De inmediato se metió en el personaje de «profesor conservador con puesto permanente» y usó la voz de «académico autoritario»—, pero ¿quiénes son? No los reconozco de ninguno de mis grupos y tampoco los estoy asesorando con sus tesis, ¿o me equivoco? Me temo que no tengo horas de oficina abierta para atender a nadie, en especial ahora que la universidad está cerrada. Pero si desean hacer una cita con la secretaria del departamento y regresar más adelante, veremos qué se puede hacer...

Su voz se fue acallando. No resultaba convincente.

Niki sonrió.

—Hola, Santa —dijo.

La tensión hizo que a Charlie casi se le cerrara la garganta.

Sonrió con falsedad extrema.

—¿De qué habla, jovencita?

—Yaa llegó la Navida-ad, fa la la la la... —cantó Niki. Un villancico en mayo. Sonaba acartonado, fuera de lugar—. O tal vez preferirías que entone un réquiem, ¿no es cierto? —dijo y se paró de repente. Charlie la observaba prácticamente boquiabierto. Ella se bajó los jeans junto con la ropa interior, giró con rapidez y le mostró su trasero a Charlie.

—¿Ves la cicatriz? —preguntó con amargura mientras pasaba sus dedos sobre una línea rugosa de tejido. No esperó su respuesta—. Tú la pusiste ahí —casi tan rápido como los había bajado, se subió los jeans y volvió a sentarse. Se quedó mirándolo—. Pensaste que no me volverías a ver nunca, ¿verdad?

«Pensé que te volvería a ver, pero no así —pensó Charlie. Respiró hondo—. Vamos, toma el control de la situación. Son solo un par de niños malcriados.»

Se estiró para alcanzar su teléfono. Solo estaba actuando.

—No tengo idea de quiénes sean ni por qué estén aquí, jóvenes, pero creo que deberían irse antes de que llame a la seguridad del campus y...

Niki sonrió. Se le dificultaba contener la ira.

—Tú sabes bien quiénes somos. Y sabes por qué estamos aquí —le dijo en tono áspero.

Charlie siguió sonriendo. Era lo único que podía hacer para no levantarse y atacarlos.

Miró a Connor.

«Podría arrancarte la garganta.»

Luego a Niki.

«No sabes las ganas que tengo de matarte y de cogerte.

»Lentamente.»

Luchó contra sus deseos. Sabía que mostrar cualquier emoción sería peligroso.

Connor se inclinó un poco hacia el frente.

—¿Quieres llamar a seguridad? Por favor, hazlo... —le dijo. Esto sorprendió a Charlie, lo hizo detenerse. Se quedó sosteniendo el teléfono en el aire. Connor continuó—, pero antes creo que te gustaría ver algo muy interesante. Estoy seguro de que a la gente de seguridad del campus le agradaría verlo —dijo, su voz adquirió fuerza—. Y también a la policía de esta zona, y a la de nuestro pueblo. En especial a los detectives de homicidios asignados al caso, los que te están buscando. Ah, y al FBI. A ellos les encantaría. La gente de su Unidad de Ciencias del Comportamiento... vaya, *mataría* por lo que te voy a mostrar. Pero eso es solo el principio. Creo que habría más gente interesada. Como tu esposa. Nos informamos sobre ella en Internet. Psicología Anormal, ¿cierto? La esposa y el matrimonio que te ayudan a parecer tan *normal*, ¿no? Además, esto coincide de maravilla con su campo de investigación. Así que, cuando acabe de llorar y se pregunte cómo terminó casándose con un asesino, tal vez se sienta *fascinada*. Estoy seguro de que trataría de persuadir a alguno de sus mejores alumnos de que escribiera un ensayo al respecto. Y, por supuesto, su familia. A ellos podría resultarles un poco desconcertante, ¿eh? Me pregunto lo que les contarían de ti a todos esos reporteros hambrientos de encabezados. Estoy seguro de que a tus colegas del Departamento de Antropología les gustaría ver esto. Su interés iría mucho más allá de lo académico. Y a la administración de la universidad, claro. A ellos también. Pero necesitamos pensar en grande —continuó Connor, extendiendo los brazos—. Ir más allá de la policía. Más allá de tu hogar. Más allá de la universidad y de la insignificante vida que tienes aquí. Algo tan grande como lo que planeabas para nosotros. Sé que a YouTube le fascinaría. Tendrías un millón de visitas en instantes. Luego dos millones. El cielo sería el límite para la cantidad de gente a la que le enloquecería ver lo que te vamos a mostrar ahora —añadió Connor. Charlie titubeó. Era muy raro que algo lo abrumara como ahora—. Eso supuse —dijo el adolescente al ver al asesino volver a colocar el auricular del teléfono en la base.

Niki sacó algo de la mochila de Connor.

Charlie reconoció de inmediato el objeto que tenía en las manos. Era peor que una pistola, un cuchillo o incluso una navaja.

«El iPad que Alpha le dio a Delta.»

Él había destruido el suyo meses atrás. Luego se olvidó del asunto.

—¿Reconoces esto? —preguntó Connor.

Era solo una conjetura. Supuso que todos tenían iPads. Así planeaban comunicarse en la víspera de Navidad.

—No lo sé —empezó a decir Charlie. Trató de disimular el tartamudeo que de pronto se apoderó de él.

—Por supuesto que lo reconoces —dijo Niki.

Ella y Connor habían ensayado muchísimo este momento.

Como dos actores en un escenario shakesperiano, sabían sus parlamentos, pero estaban preparados para improvisar de ser necesario. Para ambos era como presentar un examen importante. Las respuestas que no tenían podrían descubrirlas si aplicaban de manera ordenada y cautelosa lo que ya dominaban. Además, estaban acostumbrados a sacar las calificaciones más altas. Siempre.

Charlie tomó el iPad.

Estaba abierto en la sección de fotos. El cursor ya se cernía sobre el ícono de 1 video.

Oprimió *play*. Y de pronto sintió que estaba de nuevo en el asiento trasero del automóvil alquilado de Delta. Navidad. Fría. Oscura. Listo para matar. Pero ahora le era imposible encontrar la calidez que sentía esa noche. Ahora solo sentía frío:

Delta: —¿De qué das clase?

Charlie: —Antropología. Tengo un doctorado.

Delta: —Lo sabía. Es genial…

Tocó el símbolo para detener la grabación. Levantó la vista.

—Y hay más —dijo Connor—. Una hermosa imagen de Santa dirigiéndose a casa de Niki antes de que guardaran el iPad. Muchos sonidos. Sonidos de matanza. Todo se grabó.

El silencio invadió la oficina.

Niki se inclinó hacia delante.

—Sé lo que estás pensando —dijo con confianza.

«No, no lo sabes», pensó Charlie.

Pero luego la duda se apoderó de él.

«Tal vez sí lo sepan.»

—Empecemos por lo obvio —dijo ella. Esperaba que su voz tuviera la misma seguridad que la de un fiscal de *La ley y el orden*—. Hay más de cinco mil universidades e institutos superiores en Estados Unidos, pero cuando tú y tus ahora dos amigos muertos… Ah, por cierto, ¿sabías que maté a uno de ellos? ¿No? Bueno, pues lo hice. En fin, como te decía, cuando ustedes tres estaban bromeando y hablando sobre las maravillosas cosas que harían los *Muchachos de Jack,* y uno de ellos te preguntó algo sobre ti, no dijiste «instituto superior» sino «universidad»

—explicó Niki sonriendo sin dejar de fulminar a Charlie con la mirada—. Fue en verdad muy estúpido confesarlo. Eso redujo de forma significativa nuestro campo de búsqueda. Además, no todas las universidades ofrecen un programa de Antropología. Y no dijiste «Sociología», que es una especialidad mucho más común. De hecho, eso nos dejó con una lista de poco menos de trescientos lugares donde buscarte. Todas esas universidades tienen sitio de Internet. Y cada uno de sus departamentos también. En cada departamento es posible encontrar la lista de los integrantes del cuerpo académico. Con sus fotografías. Y sus semblanzas. Nos tomó algún tiempo investigar. Un poco de estudio. Muchas horas y trabajo arduo. Pero tarde o temprano, Santa...

Niki juntó las manos.

A pesar de los guantes quirúrgicos el golpe de sus palmas se escuchó como un disparo.

—... llegamos a ti. Y aquí estás.

Connor sonrió y asintió mirando a Niki.

—Y si nosotros, un par de adolescentes, pudimos hacer esto con nuestras laptops, imagínate lo que lograría el FBI con su equipo informático. Lo único que tenemos que hacer para iniciar el juego es mostrarles una de las muchas copias que hicimos de lo que encontramos en este iPad.

A Charlie no le costó trabajo imaginarlo.

«Muchos viajes.

»Muchos asesinatos sin resolver.

»Mucha gente perdida y tumbas superficiales. En todo el mundo.

»Cabos que podrían atarse.

»Trabajo concienzudo. Trabajo de horas. Aburrido.

»Pero justo para eso son eficientes las diminutas mentes de la *Gestapo*. Para acomodar con diligencia un bloque sobre otro hasta que el peso resulta devastador.»

No dijo nada.

—Los *Muchachos de Jack*... —dijo Niki—. Eres el último, ¿no es cierto?

En realidad estaba apostando. No estaba segura. Había un nombre que no lograban identificar.

Charlie repitió:

—No tengo idea de lo que me está hablando, jovencita.

Niki notó el nerviosismo en su rostro. La tensión en su voz. Los centímetros que se movió en la silla.

Para ella fue suficiente. La respuesta era *sí*.

Charlie tragó saliva con dificultad. Tensó los músculos por segunda vez. Empezó a pensar que su única opción era saltar sobre el escritorio y rodearle el cuello con sus manos. Controlarse exigió una enorme fuerza de voluntad.

—Creo que deberían irse —dijo. En realidad no creyó que lo hicieran. Cada una de las cosas que decían era como una cortada de navaja en su piel. Cada vez más profundas, sondeando antes de hacer el corte final que lo drenaría de su verdadero yo.

Estuvo a punto de preguntarles: «¿Qué quieren?».

Una pregunta lógica. Esta charla parecía el inicio de una sesión de extorsión. Pero no iba a darles el gusto de descubrir cuán atrapado se sentía.

Mientras se preguntaba «qué hacer, cómo y cuándo», Charlie vio a Socgoal02 buscar algo más en su mochila.

Lo que sacó fue una Magnum Colt Python .357 que parecía diseñada por el demonio. Gracias a que en algún tiempo estudió todo lo que pudo sobre las armas, la reconoció de inmediato.

«Van a matarme», pensó.

Se quedó paralizado.

Connor abrió el cilindro. Lo volteó para que Charlie lo viera.

Las seis recámaras estaban vacías.

«No van a matarme», pensó.

—Esta es la situación a la que se enfrenta, *profesor*... —Connor le imprimió al término honorífico todo el desprecio que pudo—: ¿Cómo desea ser recordado?

«Van a matarme», pensó Charlie.

—A nosotros nos parece —continuó Connor, mirando a Niki, quien asintió de inmediato—, que deberá tomar una decisión difícil.

—¿De qué se trata? —preguntó Charlie.

«Necesito tiempo —pensó—. Necesito encontrar la manera de escapar. Necesito encontrar la manera de matarlos. Necesito...», y entonces se detuvo. De pronto se dio cuenta de que tenía muchas necesidades, pero muy pocas respuestas.

—Puede ser el asesino atrapado por una pareja de adolescentes tontos que no sabían nada sobre matar, ¿de acuerdo?

No contestó.

Connor continuó:

—Pero yo diría que eso sería muy humillante, *profe*. ¿Se imagina lo que dirían los diarios e Internet? «Adolescentes bobos atrapan a asesino antes que la policía». O algo así.

Niki también se inclinó hacia delante.

—Piensa en cuánta gente se reirá de ti cuando te lleven a prisión para pasar ahí el resto de tu puta vida. Los cómicos de los programas nocturnos se divertirían horrores. Noche tras noche. Tu fotografía caminando con traje de presidiario se convertiría en un GIF. Se burlarían de ti en *Saturday Night Live*. ¿Qué comediante crees que interpretaría tu personaje, Santa? Para reírse. Piensa en eso. A tu nombre lo relacionarían por siempre con el fracaso total, la incompetencia y la vergüenza absoluta —Niki ponderó la mirada de Charlie—. Te convertirás en una broma que durará por... ¿cuánto crees? ¿Años? ¿Décadas? ¿Siglos?

—Y quienes *no* se rían —intervino Connor—, vaya, se sentirán apenados. Asombrados. Avergonzados. Darían todo tipo de excusas ridículas respecto a su relación contigo. Tu esposa. Tus colegas. Las autoridades escolares —dijo Connor. Charlie odió la arrogancia en sus rostros. Su faceta de asesino gritaba en su interior. Pero no hizo nada—. O...

—O —interrumpió Niki para terminar lo que empezó a decir Connor—. O... o... o... bien, pues puedes ser recordado de manera distinta. Como el individuo al que *nunca* atraparon. Como tu amigo. Jack.

«¿Qué?», pensó Charlie.

Niki volteó a ver a Connor de repente.

—¿Qué hora es?

Connor sacó un celular y tocó la pantalla.

—Las cuatro en punto —contestó.

—Vaya —dijo Niki, fingiendo sorpresa—. No nos queda mucho tiempo.

—¿No queda mucho tiempo para qué? —preguntó Charlie.

—Para que tomes una hoja de papel y un bolígrafo. Creo que la escritura a mano es mucho más duradera que algo escrito en un documento de Word. Además, todos sabemos que ni un correo electrónico ni un mensaje instantáneo o medio electrónico es seguro, ¿verdad? Cualquiera podría hackear tu cuenta de la universidad, escribir algo y decir que tú eres el autor. Como las notas de suicidio de un par de adolescentes. Porque tú las redactaste, ¿cierto? No, en realidad queremos algo escrito a mano y firmado. Puedes incluir una lista de todos tus éxitos. De todos los asesinatos de los que te enorgulleces.

Niki se inclinó hacia delante.

—Solo tienes que omitir el que *no* realizaste.

Charlie la miró.

—Es decir, *mi asesinato*.

Connor asintió. Añadió con una frialdad inigualable:

—Como la carta «Estimado jefe» que escribió Jack el Destripador en 1888. O la carta «Desde el infierno». Breve. Directa. Contundente. Y memorable.

Charlie no formuló la pregunta: «¿Y luego?».

Pero Niki la respondió porque sabía que era la única que quedaba por hacer.

—Y luego… sales de esta vida. Por el lado derecho del escenario. Con una fanfarria.

—Entonces nosotros tomamos lo que hay en ese iPad y nadie más lo volverá a ver —dijo Connor.

«Esto es chantaje —pensó Charlie—. El problema es que yo soy ambos: el blanco y la víctima.»

Connor se inclinó hacia él.

—Los próximos minutos servirán para que pienses en una sola cosa: cómo quieres que te recuerden.

—En tu legado —dijo Niki.

—Porque —Connor continuó—, en exactamente siete minutos vamos a… y sí, me refiero a nosotros dos, los dos *niñitos*…

—… vamos a decirle a la policía todo lo que sabemos —agregó Niki—. Digamos que les vamos a dar incluso un mapa para llegar hasta aquí para que puedan reírse todo lo que quieran a costa tuya. A menos de que decidas que prefieres pasar a la historia como alguien famoso —sonrió—. Elegimos darte *siete* minutos porque es el nombre de una película famosa de gente como tú.

—¿Y cómo voy a…? —empezó a preguntar Charlie, pero se detuvo.

«Es obvio.»

—Necesitarás esto —dijo Connor al mismo tiempo que colocaba la .357 sobre la mesa—. Me tomé la libertad de limar el número de serie.

En realidad no lo había hecho. No sabía cómo. Pero supuso que el asesino no verificaría.

—Y también necesitarás esto —agregó Niki—. Con uno basta.

Sacó de su bolsillo un cartucho y lo colocó parado sobre el escritorio.

—Apresúrate —dijo—. No sabemos quién más pueda venir en camino. ¿Rey o bufón? ¿Quién quieres ser?

Y con esa última línea de su parlamento, Niki y Connor se levantaron, salieron de la oficina y dejaron a Charlie sentado frente a su escritorio, en shock y con náuseas.

4:07 p.m., hora estándar del centro…

Kate estaba de pie en una cafetería estudiantil casi vacía, en un edificio adyacente. Tenía un celular desechable en la mano. Vio la hora.

Marcó el número de Emergencias del campus.

En cuanto le contestó la voz distante y llana de la operadora, «Policía universitaria. ¿Cuál es su emergencia?», Kate respondió con una voz aguda y desbordante de pánico que le pareció que sonaría justo como la de una estudiante asustada de primer año:

—¡Hay un hombre con una pistola! ¡En el edificio de Antropología! Tercer piso. Oficina tres, uno, tres… ¡Va a matar a alguien! ¡Creo que ya disparó! ¡Yo logré huir! ¡Ayúdennos! ¡Ayúdennos! ¡Nos va a matar a todos! ¡Apresúrense, por favor!

Luego colgó.

Estaba encantada con su actuación.

Sabía que:

La llamada de radio se haría en ese instante.

La policía local la recibiría también.

Las sirenas empezarían a sonar.

«Tirador activo en el campus.»

Era la pesadilla más común, incluso en tiempos de pandemia.

Había un protocolo establecido. Se habían realizado simulacros.

Todos los oficiales en kilómetros a la redonda responderían de inmediato. A la mayor velocidad.

Un equipo SWAT.

Ambulancias en camino.

En un instante las computadoras de la universidad emitirían un chirrido, una alerta para que todos buscaran un lugar seguro y se ocultaran: tirador activo en el campus.

Y cuando esas sirenas ululantes empezaran a acercarse a la oficina 313, el profesor de antropología en el interior tendría que tomar una decisión y resolver el dilema que Connor y Niki le presentaron.

Kate se odiaba por haber permitido que confrontaran al asesino solos, pero pensó que ella no era mucho mayor que ellos cuando enfrentó por primera vez a la muerte en la escuela de Enfermería. Además, Connor y Niki ya parecían más maduros de lo que ella a su edad.

Contó en silencio los segundos que se convirtieron en minutos y sacó la tarjeta SIM del teléfono celular. Botó el aparato en un cubo de basura y la tarjeta en otro. Luego se apresuró para reunirse con su nieto y su novia, y regresar juntos a casa sin demora. Se turnarían para manejar, ella se encargaría del primer tramo y dormiría en la noche. La relevarían Connor y Niki, armados con sus flamantes licencias y toda su energía adolescente. Imaginó que regresaría a tiempo para su turno en la UCI.

Como sospechó que sucedería, oyó la primera sirena cuando salió de la cafetería, se encontró con el sol primaveral y ajustó su tapabocas. Estaba consciente de que si prestaba atención también podría oír un disparo solitario. Por experiencia personal, sabía que la .357 producía un ruido muy intenso.

Charlie... en la oficina 313, de las 4:11 p.m. a las 4:19 p.m., hora estándar del centro...

La indecisión era algo con lo que no estaba familiarizado en absoluto.

Charlie se quedó sentado un momento frente a su escritorio. Escuchaba el eco de todo lo que *Socgoal02* y *la novia* le habían dicho. Sus palabras resonaban en la oficina.

Se meció en la silla. Trató de concebir un plan de acción que lo librara de ese embrollo. Pero además de la opción de *correr*, que le parecía inútil, no se le ocurrió otra cosa.

Levantó la vista y vio las chinches azules en su mapa de Estudios en el Extranjero.

Empezó a gritar por dentro. «Encuéntrala. Siempre hay una salida. Siempre hay una manera de salir caminando. De seguir libre.»

Pero no veía ninguna.

Sobre el mapa había un gran reloj de pared.

Se dio cuenta de que ya habían pasado cuatro minutos.

Tuvo un pensamiento fugaz. Tal vez, casi al llegar a su fin, algunas de las mujeres a las que mató comprendieron que solo les quedaban unos minutos. Quizá solo segundos.

«Eso no me puede pasar a mí», insistió.

Y entonces oyó la primera sirena.

Acercándose.

Y la segunda. La tercera. Seis más. Y otras. Una disonante sinfonía de urgencia.

Todas dirigiéndose a donde él se encontraba.

«¡Me mintieron!», se dijo.

Aunque no estaba seguro respecto a *qué*.

Oyó el rechinido de las llantas al derrapar y frenar.

Las llantas de un segundo vehículo y un tercero. Luego más. Una cacofonía anunciando la llegada.

Se levantó rápido y se asomó por la ventana de la oficina. Tres o cuatro oficiales de policía ya se dirigían a la entrada de su edificio con sus armas desenfundadas. Vio a un guardia uniformado apremiando a las pocas personas que todavía quedaban en el interior para que salieran y fueran a un lugar seguro. No dejaba de mirar atrás y arriba, tal vez esperaba ver un espectro detrás de él. La gente corría con los brazos en alto o protegiéndose la cabeza con las manos, como si así pudiera repeler a la muerte si esta decidiera descender en forma de lluvia. Le pareció ver a *Socgoal02* y a *la novia* entre la desnutrida multitud.

Otro minuto.

Tal vez dos.

Más patrullas de policía. Algunos de los oficiales empuñaban escopetas. Otros tenían rifles automáticos. Vio varias ambulancias llegar.

Todos miraban arriba, como buscándolo.

Luego oyó voces. Pasos. Gritos. Afuera. En el corredor.

Volvió a su escritorio presa del pánico.

«Están aquí. Llegaron por mí.»

Tomó una hoja de papel. Volvió a mirar el mapa en la pared.

Garabateó lo más rápido que pudo:

Chinches AZULES.

Luego añadió:

Les robé la grandeza en sus propias narices.

Terminó la carta como su mentor.

Desde el infierno.

Pero añadió:

Los veré a todos ahí.

Firmó con su nombre, pero luego le pareció que era incorrecto. Su *verdadero* nombre era Charlie, así que también lo escribió. Luego se dio cuenta de que no estaba solo en su oficina. Nunca lo estuvo. Incluso cuando mató en algún país lejano, los otros siempre lo acompañaron.

Y deseando tener más tiempo para explicar el verdadero milagro que representaba este vínculo, pero sabiendo que se le había acabado, escribió en la parte inferior de la hoja, en una columna:

¡ALPHA!
¡BRAVO!
¡CHARLIE!
¡DELTA!
¡EASY!

Y añadió una posdata:

Fui Charlie.
Siempre he sido Charlie.
Siempre seré Charlie.

Y por último, con una floritura:

¡LOS *MUCHACHOS DE JACK* VIVIRÁN POR SIEMPRE!

Le habría gustado saber si los otros pensaron lo mismo al morir. Imaginó que cuando el resto del mundo se enterara de lo que ellos lograron, inevitablemente otros hombres con las mismas aspiraciones, anhelos y habilidades desearían imitarlos, ser como Alpha, Bravo, Charlie, Delta y Easy. Y entonces esos hombres retomarían el manto de los *Muchachos de Jack* y lo enarbolarían como una bandera caída y recuperada en el caos del campo de batalla.

Estaba seguro de ello.

Fue su única satisfacción cuando insertó de golpe el solitario cartucho en la .357 y cerró el cilindro. «Jódanse, jódanse, jódanse», pensó. Cuando los oficiales de policía empezaron a golpear la puerta de su oficina, Charlie se colocó el cañón de la pistola en la boca y oprimió el gatillo.

Kate...

Fue un viaje largo. Se turnaron para manejar. Horas en silencio.

Acababa de amanecer cuando se estacionaron en su calle.

—Muy bien —dijo Kate—. Llegamos a casa.

Estaba en el asiento trasero del automóvil de Ross. Niki estaba al frente junto a Connor. Los observó. Una vez leyó en una revista de medicina un estudio sobre las etapas de desarrollo del cerebro adolescente y sobre lo vulnerable que este podía ser, lo mucho que le afectaban la sugestión, los actos impulsivos y la enfermedad mental hasta que los individuos no pasaban de los veinticinco años. Era extraño, pero tenía la impresión de que ahora Niki era más rápida. Tal vez más fuerte. Connor también se veía distinto. Creía que ahora era un *mejor* Connor, pero no podía asegurarlo. Estaba consciente de que le costaba trabajo levantar el brazo por encima de la cabeza. «Lo más probable es que no vuelva a jugar soccer.» Se preguntaba si todo lo que enfrentó lo habría perjudicado de otras maneras también. O quizá lo colocó en un sendero hacia el futuro. Era difícil adivinarlo. Sabía que Ross se hizo las misma preguntas. Más que nunca deseo que estuviera con ellos para ayudarle a Connor a encontrar el camino. Por un momento, consideró pedirle que condujera hasta el cementerio donde estaba enterrado Ross, pero decidió no hacerlo. Su esposo estuvo al lado de Connor lo suficiente, todos los senderos estaban trazados y la ruta había sido elegida.

«Apenas comienza su viaje», pensó.

No sabía por qué, pero se sintió vieja por primera vez.

Sin embargo, cuando vio a Connor sonreírle a Niki, fue como si los años se le escurrieran. Era la misma sonrisa de Ross. Y de Hope, su madre. Por un instante se sintió de la misma forma que aquel día, décadas atrás, cuando lo vio en el campus universitario, sus miradas se encontraron y él caminó hasta ella para presentarse. Se preguntó cuántas cosas serían distintas ahora si no se hubiera acercado a decirle: «Hola, soy Ross. ¿Cómo te llamas?».

Comprendió que lo único que le quedaba por delante era la soledad.

Se dijo que no era lo peor del mundo.

Esperaba que fuera cierto.

Lo averiguaría pronto.

Connor y Niki...

Cuando salieron del auto los tres:

Niki no quería volver a pensar en la muerte. De hecho tampoco quería que Connor volviera a pensar en ella. Pero al mismo tiempo, se preguntaba si haberla eliminado de sus vidas también borraría lo que los unió cuando eran niños. La muerte, un conductor ebrio y la pasión que los había mantenido juntos hasta su adolescencia. Le preocupaba que lo que les sucedió en el pasado y la incertidumbre respecto al futuro debilitara su vínculo.

Sabía que lo único de lo que no tenía que preocuparse más era de los *Muchachos de Jack*.

Y en ese momento se dio cuenta de que con eso bastaba.

Kate le preguntó:

—¿Te quedas a desayunar?

Niki negó con la cabeza.

—Creo que mis papás querrán que vaya a casa. Me parece que prepararon muffins de extracto de soya. Acompañados de leche de almendra. Eww.

Connor sonrió.

—Nosotros planeamos desayunar hot-cakes, salchichas de cerdo y papas fritas. Con tocino. Mucho tocino.

—Me estás torturando —bromeó Niki.

—Te acompaño a casa —dijo Connor.

—Comenzaré a preparar lo necesario —murmuró Kate. Todo sonaba tan rutinario que se sintió abrumada. Sus rodillas se debilitaron por un instante, pensó que caería directo en la acera. Pero entonces se enderezó y pasó caminando junto a su nieto y su novia—. No pierdan el tiempo —les dijo en el tono más entusiasta que pudo. Cuando entró a la casa quiso gritar: «¡Ya llegué, Ross!». Le fue difícil no estallar en llanto.

Connor y Niki caminaron por la calle hasta la entrada de la casa de ella.

—No tienes que acompañarme a la puerta —dijo Niki sonriendo—. Estoy segura de que no corro peligro.

—No, te acompaño —dijo Connor—. Uno nunca sabe lo que podrían ocultar los arbustos. Leones, tigres, osos…

Niki reconoció la referencia de *El mago de Oz*.

—¡Oh, no! —dijo, completando el parlamento de Judy Garland.

Cuando llegaron a la puerta del frente ella se detuvo y volteó a verlo.

—¿Me llamas más tarde?

—Claro. Si quieres. Podemos vernos en Facetime.

Niki se estiró y le dio un beso breve. Casi casto.

Ninguno de los dos sabía si era el primer beso de una vida nueva o el último de una etapa que había llegado a su fin.

Una o la otra. O ambas opciones. Todo era posible. •

El club de los Psicópatas de John Katzenbach
se terminó de imprimir en el mes de febrero de 2022
en los talleres de
Grafimex Impresores S.A. de C.V.
Av. de las Torres No. 256 Valle de San Lorenzo
Iztapalapa, C.P. 09970, CDMX, Tel:3004-4444